组织部长

大木著

ZU ZHI BU ZHANG

第2部

群言出版社
Qunyan Press

图书在版编目（CIP）数据

组织部长. 第2部 / 大木著. —北京：群言出版社，2009.9

ISBN 978-7-80256-077-2

I.组… II.大… III.长篇小说—中国—当代 IV.I247.5

中国版本图书馆CIP数据核字（2009）第163586号

组织部长

责任编辑 樊　伟　陈丹丹

出版发行 群言出版社（Qunyan Press）

地　　址 北京市东城区东厂胡同北巷1号

邮政编码 100006

网　　站 www.qypublish.com

电子信箱 qunyancbs@126.com

总 编 办 010-65265404　65138815

编 辑 部 010-65276609　65262436

发 行 部 010-65263345　65220236

经　　销 全国新华书店

读者服务 010-65220236　65265404　65263345

法律顾问 中济律师事务所

封面设计 王　鑫

印　　刷 北京中印联印务有限公司

版　　次 2009年10月第1版　2009年10月第1次印刷

开　　本 787×1092　1/16

印　　张 17

字　　数 304千字

书　　号 ISBN 978-7-80256-077-2

定　　价 25.00元

目 录
Contents

第一章　他到底是谁

一

这几日，也就是西舆市新任市委常委、组织部长贾士贞刚刚上任这几天，高兴明虽然还像过去一样，每天下班依然坐在办公室里迟迟不离开，但是心情却和以前大不一样了。他担任西舆市委组织部常务副部长前后六个年头，伴走了两任部长，是一个说话算话、一言九鼎的人物。但不知为何，这几天他的心里总是有些恓惶不安。特别是贾士贞刚上任两三天，只和他含糊其辞地打个招呼，就不知道干什么去了。高兴明知道，贾部长明显是在敷衍他们。可是四五天过去了，不仅见不到贾部长的踪影，就连个电话也没有，这让高兴明的心里更加忐忑起来。贾士贞不是三岁小孩，他做什么事势必有他自己的行为准则。到底高兴明为什么那么担心和不安？其实他并不完全是为了贾部长个人的安危担忧，而是他隐隐地感到有一种莫名其妙的东西在啃噬着他的心。

这么多年来，他觉得在事业上他一直是很顺畅的，很少出现这种沮丧不安的急躁情绪。可是这几天，他夜不能寐，白天在办公室也坐立不安，有时竟对着电话发愣。如果电话突然响了起来，好像他全身每一个细胞都会受到惊吓。过去，部长常常十天半个月不在部里，高兴明才得以特别显示出领导者的才干，做什么事都是那么果断和得心应手。不过，贾部长只不过才到任几天，他就有这样反常的心理，他对自己的心态感到很不可思议。自然界有些东西特别神奇，他不知道自然界这种现象对他预示着什么。组织部的同志早已走光了，他一个人出了办公室，看上去步履沉重，心情沮丧。

高兴明抬头看看空无一人的走廊，没有像过去那样情绪昂然地踏着楼梯前进，而是站在窗口，茫然不知所措。

正在这时，市委书记常友连打电话过来，问贾部长有没有消息，高兴明支吾了半天，还是没有说出个所以然来。常书记有些奇怪了，一个市委组织部长上任以后竟一直不和市委书记联系，虽说贾部长曾给他这个市委书记打了个电话，说有点事要处理一下，时间不过一两天，可是现在已经四五天了，仍然不见他的消息。常友连觉得这不仅仅是组织纪律性的问题，而且是关系到贾士贞同志安全的问题，他越想越不放心，决定再给贾士贞打个电话。可是拨了一次又一次，贾士贞的手机总是关机。

贾士贞刚开手机，准备打个电话，手机就突然惊叫起来，好像这么多天来一直在憋着，这一响，几乎把他的耳朵震聋。他反复看了看这个陌生的号码，不准备接，可是又总觉得这个号码有点特别，犹豫再三，还是接通了这个电话。

"喂……"

"喂……是贾部长吗？"贾士贞听出来了，这是市委书记常友连的声音。

贾士贞心里咯噔了一下，他没有想到他一直故意关机，在开机的一刹那常书记会打来电话。正当他考虑如何搪塞常书记时，电话里又传来常书记的声音："我说士贞啊，你变什么魔术呀！你到底干什么去了？说是一两天，怎么一走四五天都音讯全无，是不是被绑架了？还是出了什么事？"显然常友连是不高兴的，这口气带着批评和责备，没等贾士贞说话，他又说，"你现在在哪儿？怎么连组织部也没有一个人知道你去哪呢？万一出个什么意外，你让我怎么向省委、向省委组织部交代呢！"

"常书记，"贾士贞轻松地笑了笑说，"没那么严重吧，我超假了，是我的组织纪律性不强，我向市委常委检讨。常书记，您放心吧，我很快就回去。"

"你告诉我，你现在在什么地方？"常友连严肃地问。

"噢，常书记，我正在回市区的路上，你不必担心，回去以后我马上向你汇报，好吗？"

贾士贞向常友连说了假话，他并没有在回市区的路上，也没有马上回市里。

常友连觉得，这个新来的市委组织部长一上任就和过去的组织部长不同，好像在故意躲着他这个市委书记，还有点神秘兮兮的，像在做什么见不得人的事，组织纪律性也太差了。按理说省委组织部出来的人，应该懂规矩，应该知道怎样去处理上下级关系，老实说常书记心里对他作为组织部长的第一印像不怎么样。

早春的夜晚依然像冬天那样寒冷，贾士贞裹着被子，半躺在床头，整个世界似乎都处在静谧安详中。这几天，他远离那喧嚣的大城市，来到这偏僻的农村，突然间觉得自己仿佛置身于另一个世界，白天他四处暗访，晚上躺在小旅社的床上，沉浸在深沉的思索之中。从省委组织部来到西舆市委组织部，从干部处长变成市委常委、市委组织部长，无论是工作环境，还是职务、权力，都发生了很大的变化。在省委组织部的八年，是他人生翻天覆地变化的八年，他了解组织部门的责任，了解组织部门的权力和作用，更知道作为组织部门的领导，身上肩负的重担和责任。自从省委组织部宣布他担任西舆市委常委、市委组织部长之后，他的头脑里就一直在考虑该如何当好这个组织部长。他看看表，已经过了深夜十二点，但他仍然没有一点睡意，于是点了一支烟。突然间，他怀疑自己的行动是不是有些荒唐，这不符合他市委组织部长的身份，调研不是调研，微服私访不是微服私访。他的心情倒有点像高中毕业时那样，对未来充满无限的憧憬和神奇的幻想。

此时此刻，贾士贞的大脑又驰回到在省委组织部工作的那些忙碌而谨慎的岁月。想当初，他借调到省委组织部上任的途中，出了车祸，遇上那个王学西不说，偏偏在考察干部的第一天居然就是去考察这样一个人，是巧合还是上帝的安排！省委组织部的机关干部处长仝世举和王学西的关系非同一般，在对待王学西的问题上，贾士贞惹怒了仝处长，以至被退回乌城市委党校。

重回省委组织部之后，贾士贞处处小心翼翼，连他自己也没想到三十六岁时出任省委组织部机关干部处长一职。尽管如此，他还是深切感受到了已沿用几十年的干部人事制度与时代发展的不适应，改革干部人事制度刻不容缓。然而他十分清楚，改革任何一项制度，都需要一定的权力，也许省委、省委组织部已经意识到干部人事制度改革势在必行。在关键时刻，省委决定在全省施行100名县处级干部大轮岗。这一举措是前所未有的，贾士贞在那些日子，做好了充分的思想准备。调出省委组织部已经是大势所趋，可不知为什么，一百名县处级干部大轻岗没有轮到他。而后不久，居然让他出任市委常委组织部长一职。这对于他来说，是意外的，也是值得兴奋的。自从和省委领导谈话之后，贾士贞很自然地把自己转换到一个大权在握的市委常委、组织部长的角色上来，并开始构筑他心中干部人事制度改革的蓝图。

突然，房门开了，他还没来得及反应，三个大汉就闯进了屋。他合上手里的书本，看看这三个人，没有说话，但是他的目光使人感到他的沉着、镇静。

“走，跟我们走一趟。”瘦高个子青年说，口气并不怎么生硬。

贾士贞笑笑，慢慢地欠了欠身子，说：“干什么？我不认识你们哪！”

另一个五短三粗、留着小分头的男子说：“去了就知道了，我们侯书记请你。”没等贾士贞说话，他又说，“我们镇党委书记，你不知道？侯永文，马上要当县长了！”

侯永文？马上要当县长了！这人一提醒，贾士贞似乎想起点什么来了。他上任第二天上午，组织部常务副部长高兴明给他一批名单，说是已经市委组织部考察过，准备提拔的干部名单。其中就有下臾县桃花镇党委书记侯永文，这个侯永文正是准备提拔为下臾县副县长的重要人物。在这一瞬间，贾士贞来不及考虑其他事情，思维活跃了起来：难道这个侯永文是孙悟空？知道他是新上任的市委组织部长！他越发感到奇怪，这世界真的太可怕了，这次行动除了他自己，绝对没有第二个人知道，难道高科技时代真的发展到如此先进的程度？若真是这样，他在这个世界上恐怕连屁都不敢放了。贾士贞怎么也想不明白是哪一个环节上泄了密，可他又想，既然侯书记有请，不如趁此机会见一见、会一会他，看看这位手握重权的镇党委书记是何许人也。于是他穿衣下床，跟着三个陌生汉子出了旅社。

农村的夜寂静而荒凉，贾士贞自幼生长在城里，对这种农村氛围感到几分陌生和害怕。这次出行，他不知道是一时冲动，还是什么其他目的，他并没有多想。按照以往的惯例，新任组织部长到任后，通常是一边熟悉情况一边工作，对于干部问题，尤其是市委主要领导授意和交办的事，或者是已经组织部考察过而自己又不熟悉的人选，基本上是尊重原部长和部务会意见，例行公事。可是，当高兴明把那些名单交给他后，突然觉得，现在他已经不是省委组织部的机关干部处长了，而是一个六百多万人口的市的市委组织部长，一言九鼎、大权在握，他要承担起相应的责任来。当时，他细细地看了看那些陌生的名单，随口问：“高副部长，这些名单是怎么来的？”

高兴明说：“主要是常书记的意见，也有一些是县、区委领导的意见。经过原来的王部长反复酝酿、组织部两个干部科全面考察才拟定的。王部长调走了，这批干部还没有来得及提交市委常委会研究，算是遗留问题吧！”

贾士贞说：“行，我看看，先熟悉一下情况，我刚到任，慢慢来吧！”

一边说一边翻着这批名单。高兴明说："贾部长，生活上有什么不方便的地方，随时和我说。我已经交代办公室辛主任了，让他多关心你。贾部长，那你先忙着吧，有事找我。"

"好。"贾士贞抬起头，"高副部长，我们都是熟人了，你也就别客气了，我年纪轻，又是初来乍到，你在西舆市市委机关德高望重，多帮助我啊！"

"贾部长，你是领导，年轻有为，前途无量啊！"

"客气什么，以后一家人不说两家话。"贾士贞看看已经走到门口的高兴明，快步走上前，下意识地和高兴明握了一下手，这让高兴明有点感到意外，毕竟他们都已经是市委组织部的正、副部长了，哪里还要送，还要握手呢。

贾士贞回到座位上，随手拿起内线电话，让干部科长把这批干部的考察材料送来。

贾士贞看这些考察材料时十分认真、投入。对于他来说，从借调进省委组织部，他除了中途调到研究室一年，就一直在机关干部处和市县干部处工作。他考察干部，写考察材料，一干就是八年，不是专家也是内行。组织部选拔、考察干部的每一个环节，每一个程序，对他来说，早已烂熟于心。看着这些考察材料，他很快就感觉到了什么。他渐渐地发现，所有人的材料成绩和优点都写得非常出色，洋洋三四千字，让人觉得这批干部提拔得太晚了，官也太小了；缺点都是鸡毛蒜皮的小事，有的看似缺点，实质是难得的优点，比如有的缺点是"该同志工作起来连身体都不顾，弄得老婆孩子意见纷纷"。照这样的考察材料，西舆的干部何止是提拔副县、正县级，少说也应该提拔到部省级、副总理什么的。他还发现在这批待提拔的干部当中，下舆县的乡镇党委书记、部委办局正职相当多，再留心一算，居然占全市提拔对象的百分之三十六之多。顿时，他的头脑跳出一个问号。

当天下午，贾士贞一边开会，一边想着这批干部的事。他回家后，到后半夜，突然产生了去下舆的念头，而且决定不对任何人说起。如果对组织部的人说了，他们会怎么想，不说他是"文化大革命"怀疑一切的流毒，也会怀疑他得了精神病。第二天一早，贾士贞先给常书记打了电话，说他有点私事要处理一下，要一两天时间，至于工作上的事，回来后再向常书记汇报。随后，又给常务副部长高兴明打了电话。就这样，贾士贞一个人，不声不响、鬼使神差地，悄悄离开市区，去了下舆县。

一阵纷繁思绪后，贾士贞不知到了什么地方，突然问："侯书记到底找我干什么？”

“走，到那就知道了。”瘦高个子说。

贾士贞说：“我们不认识，又没有什么瓜葛，这深更半夜的，莫非……”

“别他妈的啰唆了，哪来的那么多废话？”那个小分头说。这人不仅嘴不干净，而且态度也变了。贾士贞忽然觉得刚才自己的那种想法有点可笑，那个侯永文绝对没有什么魔术妖法，也没有什么特异功能，当然不可能知道他是市委组织部长。他心里产生了一种不祥的预感。

在黑暗的夜色中，他们来到一个院落，贾士贞感觉那不是镇政府，因为白天他曾在桃花镇政府门前走过几次，知道桃花镇政府非常气派。再一看院门上方亮着昏黄、迷离的灯光，他一时辨不清是什么地方。穿过狭窄的过道，贾士贞被带进一间屋子里，室内摆着两张办公桌，地上杂乱无章。当他正在犹疑时，进来一个穿公安制服的中年男子，他恍然大悟，原来他被带到派出所了。他猜想，这些人一定把他当做坏人“请”来了。

穿公安服的人没有说话，目光在贾士贞身上停留了半天，随后转身出去了。不一会儿，他又跟在一个穿夹克衫的男人后面进来了。

室内的三人一起叫了声：“侯书记！”

贾士贞一看，这个侯书记人高马大，秃头顶，看上去四十五岁上下。他一边盯着贾士贞看一边坐到正中办公桌旁边的椅子上，始终没有说话。

贾士贞自幼生活在乌城机关，从小没见过乡镇党委书记这样的官，还是借调到省委组织部之后，有一年到县里考察干部，到乡镇去过，才算是见了几个乡镇党委书记。但那时他是撑着省委组织部那把大红伞，又戴着省委组织部上级领导居高临下的帽子，威风凛凛地下来的，那些乡镇党委书记见到他如同老鼠见了猫。虽然那时他只有三十出头，那些书记大都大他十来岁，但都有点像孙子见了爷爷似的。而此刻的镇党委书记侯永文现了原形，他坐在椅子上，有点像霸山为王的山寨主，狂妄不可一世。贾士贞瞥一眼侯永文，只见他派头十足，轻轻地摇晃着身子，右手慢慢地敲着椅子的扶手，有点故弄玄虚、装腔作势。穿公安服的男子递给他一支中华香烟，一旁的瘦高个子早已打着了打火机，他跷着二郎腿，深深吸了一口烟。贾士贞在省委组织部见过的大官多了，省委书记侯向、谭玉明、省委组织部长郭浩、钱国渠，那才像官。看看侯永文，他有点想笑，难道乡镇党委书记都这样吗？

二

“你是干什么的？从哪儿来？”侯永文一说话，露出满嘴破碎的黑牙齿，两只黑豆大小的小眼睛不停地眨着。

贾士贞笑了笑，想找地方坐下来，可室内没有任何可坐的地方。他背着双手，走到侯永文面前，说：“怎么，侯书记怀疑我？”他把双手按在桌子上，接着说，“书记大人看我像什么人？”

“侯书记问你话呢？谁跟你嬉皮笑脸的！”穿公安服的人凶了起来。

贾士贞转过脸看着这个皮肤黑得近似非洲人的公安，贾士贞忽然想，难道这人是黑人，或者说是长期从事挖煤工作，是近墨者黑的缘故？

“黄所长和你说话呢！”瘦子踢了贾士贞一脚说。

噢，原来是派出所所长，贾士贞再次上下打量着这个黄所长。

“说，从哪儿来，干什么的？”侯永文脸上布满了杀气，右手食指不停地敲着香烟。

“改革开放已经二十多年，中国人不仅可以在自己的国土上随意行走，只要不违法，还可以到世界各地走一走，看一看。我难道有什么地方得罪了侯书记吗？”贾士贞差点笑了起来。

侯永文敲了敲桌子，大声说：“在桃花镇这块地皮上我说了算，国有国法，乡有乡规，你在我的眼皮底下干了什么你自己知道，快说，到底是干什么的？”

“我倒要看看我到底触犯了你们哪条乡规？”贾士贞严肃起来了，“我什么也没干，白天吃饭付钱，晚上睡觉住旅社，和你们毫不相干，我真的不明白了，你们明明是在鸡蛋里挑骨头嘛！”

“怎么说话呢？”黄所长点着贾士贞的额头，恶狠狠地说，“你还不清楚这是什么地方吧！”

贾士贞说：“知道，是下臾县桃花镇派出所吧！”他的目光紧逼黄所长，“总之属于共产党领导的天下吧！”

“告诉你，你在县城里几天了，我早听说了，你跑到乡下来，我们这是第几个地方，你都干了些什么？”

“没干什么，应该说我是在做社会学调查，社会学懂吗？”贾士贞说。

“什么他妈的狗屁社会调查，我怀疑你在干见不得人的勾当！拿介绍信来，有介绍信吗？”侯永文从椅子上站起来，有些气急败坏地骂起来。

“我说你一个堂堂的共产党的镇党委书记，说话能不能文明一点，是不是该注意打扫卫生啊？”贾士贞调侃道。

“我这农村官，就这个水平，怎么说也是独踞一方，大权在握，我手里至少也有六万多人口，你说我的官有多大？难道不比你这个盲流强吗？你倒教训起我来了，我不卫生，恐怕你这辈子也当不上我这么大的官！”

“当然，”贾士贞冷笑起来了，“我知道，你还要升官呢！你真是官运亨通呀！我哪里能和你相比，看，你现在多威风呀！”

侯永文招招手，瘦高个子递给他一个笔记本子，贾士贞一看，那是他此行带出来的一个软面抄，当然他知道那上面有他几天来记下的所见所闻。这帮家伙居然擅自拿了他的东西，他们把他从旅社抓到这里不算，还抄走他的私人物品。他的怒火一下子冲上头顶，但他立即又忍住了，他觉得这是一场很难得的好戏！看看他们怎么演下去。

“这是什么？”侯永文把笔记本狠狠地扔在桌子上，“你居然跑到我的眼皮底下，搜集县委领导，还有不少局长、书记的黑材料，你到底要干什么？”

“我说过了，社会学，搞社会调查！”贾士贞心里窝着一肚子的气，于是想到市委组织部的那些考察材料都是怎么来的，现在组织部考察干部的那几页考察材料都胡说八道些什么？现行的干部管理制度再不改革已经实在不行了。这样的人居然当上六万多人口的镇党委书记，还要提拔当副县长，如果不是他亲眼所睹，不是他亲身经历，也许他怎么也不会相信这样的镇党委书记即将成为一百三十多万人口的大县的副县长。提拔一个干部，凭那几页考察材料，组织部，市委常委怎么了解一个干部呢！又有多少组织部门一年又一年，就是按照传统的由领导提名，组织部门考察，写成考察材料，经过组织部的讨论，提交市委常委研究，提名为副县长，县长，还要经过人代会的代表选举，而产生的副县长，县长呢！这些人大代表们哪里知道这样的人心里在想些什么，这样的人又在干些什么？而市委常委、市委组织部的部长们又哪里知道那几页考察材料说的是真话还是假话？

贾士贞心里暗暗觉得好笑，他不知道，面前这个侯书记一旦知道他是市委组织部长，他会变成什么样子，是怎样像川剧变脸那么快变成另付面孔的。他真想亮出自己的身份，可是他还是沉住气，看看这个土皇帝到底要干什么。

侯永文反复打量了贾士贞，说："我想来想去，想不明白你是干什么的，天天不干正经事，像个特务，能是什么好人？"

贾士贞大笑起来，笑过之后，说："恰恰相反，我干的对下舆人民来说是件好事，你不信，等着瞧！"

"把他带走，明天再说。"侯永文说，"你们派人看好，千万别让他跑了。"

"哎，你们凭什么抓我？你们这是非法拘禁，是犯法的！"贾士贞大声说。

"犯法？是你犯法，还是我们犯法？"黄所长跟在侯永文后面大声说。

不容分说，贾士贞被带走了。他弄不清被带到什么地方，只觉得这里一片漆黑，没有窗子，没有床，他摸着黑，想找个地方坐下来，可是他感到地上除了稻草，什么也没有，无奈他又累又困，干脆坐下来。他强迫自己什么也不去想，躺在稻草上先睡一觉再说。

天已经大亮了，贾士贞睡着了，也许是昨天夜里被侯永文折腾得太晚了，他居然连梦都没做，在稻草上睡了整整一大觉。

昨天夜里，县公安局长韩士银接到侯永文的电话，说下舆突然间来了一个奇怪的人，韩士银先是不以为然，可随后凭他多年的办案经验，他感到有一种莫名的感觉让他不能轻视这个不明来历的人，决定亲自到桃花镇会会这个怪人。早饭后，刚准备驱车去桃花镇，接到县委书记乔柏明的电话，他在电话里和乔书记不知为何居然说起了桃花镇抓到一个十分奇怪的人。乔柏明说，怎么会有这样一个莫名其妙的人呢，让他了解情况后有必要时告诉他一声。

韩士银接完电话后，心里很不安，他没有想到乔书记也会对这样一个小人物关注。他赶到桃花镇，先见了侯永文，后又一同来到贾士贞的那间旅社。他们翻遍了整个房间，也没有发现什么可疑的东西，随后让女老板拿出登记簿。登记簿上除写着姓名贾士贞之外，什么也没写。再一问，女老板说，她当时没有看那个客人的身份证，为此侯永文把她狠狠地骂了一顿。两人又来派出所见见这个怪人，这时韩士银的电话又响了，是县委乔书记的。他们说了一些事情后，乔书记问他那个怪人是谁，他说："不知道，只有登记住旅社时写着贾士贞三个字。"

"什么？"乔柏明突然失声地惊叫起来，"什么？你再说一遍，叫什么名字？"

“贾士贞，贾宝玉的贾，士兵的士，贞……是……贞洁的贞。”韩士银说。

“等一等，让我想一想，”乔柏明停了一会又说，“身份证呢？问一问他从哪里来的，不……不……”

“乔书记，你……你怎么了？”韩士银有些莫名其妙地大声叫起来。

“哎呀！我说老韩哪，你们……你们……这个人呢？”乔柏明惊恐万状、语无伦次地叫着。

“昨天夜里被侯书记抓起来了，关在派出所。”韩士银想乔书记那样惊慌，他也慌了。

“快，你们千万……不，我马上就赶过来。”

挂了电话，可把韩士银和侯永文弄得丈二和尚摸不着头脑了。两人哪里也不能去，又不敢去派出所，他们似乎感觉到这个人不是一般人物，否则县委书记乔柏明为何如此慌张呢？

侯永文突然间感到自己像是干了一件不可饶恕的坏事。昨天夜里的威风早已荡然无存了，好像一场大祸即将临头。但是他转念一想，也许这人是乔书记的亲戚什么的，要是那样，大不了多赔点钱，道个歉，幸好，没有对他动手，平时想找这个向乔书记讨好的机会还找不到呢。

虽然这样想，甚至在心里竭力安慰自己，可是侯永文还是多少有点不踏实。他和韩士银干脆来到公路上，站在路边任凭来往的汽车灰尘落到身上，心里有一种惶惶不可终日的感觉。侯永文从口袋里摸出一张草纸，撕一半给韩士银，两人用草纸捂着嘴，望眼欲穿地盯着前方，等县委书记乔柏明的到来。

对于侯永文和韩士银来说，早在一年之前就马不停蹄地忙碌着，终于没有枉费一番工夫，市委组织部例行公事的考察干部工作令他们兴奋不已，他们只等市委任命文件的下达，这是他们俩最关键的时候。他们在等待那神圣的时刻，侯永文就要成为下奥县的副县长，而韩士银也将登上市公安局副局长的位置。记得市委组织部的两个年轻人来桃花镇考察他的那天，侯永文做了精心安排。他知道虽然考察干部的两个年轻人对他的提拔并起不到决定性作用，可是他还是谨小慎微，万万不能让任何一个人在市委组织考察干部的年轻人面前说半个不字。他在考察之前，费尽心机把对他意见极大的镇党委副书记和那个副镇长弄到千里之外的广东去了，名义是让他们去招商引资，实际上让他们去公费旅游。那天他一刻也没离开镇党委办公室门前那个外走廊，他亲眼看着一个一个谈话的人进了谈话的屋子，又亲眼看着他们从那间屋子里出来，甚至每个人谈了多少时间，他都暗暗记了下来。

考察结束后，他亲自把礼物提上车，又亲自跟着车把市委组织部的两位年轻人送到县里。

但是，不知为什么，考察已经过去几个月了，还是不见动静。前几天，突然听说市委组织部的王部长调走了。当时他的心里倒是一震，他不是怕谁来当部长，而是担心组织部长一换人，起码要耽误一段时间。其实，他已经充分做好当副县长的一切准备，只等领导找他谈话。副县长，对于他来说是一个多么重要的位置，他不再是桃花镇这六万多人口的农村的小吏了，下臾县可是一百三十多万人口的大县，虽然还是一个副县长，可是这是全县那么多干部都向往、渴望，而又无法实现的愿望。每每想到这里，侯永文的心里总是心花怒放。但是，不知为什么，近来他对自己的职务总感到有些不踏实。就像此刻他的心情，站在马路边上盼望县委书记乔柏明的到来，可是又不知道他会给他们带来什么样的消息。

三

一个小时后，乔柏明终于来了，急速行驶的奥迪轿车在他俩面前猛地停下来，驾驶员按下车门，大声说："上车吧！"

上车后，侯永文瞥一眼乔书记，只觉得乔柏明脸色严峻，他觉得像犯了一个弥天大错，心里怦怦直跳，韩士银倒是满不在乎的样子。轿车拐弯上了小路，却没有人告诉驾驶员往哪儿去。侯永文刚想说话，乔柏明才没头没脑地抛出一句话："到底怎么回事？"

侯永文愣了一下，一时不知所措。不知为什么，他并不把县委、县政府的那些领导放在眼里，只有在乔柏明面前，他看见乔柏明那咄咄逼人的眼睛就害怕，就像耗子见了猫。现在乔柏明那双剑一般的目光正在盯着他，像要穿透他的心脏，去窥视他的内心。

侯永文一时慌了神，结结巴巴地说："我看这个人不像是什么好人……"

乔柏明说："但愿吧！"停一会，又说："恐怕……你……"他犹豫了一会没有说下去。

侯永文说："这个人在我们这里一天了，尽是问一些有关县和乡镇领导的事，我觉得奇怪，昨天夜里让人把他带到派出所，问他情况，他什么也不回答，更重要的是我们在他房间里搜到一个笔记本，都记着些县机关一些领导和乡镇领导的问题。”

“人关在哪儿？”乔柏明问。

“派出所。”

“我给你们说，但愿世界上没那么巧的事！”乔柏明莫名其妙地说了一句话。

侯永文笑笑说：“乔书记，你别那么吓人，我错了，我认罚，你说罚多少吧？”

“你？”乔柏明瞪了他一眼，“要真的是那样，你赔得起吗？”乔柏明显得几分烦躁不安，脸色由黄变白。

侯永文莫名其妙地“嘿嘿”笑着。脸上的三角肌不知是痉挛还是不自觉的笑神经收缩，让人觉得有点啼笑皆非。

“我前两天在市委办公室听说，省委组织部才调来的组织部长就叫贾士贞。而且……”乔柏明突然停住了。看着回过头的侯永文，只见侯永文脸上早已吓得没有血色。

官场上也真怪，小官就怕大官。侯永文为什么一听说新来的市委组织部长叫贾士贞，就吓成这样？他是镇党委书记，他想当副县长，可这副县级干部都归市委组织部管，假如这个贾士贞真是市委组织部长，就凭他把他关起来，以及昨天夜里的态度，他还想提拔当副县长吗？在这一刹那间，侯永文早已吓得魂不附体了。天哪！世界上怎么会发生这样的事？

“要命的是这位贾部长上任的第三天就不见了，市委组织部没有一个人知道他的下落。”乔柏明说着吓得浑身一阵不寒而栗，“连市委常书记都在到处找他，你们说不是他，哪来了第二个贾士贞呢？”

“我的天哪……”侯永文吓得一下子倒在座位上，脸色苍白，全身哆嗦。过了一会儿儿，稍稍清醒了点，嘴里含糊地叫着，“完了，完了……”

说话间，轿车已经来到派出所的门口，车一停稳，乔柏明先下了车，把侯永文和韩士银拉到一边，咬着耳朵交代了一番，然后又回到车上，对驾驶员说：“我们走！”

侯永文哭丧着脸，腰也弯着，躲在韩士银的身后。韩士银吓得也心惊肉跳的，但他早已想好，假如真的是市委组织部新来的部长，他就当场大骂侯永文，既把责任推到侯永文身上，又装出自己承担责任的样子，并当场撤掉派出所长的职务。他们鼓足勇气来到关贾士贞的那间房门口，门一开，侯永文双手作揖，头点得如鸡啄米：“哎呀！贾部长啊，让您受委屈了，我这个人有眼无珠，瞎了狗眼的东西，不知天高地厚，居然……呵……”说着，拉住贾士贞，差点要跪在地上求饶。

贾士贞一时间被弄得糊涂了，他们怎么会知道他是市委组织部长呢？他突然间又怀疑起这个侯永文来，难道他真的有孙悟空的本领，难道他真的有什么魔法妖术？否则，昨天夜里的那个山寨大王怎么一夜间突然就变成孙子了呢？贾士贞慢慢从稻草上爬起来，轻轻地抖着身上的稻草，不愠不怒地说：“侯书记，你认错人了，我连你这样的镇党委书记都当不上，岂能高攀市委组织部长那样的位置，我只不过是个盲流而已。”

“贾……贾部长，”侯永文含着泪，紧紧抓住贾士贞的手说，“贾部长，您就原谅我这一回吧，您大人不记小人过，宰相肚里能撑船……我该死，该千刀万剐呀！我……向你赔罪……”

韩士银站在一旁，脸上一阵红一阵白，他觉得心脏一直在狂跳，看着面前这个陌生的年轻人，他还是很难判断出他到底是不是市委组织部刚上任、又突然不知去向的组织部长。在这一刹那间，他想，如果这个人真的是市委组织部长，那他绝不是一个平常的人，他的这一举动也绝不是为了好玩，必定有他重要的目的。这样一想，他顿时做出否定的结论，这人不可能是新上任的市委组织部长贾士贞。天下之大，什么稀奇古怪的事没有。若真的把一个莫名其妙的人当成市委组织部长，传出后，那才是天大的笑话呢？尤其是他这个县公安局的一把手局长居然把一个盲流当成市委组织部长，岂不是太不称职了！他想组织部长毕竟不是市委书记，他跟本没有必要搞什么微服私访。这样一想，韩士银更加坚定了自己作出的否定判断。中国人重名的太多了，公安部门十分清楚这是怎么回事！这实在太普遍了，这么普通的三个汉字，难道只允许你组织部长使用吗，何况谁生下来时就是什么市委组织部长？想到这里，于是他振作精神，却又竭力和蔼地说：“能不能请你出示一下身份证？”

贾士贞看看他说：“有这个必要吗？你是下舆县公安局长？但是我没有违反国家法律，我可以拒绝出示。”

“我们主要想证实一下你是不是市委新来的组织部长，完全是好意。”侯永文说。

“如果是这样，那就更没有必要了。”贾士贞冷笑了一声说，“如果我是市委组织部长，你们就把他当做神一样供起来，把自己伪装起来，戴上一副虚假的面具；如果不是市委组织部长，你们就把他当做坏人抓起来，打入十八层地狱，真实面目暴露出来。怎么样？我就是一个普普通通的老百姓，你们说该怎么办吧？”贾士贞停了停又说，“我看还是还一个人的本来面目好，把伪装撕去。我猜想，你们也不一定希望被你们关了一夜的这个人真的是市委组织部长吧！这样你们可以心安理得，任意胡作非为！”

侯永文睁大那双疑惑的眼睛，看着韩士银，半天不知其所以然，接着把韩士银拉到一边，两人低声耳语了几句，又回过头，对贾士贞说：“这样说来，你真的不是市委组织部长了？”

“说吧，你们到底想干什么？”贾士贞说，“或者说你们希望是什么样的结果呢？”

“我们当然希望你不是市委组织部长了，如果你真的是市委组织部长，那我们岂不要倒霉了！”侯永文说。随即又转脸对韩士银说，“我也不相信会有这样的市委组织部长，如果真有这样的市委组织部长，那他就是有神经病，凭这一点也不够当什么鸟市委组织部长。除非他发疯了，否则他想干什么？人家那些什么市委书记、省委书记可以微服私访，也学习古代的皇帝，微服私访还能访出个名堂来。都不过是为了出出名，流芳后世罢了。一个市委组织部长凭什么微服私访？他能解决什么问题，他真的想那样做，可他也没那么大的权力呀！你说是不是，年轻人？”

贾士贞仰天大笑起来，他一边笑一边向外走去，说：“侯书记，你很聪明，既然你们害怕我是市委组织部长，也不希望我是市委组织部长，或者说认为我不是市委组织部长，那我就还是我这个贾士贞（假是真）吧！贾士贞这三个字千真万确，没有一点是假的！”

这样一来，贾士贞坦然地瞥了他们一眼，头也不回地往外走去，刚走到门口，侯永文又拦着他，贾士贞说：“既然你们肯定我不是市委组织部长，而我又没干什么坏事，你们就不能再非法拘禁我了，否则后果你可以想象！”

这时，只见韩士银正在握着手机打电话：“喂，乔书记吗？我们问过了，看样子好像并不像市委组织部长，他自己也不承认，哎……可是他不肯出示身份证。”

挂了电话，韩士银上前说：“对不起，请你耐心等一等，有些情况我们还要进一步核实的。”说着和侯永文又把贾士贞挡回屋子里。

贾士贞心里觉得这些干部头脑里的法治意识太差，不仅将他关了一夜，眼看已经是上午十点多钟了，连一口水都不让他喝，为此，他想到这个地区的群众是怎么生活的。他站在一无所有的房子里，确实又渴又饿，于是从口袋里取出十元钱，说："你们总不能不让我吃点东西吧，来吧，请你们给我买点吃的东西，给我弄点开水来。"

"说，只要你说出你是干什么的，我让你喝酒，用好酒好菜招待你。"侯永文说。

不知什么时候侯永文似乎又恢复了精神，又开始神气十足起来。贾士贞看看面前这个地方官，心里真的又好气又好笑。

"好你个侯书记啊！好吧，你看着办，随你的便吧，你想干什么？荒唐！"贾士贞往稻草上一坐，靠在墙上，闭上眼睛。

这样一来，反倒叫侯永文和韩士银没了主张，两人退出屋子，重新把门锁了起来。

贾士贞此刻的头脑里又想到高兴明给他的那份早已考察过，准备提交市委常委会研究的干部名单，那些考察材料说他们是为人民造福的好干部，是廉洁自律的楷摸，然而他这几天接触到的老百姓，他们当然对这些官员们的所作所为了解甚少，但也有那么多群众反映了一些现象，当然对于一个领导干部的评价，绝不是选择一个"好"或者"坏"的标签贴上那么简单，而是要看大节、看主流、看本质。组织部门考察、选拔、任用干部的办法，仍然是多少年来的老一套，大都是找被考察的干部身边或者周围那些少数人谈谈话，而这些人有的是被考察人安排好了的，不可能反映任何问题，总是说好话，甚至编出根本不存在的所谓优点、政绩来吹捧一番；有少数人也许对被考察人有看法，但都畏惧被考察人的权势，考虑到自己的前途，只好昧着良心，说假话、空话，好话多说，坏话少说。此外，考察干部工作的人员素质也直接影响到考察工作，笔杆子掌握在他们手里，他们想怎么写那就只有天知道了。贾士贞扪心自问，他在省委组织部那么多年，一直在干部处工作，考察过的干部不知有多少，对于领导打招呼的人，有关系捅到他们身上的人，他总是笔下留情，体会太深了。领导哪里知道凭那三四千字的考察材料是不能反映出一个干部的真实面貌的！有的根本就是离题万里，空话、假话连篇。想到这里，他觉得高兴明给他的那些材料也就不奇怪了。这次他所谓的微服私访，让他感到强烈的震撼！群众意见对一个领导干部的选拔、考察、任用难道不重要吗？俗话说："金杯银杯不如口碑！"无论怎么说，他觉得这次下臾之行是十分必要的，让他了解到老百姓对领导的背后评价，了解到每一个领导干部在群众心目中的形象。更值得他深思的是，组织部门应该如何考察、选拔一个群众满意的领导干部，也让他思考如何来改革现行的干部人事制度。干部人事制度不能再继续靠少数掌权的人说了算了，要让群众参与，要增加透明度，要让广大群众来监督。

此时此刻，贾士贞完全忘记了自己是一个失去自由、被人认为是假市委组织部长、被当做坏人软禁起来的人。他忘记了疲惫和饥饿，开始构思如何进行干部人事制度的改革这样一个重大而又深刻的问题。

四

一向认为对官场很有研究的侯永文，根本就不相信被他控制起来的这个年轻人竟然是市委组织部长。这么多年来，他对官场的消息绝对是灵通的，上至中央，下至县委，许多官员在调整之前，他都能传出一些让人吃惊的消息。只要一谈起官场上的事，他便眉飞色舞，绘声绘色，振振有词，甚至吹得神乎其神。对于许多高层的人事安排，他总是说得头头是道，好像他是各级组织部长，他总是发布最权威的消息。然而，尽管当他听到县委书记乔柏明说这个贾士贞可能是新来的市委组织部长时大吃一惊，甚至吓得屁滚尿流，但是，经过他的一番盘问，他认为当今社会绝不可能有这样的组织部长。传说古代虽然出现过微服私访的皇帝，但那毕竟是皇帝，况且又有几个？现实生活中根本不可能发生这样的事。现在再想想，他这个消息灵通人士怎么一点也不知道这个已经变成了现实的大事呢？想到这里，他取出手机，准备给市委组织部常务副部长高兴明拨电话，可他又犹豫起来了，他有些惧怕高兴明。说起来，高兴明和他还是同母异父的兄弟关系，可是高兴明把这层关系看成是他的耻辱，他最不愿意别人知道这件在他看来不光彩的事，更不希望有人知道，他母亲改过嫁，他还有个同母异父的弟弟。他在下臾当组织部长时，那时侯永文还是乡里的农技员，这样的关系侯永文当然不会放过，可是他第一次登高兴明的门时，高兴明居然说不认识他，气得他当时就跑到母亲那儿，把高兴明骂了一顿，他母亲特地去高兴明那里哭了一场。后来，高兴明虽然见了侯永文，也答应有机会帮帮他，但条件是不准他到处说他们是兄弟关系。高兴明到底还念着这点手足之情，经过高兴明的一番运作，很快就把侯永文提拔为乡党委副书记。高兴明当上下臾县长不久，突然调市委组织部当副部长，那是一个管着全市很多县处级领导干部的权位，这让侯永文欣喜若狂。过去他只希望自己将来能当上乡镇党委书记，然后回到县城，当上好一些局的局长；现在作为他同母异父的兄弟已经升任为市委组织部的副部长，无论怎么说他也按捺不住内心的平静和寂寞，他觉得自己不能仅仅满足于县里的那个正科级的局长，必须马上向副县级发起冲刺。当他进一步了解到官场上的微妙之处后，便千方百计利用这种关系，他想全市那么多干部，有几个能有他这样的特殊关系？这样求之不得的有利条件？但是，侯永文还是不敢亲自去找高兴明，最终还是把母亲拉去求高兴明。让他意外的是，这一次高兴明听了他的一番话后，明白了他的意思，还没有骂他，只是叫他好好工作，让他将来有说话的本钱。临别时，高兴明还是千叮咛万嘱咐，让他对任何人都不能提及他们之间的关系。侯永文当时激动得心脏都要跳出胸膛了，头点得像鸡啄米似的，他的样子哪是高兴明的弟弟，简直如高兴明的孙子。不久，侯永文出任桃花镇党委书记。

高兴明不知得力于什么人的关系，在市委组织部副部长的位置上干了一年多，又被名正言顺地明确为常务副部长。常务副部长是个什么样的角色，官场中人再清楚不过了。一个地方的组织部长都是异地为官，而且在部长的位置上三两年必然荣升，当地的干部连人头还没熟，便已经调整了，这样一来，常务副部长就成了组织部的真正实权派。后来，高兴明的家搬到市里了，侯永文三天两头往他家跑，他也成熟多了，除了对长兄生活上考虑得十分周到，还特地挑选了一个精明能干的高中毕业生专门培训了半年，镇里开工资，让这个姑娘到高兴明家当保姆。高兴明也从心里受到感动，不管怎么说，两人多少还是有点血缘关系的，自然也就没费一点力气，就将侯永文列为下臾县副县长人选。谁知就在这批干部考察程序已经完成后，市委组织部长工作变动，这批干部没有正式提交市委常委会讨论。市委组织部长换人，这是正常现象，高兴明担任副部长以来，贾士贞已经是他陪伴的第三任市委组织部长。所以，在市里，在组织部他也自然成了德高望重、一言九鼎的人物了。

侯永文之所以不相信被他关起来的这个年轻人会是新上任的市委组织部长，不是没有道理的。就在他接到乔柏明的电话之后，震惊之余，他和韩士银反复分析，还是觉得可能性很小，这么大的事，作为他的兄弟高兴明，怎么也会漏出点风声给他的，可是没有。

侯永文和韩士银决定，不能随便就把这个贾士贞放掉了，他们俩先到小旅社查看了登记，又去他的房间，可是翻遍了贾士贞留下的所有东西，依然没有发现任何可疑的迹象。于是两人就在贾士贞的房间里拿出贾士贞的软面抄仔细研究起来。笔记本上并看不出什么明显的东西，但是让人感到这一定是记录了什么问题，比如，下I，买卖……正局，五……交局六，桃记？……

正在他们俩对这些莫名其妙的东西无法破译时，侯永文的手机响了，传来的是县委书记乔柏明的声音："侯永文吗，你们现在在哪儿？"

侯永文说："我和韩局长还在桃花镇，有事吗？乔书记。"

"永文哪，你……你……哎……"乔柏明显得十分慌张，"你快……快把……好，我马上就到……"

"喂，乔书记，到底是怎么回事？"侯永文反而不慌不忙地说。

可是，对方电话已经挂了，侯永文不知怎么回事，看着韩士银，两人都觉得这事有点荒唐。乔柏明作为一个县委书记，从来都是很沉着、稳重的一个领导者，怎么突然如此慌慌张张？他们同时感觉到，这事还是与那个贾士贞有关。难道这个年轻人真的是市委组织部长吗？正当他们俩胡思乱想时，侯永文的手机又响了，一接电话，只听乔柏明说："你们关的那个人放了没有？"

侯永文说："没有。他不是市委组织部部长……"

"他人现在在什么地方？"乔柏明的声音有些吼叫起来。

"还在派出所后面的暗室里。怎么了？"

"你们马上过去，赶快把人放了！"乔柏明大声说，"我和高部长十分钟后就赶到，你们在那里等着。"

这让侯永文的心里真的没了底。怎么乔书记说，他和高部长马上就到？这高部长一定是高兴明，怎么这事闹到他那去了？虽然高兴明是侯永文同母异父的兄弟，可是他天不怕地不怕，就怕这个市委组织部常务副部长的哥哥。如果他关的这个人真的是市委组织部长，那么不仅是他自己不会有好下场，高兴明也不会放过他的，弄不好，他的这个坚强后盾也会倒了，他们的一切都将因此完蛋。想到这里，他放开双腿，好像兔子一样奔了起来，然而没跑几步，脚下一软，便跌倒了，嘴正好磕到了面前的一块石头上。侯永文只觉得一阵钻心的疼痛，用手一抹，满手是血，仔细一看，两颗门牙掉了一半。

韩士银听到一声惨叫，回头一看，只见侯永文跌倒在地，赶快返回去扶他。见他满脸是血，韩士银慌了手脚，要送他去医院，他摆摆手，捂着嘴，跌跌撞撞地往前跑去。俗话说人慌误事，侯永文怎么也弄不明白他为什么如此恐惧、慌张，突然有一种祸不单行的感觉。

当侯永文和韩士银赶到派出所门口时，两辆轿车已经停在路边，只见高兴明和乔柏明站在那里。高兴明的脸上露出一种难以形容的表情，脸色红黑如枣，鼻子扭成苦瓜。

侯永文双手捂着脸，鸡啄米样地点着头，全身筛糠似的狂抖着，却一句话也说不出来。乔柏明一看侯永文满脸都是血，更加莫名其妙了，气得他涨红了脸说："这是怎么回事？"

侯永文不敢松开手，支支吾吾、含糊不清地说："走，在……在后面。"

高兴明走到侯永文身边，低声说："看你这个狼狈样子，像什么话？"高兴明恨不得给他两个耳光！

侯永文忍着疼痛，大步跑在前面，在这一刹那间，他从高兴明的目光中感觉到，一场大祸即将临头。

四个人谁也不说一句话，人人的心里都捏着一把汗，侯永文第一个来到那间屋子门口，他松开沾满血迹的右手，哆哆嗦嗦地在口袋里摸了半天，终于摸出钥匙。当他站在门口时，他睁大双眼，拿着钥匙的手却怎么也找不到锁。再一看，门是关着的，他的心一下子提到嗓子眼，慌慌张张地推开门，屋子里居然空空的，哪里有人？侯永文只觉得眼前一片黑暗，天地顿时旋转起来，韩士银上前一把扶住他，侯永文大哭起来："天哪，这是怎么回事？"

正在这时，那个五短三粗、小平头的青年气喘吁吁地跑到侯永文面前，低声说："侯书记，我在车站看到那个人上了公共汽车。"

侯永文捂着嘴说："哪个人？"

小平头说："就是我们抓来的那个人，怎么把他放了？"

侯永文转身对乔柏明说："乔书记，贾……他上了公共汽车，跟着他，不能让他跑了。"

乔柏明没说话，脸色苍白。高兴明说："你要干什么？追上他，你打算怎么办？你怎么如此蠢呢？假如他是贾部长，你倒霉，我们都得完蛋！我们怎么向他解释，如果不是贾部长，你还能把他再抓回来？我看你是昏了头！都是你这个不争气的东西惹下的麻烦。"

第二章 漫画

五

早上八点钟一到，高兴明就来到办公室，当他走到办公室门口时，发现顶头那间办公室的门敞开着，他的心里咯噔一下，是贾部长上班了！自从那天他和贾部长见过面之后，这间办公室的门就一直关着，今天是第七天，贾部长办公室的门突然开了，说明他回来了。高兴明觉得这个年轻的组织部长身上有一种特殊的神秘感，内心产生一种莫名的疑虑。他到底去哪了呢？昨天他在下臾县委书记乔柏明的陪同下赶往桃花镇，却扑了个空，没有见到那个被侯永文关起来的贾士贞，这事也就成了一个永远无法解开谜。当然，聪明的高兴明想到，无论那个贾士贞是不是新来的贾部长，他都无法证实他是否被关过，自然也就绝不可能问起这件事。他总觉得这事有点荒唐，每当想起这件事，心里就怦怦直跳。和这样的领导相处，高兴明还从没有过，是紧张？还是担心，他说不清。这几天来，他被弄得满头雾水，甚至有点无所适从。犹犹豫豫了一会，他还是壮了壮胆子，提了提精神，朝贾部长办公室走去。

贾士贞坐在办公桌前，正在专心致志地阅读文件，听到有人进来，便抬起头，随即又低下头，嘴里说："高副部长，有事吗？"

高兴明本想说："贾部长，您这几天去哪里了，连常书记也在找你？"可他觉得这样不妥当，领导的事，下级管那么多干什么？何况对这个新来的组织部长总有点格格不入，甚至有些胆怯感，好像自己不是一个常务副部长，而是一个新来的办事员。在这一瞬间，他还是想看看贾部长是不是有什么蛛丝马迹，或者言谈举止中是不是有什么疏忽，于是没话找话说：

"贾部长，你来得这么早？"

贾士贞这才放下手里的笔，抬起头，含着微笑说："我这人早上不贪睡，吃了早饭在宿舍也是待着，在哪里都一样。坐，有什么事吗？"

高兴明避开贾士贞那剑一般的目光，不知为什么，昨天没有见到那个被关的年轻人，他反而觉得心里不踏实，心里总觉得自己做了什么亏心事似的，他瞥一眼面前这个年轻领导，怎么也找不出什么形迹可疑的地方。高兴明留心了一会儿，好像他这几天压根就没有离开办公室一样，也不像以往那两位新上任的部长，首先向他了解组织部里干部情况，了解全市那么多县区、机关部委办局领导的情况。这位新部长那么沉稳和镇定，似乎对周围的一切都那么熟悉，那么不在乎，甚至对他这样一个举足轻重的常务副部长也从不谈工作，不布置工作，好像他的存在根本就可有可无的一样。高兴明尴尬得汗流夹背，想找点什么理由缓解一下心情，可真的找不到任何可以说的话语。

站了一会，高兴明越发觉得尴尬和不安，便打声招呼，准备离开。这时贾部长的电话响了，他一边往外走一边听着贾士贞的讲话，他感觉到，这电话是市委书记常友连打来的。高兴明迈着沉重的步伐，走向他的办公室，正要开门时，贾部长突然从背后来到他身边，说："高副部长，我到常书记那儿去一下，有什么事，可以打我的手机。"

高兴明叹了一口气，此刻，他似乎觉得贾部长终于把他当作副部长了，好像他这个常务副部长的意识也恢复了。进了自己办公室，尽管办公桌上的电话还时不时地响起来，托他办事的、想和他套近乎的人还依然那样热情、那样谦恭，但高兴明的态度明显发生了很大的变化，不是故意推托，就是打哈哈。放下电话，觉得过去一向业务繁忙的他，现在突然间萧条冷落起来了，只有秘书还会送来些与他这个市委组织部的常务副部长无关的文件机要让他阅读。他一直分管的机关干部科和县区干部科也很少向他汇报干部工作上的事，这些都让高兴明有一种难以言说的危机感和大权旁落感！

贾士贞一进常书记办公室的门，常友连就满面笑容地迎了上去，那种笑是发自内心深处的，握手的动作也和官场上的敷衍完全两回事。常友连先是左手抓住贾士贞的右手，随后又将右手放在贾士贞的手上，仅仅这样的一个动作，就让人感受到了身居市委书记要职的领导的亲切和热情。

握手之后，常友连没有叫秘书给贾士贞泡茶，而是亲自从柜子里取出消毒过的茶杯，一边给贾士贞泡茶一边说：“士贞哪，我这可是上等的龙井茶啊！”

对于常书记的热情，贾士贞并不感到有什么特别，他想到了四年前。那是他当上省委组织部市县干部处副处长的第二年，执行考察部分市、县领导的任务。按照省委的意见，那次考察的对象并没有东舆市市长常友连，虽然他在东舆考察干部期间接触到了市长常友连。在市委领导班子当中，他接触比较多的还是市委书记、政工副书记和市委组织部长。就在考察干部即将结束的前一天，省委组织部长钱国渠突然来电话，让贾士贞考察一下东舆市市长常友连。这对于当时已经担任市县干部处副处长的贾士贞来说，一点也不感到意外，说明原来没有把常友连列为考察对象是因为准备继续让他在市长位置上干下去，既没提拔也没调整的打算；现在突然要作为考察对象，无非是准备提拔或者把他从市长的位置上调整出来。当然还有一种可能就是常友连得到消息，省委没有提拔他的打算，他做了工作，当然做这个工作的绝不是一般人，以至省委主要领导临时改变主意，把他又补充作为考察对象。这个程序对于一个领导干部的提拔非常重要，这不仅仅是一次考察的问题，而是上级主要领导的目光已经落到你的身上了。

贾士贞接受了考察市长常友连的指示之后，立即展开对常友连的考察。官场上的事太让人敏感了，无论贾士贞在干部考察中怎么注意考察方式，都会有人感觉到他是重点考察对象。贾士贞之前没有重点考察常友连这是当时人所共知的，后来他又突然把目标转向常友连，这让许多县级领导一时不知所以然，不过很快他们就知道常友连要由市长被提拔为市委书记了，而且关于常友连提拔的事电流般的在东舆市市级机关和县区传开了。有人说常友连得知省委没有考虑到他的问题后寝食不安，在短短的时间里先后往返省城三次，最后省委某书记终于改变了方案。这样一来，有些人不仅在谈话时反映了常市长的一些原则问题，还有人甚至主动找到省委组织部考察组反映情况，一时间，关于常友连的人民来信不断飞到省委、省委组织部和省纪委，还有的人民来信直接寄到贾士贞手里。作为当时的市长常友连自然知道有人反映一些关于他的问题，而且估计有些人民来信一定会转到考察干部贾士贞副处长手里。无论这些人民来信对他的升迁是否会产生影响，眼前的贾士贞是一个不可忽视的人物。

按照组织部考察干部的程序，在考察过程中，也应该正面接触一下被考察的对象，贾士贞是在对常友连考察中途和他见面的。一般从谈话的方式和内容，对方根本看不出贾士贞的目的，但是常友连却没有忽视贾处长谈话的每一个细节，他肯定知道贾副处长和他见面的意义。整个谈话过程中，常友连都是小心谨慎、谦虚有余的，这和往常坐在办公室和主席台上的他真的判若两人。尽管贾士贞这个副处长和正市厅级常市长相差三个级别，但是现在让人感觉到他们之间的关系完全颠倒过来了，贾副处长成了上级，而常市长变成了下级。在整个谈话过程中常友连不像往日那样抬头挺胸、高傲自信，而是俯首哈腰的；说话的声音也不居高临下、咄咄逼人，而是轻声慢语、面带微笑的。

谈话结束后，贾士贞热情地把常市长送出房间。走到门外，常友连拉住贾士贞的手，十分谦逊地说："贾处长年轻有为，将来到市里先任常委、组织部长，将来不单是市长书记啊！部省级领导也大有希望啊！"常友连拉着贾士贞的手始终没有紧开，让人感觉到他的热情、真诚和平易近人，和贾士贞明同行的于明自觉有些尴尬，便退了回去。常友连虽然感觉到于明退了回去，却佯装没看见，继续和贾士贞往前走。走到院子里，常友连突然停住脚步，可是欲言又止，最后握了握贾士贞的手说，"贾处长，再见，后会有期……"

贾士贞看着常友连离去的身影，摇了摇头。

晚饭后，贾士贞刚进宿舍，就有敲门了。

自从贾士贞来到东臾市考察干部住进东臾宾馆后，除了找相关领导谈话，晚上经常有人来找，有的是反映情况，有的是说明自己问题，贾士贞总是热情接待。现在他和往常一样，门一开，见是常市长。他笑了起来，心想，下午临下班时刚刚和常市长分手，怎么现在又来了！常友连看到贾士贞疑惑的样子，依然伸出手，一边握着贾士贞的手一边说："贾处长，本来晚上我是想请你们二位吃个便饭的，又怕你们组织部考察干部时有纪律，所以……"

"来来来，常市长，你请坐！"贾士贞把常市长让到沙发上。

"贾处长，你来东臾这些天，我虽然身为市长，但是干部上的事有政工副书记、组织部长，还有一把手书记，我一般不便多接触你们。"常友连说。

贾士贞泡好茶，坐到常友连对面，笑着说："常市长，我们考察干部其实并不希望牵涉那么多领导的精力，市委组织部有人配合一下就行了。

但是，我们也知道，考察干部对于领导们来说又是十分关注的，人嘛，谁都是这样，切身利益！”

“贾处长出生在乌城吧！”常友连说，“其实说起来令尊大人还是我的老领导呢！”

贾士贞一愣，看着常友连：“常市长在乌城工作过？”

“是啊！我年轻时在乌城地委办公室做秘书科长，那时令尊大人担任乌城地委常委、组织部长，那一年市委从机关提拔一批年轻干部到县里任副县长，我下去的时候还是贾部长亲自谈的话。”

“哦……”

“贾处长，我今天来找你，是有些事情想向你反映，说明一下。”常友连此时完全不像一个几百万人的市长，不仅态度十分谦逊，而且样子也非常诚恳。

贾士贞说：“常市长尽管说，实事求是地把情况说清楚，有利于组织部全面掌握情况。”

常友连把在工作中碰到的矛盾，以及为了哪些事和哪些同志发生过分歧和矛盾，都详细做了解释，确实有些事情和人民来信，和一些同志谈话中反映的问题不同程度的有着联系。当然贾士贞知道，常友连必然是担心考察组在考察过程中形成和反映问题人相同的观念。不管这些看法省委和省委组织部是什么意见，常友连想如果能让贾士贞对那些意见有否定的认识，那才更为重要。

最后贾士贞说：“常市长，你放心，我们考察组一定会实事求是地对每一个领导干部负责的，也不会偏听个别的反映，对有些问题，我们考察组还会根据了解的情况做出专题报告的。”

常友连似乎深受感动，觉得贾士贞为人真诚，不像组织部有些人那样尽打哈哈，官不大僚不小。最后，他说：“贾处长，我本来想给你搞点什么土特产的，一怕你们不好接受，又怕你误解我这个市长，所以我只向你表示我的空头支票。”常友连抓着贾士贞的手，反复握了握，“以后贾处长万一需我常友连办什么事的话，一个电话，请贾处长相信我。贾处长，我相信，咱俩说不定还有缘分呢！如果哪天你到市里来当常委、组织部长了，那我常友连一定支持你，拥护你。”

贾士贞大笑起来了，说：“常市长，你真会开玩笑，我现在只是一个副处长，你真有想象力啊！”

考察干部结束后，贾士贞回到省委组织部，按照省委组织部的要求，凡是被考察对象人民来信比较突出的人，考察后都要向省委、省纪委写出书面报告。这些对常友连的提拔是否起到了什么作用，常友连是绝不可能知道的。但是这次考察后，常友连由东臾市市长提拔成西臾市市委书记了。常友连提拔后，并没有忘记贾士贞，不仅打过几次电话问候贾处长，后来到省里开会，也仍然没有忘记。尽常友连已经当上了大权在握的市委书记，但是他还是在百忙中去省委组织部看望贾士贞，只是贾士贞后来调到机关干部处了，两人接触的机会才少了。转眼间三年多过去了，两人始终没有面对面地坐下来回忆那段短暂的往事。此时此刻，常友连和贾士贞默默无言，沉默了许久，或许两人记忆的风帆都同时驰回了那段平常的岁月。

六

不知过了多久，常友连像是经过一番思索，说："士贞啊，我真心实意地欢迎啊！起初有人传说我们原来的王部长要调走，我还在想，不知道谁来当市委组织部长，我甚至想向省委组织部长钱国渠同志建议一下。可后来一想，组织部长这个角色是个特殊角色，上级组织部门不主动征求意见，我虽然是市委书记，也就不能多说。谁知是你啊！"

贾士贞笑笑，并没有接过常书记的话题。常友连显得几分兴奋，又说："士贞，好好干，像你这样年轻就当上了市委常委、组织部长，不用我说，你是清楚的。"

贾士贞知道常书记说的是真心话，不过他还是不习惯这些过于夸张的话，说："常书记，我觉得在你的领导下，我能够放心大胆地干工作倒是真的，对你我还是了解的。"

"士贞你放心，我想我不是那种斤斤计较、处处大权独揽的市委书记，你有什么想法我一定会支持你的。"常友连的态度和当年那次单独找贾士贞谈话时一样。他对贾士贞的那次空头承诺，现在真的该兑现了！

常友连和贾士贞当年的那种特殊关系，经过三年多岁月的洗礼，如今发生了意外的变化，但是无论常友连，还是贾士贞，谁都没有捅破当年的那层窗纸，也许这正是政治家们的修养。然而，他们今天的谈话又并不完全像一个新上任的市委常委、组织部长和市委书记之间的官方见面，有一种朋友谈话的氛围。

第二天，贾士贞仍然早早来到办公室，看看时间还早，便翻起了报纸来，当他翻开《臾山晚报》时，发现最后一版全是漫画，且漫画的个性、特点他都很感兴趣，每一幅漫画趣味都非常深刻，如果你不细细琢磨，很难了解其中深层的意义。他对中国漫画大师华君武的一幅漫画非常喜欢，已经很么多年了，至今仍记忆犹新。那是两个男人抬着一顶轿子，抬轿子的人累得满头大汗，坐轿子的老爷把头从轿子的窗子里伸出来，对外面的人说："我是公仆！"每当想起那幅漫画时，贾士贞都十分佩服华老先生的才华。这时贾士贞看到报纸上的几幅漫画，一个官员拦住一个年轻人说："你是假（贾）货！"那个年轻人头顶上方一个大大的问号。第二幅是：还是那个官员，手里拿着一本笔记本，对关在屋子里的年轻人说："这是（士）什么意思？"年轻人皱着眉头，头顶上仍然是一个大问号。第三幅是：那个年轻人坐在办公室里，那个官员吓得满头大汗，躲在门外，箭头旁边是："他是真（贞）的？"

看着这三幅漫画，也许大部分读者都很奇怪，可是贾士贞一眼就看出漫画作者的拙劣伎俩。哪有这样的漫画作品，漫画当然寓意深刻，发人深省，可也没有如此粗劣的。但是他不明白的是，他此次的下臾之行，除了侯永文和韩士银，还有去旅社"请"他的那三个人，谁也不知道这件事，而且他们都认定他不是市委组织部长，那么他的这次神秘行动只有他自己最清楚，可是从这几幅漫画的内容看，漫画的作者对他的神秘行动显然是了如指掌，这到底是怎么回事？贾士贞怎么也想不明白。这几幅漫画的含义已经非常明显了，贾士贞在头脑里画上了一个大大的问号，工作还没有开始，就遇上这样一件怪事，他不得不对自己的行为谨慎起来。于是他把这张《臾山晚报》放进抽屉里，只当什么事也没发生。

这时，机关干部科长张敬原进屋说，人员已经到齐了，请贾部长过去开会，贾士贞随后来到会议室。这是他上任后第一次召开的组织部中层干部会，那些科长、副科长、主任、副主任还是他上任后的第二天在三位副部长的陪同下，去各个办公室见的面，贾部长对他们还不能对上号。贾士贞微笑着走过去，和大家一一握手，然后坐到正中那个位置上，看看三位副部长，开始了他的第一次讲话："同志们，我到任后这是第一次开会，这一周多时间里，各位可能有一种猜测，或者说种种议论，这不奇怪，了解一个人是需要时间的，我这个人不喜欢务虚，也不喜欢说漂亮话，所以我今天也不是什么就职演讲，算是和大家见个面。”众人的目光一起集中在贾士贞的身上，觉得这位组织部长说话一点也不像市委常委、市委组织部长，说话没有一点官腔，没有一点架子。一个新上任的组织部长，第一次开会不管怎么说都应该有一个体现领导水平的就职演说，可是这位贾部长却没有任何程序，也没有别开生面、让人震惊的表态。联想到前几天新部长的神秘消失，不仅组织部人人被弄得一头雾水，连市直机关也是满城风雨，大家都对这位新部长产生一种神秘感。种种议论不胫而走，而且，产生许多版本。有人说他一上任就回省委组织部汇报干部问题，还有人说他微服私访，有人甚至说他目无纪律，挨了市委书记的批评。

贾士贞没有更多的话说，他开会算起来不过十多分钟，宣布散会后，他又当着大家的面，让机关干部科把那些干部考察材料拿过来，大家更不知道他的意思了。那天常务副部长高兴明把名单交给了贾士贞，当时贾士贞就让张敬原把考察材料拿过来。新来的部长要看看考察材料，是正常现象，可是第二天他人就不知去向，现在召开中层干部会议，却又没有实质内容，他要这些考察材料干什么？正当高兴明看着那些材料思绪纷乱时，贾士贞说：“同志们，大家都知道，组织部门是考察、选拔、任用领导干部的重要部门，是常委任用管理干部的参谋部门，因此，组织部门的工作就显得十分重要。但是，几十年来，我们的干部人事制度、管理模式还是沿用了计划经济时候的那一套，仍然是少数有权的人说了算，形势发展到今天，中国改革开放已经二十多年，社会生活发生了巨大的变化，干部人事制度也必须与时俱进，适应市场经济的需要。我来到西臾后，迫切感到改革人事制度的重要性。”贾士贞脸上一下子严峻起来了，他随手拿过一份考察材料，一边翻着一边说，“我看了看这些考察材料，恕我直言，这些考察材料有些言过其实，我在省委组织部八年，直到这次调到西臾市委组织部，可以说我一直都在干部考察工作的第一线，经我手考察过的干部我也不知道有多少，写过的考察材料比那些大作家出版的书还要多，写干部考察材料不需要什么文学艺术创作才能，其中有一条，我不知道各位是否清楚，那就是实事求是地对待每一个干部，既不要夸大成绩，又不要缩小成绩，更要对缺点直言不讳。但是我看了这些考察材料，明显觉得这些材料水分过大，有夸大成绩、凑字数的感觉，如果那些被考察的同志，真如这些材料所写，他们都成为完人、伟人了。他们不仅仅是提拔到县处级领导的问题，怎么也应该提拔到市厅、部省级！这其中大部分材料居然没有缺点，你们相信？反正我不相信。一个干部吃的五谷杂粮，面对群众、领导，工作上不出差错，没有缺点，可能吗？所以……”贾士贞停住了，目光在两个干部科长身上慢慢移动着，接着说，“现在我们就要着手干部制度改革的准备工作，我想，我们要以中央《干部任免条例》为依据，对干部的选拔、考察、任用，逐步推行‘公开、公平、公正’的原则，公开竞争，任前公示。对提拔的干部实行公开报名，统一考试，任何人都不例外。这个方案，请机关干部科和县区干部科各拟一份初稿，然后组织大家讨论。”他的目光最终落在两个干部科长身上，随即他们两个都低着头。贾士贞转身看看坐在他右边的常务副部长高兴明说：“你们三位副部长觉得怎么样？”

高兴明只觉得脸上的三角肌不由自主地收缩了两下，他不知道自己是在笑，还是一种什么样的表情，对于贾部长的讲话，他感到有些太突然了。说实在的，尽管改革干部人事制度在不少地区有所动作，中央组织部也先后发了几个文件，但是那都是各自在试验着的少量试验田，没有成功经验，也未见中央统一部署。所以，他认为对于这样一个极其敏感而又说起来容易做起来难的问题，不是组织部门本身就能说了算的。但他没有想到，贾部长一到任，就抛出这样一枚炸弹，他真有些思想准备不足。自从贾部长上任又突然不知去向后，特别是侯永文引起的那场怪事，使他添了一块心病，他不仅天天心神不宁，而且有惶惶不可终日的感觉。再瞥一眼这位比他小十三岁的市委组织部长，不觉对他画了一个更大的问号。他从内心对这位年轻的领导有些摸不到底，甚至有些担心自己的未来。

自从他到市委组织部担任副部长以来，特别是明确他为常务副部长之后，在前两任市委组织部长执政期间，高兴明成了西夬市委组织部的实权派，组织部的日常工作基本上都是他在主持，就连许多干部的提拔、考察，也是经他的手，部长也不具体过问，只是听听汇报，点点头。组织部的同志有时找到部长，部长往往叫他们去找高副部长，久而久之，高兴明不仅在组织部内部威信很高，就是市直机关、各县区都知道高副部长是市委组织部的实权派。可是贾部长来了之后，他确实有些被冷落的感觉，贾部长没有主动找他了解全市干部的情况，听取工作上的意见，连干部人事制度改革这样重大的事件也不事先征求他的意见。高兴明不仅有些失落，而且产生了一种抵触情绪。

陡然间，高兴明又想到贾部长的神秘失踪，那天他接到下夬县县委书记乔柏明的电话，不知为什么，就立即赶去桃花镇。他并不是因为侯永文是他同母异父的弟弟，而是考虑到假如那个被关的人真的是贾部长，那他的行动一定是有重要目的的。他还想过，如果真是侯永文把贾部长抓起来了，他就只能和乔柏明当场做出决定，免去侯永文的镇党委书记职务，让他永远也不能再在官场上有什么作为了。可是贾士贞突然不见了，这样他反而觉得思想压力小多了；他希望侯永文抓的人不是贾部长，大家都相安无事。退一步讲，万一是贾部长，但并没捅破这层薄薄的纸，谁也无法提及这件事。所以这事也就真的像没发生过一样，各自心中有数，装聋作哑。然而就在开会之前，高兴明看到《臾山晚报》那几幅漫画，让他大吃一惊。他认真研究了那三幅画的内容，寓意并不难理解，“假、是、真”是什么意思？那不就是贾士贞吗！这样说来，侯永文抓的那个贾士贞一定是贾部长，想到这里，他突然间心惊肉跳，一阵不寒而栗。

高兴明难以接受这样残酷的现实，他认为这一切都是他那个同母异父的弟弟侯永文造成的。每当想到这件事，他就恨得咬牙切齿的，如果侯永文不做出那样愚蠢而荒唐的事来，贾部长也许不会这样快就对他们动手了。贾部长的目的太清楚了，项庄舞剑，意在沛公。拿干部开刀，首先从机关干部处和县区干部处下手，而他是这两个科的分管部长，这不太明显了吗？

“怎么样，高副部长？”贾士贞看着神情呆滞的高兴明说，高兴明有些慌张地低下头，根本不知道贾部长问的什么意思。其实，就算侯永文关的就是贾部长，与他高兴明又有什么干系呢？侯永文不过是个镇党委书记，而他却身居市委组织部副部长要职，这本来就没有什么联系的。然而高兴明担心的是，他和侯永文的关系不那么简单，那个倒霉侯永文是他同母异父的兄弟呀！

贾士贞已经感觉到高兴明心不在焉，也就不再理会他了，于是又说：“这些考察材料为什么没有考察的人签名，我记得组织部门早就有过明确的规定，考察干部的责任人一定要在材料的后面签上名字，可是我发现这批材料都没有签名，请干部科把这些材料拿回去，是谁考察的就签上谁的名字，半小时后由机关干部科长收齐交到我的办公室来。”

七

当两个干部科长捧着材料回到科里时，他们的心里都忐忑不安起来，谁也不知道新来的部长要干什么，刚才会上部长的批评没有任何掩饰，指的就是这批材料写得太浮夸，言过其实。让庄同高和张敬原不服气的是，西臾市市委组织部这么多年来从来都是这样的。考察干部怎么找人谈话，材料怎么写从来都是付带徒式的，没有老师，没有教材，许多东西都是只可意会，而不可言传的。或者说那些外单位调来的外行组织部长根本不知道考察干部的具体程序，当然也不知道考察材料是怎么写的。像贾士贞这样的内行组织部长也不少，但是没有哪一个像他那样。从省委宣传部、省妇联、团省委下来当市委组织部长的也大有人在，市委组织部长一职只是他们升官的一个台阶，他们哪里管得了考察干部的考察材料是如何写的，干了几年后他们不都照样提拔了吗？其实，考察材料对于提拔一个领导干部究竟起到多大作用，那只有天知道！不仅庄同高和张敬原，就连组织部的其他人，也都丈二和尚摸不着头脑，新来的贾部长怎么就拿考察材料说事了呢？

庄同高的心中更是觉得好笑，笑贾部长这个愣头青，他在市委组织部算起来有六、七年了，写过的考察材料不比贾部长少，可是那些考察材料写就写了，还从来没有哪一个部长看过。那些考察材料确实把许多干部推到一定的领导岗位，有的人早当上省里的厅局长、市委书记、市长什么的了。可那些材料不能装进个人档案又不能当废纸卖，贾部长要拿它们做文章，他不信还能去出版发表！

县区干部科长庄同高是一个已经四十好几的人了，两鬓日渐斑白，他对自己的去向本来就急得如热锅上的蚂蚁，根据他自己的分析，在这批即将调整的干部当中，一定有他的席位，他也顾不得位置的好坏，只要能到副县处级，也就心满意足了。虽然在组织部那么多年，眼睁睁看着一批又一批科级干部提拔到副县处级领导岗位上，有时觉得自己高人一等，不仅那些科级干部见了他恭恭敬敬，连一些县处级领导也不敢怠慢他这个干部科长；但是在他心里，也常常感到不平衡，干部科长固然有权，但那毕竟只是个正科级，官场上的人谁不想升官，又有谁嫌官大了呢？其实他在三年前就已经瞄准了县委组织部长的位置，谁不知道县委组织部长的前途在副县级中是前程最为广阔的一个。只要当上县委常委、组织部长，下一步就是政工副书记、县长、县委书记。到了县委书记，那市厅级干部就已经唾手可得了，到了县委副书记，就是当不上县委书记，回到市直机关，按惯例也是稳稳当当当上大局局长。而到市直机关当个副局长，升官的机会相对的就少多了，也许到退休时也转不了正。庄同高看着一个又一个大好机会自己都没有把握住，一直后悔不已。可是今天，贾部长的这个会一开，新部长的一番话，让他没了底，顿时有一种危机四伏的感觉，他看着手里的这些考察材料，特别是下臾县那么多等待提拔的干部，那种感觉更加强烈。本来作为一把手科长，是不会亲自到考察第一线的，可是当时高副部长一定叫他亲自坐镇下臾指挥，他只好服从领导。他心里十分清楚，作为县区干部科一把手科长的他亲临县里考察干部，从县委书记到那些乡镇党委书记、部委办局一把手，简直视他如上大人一般，所到之处好烟好酒不说，行动都是前呼后拥的。那些考察对象都是领导事先定好名单交到他手上的，他记得非常清楚，在内定的名单中，下臾准备提拔的乡镇党委书记有四人，部委办局一把手多达八人。一个县一下子提拔那么多科级干部到副县处级位置上，这是从来没有过的，对于这批人的考察，他也是按领导的意思，绝对保证考察材料过硬，只要考察材料过硬，提拔只不过是时间和程序问题。可他万万没有想到，在那关键时刻，组织部长调走了。其实领导变动也不要紧，组织部长都是异地为官，干部调整的实权依然是常务副部长高兴明，高副部长在市委组织部仍是说了算的人物。然而，更让让他始料不及的是新来的贾部长所有思路都与众不同。现在他看着这些资料发呆，觉得自己未来的命运已经和这些材料联系在一起了。庄同高怎么也没有想到，新部长一上任就对干部考察材料认真起来，他在市委组织部那么多年，写过的材料，堆起来比他人还高。不过他确实知道那些考察材料有多少说的是真实情况，多少说的是假话、大话、空话，有的简直是屁话。提拔那么多县处级领导干部，谁去翻过考察材料了？考察干部不过是一种形式、程序，故弄玄虚罢了，到常委会上，市委书记一句话就把组织部辛辛苦苦写的那些考察材料全都扔进垃圾堆！就说市委组织部历年来提拔的那么多干部，谁来考察了，又有谁写过考察材料了，还不是部长凭自己的印象给他们一顶乌纱帽？现在来了这么个不食人间烟火的组织部长，还真认起真来了，居然要亲自看什么考察材料，还要他们签字。他的心里不禁有点担心，他真的不愿意签这个字。

散会之后，高兴明刚进办公室，贾士贞就进来了，高兴明忙着让座，要去给他拿茶杯。贾士贞说："家不叙常礼，何必如此客气呢！"在这种情况下，都是领导先开口，领导不先讲话，下级只能满脸赔笑。高兴明自觉有些尴尬，他也不知道为什么。对于他来说，他在市委组织部是一位德高望重的常务副部长，前两位部长对他都是信任有余的，许多重要的干部问题都依靠他，他对当时的部长从没有过现在这种感觉。而此刻在比他小十三岁的年轻部长面前，他倒有点像学生惧怕老师那样，没了风度，没了气质；他也感到从没有过的委琐和尴尬。

贾士贞站在高兴明面前，微笑着说："高副部长，关于干部人事制度改革的问题，请你多动动脑子。在会议之前，我没有和你通气，但是，我想你作为组织部门的老领导，对这项工作一定不止一次思考过，也许比我的想法更成熟、更可行。组织部的那几个文件上我看你都签过字了，看来你对组织部的文件认真研究过，但是我们的干部人事制度不改革是不行了，靠组织部门那几页考察材料来用人，太片面、太主观、太不能反映群众意愿了。况且组织部派出的两个人就是公平公正的表率？我看未必。他们也会主观，也会臆断，他们也有人际关系，他们也有七情六欲。谁能保证他们就不会歪曲事实，就不会有私心？我自己考察过干部，坦率地说，我也干过些不公正的事，夸大被考察人的成绩，为他掩饰缺点。组织部门甚至还有人为被考察人改年龄，提高学历，以至在群众中造成不良影响。虽然在群众心目中，组织部门是神圣的，是让人望而生畏的地方，但是组织部门并不是生活在真空当中，那些工作人员也是人，不是神，有的省委组织部长都腐败了，何况一般工作人员？因此，考察材料就不一定如同放在天平上衡量一样准确了。人们在谈到职业道德时，只强调服务行业要注重职业道德，可从没有人敢提出组织部门也要讲究职业道德，是组织部门没有职业道德可谈，还是什么原因呢？难道一个人进了组织部门，思想、道德就自然而然地提高了吗？恐怕不一定。这些问题，是没有人注意到，还是组织部内部的人麻木了，或者说不愿意去揭自己的痛处，暴露自己的阴暗面？组织部历来受人尊重、让人惧害，有谁真的不怕死，敢提出组织部的人也存在着职业道德？我不相信，能有徐国健、韩桂芝那样的省委组织部长，各级组织部就都是高素质、没有半点私欲的人？"贾士贞显然有些激动，好像刚才开会时没有讲的话，要在此时补上似的。但他突然意识到自己一口气讲得太多了，不得不强行刹车，马上又说，"对不起，我讲得太啰嗦了。总之，希望你多动动脑筋，为干部人事制度改革做好基础性的、理论上的准备工作。”

高兴明觉得自己一下子还没有适应贾部长的工作方法。这些年来，在西舆市委组织部，许多县处级干部的提拔实际权力掌握在他手里，各个县区和市直机关，如果谁想提拔到县处级的岗位上，上面没关系无所谓，只要能打通高副部长的关系，提拔就有望了。这些年来，由他提名提拔起来的县处级领导，到底有多少，连他自己也记不清了。高兴明的威望实际上并不比常委、组织部长差，在全市官场上受到很大程度的重视。他到哪里都是前呼后拥，小车没到，早有一班人候在那里，连开门都是争先恐后的，有人抢着去干，上厕所都有人等在外面，洗完手后就有人递上热毛巾，有的人恨不得替他脱裤子，替他去蹲茅坑。可是这位比他小十多岁的年轻部长刚到任，就似乎给了他个下马威，让他感觉到，他手中的权力一下子被收得光光的。刚才贾部长的一番话，他看似在听，实则早已心不在焉。贾部长匆匆结束长篇大论后，他只好装出一副谦恭的样子，不停地点着头，说：“我能力有限啊！”这种态度过去他是从没有过的，也许是做给贾部长看的，也许是静观形势的变化。

也许贾士贞并没留心高兴明的情绪变化，但他知道高兴明对他刚才的一番话未必能听得进去，不过贾士贞对高兴明也在观察、了解之中，他希望高兴明能够跟上他的脚步，不管他过去是什么样的人，工作态度和工作作风怎么样，只要他能正确领会他的改革干部人事制度的意图，他还会一样重用他的。

贾部长一走，高兴明心事重重地坐到那张高背羊皮椅子上，一眼瞥见压在公文包下面的《舆山晚报》，随手拿过报纸，仔细琢磨起那几幅漫画来，看着看着，他把刚才那些烦恼和不快全都忘到九霄云外去了，眼前的漫画成了一幕幕电视镜头，仿佛有一个年轻人活动在群众当中，老百姓向他倾诉，有的侃侃而谈，有的义愤填膺，突然几个身穿制服的人把这个年轻人带走了，然后是侯永文的连夜审讯，乔柏明和他赶到现场时，却不见那个年轻人。一阵思绪之后，高兴明对这几幅漫画产生了浓厚的兴趣，于是拿起电话，说：“舆山晚报社吗？是老肖吗？”

“是，我是肖一鸣。”

“老肖啊，我是市委组织部高兴明。”

“哟，是领导呀！您有什么指示？”

“老肖啊……”高兴明慢慢吞吞地说，“你……最近忙啊？这样，老肖，我马上过来看看你。”

“不，不，不，高部长，哪能劳您大驾呢，有什么指示需要我去一趟的，我马上到您办公室去。”肖一鸣不知是激动还是什么原因，居然不知所措。高兴明根本不理他，坚持马上到他办公室来，不容他多说就放下了电话，这让肖一鸣有些受宠若惊了。他怎么也不明白，高副部长对他从没有过这样的态度，今天却显得特别礼贤下士。他的手久久拿着电话，愣了半天才放下来。

肖一鸣在办公室里愣了半天，无论如何也捉摸不出高部长要干什么。说起他和高兴明的关系，两人不仅是一个乡的同乡，还是一个村的，两家之间只隔两家人，从小两人就在一起玩，可以说穿开挡裤的事都一清二楚。肖一鸣写一手好文章，二十多岁时就是省报小有名气的报道员。改革开放后，西臾日报社要组建一份小报，就是现在的《臾山晚报》，肖一鸣被调进报社。后来小报社升为正处级单位，肖一鸣升任副主编，两年后主编调到市委宣传部任副部长，他就想把屁股坐正。当时高兴明已经当上市委组织部副部长，想到他们是儿时的朋友，肖一鸣鼓足勇气带上两条中华烟和两瓶高挡酒，在一个周六晚上登门拜访高副部长。可是当他说明来意时，高兴明却一副公事公办的样子，临走还坚决让他把香烟和酒拿走。让肖一鸣恼火的是，没过多久，市委居然派了一个副县长来当主编，让一个外行处处管着他。没过多久，那个主编嫌报社没权又调走了，就这样肖一鸣的副主编一直副到今天。在这一瞬间，肖一鸣想，难道高兴明会主动把主编送上门？关心他的职务，让他转正吗？正在他茫无头绪时，高兴明已经出现在他的门口了，他激动得有些热血沸腾，又是让座又是倒茶。坐定之后，高兴明慢条斯理地说：“怎么样，一鸣，我们两人既是邻居又是从小耳鬓厮磨的朋友，老肖啊，你可能对我有些误解，怨我没有帮你的忙，你这个副主编都这么多年了。哎，我也有我的难处啊，在外人眼里，我这个市委组织部副部长有很大的权力，可是这干部问题，太微妙了。好了，不多解释了，你放心，我正在想办法，一定会对你负责的。”

高兴明的一番话，让肖一鸣没有任何思想准备，他竟有些不相信自己的耳朵，这世上真有如此好事？难道天上真的掉下一块馅饼了！他张大了嘴巴，半天说不出话来。

“高部长，太……太感谢您了……”肖一鸣有些语无伦次。

“一鸣，我这人你是了解的，处事不太灵活，有什么不到的地方还请老弟多海涵！”

“高部长，您太客气了，咱俩不需要说这些，我能理解，您处在热点上……”肖一鸣差点说走了火，立即改口道：“高部长，您今天来……”

“老肖，我想找一个漫画画得好的人，不知你能否帮帮忙？”

“这容易啊，在我们报社挂上号的就有那么两三个人，也是西舆地区出了名的漫画家，你也一定知道的。”

“这些人啊！”高兴明说，“今天你们报纸上有三幅漫画，怎么没有署名作者？我感到这个作者很有想象力！”

“噢！”肖一鸣随手从桌子上拿过那份报纸，指着报上的漫画说，“您指的是这个？”

“是。”

高兴明一看，肖一鸣似乎也正关注这几幅漫画。看来，这几幅漫画一定引起不少人的兴趣。他随手接过报纸，再次认真看起来。

肖一鸣摇摇头说：“这是没有署名作者的投稿，我们连稿酬都不知道往哪儿寄。高部长，你干嘛要找这个人呢？”

“哦，是这样，”高兴明显然有些失望，“没什么，我不过觉得作者很有想象力，想和他切磋切磋。”

“是是是，高部长也是书画爱好者，对！”

“这样，一鸣，你再想办法找一找这个作者。”高兴明说着就站起来，草草地握了握肖一鸣的手，离开了报社。

高兴明走后，肖一鸣坐在办公室里，一脸茫然，他突然亲自登门，难道就是为了给他那个肥皂泡一样的承诺？当然不是，他是为了找这幅漫画的作者，对他当主编的承诺不过是见面办事的托词而已，用当今时髦的词来形容，叫忽悠。不管怎么说，肖一鸣还是决定用心去找那个不留名的漫画作者，也许找到了漫画的作者，能让高兴明兑现他当主编的诺言。

不过肖一鸣又一想，这三幅漫画与高兴明难道有什么关系？如果没有什么关系，那他为什么那么重视？这么多年来，不要说亲自登门，就是电话也从没打一个。为了自己当主编的事，他每次上门，都是热脸焐在冷屁股上。如果说有关系，这风马牛不相及的事，哪来的什么关系。肖一鸣百思不得其解。

八

贾士贞在办公室等了半个小时，那两个干部科长也没一个把签好名的那些考察材料送过来，直到中午临下班时，机关干部科长张敬原才把材料捧过来。一进贾部长的办公室他就红着脸说科里有的同志不在办公室，没有按时完成任务，请部长批评谅解。

贾士贞说这是第一次，也许大家还不了解他的性格，不了解他的工作作风，以后可不行，一件小事照样体现一个干部的素质。随后贾士贞换了话题："敬原同志，你在市委组织部也算老同志，也掌握着考察、选拔干部的权力，关于干部人事制度改革的问题，希望你按照我提的意见，拿出一份有分量的意见来。当然，我想也许你们感到太突然，或者还可能有什么别的想法，因为这样的改革，必然要涉及组织部干部的切身利益。比如你们这样的科长们，按照过去的惯例，迟早都会成为副县处级干部的，可是这样一来，要和其他部门的同志一样参与竞争，思想上一下子很难接受。但是，这是大势所趋，不这样做我们的干部管理制度就将成为脱离群众的陈旧的机器，长期下去，这部机器就要生锈，要烂掉。"

张敬原对新来的组织部长除了尊重还有几分惧怕，他在组织部工作那么多年，太了解组织部了，他也伴过几任组织部长，这是自然现象，可对于贾部长，特别是贾部长刚才的一番话，他云里雾里的。张敬原只觉得浑身冒汗，连一句话也没敢说，几乎是逃出贾部长的办公室。

贾部长到任这几日让张敬原感到太突然了，他虽然觉得贾部长和过去的组织部长不同，一上任就大叫大嚷改革干部制度，但他认为这是每一个新官上任的共同特点，大造舆论，大张旗鼓扩大影响，目的是为自己出政绩，让领导知道自己的与众不同，为了进一步获得提拔、晋升。就是改革，也是搞搞花架子，作作秀，糊弄糊弄老百姓而已。真的要改革了，那不是自己束缚自己的手脚，缩小自己的权力吗？再怎么改革，他这个机关干部科长也不可能和市直机关那些科长们一样；再怎么改革，他贾部长也不能把他们这些市委组织部门的科长们调到其他单位当一个什么科长的。然而，他早已暗下决定，他将尽快离开组织部，宜早不宜迟，不管是到县区当组织部长，还是留在市直机关当副局长，都必须尽快调出市委组织部。他可不愿意和这样一个领导在一起如履薄冰、提心吊胆。可刚才贾部长的一席话，却又让他担心起来，贾部长明确提出，干部人事制度改革，组织部的科长们要和其他部门一样参与竞争。想到这里他简直有些毛骨悚然。他从内心对贾部长的改革产生一种抵触情绪，但愿贾部长仅仅是造造舆论而已。

张敬原刚走，贾士贞办公桌上的电话响了，他拿起电话只说了一声，“喂！”话筒里传来熟悉而甜蜜的女人的声音，一瞬间他的心里热乎乎的，异性间的幸福感油然从心田缓缓升起。“喂，士贞弟吗？不，贞弟……”

“一兰……”贾士贞的心里一阵怦动，“兰姐，你在哪儿？”

“我啊……”周一兰柔声说，“我在省城。你离开省里才十多天，我觉得好像过了很久很久。这些日子，我常常回忆我们交往的那些令人难以忘怀的时刻。”停了一会，又说，“你现在好吗？我可以想象得到你当上市委组织部长后的风采，你是一个大有作为的领导，前程似锦！”

贾士贞努力平静一下自己的情绪，好像又回到曾经和周一兰交往的每一次不平凡的时刻。

实际上，贾士贞认识周一兰，是因为周一兰的哥哥周一桂。说起周一桂，他们之间还是一次奇遇。贾士贞当初借调到省委组织部，他在上任的途中出了车祸，他虽然受了伤，但还是从翻到沟里的客车里爬出来，站在路边拦车救人，周一桂当时一听说救人，就用自己的小车送伤员，给贾士贞留下了深刻的印象。当时他们谁也不知道谁的身份，谁知后来贾士贞到县里考察干部时，又遇上了周一桂。当时两人都感到惊喜万分，原来周一桂是县委书记，而贾士贞那时已经成为省委组织部市县干部处副处长了。谁知那次相遇竟成为他们之间的缘分，后来在地改市之前，周一桂当上副市长；地改市后，他又当上市委副书记。周一桂理所当然地认为，这其中，贾士贞是起到相当大的促进作用的。为了感谢贾士贞对他的关心，他让在省城办事处工作的妹妹周一兰为贾士贞提供轿车的方便。其实，贾士贞并没有私用多少次车子，但是周一兰的不幸人生让他对她产生同情和怜悯，他怎么也没有想到，像周一兰这样一个漂亮可人的女人居然嫁给一个没有性功能的男人，32岁就离了婚，至今仍没有再婚。那次周一桂从北京归来，向贾士贞透露了省委书记侯向即将变动工作的秘密，之后又因省委高层人事变化，贾士贞陪同省委组织部长钱国渠悄悄去见尚未到任的新省委书记谭玉明。虽然在那段时间周一兰约过他一次，但他始终处在紧张状态。那次周一兰喝醉了酒，向贾士贞吐露了内心的痛苦，贾士贞很想安慰她，给她以心灵上的抚慰，可是在当时那种情况下，他害怕万一两人一时感情冲动，控制不住，那将造成终身的悔恨。他强忍着内心的忧伤，毅然决然离开了她。后来工作突然变动了，两人还没有来得及很好地做一次告别。贾士贞的工作变动，对于他来说，是人生的一大转折，预示着他政治生涯的蓬勃与兴起。在那段时间里他的心里产生了很大的施政冲动，他要把他平生以来的许多抱负、设想，通过他的权力去实现。他觉得虽然他还只是一个市委常委、组织部长，但是他肩上的重担比一个市委书记的担子还重。因为组织部是选拔、考察、任用领导干部的关键部门，选拔一个好领导干部，关系到一个地区经济的发展进步，关系到一个地区政治的清明。在这种情况下，他真的顾不及周一兰。现在周一兰的电话，似乎唤醒了那些沉睡的细胞。

贾士贞握着电话，一阵联翩浮想，走进男女私情的流水浮云中去。想到周一兰，想到那次她心事重重地喝了酒，她的目光，他们的“第二次握手”；想到周一兰希望他能留下来陪陪她，他们那时又都强压着内心的情感，在关键时刻，毅然决然告别对方。现在，仅仅分别了半个多月，仿佛已经是一个漫长的岁月。想想他和周一兰的关系，他离开省城，两人的分别，未必不是一件好事。贾士贞是男人，他很明白他也有七情六欲。感情这东西是靠理智和条件共同来制约的，现在周一兰的这个电话，又把他们联系到一起了。他努力平静一下怦怦跳动的心脏，说：“一兰，有事吗？”他觉得这话突然间变得生硬起来。

周一兰那头半天不见动静，两人都冷场了。不知过了多久，周一兰才沙哑着声音说：“士贞，请你相信，我不是那种下流的女人，你千万不要以为我婚姻不幸，一个单身女人，就……”

“不，不，不，兰姐，我……不是那个意思……”贾士贞慌张起来，他担心自己伤害了这个不幸的女人，颤抖着声音说，“兰姐，我非常敬重你，我很想帮助你。”

“士贞，你知道，为什么你走后这么多天我才给你打电话吗？”周一兰的声音恢复了常态，“我真有事要告诉你，而且我认为很重要。”

“是吗？”贾士贞说：“我相信，我相信……”

“士贞弟，你到西臾市委组织部之后是不是干了一件常人想不到的事？”周一兰说。

贾士贞有些莫名其妙，说：“兰姐，你指的是……”

“昨天，我碰到西奥驻省城办事处的一个同志，无意当中他说了一件事，说你上任后不告而别，私下里去了解下奥干部的表现，还说你被派出所抓了起来，并且他让我看了那份《奥山晚报》上的漫画。我相信一定是你，这非常符合你的个性，但是……”周一兰停下来，她没有再说下去。贾士贞默默地等着她，等着后面的重要内容，可周一兰就是没有反应。

贾士贞终于沉不住气了，问：“说话呀？怎么不说话？”

又过了一会儿，周一兰才说：“士贞，贞弟，我太了解你了，你满腔热血，你忧国忧民，你想有一番大的作为，你要改革现有的不合理的干部制度，但是……”周一兰又停了下来，但马上说，“但是，你知道吗，你仅仅是一个市委组织部长，在中国九百六十万平方公里土地上，在全国三百多个地级市地区当中，即使你把你那里的干部制度改革好了，全国那么多的地区也还不照样吗？何况那里的领导、群众，特别是许许多多关系到他们切身利益的官员们会支持你吗？那些干部习惯了找关系、靠后台，不需要真才实学去当官，可你要让他们凭考试，凭群众举拳头，他们能让你得逞吗？我想象得到在你面前会有多少困难，多少阻力，我甚至害怕你为此而……”

贾士贞轻轻地笑了笑，说：“一兰，老实告诉你吧！我是不声不响地外出了几天，可以说没有一个人知道我的行踪，但我不明白，这事怎么有人知道得这么具体？还有那几幅漫画，简直太奇怪了，难道这个作者有孙悟空的本领！”

“士贞弟，你不要忘了，自从你踏上西奥那块土地，你再也不是省委组织部的那个戴着处长帽子的贾士贞了，你如今是西奥市委常委、市委组织部长，一个公众人物，一个热点人物，一个颇受人们关注的了不起的人物。可以说，你的一言一行无形当中都在被人监督着，那天幸好你溜走了，否则，真的让县委书记和市委组织部的人碰到你被关在派出所里，那闹出的笑话可就大了。如今是信息时代了，特别是那些小报，或者在互联网上，还不知道会制造出一些什么离奇的新闻来。”周一兰一口气说了那么多，贾士贞被说得无言以对，目瞪口呆。

“一兰，你是否觉得我的行为有些荒唐，或者说不可理喻？”

“不，士贞，”周一兰兴奋起来了，说，“你没有错，这才是你的个性。这才是你贾士贞！否则你应该叫真是假了！你是一个关心干部，爱护干部的组织部长，你是一个处处为群众着想、了解老百姓疾苦的组织部长；你希望组织部选拔、考察、任用的领导是优秀的领导，是能为群众办事，群众真心实意拥护的领导。这样的组织部长去哪里找，可以说在中国找不出第二个。难道是你错了吗？你没有错，你百分之百的正确，但是……”周一兰的话在关键时又被“但是”拦住了。贾士贞早已忘记了刚才和他说这样一番极富哲理的话的人是一个不起眼的、任办事处副主任的女人，他还觉得在他接触过的那么多和她差不多职务，差不多年龄的女人没有人像她这样看问题如此深刻、如此成熟的。陡然间，他觉得周一兰真的很了解他，够得上他的朋友，知心朋友。他巴不得一下子飞到她身边，两人倾心地长谈一次。就在这时，周一兰又说：“但是，士贞哪，恕我直言，你太书生气、太理想化，或者说得严重点太不成熟了。”她的话好像并没有说完，但突然紧急刹车了。贾士贞觉得仿佛坐在周一兰驾驶的汽车里，急刹车让他的心一下子悬了起来。可是周一兰再也没有说下去，贾士贞仍然抓着听筒，不知过了多久。直到听筒里传来嘟嘟的声音，他才意识到她已经挂了电话。贾士贞站在办公桌旁，仔细回忆着周一兰的每一句话，他知道她完全是出于对他的爱护，担心他在仕途上碰到挫折。但是贾士贞的心里为此而沉重起来，他不明白，周一兰为什么不把话说完，为什么连招呼也不打，就把电话挂了。

此刻的贾士贞完全沉浸到往事的回忆当中去，每当想到周一兰，他都是那样充满活力。他们第一次见面时，他就有一种怦然心动的感觉。她当时毫不掩饰地如实说出自己的年龄，让贾士贞大吃一惊，他怎么也不相信她已经三十六岁，看上去她还像一个二十多岁的姑娘。在贾士贞的印象里，周一兰确实是一个难得漂亮的女人，她体态丰腴而不肥胖，肌肤白嫩得像婴儿那样白里透红。他更没有想到这样一个漂亮的女人，同时有着一颗金子般的心灵，她坦荡、直率。贾士贞觉得过去并不了解她，现在真的从心底里感谢这个女人，只有她敢于对他如此直言，那些讨好领导，不说真话的人，其实才是害领导。

那次她把他们之间比作《第二次握手》里的一对为科学事业而奋斗的情人，称自己是兰姐，他为贞弟。贾士贞知道，她是一时激动，没有顾及到《第二次握手》里的琼姐和苏冠兰是没有结合的情人。当两人反应过来时，又有些尴尬得不知所措。后来贾士贞得知周一兰的不幸婚姻时，特别同情她的不幸，他在内心不止一次地质疑，难道真的红颜薄命？

吃完晚饭，贾士贞回到宿舍里，这是西舆市政府专门为外调市领导准备的过渡宿舍，按照宾馆套房的标准配置，不同于套房的是增设了厨房，领导的家属临时到来时，可以自己烧饭，贾士贞对这种生活还没有适应。他习惯了下班之后和妻子女儿在一起的家庭生活，现在虽然吃饭在宾馆食堂，但回到宿舍总感到几分孤独和寂寞。

连日来的忙碌打破他在省城习惯了的安逸的生活，现在他想一个人静下心来思考一下目前的工作。他刚坐下来，就有人敲门了，开门见是一位古稀老人，贾士贞十分恭敬地说了声请。老人自我介绍说："贾部长，我叫周效梁，是西臾老地委副书记。"

贾士贞忙着倒水、拿烟，周老说："贾部长，我今天来找你，是为我儿子周森林的事。我儿子在市水利局工作，华东水利学院毕业，现在是水利局政秘科长。组织部王部长在任时，根据市水利局党组的意见，准备提拔他为水利局副局长；而朱化民副书记又说让他到县里当个分管水利、农业的副县长。后来王部长调走了，这批干部自然交到你的手里了，请贾部长多多关照啊！"

贾士贞一愣，也许周老听到了什么，作为一个老地委副书记，怎么能亲自为自己的儿子跑官、要官呢？贾士贞犹豫了一下，说："周老，您是地委老领导，关于干部问题，是有程序的，过去市委组织部是否有过这样一批干部，那是另一回事，但是……"说到这，贾士贞看着周效梁停住了。周效梁打断了他的话，说："贾部长，你不要给我打官腔，卖关子，我儿子的事，那是各方面条件都应该是没话说的，要学历，是本科大学生；论年龄，刚刚四十岁，正是年富力强的时候，而且水利局党组有文字报告。"

贾士贞说："周老，不是我打官腔。干部问题，是党委集体领导，组织部长也不能包办代替，况且，市委和市委组织部还在酝酿干部人事制度改革。"

周效梁不高兴了，大声说："你不要找借口，什么事都和改革挂上钩。我不相信，你再怎么改，组织部还能变成自由市场？笑话，贾部长，你还年轻，想出政绩、出人头地，可以理解，但是你还要瞎搞。"

贾士贞说："周老，干部人事制度改革已是迫在眉睫的事，市委组织部是市委管理干部的参谋部门，起带头作用。绝不是什么借口，也不是我心血来潮，更不是我个人为了出政绩，不相你看吧！"

周效梁站起来说："那我就等着，看你们怎么改吧！"说着悻悻出了门，贾士贞急忙追上去，任凭怎么说，周效梁还是气呼呼地走了。

贾士贞看着这个倔犟的老头离去的身影，笑着摇摇头。

第三章　惊人之举

九

贾士贞虽然犯不着和周效梁这样的老干部较真，但是他知道这却是他到西舆之后，碰到的第一个找上门要官的事。他怎么也没有想到，一个地委副书记，论职务多少也算一个高级领导干部了，怎么一个领导干部不在职了，就可以毫不顾及自己的身份，不顾及影响了呢？对于改革干部人事制度的艰难，贾士贞不止一次地想过，像周效梁这样公开的反面，他还是有些思想准备不足。

但是，贾士贞又想，正因为组织部门选拔领导干部靠少数掌权的人说了算，没有严格制度和标准，造成干部群众的误解，才造成现在这样找关系，不是跑就是送的后果。如果选拔干部有了相应的制度，凭自己的能力，在公平竞争中取胜，他们还跑什么呢？这样一想，贾士贞更加觉得干部人事制度改革的紧迫性了，也就不再把周效梁的事放在心上了。

早上一上班，高兴明拿着材料走进贾士贞的办公室，说他昨天晚上临下班前，县区干部科长庄同高把材料送到他那里去了，因为有几份材料记不清是谁考察的，害怕贾部长批评，就……

贾士贞一听，心里有些不高兴，作为一个县区干部科长，考察干部无非就那么几个人，那是秃头捉虱子明摆着的，怎么可能记不清谁考察的呢？贾士贞觉得这事并不那么简单，拿过材料翻了翻，发现考察人没有签字的材料正是下舆县那些人。事情真的如此巧合？这让贾士贞联想到很多深层次的问题。他那天也正是觉得下舆将要提拔的那些人的材料水分太大，才贸然决定“微服私访”的。那次秘密行动，他被派出所关了一夜，虽然引起机关一些人的猜测，还出现了三幅漫画，但是他毕竟了解到了不少坐在办公室不知道的情况。这些问题，对于市委组织部长来说，在使用干部上起到重要的参考价值，但是怎么把群众的那些反映变成组织部的意见呢？组织部原有的考察材料写得那么漂亮，凭什么来否定那些材料呢？其实，贾士贞让两个干部科长把考察材料拿回去补签名，主要是提醒他们应该按规定办事，谁知这个庄同高过于敏感，担心领导追究责任，用这种办法来软抵抗。贾士贞看看高兴明，觉得这事高兴明也在把他当做三岁孩子对待。贾士贞下舆微服私访回来后，耳朵里也听到了高兴明那天去过下舆，而且陪同乔柏明去了桃花镇的传闻，这样的事只不过是心照不宣罢了。很显然，乔柏明、高兴明、侯永文之间的关系不一般，但贾士贞也只能装聋作哑，全当做什么事也没有发生过。

贾士贞留下考察材料，心不在焉地翻着那些材料，头脑里翻腾着复杂的波澜，不去理会高兴明。高兴明站了一会，自觉无趣，只好退出贾部长的办公室。回到办公室，他反而觉得心里不那么踏实，他以为贾士贞会批评庄同高，那样他就会为庄同高说几句话，也能听出贾部长的弦外之音。可是贾士贞却什么话也没说，这样一来，让神仙也难下手，他只好退了出来。

转眼间，贾士贞上任西舆市委常委、组织部长已有三周，但是，副部长们一直没有明确的分工，组织部大小事务一般都由他亲自处理。高兴明过去一直是一言九鼎、重权在握，无论在办公室还是回家，都是门庭若市，现在突然间空闲下来，十分不适应。但是，看上去并没有人刻意在冷落他，常务副部长这顶帽子还戴在头上，他高兴明还是那个高兴明，到底是一种什么样的魔力使得他在这短短的时间里成了一个徒有其名的副部长！他感到贾士贞这个只有三十八岁的年轻部长，太有心机了，对他的威胁太大了，手段也有些太残酷了。表面上高兴明见到贾部长唯唯诺诺，点头哈腰的，其实他内心的嫉恨越来越强烈了。

当天下午，贾士贞去了市委书记常友连办公室，直到下班时才回到组织部，随后把三位副部长找到办公室，这是他到任后召开的第一次部长碰头会，会议内容虽然让三位副部长都感到震惊，但是谁也没有提出不同意见。可是他们又都同时在内心对贾部长的决定产生一种强烈的不满。也许这是新组织部长烧的第一把火吧！他居然首先拿市委组织部的干部开刀了。

那天晚上，究竟是谁把这个消息透露给市委组织部的那些科长们的，没有人知道，市委组织部的三位副部长和那些科长家的电话和手机几乎被打爆了。可谁也没有把这个消息告诉贾士贞，市委组织部办公室之外如此轰动和不安，如同突然炸开的自来水管。

第二天上午上班之后，贾士贞召开组织部全体职工会议，宣布一项重要决定：市委组织部八个科室的正职科长全部实行公开竞聘上岗。原来的科长、主任必须参加竞聘，不参加竞聘或竞聘不上者，自行免职，保留原级别待遇。此次选拔组织部中层领导面向市委、市政府机关以及机关团体参照公务员执行管理的部门，年龄在四十岁以下的科级，以及五年以上的副科级干部。此外，县、区委组织部符合条件的人员也可以报考。报考采取自愿报名，统一文化考试，按照1∶3比例进入下一轮。这一消息如同一枚重磅原子弹投向市委组织部和市委机关。尽管头一天晚上市委组织部的科长们都已经知道了这个消息，但是他们还是似信非信，还怀着侥幸的心理。可是没有想到这个消息来得如此之快，有如晴天霹雳，组织部的那些中层干部没有任何思想准备，无所适从。庄同高过去深得部领导的宠爱，除了因为他身居要职，还因为他是组织部的元老，他正在等待调出去，提拔为一个称心如意的副县处级，谁知这个消息给了他当头一棒。过去开这样的会他和张敬原总是坐在前排正中位置，这不仅说明了他俩在市委组织部的重要地位，也说明了他们将来提拔的次序。然而今天，庄同高却躲在后排角落里，而张敬原连人影也不见。这个消息一宣布的一刹那间，庄同高的头脑里一片空白，几乎要晕过去，好像他已经走到了人生的尽头，不仅副县处级断了后路，连这个组织部的县区干部科长也保不住了。不要说他的年龄已经过了线五岁，就是不过线，让他去参加考试，他怕是连考场也不敢进。别人不知道，他自己最清楚，他那党校所谓的本科生算什么？每次考试辅导老师都把答案打印好交给他们。三年来他从未听过课和学过习，毕业论文也是市委党校老师帮他写好、打印好的。本来他还想再读党校研究生的，只是没有来得及。庄同高努力振作一下自己，可他的心一下子就凉了，全身像浇了冷水。现在他把一切怨恨全都集中在贾士贞身上，如果不是他，说不定这批干部已经提交市委常委讨论了，可以肯定，他会在这批提拔的干部当中，而且有一个理想的副县处级位置。

散会以后，贾士贞把庄同高找到办公室，庄同高不敢抬头。自从贾部长来了之后，他的地位一落千丈，有一种说不出的难受。他怎么也没想到，灾难在顷刻间就落到他的头上了，他成了贾士贞改革的第一个牺牲品。他怎么也想不明白，改革应该是让人人得到好处，个个都受益的，如果改革专门损失一部人的利益，这难道也叫改革吗？

贾士贞看着两鬓已经渗出白发的下级，说："怎么样，感到一时间难以接受？"贾士贞停了停，又说，"改革必然会触动一些人的利益，看我们如何对待，如何处理。我想对待任何事情，都要有一颗平常心，如果总是钻一条胡同，不回头，那就是死胡同。聪明的人，要及时转向，世界上绝不只是那一条胡同。也许你会想，你是组织部的老同志了，没有功劳，也有苦劳，过去的科长们都顺理成章地安排副县处级，为什么偏偏从你开始就乾坤倒转了？"贾士贞缓和了一下气氛，起身给庄同高倒了一杯水，庄同高低着头，贾士贞接着说，"干部人事制度改革是大势所趋，只不过是迟早的问题，作为管干部的组织部门，必须从自身开始，组织部门带头了，比任何文件，任何会议的效果都好，都有说服力。你是组织部的老同志，有个人的想法，很正常，但是必须服从大局，无论个人思想上一时能否想得通，都应该积极做好当前工作，至于今后工作问题，组织上会考虑的。你是组织部的老科长，不需我讲更多的道理。应该有这样起码的觉悟。我们组织部门的同志应该清楚自己，并不是因为我们比其他部门同志有什么天才和什么超人的能力，只不过偶然的机遇或条件，让你到了组织部，或者说没有到组织部工作的许许多多同志就比你差，身份、地位就低贱。清楚了这一点，也许我们自己的心里也就平衡一些。"贾士贞看着面前这个比自己年龄还大的老科长，心里确实隐隐升起一股怜悯之情。此时庄同高只觉得自己如同濒临死亡那样痛苦，他简直不知道自己此时是一种什么样的心境，只觉得头脑里一片空白。他恨透了这个新来的只有三十八岁的组织部长。过了一会儿，他咬着牙，鼓足勇气说："贾部长，你提出来要公开、公平、公正地竞争，要通过公开考试来选择领导干部，不同样是鼓励千军万马挤官道，去争官、要官，去与民争利吗？"

贾士贞看看庄同高，庄同高的脸色异常难看，情绪也有些激动，贾士贞本想安慰他几句，然而，他觉得这个时候不是安慰的时候，而是对庄同高的认识要严肃对待的问题。

"庄同高同志啊！你连什么是跑官要官都分不清，连什么是与民争利都弄不清，我不知道这些年你在组织部是干什么的？或者说你这个干部科长是怎么当的？"贾士贞态度十分严肃地说。

庄同高低着头，也许刚才是一时激动，脸色由红变白，或许是对自己刚才的话感到后悔。

贾士贞很能理解庄同高，他毕竟在市委组织部工作了那么多年，而且又是干部科长，组织部门的特殊待遇滋润了他们的自尊和自傲。现在突然间要取消这个特殊待遇，一时间思想转不过弯来，也是可以理解的。

室内一阵沉默之后，庄同高说："我们这些老同志怎么办，如果竞争不上，怎么对待我们？"

贾士贞说："你的意思也想参加竞聘？"他犹豫了片刻，接着说，"如果你想参加竞聘，可以，我们可以对市委组织部的同志年龄放宽，不过，我认为你们年龄都偏大了，还是参加下一步副县处级干部的竞聘为好，何必还去竞聘组织部正科级干部呢？不管你们这次能否竞聘上市委组织部的科级干部，像你们这几个老科长在下一轮竞聘副县处级干部时都可以以正科级干部身份参与竞聘。"

庄同高在一瞬间觉得贾部长说得并不是没有道理，一时想不出什么恰当的语言来表达自己的矛盾心情。其实，他哪里敢参加竞聘，只不过是想争一点面子罢了。

市委组织部公开面向社会选拔八名科长主任，一经宣传，不仅市里各家报纸、电台大肆宣传，连省城的报纸也大肆宣扬起来，在随后的时间里，市里大小报纸的记者，还有市外的记者专程赶到西臾市。无奈之下，贾士贞只好临时成立一个公选领导小组办公室，市委组织部抽了两名年轻干部，又从市委宣传部、市人事局各抽两名工作人员。

贾士贞的这一举动在社会上引起强烈的轰动，人们大都是赞赏有加，认为市委组织部新来的年轻组织部长是真心实意地改革干部人事制度，否则也不会首先从组织部本身开刀。然而，市委组织部内部却如临大敌，那些符合报考条件的干部，一方面人心惶惶，一方面又想通过考试重新在组织部里立住脚，但是所有的人都在暗暗咒骂贾士贞，说他是一个不食人间烟火，只是为了自己出风头，出政绩，是一个地地道道向上爬的政治骗子。

按照公选办的公告，本次公选组织部的科级干部报名时间一周，资格审查一周，距离考试时间只有一个月，考试课程只有一门，称为公共知识，主要是考大家平时对政治、文化以及实际工作知识的掌握程度。每张试卷150分满分，每个岗位按文化考试取前三名，进入考察、体检、答辩。

自从西臾市委组织部公开选拔科级干部以来，西臾一下子出了名，贾士贞也成了热点人物，办公室电话、宿舍电话和手机几乎要被打爆了，有省委组织部曾经和他一起工作过的同事，还有一些市县的领导，以及他的父母，亲朋好友都打电话来，有说情的、有咨询的、有赞扬的、有指责的。但是对于贾士贞来说，他早已做好了充分准备，一切都在他预料之中顺利进行着。

高兴明担任公选办领导小组副组长兼办公室主任，他的心里却窝着一肚子气，大小事情到他那里，他便推给贾士贞。他觉得自己简直成了一个傀儡，这个领导小组副组长兼办公室主任当得窝囊，不是对这项工作不理解，而是有着强烈的抵触情绪。

贾士贞布置给张敬原和庄同高草拟的干部人事制度改革的稿子的事，也自然地落空了。贾士贞当时这样做，一则是要试试这两个干部科长对待干部制度改革到底是什么态度，再则也想看看市委组织部的干部是什么样的素质，对待工作到底有没有责任心。现在，市委组织部已经成了一锅粥，谁还有心思考虑干部人事制度改革的方案，他对这两个干部科长也有了初步的认识。

下午，贾士贞终于有空，准备翻一下报纸，发现一封信，打开一看，却是一封写给他的申诉信。这个自称卫炳乾的人，说他原是市委组织部县、区干部科副科长，因考察干部工作中实事求是反映问题，没有按照个别领导的意见帮助被考察人掩盖缺点错误，从而得罪了领导，而被强行调去下臾县某乡当副乡长。贾士贞反复看了这封信，信不是邮寄的，看样子是有人把信直接夹在报纸里的。至于市委组织部是否发生过这样一件事，至今市委组织部没有一个人向他透露过，现在，他相信这事一定是发生过。但究竟是怎么回事，他一定要弄个清楚。

十

贾士贞一进办公室，就听电话正在响个不停，一接电话，原来是新上任的市公安局长鲁晓亮。鲁晓亮是前两天才从省公安厅调来西臾的。电话里说他孤身一人来到西臾，要尽快拜“码头”，所以马上要见市委组织部长。贾士贞说他最近忙得不可开交，问能不能改时间；对方则说他已经进了市委大门，只要几分钟时间，绝不影响领导工作。

挂了电话，一会工夫，鲁晓亮就进了贾士贞的办公室。鲁晓亮是一个快言快语的人，见面便说，贾部长年轻有为，下来镀镀金，将来就是省委组织部的接班人了，不像他，已经快到天命的人了，混两年回省厅退休。也许是因为两人都是省级机关下来的，鲁晓亮说话显得特别的随便，不拘小节。临分手时，鲁晓亮说："贾部长，有什么事需要我出力的，我一定在所不辞。"

尽管原来在省里他不认识鲁晓亮，又是初次见面，但他对这个年近五十岁的市公安局长还是留下了深刻的印象。他喜欢开朗直率的人，两人只说了几分钟的话。临分手时，鲁晓亮说："贾部长，哪天我来做东，请你这位常委、组织部长，申明一点，不用公款。"

鲁晓亮走后，贾士贞突然想到昨天下午的那封信。到底是真是假，他决定先找高兴明问个究竟，随后就进了高兴明的办公室。高兴明一见贾部长，脸上的三角肌跳了起来，忙着给贾士贞倒水，贾士贞说："高副部长，我们都是组织部的领导，我的办公室就在隔壁，哪里需要这些客套。"

高兴明脸上的三角肌收缩了几下，嘴上露出奇怪的笑容，说："贾部长，您有什么吩咐，请指示。"

贾士贞总觉得高兴明的表现有些异常，同在组织部工作，哪来的那么多指示。但他顾不了那么多，笑笑说："高副部长，有一件事，我想问问你，市委组织部原来有一个叫卫炳乾的同志吗？"

高兴明睁大眼睛，张了半天嘴巴，没有说出话来，急得脸上直冒汗，贾士贞看着高兴明，怀疑他是不是病了。高兴明努力平静下自己，才结结巴巴地说："是这样的，不过贾部长，您问这事……"

贾士贞说："我随便问问，这个人原来在市委组织部，是什么原因调走的？"

高兴明像是极不耐烦地摇摇头，说："这是前任部长王仕良在任时的事，具体情况他能说得清。"

贾士贞有些不高兴了，他的目光停在高兴明身上，高兴明立即躲开他那咄咄逼人的目光。贾士贞觉得高兴明这人太不像话了，谁不知道高副部长一直是大权在握的实权派，却把这样一件事推给部长，明显是在愚弄他嘛！贾士贞虽然对高兴明的回答不满意，但他还是笑笑说："这样一个小人物的工作变动，你这个常务副部长能不知道？怎么，你对这件事还有什么情绪？是正面的，还是负面的？”

高兴明许久没有反应，默默地低着头。

贾士贞说：“通常情况下，组织部的干部都是提拔调出的，除非犯了错误。这个卫炳乾调出市委组织部好像有些特别，一个县区干部科副科长，即使调出，按照人之常情，起码也调到市直机关，就是不提拔，也不至于调到乡里任副乡长吧！”

高兴明的脸涨得通红，憋了半天，说：“这个人素质太差，工作上老出差错，又经常泄密，本来应该给他处分的，考虑到他在组织部工作几年，领导还是爱护他的，把他调去下臾县的一个乡任副乡长，还算是副科级吧！”

贾士贞点着头说：“哦，哦！”两声，就转身回自己办公室去了。

贾士贞的突然离去，让高兴明一时不知所措，他在心里正想着怎么来对付贾部长可能提出的问题，可他居然一言不发，转身走了。这说明贾部长对这件事不仅认真了，而且相信确有其事。但是让高兴明不安的是，贾部长是怎么知道这件事的。他的心里连一点底也没有，在他焦头烂额的心里又添了新的惆怅！

贾士贞回到办公室，头脑里始终摆脱不掉刚才高兴明的那些话，提到卫炳乾，高副部长的表情为何那样反常？联想到那封不知怎么转到他手里的信，他觉得这事一定有点蹊跷。

下午下班时间已过了十多分钟，贾士贞才出了办公室。每天他总是一个人不慌不忙地步行上下班，驾驶员要接送他，他就说，步行上下班既锻炼身体，又为国家节约能源，还可以看看西臾的风景，多接触群众。

贾士贞出了市委大门，只见大门右边围着一群人，人群中传来女人的哭叫声：“你们凭什么打我……我要见……贾……”

这时一个男人吼叫着：“滚你妈的，以后再到市委大门口，打断你的狗腿。”

贾士贞不知何事，快步走上前去，随着男人的骂声，看到一个男人用脚狠狠地踢向那个跪在地上的女人。不知为何，贾士贞一时气从头顶往上冒，大声喝道：“住手，住手……”

围观的人一下子转过脸来，看着这位不速之客，那个踢女人的男子恶狠狠地看着贾士贞，瞪着眼眼说：“你管得着吗？你是什么人？”

“你的行为谁都能管，无论为什么，打人总是不对的，何况你公然在市委大门口如此蛮横！”贾士贞说着，挤进人群。

那男子转身对着贾士贞，横眉倒竖、气急败坏地冲上前刚骂了一声：“妈的……”就见大门口过来一个门卫，大声说：“贾部长……”

那人一听“贾部长”三个字，吓得面如土色，慌忙掉头，兔子一样地跑了。贾士贞望着那人的背影，伸手拉着跪在地上的女人，说：“起来，他为什么打你？”

女人一听说面前这个人是贾部长，一把拉住贾士贞的衣服，不顾一切地叩着头，哭着说：“您就是组织部新来的贾部长吗？贾部长……”

贾士贞说：“是我，贾士贞，你是谁？”

女人说：“贾部长，我天天都想见你，可是他们不让我见，他们打我，想堵住我的嘴。我冤哪……”

这时，在门卫的劝说下围观群众渐渐离去，他们用惊奇的目光看着这个年轻人，他们哪里想到，这个年轻人居然是市委组织部长，而这个女人为什么又说天天都在想见他？贾士贞把女人从地上拉起来，女人哭得更加伤心了：“贾部长，我是卫炳乾的老婆，我有话要向您反映……”

“那个打你的人是谁？”贾士贞问。

女人摇摇头，哭着说：“我不知道。”

贾士贞奇怪了，但他立刻意识到，这事一定与卫炳乾有关，而且背后有可能还隐藏着更深的不可告人的东西，显而易见的是，有人阻止卫炳乾老婆告状！

贾士贞说：“你跟我来。”于是把女人带到大门口的接待室，并让门卫给她倒了一杯水。女人告诉贾士贞她叫孟瑶兰，说她想尽了一切办法，却始终见不到贾部长，无奈之下，她下决心到市委大门口，就是拼一死，也要见到贾部长。听完了她的叙述，贾士贞取出手机，拨通电话：“喂，请问是市公安局鲁局长吗？我是市委组织部贾士贞……”

“哟，是贾部长啊！怎么我们刚见过面，你就想我了。”

“鲁局长，我现在真有事要求你了。”贾士贞笑起来了，“这都是你惹出来的，你说我的工作怎么也不可能求你的，可你偏偏找上门来，现在事情来了，你得处理呀。”

“什么事？贾部长，你别和我开玩笑，你们组织部是替人做好事的，谁也不可能需要公安局插手呀！”

“鲁局长，”贾士贞严肃起来了，“我下班走到大门口，见一个男人拼死打一个女人，女人被打得不轻，可那个男子听说我是组织部的贾某，他当时就跑了，而这个女人又不认识他，这个女人说是因为她要见我才被打的。所以，我要请你把这个打人的男子查出来。”

“好，贾部长，我马上就到，你现在在哪儿？”

十分钟后，鲁晓亮匆匆赶到市委大门口，鲁晓亮说：“贾部长，我看这样，你把孟瑶兰交给我吧，我们一定会尽快把那个打人的男人抓住的。但是，我分析问题不那么简单，背后一定牵涉到复杂的权力斗争，那恐怕就不是我们公安局的事了。”

“鲁局长，这事我想到了，就在昨天下午，我收到一封信，这封信不是从邮局寄的，信的内容正是反映卫炳乾被调出组织部的事。”贾士贞看看鲁晓亮，压低声音，接着说，“说明卫炳乾听说组织部新来了部长，想尽一切办法反映自己的情况，而有些人已经察觉到这一点，就千方百计地阻挠他，所以这其中必然有蹊跷。”

鲁晓亮说：“我知道了，也许那个打孟瑶兰的男人被抓住了，能帮助提供一些有价值的情况，你放心，我一定把这事尽快办好！”

“鲁局长，”贾士贞拉了拉鲁晓亮，低声说，“要注意孟瑶兰的安全，我总觉得这里面有问题。”贾士贞想了想又说，“应该找卫炳乾了解一下情况，不过，我一出面，说不定会引起一些人的怀疑。”

“贾部长，既然这样，你把这事交给我吧，我来想想办法，看看怎么方便，尽量创造一个机会，又不造成任何影响，让你和卫炳乾见一面。”鲁晓亮说。

“先等等再说吧，只要能把那个打孟瑶兰的男人找到，我想一定能了解到一些情况的。”贾士贞握着鲁晓亮的手，对孟瑶兰说，“你跟公安局的鲁局长去吧！你放心，我们一定会调查清楚，对卫炳乾的问题会有个交代的。”

晚上十点多钟，鲁晓亮给贾士贞打电话，说打人的事正在侦查过程中，他派人打听卫炳乾的情况，却在乡政府找不到人。据乡政府一个工人反映，晚上八九点钟的时候听到卫炳乾宿舍大声吵闹声，接着好像有两个人把他带走了。不过由于天黑，看不清那两个人带走的是不是卫炳乾。鲁晓亮说，凭我的直觉，很可能是那些人知道情况了，卫炳乾的老婆在市委大门口碰到了你这个市委组织部长，感到情况不妙，所以不顾后果，把他弄走了！

贾士贞说：“如果是这样，那公安局就可以直接过问破案了。这算不算绑架？”

鲁晓亮说：“贾部长，这案子不同一般案件，卫炳乾是不是被绑架了，都很难说。”

放下电话，贾士贞的心里怎么也平静不下来，在市委组织部里居然发生了这样的事？卫炳乾只不过是一个副科级干部，怎么会得罪了这样一些人？从高兴明嘴里，也并没有看出卫炳乾犯了什么错误，然而他们把卫炳乾这样安排，绝非没有原因。现在卫炳乾不见了，难道真的是被人绑架了？那么绑架卫炳乾的人显然不是为了钱，那是为什么？这一连串的问号，都深深地困扰着贾士贞。于是他又给鲁晓亮打了电话，请他务必想尽一切办法尽快找到卫炳乾，以便了解幕后的真实情况。

十一

挂了电话，贾士贞怎么也平静不下来，他躺到床上，翻来覆去半天，又穿衣下床，在宿舍徘徊着，不知如何是好。在省委组织部工作八个年头，虽然有一年时间坐了冷板凳，但是工作对他来说是轻松愉快的，事业上算是蒸蒸日上，特别是后来省委组织部长钱国渠对他的信任，以至三十六岁就当上省委组织部机关干部处长。两年后，三十八岁的他又出任西舆市委常委、市委组织部长。自从省委任命文件下达后，贾士贞只觉得内心有一股强烈的施政冲动，在他上任之前，就已经雄心勃勃，当年在省委组织部时那些对干部人事制度改革的设想一股脑地往上涌。在省委组织部时虽然他的那些想法也曾作为理论文章发表在省委组织部的《组织工作》杂志上，钱国渠也赞扬他的许多改革的观点，但是，毕竟那时他只是一个小小的干部处长。他知道，古往今来，任何一个改革家，没有一定权力，改革都是一句空话，没有一定的权力就没有机会把理论放到实践当中去检验。所以，当他走马上任西舆市委组织部长后，他就急于要实施自己的那些改革干部人事制度方案。但是不知是年轻气盛，还是什么特别的力量，上任第三天就对下舆县准备提拔的一批干部产生怀疑，以至只身一人，微服私访，闹出了那么多带着悬念的故事来，或者带来一系列正面、负面的影响。他知道，自己只不过是一个市委组织部长，不是市纪委书记，更不是市委书记，他不能超越自己的权力去处理任何事情。原来市委组织部已经考察过的，等待提交市委常委研究的那批干部恐怕都在迫不及待地急盼提拔，连市委书记常友连也找过他两次了，他至今仍拿不定主意，是不顾群众的反映，闭着眼睛，违心地顺水推舟，落得做好人，还是阻止这批干部的提拔？真的要阻止了，凭他一个新来的组织部长，能阻止得了市委常委的意图吗？现在想想，他决定在市委组织部内部公开选拔八名科长，不仅仅是为了公选几个科长问题，而是向社会宣布，他贾士贞施政方略的开始，让全市那么多干部感觉到他贾士贞新官上任要烧三把火了，这就算是第一把火吧！自然也有缓冲一下那批等待提拔的干部问题。现在，市委组织部已经公布公开选拔八名科长的决定，不管是谁，他都可以堂而皇之地说，组织部内部正在公选中层干部，其他事情只能等等再说吧！贾士贞这样做也是迫不得已的。他对自己的决定，也仅仅是在摸着石头过河，他的心里多少也为自己捏着一把汗。

可是让贾士贞始料不及的是，现在又冒出一个卫炳乾的事来，而且这事闹得越来越大，以至上升到刑事案件。他像火烧眉毛一样，不知道究竟是什么人对卫炳乾这样一个小人物要下这样的毒手？在人们的印象中，组织部门的工作，是围着领导意图转，考察干部也是老一套，不像公安部门，每一个案件都是惊心动魄的，紧张得连睡觉都要睁大双眼，哪里想到他这个市委组织部长面对的是重重矛盾和冲突，也卷入刀光剑影的激烈战斗中去。

直到深夜两点多钟，贾士贞才躺到床上，然而他却无半点睡意。这些天来的许多事情像潮水一样一浪又一浪地冲击着他。直到天快亮时他才强迫自己理了理头脑中的思绪。他决定把其他所有事情都推一推，当前必须要办的两件事，就是按既定方案准备市委组织部公选八名科长和卫炳乾问题的调查。

早上起床后，贾士贞用冷水冲了冲头，让一夜未眠、晕沉沉的头脑冷静一下，没等上班，便给鲁晓亮打了个电话，决定先见一下孟瑶兰。

据孟瑶兰说，卫炳乾是湖南人，南京大学中文系毕业，在大学入了党，毕业分配时作为选调生分配到西臾市，在基层锻炼了两年，又通过公务员考试进入西臾市委组织部，只是因为外乡人，对一些徇私舞弊的事看不惯，受到西臾当地干部的排挤，县区干部科和机关干部科联合起来，罗列了许多罪名，在当时的市委组织部长王仕良去中央党校学习三个月期间，把卫炳乾调出组织部。王仕良学习回来后，听说卫炳乾调出组织部，而且到下臾的一个乡当副乡长，觉得这样对待一个干部不妥当，心中虽有疑惑，但也无可奈何。不久王仕良调走了，卫炳乾的问题也就再也没有人过问了。贾士贞上任后，尤其是他微服私访和那三幅画的事在社会上、群众中传得沸沸扬扬，甚至把他传说得神奇而惊心动魄。这样一个与众不同的市委组织部长，在短时间内，便从市区传到县城又从县城转到农村，卫炳乾所到消息后，也就抱着一线希望给贾部长写过几封信，但是都石沉大海。贾士贞问那些信是不是通过邮局寄的，孟瑶兰点点头，他的心里突然咯噔了一下。这说明卫炳乾写给他的信都被人短了路，说明有人胆大包天，违反私人通信的有关法规，把写给他的信截走了，这不得不引起他高度的警觉。现在贾士贞才想到那封没有通过邮局，直接送到他办公室的卫炳乾的信。这个替卫炳乾送信的人是谁？他为何如此大胆？贾士贞越来越感到很难知道市委组织部里的那一张张面孔背后的内心再想些什么。不知道为什么，贾士贞却没有问孟瑶兰那封没通过邮局的信是怎么放到组织部的。

见过孟瑶兰，贾士贞的心里多少有点底了，他再三交代鲁晓亮，一定要保证孟瑶兰的安全，一定要尽快找到卫炳乾。

现在贾士贞已经不像刚上任时那样雄心勃勃、跃跃欲试了，他不得不让自己的头脑复杂起来，重新审视、观察组织部的每一个人。

虽然贾士贞在省委组织部期间也遇到了很多艰难，发生了很多事，可是，都没有现在这样尖锐复杂。他真的没有想到，他当上了市委常委、组织部长了，还面临着如此大的困难。弄得不好，不光是自己犯错误的问题，还将造成一些人的人身安全问题。

通常人们认为，在组织部工作的人，只有服从，不能有任何自己的观点、看法，处处按照领导意图去办事，才能不断进步，到一定时候提拔调出组织部。显然卫炳乾不是这样的人。他在大学里，学习成绩优异，被选为选调生，又凭自己的实力考入市委组织部，和那些靠关系进入组织部的人有着明显的区别。在他看来，组织部的考察干部工作就像数学那样，连零点几的差错也不能有，他要准确地、真实地反映情况。是啊，他太书生气了，组织部门哪里需要你这样的才华，这样认真的人！是卫炳乾错了，还是组织选人选错了？自己作为市委组织部长又应该如何来看待卫炳乾事件？他的内心发生了激烈的冲撞。

贾士贞在省委组织部的成长过程，和卫炳乾有着许多相似之处。当初，他刚刚借调到省委组织部时，真是无法适应那种“指鹿为马”的工作。也不知惹怒了谁，几个月后，他不但没有调入省委组织部，反而把他退回乌城地委党校。那是他平生以来所受打击最为惨重的一次，可以说他万念俱灰。后来到底他又怎么重新调入省委组织部的，至今也没有人把事情的真实情况告诉他。然而，江山易改，本性难移，重回组织部后，却又因为不满当时的处长在干部考察材料上弄虚作假，惹怒了处长，把他晾了一年。吃一堑长一智，他学会了装聋作哑，得到了真经，在组织部必须做到“知道的不传，不知道的不打听”，在组织部工作只有服从，不可有个人见解。记得他在组织部的杂志上发表那篇干部人事制度改革的文章后，省委组织部许多人都在背后笑他是理论家。想到这里，贾士贞能理解，也就很同情卫炳乾了。他觉得组织部门一定要改变工作思路，绝不能把一个有见解、有能力、有个性、有才华的人培养成为“奴才”。要把组织部门的干部培养成敢讲真话、实话，办事认真，实事求是，又有真才实学的德才兼备的优秀人才。

市委组织部公选八名科长的报名工作已近尾声了，市直机关和县区委组织部报名非常踊跃，只是市委组织部报名的人寥寥无几。贾士贞再次召开组织部全体职工大会，动员大家积极参加公选，不参与公选的同志，以后晋升机会会很少的，并且说到他们过去的先例。卫炳乾由市组织部的副科长调去任乡里的副乡长。他的话让组织部的那些中层以下干部一片恐慌，最后一天下午，几乎所有的符合条件的干部都报了名。

离考试时间越来越近了，贾士贞经过一番深入调查和认真思考，觉得这种成人考试不像高考，如果没有严格的纪律，没有严密组织，很可能造成被动。他现在最担心的就是考场纪律，本来，他想把这些具体工作交给常务副部长高兴明的，但是他越来越明显感觉到高兴明对于他分配的工作总是打哈哈，甚至有一种暗暗的抵触情绪。他不得不亲自动手拟定考场纪律和有关规定。贾士贞知道，他这样做对于一个市委常委、组织部长来说，似乎有点荒唐可笑，可他一时又想不出什么好办法，只好硬着头皮先把这次考试对付过去再说。

距离考试还有三天时间的下午，贾士贞亲自去市一中研究落实考场的时候，他的手机响了，正准备关机，突然觉得号码很熟悉，一接电话，原来是周一兰。贾士贞心里有些慌乱，急忙走到室外："喂……哎，我不在办公室，你……你说……"

周一兰在电话里有些激动地说："士贞弟，我已经到西臾了，我想马上见到你。"

"怎么你来之前不给我打个招呼，这几天我简直忙得不可开交。"

"你现在大权在握，什么时候不忙？"周一兰说，"连见我的时间都没有啊！"

"你现在在哪儿？"贾士贞问

"我知道你现在住在市委单身领导的宿舍，所以我就登记在西臾宾馆2号楼，离你宿舍很近。"

"好吧，你在房间等我，等一会我直接去宾馆，今天晚上请你吃饭。"

从市一中出来，贾士贞已经到西臾宾馆门口，突然对驾驶员小苗说："去市公安局。"随后贾士贞给鲁晓亮打电话，说他有事找局长大人，鲁晓亮以为贾士贞又在催卫炳乾的事，说："贾部长，这事我正在抓紧。"

贾士贞说，不是那事，还有别的事，我马上就到你办公室。

到了公安局，鲁晓亮正在开会，办公室的同志一听说市委组织部贾部长亲自来找鲁局长，立即进会场通报。鲁晓亮从会场出来，来到局长办公室，贾士贞没坐，说："鲁局长，有件事还要请你帮忙，市委组织部公选干部马上就要文化考试了，后天一早请你派一辆警车，去省城取考试卷，试卷取回来也放在市公安局档案室，考试那天提前半小时从你这里取试卷，考完后再放回你这里。最后还要负责送回省里。其中的纪律、保密不要我多说，你一定会明白它的重要性的。"贾士贞随后又说，"除了驾驶员，你还得派两名素质高的干警，负责一路上的安全，市委组织部只派一个同志引路。"

"哎呀！我的贾部长，我当什么大事呢，这事太好办了。只要你没有什么案子要交给我办，都好说。"鲁晓亮笑着抓住贾士贞的手握了起来。

贾士贞说："谢谢你总是对我大力支持，哪天有空我请客。"

"好了，你别给我开空头支票就行了。"鲁晓亮说，"部长大人，恕我失陪，会场上还等着我呢！"

第四章　人生的另一面

十二

贾士贞来到宾馆，让驾驶员下班回家，自己上了2号楼。门一开，只见周一兰满面红润，身着紫色套装，脖子上系着米黄色的真丝纱巾。贾士贞盯着她看，多日不见，眼前的她格外美丽动人。贾士贞有些不知所措，过了好半天才伸出手。周一兰的心脏一阵怦怦跳动，手才轻轻地抓住贾士贞的手，一边摇着一边说："士贞弟，你瘦了，也变了！"

"那你还认识？"贾士贞想松开手，可她把他的手抓得紧紧的。当周一兰感到自己过分激动时，才马上松开手，脸上一阵热辣辣的。

周一兰的心脏还在怦怦狂跳，随后又拉着贾士贞的手，说："我们'第二次握手'已经握过了，我太幸运了……"

周一兰明知《第二次握手》的含意，还这样比喻，让贾士贞感到不适应。

贾士贞立即避开周一兰话题，目光里透出几分激情说："你是出差？"

周一兰微微一笑，摇摇头，说："不，我是专程来看你的，怎么，不欢迎？"

"专程来看我？"贾士贞的心里热乎乎的，接着摇摇头说，"我不信，你恐怕是无事不登三宝殿吧！"

周一兰红着脸，点着贾士贞的头说："我说你变了吧！这人啊，一当上官，就变得冷漠了，官越大，人性就越少，你看你在省委组织部时，从来没这样说我，也从来没这样对待过我。"

"不，一兰，凭我的感觉，你此行一定有事。"贾士贞站起来说，"兰姐，走，我们吃饭去，我今天要陪你好好喝两杯。”

两人刚站起来，还没出门，贾士贞的手机响了，是省城的号码，一接电话，原来是省委组织部长的秘书、即将上任的机关干部处长卜言羽。他和卜秘书在省委组织部后来的几年中，简直成了钱部长的左膀右臂。这时卜言羽打电话来，想必有事。贾士贞非常兴奋地说：“哟，是卜老弟啊！多日不见，还真的有些想你呢！”

卜言羽说：“士贞兄呀！听说你干得不错啊，现在你不仅成了西臾的热点人物，连省城也关注你呢，钱部长说你一定会干得很出色的。”

贾士贞说：“你这是贬我呢，还是褒我？我现在是赶着驴子上轿。有什么事吧！有事尽管吩咐。”

卜言羽犹豫了一会，说：“士贞兄，我真不好开口呀！我有一个小表弟，是梅州县委组织部的，报名投奔市委组织部，如能在你的麾下，那是他的福分，所以，请你多关照。”

贾士贞看看周一兰，说：“卜老弟，按说，你托我的事，就是赴汤蹈火，我也应该在所不辞，只是我这一次严格按照公开、公平、公正的原则，首先必须通过考试这一关，老弟，我不知道该怎么对你说，求你千万理解我啊！”

“士贞，你的性格我太了解了，你做得对，我让他好好考试，如果考试过关了，那时我和你联系。”

关掉手机，贾士贞说：“外界人不了解我们真正目的，总认为我们这次公选干部是做样子的，是作秀，是炒作。我干嘛要干那事，我要干了，就决不做样子，一切都摆到桌面来。坚决保证‘公开、公平、公正’的原则。”

周一兰说：“我现在才进一步了解你，过去你全是伪装出来的假象，现在才暴露出狰狞面目来了。”

贾士贞大笑起来了，说：“怎么，上当了，后悔了？”

周一兰的脸一下子红了起来，瞥一眼贾士贞说：“你看我是上当的人吗？至于后悔嘛……”她停了停，接着说，“我真的有些后悔，要是不认识你，该多好，省了多少牵挂！”

贾士贞佯装没听懂周一兰的话，说：“一兰，你说在这个世界上有没有真正的友谊？有没有真正的异性朋友？”

周一兰发出一阵爽朗的笑声，说：“我相信有，大凡是人，都有七情六欲。你想用久了的钢笔都有感情，何况人呢？俗话说，人非草木，孰能无情！”她放慢了脚步，又说，“异性之间不仅可以成为知己，而且还可以产生感情。但是，有了感情不一定非要走进婚姻，红颜知己是男人对女人而言，而对于女人来说，为何不能说是须眉知音呢？”

贾士贞停住脚步，伸出右手，在这一瞬间，周一兰激动起来了，她紧紧地握着贾士贞的手，贾士贞显得有些兴奋，说：“兰姐，谢谢你的坦诚，谢谢你的直率！”

周一兰说：“异性之间的知己和那种婚外情，利用权力养情人，包‘二奶’，玩弄女人是截然不同的两个概念。我一直在想，两个异性朋友在一起说说心里话，给对方以精神上的鼓励和支持，有什么不好的呢？”

贾士贞稍稍平静一下自己，说：“一兰，如今的社会，有些男人有了权，有了钱，就心术不正，养‘小秘’包‘二奶’，其实责任大都在男人。”

“士贞，”周一兰笑笑说，“我相信咱俩属于另类的异性朋友，我不知道够不够你的红颜知己？但是，我早已把你当做我的须眉知音。甚至，我为此而骄傲、自豪、幸福！”

贾士贞更加紧紧地握着周一兰的手，说：“兰姐，谢谢你……”

当初周一兰第一次见到贾士贞时，真的怦然心动过，她被他的气质所倾倒。在那段时间里，她甚至巴不得贾士贞像那些好色的男人一样，不顾一切地占有她，也许她就会心安理得地、全心全意地成为他的情人。可是他们始终保持着若即若离的关系，不是没有那样的机会，也不是没有那样的条件，他们始终相安无事地相处着。一次贾士贞向她借一笔钱，她根本不想知道钱是给谁借的，但心里却不是滋味，直觉告诉她贾士贞借的钱不是自己用，也不是做生意，而是资助一个女人。然而，她毫不犹豫地拿出三万美元，到现在也不问钱是借给什么人的，而贾士贞也从不主动向她说起资助华祖莹出国读MBA的事。

两人进了餐厅，经理就迎上来了，贾士贞说：“省城来了一位客人，给我一个小包间。”说着女经理把他们领进一个包间，贾士贞问周一兰喝什么酒，周一兰说：“士贞，我不是来喝酒的，咱俩随便吃点饭，好好谈谈话好吗？”

于是贾士贞要了一瓶葡萄酒，两人都一心念着说话，匆匆吃了饭。周一兰要去贾士贞宿舍看看，贾士贞说还是去她房间，他的宿舍找的人多，电话也多，干扰太大。

刚到周一兰房间门口，贾士贞的手机响了，一看号码就知道是唐雨林，唐雨林是他调去省委组织部接触最多的一个同事，和他同时调出省委组织部，现在是梅州市委常委、市委宣传部长。当初贾士贞由一名党校教师借去省委组织部时，唐雨林已经是副处级干部了。贾士贞一到省委组织部就跟着他去厅局考察干部，他对他的帮助是不可用言语表达的。现在想想，虽然唐雨林的那些经验之谈存在着片面性，但是还是让他在那困难的日子里学到了许多组织部里的做人哲学，还给了他精神上的鼓励和帮助。两人之间无论在工作上，还是感情上都是相当默契的。电话一通，唐雨林就说："士贞啊！是我，老唐！"

贾士贞兴奋起来了："是你呀，老领导！"

"士贞，你别跟我开这样的玩笑。"唐雨林说，"士贞哪，你一上任就把火点着啦！你成了风云人物了。"

"你开玩笑了。"贾士贞说，"在你老领导面前我真觉得有些汗颜了，怎么样，找我有事吗？请多指教。"

"是这样的，士贞，我有一个小亲戚，就在你们西臾市民政局，听说你们市委组织公选八名科长，他已经报了名，马上要考试，我不说你也知道什么意思了吧！"

贾士贞一时不知道该怎么说，愣了一会，说："老领导，我对你绝对没有半句假话，本来你交办的事，我是应该不折不扣地去完成的，但是……"

"我知道，士贞，咱俩都是从省委组织部出来的，凭考试过第一关，这是不容怀疑的，他必须进入前三名，才能入围。好，我这就给他打电话，让他努力把本事都显出来，让你好讲话，我真的希望他能出类拔萃，将来到市委组织部，成为你的得力助手啊！"

"老领导，你的话真的说到我的心里去了，我现在需要真心实意支持我工作的人。"

进了房间，周一兰忙着给贾士贞泡茶。贾士贞看着她那满面桃花的面庞，忽然想到"红颜薄命"四个字，古往今来，有多少漂亮的女人，都没有好的结局。就在一瞬间，他的脑海里浮现出他们最后那次见面的情景。当时正逢省委主要领导工作变动的关键时刻，那天不知为什么，他的心情非常沉重，非常沮丧，居然一个人在大街上淋雨，正巧周一兰打电话给他。两人在办事处吃了晚饭，贾士贞喝了不少白酒，周一兰也因喝了酒，向他倒出了她心中的痛苦。每当贾士贞想到周一兰的身世，他的心就阵阵隐痛。那次喝酒，不知因为什么，他们两人都喝了不少，当时，两人的情感都上升到了顶峰，要不是贾士贞在那关键时刻强行克制了自己的感情，说不定就超越了男女友谊的界限。从那以后，算起来已经有半年多了，现在周一兰专程来找他，他的心里还是那样激动，那样充满激情。刚才两人的一番倾心交谈，让贾士贞更加珍惜他们之间的友谊，更加同情和怜悯周一兰的不幸。作为女人，作为一个漂亮的女人，她是多么需要男人的呵护，多么需要男人的爱，多么需要家庭的温暖，多么需要人间的天伦之乐！可是，她已经年近不惑，却仍然是孤身一个人。

生活，也许这就是生活，她的命运……周一兰呆呆地看着近在咫尺的贾士贞，纷乱的思绪爬上心头，“生活像一道长河，而命运就像河道，它充满着迂回曲折，急流恶浪，在竭力捉弄着每一个活着的……”

贾士贞喝了一口水，觉得心跳加速，他不敢看周一兰，唯恐一下子失去理智，做出什么遗恨千古的事来。就在此时，他的手机响了，他才回到现实中来，连号码也没看，就把手机放到耳边，“喂……”他觉得自己的声音有些颤抖。

“喂，是贾部长吗？”贾士贞一时辨不清是谁的声音，对方说，“喂，是贾部长吗？我是东舆市委组织部王相民。”王相民是市委组织部的老领导了，贾士贞还是省委组织部市县干部处副处长时，他已经是市委常委、市委组织部长了。贾士贞一直是非常尊重他的，现在他打电话来，不用说，一定又是什么人报考西舆市委组织部的事。贾士贞接完电话，看看周一兰，脸上表情显得几分尴尬，自言自语地说：“一兰，你以为掌了权是好事，其实是受罪呀！”

周一兰刚才一阵激情被贾士贞的电话扫得差不多了，她突然想到此行的目的，如果再不说，万一她和贾士贞之间发生了什么事情，说不定会把重要事情忘了。周一兰在来西舆之前，不是没经过反复考虑的，她太了解他了，他认准了的事，绝不会装腔作势，谁的关系也没有用，她专程来找他，也是想见见他。但是刚才她听到省委组织部的，还有那些和贾士贞有着过硬关系的人，给他打电话，贾士贞的答复是那样诚恳而又那样坚决，她把目光定格在贾士贞的脸上，竭力平静自己的情绪，过了很久才说：“士贞，是的，我此行同样有事求你。”她没有说下去。贾士贞脸上的笑容渐渐地消退了，说，“一兰，你说，只要不是有关公选干部的事，难道你也有什么亲戚报考西臾市委组织部吗？”

周一兰点点头，严肃地说：“士贞，凭我对你的了解，关于这件事，就是天王老子来说情也没有用。你做得对，我痛恨那种口是心非，既想当婊子又想立牌坊的人，既然宣布公开、公平、公正地选拔人才，就不能有任何营私舞弊。要是那样做，会落得个遗臭万年的骂名。”她站起来，走到贾士贞面前，接着说，“你一定会说那你来找我干什么？不错，士贞，我也是想来找你说情的，这次报考你们市委组织部的一个年轻人是我舅舅家的小儿子，叫赵欣，现在就在你们市党史办，要不是因为有这个机会，我真的不会找你。我之所以找你，是因为这孩子各方面条件都很好，当年是西臾市文科状元被上海复旦大学中文系录取的，我敢说，他的文化考试肯定会在前三名的。”

贾士贞的脸上露出了笑容，说：“要是真的如此，那太好了。一兰，老实告诉你，我到西臾市委组织部之后，深深感到组织部过去的干部都是因为靠关系进入组织部的，各方面条件都存在着局限，加上组织部的人依赖性较大，形成行业特权。一个干部，到了一定位置上，最后调出时都得提拔，所以工作进取心不大，缺少紧迫感，对干部人事制度改革漠不关心，甚至有一种抵触情绪。他们害怕冲击了自己的既得利益，他们当然不希望改革。这次公选八个科长，也是不得已而为之，我也被推到风口浪尖上去了。”

“士贞，这些我都能想象得到，因此，我只请你在每一道程序上都严格要求，大家公平竞争。赵欣达不到要求，我绝不会对你有半句怨言，但是我还是希望他能顺利地被公选上。”周一兰说。

“一兰，你们的想法我能理解。”贾士贞说，“长期以来人们都认为一个干部，只要到了组织部，将来必然提拔，这就是组织部的特权。俗话说：‘靠山吃山，靠水吃水’嘛！组织部的人就是管干部的，能不优先吗？”贾士贞的脸上立刻严肃起来，看看周一兰，“但是，按照我们对干部人事制度改革的设想，今后在哪个部门工作已经不重要了，我们的最终目的就是要取消组织部门的特权。所有的干部，你是组织部的也罢，是档案局的也罢，领导秘书也罢，都不应该有特权。以后干部的选拔都应该通过公开、公平、公正的竞争，择优选拔。”

周一兰点点头，“我知道，不管怎么说，毕竟你们已经公开选拔组织部的科级领导了。”

贾士贞说：“一兰，我这是抛砖引玉啊！我用组织部来做试验田哪！有人说我是新官上任三把火，这是烧的第一把火，就算是第一把火吧！”

“人们的观念一时还难以改变。”贾士贞说，“其实，如果干部人事制度改革了，哪个单位还不一样？说到底，大家想到组织部来，是想多干事？还是什么目的？恐怕还是因为到组织部过渡几年，提拔升官，我说得太直白了点吧！”

“士贞，恕我直言。”周一兰说，“你当组织部长可以取消西舆市委组织部的特权，你能当一辈子西舆市委组织部长？再说了，其他市委组织部呢，全国三百多个市、地区、自治州都会取消组织部的特权吗？我不是给你泼冷水，我只是想提醒你。”

“是啊，一兰，你看到问题实质了。”

周一兰笑笑：“士贞，不管怎么说，我都支持你。赵欣能到你身边工作，我也放心了。将来怎么办，到时再说吧！”

“他报考哪个岗位？”贾士贞问。

“你们规定每人可以填两个志愿。”周一兰说，“他第一志愿报组织部办公室主任，第二志愿报县区干部科长。”

“都是热门啊？”

“热门竞争力强，才能表现他的才能。不瞒你说，士贞，他在报名之前，征求过我的意见。”周一兰看看贾士贞说，“我当时想打电话征求你的意见，后来我一想，不！是我给他做的主，我相信他的实力。”周一兰得意地笑笑，“要不咱俩怎么能成为知己呢！”

周一兰停了停又说：“士贞，我虽然希望赵欣能够到你身边工作，但是我的心里也有顾虑。”

贾士贞说：“什么顾虑？”

“士贞，人言可畏呀，一旦赵欣真的竞争到市委组织部了，有人知道我们之间的关系，那些对你有意见或者对公选干部有意见的人，会怎么歪曲事实，我不敢说。”

贾士贞想了想，说，“笑话，我不做亏心事，还怕那些流言蜚语！”

“但愿我是个人偏见。”

“好了咱们该怎么办还怎么办，不要杞人忧天了。”

对于贾士贞来说，他希望找他的人都能顺利地通过文化考试，更希望这些同志都能通过公选进入组织部。贾士贞从内心感谢周一兰对他的理解、支持，否则让他真的难办了。两人就这样畅谈了很久，贾士贞几次想看看表，但是却不敢看，他觉得现在他和周一兰毕竟都是孤男寡女的，万一被什么人看到了，产生什么误会，那麻烦就大了。现在想想，刚才周一兰说的顾虑不是没有道理，从古至今，人们一直对男女之间的绯闻有着浓厚的兴趣，何况他现在是一个处在风口浪尖上的政治人物，弄得不好，整个事业都将前功尽弃。他故意把左手往外伸了伸，手表露出来了，他赶快瞥一眼手腕上的表，已经快深夜一点钟了。就在这时，周一兰感觉到了，她说："士贞，不早了……"她把后面的话吞回去了，只觉得心里一阵慌乱。贾士贞站起来，伸出右手，周一兰双手紧紧地抓住他的手，两人谁也没有说话，不知过了多久，周一兰突然说："士贞，你抱抱我，我……"贾士贞愣住了，头脑里一片空白，没有任何反应，这事来得太突然，他没有任何思想准备，他好像失去了记忆，整个身体都麻木了，男人的那种激情和欲望消失了，漠然地立在那里。

周一兰又说，"士贞，你别担心，我没有别的意思，也没有过分的奢望，仅此而已，我不会……"

突然贾士贞手机响了，他觉得浑身抽缩了一下，好像自己从梦中突然醒来，慌慌张张地取出手机："喂……是贾部长吗？我是公安局鲁晓亮，对不起，这么晚了，还打搅了？"

贾士贞焦急地问："什么事？鲁局长。"

"那个打孟瑶兰的男人被我们抓住了！"

"是吗？太好了，你等着，我马上过去。"

十三

接完鲁晓亮的电话，贾士贞马上要走了，周一兰不知发生了什么事，两人之间的柔情已经荡然无存。周一兰要叫驾驶员送他，贾士贞坚决不肯，他的担心不言而喻。但是通过卫炳乾的事，贾士贞不得不提高警惕，俗语说，月黑杀人夜，风高放火天，在这关键时刻，他不得不倍加小心。周一兰一直把他送到宾馆门口，一辆的士正停在门口下客，贾士贞匆匆和周一兰握了一下手就上车了。

宾馆离市公安局很近，出租车一加油，已经到了公安局门口。贾士贞下了车，只见鲁晓亮迎了上来。两人一边握着手，一边进了大门，鲁晓亮说：“那个人是十二点钟时在下臾抓到的，经过我们查实，他叫魏先民，三十岁，无业游民。但是无论怎么审问，他拒不交代为什么打孟瑶兰。他承认人是他打的，该怎么处置他都认了，他说反正没有打死人，充其量不过是拘留，没关系，拘留还有饭吃。”

贾士贞说：“没别的办法？”

鲁晓亮说：“看样子是个邪头，我分析是被人买通的。看他那样子和卫炳乾、孟瑶兰不可能有什么恩怨的。”

“卫炳乾那里有什么消息没有？”贾士贞问。

“还没有，现在有些情况比较复杂。”鲁晓亮说，“等一会我慢慢向你汇报。”

见到那个男青年，他随即低下头，贾士贞注意一看，正是那天在市政府门口见到的那个打孟瑶兰的男人。就在这时，贾士贞感觉到这个青年见到他突然变得胆怯起来。贾士贞走到他面前，说：“抬起头来，你不认识我了，想必你一定知道我了吧，我就是市委组织部新来的贾士贞。”

男子不抬头，只是身体动了动。鲁晓亮说：“你知不知道我们为什么费那么大力气把你请到这里来？”

男子不说话，把头缩到脖领里。贾士贞弯下腰，拍拍他的头：“抬起头来，为什么不说话？”

男子慢慢地抬起头，他仍然不敢正视贾士贞，半天才说：“该怎么处置，随便！”

贾士贞说：“我想，你和卫炳乾、孟瑶兰之间不会有什么恩怨的，甚至你根本就不知道他们是什么人，而是受了别人的指使。只要你说出来，也许我们会从宽处理你的。”

男子双手抱着头，身体靠在墙上，和那天在市政府大门口相比，判若两人。贾士贞看看鲁晓亮，低声说：“给他一支烟。”鲁晓亮抽出一支烟，推了推男子说：“年轻人，来，抽支烟。”

男子抬起头，睁大那双疑惑的眼睛，看看鲁晓亮，又把目光停留在贾士贞身上。鲁晓亮把打火机递给他，男子点着了香烟，连吸了两口，又过了一会儿，吞吞吐吐地说：“我说了，你们可要保证我的安全！”

鲁晓亮说：“这你放心，我可是市公安局长，不是和你开玩笑的。”

“我确实不知道怎么回事，”男子大口抽着烟说，“一个星期前，我的一个小兄弟带着一个中年男子找到我，让我专门盯着一个女人，主要是不让那个女人进入市政府大院，并让我认识那个女人，那个女人就是那天我在市政府大门口打的那个。他们每天给我二百元钱，我很高兴地答应了，每天二百块钱，一个月就是六千块。”

“那个中年男子是谁？”贾士贞问。

男子摇摇头说：“我不知道，他们不让我问。”

鲁晓亮说：“我们相信你一回，那你能不能想办法让我们见一见你的那个小兄弟？”男子看看鲁晓亮，犹豫了半天说：“好吧！”随后贾士贞来到鲁晓亮办公室。鲁晓亮看看表，说：“贾部长，已经两点钟了，我简单地把卫炳乾的情况说一说，明天一早还要安排车子去省城取考试卷。”

贾士贞看着表说：“鲁局长，取考试卷的事一定要派可靠的人。我们去的同志只负责带路，其他事都得听你安排。这次公选组织部的八名科长，看起来只是正科级干部，可是影响很大，也关系到以后整个干部人事制度的改革问题。所以万万不能出任何差错，必须做到万无一失。”

“贾部长，你就放一百个宽心吧！”鲁晓亮说，“社会上对你的议论很多，你这第一把火狠啊！从自己组织部内部开刀，先镇己，后镇人。好了，不说这个了，赶快说说，好睡觉，咱俩总不能熬通宵吧！”

贾士贞看着表说：“熬就熬吧，反正咱俩都没有老婆管着，站着一个，躺下一条！”

“据我们初步调查分析，”鲁晓亮的脸上突然间严峻起来，“卫炳乾的失踪与下臾县某些领导，以及桃花镇党委书记侯永文都有密切的关系。”

贾士贞点着头，“噢，果然是这样，鲁局长。”贾士贞目光紧紧落在鲁晓亮身上，“这事要抓紧，要慎重，要严密。”

卫炳乾的事总算有了点眉目，贾士贞怎么也没有想到，一个市委组织部长会面对这么多复杂的问题，而且这些问题远远超出他的想象和工作范围。

回到宿舍，已经凌晨三点钟了，贾士贞躺到床上，头脑胀胀的，两眼虽然发涩，却怎么也闭不起来。想到刚才鲁晓亮的话，他觉得卫炳乾的事情背后一定站着某个势力强大的人。但是俗语说，不在其位不谋其政。作为市委组织部长，只管干部的考察、选拔、任用，至于那些违法、违纪的事，应该由政法部门纪检部门去管。然而，对于卫炳乾的命运，贾士贞不知为什么，总是放心不下，想着想着，他就睡着了。一觉醒来，已经是早上快八点钟了。他惦记着去省城取考试卷的事，匆匆洗了把脸，早饭也没吃，就给鲁晓亮打电话。公安局的车子已经一切就绪，正等待出发命令。打完电话，他立即赶到市公安局，直到把这辆执行特别任务的警车送出大门，他才赶回办公室。

贾士贞回到办公室，就给市邮政管理局洪局长打了电话，他希望在靠近市政府的邮局设立一个他的私人信箱。所有他的私人信件一律直接放他的信箱，不再由市委组织部转送，洪局长说这有何难的，这太容易了。他之所以这样做，正是因为卫炳乾给他的信都不翼而飞，现在他还无法肯定是哪个环节上的问题，只能先这样决定了再说。

这时高兴明进来了，他把拟好的考场纪律文稿交给贾士贞，贾士贞一看，皱了皱眉头，看完稿子之后，说："高副部长，这次考试是我们市委组织部组织的第一次公开选拔干部的文化考试。社会上，广大群众都在睁大眼睛看着我们，考场纪律一定要严格，否则就不公平了，就不是在同一起跑线上了。比如我们两人参加考试了，我作弊了，抄了书，或者带了字条，本来我们两人凭本领都可以考七十分，大家差不多，可是我抄了题，多得了二十分，那就是九十分，这就不公平嘛。所以不仅要坚决杜绝舞弊行为，而且对作弊者以及帮助作弊的人要坚决严肃处理，决不手软。"

随后贾士贞和高兴明带上公办公室的同志去了一中。

看完考场，回到校长办公室，杨校长说监考老师按规定每个考场两名，都已经排好名单。贾士贞接过名单，看完后说："杨校长，有关考试规定、考场纪律，明天上午七点四十五在全体监考老师会议上宣布，有些话也许我考虑的是多余的，我们希望你们能够像对待高考那样严肃对待这次考试。请杨校长也向监考老师打声招呼，万一有人无视纪律，帮助考生作弊，处理起来那是相当严重的。"

杨校长说："贾部长，你放心吧，这些老师都是非常有经验老师，他们每年都参加高考监考，这些道理他们都懂。"

贾士贞摇摇头说说："杨校长，成人考试和高考不一样，我是党校老师出身，我见得太多了，他们不仅人际关系复杂，而且现在的通讯工具先进，手断也高明，所以，莫怪我多虑。"贾士贞脸色严峻地看着杨校长，又说："杨校长，关于监考老师的分配问题，现在不急于定下来，这份名单给我吧，明天考试前，由我们来宣布。这样做，对你对他们本人都有好处，也避免个别考生通过关系找到监考老师，都是本地人，关系复杂，人情嘛！这并不是我多心，还是想得周到点。”

贾士贞这样一讲，杨校长也就无话可说了，他想到有几个考生找过他，而他已经给监考老师打过招呼了。贾部长分明是对他们不相信，肯定会把他们排好的名单打乱。对这样的成人考试，提前向监考老师打招呼，过去是常有的事，他万万没有想到这个市委组织部长如此细心。

贾士贞刚出了一中大门，就接到周一兰的电话，贾士贞看看周围没人，说：“好吧，中午你在房间等我，我来送你。”

周一兰说：“不，士贞，我知道你很忙，不用你送了，我马上就回去了，我还有很多话要对你说，可是却不知道该怎么说，也不知道什么时候才能再见面。”

“一兰，”贾士贞压低声音，心里似乎有一种情感在往上升，“一兰，一定会有机会的，任何人的事业都会从高峰落入低谷的，我并没有把权力看得很重，所以我要干的事从没有把个人利益放进去。你知道江苏省宿迁市有一位最富争议的市委书记仇和吗？他的改革和他激进改革的手段，尽管引来了许许多多争议，褒贬不一，但是他的许多做法却是值得颂扬的。早在一九九八年，他在全国首创干部任前公示制，就得到了中央领导同志的肯定，随后中组部派了调研组来到该县进行调研，中央领导同志在中组部的调研报告上做了长篇批示，把干部任前公示写进中共中央干部任免条例中去。我在想，为什么全国那么多省、市、县委组织部长，那么多搞干部工作的同志都没有想到这样做是干部人事制度的一大改革呢？仇和是一位具有独特思维方式的改革家，一个无私无畏的领导干部，我远不及他。”

“士贞，对不起，我知道你已经走火入魔了，我能理解你，可是西臾那么多干部能理解你吗？”周一兰说，“目前的干部体制下产生的干部必然带着许许多多权力的色彩，一旦让干部都像商品一样，进入市场，恐怕阻力太大了。好了，我不够资格和你讨论这样重大而严肃的问题。再见！”

贾士贞关掉手机，愣在那里，半天不知其所以然。他在责问自己，难道自己真的走火入魔了吗？自己身为市委常委、组织部长，和这样一个女人谈如此重大的话题干什么呢？可是他又想，目前，他的这些想法又对谁说呢？对市委常委说，当然不行。谁听他的空洞理论，对市委组织部的同志说，当然可以，他可以把全体同志集中起来，说上两个小时，他们不听也得听，可是那样起什么作用，他们会真心拥护他吗？说不定心里有一股抵触情绪。可他又想，难道周一兰是他情绪发泄的对象吗？贾士贞是一个刚刚荣升为市委常委、组织部长的年轻人，他拥有一个市提拔干部的权力。然而，他同样也是一个有血有肉的男人，他需要有人理解他，他同样需要情，需要爱。

说实话，贾士贞突然间冷静起来，他不知道是不是刚才周一兰的一句话让他认真思考自己。难道自己的行为有些离经叛道？但他觉得自己襟怀坦荡、天地可鉴。

阳光灿烂，影留脚下。贾士贞怀着复杂而矛盾的心情匆匆地赶着路。

周一兰，他心目中的女人，他曾经对她有过种种猜测，有过许多怜悯，有过许多幻想，有过许多假设。她毕竟是一个年轻漂亮，让男人留恋的女人。

第五章　考试

十四

这天早上起床后，贾士贞放弃了每天半小时的晨练，匆匆吃了早餐，赶到市一中。只见学校大门口贴着大红对联：“公开、公正、公平选拔优秀人才；改革、创新、勇敢站在公选前列。”大门上方悬挂着大红横幅，“深化干部人事制度改革，不拘一格遴选人才”。

一中校园的花园里，茸茸的嫩草露出笑脸，月季花蕾已经含苞待放，阵阵微风吹过，带着几分沁人肺腑的凉意。贾士贞深深地吸了两口清新爽洁的空气，他的心里如同正在茁壮长出新的希望的幼芽。春天实在是太舒畅了，新的生命在这美好的春天又要诞生了！

贾士贞步入大门，校内外到处贴满了彩色标语，正中一条宽阔的柏油马路洁净如洗，两旁的梧桐树上，嫩芽水绿。为了迎接考生的到来，巨型气球悬飘在空中，气球下面系着红色标语，上面写着：“以优异的成绩接受新制度的挑选。”远处飘扬在空中的彩色气球给整个考场增添了庄严、肃穆的气氛。贾士贞站在操场上，一种怦然心动的感觉油然而生。今天是星期六，学校显得异常安静。他看看表，已经七点一刻了，高音喇叭里响起悠扬而轻松的音乐。他不知道这样布置第一次公选干部的文化考试的考点是否适当，这样的气氛是否能把考生的激情调动起来，不管怎么说，他此时的心情显得异常激动。

七点半时，高兴明和公选办公室的同志都陆续赶到了，贾士贞走进二楼那间宽大而拥挤的办公室。杨校长风风火火地忙碌着，额头上沁着一片汗珠，衬衣上面第二个扭扣解开了，他不时地在脖子里抹了一把，站在挤满了人的教室门口，目光慢慢地移动着。监考老师已经到齐，贾士贞看看时间，七点四十，向杨校长点点头，杨校长宣布会议开始。会议由高兴明宣读考场规则和考场纪律，贾士贞宣布重新调整后的监考老师名单。会议结束时，贾士贞只说了一句话："希望各位老师尊重知识，遵守考场规则和考场纪律，把西舆市委组织的第一次成人考试进行得成功而圆满。谢谢各位。"

这时两名武警人员抬着密封的考卷走进办公室，老师们领完试卷，已经八点零五分。

贾士贞站在教室前面的广场上，看着匆匆赶来应试的机关干部，大脑里浮现出当年参加高考的场景。通过文化考试来衡量一个人的知识才能，这是再公平不过的了，多少年来，用这种办法为国家选拔了多少优秀人才！一阵长长的电铃声打碎他短暂的回忆，这时几个扛着摄像机的年轻人分别向各考场走去。整个校园里陡然间寂静无声。贾士贞沿着第一考场慢慢地走过去，不知不觉已经走到第九考场，他在心里算了一下，参加考试竟有二百七十人，按照录取八个人计算，应该划到三十多人取一个，其竞争力度可想而知了。

考生还在匆忙地奔向自己的考场，这时一个年轻女子背着书包来到考场门口，监考老师示意她把书包放在大门外面，女子瞥了一眼监考老师，狠狠地瞪了一眼，随即从书包里取出两本书，将书包放下来，旁若无人地进入考场。贾士贞走过来，对监考老师说："任何人不得将书本带进考场，考场规则和考场纪律说得很清楚。"女老师转身走到刚才那个女考生旁边，说："请把书本放在外面，对不起，这是纪律。"女考生目视窗外，像没听到一样，女老师回头看看站在教室门口的贾部长，低声说，"贾部长在看着呢，请你配合一下。"这时女考生从屁股下面抽出一本书，交给女老师。

电铃声再次响起，贾士贞看表，八点十五分，各考场开始宣读考场规则和考试纪律，接着分发考卷。

十分钟后，考场工作人员走到贾士贞身边，说："贾部长，第三考场老师请你过去一下。"贾士贞转身去了第三考场，男老师拿着考生的准考证出了教室，低声对贾士贞说："贾部长，我怀疑这个考生是代考，这准考证上的照片和考生有点不太像，能不能请你辨识一下。

贾士贞接过照片，反复看了看，又看看那个考生，说："请他出示身份证，注意尽量小声点，不要影响其他考生。”

男老师走到那个考生面前，让他出示身份证，他却不肯出示。贾士贞随后找来高兴明和杨校长，决定把这个考生请到办公室。经过查问，考生承认自己是代考。

半小时后，贾士贞走在教室外面，一眼看到那个带书进教室的女考生偷偷地在抽屉里看书，女监考老师看到贾士贞出现在窗子门口，立即大声说：“请大家独立答卷，不要东张西望！”

那个女考生迅速把书塞进抽屉，抬起头四处张望。这时贾士贞故意离去，停了几分钟，他又回过头，突然出现在窗外，那个女考生又在偷看书。女老师正背着窗子，目视远方。贾士贞突然一个箭步进了教室，当他出现在女考生旁边时，她还在一边看书一边抄写。贾士贞随手从抽屉里拿出她的书。这时女老师过来了，先是尴尬地看看贾士贞，随后对女考生说“怎么搞的，看……”

贾士贞刚出了教室门，就见扛摄像机的高个子向他招手。高个子在贾士贞耳边耳语了几句，两人沿着走廊慢慢地往前走。他们在第五考场门口停住脚步，只见一位年轻漂亮的女老师从教室前排慢慢往后去，走到中间一个男考生旁边，犹豫片刻，双手按了按桌子，随后转身离去。这时贾士贞远远看到漂亮女老师在考生面前留下一张小纸片，在这一瞬间，他想到可能女监考老师在为考生传递答案。尽管贾士贞对监考老师提出很多严格要求，但他还是不希望看到监考老师帮助考生作弊，这种行为比考生作弊还要恶劣。在西臾，干部人事制度改革刚刚开头，如果不严肃制止这种不良风气，市委组织部还干嘛费那么多人力财力选拔人才呢？这样做对其他考生也太不公平了。贾士贞容不得自己多想，轻手轻脚地进了考场，当他神奇般出现在男考生面前时，那个男考生正在全心全意地往试卷上抄答案。贾士贞伸手拿起那张字条，考生有些猝不及防。漂亮女老师早已吓得脸色苍白，尴尬得不知所措。贾士贞站在那里仔细看着手里的纸片，又抬头看看那个女老师，那女老师迅速躲开他的目光，转过身，背对着他。

贾士贞出了考场，找到杨校长，两人来到办公室。贾士贞拿出那张字条，问：“杨校长，这张纸上的字是不是第五考场那位漂亮的女老师的字？”

杨校长顿时脸色大变，尴尬地笑着说：“贾部长，这是何意？”

贾士贞说：“我只问你这上面的字是不是那位女老师的字？”

杨校长拿着纸片，看了半天，摇摇头，又点点头说：“又像又不像”。

贾士贞严肃地说："杨校长，你在回避问题的实质。"

杨校长捏着纸片，说："贾部长，考生作弊毕竟是少数，连高考也避免不了。"

"杨校长啊杨校长，你先正面回答我的问题，是还是不是？"贾士贞黑下脸，看着杨校长说。

杨校长的脸上红一阵白一阵，额头上冒出汗珠，眼镜片后面的那双凹下去的双眼眨了两下，"贾部长……我……我……"

贾士贞说："杨校长，你是一中的校长，一位颇受尊敬的全市教育界的领导。你们平时是怎么教育学生的，如果你们培养的学生都是如此考试，我不得不怀疑一中的教学质量了！"

杨校长说："贾部长，你的话言重了，你能不能告诉我这是怎么回事？"

贾士贞说："还需要我说吗？我想你一看这张纸上的答案，又出现在我手里，你应该知道是怎么回事了。如果你不相信，我们有摄像为证，摄像机里已经记录了这张字条的全过程。"

杨校长不以为然地说："把它交给我处理吧！"伸手就去拿贾士贞手里的字条。贾士贞没有给他，他又说："贾部长，你批评得虽然非常正确，但是这毕竟不是高考，而是成人考试，大家都看中你们市委组织部那块宝地呀，可以理解。"

贾士贞立即拉下脸，严肃地说："杨校长，你这样说就大错特错了，难道成人考试就不是为了选拔人才，难道成人考试就没有竞争？现在的高考是多少个考生取一个？通常情况下连两个取一个都不到。也就是说，如今考大学的百分之六七十的人都能考取，而我们这次考试呢？你看，九个考场，每个考场三十人，最后一个考缺几个人，近二百七十人，我们只取八名，平均三十多取一个，你知道最热的岗位五十多人取一名。这种竞争比考大学激烈得多了。你认为帮助考生作弊是一件光彩的事吗？考生作弊那是另一回事。可我们监考老师帮助考生作弊，其性质不仅仅是作弊问题了，这一点你作为校长，应该比和我更清楚吧。这岂能原谅？"

"贾部长，我们一定严肃处理。"杨校长感到一阵慌张，抹着额头上的汗，满脸赔笑，说，"贾部长，这个老师平时表现很不错，过去从没有类似现象，请您原谅她吧！"

贾士贞说："我原谅她，考场纪律能原谅她吗？那么多考生能原谅她？"

"贾部长，您千万别造成影响，她……她是……"杨校长慌慌张张地拉着贾士贞，低声耳语着。

“你说什么？”

“她……她……她是原老地委副书记周效梁的儿媳妇。”杨校长不安地说。

“她丈夫是谁？”

“她叫吴怡宣，丈夫是市水利局政秘科长。听说马上要提拔副局长了。”杨校长结结巴巴地说。

“好，我知道了，无论怎么说，这件事的性质都是恶劣的，如果不处理，群众会怎么看我们！”贾士贞说着出了办公室，突然想到那天晚上周效梁去找他，为儿子周森林提拔水利局副局长一事。原来这个吴怡宣是周森林的老婆，这事也太巧了。

杨校长又追上贾士贞，跟在贾士贞身边，不停地介绍学校的情况。贾士贞说：“杨校长，社会上都在说，中国的高考是目前唯一的一块绿洲。但是这几年来，高考舞弊现象时有发生。而在群众眼里官场是块卑鄙肮脏的地方。你们从事教育工作的人也对官场腐败深恶痛绝，但是我们大家都应该齐心协力来净化它。比如我们这次公开选拔市委组织部八名科长就是一个证明，是干部人事制度改革的一个号角，我们绝不是为了装门面，也不是虚张声势，我们一定要严格‘三公’，就是公开、公平、公正。否则我们还是按照过去的老办法，部长的权力大，关系总是优先的，科长的关系又比一般人强，那样都靠关系，没有关系的人永远也进不了组织部。组织部里一直靠近亲繁殖下去，你知不知道近亲繁殖会出现畸形、怪胎！组织部最终变成了什么？我不敢说。所以，我们西舆市委组织部这次是真心实意地面向社会，公开选拔人才，任何人际关系都行不通了。唯一的就是靠才能，靠真本领！如果你不信，你等着看吧！”

杨校长说：“贾部长，我信，我真的相信。”

贾士贞看看表，两小时的考试时间就要到了，接着一阵急促的电铃声响起来。贾士贞说：“杨校长，考试时间快结束了，还有最后十五分钟。”我们再去考场看看。

考试，对于读过书的人来说，并不新鲜。无论是小学、中学、大学，研究生还是博士生，或者是出国留学，考试是学生升学的唯一途径。然而，像这样的成人考试，人们经历得并不多，有人认为成人考试可以马虎点。但是，作为市委组织部长的贾士贞，他必须认真而严肃，这是他新官上任后烧的第一把火，如果不严肃考场纪律，以后市委组织部的威信就失去了，公开选拔县处级领导干部的考试还能保证质量吗？让贾士贞感到棘手的是，偏偏这个吴怡宣是周效梁的儿媳！周效梁虽然早已退下去了，可是他在西舆却是一个有影响的老地委副书记。他为了儿子的提拔，居然直接找到他这个刚刚上任的市委组织部长，几乎有些蛮不讲理。难道西舆地区跑官到了这种地步！

在这个时候，偏偏碰上周效梁儿媳帮助考生作弊，贾士贞不得不认真考虑这件事。

十五

正午的太阳，给春天的人间以无限的温暖，天气晴朗，碧空澄澈如洗，一中的教学大楼在阳光的照耀下熠熠生辉。一场拼搏刚刚结束，考生们纷纷走出考场，三三两两围在一起，一边走一边高谈阔论。是啊！这是一场实力的角逐，这是一场知识的较量，这是干部人事制度改革的号声！贾士贞已经把他的第一把火点燃，全市六百多万人民正在拭目以待。

贾士贞在高兴明和杨校长的陪同下，走进办公室. 杨校长说："请各位监考老师把本考场内作弊考生的名单、准考证号写到试卷包装袋上，同时抄一份交到公选办公室来。结束之后先别忙着走，还有一个小会。"

让贾士贞没有想到的是，这次考试，被发现的作弊人数竟然达二十五起，每个考场平均近三人，他看着杨校长和高兴明，说："杨校长，你先说说吧！"

杨校长说："贾部长，还是你说吧！"

贾士贞站了起来，目光在老师身上慢慢移过去，大声说："各位老师，首先，我代表西舆市委组织部，感谢大家对我们工作的支持，今天是双休日，大家本该在家休息的，可是还搞得很紧张，真的是对不起了。本来我们也不想利用双休日的，但那就怕影响学生的学习，那样不好。所以经过市教育局同意，还是占用大家一天休息时间，当然我们会付给大家报酬的。"贾士贞拿起手里的名单，停了停又说："各位老师，监考，对于老师、对于在座的各位，这太简单，也是太容易的事。所谓的监考，和考生是一组矛盾，为什么，道理太简单了，监考人员就是要维持考场秩序、考场纪律，保证绝大部分考生能够正常考试，这其中当然可能会有少数考生违反考场规则，比如作弊，影响考试的行为。在座的每一位老师除了每年要参加全国统一的高考监考之外，平时的学生考试不计其数，本该说是熟门熟路，然而，今天的考试，考生为了取得好成绩，为了在竞争中超越别人，有的人作弊了，这是正常现象。否则要我们监考老师干什么！然而我们发现个别老师帮助考生作弊，这种情节就相当严重了，也是不可谅解的。我们这次考试，不同往常，有人认为是成人考试，不同于高考，言下之意，作弊也是情有可原的，这是绝对错误的。因为我们是在通过考试选拔人才，是干部人事制度改革的第一步，也是最关键的一步。以后我们将会不断扩大考试范围，逐步在干部人事制度改革中展开，比如选拔县处级领导干部，同样会通过这样的方式来选拔。没有严格的考试制度、考试纪律怎么行呢？我在这里给各位提个醒。今天涉及到的老师，要从严处理，至于怎么处理，有待和有关部门研究。同时希望大家在今后我们的考试当中当好监考老师，不要毁了自己的前程。”

杨校长瞥一眼吴怡宣，只见她低着头，这时高兴明朝杨校长点点头，杨校长说：“各位老师，贾部长对大家要求严格是好事，一个人犯点错误不要紧，改了就是好同志，相信贾部长也不会计较的。”

贾士贞听出杨校长的弦外之音，意思是他杨校长并没有对这事认真，而是贾某人在追究这件事。贾士贞心想，让你杨校长做好人去吧！这事如果不认真处理，以后考试不知还会是什么样子。不管怎么说，贾士贞决定要严肃处理这件事情，作弊的考生做零分处理，同时通报单位，至于吴怡宣怎么处理，还要听听教育局的意见。

吃完晚饭，贾士贞刚走到宿舍门口，只见一男一女两个人站在门口。看到贾士贞，男的说：“贾部长，你好，我是水利局的周森林。”

贾士贞看看周森林，又看看他身后的女人，正是吴怡宣，上午刚刚在考场打过交道，印象非常深刻。然而此刻的吴怡宣一副垂头丧气的样子，贾士贞仍然热情地给周森林夫妻让座。贾士贞没有想到，吴怡宣这么快就带着丈夫登门。记得不久前周森林的父亲，也亲自找过他，他是为儿子提拔副局长的事。贾士贞很自然地把这两件事联系到一起来了。而且这两件事都有些尴尬，周效梁为了儿子周森林提拔水利副局长亲自出马，贾士贞没有能够满足他的要求，因为这不光是周森林一个人的问题，而是一批干部，这也是贾士贞到任之后遇上的第一个难题。如果周森林能提拔了，那么，高兴明交给他的那些名单，其中包括下奥县侯永文、韩士银，都要提拔。贾士贞正是因为发现这些干部有些问题，才一个人去下奂，从而引发了一系列故事，以至他不得不加快干部人事制度改革的步伐。

至于吴怡宣帮助考生作弊之事，贾士贞必须听听教育局的意见，看看她的态度。现在是吴怡宣上门了，他希望她能够认识到自己的错误，大家都有回旋的余地。不管怎么说，人家夫妻上门了，他还是热情地说：“来来来，请坐。我这里不备烟，给你们倒茶吧！”

周森林立即站起来拉着贾士贞，说：“我们刚吃了饭，坐一会就走，不耽误贾部长的时间。”周森林看看吴怡宣说，“贾部长，小吴年轻，不懂事，听说上午监考时犯了错误，我听说后狠狠地批评了她，她自己也很后悔，这不，我带她来向你道歉，向你检讨来了。”

吴怡宣低着头，突然间抽泣起来，周森林对她说：“还不赶快向贾部长道歉，哭什么？”

吴怡宣哭着说：“贾部长，都怪我，您大人不计小人过，其实那字条不是我写的，我当时发现那个考生脚下的字条，以为是她的，就帮她捡起来。”

吴怡宣这样一说，倒叫贾士贞愣住了。当时他明明白白看到她拿着字条走过去，双手在那个考生的桌子上还做了一个动作。这样说她没有帮考生作弊，而是贾士贞的错了！怎么是专程来向他道歉的呢？贾士贞开始怀疑他自己哪个地方出了毛病，吴怡宣是否帮助考生作弊了。可是那张字条明明是她亲笔所写，杨校长已经默认了，而且这张字条现在还保存在他手里。这样说来他们明的是来道歉，实际是来否定自己的错误。贾士贞的心里有些不高兴，他看看吴怡宣说：“吴老师，本来对这件事的处理，我想主要是教育大家，提醒今后注意。照你这样一说，是我们错了？不要紧，如果是我们错了，特别是我，我可以在公开场合向你道歉，承认错误，你觉得呢？”

“贾部长，我不是这个意思，您是市委常委、组织部长，你怎么会错呢，”吴怡宣抬起头，眼睛里已经没有眼泪了，她说，“我只不过把实际情况向你反映一下，我相信作为你这样大的领导，也不会计较我这个普通教师的。”

贾士贞说：“吴老师、周森林同志，我对你们的说法有不同看法，这样说来，我们必须把事情的真相弄清楚。首先是这张纸是怎么到那个考生手里的，谁说了都不算，有摄像为证。可以说，当时的全过程都被电视台的摄像摄进去了，而且，今天下午我特地看了一下录像，如果你不相信，可以随时看录像。此外，关于那张字条到底是谁写的，如今科学发达到这种程度，鉴定笔迹已经是很容易的事了。”

吴怡宣脸色大变，随口说：“反正不是我干的，任你们处理吧！”

好家伙，耍女人的小性子了！贾士贞看看吴怡宣，感觉到这个漂亮的女人在家惯了，女人的本领是一哭二闹三上吊，他有些不知所措。

周森林大声说：“你怎么能这样对贾部长说话呢？”

贾士贞感觉出来了，他们夫妻俩一个唱红脸，一个唱白脸，弄得他有些难做人了，他万万没想到吴怡宣会来这一手。本来他想，如果吴怡宣夫妻俩能够真心地认识到错误，又诚恳地检讨，他也会适当考虑原谅她的。至于处理方法，可以在适当场合做一些检查，也就不再追究了。可是，吴怡宣不但没有认识到自己的错误，反而否定自己帮助考生作弊的事实，贾士贞感到自己受了愚弄，甚至觉得这个年轻女教师如此刁蛮。看来周家在西舆欺人欺惯了！吴怡宣的话又在他的耳边响起来，“反正不是我干的，任你们怎么处理吧！”

贾士贞竭力平静一下自己心中的不快情绪，严肃地说：“吴老师，你们上门兴师问罪，我本来不想对这件事过分认真的。既然你那样说，那我们现在就请市教育局领导，一中领导，包括你们夫妻二人，共同看一下录像，到那时，就不能怪我们了。该谁负责的谁负，该怎么处理就怎么处理。至于那张字条，我已经做了复印，请你们夫妻自己看看，到底是谁写的。”贾士贞说着从包里取出一张复印件，交给周森林。

吴怡宣接过复印件，狠狠地撕了起来，贾士贞说：“吴老师，你是一位人民教师，恐怕是受过高等教育的吧，不是农村不识字的农民，如此态度，你就不该来找我，你叫我说什么，对不起，我有事了，请吧！”

周森林忙拉着贾士贞说：“贾部长，您别生气，她是一个女同志，别和她一般见识。”

贾士贞随手拨通了电话：“喂，是教育局缪局长吗？我是组织部贾士贞，请你马上到我宿舍来一趟。”

放下电话，又给市公安局鲁晓亮局长拨了电话，同样是请他来一趟。

这样一来，周森林尴尬起来了。而吴怡宣拉着他说：“走，让他们搞去，看他们怎么办？”

贾士贞说：“你们最好不要走，大家一起看看录像。如今中国逐步向法治社会过渡，不讲道理是不行的。”

贾士贞缓和了一下态度，笑着说：“周森林同志，请你换位思考一下，我今天什么地方做错了，到底谁错了？吴怡宣老师，你如此行为，如何为人师表呢？”

周森林被吴怡宣拉走了，贾士贞感到吴怡宣这样的人之所以如此蛮横，如此不讲道理，完全是因为老公公是老地委副书记，平时习惯了人人仰着脸看他们，把谁也不放在眼里。贾士贞觉得有点秀才遇见兵，有理说不清的感觉，这样一个小小的问题，让他感到有些棘手。

过了一会儿，鲁晓亮局长先到了，贾士贞拿出那张字条，向他说明这张字条的来历。正说着，教育局长缪斯平到了。贾士贞便把上午考场的事从头到尾说一遍，接着又把周森林夫妻俩找他的经过说了。话没说完，电话响了，贾士贞拿起电话，原来是周效梁，他说：“是老书记啊！我是贾士贞，您老有什么指示，请说……”

周效梁开门见山地说：“贾部长，听说我儿媳妇上午多得罪你部长大人了，我在这里向你赔不是。她年轻，我已经批评她了。不过，贾部长你堂堂一个市委组织部长也不至于为这点小事和一个小小的中学老师较真吧！”

贾士贞只是嗯嗯地没说话，他知道，这个周效梁也是无法说话的人，任他怎么说去。贾士贞心中窝着一肚子气，一个老干部怎么是非不分，黑白颠倒呢！等周效梁说完了，贾士贞还是把事情的经过大概勾勒了一遍，但周效梁根本听不进去，说了几句难听的话，就把电话挂了。

十六

看完录像，贾士贞说：“这本来是件小事，可万万没想到的是，周家居然如此不明事理，明明是自己错了，却要强词夺理。看来周家在西臾是欺人欺惯了，明明是自己没有理，还要上门胡搅蛮缠！”

缪斯平说：“贾部长，你刚来西臾，有许多情况还不了解，你算是碰上麻烦事了，这事除非就此结束，你主动上门赔礼道歉，否则……”

鲁晓亮气愤地说：“我不相信周家能怎样？难道天底下就无理可言了！”

贾士贞看看他们俩说：“这事情先得弄个明白，我找你们来的目的，是要弄清是非真相。缪局长是教育局长，是吴怡宣的主管局领导，应该弄清楚。否则社会上的传说五花八门，弄不清是非，不知道真相，把事情传来传去，就复杂了。一中杨校长看过录像，辨认过字条的笔迹。”贾士贞转脸对鲁晓亮说：“鲁局长是公安局长，这字条的原件还在我这里，请公安局进行科学的字迹鉴定，得出明确的结论来。刚才你们也听到了，不仅吴怡宣夫妻俩上门来找我翻脸不认账，而且周效梁同志还打电话来责问我。但是，不管怎么说，我准备亲自登门，向周效梁同志说清情况，做一个解释。不要误会，也不要把一件很小的简单事情弄复杂化，弄得不好收拾。”

鲁晓亮愤愤地说：“真是岂有此理！”

贾士贞又对缪斯平说：“缪局长，请你查一查有关规定，像吴怡宣这样帮助考生作弊的情节，该如何处理，找出确切的依据来。”

缪斯平说：“贾部长，你还真要处理吴怡宣呀！我看就……”

贾士贞说：“缪局长，西奥的干部人事制度改革才刚刚开始，以后通过公开、公平、公正的办法来选拔各级领导干部要不断扩大，而公选领导干部的第一道程序就是文化考试。如果这一次马马虎虎，不严肃处理，以后还怎么严肃考场纪律？这样不是纵容作弊行为吗？那对另一部分考试的同志就不公正了。难道他们在高考监考时也帮助考生作弊吗？”贾士贞气愤地说，“除此之外，吴怡宣和周效梁对错误根本没有一点认识，公然仗势欺人，不处理不行！”贾士贞看看时间，便打电话让一中杨校长马上过来。鲁晓亮说自己身为公安局长，参与这种事情不妥当，便告辞了。随后贾士贞他们三人一同去了周效梁家。

周效梁家住的是一幢三层楼别墅，在市委、市政府机关相当引人注目的。三个人站在别墅门口，贾士贞一言不发，缪斯平按了门铃，通报了姓名。过了许久，院门才打开，进了门，贾士贞才发现这是一个大约上千平方米的深宅大院。在昏暗的灯光下，大致可以辨清院内假山、喷泉、花园，如同一个小公园。绕过假山，转到后院，别墅大门缓缓打开，这时在远处的大厅里坐着一个梳着大背头，上了年纪的高个子老人。贾士贞见过周效梁，这一瞬间，他的头脑里又浮现出那天周效梁蛮横的样子。也许周家对他已经有了成见，此刻周效梁坐在沙发上，动都没动，显出几分傲慢。除了贾士贞，缪斯平和杨校长应该和他都是熟人，他也许看到他们三个人亲自登门，以为自己理直气壮，更加不屑一顾了。贾士贞突然觉得自己在这个时候不该主动登周家的门，真是自找没趣。

贾士贞在缪斯平的引导下，穿过厅堂，进入客厅。客厅看上去有一百平方米以上，地上铺着红花地毯，左面墙上摆着高大的装饰架，架内放着各种古玩，客厅里用沙发隔成区域。贾士贞心想，这个周效梁不过是一个地委副书记，副厅级干部，家庭的设施还了得！他在省委组织部时见过的省级干部不少，甚至随着钱部长去过省委书记谭玉明家，谭书记住的也是别墅，却是不能和这个周效梁相比。

缪斯平是西臾本地人，和周效梁是熟人，很了解周效梁的脾气和为人，在这种情况下，他厚着脸皮，上前介绍了贾部长。贾士贞上前躬着身子，伸出右手，谦虚地叫声周老好。周效梁半靠在沙发上，既没抬头，也没伸手，只是从嘴里低声挤出一个“坐”字。

三个人站在周效梁面前，让人觉得有些尴尬，贾士贞说：“周老，你刚才打了电话，电话里有些话说不清楚，所以我想还是登门把误会说一说！”

周效梁抬起头，轻蔑地瞥了贾士贞一眼，说：“太年轻了，就当上市委组织部长，没掌过权吧！你刚来时间不长，你知道群众是怎么说你的吗？你说这算什么事啊！我们和你无怨无仇，何必揪住不放呢？”贾士贞有点受不了周效梁的这种口气，好像站他面前的都是他的儿子，或者说根本没把他当人看待，他心里有一股说不出的反感，但他还是强忍着说：“周老，我到西臾时间不长，和吴怡宣同志根本就不认识，怎么可能揪住她不放呢。上午发生的事，不知道您了解了详细情况没有？刚才吴怡宣和周森林夫妻俩就到我宿舍找我，接着就接到您的电话，我不知道我做错了什么？您也是原地委老领导，你说，我该怎么做您才能满意？”

周效梁黑着脸说：“我当地委副书记时，你恐怕还在幼儿园呢？你现在当市委组织部长了，掌权了，了不得了？”

贾士贞说：“周老，您不能这么说，我想就事论事把真相说清楚了，把误会弄明白了，大家都不要为这点小事弄得心里不愉快。”

然而，周效梁容不得贾士贞多说，一个劲地发牢骚，指桑骂槐，任用什么办法，就是不让贾士贞说到实质问题。但是，贾士贞还是硬着头皮把吴怡宣帮助考生作弊的事说了。谁知周效梁更加不讲理了，居然说：“你们去找她吴怡宣，来给我说这些干什么。”甚至嘴里不干不净地骂了起来，气急败坏地把他们仨人赶出家门。

贾士贞窝着一肚子气离开了周效梁家，心里像吃了苍蝇似的。他冷静下来一想，才感到改革一项制度的艰难，这种阻力何止是一个方面。尽管在文化考试之前他想到了作弊问题，但他怎么也没有想到会出现吴怡宣和周效梁这样的事。

第二天上午，贾士贞一进办公室，就接到市委书记常友连的电话，他放下电话，立即赶到常友连办公室。见到贾士贞，常书记摘下眼镜说："士贞哪，市委组织部公选干部的事进展怎么样了？"他看着常书记，想到他来西臾三个多月来的情况，特别是上任之后去下臾的事。虽然他走时给常书记打了招呼，编出了充足的理由向常书记解释，但是五天不归，引来了那么多真真假假的议论，还有各种版本的传说，以及对那几幅漫画的议论，都传到常书记那里去了。在省委组织部工作八年的贾士贞非常清楚组织部长必须和市委书记保持一致，对此他确实有些担心常书记听到些什么，认为他背着他干了些不可告人的事。对于已经考察过的那批干部该怎么处理，常友连只是让贾士贞认真了解一下，贾士贞毕竟是现任市委组织部长，所以他的意见是这批干部也不急于拿到常委会上。后来贾士贞在向常书记谈到干部人事制度改革时，顺便提到下臾县的一些干部问题，比如县委书记乔柏明，下臾县公安局长韩士银，桃花镇党委书记侯永文等人的一些问题，当时常友连一言未发。而从此之后，再也没有催他调整那批干部的事。后来，贾士贞把自己准备公开选拔市委组织部科长的事做了汇报，常书记说："那是你们市委组织部自己的事，你是市委组织部长，不需要向我报告，也不需要市委常委讨论。"

一阵思绪之后，贾士贞说："常书记，你今天找我来，我已经猜到了八九分。"

常友连点点头，说："我相信，士贞同志，实话对你说，有人向我告你的状，而且火气不小。"

"常书记，你想不想了解事情的真相？"

"什么真相，这么一点小事，算什么？"常友连满不在乎地笑了笑说："这个老周，像个孩子似的，为这点小事动那么大的肝火！"

"常书记，这事情虽小，可它反映一种风气，一个人背后隐藏的深层次的东西。"贾士贞说，"常书记，今天让我真正看到了什么叫仗势欺人。一个已经退下去的地委副书记，如此蛮横，不讲道理，我多少还是一个市委常委、组织部长，他们都能这样黑白颠倒，以势压人，假如是普通老百姓可想而知了。明明是他们自己错了，非但不感到内疚，还一步不让，步步紧逼，逼着你非认真不可！"贾士贞显然有些愤怒了，接着说，"常书记，他们想怎么样？一个人民教师，难道不知道作弊是错误的？不仅如此，居然帮助考生作弊，老师把答案写好了，直接交给考生，岂不太荒唐！而且事情发生后，他们不仅不认错，还上门责问我，否认她的作弊行为。当天晚上周老打电话给我，指责我，甚至训斥我。我亲自登门解释，可是人家连最起码的礼貌也没有。我不相信这世界连说理的地方都没有了？她不承认帮助考生作弊可以，我这里有录像，有她吴怡宣亲笔写的字条，你让我怎么办？”

“这个周效梁，也太不像话了，倚老卖老，别理他！”常友连说。

“常书记，这件小事，我本不该告诉你的，可是这世间恶人往往先告状，你把我找来了，我不说不行了。我想周家并没有息事宁人的诚意，既然这样，那就不能原谅了。我非弄他个子丑寅卯不可！”

“士贞，你也别太计较了。”常友连说，“我再找他们说一说，关于录像和那张字条的事就不要再扩大了。”

“我哪里想认真啊！”贾士贞说，“他们逼得我没办法，我真的没见过这样的家庭，没一个能成事的人！没一个识大体顾大局的人！我还要不要在西舆工作下去了！”

“士贞，不说这个了。”常友连说，“我今天找你来，是关于市管干部的问题。王仕良同志临调走前，就曾经说过，打算调整一批县处级领导干部。当时没有形成统一的意见，据说组织部已经考察过；你到任之后，为这批干部也了解了一些情况；前次也简单地说过，我同意你的看法，这件事总得要有个说法，不能不了了之呀！”

贾士贞没有立即回答常友连的问题，他知道，作为一个组织部长，特别是一个新上任的组织部长，没有任何理由不按照书记的意图办事的，对于西舆的干部他还不熟悉情况。然而，对于贾士贞来说，他是从省委组织部下来的，他在省委组织部八年，从机关干部处到市县干部处，又调回机关干部处，他对于干部考察、选拔、任用的每一个环节都太熟悉了，现在他必须用充分的理由来说服常书记。其实这是贾士贞上任以来想得最多的一件事。如果说他也采取不负责任的态度，书记说怎么办就怎么办，那就是把那些名单要照原有的方案提交市委常讨论，就是出了问题，应该说与他这个刚上任的组织部长也没有多大关系。可是一想到如果那样做，侯永文提拔为下舆县副县长，韩士银提拔为市公安局副局长，他又觉得自己这个市委组织部长太不称职了。但是，该如何来面对市委常书记，贾士贞困惑起来了。他和常友连两个人之间的单独见面，严格说起来这是第二次，虽然常书记和他都没有提及过去的事，也没有说起上次的谈话，但是贾士贞还是感觉到常书记对他的感情和关爱，不难看出市委书记常友连也是性情中人。这让贾士贞有些忐忑不安起来，如今的一把手大都是大权独揽的，有的人甚至到了专横跋扈的地步，而常书记对他是这样的关心。也许常书记是念在过去的关系，记住那次对他的承诺，也许是因为什么别的，但不管怎么说，他觉得能碰上这样的领导，是他的福气，也是他的运气。

十七

就在贾士贞准备认真回答常书记这个严肃的问题时，他的手机响了，他看一眼手机，对常友连说："常书记，对不起我接一下电话。"他虽然知道是市公安局长鲁晓亮的电话，但他觉得避开常书记去接电话是不妥当的，于是当着常友连的面接通了电话："喂……是我……你说吧！"

鲁晓亮的声音很大，显得几分兴奋和激动，贾士贞把手机尽量捂在耳朵上："贾部长，卫炳乾找到了，我们正在营救，具体情况等到弄清楚后再向你汇报！"

贾士贞兴奋起来了："好，一定要注意安全，千万不能出什么危险。"

接过电话，只见常友连睁大双眼看着贾士贞，从他的目光里贾士贞感觉他对他刚才的电话显得特别惊奇。贾士贞停顿片刻，他其实并不是在卖关子，而是在构思着该怎么对常书记说这样的事。

对于下臾那批干部的事，贾士贞一直采取回避的态度，特别是他上任后几天不知去向。常书记虽然没有直接问他那几天去了哪里，但是他知道，常书记对他的行为必然是有想法的。现在，他认为时机也许成熟了，再也不能隐瞒面前的这位市委书记了，再隐瞒下去说不定会产生误会，给工作带来被动。他经过短暂的思考后，说："常书记，有件事情正好要向你汇报。"

常友连点点头，说："士贞，我总感到你有事，而且是一件重要的事。"

贾士贞说："是，刚才的电话是市公安局长鲁晓亮打来的。不知道你听说过没有，市委组织部有一个县区干部科副科长，叫卫炳乾。这个同志是前几年省委组织部的选调生，所谓选调生，就是在大学毕业生中表现突出的学生里选拔的，省委组织部选调后放到基层锻炼两年，然后充实各级机关的人才。而卫炳乾没有犯错误，从市委组织部调去下奥县任一个乡的副乡长。这种工作变动很不正常，我调来市委组织部，卫炳乾连续给我写过多封信，我都没有收到。前段时间，有一天下午下班后我走到市委大门口，只见一群人围观一个陌生的男人殴打一个女人，我上去一看，有人认出我来，那个男的突然兔子一样跑了。原来那个被打的女人是卫炳乾的老婆，而且是要向我告状的。第二天我叫人去打听卫炳乾的情况，可卫炳乾就在他老婆被带去公安局的两小时后失踪了。”

常友连似乎有些惊讶地说：“你说的是真的？”

贾士贞说：“常书记，你以为我在编故事，写小说？”贾士贞停了停，接着说，“我是组织部长，没有那么大的权力，我只能请公安局长帮助把那个打人的人找到，帮助查找卫炳乾的下落。至于背后到底隐藏着什么秘密，现在还不知道。”

常友连把桌子上的笔记本拿起来，狠狠地摔下去说：“查！一定要查个清楚！”

贾士贞冷静了一会，说：“常书记，你问我原来那批考察过的干部怎么办？老实说，我上任后的第二天，高兴明同志交给我一批名单，就是原来准备提交常委会讨论的那些干部的名单，我无意当中看了这些人的考察材料，一看材料，我发现那些考察材料写得过分夸张。如果真的如那些考察材料所说，有许多人不仅仅是提拔到县处级位置上的问题，就是提拔到市厅级，也是够条件的，恐怕提拔到部省级也没问题。更让人难以相信的是，其中大部分人没有一点缺点。这些考察材料竟然没有组织部考察人的签名，后来我让他们补签名，有的材料上至今也没有签名。常书记，你说这难道不让人怀疑吗？”

常友连没有说话，慢慢地点了一支香烟。贾士贞看看常书记，觉得他突然沉默下来意味着什么。常友连连连吐着浓雾一般的烟，把贾士贞也罩进烟雾之中。

过了一会儿，贾士贞又说：“那批干部当中，下奥县部委办局和乡镇党委书记占百分之三十六之多，也许没有人注意到这些细节的问题。我相信有些人的推荐、考察未必都是常书记的意图，有些人你根本就不知道，但是一旦提交到常委会上，那就不一样了，那是市委组织部的意见，市委常委的决定！老实说，组织部门的权力太大了，我考察过无数个干部，我的体会太深了。”贾士贞停住了，他看着常友连，常友连不停地抽着烟。

这时秘书长夏季进来了，说有个县委书记要见常书记，常友连说他正谈工作，让他下午再联系吧！

谁不希望自己当权执政期间所有的工作都是一片光明，市委书记常友连没有想到的是上任不久的组织部长贾士贞居然对下臾的干部掌握得这么细致。对于干部问题，过去提拔干部的模式大都是领导者举荐，而领导大多数又是他这个市委书记，即使是其他领导，也往往都是通过他来实施的。现在贾士贞一下子把这些问题摆到他面前了，甚至把推荐、选拔干部背后的鲜为人知的秘密都揭示出来了，常友连没有想到，或者说是思想准备不足，他一时找不到合适的理由来否定贾部长的意见。在常友连的记忆里，过去的组织部长谈到干部时，从来都是只说具体人，除了他交办的提拔的对象，组织部汇报的方案里有相当一部分是组织部长个人意见。作为市委书记，他也不可能把所有提拔干部的大权掌握在一个人手里，他要提拔的人大都是那些重要岗位上的，因此，组织部长就成了提拔干部的最大权力者。

常友连推掉了秘书长的预约，继续和贾士贞的谈话。

贾士贞说：“首先，组织部的工作人员就比其他部门的同志水平高、能力强？这么多年来组织部的工作人员大都是凭关系调进的，这实际上是一种近亲繁殖。所以，不能排除有些人文化水平低、能力差、素质一般，怀着个人升官的目的，用各种手段进了组织部。同样，把考察干部的生杀大权交给这样的人，找什么人谈话，别人谈什么，他记什么，怎么记？权力全在他们手里那支笔。至于材料怎么写，领导根本不知道，而形成的考察材料却成了提拔一个领导干部的重要依据。这其中的奥妙可想而知了。正因为我在省委组织部干了八年考察干部工作，体会太深了，所以我不仅要揭开考察干部的秘密，还主张彻底改革这种考察、选拔干部的办法。当然我知道，我这样做，要触及许多人的既得利益，特别是现有的组织部内部的一些人的利益，阻力之大，困难之多。还有，正因为组织部门的权力过大，人们往往羡慕、嫉妒，却又渴望进入组织部。一个普通的工厂工人，因为某人的关系调进组织部了，几年后，当上了科长了，就必然提拔成县处级领导。而和他同期的工人，则成了下岗工人，就是机关里的那些表现突出的科级干部，又有几个能选拔到县处级的呢？这难道不是我们当今吏治上的弊端吗？干部人事制度不改革行吗？”

“士贞，”常友连说，“我没有在组织部门工作过，你说的这些我体会不深，也没有细心研究过，听你这么一说，确实如此。是啊！就是现在，我这个市委书记，算是有一定权力的领导干部，但是一听说省委组织部来人了，不要说部长、副部长，就是来了个处长，尤其是市县干部处的处长，或是一般干部，我都是十分重视的。有时我还亲自陪他们吃饭，其他部门的厅长以下的干部，除非个别特殊情况，我是不当回事做的。经你这么一点破，还确实是这么回事。农村有一句话叫做‘耕不着耙着’。组织部是管领导干部的部门，谁不希望他们说点好话？考察有多大作用先不说，可是对于上级的考察，谁又敢忽视呢？士贞哪，恐怕只有你这个组织部长会这样说，别的组织部长恐怕未必？”

常友连的脑海里再次现出那次贾士贞在东舆市考察干部的情景，他虽然身居市长要职，但是为了要见省委组织部考察组的副处长贾士贞，他颇动了一番脑筋，甚至找出和贾士贞父亲的那点关系为理由。其实这个世界就是那么回事，在当时那种情况下，一个市长要面对省委组织部的副处长，这并非职务上的问题，而是省委组织部的考察左右着一个市长的命运。这一点不光是常友连，官场中谁都清楚。想到这里，常友连还是从心底感谢贾士贞，所以，现在他也是从心底里支持贾士贞的工作的。

“我们这次公选市委组织部的科长，就是要坚决按照‘公开、公平、公正’的原则，谁也别想搞特殊。第一道程序的文化考试，必须坚持在分数面前人人平等的原则。”贾士贞有些激动地说，“这些天，找我的人不知道有多少，可是我只能说凭本领。就是在下一轮考察和公开答辩问题上，我们也尽量做到合理、公平。”

常友连说：“那么说说你下一步的想法吧！”

贾士贞说：“我建议，先搞试点，先在副县级干部中，也可以同时搞少数正县级干部的公选，方法就在我们公选市委组织部科长的基础上修改。先宣传发动，后报名，再资格审查，然后文化考试，确定一比三入围对象向社会公布，再进行考察，公开答辩。全过程接受群众监督，最后按照综合成绩，最高分数提交市委常委会无记名投票，最后向社会公示。”

常友连说：“那好吧！你们组织部搞一个详细方案，交常委会讨论。”

常书记的态度，有点出乎贾士贞的预料，其实，无论是这一批干部怎么办，还是将来的干部人事制度改革，常书记的态度太重要了。没有市委书记的支持，市委组织部的一切想法都是一纸空文。这些天来，贾士贞一直为怎样说服常书记而煞费苦心，没想到无意当中的一番话，竟真的让常书记的思想有了转变。他不仅信心大增，而且对常书记也刮目相看了。其实一个领导能官至市委书记，总归还是有些过人之处的。

贾士贞出了常友连的办公室，突然想到鲁晓亮，就给他打了电话。鲁晓亮说他已经去了外地，现在正在紧张营救卫炳乾。贾士贞正犹豫时，组织部通知他回办公室有急事，他便匆匆赶回办公室，原来是省委组织部通知他下午去省里开会。

贾士贞让办公室通知驾驶员把车子准备一下，下午两点钟去省里，这时他才想到来西臾已经三个多月，还是第一次回省里，头脑里立即想到妻子玲玲和女儿。正在给玲玲打电话时，他随手翻着报纸，不知是有意还是无意的，和上次几乎是一样的动作，翻开《臾山晚报》，一眼瞥见最后一版上的一幅漫画。当他的目光停留在一幅漫画上时，只见漫画下面“无题”二字。漫画上一个老师手里捏着小纸片，纸片上有答案二字，正交到一个考试的学生手里，上面一只张开的大手就向拿纸片的老师伸过来。

贾士贞匆匆挂了电话，仔细看了看这幅漫画，依然没有作者，一时间他弄不清漫画的作者到底要干什么。漫画虽然也是艺术，有的就让人难以捉摸，不像小说，一读就明白作者的意图。但贾士贞觉得这两次漫画都像是针对他而来，只是这社会太复杂，有些人只凭自己的理解，加上个人的观点，任意歪曲、夸大事实。也不知道为何，贾士贞给报社打了电话。

此时的肖一鸣，早已听说市委组织部选拔干部考试时作弊一事，而且各种版本都有。其中还有人说贾部长故意找周效梁儿媳的麻烦，周效梁为此向市委书记常友连大发雷霆，命令贾士贞做检查云云。不管怎么说肖一鸣在心里对贾士贞有着许多敬仰和疑问。

肖一鸣在这一瞬间想到，新来的市委组织部长，上任三个多月来，社会上传闻种种，下臾的微服私访，以至于出现那三幅漫画，高副部长为三幅画亲自登门，接着市委组织部公选八个科长，文化考试抓住周效梁的儿媳作弊。他虽然没见过这位年轻的市委组织部长，可他不得不从内心佩服这个无私无畏的，改革家组织部长。甚至他也想借助报纸的平台搞一个对市委组织部长的人物专访，但是他毕意不了解贾部长的为人，搞不好这样拍马屁反被马踢一脚。他几次找借口想见贾部长，向他倒倒自己这么多年来内心的苦水，可总是没有找到一个合适的机会，现在贾部长居然亲自打电话上门了，他的心里不觉有些激动起来。肖一鸣慌张地说：“贾部长，我是肖一鸣，您有什么指示？”

“肖主编，”贾士贞说，“有件事问问你……”

肖一鸣心里想，贾部长呀贾部长，别人称我肖主编，你怎么也糊涂起来了呢？我明明是副主编，难道高副部长没说过！

“贾部长，您说，什么事？”肖一鸣说。

“你们今天的报纸最后一版上刊登的那幅漫画……”

没等贾部长说完，肖一鸣打断他的话：“漫画？”他的心脏咯噔一下，怎么贾部长也问起漫画来了，上次为那三幅漫画的事，高副部长亲自到报社，那么关心漫画的作者。现在贾部长也亲自过问起漫画的事来，他被弄得糊涂起来。

作为报社主持工作的副主编，每一个版面上的文章也好，漫画也好，他都要把关的，上次那三幅漫画在发稿时，他并不了解其中的真实含意，只是后来高兴明来过之后，他才认真研究了漫画的内涵，再加上社会上不断的传闻，他才明白其中的深刻含意。至于作者是谁，却怎么也找不到，在发那几幅漫画时，他们犹豫过，至于这次的漫画，他却一点犹豫也没有。他也知道周家在西臾的势力，他之所以下决心同意发这幅漫画，并不是为了讽刺周家什么人，而是对这种风气深恶痛绝，对这种破坏考试纪律行为的讽刺，更主要的是他从心底支持新来的市委组织部长新官上任的第一把火。

贾士贞见长时间对方没有反应，说：“肖主编，怎了啦，你……”

“哦……贾部长，你……那漫画怎么了？”肖一鸣结结巴巴地说。

“肖主编，这样过于敏感的话题，在发稿之前是不是应该慎重些？”贾士贞本来想说在发稿之前应该征求一下他的意见，可是觉得不妥，就改成是不是应该慎重些。

“贾部长，我当时非常慎重，还把有关人员找到一起议论过，大家一致意见，说这样不良风气是该用漫画方式讽刺一下。”

“噢……那……就这样吧。”

贾士贞匆匆地挂了电话，肖一鸣觉得话还没说完，可是听筒里已经传来一阵忙音。

第六章 省城之行

十八

下午一到办公室，办公室主任就过来问贾士贞什么时候出发。贾士贞看看手表说："再过半个小时左右吧。"

这时负责干部退休工作的林志良来了，他说按照贾部长的要求，他们对市级机关正副局级领导干部的档案进行核查。正局级在职领导已经到六十岁的有三人；五十八岁至五十九岁的六人；正局级领导过六十岁的二人；副局级领导六十岁的有二人；五十七岁以上的五人；尤其是林水办主任尚以军居然已经六十四岁还没退休。

贾士贞拿过名单，看了看，说："干部到年龄退休，这是国家的规定。人到了一定年龄，体力、精力都必然要衰退，这是自然规律。所以世界上任何国家对工作人员都做了相应退休年龄的规定。目前，不仅市里，省里也都存在类似情况，到了退休年龄还不想退下去，或者找借口继续留用。可现实是我们各级机关都是人浮于事，机关还怎么工作？所以，我们组织部门必须坚决执行国家的规定。"贾士贞放下手中的材料，接着说，"以后一定要形成制度，每年年底之前要对全市县处级领导个人的档案进行一次审阅，科级以下干部由人事局负责。把下一年达到县处级正副职干部规定任职年龄和达到退休年龄的人员名单列出来，达到县处级正副职规定任职年龄的同志就从领导岗位上退到非领导职务上来，达到退休年龄的同志，从达到年龄的下一个月办理退休手续，不得再在单位留用。任何人都不得特殊，在这个问题上也应该人人平等。凡是涉及到规定任职年龄的领导干部，要提前半年通知干部科，及时选拔合适人选。”

“关于林水办主任尚以军的问题，过了退休年龄四岁，要查一查到底是什么原因，要弄清楚，立即办理退休手续。那几年多领的工资要逐月扣回来。”贾士贞严肃地说。

这时高兴明进来了，贾士贞对林志良说：“就这样吧，还有什么具体问题等我回来再说。”

林志良一走，高兴明说：“贾部长马上要走了吧！”

贾士贞说：“还有点时间，有事吗？”

高兴明说：“贾部长，听说上臾县委常委、县委组织部长强兆达生病了，不知道县委怎么没有向市委组织部汇报。”

贾士贞说：“人吃五谷杂粮，岂有不生病的？人家生了点病干嘛大惊小怪的呢！”

高兴明脸上没有一点笑容，停了停说：“我也是听来的，据说在县里检查结果……”高兴明犹豫了片刻，接着说：“在县里医生没有明确诊断结果，叫他去省城大医院检查。到省里检查后，说让他住院。”

贾士贞似乎听出问题的严重性，说：“这样，高副部长，我马上要去省里开会，你过问一下这事。希望强兆达没什么事，如有什么情况，及时给我打个电话，到时我们再商量。”

高兴明说：“我在考虑怎么打听的问题，每个人对待疾病的心态不一样，要不然他作为县委组织部长，也会和市委组织部通气的。”

“疾病也要正确对待，特别是事事业上正在蒸蒸日上的人，所以，一个人对待事业，对待前途，对待自己要有正确的态度。”贾士贞说。

说者无心，听者有意。此时站在贾士贞对面的高兴明觉得自己过去在仕途上虽然不能说是春风得意，但也算是一帆风顺。一个人在市里官至市委组织部常务副部长，这不能说不是人们羡慕的职位。而且在他到市委组织部这么多年里，确实也是大权在握的。和前几位部长相处的那些年，不知为什么他们对他都是信任有加，他从来都是分管机关干部科和县区机关干部科。谁不知道组织部门的主要工作是干部工作！谁不知道组织部门的权力是提拔干部的权力部门！组织部门的主要职责就是考察、选拔、任用领导干部。作为市委组织部的一个副部长，一个人分管这样两个干部科，权力之大可想而知了！他当然知道其他副部长的心里是怎么想的，甚至他也曾经对前任组织部长提起过，是否把他分管的两个干部科调整一个科给其他副部长管。部长虽然说可以考虑，但又说其他两位副部长到组织部时间还短，等他们熟悉熟悉工作再说。可后来部长对他们分工的事一直没有再提，直到部长调走时，高兴明仍然大权在握。然而让高兴明没有想到的是，贾部长来了之后，这个只有三十八岁的年轻组织部长居然是一个与众不同的人物，对组织部的工作一反常态，不仅声称要改革干部人事制度，到任后还一直不对部领导进行分工，把所有大权都抓在自己手里。而他这个多年来大权在握的常务副部长也就自然地大权旁落了。

干部问题是一件特别敏感的事，贾士贞到任之后的一系列行为很快就在西舆市官场中传开了，褒贬皆有之。多数干部都在观望之中。高兴明的心里明显感觉到一种难以言表的失落和苦恼。过去有人对高兴明的大权在握心存不满，还有些人因为职务的晋升问题对高兴明有意见，认为在西舆一向呼风唤雨多年的市委组织部常务副部长也应该尝尝受到冷落的滋味了，甚至有人认为贾士贞在省委组织部或许掌握了高兴明的什么问题，将要把他请出西舆市委组织部。

组织部内部的人更是讳莫如深，当着高副部长的面，还是客客气气高副部长长高副部长短的，可高兴明的心里分明感觉出别样的意味。过去他们那种发自内心的敬畏，那种不由自主的仰视已然消失。取而代之的是热情地敷衍，尽管这种敷衍不容易察觉，却真真切切存在着，让高兴明心里很不是滋味。

组织部的人一年到头忙的都是干部的考察、选拔、任用工作，可组织部里面的人却是轻易不肯触及干部人事方面的话题，至少在公开场合或者有外人的时候他们总是不显山，不露水，目光旁视，语焉不详，完全一副局外人的样子。

贾部长到任后，高兴明试着用过去对待历任部长的办法，和部长沟通也好，套近乎也好，可是，任他用什么办法，都无法摸透新部长的性格和脾气。其实，今天这事也是他在贾部长即将去省里开会之前没话找话说，关于上舆县委组织部长强兆达生病的事，那是上舆县委政工副书记张光中专门打电话给他的，向他汇报强兆达在县里检查时医生怀疑不是好病，叫他赶快去省里大医院检查的事。高兴明知道张光中对新来的组织部长不熟悉，也不了解他目前的处境，还认为他在市委组织部大权在握。张光中虽然和他关系不错，但高兴明在电话里又怎么好表明自己目前的处境呢！本想让张光中直接打电话向贾部长报告，可又不知道该怎么说，过去像这样的事他说了就算，当时他也就只好硬着头皮应付着。高兴明想来想去，就用这样的办法也算是把这件事向贾部长汇报了吧。可他对贾部长哪能像过去部长那样，不知到底为什么，他对贾部长越来越处处谨慎、事事小心，害怕贾部长认为他越过他的权力在处理工作。想来想去，还是用这样间接的方法把强兆达生病的事说出来了。这种担惊受怕的心境他过去是从来没有过的。

正当高兴明思绪茫茫时，贾士贞的电话响了，他一边接电话，一边说："老高，还有事吗？"

高兴明立即收回沸腾的思绪，说："那贾部长你忙吧，我就按你的意见，先了解一下强兆达的情况，然后再向你汇报。"

贾士贞说："哦，好，我知道了，这事我们一定会大力支持的，等我从省里开会回来，行，好。"

贾士贞坐在车里，头脑里还想着负责干部退休工作林志良刚才汇报的干部退休工作，现在各地对领导干部的任职年龄都做了一定的规定，可是在执行过程中又没有按照规定办事，到了该改任非领导职务的干部没有及时办理，到退休年龄的人还不办退休手续，群众怎么看？他越想越感到目前的干部人事制度改革已经迫在眉睫，过去他在省委组织部时，虽然也感到省级机关同样存在这个问题，但那时他没权力管，现在他是一个堂堂市委组织部长，他掌握着几百万人的市委组织部的权利，这是他职权范围内的事，他一定要认真把这件事抓好。想到这里，他取出手机，给高兴明打了电话："喂，高副部长吗？我正在去省城的路上，刚才林志良汇报的关于干部退休工作，请你再过问一下，把具体人头列出来，我回来后就研究一个意见，准备向常委汇报。"

汽车在高速路上疾驶，打完电话，贾士贞才觉得心里平静一些。他觉得有几分疲劳，靠到后座上，想闭上眼睛休息一会，突然手机响了，是周一兰："喂……是我……我……我现在正在去省城的路上。有事吗？哦……恐怕要到六点钟左右，行，我知道了。"

挂了电话，贾士贞又想到给妻子打电话。玲玲听说他已经在回省城的路上了，心里很激动，毕竟他们分别已经三个多月了。她说马上回家准备晚饭，贾士贞说他得先去报到开会，估计晚上还有事，省委组织部的领导和同事还要见一见。玲玲叮嘱他早点回家，不要喝酒。

贾士贞自从到了西奥，不知什么原因，突然间变成了另一个人，甚至连感情都变得麻木起来，妻子、女儿、家庭，好像渐渐生疏起来了。他靠在后座上，觉得自己精神有些倦怠，似乎有点恍惚飘悠之感。是啊！哪一个异地交流的领导干部像他这样，一别三个月不回家，又不是战争年月，没人不让他回家，可是在他感觉当中，常常不知道生活中还有双休日。

他闭着眼，却毫无睡意，突然间，周一兰的身影浮现在眼前，想到周一兰刚才的电话，他觉得他和她之间也发生了很大变化。在省委组织部那些日子里，他时常惦念着她，同情她的不幸，希望她能够幸福。自从周一兰那次把他们之间比作《第二次握手》之后，他觉得他们之间的友谊发生了很大的变化，有时甚至也希望自己能够给她一点东西。她太孤独、太不幸了。想到很快就要见到她了，他的心里多少有几分激动，但是很快他又理性起来。

赶到省城时，已经是晚上六点多钟，机关都已经下班，贾士贞只好直接去会场。到了宾馆，一下子见到省委组织部那么多同事，他激动万分，好像又回到了当年在省委组织部的情景，大家是那样亲切。卜言羽把他拉到一旁说："老兄，你到西奥这么长时间没回省城，可大家收到不少关于你的新闻啊！"

贾士贞说："什么新闻？"

卜言羽说："什么新闻，你真的把火烧起来了，那几幅画我都看了，估计省委组织部大部分人都看了。我敢说那一定是你干的事，太符合你的个性了！老兄，干！我支持你，目前的干部人事制度再不改革实在不行了。现在只强调政治经济体制改革，我看更重要的是干部人事制度的改革。！"

贾士贞问："钱部长怎么样，他会支持我吗？"

卜言羽说："我想会吧！他现在大会小会也在讲干部人事制度改革，但是怎么改法，还不清楚。"

贾士贞说："干部人事制度改革没有现成的方案，大家可以在实践中摸索，而且各地有各地的具体情况，步子也不可能像军队的操练，那么多人齐步走。"

"嗯，你这个家伙，这么长时间也没回来过，你变了，老婆也不要了？"卜言羽说，"当心点，不要掌了权，在感情上也走私了哟？玲玲可是个大美人呢！”

“哎，你老弟想哪去了，我贾某是那种人嘛！”贾士贞说，“你不知道，老实说我都不知道哪天是双休日，其实现在让我说这段时间到底干了些什么，我还真的说不清楚。”

“管他呢，你看人家那些交流干部，一到双休日便专车送回来，小日子过得真快活，夫妻之间小别胜新婚，可你一别那么长时间，憋都憋死了！”

“好你个卜言羽啊！你也学坏了！”

卜言羽的玩笑让贾士贞的心里一阵慌乱，虽然他和周一兰之间还没有发展那种关系，但是刚才在路上周一兰的那个电话，让他的心中燃起一线可怕的念头。

两人进了餐厅，卜言羽突然低声说：“士贞，先吃饭，等一会告诉你一件事。”

贾士贞问：“什么事？”

卜言羽说：“关于省区划设置办公室那个后来的主任卢永祥的烂事。这个单位呀，怎么总是碰到这种领导？群众真是多灾多难呀！”

贾士贞说：“这又是干部人事制度的问题，不瞒你说，那个王学西，那个纪检组长赵学仁，还有后来的主任卢永祥，确实素质太差。这也充分说明了个别领导推荐的干部太片面，或者说有些领导多少也心中有数，可是又要解决这些干部的职务，明明知道他们素质差，可是却没有章法可循，靠少数人说了算，否则为什么总把他们放到这些单位呢？但是，不管什么单位，权力的大小都是同样的。”

“你不知道，那个卢永祥，还不如原来的主任王学西。群众说他是生活上的浪荡公子、政治上的流氓。”

卜言羽没说完，贾士贞低声说：“晚上再细说。”这时省委组织部的同志们过来了。

十九

吃晚饭时，省委组织部的几位副部长和处长们都来了，贾士贞备感亲切，像回到娘家一样。他顾不上吃饭，大家问长问短，总有说不完的话题，只是钱部长没有到场，让他总像有什么心事一样。晚饭后，卜言羽要和他说话，他就拉着卜言羽上了自己的车子，很快回到家里。女儿岚岚几个月不见爸爸，缠着他不放，他让玲玲把岚岚带走，和卜言羽两人去了书房。

三个多月，对于人生来说，实在是太短暂了，卜言羽却像分别了三十年一样，开始讲一些省委组织部发生的事，说着说着就讲到了省区划设置办公室的事上了。

“谁都知道当初王学西还不到退休年龄，就提前两年被群众搞下来了，也不知道是谁推荐了卢永祥去当那个主任，卢永祥是何许人也？钱部长那里的人民来信恐怕都快有一麻袋了。转眼间，卢永祥已快到退休的年龄，为了能赖在台上多干两年，他几乎到了不择手段地步。有一次，他来找钱部长，你不知道，出来进去抱着钱部长的膀子，那样子不像是钱部长的儿子，倒像是钱部长的孙子。也不知道他送些什么东西给钱部长，钱部长对他却是不冷不热。他走后，钱部长说，这个卢永祥让人家看了去像什么样子，他当初算是看错了人。”卜言羽接着说，“当初钱部长不知是听了哪个奸臣的话，迫不及待地让他取代了王学西，可是他还不如王学西。钱部长说归根到底，还是干部制度的问题，靠一个人推荐领导干部，不是关系就是个人的好恶，谁也避免不了选人的片面性。现在的干部制度不仅是考察、选拔、任用上有弊病，而且干部管理上也存在问题。一个领导干部，提拔到领导岗位上了，除非犯了事，不然就要干到六十岁。省里还有更荒唐的事，有些滑头鬼，像卢永祥这样的人，三天两头往钱部长那里跑，钱部长听了他们那些鬼话，居然把他弄到省政协什么委员会挂个副主任。他们既不退休，又不到政协上班，在原单位没了职务，天天开着那辆小轿车，美其名曰上班，却没有半点事可干。据说百分之八十的人和他已经对面不啃西瓜皮了，你说这样的人还有人味吗？省委组织部省委都不管，可见这种干部管理机制落后到什么程度了？你说这些厅级干部到底怎么当的？卢永祥在临下台前的机关机构改革时，闹了一场不大不小的风波。大概也应了《圣经》里的一句话：“上帝要你灭亡，先令你疯狂。”卢永祥大张旗鼓地在省区划设置办公室进行机构改革，先是宣布正处长轮岗，可是搞来搞去只有两个处长轮了岗，不知道是他不敢惹那些处长，还是那些处长们不听他的指挥，搞几个月，没结果。然后又宣布副处长竞聘上岗，按照规则，竞聘上岗是有严格规则的，比如说某个岗位有三个人报名，只要前几步都合法进行了，最后必须在这三个人当中选一个，可是卢永祥因为他心目中的意中人群众未通过，就自作主张采取拖的办法。谁知一拖就是一年，最后草草收场，弄得群众意见纷纷，到处告状。”

贾士贞说：“从省区划设置办公室的两任主任来看，我们现有的干部制度已经不能再继续下去了，你知道王学西当年是省委组织部某个处长帮他改了年龄，改了学历，钻了空子，把他推荐到副厅级主任的位置上。后来，省区划设置办公室升为正厅级，他也就自然搭车为正厅级，也是当年省委组织部某处长帮的忙。但由于这样的人根本不具有正厅级领导的素质，只干了八个月就被群众赶下台了。这是因为钱部长了解他，把他搞下来的。大概有些东西也只有那位处长和王学西心中有数，否则后来钱部长当部长了，王学西五十八岁就被搞成巡视员了，气得他当时就住进医院了。”

卜言羽接着说道：“据那些人民来信反映，卢永祥的问题肯定比王学西大得多，组织部已经把他的党组书记和主任免掉了，不知道纪委和审计部门会怎么办，现在的纪检部门对一般问题又不查，只能等审计了。”贾士贞说：“随他去吧！他现在是不在其位不谋其政。”

卜言羽问他：“你现在到底是怎么回事？人民来信已经到钱部长手里了。”

贾士贞说：“我不怕，我既不贪污受贿，又不搞女人，工作上我就是不能马虎的，在我权力范围内坚决要改革干部人事制度，逐步实行公开、公平、公正选拔领导干部。我的做法是第一关实行文化考试，不能像有些地方那样，第一关采取少数人推荐，从报名的几十个人，甚至几百个人当中推荐五名候选人参加答辩，这仍然不合理。那几个推荐者都是些什么人，凭什么推荐？无非凭个人关系，凭个人印象，没有具体标准无法体现公平合理。第一道程序只有采取文化考试的办法，在分数面前人人平等，从高分到低分取前三名进入下一轮。”

卜言羽说：“那样所谓的公选，实际上是小脚女人走路，不能体现公开、公平、公正的原则。

贾士贞却说：“我们已经在市委组织部公开选拔八名正科级干部，第一关进行文化考试，但是我发现这种成人考试，作弊问题突出，必须下决心整治这种歪风，否则，让那些作弊的人得逞了，就不是凭本领竞争，也不是公平竞争了。这次考试我碰上钉子了，西臾原地委副书记周效梁的儿媳妇是中学老师，帮助考生作弊，被我当场抓住了，还不知道如何了结呢！

卜言羽犹豫了片刻，说：“这事已经闹到教育厅去了，钱部长也知道了。”

贾士贞笑了笑说：“闹起来好呀，我不相信他能把白的说成黑的！”

卜言羽说：“有些事情你应该主动向钱部长说说。”

贾士贞说：“不，他不问我，我不能主动说。”

这时，电话响了，贾士贞看看表，已经快十点钟了。卜言羽打着手势退出书房，贾士贞一边接电话，一边对卜言羽说：“明天咱们再聊，我接电话。”贾士贞握着话筒，说：“喂……一兰，有事吗？”

“士贞，不好意思，你什么时候有空？”周一兰犹豫了片刻接着说，“士贞，我知道太晚了，但我有话要对你说。”

贾士贞说：“明天我开会，有空我给你打电话，好吗？”

周一兰不声不响地挂了电话，贾士贞心里有些惦记着她，但看看时间已是夜里十点多钟，便悄悄地进了卧室。玲玲半躺在床上看电视，也不理他，贾士贞上去搂着她，她转过脸说：“你一走就三个多月，都快把这个家，把我和女儿忘了，要是不开会，还想不到回家。交流的干部也不是你一个，人家都是回家度双休日的，只有你成了革命派！”

贾士贞满面笑容说：“也怪我对工作太投入了，没办法，江山易改本性难移！”

玲玲说：“你不过是个组织部长，你能有多大权力？你还想像人家那些市委书记、省委书记一样一言九鼎、威震一方啊？你能不听书记、市长、副书记的？”

贾士贞上了床，说：“玲玲，你说得对，我们现在不说这个，天已经很晚了，睡觉吧！”

两人躺到床上，贾士贞已经三个多月没有和妻子过性生活了，他很想尽快进入角色，可是两人都是这种心情，这种状态，怎么也调整不过来。玲玲关了灯，贾士贞把她紧紧搂在怀里，尽管头脑里在想着那事，可是体内却没有一点激情。过了一会儿玲玲翻身背朝着他，他毫无睡意。过去在省委组织部时，两人天天上下班，几乎每天晚上都要全心全意地做一件心情愉快的事。怎么夫妻分别了这么长时间，不仅找不到感觉，甚至连一点激情也没有了？回忆一下自己这些日子的工作和生活，他白天黑夜都在全力想着工作，和在省委组织部时完全变成了两种角色。至于感情上，他没有任何不正常的行为，虽说周一兰给他打过电话，甚至也到西臾去过一次，但他们之间没有任何越轨行为。

想着想着贾士贞就有些迷糊起来了。一觉醒来，他竟不知道自己睡在家里，刚才梦中之事让他现在还心跳不止。他和一女子在草地上手牵着手奔跑，他追上那个女子，两人搂在一起，只觉得自己激情在升腾，随后两人便在草地上宽衣，那个女子有点像妻子玲玲又有点像周一兰。现在他头脑渐渐清晰起来，体内一股狂欲还在升腾，不觉搂过妻子，扯去妻子的内衣，玲玲迷迷糊糊地推着他说，“半夜三更，不让人睡觉。”贾士贞已经在她身体上狂吻起来，把玲玲弄得心里痒痒的，三个月来，他们第一次缠绵在一起了。

二十

初春的省城，到处欣欣向荣、生机勃勃的景象。街道两旁的梧桐树葱绿茂盛，路边的花园里百花争艳，参差错落的楼群掩映在绿荫丛中。

贾士贞看着一别三个多月的省城，别有一番感慨。他在省城生活了八年，似乎没有过多地留心这座古都新貌。现在，他才觉得省城是多么美丽啊！人是一个很奇怪的动物，当你身在其中时，却是熟视无睹，不觉得它的美好；当你远离了它，你才会留恋难舍。

省城比西舆更加热闹繁忙，贾士贞坐在轿车里，看着涌动的车辆和人流，思绪随着时光在倒流。在省委组织部八年，他从一名普通工作员，成长为干部处长，他扮演过不同角色，甚至为一些干部掩盖过缺点错误，为一些人的提拔帮过忙。每当想到这些曾经做过的事时，他就有些不安。甚至，觉得有些愧对组织部这个崇高的名称，愧对全省那么多干部和群众。组织部的人权力真的太大了，干部人事制度再不改革，实在是不行了。直到轿车进了宾馆大门时，他才收回沸腾的思绪。

吃早饭时，贾士贞仍然没有见到钱部长，直到会议开始前，钱部长才匆匆赶到。会议的中心内容是学习中央领导在中共中央组织部对江苏省沭阳县实行干部任前公示制度的调研报告上的长篇批示。两小时大会之后，上午还有一小时讨论，钱部长点名让贾士贞发言。

贾士贞说：“1997年八月，当时的沭阳县委书记仇和在经历了一场惊心动魄的反腐败斗争后，开始考虑怎样才能真正从制度上杜绝官员腐败现象。在这一沉重思考的基础上，仇和在沭阳县率先在全国推开干部任前公示制度，把经过层层筛选，组织上拟提拔的干部的年龄、学历、个人简历、政绩和拟提拔的职务等有关情况，通过媒体向社会公示，欢迎社会监督。这是干部人事制度改革的一大进步。我反复研究、思考了这些问题，我认为，干部任前公示解决了群众对干部任用的知情权问题；公推公选解决了群众对干部任用过程的参与权问题；公推直选解决了群众对干部任用的具体选择权问题；而勤政廉政公示则解决了群众对干部工作实绩的监督问题。这一系列的干部管理制度，解决了一个干部从任前到任后整个过程的群众参与问题，解决了干部只能任、不能免，只有入口、没有出口的弊端，而且整个过程都是在群众的参与和监督下进行的。”

这时钱部长插话说：“士贞同志讲得好，现在看来，过去我们的干部管理工作有点像经济体制一样，实行的是计划经济，把干部的任用权掌握在少数领导手中，领导干部实行计划分配提拔对象，权力过分集中，所以，干部工作也必须走向市场。把干部的选拔、考察、任用在阳光下操作，根据市场需要而产生，让市场来调节，这是今后干部人事制度改革的大方向。”

贾士贞接着继续发言：“同志们，我们在座的都是在组织部门工作的同志，我认为干部人事制度改革不仅是刚才我讲的那些。首先我们在选拔对象上，必须打破少数人推荐的框框，个别掌权的人推荐的对象必然带着个人的好恶，片面，具有主观色彩。要把推荐干部的主动权交给群众，只有群众才真正了解身边人的德与才。过去选拔干部的另一个弊端是考察，我们在座的许多同志都亲自考察过干部，那种考察能起到多大作用？凭组织部的两个人在那么短的时间里，找那么几个指定的人去谈一谈，凭那么几页纸，能真实地反映出一个干部的全面情况，反映出一个干部几年的真实表现吗？更何况那几页考察材料有没有领导去看？只有那里的群众真正了解那里的干部情况，可是领导怎么知道？领导全凭自己的印象。所以，我认为，选拔干部的重要环节的第一点，应该实行统一文化考试，考试成绩向群众公布，考察时进行群众测评，并且把测评结果当场向群众公布，以后的公开答辩要让群众参与。最后在决定任用人选时通过媒体向社会公示。最后由党委全体委员实行无记名投票。”

贾士贞的发言一结束，省委组织部的研究室主任周溪站了起来，他对贾士贞发言提出许多不同看法。比如对文化考试问题，他认为选拔干部不是高考，不能单凭分数；比如任前公示问题，群众提出意见谁来执行，还不是少数领导人决定。群众反映问题再多，领导可以视而不见，一条理由就可以否定了，那就是所谓的“一票否决权”。什么叫一票否决？说白了，谁权力大谁说了算。

接着，办公室主任也提出疑问，实行公推公选以后，组织部门的干部怎么办？贾士贞说，组织部门的干部不应该享有特权，应该和其他部门同志一样，参与公选。他的发言立即遭到大家的强烈反对。直到吃中饭时，会场上还平静不下来。

下午小组讨论时，钱部长把贾士贞找到房间里，贾士贞简单汇报了去西舆后的工作。钱部长说：“士贞，有些事情急不得，步子要稳妥一点，比如说对待老地委副书记周效梁的事情上，他现在把这事告到省委边副书记那里了，边副书记叫我处理好这事。就在刚才会议上，教育厅乔厅长也打电话给我，估计是周效梁告到教育厅去了。”

贾士贞沉不住气了，气愤地说：“钱部长，我希望省里派个调查组，去西舆把事情弄清楚，是我贾士贞错了，该怎么处理我就怎么处理。我有些想不通，这世界怎么如此是非不分、黑白颠倒呢？他周效梁儿媳妇作为一名监考老师，帮助考生作弊。当天晚上两口子找我兴师问罪，不承认帮助考生作弊，并且周效梁亲自给我打电话，不容解释。第二天我和市教育局长、一中校长登他的门，他居然黑下脸来给我们难看。钱部长，如此说来，他儿媳妇做得对了，倒是我们错了！”

钱国渠说：“他说儿媳妇根本没有帮助作弊，而是你故意刁难她，要出她的洋相。”

贾士贞急得满脸通红，大声说：“钱部长，我和他们素不相识，无怨无恨，我干嘛要说她帮助考生作弊？我就是疯了，也不可能专门和他们作对呀！”

“是啊！我也在想这件事。”

“此外，钱部长，在周效梁儿媳妇帮助作弊之前，周效梁找我，要给他儿子周森林提拔为市水利局副局长。我向他解释市里正在酝酿干部人事制度改革，他不听解释，拂袖而去。哪里见过这样的老干部？”

钱部长沉默了一会，目光跳过贾士贞，看得出，他对这件事也感到几分棘手，周效梁虽然已经退下去了，但是他和省委边副书记是什么关系，谁也不知道。这样的事捅到边副书记那里去了，边副书记当然是相信周效梁的话了。钱部长在心里暗暗地说，贾士贞啊，贾士贞，你干嘛要去惹这样一个人呢！过了一会儿，钱部长自言自语道：“这个老同志怎么能这样呢？”

“钱部长，这事如果周家闹下去，没他的好处，因为当时他儿媳妇帮助作弊整个经过都被电视台录下来了。同时还有她亲笔写给考生的答案。”贾士贞说，“两件东西都在我手里，我回去后马上复印一份，用特快专递寄给你，同时也希望省委组织部和省教育厅组织联合调查组，把事实真相弄清楚。对于这件事，本来我认为是件小事，只要当事人能够认识到错误，吸取教训，今后注意改正就行了。现在看来不处理不行，而且要从重从严处理，不然以后成人考试怎么严肃纪律。况且下一步我们要公开选拔县处级领导干部，参加考试的都是科级，副处级领导干部。”

“士贞啊！我相信你说的话全是真的。”钱部长说，“可是边副书记那里谁去解释？现在边副书记那里已经形成观念，根本不给你解释的机会！”

“不让解释还能把白的说成黑的？”

“士贞，你沉住气。”钱部长说，“我听说你们市委组织部有些同志也有想法。”

贾士贞说：“有想法是肯定的，因为这样一来必然要触及一些人的既得利益，比如领导的权力小了，像高兴明这样的人，他担任市委组织部副部长那么多年，实际上西臾市委组织部的大权主要在他手里，现在要改革干部人事制度，权力没了，自然有意见。还有那个机关干部科长张敬原，我让他把过去的考察材料上签上考察人的名字，有一部分材料始终不签。现在我已经意识到，对于组织部门的机制，不彻底改革实在不行了，所以我们把八个中层干部全部拿出来面向市直机关和各县区委组织部公开招聘。而且今后组织部的干部不再享有特权，到了科长的位置上就提拔为副县处级，这显然是一种特权。为什么其他部门的同志就没有这种特权？今后在西臾地区，市、县区委组织部的干部只有参加公开选拔才能提拔，任何人不得特殊。”

钱国渠说：“士贞，你的想法非常正确，而且也符合今后干部人事制度改革的方向，我也支持你，只是你这样做一定要注意方法，注意市委领导，市委常委的思想。一定要得到主要领导的支持，得到常委的支持。”

从表面看，钱国渠还是支持贾士贞的，但是贾士贞感觉到他多少还是出于表面上的，态度也并不是那么坚决和鲜明的。但是贾士贞已经没有路可退了，特别是在吴怡宣的问题上，他只能硬着头皮，准备打一场持久战了！

吃晚饭时，贾士贞心里还在想着钱部长下午的谈话，本想和卜言羽说说心中的不快，可一直没有机会，偏在这时钱部长和几位副部长过来敬大家的酒，贾士贞一连喝了三杯，也就借此机会向省委组织部的处长们敬酒。酒正喝到高潮时，周一兰打电话来，说她的车子已经在宾馆大门口了。贾士贞本想回避，但是他又找不出任何理由，再说他和周一兰又不是才认识的，两人在一起都能理智地克制住自己，所以，他匆匆出了餐厅。轿车停在宾馆大门口，很醒目，周一兰把头伸出车窗，向他挥着手，他就大步跑过去，上了周一兰的车。

到了办事处，周一兰扶着贾士贞下了车，说："士贞，你干嘛喝这么多酒？"

贾士贞只觉得满脸发热，头昏昏沉沉。周一兰泡了一杯茶，又削了一个苹果，他刚吃了两口苹果，就要吐，没等周一兰找来痰盂，就蹲在墙角吐了起来。周一兰慌忙上前扶着他的头，他吐过之后，倒在沙发上，连声说："对不起，对不起，一兰，让你看笑话了……"

周一兰急忙拿来热毛巾，一边擦着贾士贞的脸一边说："士贞，你干嘛要喝这么多酒，叫我好心疼啊！"

过了一会儿，她又说："士贞，走，我带你去躺一会，这样会伤身体的！"说着就扶着贾士贞上了三楼，进了她的房间。她把贾士贞扶上床，又端来一杯水。贾士贞一口气喝了半杯，半躺在床上，紧紧拉着她的手，说："玲玲，我的好玲玲……"

周一兰深情地伏在贾士贞的怀里，微闭着双眼说："士贞，你吻吻我，吻吻我……"

贾士贞把嘴唇贴过去，周一兰张开双唇，把舌头伸进贾士贞的嘴里……

不知过了多久，贾士贞突然睁开双眼，吃惊地看着周一兰，慌慌张张地下了床，惊恐不安地说："我怎么会到这里了？这是什么地方？"

周一兰含着泪，拉着他说："士贞，是我把你带来的，你喝醉了……"

贾士贞一下子清醒了许多，说，"一兰，对不起，我失态了，请你原谅我……"

"士贞，我绝没有别的意思。"周一兰说，"我知道，对于你来说，事业是第一位的，我只希望你能对我好……”

“一兰，不能！”贾士贞的声音有点沙哑，“我有妻子，有女儿，我不能对不起她们！”

“士贞，”周一兰含着泪说，“我太孤独了，也太痛苦了，我想请你帮我生个孩子，我绝不给你造成任何麻烦，也不会让任何人知道的。”

“不能！”贾士贞摇着头，果断地说，“万万不能，那样我就成了一个千古罪人，成了一个口是心非的伪君子，我会愧疚一辈子的。”

贾士贞说着已经退到门口，周一兰扑到他的身上，呜呜咽咽地哭了起来。贾士贞搂着她说：“一兰，难道男人和女人就不能成为朋友，非要超越那个界限吗？”周一兰痛苦地搂着贾士贞，许久，她才松开手，深情地看着贾士贞，说：“是啊，士贞，我们曾经有过约定，我们应该永远保持纯洁的友谊，做一个真正意义上的朋友，成为相互最信得过的倾诉知己！”

贾士贞努力平静一下自己，说：“一兰，我希望你还是成个家，女人总要有个归宿呀！人生短暂啊！我真心希望你幸福！”

周一兰摇摇头，欲言又止。她没有送他，她不知道自己现在是一种什么样状态，是留恋，是惜别，还是依依不舍的深情？贾士贞没有回头，准确的说他不敢回头，他知道，在刚才那一瞬，一个男人能做到如此果断是很难的。他的脚步很快，像演员在舞台上的那种轻、快、碎的脚步。周一兰久久地站在门里，对着半开着的门，默默地看着他的背影。

按照省委组织部的安排，第二天上午各市委组织部长和省委组织部的处长分成两组，参加两个市的副处级干部公推公选观摩会。

贾士贞赶到东臾市时已是上午十点钟，东臾市的公推公选会场设在市政府大礼堂，主席台上方悬挂着“东臾市公推公选副县处级领导干部大会”的横幅。主席台正中十三名评委已经就位，两旁的嘉宾席上除省委组织部领导，还有部分市委组织部长。台下坐满了市直机关的干部和群众代表二百多人，十三名评委由市委政工副书记一人，市委组织部领导、中层干部三人，市委、市人大、市政府、市政协、市纪委、市人事局、劳动局领导各一人，基层群众代表二人。

公推大会开始时，由市委组织部宣布本次公推候选人情况，根据报名，经资格审查，按照一比三推选候选人，从报名竞聘副县长八十七名中推选六名候选人；从报名竞聘市政府办副主任五十二名同志中推选三名候选人；从四十八名中挑选市劳动局副局长三名候选人，评委阅读候选人材料时间为一小时。

贾士贞反复看着评委名单，按照公推规定，评委对每个岗位的候选人投票只能投三个人。比如在推荐二名副县长时，在八十七名候选人中每个评委只能投六人的票。多于六人视为废票。最后按得票多少取前三名进入下一轮竞聘。贾士贞觉得这个办法虽然比过去由领导决定对象是一个很大的进步，但是这样的公推，仍然免不了主观色彩，人为因素仍然很明显。所谓的公推，显然不公。一个县里的乡、镇党委书记、局长和市委组织部的科长在评委的笔下能有同样的分量吗？从评委的构成情况看，大都是市级机关权力部门的领导，基层群众只有二人，明显的不合理。

一小时后，首先进行二名副县长候选人的公推。这时贾士贞走下主席台，在群众中坐下来。人们议论开了，有人说现在的方法好，不像过去提拔干部全由领导和组织部门暗中圈定少数人，所有工作都是暗箱操作，考察也是秘密进行，到宣布结果时，群众有意见也没有用。也有人说，虽然现在公推比过去有了很大的进步，但是仍然有不合理的一面，十三名评委，大部分人都是市直机关权力部门的领导，他们的推选不一定真正的“公”，组织部三个评委，就占了三票。

副县长候选人的公推结果很快公布了，第一名是市委组织部的机关干部科长，第二名是市委办的综合科长，第三名是市人事局的科长。县乡里报名的那么多人居然都没有一个被推上。公推的标准是什么呢？既然没有标准，那么只能凭评委们的印象和感觉了。

直到观摩会结束后，贾士贞还在思考这样的问题。

二十一

观摩会结束后，又回到省里。当天晚上，贾士贞接到省人事厅、省委组织部考试中心电话，西臾市委组织部那批招考人员的分数已经出来了。贾士贞随后去了几所高校，落实了答辩专家，便匆匆赶回西臾。

贾士贞回到西臾第一件事便和市教育局长缪斯平、一中杨校长找吴怡宣谈话，给她最后一次机会。然而吴怡宣拒绝检查，而且态度相当蛮横，贾士贞决定对她严肃处理。在公布考生分数之前，首先把吴怡宣帮助考生作弊行为的通报张贴在一中校园和教育局院内，同时把所有作弊考生的名单通报各有关单位。对吴怡宣的纪律处理问题，由市教育局另行通知。吴怡宣看到通报之后，好像自己被扒光了，被抓在街上游街，便哭着去找公公周效梁，周效梁当即跑到市委办公大楼大吵大闹，大骂组织部长贾士贞。不知是谁通知了报社和电视台，除了一帮记者外，还引来了许多不明真相的群众，市委秘书长夏季立即请示市委书记常友连，此时常友连正出差在外，在电话里大发雷霆。夏季让老干部局把周效梁带走，周效梁哪里肯依，兼任老干部局局长的高兴明表面上劝周效梁，暗地里却巴不得周效梁把事闹大。市委办公大楼围观者越来越多，市委副书记朱化民一直把自己关在办公室里不出面，夏季只好把市委办工作人员动员起来，劝走了围观的机关干部，好不容易把周效梁带回自己办公室。

贾士贞早就预料到周家一定不肯就此罢休，但他没有想到作为老地委副书记的周效梁会做出如此有失身份的事。贾士贞和缪斯平分手后，直接去了市公安局，鲁晓亮简单汇报了他们解救卫炳乾的情况。自从卫炳乾突然被两个陌生人强行带走后，这么些天一直被关在千里之外的一个地下室里，到被解救出来时已经转移了三个地方，且在关押期间被打得遍体鳞伤，现在已被送到解放军第九六医院；看守卫炳乾的三个家伙被抓到两个，其中一个逃跑了，现在正在追捕，但那两个被捕的家伙拒不交代绑架卫炳乾的原因。

听完鲁晓亮的汇报，贾士贞说："鲁局长，带我去看看卫炳乾同志。"

贾士贞上了鲁晓亮的车子，这时他的手机响了，是市委秘书长夏季打来的。

夏季大概讲了周效梁到市委大楼闹事的情况，贾士贞一听，就火了起来，但他还是努力强忍内心的气愤。当他听说周效梁的目的是要市委常委对他儿媳妇的事做出结论时，贾士贞说："夏秘书长，这我可当不了家，我要做到的只能把他儿媳帮助考生作弊的录像和吴怡宣亲手为考生写的字条公布于众，让西臾机关干部和群众了解一下事实真相。"

贾士贞挂了电话，鲁晓亮问："周效梁要干什么？"

贾士贞说："现在正在市委办公大楼里闹呢！鲁局长，你说这事怎么办？"

"怎么办？"鲁晓亮笑笑说，"贾部长，你怕什么，西臾这地方就是怪，虽然盛产新闻，但是绝大部分群众还是非常有正义感的。我敢保证，明天，最多后天，小报上就会有好看的文章的。所以，我说你呀，别理他，看他怎么办，把那张字条以及字迹鉴定结果和那盘录像带多复制几份，让有关领导都看看。”

到了九六医院，鲁晓亮介绍卫炳乾认识了贾士贞之后，便说要去看一下医院的院长，就退出去了。贾士贞拉着卫炳乾的手说：“炳乾同志，你受苦了，我代表市委组织部向你表示歉意！”

卫炳乾握着贾士贞的手说：“贾部长，你刚到西臾不几天，我就听到关于你到下臾微服私访的传说，开始我还不相信，但消息越来越多，越传越神，后来听到市委组织部公开选拔八名科长的真实消息，我就确信你是一位难得的组织部长，是一位真心改革的组织部长，所以我给你写了几封信。”

“炳乾同志，你的情况我大体知道了一点，但是我一直不明白他们为什么要这样对待你？”贾士贞说。

“贾部长，我是湖南人，大学毕业被省委组织部选为选调生，到农村锻炼两年后，本该分配到西臾市机关的，后来看到市委组织部招一名公务员的消息，我就报名了，真的考上了。在我心目中，组织部是一片阳光、一块圣洁的地方，人人都是高素质的领导，但是后来我感觉到，我这个外地人遭嫉妒，受孤立。有一次上面派我去下臾考察干部，在考察时，我发现有一些同志对县委书记乔柏明有意见，但都不敢说，还有一些科级领导干部有帮派嫌疑，回来后我向高副部长汇报此事，他批评我刚到组织部工作，不懂组织部门的规矩。他还对我说，‘在组织部门工作的同志就是按领导的意图办事，领导叫干什么就干什么，叫你去考察干部，那不过是走走形式，你还真的认起真来了。那些被考察的干部都是好同志，成绩很突出，很优秀，你一个办事员凭什么提出不同意见，真是不知天多高，地多厚，在组织部工作连这点规矩都不懂，还想在组织部工作！’被批评之后，我的心里一直很纳闷。也很苦恼，后来又去下臾考察干部，就是那批还没有提交市委常委会研究的干部，你不知道，那些名单都是少数领导圈定的，下去之前已经定好调子。当时我就发现下臾县一下子居然要提拔八个部委办局局长、主任，四个乡镇党委书记。这显然很不正常，组织部又不是批发部，在考察当中，我又隐隐感觉到其中有蹊跷，为什么其他县提拔对象很少？回来后我执笔的那些考察材料没有通过，让我重写。第二次写的材料又没通过，后来的材料到底怎么搞的，我就不知道了。贾部长，你是省委组织部下来的，难道组织部门就是这样选拔、考察、任用干部的吗？有些干部不要说提拔县级副县级，就是判他十年徒刑也不为过。我被批评后，他们知道我太不可靠了，不久就把我调出市委组织部，理由是工作需要。我万万没有想到组织部也如此卑鄙龌龊，这样的组织部能选拔出好干部来吗？”

贾士贞说：“炳乾同志，组织部也不是真空，比如像黑龙江原省委组织部长韩桂芝，江苏省委组织部长徐国建，贪污腐败，卖官鬻爵。但是他们毕竟是极少数。”贾士贞停了片刻又说，“等你身体恢复之后，我们会重新考虑你的工作问题的，市委组织部需要你这样工作认真负责的同志。”

这时，鲁晓亮来了，贾士贞站起来，握着卫炳乾的手说：“卫炳乾同志，你好好休养，有时间我们再好好谈谈。”

“感谢贾部长，谢谢……”卫炳乾激动得含着泪，坚持要下床送贾部长。

出了病房，鲁晓亮说：“贾部长，你是不是要亲自审一审那几个绑架卫炳乾的人？”

贾士贞犹豫一会说：“鲁局长，我是组织部长，不能超越自己的权力去处理问题。绑架案应该由政法部门处理，我相信法律是严肃的。再说了有你鲁局长，我一百个放心。”

此时，贾士贞一直在想着周效梁现在是否还在市委大楼里，他作为一个市委组织部长对待老干部应该是尊重、理解的，可是他绝没有想到周效梁作为一个地厅级领导如此蛮横，如此不讲道理。但是他对于吴怡宣帮助考生作弊的事，从一开始就很恼火，他甚至觉得这种风气不狠狠杀一杀，今后的成人考试还不知是什么样子呢？然而他也在想，只要吴怡宣认识到自己的错误，深刻检讨错误，也是可以谅解的。可是，不仅吴怡宣不认错，还把他告到省委组织部、省教育厅，甚至省委边副书记那里了，现在周效梁还跑到市委闹了起来。现在贾士贞觉得问题发展到有些棘手的地步了，本来简单的事情被周效梁搞得越来越复杂，他不敢想象这事将会是什么样的结果。

周效梁闹得不可开交，夏季只能做些解释工作。周效梁气得涨红了脸，大有不打倒贾士贞不罢休的样子。后来周森林来了，他也觉得父亲闹得太过分了，拉着周效梁说：“爸，您跑到市委来干什么？这点小事，您怎么闹得这么大？你叫我和吴怡宣还怎么见人呀！”

周效梁瞪着眼睛，大声说：“你怕他，他是组织部长，我不怕，他能把我怎么样？他太不识好歹了，组织部长怎么了？”

周森林说：“爸，跟我回家，有话咱回家说，你这样闹下去，只能给吴怡宣加罪呀！”

周效梁终于被儿子劝走了，人们看着这位年过古稀的老人，都在摇着头，都在等着看这场戏如何收场。

市委机关的干部们都知道周效梁是冲着新来的组织部长贾士贞的，究竟贾士贞是一个什么样的人，人们都在瞪大眼睛关注着他。这对于贾士贞来说，又算得了什么呢？他固执得太有道理了，他并不因为周效梁的无理取闹就动摇他对干部人事制度改革的决心，就改变他的初衷和整个工作计划。

第七章　棘手问题

二十二

贾士贞管不了那么多，他也没有亲眼看到周效梁像三岁孩子似的在市委大楼大闹的场景。但他可以想象得出来，周效梁的无赖和可笑；群众的议论和讥讽；秘书长的无耐；朱化民的两面派表现。中间只隔一天，缪斯平给贾士贞打来电话，说市教育局党组已经研究了对吴怡宣的处理意见：一是通报全市教育系统；二是给吴怡宣党内警告处分。贾士贞说这是你们教育局的权力，只是要求他们将处分决定送市委、市政府、市委组织部和省教育厅各一份。上午，贾士贞刚回到办公室，档案室的同志拿着林水办公室主任尚以军的档案进来找贾士贞。从档案上看，尚以军是一九六八年的大学毕业生，当时是二十五岁，一九四二年出生，但是后来他自己在填写出生年月时，逐渐填小，到他从市委宣传部调来林水办时，出生年已成为一九四六年了，他三年前就应该退休。

贾士贞接过档案，一边翻着一边说："市委组织部不是每年年初都对快到退休年龄的领导干部查一次档案吗？像这样的现象市委组织部怎么几年都无人过问，难怪林水办的群众这么大意见。"贾士贞放下档案，说："通知几位副部长和机关干部科长到我办公室来开会。"

几分钟后，几位副部长都来了，贾士贞问庄同高干什么去了，大家都不说话，过了一会儿，高兴明才说："他认为现在正在公选科长，所以……已经几天不来上班了。"

贾士贞也就不再说什么了，随后说："请大家来研究一件事，关于林水办主任尚以军的工作问题。可能你们也有所了解，市林水办长期以来干群关系十分紧张，问题也比较复杂，最近不仅有群众反映他经济上的问题、男女关系上的问题，还反映他早就到了退休年龄，却没办理退休手续的问题。我查了一下他的档案，请大家看看，这个尚以军是一九四二年出生，现在已超过退休年龄四岁，我不知道其中到底是什么原因。我的意见是，立即给他办退休手续，马上提交市委常委认可。而且此人的退休工资从三年前算起，多领的几年工资，以后逐步扣回来。这种歪风一定要杀。至于林水办主任的人选问题，将在第一批公开选拔试点中产生。”

听完这些话，几位副部长也无话可说了，高兴明心里很不是滋味，市委组织部类似这样的事，过去都是由他这个常务副部长管的，现在贾部长的批评虽然没有点他的名，实际上谁都知道责任全在他。他心里有一百个不高兴，好像贾部长干的每一件事都是冲着他来的，心中不满的情绪不断放大、澎胀。

几位副部长刚出了办公室的门，贾士贞就给市委书记常友连打电话，汇报尚以军这件事。常友连说，这是例行公事，又不是提拔干部，属于组织部职责范围内的事，该怎么办就怎么办，找个适当的机会在常委会上说一下就行了。打完电话，贾士贞叫上高兴明，直接来到林水办公室。尚以军一见贾部长和常务副部长都来了，心里就紧张起来。贾士贞没有理他，把两位副主任找到场，宣布免去尚以军主任的职务，立即办理退休手续，并批评尚以军居然隐瞒自己年龄四岁。至于其他问题，市委组织部将建议有关部门调查处理。最后，贾士贞说：“中央领导同志早就指出干部取消终身制，一个市林水办公室主任欺上瞒下，超过退休年龄四岁，还在干，看来我们党的干部人事制度不改革不行了。”

回到办公室，贾士贞突然想到已经有几天没有去看他设在邮局的信箱了。自从他发现卫炳乾写给他的几封信没有收到之后，他就想到市委组织部内部一定有问题，有人扣了他的信。他想，要尽快结束这种不正常现象。事实证明，自从他在邮局设立了个人信箱后，收到不少很有价值的人民来信。随后，他叫上司机，先来到邮局，亲自打开信箱，取出半箱人民来信，来不及看，就对司机说，马上去解放军九六医院。司机半开玩笑地说：“贾部长，市委组织部长成了邮递员了！”

贾士贞笑笑说：“你笑话我干不了大事？”

司机说：“不不不，我是说，贾部长得赶快让组织部的工作正常运转起来。”

贾士贞心想，是啊！必须马上结束组织部的混乱现象，公选的八名科长考试分数已经公布，必须马上进行下一轮答辩和公示。

贾士贞来到病房，见到卫炳乾，开诚布公地说："炳乾同志，我们想让你马上回到组织部工作，目前由于公选的八名科长都未到位，老科长情绪不稳定，组织部急着用人，我原来想让你好好休息一段时间，让你和那八个公选科长一同上任，现在看来不能等了，你看，我连去邮局取信都得自己去。"

卫炳乾有些激动起来了，说："贾部长，我马上就能出院了，你分配我干什么工作，我保证干好。"

贾士贞说："是这样，公选八名科长，这事已经到了关键时刻，但这次我去省委组织部开会，省委组织部要求各市委组织部成立干部人事制度改革办公室，或者叫科。我准备让你出任西臾市委组织部干部人事制度改革办公室主任。"

卫炳乾觉得这个消息来得太突然了，激动得涨红了脸，一层热浪漫过心头，他还能对过去的生活有什么抱怨呢？生活是这样地厚爱他，新部长如此信任他，让他感受到春天般的温暖！是啊！人生的那点挫折算得了什么？正因为此，才应该重新走向生活！才应该在以后的工作中奋发进取，努力工作，不辜负领导和同志们的期望。

贾士贞又说："炳乾同志，希望你尽快到任，把干部人事制度改革工作接过来，市委组织部的八名科长一到任，我们将立即着手公选部分县处级领导干部的试点工作。"

卫炳乾说："贾部长，领导如此信任我，我保证竭尽全力把工作做好，我的身体其实并没有什么，马上就可以办理出院手续，明天就可以去报到。"

贾士贞说："什么时候报到，等通知吧！你现在可以着手考虑组织部公选的八名科长的考察、答辩的实施方案。答辩的评委由我负责，考察问题要做到公正、公平、公开。不能像以往那样走过场，搞形式主义，更不允许弄虚作假，要真正的接受群众监督，要增加透明度，该公开的都要公开，不能暗箱操作。"

卫炳乾说："参加答辩的入围人选是怎么定的？"

贾士贞说："参加文化考试的人从高分到低分，按照一比三比例确定入围人选，实际上是每个岗位取前三名参加答辩，如果其中有一人不合格，依次增补。"

贾士贞刚离开医院，就接到夏季的电话，说周效梁由于那天在市委大楼过分激动，今天上午突然脑溢血住院。贾士贞只好掉转车头，买了一束鲜花赶到医院。

周效梁虽然已经脱离了危险，但是还一时神志不清。幸好只有周森林一人在场，他也算识大体，只说都怪他父亲过分认真，把事情弄成这样尴尬的局面。贾士贞也只好说些安慰的话，便匆匆离开医院。

回到办公室，贾士贞对最近几项工作重新进行了思考，理了理千头万绪的工作。虽然问题和矛盾不断在发生，但他感到必须尽快把市委组织部的关系理顺，他开始想到高兴明工作的问题。经过这段时间的观察与了解，贾士贞觉得高兴明已经不适宜再留在市委组织部工作了。然而，真正考虑落实他的工作的问题时，贾士贞却又拿不定主张了。按照以往的惯例，组织部的干部调出都是提拔的，高兴明不仅是市委组织部的副部长，也是多年的常务副部长，已经是正处级了，现在应该安排到副市级的位置，如果过了年龄也应该安排到市人大任副主任。到底怎么安排他，贾士贞想了许多方案，仍然犹豫不决。

贾士贞来到西舆市委组织部之后，他觉得高兴明的背后有不可告人的东西。高兴明和下舆县委书记乔柏明、侯永文有着千丝万缕的联系，他不仅是下舆县人，而且在下舆县当过县委组织部长、县长。这样一理，贾士贞的头绪也就渐渐地清楚了。至于高兴明和庄同高、张敬原的态度问题，以及卫炳乾调出市委组织部的一系列问题，现在贾士贞不得不考虑等把高兴明调出市委组织部之后再说。但是他又想，高兴明是市委组织部常务副部长，能在一个市当到市委组织部常务副部长，也不是一般的人物，他究竟是市委谁的关系？直到现在，贾士贞还一无所知。按照贾士贞的用人标准，或者说从他目前所掌握的高兴明表面上的一些问题来看，那不是高兴明能不能提拔的问题，而是能不能保证组织部这个副部长位置的问题。这些天来，贾士贞几乎都是在考虑市管干部改革的问题，也就是说县处级和副县处级干部的选拔问题。像高兴明的问题，他确实还没有来得及去考虑。现在想到市委组织部今后的工作问题，他感到必须尽快把高兴明调离常务副部长这个重要位置。

贾士贞到任以来，社会上的传闻不少，特别是他首先在市委组织部内部开刀这件事，明显给社会一个信号，甚至有人早已在背后传说高兴明将被撵出市委组织部。至于去哪里？却没有统一的说法。有人说他可能要到人大或政协去任副职，有的说只能给他个助理巡视员，还有人说他要到政协去当秘书长。其实这都是机关干部闲得没事干，随便给高兴明安排起工作来了。这些传闻高兴明听不到，那是不可能的，而高兴明对外界这些传闻却觉得好笑。他太了解贾士贞了，虽然贾士贞当上西舆市委常委、组织部长，是从省委组织部下来的，但是论资历，他当县委组织部长时，贾士贞还只是乌城地委党校一名小小的教师；论年龄，他比贾士贞年长十三岁。俗话说，强龙压不住地头蛇。从他当上市委组织部副部长那天起，他就看上市政府副市长的位置了，而且准备在副市长的位置干上两三年，再争取常务副市长或者市委副书记，只是这个愿望总是迟迟没有实现。不管社会上怎么传，高兴明还是乐观的，他觉得自己目前这个常务副部长乌纱帽不是哪个随便就可以拿掉的。尽管贾部长来了之后，接连发生一桩桩让他感到意外的事，他也感到自己在常务副部长这个位置上不会时间太长了，但是副市级的待遇还是跑不掉的。

贾士贞想了很多方案，都觉得不太妥当，最后决定让高兴明去政协任个助理巡视员的非领导职务。这样的决定已经在他的心里暗暗地形成，现在也就是让高兴明最后享受一下待遇罢了！然而就在贾士贞准备离开办公室时，接到一个匿名电话，举报高兴明和下舆县委书记乔柏明买官卖官的事，下舆县之所以一下子准备提拔八个部委办局负责人，四名乡镇党委书记，主要是高兴明和乔柏明联起手来买官卖官。打电话的人还透露了高兴明和侯永文是同母异父的兄弟的秘密。挂了电话，贾士贞的头脑里像放电影一样，开始慢慢地一个镜头一个镜头向前移动。从他一个人独自去下舆，听到群众对乔柏明的议论，以及所见到的事实，特别是后来在桃花镇被党委书记侯永文关了一夜，一直想到最近的事。贾士贞立即决定重新考虑高兴明安排的问题。但首先要弄清侯永文到底是不是他同母异父的兄弟，他和乔柏明、侯永文到底干了些什么？他感到问题更加复杂起来了，又决定把对高兴明安排的问题放一放再说。

二十三

贾士贞决定把高兴明和侯永文的档案调过来看一看，但是他作为市委组织部长总不能亲自去档案室查阅干部档案，于是他想到了那天送尚以军档案的那个女同志姜彦玲。虽然开会时他们见过两次，但姜彦玲平时工作主要在干部档案室，很少到组织部办公室来。贾士贞又犹豫了，他不知道姜彦玲是凭什么关系调进组织部的，她和高兴明之间有没有什么特殊关系，他现在做每一件事都必须想得周到一些。但是他一时找不出合适的人去做这样的事，在他印里姜彦玲这个人还不错，她是那种长相没有什么特别，说话办事都还比较得体的女人。于是贾士贞拿起电话："喂，档案室吧！小姜在吗？"

"请问是贾部长吧，我是姜彦玲。"

"小姜，你到我办公室来一下。"

姜彦玲很快来了，站在贾士贞对面，贾士贞说："小姜来组织部几年了？"

姜彦玲说："五年。"

贾士贞又问："多大了？"

姜彦玲红着脸说："三十二。"

贾士贞看着面前这个平常的女人，本想问问她怎么到组织部的，又觉得这样太冒失了，于是改了话题，说："没别的事，你去把高副部长的档案拿来给我。"姜彦玲刚走了几步，他又叫住她说，"这事对任何人不必说。"

"贾部长，你放心。我也是多年的档案员了，这点道理我知道。"

姜彦玲很快就把高兴明的档案送来了，贾士贞接过档案又说："小姜，还有一件事，请你跑一趟，你带上档案室的介绍信，去一趟下臾县委组织部，把桃花镇党委书记侯永文的档案借过来，告诉他们很快就给他们送过去，你只说市委组织部要用一下，就不要说哪个具体人要看档案了。"

姜彦玲说："贾部长，我这就去。"

"这样，小姜，我让驾驶员开车去，取了档案当时就回来。"

姜彦玲刚走，贾士贞想到了卫炳乾工作的问题，就通知公选办公室的同志到小会议室开会。随后他又找来三位副部长开了个小会，他先简要传达了省委组织部会议精神，最后落实到成立干部人事制度改革办公室的问题上，他说先把工作干起来，等下次常委会开会时提出来再研究下文。贾士贞看看高兴明说："公选的八个科长马上要进行公开答辩、考察、公示，这些工作虽然由公选办公室来做，但是干部人事制度改革工作公选办是代替不了的，所以我建议把卫炳乾同志调回组织部，由他负责干部人事制度改革办公室的工作。”

贾士贞的话让高兴明一震，他万万没有想到贾士贞突然决定把卫炳乾调回组织部。当初决定把卫炳乾调出组织部是他和庄同高两人的意见，他当时不顾一切要把卫炳乾调出市委组织部，而且编出种种理由把他调去下舆一个乡里任副乡长。他把卫炳乾调走，不只是因为卫炳乾是外省人，更主要的是因为卫炳乾这个小小的副科长不仅不听他的指挥，而且在考察干部时超越了自己考察干部的权限，找了一些不该找的人谈话，以至掌握了许多干部深层次的问题。对于这样一个人，留在组织部迟早会坏他的事的，他感到这样一个人留在市委组织部的危险性。他之所以把卫炳乾调到乡里去，目的是让他一辈子不得进城，更不能有东山再起的机会。可是，高兴明怎么也没有想到贾士贞不仅知道卫炳乾的事，而且还要把他调回市委组织部，并且委以如此的重任。他心里很不高兴，但是，不高兴归不高兴，如今的他已经不同于往了，那时他身为市委组织部常务副部长，大权在握，几乎达到一言九鼎、呼风唤雨的地步。一瞬间，高兴明好像预感到说不定哪天他自己也会突然被逐出市委组织部，他也意识到，他就是一跳八尺高，大声提出反对意见，贾士贞也会轻轻的一句话就把他的意见否定掉。权！这就是权啊！然而他却不愿意表示同意贾部长的意见，他的脸上布满了阴云。贾士贞的目光在他身上停留片刻就移开了，就在这时，另两位副部长几乎同时表示同意他的意见，他又把目光回到高兴明身上：“高副部长，你的意见呢？”

高兴明想了想，终于找到个让他不情愿的词语：“随便吧！”

可是，贾士贞对他的表态不满意，挂下脸来说：“随便是什么意思？高副部长，我知道，你对小卫有成见，你可以反对，可以弃权，研究工作不是孩子过家家，我们实行民主集中制。好吧！形成决议，三比一。”

高兴明还从没有被人这样批评过，历届市委组织部长从来对他都是尊重有加，没有像贾士贞这样对待他的。他真想毫不留情地顶他几句，什么民主集中制？还不是谁掌权谁说了算。如果你贾士贞不是市委组织部长，那两个副部长才不会表示同意呢！可是一想到那贾士贞的固执，一看到贾士贞那咄咄逼人的目光，一想到他的权力，他只好低下头，强忍着心中的怒火。

部长碰头会一结束，贾士贞就去参加公选办公室会议，会议通报了组织部公选的八名科长参加考试人员的分数，并从高分到低分确定了每个岗位前三名人员的名单，由电视台、报社正式向社会公布，同时他们做好了公开答辩的各项准备工作。

就在会议快要结束时，姜彦玲打来电话，说她已经回到办公室了。贾士贞立即回到办公室，让姜彦玲半小时后来取档案，再送回下舆去。

贾士贞从高兴明的档案里找不到任何迹象可以证明他有一个同母异父的弟弟，但是侯永文的档案里却到处都写着他有一个同母异父的哥哥叫高兴明，而且，越到后来，越清楚地写着高兴明的职务。看完侯永文的档案，他立即让姜彦玲把档案送还下舆县委组织部。

确认了高兴明和侯永文的关系后，贾士贞对那天的匿名电话里所说的事开始留心了，于是他又给鲁晓亮打电话，叫他加快对绑架卫炳乾案件的审查。鲁晓亮说绑架案的首犯目前仍在逃，到底是谁指使绑架卫炳乾的，也只有他才知道，但是从其他两人所交代的情况可以大概了解到其中确实有重要人物的指使。现在贾士贞渐渐清楚了，如果能证明韩士银参与卫炳乾的绑架案，那么侯永文和韩士银之间的关系他是亲眼所见的，他被侯永文关在桃花镇派出所时，韩士银就亲临现场，这其中一定有着不可告人的秘密。但是，到底是谁偷偷把他放了的？这又成了一个大大的问号。在当时那种情况下，除了侯永文和韩士银，没有别的人有这个能力和机会。想到这里，贾士贞觉得不得不对高兴明这个人进行重新认识，也不得不重新考虑韩士银这个人物。首先，必须尽快把高兴明调出市委组织部，而且不能让他到市政协担任助理巡视员了，虽然助理巡视员只是一个非领导职务，但是毕竟是副市厅级，想来想去只能把他安排到政协去当副秘书长。但是贾士贞又想到，这样的安排，不光是高兴明个人不能接受，就是常书记、朱化民副书记，还有其他常委未必能通过，而且，对高兴明这样的安排，他作为市委组织部长必须有足够的理由，否则是很难形成决议的。

卫炳乾又回到市委组织部了，虽然没有宣布具体职务，但是让他负责干部人事制度改革办公室的工作，下一步明显是办公室主任。干部人事制度改革是十分敏感而重要的话题，也是当前各级组织部门头等大事。由此可见，卫炳乾的分量，市委组织部上上下下，谁都能看出来其中的端倪。而那些容不得卫炳乾的人不光是高兴明和庄同高。

卫炳乾报到后见到高兴明时，高兴明倦怠的面容、畏怯的眼神、低沉的语调，有一种说不出的感染力，让他感觉身上冷飕飕地麻了一阵。经历了一场人生浩劫，卫炳乾成熟多了，对高副部长的神态并不在意，好像以前什么事也没发生过似的，说："高副部长好！"卫炳乾知道仅为这称呼问题，高副部长心里就不快，组织部里的其他人，包括机关单位，大家都不叫那个令人刺耳的"副"字，可他觉得这个副字不是群众给的，而是组织上给的，怎么能随便去掉了呢？只见高兴明晃了晃脑袋，看不出是摇头还是点头。他双手抱着肩，给人冬天的感觉，可时令早已是夏天了。

虽然卫炳乾在高副部长面前，表面上总是恭恭敬敬的，但内心怎么想，谁也不知道。而高兴明在众人在场时，也和过去一样，用那种居高临下的样子看待卫炳乾，可内心对卫炳乾回到市委组织部一事始终不快，像有一个恶性肿瘤在心脏上越长越大。有一次，高兴明经过卫炳乾的办公室，见办公室的门敞开着，又只有他一个人，便停住脚，一只脚迈进屋里，一只脚留在门外，冷着脸说："胡汉三又回来了！"说完尴尬地冷笑了一声就退了出去。

卫炳乾在心里说道："小人之见！"心里暗暗地想，原来你高兴明也有今天！

过去，在卫炳乾心里，市委组织部是什么地方？那是至高无上的圣洁而又令人神往的地方，不要说一个常务副部长，就是市委组织部的一个打字员、档案员，都是让所有人羡慕不已的。他在大学毕业时连做梦也没有想到自己能够成为组织部门的选调生。他在乡政府锻炼快两年的时候，有一天看到报纸上刊登西臾市委组织部要招一名公务员，心里一动。报名时，组织部的同志听说他是选调生，马上就说要给他分配工作，而且肯定分在市直属机关，但他却非要报名。当时报考市委组织部的大学生有一百零八人，谁知文化考试时，他以第一名的优异成绩遥遥领先，经过考察和答辩，最终以第一名的好成绩，进了市委组织部。当他第一次迈进市委组织部大门时，他简直激动得要腾飞起来。他是凭着自己的实力进了西臾市委组织部的。他的第一任领导、县区干部科长说他是西臾市委组织部的高才生。他对王科长尤为尊重，从他那里学到了许多关于考察干部的经验。王科长在临走前把他提拔为副科长，他的第二任领导就是庄同高了。卫炳乾万万没有想到这个庄科长对他横竖看不顺眼，甚至对他写的考察材料也是横挑鼻子竖挑眼的，还说他什么大学生，什么高才生，连个考察材料也写不好。卫炳乾有什么话好说呢？人家科长是领导！虽然庄科长只有初中毕业，可是他是解放军的学校毕业的，根红苗正，更何况后来他又拿到了省委党校本科文凭。

对于考察干部，卫炳乾是西臾市委组织部最称职的工作人员，前任王科长曾经在大会上这样表扬过他。可是后来庄科长对他的干部考察工作越来越不满意，甚至叫他不一定按照群众反映的情况写，那是他第一次对组织部的考察干部工作产生怀疑，特别是后来对下臾县那批干部的考察，让他对市委组织部有很失望。他不知道多少次暗暗地问自己，难道组织部对干部的考察都是这样的吗？这样写出来的考察材料还有什么参考价值呢？思想上的疙瘩，始终找不到确切的答案，以至他的心情越来越沉重，写的考察材料自然也不能让领导满意。渐渐地，卫炳乾感到自己如同是茫茫大海当中的一叶孤舟，失去了航向。尽管如此，他依然对组织部十分的信赖。他开始怀疑自己是不是哪根神经出了问题，怀疑自己的智商和能力出了问题。突然有一天，高副部长找他谈话，要把他调出市委组织部，而且是调到下臾的一个乡里担任副乡长。当时他几乎不相信是真的，但那一刻，他反而异常冷静，只是他始终想不明白，他到底做错了什么。他自己不清楚，也没有人给他一个确切的答案。直到不久前，听说市委组织部调来了一个新部长，尤其让他震撼的是对贾部长的种种传说竟达到神化般的描绘。比如说，贾部长微服私访时被侯永文铐上手铐，关在一间房子里，可是第二天窗子好好的，门也锁得紧紧的，贾部长却不翼而飞了。在那灾难深重的日子里，卫炳乾又不得不对组织部门画上一个大大的问号。

重新回到市委组织部，确实是卫炳乾意料之外的事，但是他觉得身上的压力反而比过去大得多了，高副部长对他已经不仅仅是工作上的不满意，而且是存在着个人之间的陈见与看法，何况高副部长还是领导啊！

二十四

市委组织部公选科长的工作在全市城乡成了议论的热门话题。文化考试成绩公布后，按照一比三的比例，共有二十四人入围，自此之后每天都收到大量的人民来信。现在贾士贞把他设在邮局的信箱钥匙交给卫炳乾，人民来信也由卫炳乾先看过后再交给他。

根据工作需要，公选办组成三个小组，分别对二十四名入围人员进行全面考察。考察组改变以往组织部门考察干部只找一定级别的领导谈话，忽视基层群众的程序和办法，并且对群众测评的办法也做了改革，由考察人员当场统计，即时向群众公布测评结果，不搞暗箱操作。凡是有群众提出的原则问题，必须有结果，有结论。同时，参加考察人员实行责任制，发现帮助被考察对象隐瞒、篡改基本情况、成绩、缺点错误的，从严从重处理。考察材料除被考察人的基本情况外，成绩和缺点不得描写、夸张，必须分条实事求是用事例写出来，不强行要求达到一定字数。

除此之外，贾士贞还公布了他办公室的电话和手机号码，群众可以随时打电话向他直接举报和反映情况，甚至揭发考察人员的行为和行动。

早上一到办公室，市委秘书长夏季打来电话，说省教育厅调查吴怡宣作弊案的三人调查组来到西臾，征求贾士贞的意见，是不是主动见一下调查组。贾士贞一听，心里就不高兴了，他说："谁要调查，就让他调查，白的就是白的，谁也不可能把它说成黑的，让他们调查组自己去看录像和那张字条吧！"

挂了电话，贾士贞让卫炳乾通知几位副部长到他办公室研究工作，他决定把市委组织部原来几位老科长逐步调出市委组织部。前段时间他之所以无法考虑对他们工作安排的问题，那是因为有几名同志参加笔试。现在分数公布了，只有一名同志成绩名列第三名，新的科长们即将上任，原来其他的科长就应该调出组织部。

现在首先要安排的是两个干部科长，而且对于张敬原和庄同高安排的问题，不仅影响到组织部内部，甚至会在全市市县区干部队伍中引起很大的反响，同时也将影响到下一步整个干部人事制度改革的工作。在三位副部长到来之前，贾士贞的头脑快速地转动起来，机关干部科长张敬原四十五岁，大专文化，担任组织部副科长三年，科长四年，而担任副科长之前的简历却很含糊，那是过去的事了，贾士贞也不想过于多问。按照以往的惯例，这样的同志，可以调到县里去任县委常委、组织部长，也可以在市级机关一般单位任副局长。可是就贾士贞掌握的情况看，市直机关像张敬原这样的人太多了，有许多同志都是名牌大学的本科生，人们虽然嘴上不说，心里也在暗暗不服气：一个同志到组织部过渡几年，就浑身是本领了！就高人一等了！贾士贞反复考虑后，认为把张敬原调去市师范学院去任办公室副主任，这个职务算是事业单位副处级领导职务，因为师范学院级别为正厅级；他又想到臾山林园管理处，这个单位是正处级的事业单位，目前缺一个副主任。他想让张敬原任选一个岗位，也为了让市委组织部的科长们有一个适应过程，万事开头难哪！

贾士贞翻了翻庄同高的简历，倒让他为难起来了，庄同高已经四十七岁，虽然他自己填的是省委党校本科毕业，可实际上只有初中文化，在部队当了十多年兵，正连职转业，当时转业在市机械厂当保卫干事，十年前调市委组织部。贾士贞先是想到把他安排到市政府办公室房产科当科长，虽然职务没有提升，但是房产科多少有些实惠，但他很快就否定了自己的想法；又想到让他到政协去当行政科长，仍然让他和高兴明成为上下级关系。正当他犹豫不决时，三位副部长几乎同时走进他的办公室。

贾士贞把当前组织部几项工作大体说了一下，然后把逐步调整几个科长的意见讲了讲，随后说："目前首先要调整的是两个干部科长，尤其是庄同高同志，年纪偏大，文化也不高，早点调出去不仅有利于组织部的工作，也有利于他个人的发展。"

贾士贞故意停下来，目光在三位副部长身上看了看。他发现高兴明的眼珠子在眼眶子里四处逃窜，有点像受了惊吓的鱼，脸色变得蜡一样的黄。贾士贞知道，现在他正在为自己工作的安排而心事重重，提到张敬原、庄同高工作安排的问题，他有些同病相怜的感觉，心情有点像水底下的竹篮子，一旦提出水面都是洞洞眼眼的了。过了一会儿，高兴明黑着脸说："既然所有的科长都公选了，还不如一起把他们的出路都研究了，按照以往的惯例，年龄大一些的在部委办局安排副职，年轻一点的到县区委任组织部长。"

贾士贞把目光移到另两位副部长身上，说："你们二位的意见呢？"

两位副部长相互看了看，没有说话，贾士贞说："高副部长的意见我不是没有考虑过。不过，目前我们市正在酝酿干部人事制度改革，市委组织部把八名科长全部拿出来公选，这就是第一步，下一步将对部分县处级和机关局级领导进行公选试点。因此在这样的关键时刻，市委组织部必须带头维护干部人事制度的改革。而且从我到这之后的观察，这两位科长也不宜提拔到副县处级的位置上。比如庄同高同志，文化程度低，工作态度也存在问题。我曾经让他把那批考察材料签上考察人的姓名，可是有几份材料他拒绝在上面签名，对干部人事制度改革不是不积极问题，而是有抵触情绪。分配他写干部人事制度改革意见，始终没完成。如果这样的干部提拔了，就说明我们组织部没有原则；如果这样的干部都可以提拔到副县处级领导岗位上去，这对市级机关和本市那么多乡镇党委书记都是不公平的，也是说不过去的。"

高兴明说："市委组织部的科长提拔为副县处级这是历来的惯例，他们和机关的那些科长，乡镇党委书记不能比。至于最近工作的问题，这也不能全怪他，那是客观形势造成的！"

"高副部长，在这个问题上我和你有不同的看法，组织部到底什么地方比其他同志特殊？我们今天已经是二十一世纪，社会在不断进步，干部制度要改革，旧的习惯必须打破。还有那些乡镇党委书记，他们具有独揽全局、决策领导的能力，怎么就不能和市委组织部的科长们比呢？"贾士贞反驳道。

高兴明说："贾部长，人家在组织部干了那么多年，没功劳也有苦劳吧！总不能把人家一脚踢出去不管哪！"

贾士贞说："哪一个同志在一个部门不是没有功劳也有苦劳呀！那其他部门的科长提拔几个？不说别的，就说人事局吧！人事局那么多科长，都提拔为副县处级了吗？高副部长说把人家一脚踢开不管了，这又从何说起呢？我们不是正在这里慎重研究他们工作的问题吗？"

高兴明终于低下头，心里一阵慌乱，头顶不停地冒着火，过了一会儿，低声说："组织部的干部科长调出去不安排副县处级，没有先例，我们不能破这个规矩。"

"什么规矩？谁定的规矩？"贾士贞说，"规矩？农村几十年的集体所有制，到十一届三中全会时全部实行土地联产承包责任制，有没有规矩？解放以来几十年的计划经济打破了，变成市场经济是什么规矩？中国共产党自己树起的总路线、大跃进、人民公社三面红旗也相继取消了，什么规矩？正是因为我们组织部门的干部管理工作存在着种种弊端，才要适应形势的发展，才要改革。以后的干部选拔绝不可能凭少数人的权力，而是要实行公开、公平、公正的原则。要通过公开报名，统一文化考试，公开答辩，向社会公开，全体委员无记名投票产生。另外，有些干部的选举方法也要改革，能直接选举的，要让群众直接选举。"

高兴明一时无语，低着头，过了一会儿又说："任何事情都有一个过程，一个过渡阶段。难道说以后市委常委、组织部就不再讨论干部的任免问题了？"

"当然不可能所有的干部都公开选拔，比如有些非领导职务，一些岗位不便于公选的。"贾士贞说，"但是对于这样的干部产生方法也要改革。比如首先要在一定范围内进行民主推荐，群众有意见的人就不应该考虑。

选拔领导干部只有在大部分群众认可的情况下，才能考虑。考察办法也得改革，不能像以往那样，考察干部只是走走形式，只找少数领导谈谈话，忽视了大多数群众意见。其次是任前公示办法，对于拟任对象要通过报纸、电视向广大群众公示，充分听取群众意见，这绝不是走形式，群众有疑问的要坚决查清真相，向群众做出解释；群众意见大的人，要认真分析原因，并不予任用。这个具体工作，必须向部务会汇报，任何人不得个人说了算，包托我在内，以后市委常委讨论干部要变为全体党委委员无记名投票方式，得票不超过全体委员半数的人，不得任用。”贾士贞看看高兴明，接着说，“这些同志调出组织部，在以后的县处级干部的公选中还可以参加公开竞选，并且适当放宽条件，但是这种放宽的条件是有限制的，必须和所有科级干部站在同一个起跑线上，公平竞争。”

高兴明抬起头来，像是要说什么，又犹豫起来，最后又低下头。贾士贞目不转睛地盯着他，可他一直低着头。他在想，你贾某人今天有了大权，唱高调了，你在省委组织部时不过是一个处长，怎么就成了市委常委、组织部长了，怎么不参加公选！贾士贞似乎看透了他的心思，淡淡一笑，说：“高副部长，我知道你心里在想什么，你肯定在想，你贾某不是从省委组织部的处长调下来做市委常委、组织部长的吗？你怎么没参加公选呢？”贾士贞一下子把高兴明的心思看透了，这让他的心里一阵慌乱和不安。

室内短时间的寂静，让人感到几分窒息，贾士贞突然笑着说：“你这样想完全正确，但是我可以这样说，正因为这些，党中央、中组部、省委组织部，以至我们西臾市委组织部才要改革干部人事制度。可以说当时省委组织部还没有开始干部人事制度改革，如果说如此追究下去的话，那么我们什么也不能做了，不要做了？有一点你是看到的，在我调出省委组织部之前，全省轮岗了100万县处级领导干部，这说明省委和省委组织部对全县所有的县处级干部是同等看待的，没有单位的高低贵贱之分。西臾不是有两名县长和一名局长参加轮岗了吗？”

老实说，作为市委组织部的几个领导，在如此场合下开这样的会，人人心里都不舒服，虽然各自心平气和地发表个人意见，但是他们心里都清楚，各自内心都隐藏着无法估量的情绪和矛盾。尤其是高兴明，这么多年来，他在仕途上一帆风顺，在西臾市委组织部是一个举足轻重的人物，在工作上还从没有如此难堪过，他也从没有如此大胆地顶撞过市委组织部长。

这时贾士贞站起来说："我们休息十分钟，十分钟后接着研究两个干部科长的工作安排问题。"

二十五

高兴明第一个大步迈出贾士贞的办公室，另外两位副部长立即换了一副面孔，好像刚才什么事情也没发生过。贾士贞从抽屉里取香烟，说："来，抽支烟，我虽然不抽烟，也来陪陪二位。"于是带头点着香烟，三个人侃着不着边际的话题，朝厕所走去。

会议又开始了。贾士贞说："我很能理解高副部长的心情，就我个人而言，我何尝不希望把同志们安排得好一些，市级机关和县区那么多位置，又不是留给我贾士贞一个人的，但是，我们要对人民负责，对党的事业负责，把那些相对来说德才兼备的同志负责。官这个东西，多大才是尽头？又有谁认为自己已经满足了，再也不想进步，再也不想提拔了，这恐怕不现实。就像我们在座的各位，当然其中也包括我，下一步怎么办，这就是一个现实问题，但是人人都能达到心想事成吗？'心想事成'那只是一种美好的愿望，如果人人都能达到'心想事成'了，也就不需要祝愿了。"

高兴明这些理论讲不出来，或者说他心里从没有这样想过，他一时觉得自己有些理屈词穷了，感到一阵慌乱。就在刚才休息时，他第一个出了贾部长办公室，回到自己的办公室，大口喝了几口水，好像有点缺氧的感觉。他坐在椅子上平静了一会，还吃了两片谷维素和一片安定，来调节一下自己的植物神经，稳定一下自己的情绪。他突然间有些后悔刚才不该和贾部长发生那样的争论，他这个市委组织部的常务副部长虽然是一个举足轻重的正处级干部，或许常书记和副书记朱化民会为他讲话，但是贾士贞要真的固执起来，谁也帮不了他的忙。他越想心里越害怕，真的是那样，他的前途就难以预料了。不要说副市长了，说不定就让他去政协当个副主席。这样一阵思绪过后，他立即对自己做出决定，干脆到县里去干一届县委书记，到那时，虽然已经过了五十五岁，但是要求回到市里当个人大副主任还是顺理成章的。这样一想，他的心情似乎平静了些。

贾士贞说："怎么样，三位都是他们的老领导了，看看怎么安排比较好。"

高兴明笑了笑，说："贾部长就先说说您的想法吧！我们还是头一次经历这样的事。"他好像表现出平静一些的样子，可是话中多少还带着讽刺。

贾士贞并没有理会高兴明，他能够理解高兴明此刻的心境，一个在仕途上蒸蒸日上的人一旦受到挫败就会变得特别偏执。虽然贾士贞上任时间不长，但他几乎把高兴明看透了，他觉得这样的人已经不能再在市委组织部副部长的位置上干下去了，包括张敬原、庄同高这样的科长。他想了想说："张敬原同志年纪轻一些，四十五岁，在市委组织部正科长位置上干了七年，我考虑了两个副处级位置，一个是师范学院办公室副主任，师范学院是正厅级单位，办公室副主任应该是名副其实的副处级；第二个是舆山园林管理处，那里可以配一个副主任，也是副处级。至于庄同高同志……"贾士贞停了一会，看看三位副部长，接着说，"庄同高的基本情况我就不说了，大家都比较了解，我也考虑了两个职位。一个是市政府办公室房产科科长，另外一个是市政协秘书处行政科长。"贾士贞的话说完后，室内一下子静了下来，谁也没有发出半点声音。过了一会儿贾士贞清了一下喉咙，又说："中国人的思维方式总是受到传统的习惯势力的影响，对于改革，一开始都不那么适应，但是改革一定会给国家给人民群众带来好处的。农村经济体制改革的成功，极大地解放了劳动生产力，应该说，农村经济体制改革是非常成功的，农民们都得到好处，大大地解放了劳动生产力。城市经济体制改革尽管遇到了一些具体问题，但是，依然取得了巨大成绩。然而，对于干部人事制度的改革，一直滞后于其他方面的改革，也是非常艰难的一项改革。所以任何一项改革，都将会冲击着一部分人利益，但是从全局来说，改革一定会给大多数人民群众带来好处的，在干部人事制度改革工作中，应该说首先是组织部门要解放思想，这样的改革，是自身的一场革命。也就是说，从现在开始，西舆市委组织部，以及各县区委组织部的干部，不再享有过去优先提拔的特权，将要和其他部门同志一样，提升职务的唯一途径必须通过公开选拔这条道路。"

高兴明换了一种腔调，仍带着几分刺儿，说："贾部长到任后，让我们感觉到西舆市来了个吕日周，仇和，来了个改革家，他的举动极大地推动了西舆市委组织部的干部人事制度改革的工作，使我受到很大的教育。所以，我表示支持贾部长的工作，对于张敬原和庄同高工作的变动，表示同意。"他的态度突然间来了个一百八十度大转弯，不仅贾士贞没有想到，连另两位副部长也没想到。

随后两位副部长也表示同意。

这时桌子上的电话响了，贾士贞拿起电话，电话里传来了鲁晓亮的声音：

“贾部长，告诉你一个消息，下奂县公安局长韩士银在自己家里身亡了！”

贾士贞吃了一惊，慌忙问：“是什么原因，是自杀还是他杀？”

鲁晓亮说：“我刚从现场回来，现在还不能下结论，但是根据现场情况分析，他杀的可能性很小。”

贾士贞说：“要尽快弄清真相，无论是他杀还是自杀，一定有原因，是否涉及其他方面的问题，一定要尽快得出结论。”

放下电话，贾士贞说：“下奂县公安局长韩士银在家里身亡。”

高兴明一听此话，脸色大变，贾士贞忙说：“没事，没事！”

贾士贞风风火火地出去了，高兴明跟在两位副部长后面，像一个掉了魂的人，“韩士银在家里身亡了！”这几个字像针一样扎在他的心上，又像刀子一样在扒他的皮，他不知道自己是怎么进办公室的。他没有坐下，觉得突然有一种里急后重的感觉，但是又不敢去厕所，害怕组织部的下级看到他的怪摸样，站着憋了一会，可是不行，眼看屎就要到裤子里了，才不顾一切地冲进厕所里。就在进厕所的那一刻，他无意中看到洗手池上面的镜子里一个魔鬼的脑袋，吓得他背上冒出一大片冷汗。可在马桶上蹲了一会，感觉大小便都不通畅，他想难道自己的气数已尽，真的要随韩士银而去！

蹲了半天，终于挤出几滴小便，只好镇作一下精神，来到洗手池前，急忙用冷水冲冲脸，看看自己，满头满脸都是水，简直不像人样子，想到刚才那个魔鬼样的脑袋，正是自己，他吓了一跳。这样折腾了一会，害怕被人看到，急忙正正衣冠，做深呼吸，气沉丹田，从容地出了厕所。

散会后，卫炳乾就拿着拟好的公选县处级领导干部试点方案来找贾士贞，贾士贞看了看说：“放我这儿吧！这事要尽可能想得周到一些。怎么样？回到组织部，工作上有什么困难没有？”

卫炳乾笑了笑说：“现在市委组织部正处于非常时期，等八位科长到位了，可能会好很多。”

“炳乾同志，你现在不仅要考虑马上公选干部的试点工作，同时要注意研究干部人事制度改革的整个工作。有些工作，理论上我们想到了，但到实践当中怎么去实施，这才是最关键的问题。”

“贾部长，这几天我一直在找资料，把网络都翻了个遍，我一定会尽力的。”

贾士贞说：“炳乾，张敬原和庄同高都在吗？”

“您找他们？”

“叫他们俩先来一个吧！到我办公室。”

过了一会儿张敬原来了，贾士贞和他握了握手，他对贾部长这种客气更加难受，他现在需要的并不是这些东西，他担心的是自己的前程。现在公开竞选市委，新的组织部科长就要上任，他们这些老科长，也该‘寿终正寝’了，市委组织部人心惶惶，人们不知道自己将是什么下场。贾士贞说：“敬原同志，面对干部人事制度改革，思想上一下子还转不过弯来吧！”

张敬原低着头，呆坐在那里，他知道，贾部长现在找他绝不是为了工作。其实，自从贾部长来了之后，一向忙得风风火火的他，就在市委组织部成了闲人一个。贾部长此刻找他八成是他工作调动的问题，一想到工作问题，他的心里就不那么踏实了。他觉得在市委组织部中层干部中，他算是第一块牌子，机关那些干部看到他，都是争相打招呼的呀！他要办什么事，只需打一个电话。平时登门的干部几乎要排成队，每逢中秋、国庆、春节，送礼的人络绎不绝。但万万没有想到的是，贾部长来了之后，不仅让他一落千丈，而且连组织部也蹲不下去了。现在部长找他，他自然知道凶多吉少。老实说，过去他不止一次想过自己将来的去向在哪里，按照以往的惯例，他可以成为副市级领导。他回忆一下前几任机关干部科长，有两个已经当上了市长，还有一个正在县委书记的位置上干得轰轰烈烈的，另一个干到县委副书记，因为年龄偏大，调回市里担任工商局局长，所以他对自己的前途是非常乐观的。但是随着年龄的增长，他对自己的前途多少有点担心了，不过他认为副县处级是稳稳当当的，然而现在他对自己的前途一点底也没有了。难道干部人事改革就真的先从他们这些组织部关键岗位上的人开刀吗？不过他又想，任他怎么改，总要给一个副处级的职位吧！忽然间，他已经不去奢望公安局、人事局这样的大局或重要部门了，哪怕是去档案局、史志办这样的部门当个副职，他也就心安了。

张敬原正胡思乱想着，贾部长突然来到他面前，吓了他一跳。贾士贞说：“有什么想法呀！新的科长很快就要到位了，有什么打算，可以说一说。”

张敬原看看贾士贞，觉得这位年轻的组织部长有时是那样的和蔼可亲，可有时却又那样的让人难以捉摸。他把目光在贾部长的脸上停留了一会，想从他的表情中发现什么蛛丝马迹。然而，这位新组织部长满脸的智慧和机警，让他难以找到什么痕迹。终于张敬原说：“贾部长，我在组织部工作了那么多年，也该出去了，我知道组织部不同其他部门，需要不断地新陈代谢，所谓铁打的营盘流水的兵。”

贾士贞笑笑说：“好嘛，在组织部工作这么多年，应该有这点觉悟，想想机关那么多同志，也就应该知足了。敬原同志，这次组织上考虑少数同志的工作调整，恐怕不能按照以往的惯例了。”讲到这里，张敬原的心里咯噔一下，脸上的表情突然间尴尬起来。贾士贞接着说：“对你的事，几位副部长也动了不少脑子，现在形成一个意见，你可以在这两个副处级位置中选一个。”他没有立即托出最关键的部分，停住了。这样一来，张敬原紧张起来了，心脏狂乱地跳动着，可是他毕竟听到从贾部长嘴里吐出的“副处级”三个字，那颗悬着的心，总算平静了点。室内一时死一般的寂静，不知过了多久，贾士贞才说：“一个是师范学院办公室副主任，一个是臾山林园管理处副主任。”

张敬原只觉得头嗡嗡作响，整个身体旋转起来，好像天和地都在摇晃，但他觉得自己的意识还存在，于是努力平静一下自己的情绪，过了一会儿，似乎一部分理智渐渐恢复了正常。他颤抖着声音说：“贾部长，这样安排……”

没等张敬原说下去，贾士贞说：“如果你不愿意去这两个单位，在机关只能按正科级调动工作。”

幸亏刚刚张敬原接受了一次打击，多少预料到贾部长的谈话凶多吉少，当了这么多年机关干部科长，经历过这种形式的干部提拔台前幕后的故事太多了。以往的机关干部科长在提拔之前，早已心中有数，甚至部长也不止一次的暗示，明里谈工作，关心下属，实际是征求意见。比如，某个县的组织部长要调整了，市委组织部谁去比较合适；或者是某某同志，市委组织部的老科长了，有什么想法，到县里去家庭有什么困难呀！等等。可是现在这种前奏、迹象都没有。同样，这官场也不会从天上掉下来一块馅饼。张敬原总算清醒了许多，他本想说，既然这样，那贾部长看着办吧！但是他在市委组织部干了这么多年，早已养成了一种卑躬屈膝的性格，虽然心里窝着一肚子火，却怎么也不敢发出来，他慌慌张张地站起来，摇晃着身体，如同踩在棉花上一样，不知道自己到底是怎么退出贾部长办公室的。直到到了三楼楼梯口，张敬原还有点悻悻的。

第八章　千头万绪

二十六

贾士贞和张敬原的谈话虽然没有僵局，但是并不愉快，这是贾士贞事先已经想到的，官场上都是这样，千条万条，只要提拔了心里就高兴，不提拔就怨声载道，满腹牢骚，甚至骂爹咒娘。贾士贞在到西臾之前，不止一次想过，假如他想当个太平官，组织部长是个相当不错的跳板，不用三两年，就可能当上市委副书记，那时他才四十岁刚出头，不久就能当上市长、市委书记，五十岁之前说不定就能上到副省级。然而在贾士贞心里，在他当省委组织部干部处长那几年，他就认定了，中国的干部人事制度必将面临一场改革的大变化。而这种改革不可能像当初农村经济体制改革那样，在较短时间里就成效显著；干部人事制度改革中央没有文件，没有现成的样板，需要各地先干起来，从实践中总结提高，就像当初江苏沭阳县率先提出干部“任前公示”一样，那是干部人事制度的一大改革，一大进步。后来，经过中组部调研，被写进中央《干部任免条例》中去，以后各地才照办。贾士贞到西臾市委组织部之后，看到高兴明给他的那些将要提拔的干部名单，以及那些考察材料，竟不顾后果，只身一人悄悄去下臾县微服私访。他碰到了许多连想都不敢想的事，这才坚定了他改革现有的干部考察、选拔、任用制度的决心，哪怕在这个过程中，走了弯路，犯了错误，他也决不回头。他不愿意当一个平平稳稳的庸官，更不做一个贪官。但是，改革对于一个领导者来说，风险之大，可想而知，而且事实证明，大多数改革者都将半途而废，直至自消自亡。

就在这时，贾士贞那开着一条缝的门响了几声，进来一个人，贾士贞抬头一看是庄同高，猛然间他感觉到庄同高瘦了，他两边的颧骨本来就高，现在更显得突出了，像两个对称的小丘，但他那花白的头发不见了，已是满头黑发。贾士贞朝庄同高点点头，从椅子上站起来，庄同高以为领导要给他倒茶，急忙拉住贾部长，贾士贞本无倒茶之意，这样一来，反倒只好拿起一次性茶杯给他倒了一杯白开水。坐下之后，贾士贞说："庄同高同志，找我有事吗？"这一问，让庄同高愣住了，明明张敬原说贾部长找他们谈话的，怎么贾部长问他有事吗？他疑惑起来了，说："张科长说你找我的嘛！"

贾士贞笑笑，说："是张敬原同志告诉你说我要找你的？"

"是啊！"庄同高犹豫着，像站起来要告辞的样子。

贾士贞说："既然来了，就聊聊吧！"其实贾士贞在和张敬原谈话之后就改变主张了，想让张敬原把他谈话的内容透露点出去，不仅是让庄同高，还有让其他几个科长都有一个心理准备过程，不至于他们面临突如其来的一场瓢泼大雨晕头转向，贾士贞并没有让张敬原通知庄同高来谈话，谁知他竟然搞这么个恶作剧。

贾士贞想，既然他来了，就看看他是什么样的心理，于是从家庭、工作、身体慢慢谈起来。庄同高肯定知道贾部长这是一种务虚的开场白，最后一定是谈论他工作变动之事。他虽然没有张敬原那样的幻想，但他清楚自己毕竟是市委组织部县区干部科长，是一个令那些县区的科级干部，甚至县区四套班子领导不能忽视的要职。应该说，他和组织部机关干部科长有同样的分量，从他调到市委组织部那天起，他就认为一个很好的副县级的位置等于放在那里在不久的将来等着他呢。只是贾部长一来，就首先拿他开刀了，让他在那些人的考察材料签上名，他没有照办；让他拟干部人事制度改革的稿子，他至今也没有写一个字。他想到贾部长一定会把他撵出市委组织部，但是他不相信，几位副部长，特别是高兴明会不为他说话。让他去当县委组织部长的可能性更加微乎其微，他已经是奔五十的人，人家县里的领导快到五十岁已经忙着往市里调，他不能开倒车呀。所以他的想法很现实，只希望能留在市里弄个副局级，享受一下待遇也是挺有面子的。从市委组织部出来了，到底奔出个副处级，在市里大小得算个过得去的领导，走到哪也算个人物，接待、礼节也会上一个档次，哪怕是有职无权的单位，他都不讲究了。庄同高这样一想，自己心里首先得到了几分安慰。

贾士贞说了一大篇开场白之后，停了下来，站起来给庄同高添水。

庄同高喝了一口水，咳嗽两声说："贾部长，我在市委组织部伴了三任部长，你是第四任，工作十多年，在西舆市委组织部比我老的同志已经不多了，你可以了解一下，我庄同高什么时候不是谨小慎微，夹着尾巴做人的。说句不好听的话，贾部长……"庄同高的声音突然沙哑起来，而且哽咽着，接着眼眶里噙着泪水，说，"说句不该说的话，我们这些做具体工作的下级，在组织部门就像清朝那些太监，不管领导说什么，都只能说一声'喳'。"

贾士贞打断了庄同高的话："言过其实了吧！"觉得这哪里像一个市委组织部的干部科长，说话连最起码的素质都不具备，居然把自己比作"太监"，他真的又好气又好笑。

"贾部长，我知道你说的是什么意思，因为你一到任就给我们一个下马威，可以说，我早就感觉到了，我在市委组织部的日子已经不多了，况且我也没有那么多奢望。"庄同高说。

贾士贞说："那你说说看，你的奢望也好，愿望也好，说来听听。"

庄同高笑了笑，说："贾部长在省委组织部也那么多年了，又刚刚从省委组织部干部处长升任西舆市委组织部长，组织部门的规矩谁不知道，像省委组织部的那些处长们，谁调出省委组织部不是副厅长就是市委常委、组织部长。市委组织部也同样，自从有了组织部开始，都是这样的，谁也不会破这个例！"

贾士贞笑起来了："庄同高同志研究得蛮深刻的，看来你一定很自信，早已给自己安排好了？但是，据我所知也有例外，省委组织部也有调出去当处长、副处长的。"

"我知道。"庄同高说，"但是有一点是肯定的，他们都提拔了一级才出去，那位调去的处长，在省委组织部是研究室副主任，是副处级，那位调出去当副处长的，是个女同志，在省委组织部是主任科员。"

"哟，真看不出来，同高同志对省委组织部的情况摸得这么透彻，了如指掌！"贾士贞笑了笑随后一脸严肃，心想这个文化不高的干部科长对官场倒是颇有研究，而且对自己的未来也早有准备。过了一会儿，贾士贞接着说："干部人事制度正面临着一场改革，以后提拔干部的途径主要靠公开，公平、公正的原则，公开选拔，公开竞争，第一关必须是文化笔试，所以组织部门的权力将会越来越小，组织部的同志的特权也将逐步取消。”

庄同高的脸色大变，刚才的那种自信顿时消失了，失神的目光在贾士贞身上停留了一会，结结巴巴地说：“从我……开始？”

“不，”贾士贞说，“应该说从现在开始。”

“实际上是从我开始。”庄同高冷静了一些，似乎又恢复了刚才的那种自信，他认为无论你贾部长怎么改革，他们这些老的干部科长仍然坐在原来的班车上，和今后的办法总是有区别的，所谓新人新办法，老人老办法。

“目前市委组织部的八名科长主任，除了能竞聘上的人，基本都将逐步调出组织部。”贾士贞说，“当然在以后的副处级干部公选当中，还可以参加公选。”

“我们到底怎么安排？”庄同高慌了，全身抖动了几下，迫不及待地问。

“同高同志，我作为市委组织部长，实事求是地对你说吧！”贾士贞说，“部领导已经碰过头，有一个初步意见，但没有最后决定，总的意见是：县区四套班子的副职和机关的副局级不考虑，因为这些岗位都将逐步实行公选。如果要考虑副处级的话，只能在部分事业单位，如果在市直机关调整的话，只能在正科级岗位上考虑。”

庄同高犹如挨了当头一棒，只觉得天昏地暗，好像自己重重地从一个制高点摔向万丈深渊，已经成为一个魂不附体的躯壳。希望与光明之途一时都塞绝了，他不知道自己处在什么样的境地，身体如同浮萍似的毫无依靠，只欠一死，别无他图。

庄同高怎么也没有想到自己会落得今天这样的下场。他在市委组织部干了那么多年，经手提拔起来的县处级干部已经无法统计了，看着自己亲手给别人精心加工的一顶又一顶乌纱帽，内心不知有多冲动和渴望，甚至眼红，巴不得自己留下一顶最好的，准备日后自己享用。可是这乌纱帽却无法收藏，也无法像商品一样放在仓库里存起来，过期无效。不知道多少次，他难以克制地想伸手向部长要一顶满意的帽子，所谓近水楼台先得月嘛！可是他始终没有这样的勇气。不知是哪位组织部的先驱发过号令，在组织部工作的同志，万万不能提自己的事，不能伸手要乌纱帽。他就遵循这样的规定，处处委屈求全，等了一年又一年，他害怕坏了组织部的规矩，影响自己日后的前程，没想到等来等去，终于鸡飞蛋打。如今，贾部长主动让他谈自己的事，可是为时已晚矣！这个新来的组织部长六亲不认，把这些乌纱帽由计划分配改成走向市场。所谓的市场经济，就是充满残酷的竞争，他既没有资本，又没有勇气，更没有实力！假如他也有本领，冲向前线，杀他个人仰马翻，成为战场上的佼佼者，照样可成为改革的先锋人物，可是他庄同高没有那种超群出众的天赋。想到考验，想到竞争，他像掉进冰窑一样，低下了头，酸、甜、苦、辣、咸，一齐涌上心头，不知道是什么滋味。半天，他睁开绝望的双眼，颤巍巍地说："……贾部长……难道我……就这样……完了吗？……"

庄同高再三恳求贾部长手下留情，能够念在他在组织部忍气吞声十多年、念在贾部长在省委组织部工作时多次来西臾时他鞍前马后地前后忙乎的份上，给他网开一面。

贾士贞一时动了恻隐之心，不忍心把早已准备好的那两个科级干部岗位说出来，害怕他一时接受不了。正不知道如何收场时，电话响了，贾士贞借机说："同高同志，今天就谈到这里吧，改日我们再聊。有什么想法，随时可以找我。"

部长下了逐客令，庄同高也就给自己下台阶，尴尬地点点头。这是他到市委组织部以来第一次和领导谈自己工作的事，也是他最伤心，最绝望的一次。他竭力排除心中那些荒唐而又危险的意念，让愤激的思潮慢慢吞没那些多年累积起来的美好的希望的暖流。

庄同高觉得自己不是站起来的，有点像飘了起来，转身离开时，两只脚像踩着海绵上一样。

二十七

贾士贞看着庄同高的背影，摇摇头，他拿起电话，是市委秘书长夏季，通知他明天上午参加市委常委会。

放下电话，贾士贞立即叫姜彦玲把尚以军、高兴明、下臾县委书记乔柏明的档案送过来。这些具体事务本来都是应该由机关干部科长来做的，可现在正是青黄不接的时候，贾士贞只好自己干起来！对于这样几个正处级领导干部的工作调整，都必须提交市常委研究的，他在向常委会汇报之前，都单独向常书记汇报过，常书记说拿到常委会上去讨论吧！

贾士贞正在查阅档案，鲁晓亮的电话来了。

贾士贞匆匆来到鲁晓亮办公室，鲁晓亮关上门，先给贾士贞泡了一杯茶，随后从抽屉里取出一个笔记本，说："贾部长，我认真翻阅了韩士银的日记，可以说这本日记记录了他近两三年来许多绝对的秘密，有些地方写得很含蓄、模糊，大概只有他自己才能知道其中的重大意义。但是有一点可以肯定，他和县委书记乔柏明有本质的区别，而且他们之间有很大的分歧。虽然乔柏明抓住他，利用他，但他时时都在和他保持一定距离，并且对乔柏明在许多方面都有所防备。而且他似乎感觉到虽然乔柏明早就怀疑他了，但他却仍然在继续利用他。所以，韩士银到底是自杀还是他杀，我们正在重新查找证据。我今天又去了下臾一趟，估计很快就会有明确的结论。"

贾士贞从鲁晓亮手里接过日记本，一边翻一边看，过了一会儿说："那么韩士银为什么和侯永文那么亲密呢？"

鲁晓亮翻过两页日记说："从这里可以看出韩士银多少知道一些侯永文的后台，此外侯永文对韩士银没有任何怀疑，或者说乔柏明还不便把有些只能他自己知道的事情告诉侯永文。"

贾士贞说："鲁局长，这些案件的事不归我管，但是你们要尽快破案，我关心的是干部，因为这些人的手里都掌握着太大的权力，他们的权力又没有人去监督，一旦他们感觉到他们的罪恶即将暴露，就会什么事都干得出来。"

贾士贞没想到，西臾的形势越来越复杂，平生以来他没有经历过如此紧张而复杂的形势，几个案子都变得更加扑朔迷离，他觉得自己好像已经不是组织部长了，而是一个侦察员。

回到办公室，省教育厅调查组的同志已经不宣而至，贾士贞心想，这些人怎么连电话也不打，怎么知道他就会回到办公室呢？看到调查组的三个同志，贾士贞热情地迎上去，进了小会议室。贾士贞说："三位亲自来调查吴怡宣的事情，说明省教育厅领导非常重视教育系统的工作，连这点小事都要惊动这么大阵容的调查组，我非常感动。王书记是我们组织部出去的，恕我没有亲自去陪，因为这事涉及我本人，说不定你们正把我当做嫌疑对象呢，我还是回避的好，在此做个解释吧！三位需要我做什么，或者说承担什么责任，我一定配合。"贾士贞也不知道为什么，他的这番话竟多少带了点情绪，说完之后自己也觉得不妥当，他何尝不知道省教育厅的领导也是奉旨行事！

王书记是在贾士贞调省委组织部之前就调去省教育厅任专职党委书记的，也是副厅级领导，和贾士贞见过几次面，是一个老同志。他看着贾士贞笑着说："贾部长，我们今天来，主要是向你做一些解释的，你可能在笑话我们，或者在心里骂我们省教育厅没事找事干。其实厅领导也是没有办法啊，省里一定要派调查组，你说这点事算什么？"

贾士贞笑笑说："群众无小事嘛。"

王书记说："贾部长，你就别笑话我们了，我还是了解你的。"

贾士贞说："现在奇怪的是，真正需要调查的事没有人过问，不去调查，却……哎！权力啊……"

王书记说："这事其实不需要调查，凭那盘录像，凭那张字条，还要调查吗？其实吴怡宣一个普通教师能有多大能耐，不就是因为有一个后台嘛？我们也和周效梁同志见过面了，虽然他是老地委副书记，但是……贾部长刚来西舆，和他没有任何恩怨。再说了，这种公开选拔干部进行文化考试，要凭真才实学的，吴怡宣的脸上又没有贴着是你周书记儿媳的字。人家错在什么地方呢？你又是闹又是向省委领导那里告状，能对你们有什么好处呢？倒是吴怡宣的爱人，还是通情达理的。"

贾士贞说："这事我本来只想在一中教师中批评批评，引以为教训，能够教育大家起到警示作用就算了。谁能不犯错误？改了不就行了嘛。可是他一定要闹得个天翻地覆。今后这样的成人考试还会不断，这种作弊和帮助考生作弊风气不杀，那干部人事制度改革的第一关笔试就流于形式，有人作弊，大部分人不作弊，这分数还公平吗？这事发生后，谁知他们周家老的不讲理，儿媳更蛮横。人家是得理不让人，他们家居然无理也不让人。真是岂有此理！"

"这事我们回去会如实向省委领导报告，"王书记显得几分歉意，"不好意思，贾部长，给你工作上带来麻烦，那我们就先告辞了。"

贾士贞握着王书记的手说："本来，你们到西舆来，我无论如何也要请你们的，但是因为这件事有些不便，我要真的那样，周家知道了，还不又大做文章。"

送走了教育厅调查组，贾士贞让卫炳乾通知公选办的同志过来开会。接下来就要对笔试入围的二十四个人进行公开答辩，这是西舆干部人事制度改革以来第一次公开答辩，贾士贞虽然从理论上作了细致而周密的安排，他还是不放心，影响的好坏，将直接关系到今后的干部人事制度改革的进行。

但是让大家弄不明白的是，其他工作都已准备就绪，唯有答辩的评委名单还没有拿到。席卡自然也就无法准备。会议结束后，贾士贞和高兴明亲自视察了答辩会场，这次答辩会是带有指导性的和试验性的，公开接受群众和媒体的监督。连日来，贾士贞的心里兴奋、担忧，他每时每刻都在思考着答辩的每一个细节，夜里一觉醒来，头脑一下子就集中到答辩的事情上去了，以至无法入睡，有时想到哪一个问题，担心天亮忘记了，就立即开灯记了下来。幸亏玲玲不在身边，要是玲玲在，又会笑话他官不大，想的问题不少了。

下午临下班时，贾士贞把卫炳乾叫到办公室，交给他答辩委员会成员的名单，让他晚上加班做好席卡，明天上午和公选办的同志一起去落实宾馆。

吃了晚饭，贾士贞刚回到宿舍，就见门口站着一男一女，原来又是周森林和吴怡宣夫妻俩。贾士贞仍像没有发生过那件事一样，把他们夫妻俩请进屋里，吴怡宣手里提着礼物，贾士贞装作没看见。吴怡宣悄悄地把礼物放在一旁，瞪了丈夫一眼，周森林笑得十分尴尬，目光躲开贾士贞说："贾部长，我们特地来向你赔礼道歉的，吴怡宣确实做得不好，而且……"

贾士贞说："这件事就算过去了，都不要把它放在心上，大家都向前看。这世界上十全十美的人是没有的。"

吴怡宣上前向贾士贞鞠了个躬，说："贾部长，我年轻不懂事，说话多有得罪您的地方，希望您原谅。"

贾士贞说："这世界上只要是活着的人，谁能不犯错误，关键是犯了错误能够认识错误，改正错误。任何组织和领导都不是对哪个个人，而是针对具体事。这事就到此结束吧，你们也没有必要道什么歉，赔什么礼！"

周森林拉了拉吴怡宣说："咱们走吧，让贾部长休息！"说着两人就往外走，贾士贞慌忙拿起旁边的东西说，"二位，东西忘了！"

吴怡宣拉着丈夫就往外跑，贾士贞一把抓住周森林的手，硬把东西塞给他。

周森林夫妻走后，贾士贞的心里对周家的行为极为反感，特别是周效梁，一个地厅级领导干部，说话做事不顾影响，不考虑后果，现在省教育厅调查组有了结论，不知道他心里是怎么想的。在这个时候，周森林夫妻上门也许是真的认识到自己的错误，可是礼物一带，就把好事办坏了！他想象不到他们的礼物是什么东西，然而，他心里越发不平静起来，他从到市委组织部的第一天起，就给自己定了一个准则，君子之交淡如水。他决不做那种昧良心的事，别看刚才周森林夫妻俩满面笑容，提着礼物上门，内心是怎么想的，下步要做什么，谁也不知道。

这样想了一会，贾士贞心里还是不那么舒服，担心周森林夫妻会把礼物放在门口，于是就神经质地开了门，看到门口没有任何东西时，才退回屋里。

贾士贞坐在客厅里，让自己平静一下，竭力排除那些荒唐而又可笑的意念，努力让自己适应新的生活环境。可是偏偏电话不停地惊扰着他，他一连接了几个电话，都是为后天答辩的考生说情的。贾士贞说，七个评委都是从外地请来的专家学者，而且当场公布分数，任何人都不可能打招呼。退一步讲，就是打招呼了，也毫无作用，考生只报编号，编号是临时抽签的，评委又不认识他们。他这样一说，有人理解，有人不理解，他感到公开、公平、公正的艰难，目前在中国也只有高考是唯一的一块绿洲。

这一夜，贾士贞只睡了一两个小时，先是想着后天的答辩，后来又想到韩士银的死，这个韩士银到底是什么样的人物，恐怕很多事情都成了永远的秘密，因为他永远不可能开口说话了。

第二天一早，吃了早饭，贾士贞匆匆来到常委会议室，离开会时间还有十五分钟时，夏季来了，两个人坐下来刚说了几句话，贾士贞的手机就响了，是高兴明打来的。高兴明在电话里结结巴巴了一会，又说没什么重要的事要说，只是非常恭敬地请示一些关于明天答辩的工作。关掉手机，贾士贞想到，一定是他听到了什么，这是贾士贞到西舆市委组织部以来市委常委会第一次研究干部工作，而且只有三个处级干部工作变动的问题。作为市委组织部常务副部长，高兴明多少还是会听到一点风声。

常委们先后进入会议室，最后进来的是市委书记常友连，他在正中那个空着的位置坐下来。服务员开始在常委们面前摆上茶杯和洁白的热毛巾。

常友连的目光在常委们身上慢慢移动着，随后正儿八经地看一眼手腕上的那块珍爱的劳力士表，刚好八点三十分。他清了清喉咙，说：“同志们，现在开会。今天的常委会有两项议程：一是讨论几个干部；二是西舆地区经济体制改制问题。现在进行第一项议程，在这里首先向各位说一下，最近一段时间，围绕着市管干部的议论比较多，各种声音都有，但是市委一直没有像过去那样调整干部，这主要是当前正在酝酿干部人事制度改革，省委组织部刚开过会，市委组织部贾部长到任后立即抓紧这项工作。目前市委组织部正在公选中层领导，将原有的八名正科长位置拿出来公开选拔，包括原来的科长，公选上的同志就继续当科长，公选不上只能另行安排。市委组织部给全市干部的公选带了个头，率先做了榜样，为下一步干部人事制度改革积累经验。我们今后的干部选拔主要靠公选产生，我在这里给常委们吹吹风，让大家有个思想准备。明天上午八点半，市委组织部公选干部进入答辩阶段，同志们如果有兴趣的话，那里设有嘉宾席，欢迎光临。现在请贾部长汇报。”

贾士贞翻开笔记本，然后看看各位书记、常委。常委们似乎感觉到这次研究干部和往常常委会不同，过去常委在讨论干部时，不仅常务副部长高兴明列席，有时干部科长也会带着一大堆材料为部长做准备工作。而今天只有贾部长一个人，而且没有任何材料。

贾士贞推开笔记本，目光在常委们身上慢慢移动着，说：“我来西舆市委组织部已经几个月了，这是第一次提交常委研究干部，其原因，刚才常书记说了。目前，有些市级机关和县区需要调整一批领导干部，而且有的已经有过考虑或者说在一定范围内酝酿过，但是也因为某种原因停了下来。今天要讨论的是几个迫在眉睫必须解决的问题，而且不能按照公选的办法来解决的几个人问题。”贾士贞停了停，轻轻地喝了一口水，翻开笔记本接着说，“一个是林水办公室主任尚以军，尚以军同志一九四二年八月出生，按照干部退休的法定年龄，这个同志在三年前就应该退休了。由于他自己在宣传部担任干部科长时，给自己改了年龄，才有这样的事发生。但是他的年龄在档案里是无法改变的，而且他在近几年，把林水办搞得矛盾重重，干群关系很紧张，所以必须免去他的林水办主任职务，立即办理退休手续。并且为了制止干部年龄越报越小的不正之风，对于尚以军六十岁以后这三年多多领的工资部分，逐步从工资中扣回；退休工资的折算标准以他六十岁那年的工资为基础，希望常委支持组织部的意见。”

贾士贞的话音刚落，常友连就气愤地说：“这个尚以军，看似老实，其实一肚子花花肠子，居然干到六十四岁，你们组织部也不是没有责任的，你们不是每年都翻一次当年退休年龄人员的档案吗？为什么没有发现呢？那么几个人的单位，搞得矛盾重重，我这里不断收到人民来信。听说市政府哪个副秘书长和他关系不错，大小事情都是他给尚以军挡着；还听说他不仅把女政秘科长搞上了，而且看上哪个女的就要搞哪个女的，不给他搞就报复，这不成了流氓了？请你们市长、常务副市长过问一下。”

这个问题没有不同意见，很快形成决议。但是，贾士贞感觉到朱副书记有些坐立不安，颇有无奈。

接着贾士贞汇报了第二个人，第二个人就是市委组织部常务副部长高兴明。贾士贞说：“关于市委组织部副部长高兴明同志，应该说他是西舆市委组织部的老副部长，现在五十一岁。从这个年龄来说，进和退都有一定的余地，之所以现在提出变动他的工作，主要考虑他在市委组织部时间太长了；同时从我来市委组织部之后对他的了解，感觉到他对干部人事制度改革的态度不积极，甚至有一种抵触情绪；此外，他和下舆县有些干部的关系比较复杂。我到任第二天，他就给我一批干部名单，说是原来王部长调走前已经考察过的人选，是准备提交常委会研究的人选。我看了那些人的情况，下舆县就有八个局长、主任，四个乡镇党委书记，当时我要来了这批干部的考察材料，那些考察材料明显太虚假，过分夸大成绩，不客气地说凭那些考察材料，那些人不是提拔当副县级干部的问题，起码要当个市厅、副省级干部。所以，我对下舆的干部进行了实地的了解，那些材料与群众的反映就是天壤之别了。有些问题现在还没有足够的证据，有些问题是有关部门的事。所以鉴于这些情况，我提议免去高兴明同志市委组织部副部长和兼任的市委老干部局局长职务。”贾士贞说到这里，合上笔记本，抬头看看常书记，常友连目视远方，像是在沉思着什么。他又把目光转到朱副书记身上，朱副书记脸色严峻，因为他是分管政工的副书记，贾士贞在此之前曾经两次向他汇报过这几个干部的调整问题。他对调整高兴明的工作没有意见，但是一定要安排副市长或者市人大副主任。贾士贞说副市级领导是省管干部，那是省里的事，但是朱副书记说，提拔副市级领导必须市委常委先统一思想后再向省委报告。所以在两人意见不能统一的情况下，经常书记同意，这个问题提常委会上讨论。而贾士贞只讲了前部分，先免掉高兴明的职务，还没有提出任什么职务的问题。会场上一下子静下来，过了一会儿，朱化民看着常书记说：“贾部长刚才说了高兴明同志的职务问题，当然就高兴明同志的具体情况来看，在市委组织部干了那么多年副部长，年龄也过了五十岁，完全应该调出组织部了，只是对这样的同志安排的问题，我认为高兴明同志干了那么多年市委组织部常务副部长，安排到市政府，或者人大任副职，是理所当然的。我们市委组织部历来都是科长调出的，安排副县处级，这是常规，也是惯例。至于他有什么问题，那是以后的事；将来查出有什么问题，该怎么处理就怎么处理。”

常友连看看朱化民，打断他的话，说：“老朱，你后面的意见可不对了，现在各级党委都强调干部不能带病提拔，发现有问题苗头再提拔这就是市委常委的问题了。”

朱化民又说：“既然这样，那就摆一摆再说，又何必在这个时候将他调走呢？”

贾士贞说：“朱副书记，现在群众认为组织部门高人一等，可我们领导不能这样认为。老实说，我虽然是省委组织部调到市委组织部的，我对组织部门的优越感，对组织部门的特殊权力，是有看法的。其他部门的同志就不是革命工作了，为什么组织部门的干部提拔就要比别人优先呢？我们平时说一些行业的特权，群众意见很大，那么组织部算不算行业上的特权呢？我在今天的常委上报告一下，从现在开始，市委组织部的任何干部都不享有这个特权，组织部的干部和其他部门的干部一样，不应该享有优先提拔的权利。我们这次决定把市委组织部的八个科长位置全部提出来公选，原来的科长公选上的继续当，公选不上的一律平职调出市委组织部。”

贾士贞的话一说完，常委们就一起把目光投向他，大家似乎不相信他刚才的话是真的。他看着常委们接着说：“我们这次面向市直机关和县区委组织部公选组织部的科长，参加考试的平均每个岗位达三十多人，最多的岗位居然有五十多人竞聘。我们为什么这样做？就是让大家看看，组织部门不是封闭、神秘的部门，只要有才能就可以进。假如说不这样，按照老办法，有关系才可以调进来，那找我的人用汽车也装不下呀！这些人是凭什么进入组织部的呢？凭的县市委组织部长的关系！这些人是不是有什么超人的地方？我看未必。我不能这样做，我不想要这个权，我把这个权交给大家，让群众都来参与推荐选拔。同样，今后组织部门的干部要提拔，只有参加公选竞聘，比如我们将要进行县处级领导干部的公选，原有的老科长不管调到哪个部门，必须和其他部门的同志一样，在同一起跑线上，首先参加文化考试，只有通过笔试这一关，才能进入下一轮的公开答辩。有关这方面的问题我们将专门向常委会汇报。”

常委们有的点着头，有的低声议论起来。贾士贞看看朱副书记，他的额头上拧成一个疙瘩，脸色也由白变青。突然，朱化民抬起头，大声说：“这样说来，以后的市委常委会没有用了，那常委干什么呢？”

常友连说：“市委常委会除了管干部，别的就没事了？况且，干部上的事还多着呢！”

常友连的态度不仅让朱化民感到吃惊，也让常委们个个都惊奇地盯着他看。

贾士贞说：“干部制度改革的根本方向是坚持‘公开，公平，公正’的原则，所谓公开就是每一道程序，凡能让群众知道的就让群众监督；公平是人人平等，比如文化考试，大家都使用同一张试卷，在同一起跑线上，像高考一样，在分数面前人人平等；公正，就是公平合理，比如今后常委会原则上不再像过去那样讨论大批干部的提升问题，而是市委全委会实行无记名投票。有关“三公”的问题，1999年3月3日中组部就专门发了通知，而且就公开选拔党政领导干部工作有了明确的规定。

老实说，常委们虽然觉得贾士贞的发言既理直气壮，又坦荡无私，但是他们同样又感到这位只有三十八岁的市委常委、组织部长有点太自负了！论常委的资历和排名，他只能排在九名常委之末，可是，对于他的发言，却又找不出什么确切的理由来反驳他。而此时，朱副书记瞪圆了双眼，看看贾士贞，又看看常书记。其他常委有的低着头，有的偷偷瞥一眼贾士贞和朱副书记，大家想到刚才市委书记常友连毫不犹豫地驳回朱副书记的意见，也许认为朱副书记太个人意气了。他不得不支持贾士贞的正义行为。这毕竟是严肃的市委常委会。

市委常委会在这样的气氛中继续着，常委会上虽然没有激烈的争论，但是矛盾和分歧已经是显而易见的了。

二十八

对于今天的常委会，朱副书记的心里怎么也不舒服，他对新来的市委组织部长贾士贞怎么也看不顺眼，他是分管政工的副书记，贾士贞不过是一个市委常委、组织部长，这样的重大问题岂是他能够说了算的？再说了他当副市长那会，贾士贞只不过才是省委组织部市县干部处的一个一般干部，不过那时他看待贾士贞还是有几分重量的。因为他知道，省委组织部市县干部处左右着他一个副市长的命运，虽然不能提拔他们这些副市级领导，但是，要说他们点坏话，对他们起码也没有什么好处。那时他想认识贾士贞还不那么容易，现在朱化民的心里很复杂。他和高兴明的关系应该说超出一般同志的关系，而且他承诺过高兴明，凭他目前分管政工副书记的权力，推荐他进市政府班子应该说是没有多大问题的。可他万万没想到，新来的市委组织部长居然是一个刀枪不入、不食人间烟火的愣头儿青。而且，看样子贾士贞根本没把他这个政工副书记放在眼里，他清楚地感觉到，贾士贞是绝对不可能把高兴明留在市委组织部的了。高兴明是西臾人，朱化民也是西臾人，如果让高兴明继续掌握市委组织部的大权，那贾士贞不就可以架空了吗？想来想去朱化民决定争取主动，于是再次鼓足勇气，发言了："关于高兴明同志的工作问题，免去他的市委组织部副部长、老干部局局长职务，必须同时安排他的职务，至于高兴明同志的工作安排问题，我提出个人看法，我认为对这样的同志市委常委应该有个交代。给他一个副市厅级还是应该的。市政府不行，可以到市人大任副职。贾部长坚持要把高兴明调出市委组织部，我能理解，也表示同意，贾部长刚调来当部长，心里有些担心，是不是认为高兴明是个老同志，又在市委组织部当了那么多年常务副部长，对全市的县处干部太熟悉了，担心会给部长在工作中设下什么障碍、麻烦。"

贾士贞一听，没想到朱副书记来这一手，死死地将了他一军。他沉着冷静，满面微笑地看着朱副书记。

朱化民接着说："所以我认为应该安排高兴明同志到人大当副主任，或者去市政协当个副主席。"

不知为什么，连朱化民自己也往后退了一步，刚才认为高兴明应该安排市政府副职，现在突然退到市政协副主席了。不知道其他常委是否注意到这个细节了，贾士贞觉得朱副书记终于说出了心里话，他也基本清楚了高兴明在常委中的后台主要也就是朱副书记了。

朱副书记的意见一抛出，立即就有常委附和了。是啊，在常委的习惯里，市委组织部常务副部长，去政协当副主席，已经是受到莫大的委屈了，所以也就认为理所当然了。

常委们虽然支持朱化民的意见，却没有什么明确的理由，贾士贞说："按常理，可以理解，黑龙江省委组织部长韩桂芝最后去省政协当主席。

但是，干部问题没有什么参照系，个人有个人的具体情况；如果说比照的话，那么中央政治局常委们当年同学会说，某某人和我大学同班同学，他现在都是中央政治局常委了，那我起码也得当个省委常委，是吧？这显然是不可比照的事。所以，我上面说了，高兴明有高兴明的具体情况，在这里我再多说几句，我建议把高兴明调出市委组织部，并非因为他是市委组织部多年的副部长，也不存在他会在工作上设置什么障碍。如果是因为这个原因，我就让他留在市委组织部能怎么样？我不相信他连这点水平都没有。”常委们感觉到贾部长明显是冲着朱副书记的话而来，只见朱化民脸上一阵阵难堪。停了一会，贾士贞态度和蔼地说：“对高兴明同志的工作问题，只能平职调动，不宜提拔到副市级位置上去。具体方案是这样的，”贾士贞认真地看了看朱副书记，提高声音说，“统战部副部长或者政协秘书长。”

谁也没有想到，这一次朱化民沉住气了，听完了贾士贞的意见，他没有发言，站起来转身拿起热水瓶。他正要给自己倒水，突然想到旁边的常书记，于是给常书记添了水，又在自己的杯子里倒了满满一杯，随后坐下来，慢慢端起茶杯，轻轻喝了一小口。过了一会儿，朱化民才慢慢抬起头说：“我的意见刚才说了，不再重复了，请常书记定夺吧！”

贾士贞一听就听出来了，朱副书记是坚持自己意见的，他把皮球踢给一把手，看一把手怎么办。贾士贞心里也清楚，拿到常委会上的干部问题，哪有不通过书记的。其实常书记不同意让高兴明进市政府班子的，朱化民是知道的，只是忽视了一点：真的是常书记看上的人要提拔到副市级的干部，哪里需要在常委会上如此争论？如果常书记要把高兴明提拔为副市长还能让他在市委组织部副部长的位置上干那么多年，到了五十一岁还没有说法？恐怕早就当上副市长了。当贾士贞把高兴明的情况向常友连汇报并提出自己的想法时，常友连不愿意为高兴明扛那样大的责任，但又觉得有些对高兴明交代不过去，差不多和朱化民有同样的想法。但是上面三令五申强调干部不能带病提拔，不管怎么说，市政协副主席是副市级领导，算四套班子呀！记得在他到任不久，有人建议让高兴明下去当县委书记，常友连说，对这个人还把握不准，县委书记毕竟责任重大，看看再说。高兴明早在几年前就想下去当县委书记，只是朱化民没有同意，朱化民承诺过将来解决他在副市长。如果那时他下去当县委书记了，说不定副市长早当上了。也许高兴明在常书记面前表现不突出，以至于他到底怎么当上市委组织部常务副部长的，常书记也从没有去探究过。

在这样的情况下，常委会真的不能采取无记名投票的方式来抉择一个干部了，他们都把目光集中在常书记身上。常友连反复地考虑，一边是政工副书记，一边是常委组织部长，他要维护整个常委班子的团结。会场上一阵沉默，常委们都在静静地干坐着，有人端着茶杯，做出喝水的样子，却又喝不下去。开常委会是他们最不缺水的时候，这样的会议除了喝水还能干什么。

常友连思考了半天，终于说："这事再放一放，等一等，贾部长继续汇报。"

贾士贞看看常书记，摆弄着手里的笔记本，心里有些不快，心想一把手怎么能优柔寡断呢！不过他知道，他今天汇报的三个干部，除尚以军之外，都是疑难问题，现在他要汇报的就是下臾县委书记，一个比高兴明更有重量的人物。而且他感觉到，常委们对乔柏明的争论将超过高兴明。因为他在向朱副书记汇报乔柏明的问题时，朱化民差点跳起来，要不是他点了几个关键性的问题，朱化民连拿到常委会上讨论都不会同意的。在乔柏明的问题上常友连的态度倒是坚决的，大概他已经掌握了一些乔柏明的资料，所以他也主张立即免掉乔柏明下臾县委书记的职务，至于让他做什么，常友连到目前还在犹豫。

贾士贞在汇报乔柏明的问题时，态度非常不同一般，加上刚刚听了鲁晓亮的汇报，看了韩士银的日记，就更加气愤了。那些对一个县委书记来说，件件都是致命的，但是贾士贞并没有托出乔柏明所有的问题，因为有些事到底是怎么回事，他还没有完全清楚，一时半会他也很难弄清楚。正因为贾士贞是市委组织部长，所以在干部问题上，他不能含糊。如果还让乔柏明在下臾继续当县委书记，一旦问题暴露了，他这个市委组织部长脸上也没有光彩。所以在汇报乔柏明的一些情况时，他说："我认为乔柏明已经不能再在县委书记的位置上干下去了，必须马上免职。"他故意停了下来，观察朱副书记的表情，又说，"至于怎么安排，我想先让他到市委农村工作办公室去任副主任。"只见朱化民眉头一皱，欲言又止，随后转脸看着身边的常友连。常书记沉思了一会，清了清喉咙，接过贾士贞的话忙说："乔柏明这个人怎么变得那么快？"常书记突然说了这样一句没头没脑的话，让贾士贞满脸疑惑地抬头看着他，他觉得常友连这人有点怪，不像其他那些一把手主观武断。高兴明工作的问题，乔柏明工作的问题，他都不止一次向常友连汇报过，希望他在小范围内统一下思想；而他听了汇报之后，没有明显的倾向性，甚至让贾士贞个别同朱副书记沟通一下，最后意见是到常委会上讨论。

过了一会儿，常友连说："按照乔柏明的工作能力和资历、年龄，当个副市长，或者市委常委是没有问题的，可现在怎么办？有的问题还没有搞清楚，确实有些棘手。请大家再议一议。"

贾士贞听出来了，常友连并不倾向他的意见。谁不知道，一个县委书记，只要不出问题，最后就能上到副市级；就是调到市政府任秘书长，人们也觉得不正常，起码也应该是市委常委、市委秘书长。然而把乔柏明安排到市委农村工作办公室副主任的位置上，这明显是有问题。

朱化民听出常书记倾向性的发言，说："乔柏明的问题现在只是说说而已，又不是权威部门的结论性意见。培养一个县委书记不容易，我们在座的各位不少人都在县委书记的位置上干过，干部也不是不犯错误的，犯了错误也不能就一棍子打倒。所以我觉得对乔柏明的工作安排一定要慎重。"

这时市委副书记、市长邵明说话了。邵明几乎是和贾士贞同时调来西舆任职的，原来是省发改委处长，后调省政府任副秘书长，在省政府秘书长位置干了不到一年，是一个知识分子干部，是上海复旦大学经济管理系硕士毕业的。省委在决定调他到西舆任市长时，颇有一番争议，有人认为他是学经济管理的，到西舆应该好好抓一抓经济，争取尽快让西舆经济上一个台阶；反对的人认为他没有实践经验，魄力也不够，最后还是省委书记谭玉明下的决定。贾士贞对邵明这个人不怎么熟悉，两人虽然都是从省级机关来西舆任职的，但是由于各自分工不同，除了在常委会上，他们平时接触机会很少。邵明说："我觉得我们的常委会是不是过于民主了？像这样讨论干部，如果是几十个人，那要讨论多长时间，那常委会不成马拉松了吗？按照道理，像高兴明、乔柏明这样重要人物工作调整的问题，在开常委会之前，在组织部门或者在书记碰头会上就应该有一个基本成熟的意见，最后再拿到常委会上来。"

常友连看看邵明，说："邵市长说的不是没有道理，这两个人的问题是我同意直接拿到常委会上讨论的。为什么要直接拿到常委会上，因为这不是一般人的问题，也不是仅仅是用举手表决或者无记名投票就可以解决的。让大家认真讨论有好处，争论问题不是坏事，充分发扬民主，当然所有的干部不可能都这样讨论的，那要具体情况具体分析。干部人事制度逐步在改革，以后大部分干部的任用将采用公选的办法，最后由全体市委委员无记名投票产生。我觉得让大家充分发表自己的看法，哪怕一次常委决定不了，也不要紧，我觉得这样的常委会很有必要。”

贾士贞感到常书记的发言很有道理，也能说服在座的各位常委，而且他觉得常书记在工作中还是支持他的。他重新调整一下自己的思路，认为这两个干部都不宜再拖下去了，于是又说：“关于高兴明和乔柏明的问题，通过大家的发言，我重新提一个意见，再请各位讨论。乔柏明是否可以调市政府任市长助理，仍享受正处级待遇，这样进退都有余地；至于高兴明同志，平职调动，调市委统战部任副部长，保留正处级待遇。”

室内又是一阵寂静，常友连抬起头，目光在常委们身上慢慢移动着。过了一会儿，他说：“我觉得这个意见很有可行性，干部嘛，总不是一成不变的，各位看看？”

邵明说：“我同意！”

接着常委们也表示同意。

常友连最后看看朱化民，说：“朱副书记什么意见？”

朱化民说：“大家都表态了，我个人服从组织。”

随后又讨论谁来主持下臾县委工作的问题，但是意见始终统一不起来，按照贾士贞的意思是由县委副书记周广浩主持。周广浩在三个县任过县委副书记，本来早就应该担县长或书记了，只是因为和乔柏明之间的关系没搞好，以至被乔柏明晾在一边。不同于贾士贞，朱化民一直坚持让县长吕大佑主持工作，最后贾士贞只好做了让步。

市委常委会一个上午只讨论了三个处级干部的问题，其实只有两个，这让贾士贞越发觉得干部人事制度再不改革不行了。

第九章　组织部长的责任

二十九

中午已经过了十一点半，常委们步出常委会议室，都有点疲惫的样子，谁也不看谁一眼，匆匆踏着楼梯。一辆辆高级轿车整齐地停在大楼门前的广场上，常委们直到各自钻进自己的轿车里，才轻轻松松地出了一口气。轿车一辆接着一辆驶出市委大门。

贾士贞最后一个走出会议室，他刚把关了一上午的手机打开，手机就哇哇地叫了起来。他停住脚步，把手机放到耳边，里面传来了周一兰的声音："喂，士贞吗？哎呀，你干什么去了，办公室没人接电话，手机关机。"

"哟，一兰哪，你在哪里？"

"我啊，远在天边……"

"怎么？你到西臾来了？"贾士贞有些意外地小声说。

"怎么了？就是因为你在这里当组织部长我就不能来西臾了？"周一兰嗲嗲地撒着娇说。

"不是。"贾士贞说，"你在宾馆吗？我马上过来，时间很紧，下午还要开常委会，好，你等我吧！"

挂了电话，贾士贞出了市委大楼，广场上只剩下他那辆桑塔纳2000了，他上了车，来到宾馆门口。宾馆总台大厅里站着的一个漂亮的女人就是周一兰，她身穿酱紫色黄花长裙，上面套一件紧身米色小衣，十分别致的打扮，正隔着落地式玻璃窗凝视着窗外。贾士贞一眼就看见她了，他急忙跨出车门，大步朝大厅走去。在咫尺之间，双方都停住脚步，四目相对了一会，周一兰的脸一下子就红了起来。正在这时又有人上前和贾士贞打招呼，应付了客人之后，他才走到周一兰身边，低声说："我们吃饭去吧！"

吃饭时，贾士贞问周一兰来西舆有什么事，她才说是因为她的小表弟赵欣明天答辩的事。贾士贞突然想起来了，她曾经为赵欣的事打电话找过他，他立即从包里取出考生名单。周一兰说："你不要拿了，我告诉你，赵欣考了他报的那个岗位的第二名。"

贾士贞说："这小子还真考得不错嘛！"贾士贞翻了翻名单说："一兰，不是我泼冷水，赵欣虽然考得不错，排在第二名，但是第一名比他高出八分，按照我们的规则，文化考试占百分之七十，答辩占百分之二十，群众测评占百分之十，没有特殊情况，第二名很难排到前面去的。"

周一兰说："没有别的办法了？"

贾士贞摇摇头说："绝对没有，可以说我们这次公选，任何人都没有办法作弊，我刚才说了，除非第一名有特殊情况。"贾士贞又指出另一组说："像报考基层组织科的这几个人，第一名和第二名只差零点五分，这种情况就很难说了，你看第三名又比第二名差一点五分。其实像这种情况，三个人都咬得十分紧，也许就在答辩的一刹那，第三名就成为累计最高分了。"

"评委都是些什么人？"周一兰问。

贾士贞说："评委更不可能的，全部是外地请来的专家，没有一个是西舆本地的，而且他们之间也很少有什么联系。到目前为止，外面没有一个人知道评委的情况，只有我一个人知道，我自然也不能告诉你，即使告诉你，你也无法接触到任何一个评委。"

周一兰看看贾士贞说："走，到我房间去吧！"

来到房间，周一兰说："士贞，你说赵欣已经考到这样的成绩，如果不能竞争到组织部，那多可惜啊？"

贾士贞说："一兰，你们一定要改变对组织部的观念，今后的组织部权力会越来越小，而且组织部门的人将来也不可能享有多少特权，过去市委组织部的科长只要调出去，就会提拔为副县处级，以后不可能了。干部人事制度改革后，在市里，县处级领导干部主要从公选中产生。赵欣在其他部门照样有机会参加公选竞聘，只要有实力。"

"我不是想让他在你身边工作嘛，一则是他对你会忠心耿耿的，再则，你也会对他有所帮助。”周一兰说。

“赵欣到底怎么样？”贾士贞说。

“你这个人啊，上次我就说让他来见见你，你不同意，要不晚上让他见见你？”周一兰说。

贾士贞忙说：“不不不，千万不要这样，这时候让他集中精力准备明天的答辩，明天我自然会见到他的。”贾士贞看看周一兰又说，“怎么，明天你要亲自在这里督战？”

“既然来了，我又何必急着走呢？明天也好长长见识吧！”周一兰说，“这是你到西舆当组织部长的第一份杰作！我真的想目睹一下你的风采。”

贾士贞说：“什么杰作？什么风采？权是威，职务就是风采！”贾士贞笑笑接着说，“以后的干部大都要采取公选的办法，慢慢地大家也就适应了，也就不稀奇了。”贾士贞站起来，“一兰，你休息吧，我下午还要开常委会，晚上也不能陪你了，因为下午答辩的评委们就都到了，我可能要陪他们，有些工作晚上还要研究一下。实在对不起，不能陪你了。”

周一兰看看表，说：“还早着呢，晚上我陪赵欣，不过迟早我等你，好吗？”

贾士贞只觉得心脏怦怦一阵跳动，不知为什么，每次只要他和周一兰单独在一起，就总有这种感觉，但是他又不得不压抑着自己的感情。这时他伸出手，说：“一兰，你休息吧！”

周一兰把手伸给贾士贞，随着又把另一只手也放上去，只觉得满脸热乎乎的，巴不得一下子扑到他的怀里。就在这时贾士贞松开手，向后退了两步，转过身，头也没回地走了。

周一兰久久地站在那里，双手捂着跳个不停的心脏，闭上眼睛，把自己留在无限想象当中。她只能利用这样的间隙感受一下无限的暇想。

贾士贞回到宿舍，用冷水洗了一把脸，半躺在床上，想休息一会。他的心无论如何也平静不下来，上午常委会的许多情形再次浮现在他的眼前，还看到西舆一些群众义愤填膺的场面，侯永文的真实面目，乃至卫炳乾被绑架……正在这时，电话响了，他拿起电话，原来是鲁晓亮。虽然鲁晓亮说有事要当面说，但是贾士贞看看表，说来不及了，马上要开常委会。放下电话，贾士贞又给周一兰打了电话，表示内心的歉意，而周一兰在电话里始终没说一句话，搞得他不知所措。默默地过了许久，他只好挂了电话，匆匆赶往常委会议室。

下午的常委会一直开到五点半，贾士贞出了会议室，正要给卫炳乾打电话，鲁晓亮的电话就先打来了，鲁晓亮连一声喂都没说：“不好了，贾部长，乔柏明不见了！”

“什么？”贾士贞惊叫起来，“怎么回事？你现在在哪里？”

“我现在正在组织力量追捕，所有的交通要道已经派出公安干警紧急堵截。”鲁晓亮说。

“发现什么现场没有？”贾士贞问。

鲁晓亮说：“现在已经证实，韩士银是乔柏明指使人杀死的。也正因为乔柏明发觉我们怀疑是他杀了韩士银，所以他跑了！”

“还有，”鲁晓亮说，“我们在韩士银书房里发现几幅漫画底稿。”

“什么漫画底稿？”贾士贞吃惊地问。

鲁晓亮说：“和《臾山晚报》上刊登的漫画基本一样，共四幅，第一次三幅，第二次一幅！”

贾士贞说：“这就奇怪了，难道是他？韩士银会画漫画？”

“这还没有来得及调查。”鲁晓亮说，“贾部长，这事太容易了，把漫画底稿拿到报社看看，一切就都清楚了。”

贾士贞说：“鲁局长，你们一定要注意安全，尽快把乔柏明捉拿归案。有情况及时告诉我。”

挂了电话，贾士贞心里更加觉得韩士银是一个神奇人物，如果他真的是乔柏明指使人杀死的，那么乔柏明为什么要杀死他呢？这实在让贾士贞想不到。

这时卫炳乾又打来电话说，参加答辩的专家都已经到了，问贾部长什么时候见他们。贾士贞说马上就过去。

到了宾馆，贾士贞见过评委，简单介绍了情况，因为专家们晚上还要有专题研究明天的答辩题目和有关评分标准、程序，为了不干挠各位评委了，他就匆匆走了。

贾士贞心里惦记着乔柏明逃跑的事，也不知道鲁晓亮现在在什么地方，就急忙回到宿舍，给鲁晓亮打电话。然而他拨了一次又一次，鲁晓亮的手机不是不在服务区，就是忙音。正当他急得团团转的时候，有人来敲门。一开门，见是周一兰，他才突然想到她还没有走。他下午开了整整一下午会，晚上又去陪答辩专家，就把周一兰的事忘了。

看到周一兰，贾士贞十分抱歉地说："一兰，实在对不起，我的事情太多了，没能去陪你，请你千万不要误会。"

周一兰爽朗一笑，说："士贞，你别把我想得那么小家子气了，我也算是一个有知识的职业女性，男人应该以事业为第一位的。我没有想到你现在会在宿舍里，我一个人在房间里显得无聊，无意中过来看看，没想到你的屋里亮着灯，所以……"

"我正在打电话给公安局长，"贾士贞说，"如果电话打通了我就真的已经出去了。"

"你继续联系吧！"周一兰说，"电话一打通，或者有事的话我立即就走。"

贾士贞看着周一兰，说："你还是第一次到我宿舍来，我应该陪陪你，只是事情太多，身不由己啊！"他手里拿着电话，却没有拔，"一兰，你真的称得上我的红颜知己了，你能如此理解我，支持我，我真的从内心感到非常高兴！"

周一兰说："本来今天下午我想回去的，但是觉得难得来一次，再加上想看看明天赵欣的最后结果，就没有走。虽然你说他希望不是太大，但是毕竟他的文化考试到了第二名。人总是在希望中生活着的！"

"一兰，我非常能理解你的心情，"贾士贞说，"只是我太忙了，总是没有机会坐下来好好和你倾心地说说内心深处的感慨。如果哪一天有条件的话，我们漫步在大海边的沙滩上，畅谈人生、未来，该是一件多么美好的事啊！"

"最好是我们都回到二十年前，"周一兰红着脸，带着几分羞涩地说，"那是两个天真无邪的少男少女，他们的心中都默默地萌发着对对方的爱和恋！"

贾士贞说："那是不可能的了，岁月是无情的，我们必须面对现实，而现实又是非常残酷的。"

"士贞，我也不知道为什么。"周一兰把目光停留在贾士贞的身上，"士贞，我有时候在想，当官有什么好的，假如你不当这个市委常委、市委组织部长，说不定你我都不会像现在这样约束自己的感情……"她没有说下去，声音有些颤抖。

贾士贞说："一兰，你是我遇到的知事明理的女性，理解我，尊重我，说实在的，一个男人身边也需要有这样一个女人，但是我始终在努力克制着自己的感情，毕竟我已经不是一个自由人了，如果我没有家庭，没有妻子，没有女儿，也许……”

周一兰的心脏一阵鼓动，她和自己的丈夫也谈过恋爱，对异性渴求虽然是女人的本性，可那些日子里，她觉得总缺少点什么，后来才知道是激情。在谈恋爱的两年多时间里，他居然连手都没拉过她，更谈不上接吻和拥抱。他们的关系像朋友，像兄妹，而她对他，从没有过怦然心动的感觉。可是不知什么原因，在她和贾士贞相处的日子里，贾士贞给了她从她丈夫那里得不到的激情，和怦然心动的对异性的渴求，但是她对他的情感却又只能努力克制着。

正在这时，贾士贞的电话和手机同时响了起来。

三十

贾士贞一边看着手机上的号码一边去拿电话，电话是高兴明打来的，他对着电话说：“你挂掉，我有点事，马上给你打过去。”说着就放下电话机，随手把手机放到耳边，电话里传来常书记的声音：“士贞吗？是我，常友连。”贾士贞一愣，常书记这会打电话给他，一定有急事，于是他说：“常书记，您有事吗？”

贾士贞关掉手机，走到周一兰面前，说：“一兰，实在对不起，我本想放下手里的事，陪陪你，可是，常书记找我有急事，我得马上到他那里去一趟。”

周一兰站起来，无可奈何地抓住贾士贞的手，脸上露出尴尬的苦笑：“士贞，我现在才真正理解人在江湖身不由己的真正含意。”说着转身往外走去。

贾士贞突然上前拉住她，说：“一兰，你等等，我马上送你去宾馆。”随后他回头拿起电话。

“喂，是高副部长吗？”贾士贞对着电话说，“你有什么事？”

高兴明吞吞吐吐地说：“贾部长，你现在有空吗？我有事想向你汇报。”

贾士贞说：“高副部长，实在对不起，常书记找我，我已经出了门，又回过头给你打电话，怕你有急事，既然是这样，那么我们另约时间吧！”

挂了电话，贾士贞拉着周一兰，出了宿舍，沿着街道旁边的人行道，匆匆地往前走。

周一兰说："士贞，你每天都是这样紧张吗？"

贾士贞笑笑说："不一定，目前西奥许多事情都处在关键时刻，或者说是触动了干部问题这根最让人敏感的神经。"这时他的手机又响了，原来是司机小苗，贾士贞说："这样吧，你马上到西奥宾馆一号楼门口等我。"

贾士贞一直把周一兰送到房间门口，才对她说："一兰，你休息吧，明天一早我来陪你吃早餐，再见。"说完头也没回地下楼去了。

贾士贞来到常书记家，他正在客厅里徘徊着，一见贾士贞，就说："士贞，乔柏明出问题了！"

贾士贞看着常书记满脸严峻的样子，估计鲁晓亮那边已经有了结果，便说："怎么回事？"

"士贞，我万万没有想到，"常友连神情显得几分慌张，走到沙发前，示意贾士贞坐下。两人坐下之后，贾士贞发现常书记的脸色苍白，神情也过于紧张，常书记努力镇静了一下自己，又说："乔柏明逃到深圳，已经进入香港，就在他将要离港时，鲁晓亮带人出现在他面前。"

"他为什么要出逃？"贾士贞问。

常友连表情仍十分严肃，声音有些沙哑，他干咳了两声，说："现在还没有审查，真正原因到底是什么，不清楚，但是有一点，已经证实，下奥县公安局长韩士银是他派人杀害的。"他停了一会，接着说，"案情不会那么简单。哎，知人知面不知心啊！上午在常委会上，有人对你急于调整乔柏明县委书记职务还不理解，我们差点很被动。"

贾士贞说："常书记，我是市委组织部长，只能管干部的任免，有些问题我无权去审查，或者说去弄清楚，但是对于领导干部的使用，我有责任。现在我们的干部制度存在一定的问题，一个领导，到了那个位置上，无论他干得好坏，到一定时间都得提拔。如果平职调动了，位置稍微差一些，似乎就是大逆不道！难道这不是一种怪现象吗？以至中国的官场上不仅出现了一批贪官，还出现了很多占着重要位置的庸官，所以组织部门要认真研究干部的选拔、考察、任用问题，发现一个领导没有作为时，应该及时调整，尤其是单位一把手和重要岗位上的领导。像尚以军那样的干部，早就应该调整了，否则，是对党的事业犯罪，是对那里的群众不负责任。常书记，现在我可以告诉你，对于下臾的有些人的问题，我早有所察觉，只是没有更多的证据。但是作为一个县，问题已经越来越明显了，市委还让一个已经有问题的人继续主持县委工作，实际是对全县人民，对党的事业不负责任。”

常友连意识到自己作为市委书记，在上午的常委会上，没有旗帜鲜明地支持组织部长的意见有点尴尬。幸好常委会刚开过，乔柏明的任免文件还没有发出；要是文件已经发了，即使市委文件还没有发到基层党委，堂堂一个市长助理没上任就逃跑了，也一个是天大的笑话呢！更荒唐的是，请示一旦报到省委组织部，人就出事了，该怎么向省委交代！想到这些，常友连说：“贾部长，还是你最初的意见正确。我现在才感到，你对问题看得很尖税，你是一位名副其实的市委组织部长。”

贾士贞严肃地看着常友连说：“常书记，上午的常委会上，常委的思想比较复杂，我看到阻力那么大，不做让步不行了，但是又不能再让乔柏明主持下臾县委的工作，就让他出任市长助理，那是没有办法的办法，或者说是缓兵之计吧！谁知我们的决定还是太迟了，如果我们的决定早一个月，哪怕是半个月，乔柏明已经调离县委书记的岗位了，影响就会不一样了。一个县委书记跑了，影响总是很坏的，特别是对市委常委，群众认为市委常委对一个县委书记的思想都掌握不好，还能管好干部吗？乔柏明的事，对常委，对我这个组织部长的教训是深刻的。”

“明天上午开常委会，必须马上通报乔柏明的事。”常友连说，“对常委们也是一个教训，同时复议对高兴明的调整问题，还是坚持你的意见，让他到市政协去，在秘书长没有变动之前，先任副秘书长。”

贾士贞说：“常书记，明天上午我必须先去答辩现场，这可是西臾市公开选聘干部的第一次公开答辩大会，必须成功，所以常委会能不能改在下午？”

常友连说：“那这样吧。十一点钟召开常委会，一个小时足够了。上午的答辩会，常委有空的都可以去现场听听。”

贾士贞说：“那太好了。”

贾士贞看看常友连，说：“林水办的那个尚以军实在太不像话了，把单位搞成什么样了？他和那个女秘书科长搞到一起，连影响都不顾了！还多次在党组会提出要把那个女秘书科长档案里受处分的东西销毁掉，群众真是到忍无可忍的地步了。而且他还隐瞒了四岁年龄，这次一定要拿他作为典型，杀一杀这种隐瞒退休年龄的不正之风，把他四年多领的工资扣回来，同时进行离任审计。”

常友连说：“什么？他要销毁那个女人受纪律处分的档案？果真是这样，严肃处分。”他气愤地接着说，“明天中午的常委会时间很短，会后立即去下臾，召开县四套班子大会，宣布周广浩主持县委工作。”他的态度发生转变，显然是因为乔柏明的逃跑而发生的变化。贾士贞觉得，西臾的形势在短短的时间里发生了这样大的变化，说不定是一件好事，同时他认为鉴于此，对未来的工作应该更加小心谨慎。贾士贞听完他的话先是一愣，接着感到他作为市委书记对重大问题的决定还是果断的，在民主和集中的度的把握上，还是能够做好的。贾士贞对常友连也越来越了解了。

离开常书记家，贾士贞看看表，已经是晚上九点多钟，他想再去看看周一兰，但是又怕周一兰控制不住自己的感情，犹豫了好久，还是回宿舍了。回到宿舍，他立即给鲁晓亮拨了电话。鲁晓亮他们已经从香港返回深圳，正在宾馆审讯乔柏明。

第二天，天一亮，贾士贞就给卫炳乾打了电话，再次察看了答辩会场，一切安排妥当后，赶到宾馆。就在卫炳乾去请评委吃早餐时，贾士贞来到周一兰房间，敲开她的房门，看她还穿着内衣内裤，急忙往外退，只听周一兰说：“士贞，你把我当什么了？”

贾士贞说：“一兰，我是来向你打招呼的，不能陪你吃早餐了，我要先安排一下评委们的现场工作，答辩一开始，许多记者就到现场了。”

周一兰说：“答辩会场你不去了？”

贾一贞说：“我怎么能不去呢，正是因为答辩会重要，才把上午的常委会改在十一点钟。”

早饭后，贾士贞来到答辩会场，把评委们安排妥当，又来到考生的候会地点，鼓励大家沉着冷静，争取好成绩，又向高兴明和卫炳乾交代了注意事项，这时离答辩时间还有四十分钟。

答辩会场设在市委第五会议室内，台下可容纳二百多名观众。主席台上方悬挂着“西臾市委组织部公开选拔干部答辩会”，主席台正中设立评委席，右边放着高高的演讲台，主席台的两侧八字形摆着嘉宾席。

这时两位记者走到贾士贞面前，说：“贾部长，请你介绍一下这次市委组织部公开选拔八名科长的指导思想行吗？”

贾士贞笑笑说：“这次市委组织部公开选拔八名科长，应该说是西臾市干部人事制度改革的号角。我们在这项工作开始之前，已经向社会各界发布公告，市委组织部之所以首先带这个头，说明市委组织部的决心，今天不是新闻发布会，我也不可能讲更多的内容，请各位记者参加答辩会之后，采访一下那些参加答辩的考生。”贾士贞刚转过身，又有电视台的记者围住了他。

答辩时间虽然还没有到，但是观众已经纷纷来到现场，工作人员指挥大家按次序入座。

高兴明来了，他走到贾士贞面前，欲言又止，贾士贞注意一下高兴明，觉得他满脸丧气，脸上的笑容也是勉强做出来的。贾士贞心想，也许他听到了什么，才神情恍惚，说话做事都心不在焉的样子。这时，在卫炳乾的带领下，评委们来到会场，贾士贞顾不上高兴明的情绪，拨开记者，上前和评委们握着手。

贾士贞看看手表，已经八点十五分，离答辩时间只有十五分钟了，他的心情有些兴奋起来。

他走到门口，回头看看会场上的观众，个个都怀着好奇的目光。正在这时，市委书记常友连和市长邵明来了，他迎上前去，陪同常书记和邵市长在嘉宾席上坐了下来。一阵电铃声响了起来，答辩委员会主任委员宣布答辩开始。工作人员宣读会场纪律和注意事项后，又领着一号考生走进会场。只见一号身着西服，昂首走向答辩席，微笑着向评委和观众点点头。他沉着镇静，对评委提出的第一个问题，稍加思索后就开始答辩。

贾士贞坐在嘉宾席的边上，他的目光从一号考生慢慢移向评委、嘉宾，当他的目光转向观众时，突然发现周一兰坐在中间，在这一瞬间，他们的目光相遇了，贾士贞微笑着向她点点头。

答辩会场严肃而庄重，按照评委们事先的安排，评委提出的问题难易适当，不能让考生答不出来，无话可说，要让每一个考生都能充分地展现自己，通过答辩了解考生的学识与知识，同时考察考生的语言表达能力，应变能力和反应能力，以及气质、风度、举止。而且每一项都尽可能做了具体的量化，以便评委评分。

一号考生答辩结束后，评委打完分，随时由工作人员交到统计组，在公证人员的监督下，进行复核和累计。一分钟后，主席台后方的屏幕上闪动了几下，立即现出一号考生的成绩。

一号考生退出会场后，二号考生在另一名工作人员的引导下，走上答辩席。

直到十点四十五分时，第八位考生才答辩完毕。常友连第一个站起来，走到评委面前，一一向他们握着手说：“你们辛苦了，谢谢你们！”

贾士贞看看时间，把高兴明和另外两位副部长找到一起，说：“上午的答辩很好，无论是考生的发挥，还是观众的反映都很好。我马上去参加常委会，希望你们继续后面的答辩，一定要保证答辩的顺利进行，万一有什么特殊情况，要处理果断，有事打我的手机。”

贾士贞匆匆离开答辩会场，想到常委会，或许常委们听到乔柏明出逃的事后会大惊失色，他不知道常委会上又会发生什么情况。然而，他同样想着答辩现场。现在他更加意识到，一个组织部长的责任多么重大，有的人把组织部长的权力看得过重，而他却认为作为一个组织部长，重要的是责任。他想到上午那些激动人心的场面，越发觉得选拔干部的真正途径绝不是靠个别人在背后暗箱操作，而是通过文化考试才可以看出一个干部的知识、水平，通过答辩才可看出一个干部的思维、才能。接受评委和群众一次监督和检验，他坚信，这样选拔出来的干部一定是群众真心实意拥护的干部。

第十章　下央之行

三十一

常委们都到齐了，常友连的脸上严肃得让人感到可怕，以往无论召开什么内容的常委会，他都是那样轻松而自信，有时还故意带着点幽默。而此刻，他的表情不仅严肃，而且显得十分可怕，尤其是那双八字眼，透出深深的剑一般的寒光。

常友连没有在常委们身上看一眼，只是目不转睛地直视远方，这种奇怪的表情谁也没有见过。他站在他那个特定的位置上，往常他总是四平八稳地坐着，两只手平方在面前，是一种庄重的造形，而此刻，他始终没有坐下来。过了一会儿，他双手叉着腰，突然用那低沉而洪亮的声音说："同志们，现在召开紧急常委会，也是一次特别常委会。"说到这里，他停了停，眼睛瞥一下身边的朱化民，"现在我向常委们报告一个荒唐的消息……"会场顿时静了下来，也许大部分常委们还不知道这个让他们震惊的消息，有的人用一种怀疑的目光看着常书记。常友连慢慢地把目光在常委们身上移动着，过了好半天才一字一句地说："下央县委书记乔柏明出逃，被公安局抓回来了！"与此同时，他的左手在桌子上重重地敲了几下，那样子像是要骂娘，可又忍住了。

这时，常委们人人大惊失色，几乎同时抬起头，看着常友连。唯有朱化民，默默地低着头。会场上死一般的寂静，常委们有的相互看了看，但目光里看得出惊讶和疑惑。

常友连接着说："乔柏明的问题，我们市委常委有不可推卸的责任，昨天上午的常委会，贾部长提出调整乔柏明的工作，有的常委们还不理解，这事我不多说了，等乔柏明的问题审讯后专题开会再说。现在我宣布两件事，一是下臾县委的工作问题，市委决定由县委副书记周广浩同志主持县委全面工作。需要说明的是，我们这次宣布主持工作的同志，和过去有质的不同。过去在人们的习惯当中，既然是主持工作了，没有什么特殊情况，不久就有可能转正。我在这里重申，以后的县处级领导干部主要是通过公开选拔来产生。第二件事是市委组织部副部长高兴明同志调市政协任副秘书长，待秘书长退休后接任政协秘书长，此事不再研究，到时按照正常程序任免。常委们有什么意见可以发表。”

也许是乔柏明的事来得太突然了，也许是常友连的态度过于严肃了，会场寂静无声。往常的常委会上，常委们会在这样的时刻活动活动身体，喝两口水，然而今天，每个人坐在那里一动不动。贾士贞坐在和常友连隔着两个人的位置上，他看看常书记，说：“我同意常书记的意见，我作为市委组织部长，有责任在干部问题上当好市委的参谋，关于乔柏明的问题，我到任不久就有所察觉，也听到一些反映，只是我们在没有足够证据的情况下，无法提交常委会讨论。”

贾士贞发言后，常委们都表示同意常书记的意见，朱化民也随波逐流地表了态。

最后，常友连说：“乔柏明的问题，由我和贾部长专门向省委、省委组织部报告，接受省委的批评。”

常委会半个小时就结束了，常友连叫上朱化民和贾士贞，去宾馆吃了工作餐，匆匆去了下臾。

下午两点一到，下臾县委、政府、人大、政协四套班子全体成员都赶到了会议室，只缺少县委书记乔柏明。县委书记出了这样大的事，社会上不知道那显然是不可能的，但那只是群众的传说；现在市委正副书记，组织部长都来了，事情就再清楚不过了，他们个个如临大敌。市委副书记朱化民主持会议，他的情绪始终调整不过来，除了会议议程之外，不多说一句话，会议议程很简单，由贾士贞宣布免去乔柏明的县委书记、常委、委员职务，由县委副书记周广浩同志主持县委工作，接着由周广浩讲话，最后由常友连做重要指示。

四套班子会议一结束，常友连就赶回市里去了。随后召开下臾各乡镇党委书记、乡镇长以及县部委办局负责人大会，朱化民和贾士贞在周广浩和吕大佑的陪同下，走进会场。

贾士贞坐在主席台上，看着台下一百多双眼睛，想到刚到西臾市第三天，就只身一人在下臾县城。他走大街串小巷，一蹲就是三四天，接触了不少居民、工人、机关干部，听到了不少群众发自内心地对县委书记乔柏明以及一些领导干部的评价。最后两天他又到了桃花镇，居然发生了侯永文把他关了一夜那样荒唐的事来。想到这里，他的目光不由自主地在台下那一百多名干部当中慢慢移动着，突然，他发现了那个高个子，秃头顶，他低着头。贾士贞盯着他看了一会，只见他的头越来越低，始终没有把头抬起来，贾士贞判断，他可能就是侯永文。

主席台上，正中间坐着朱化民和贾士贞，两边坐着周广浩和吕大佑。

朱化民宣布会议开始了，他仍然不多说一句话，样子有些伤感。也许，台下的人只感到今天的会议非同一般，没有注意到朱副书记情绪的变化，但贾士贞明显感觉到他的反常表现。贾士贞宣布免去乔柏明的一切职务，由周广浩主持县委全面工作。

也许这个意外消息来得太突然，会场上顿时惊讶不已，有人交头接耳，议论开了。朱化民作为主持没有反应，这时贾士贞大声说："请大家安静……"

会场上又鸦雀无声了，贾士贞强调在座的各位要保持冷静，支持县委工作，特别是注意稳住群众的情绪，发现问题及时向有关部门报告。

虽然市委宣布免去乔柏明县委书记的职务，但是到底什么原因，全县上下却不大明了，这成了他们议论的焦点。散会之后，朱化民先回市里了，贾士贞继续和县委领导交换意见。他认为和县委、政府领导谈话应该是朱副书记的事，可朱化民说有事要回去，他就只好留了下来。回到宾馆，贾士贞对周广浩说，他要见一下桃花镇党委书记侯永文。周广浩立即给侯永文打电话，侯永文一听说市委组织部长要见他，早已吓得魂不附体了。周广浩当然不知道他为什么如此紧张，电话里只让他立即赶到下臾宾馆。

侯永文虽然害怕又紧张，却不得不用最快的速度赶到宾馆。见到周广浩，他慌慌张张的不知其所以然，脸上苍白如纸。周广浩半开着玩笑说："侯书记，你平时不是挺牛的嘛，怎么这会听说市委组织部长要见你紧张成这样子？该不是组织部长看中你了，那你就官运亨通了。"

侯永文尴尬地笑了笑，嘴里哆嗦了半天，没说出半个字来。

到了房间门口，周广浩轻轻地敲了两下门，听到贾部长说请进，他才把房门推开一半，说："贾部长，侯书记来了。"

贾士贞说："好，请他进来吧！"

侯永文战战兢兢地低着头，缩着脑袋进了房间，周广浩看他那样子，真想骂他几句，不知道他到底为什么这副熊样子。他抓住侯永文的脖领子，用力往上提了提，小声说："直起腰来，像什么样子？"说完，就向贾士贞点点头，贾士贞说："你在外面等等！"

侯永文只觉得背上冒着冷汗，好像被人扒着皮，他低着头站在贾士贞面前。贾士贞没说话，也没抬头看他一眼，这让他不知所措，更加觉得尴尬起来，两条腿不由自主地抖着，而且不是那种颤抖，有点像筛糠一样的狂抖。刹那间，他的眼前如同放电影一样，那天晚上的事一幕一幕地展现在眼前。那时他不知道听了谁的鬼话，把这个年轻人当做嫌疑对象抓到了派出所。当时，他就觉得这个不明身份的年轻人身上有一种不平常的气质，虽然他觉得自己是桃花镇的党委书记，一个地地道道的地头蛇，有一种居高临下的霸气，但他的心里并不踏实，特别是后来听乔柏明说，新来的市委组织部长叫贾士贞，而且和被他关起来的这个不明身份的人的名字一模一样，当时他就几乎瘫倒在地。他肯定不一定相信这个贾士贞就是那个组织部长贾士贞。然而，一个人倒霉就在那一念之间，他当时明明认定了他就是市委组织部长，可是后来又否定了。至今他也不明白，当时怎么就那么糊里糊涂，鬼使神差地把他当做坏人给抓起来了！甚至乔书记已经怀疑他是新来的市委组织部长了，怎么就连最起码的政治敏感性也没有呢？酿成今天的后果怪谁？侯永文每当想到当时那一幕，就胆战心惊。他弄不明白，为什么后来乔书记和高兴明也来了，当他们决定放了那个贾士贞时，人却又不见了。从那以后，侯永文不知多少次想过这件事，他到底是怎么逃走的？难道他真的有齐天大圣的本领？侯永文一直弄不明白，以至从那以后，他经常在夜里被噩梦惊醒，整日惶惶不可终日，如同面临着一场大的灾难。他想要从高兴明那里探听一些消息，可是高兴明总是黑下脸来，骂他坏了他的大事。侯永文抬头看看近在咫尺的市委组织部长，他多么希望他绝对不是那个被他关了一夜的贾士贞！然而，当他偷偷地瞥一眼面前的这个市委组织部长时，他的心脏几乎要跳出胸膛，他的眼睛、鼻子、嘴巴怎么会如此熟悉呢？刚才在会场上，侯永文虽然有些担心，不敢抬头，但是始终没有看清楚，可是现在，面前的这位市委组织部长不就是那天被他关了一夜的贾士贞吗？此时此刻，他真希望有一个老鼠洞，好让他马上钻进去。

“侯书记，请坐吧！”这声音如同一把利剑刺在侯永文的心上。侯永文如同睡梦中挨了一刀，头上冒出豆大的汗珠，他像是失去了理智一样，突然跪到地上，秃脑袋好似鸡啄米一样，一边不停地叩着，一边声泪俱下地说：“贾部长，您大人不计小人过，都是我有眼无珠……我罪该万死啊……”

贾士贞一看，这是唱得哪一出呀！他打断他的话说：“侯永文，你这是干什么？我们可都是共产党员，是有一定职位的领导干部，起来！搞什么名堂！”

侯永文慌慌张张地从地上爬起来，泪水已经像决了堤坝的洪水，他像是受了莫大的委屈，又像犯了罪的囚犯，全身筛糠似的抖了起来！侯永文低着头，站在贾士贞面前，突然又号哭起来：“贾部长，只要你不计较我，你叫我干什么都行……”

气得贾士贞拉长了脸，大声说：“这叫什么话，荒唐！”

“贾部长，”侯永文抬起头，目光终于和贾士贞触到一起了，这一瞬间，侯永文立即躲开他那可怕的目光，颤抖着声音说，“贾部长，我真的不知道你是市委组织部长，要是知道你是市委组织部长，打死我也不敢哪……”

贾士贞大声说：“这么说来，在你桃花镇的地盘上，那些老百姓你就可以任意关押、肆无忌惮地处置了！你这个镇党委书记还有一点法治观念吗？”

“贾部长，我不是这个意思。”侯永文慌了手脚，忙说，“总之我该死，我罪该万死……贾部长，求你原谅我吧！”

贾士贞笑了起来：“侯永文，我到底怎么着你了，看你把自己搞得如此狼狈，凄凄惨惨的样子，我不明白你为什么这样？不了解情况的人还以为我怎么着你呢！”

侯永文也觉得自己有些莫名其妙，他想想，人家贾部长到底怎么着你了！于是渐渐直起腰来，偷偷地瞥一眼贾部长，却不知道该说什么。脸上的汗珠一个劲地往外冒，他摸摸口袋，既没有手帕又没有草纸，只好用手指抹了一把脸上的汗。他回忆着那天被关的那个年轻人，到底是不是眼前的这个贾部长，这两个人的形象在他的头脑里越来越模糊，越来越渺茫起来。

这时贾士贞抬起头，转过身子，目光在侯永文身上足足停留了一两分钟，才说："侯永文，我们这应该算是第二次见面，不算陌生吧！"

啊！天哪！真的是他，果真是那张既陌生又熟悉的脸！侯永文想哭，想叫，又想骂，不过头脑里已经一片空白了。

侯永文如同梦幻一般，"是是是……"地结结巴巴的一大串，不知所云。

贾士贞又说："乔柏明的事会议已经宣布了，你和他之间有哪些需要向组织上说的，应该争取主动，那不是我管的范围，该向哪个部门说，你自己心中有数。下臾的问题，很快就会弄清楚的。"

"贾部长，我……我一定……"侯永文的心里慌乱极了。他怎么也没有想到自己会遇到这样倒霉的事，好像过去、现在、未来，生命中的全部痛苦都凝聚在这一瞬间。人生最宝贵的一切希望难道就这样结束了吗？

贾士贞又说："关于那天的事，我不会记在心上的，但是你必须把我的那个笔记本还给我，那是我个人东西，个人隐私，你无权扣留。"

侯永文更加慌了，突然抽出右手，使劲地抽打着自己的嘴巴说："贾部长，我罪该万死啊！你……你的笔记本……已经……已经被乔书记，不，乔柏明拿去了……"

"什么？"贾士贞愤怒地站起来，睁大双眼瞪着侯永文，"你……你凭什么把我的笔记本交给别人？"

"贾部长，我……一定向他要……要回来……交给你。"侯永文语无伦次地号哭着。

"你……你……我告诉你，侯永文，现在已经不容许你们见面了。"贾士贞在室内徘徊着。过了一会儿，他一边走一边说，"你可以走了！"

侯永文半天没有反应过来，直到贾士贞狠狠地瞪了他一眼，他才抹着汗，跌跌倒倒地退了出去。

过了一会儿，周广浩进来了，贾士贞说："老周，请坐吧！"

两人坐到沙发上，周广浩还想着侯永文刚才狼狈不堪的样子，再看看贾部长，他不明白他们之间有什么联系，刚才到底发生了什么。贾士贞的脸上渐渐地恢复了平静，他说："老周，下臾的情况你应该比我清楚，乔柏明出了事，对全县的影响很坏。在这个时候，市委让你主持县委工作，希望你稳住局势，千万不要给事业造成大的损失，工农业生产、城乡建设都要正常运转，尤其是干部的思想问题，要注意团结大多数同志，我相信有问题的人毕竟是少数，该处理的要处理，该调整的要调整。一定要注意多多听取群众意见，不能靠少数领导定调子，画圈子，干部任用之前一定要向社会公示，发现群众反映当事人的问题时，一定要认真严肃对待，要给群众一个明确的交代。”他停了停又说，“至于市管干部，发现问题，也要及时向市委、市委组织部反映。市委组织部正在酝酿县处级领导的干部人事制度改革，等市委组织部这批干部公选结束后，就立即进行试点，下臾的大部分县级领导将通过这次试点产生。”

周广浩说：“贾部长，我知道，市委在这个关键时刻让我主持县委工作，是对我的信任和考验，我一定竭尽全力做好工作，一定把损失减到最低程度。至于市管干部问题，只能逐步结合实际情况而定，因为市委刚刚宣布我主持工作，我还没来得及考虑。”

贾士贞说：“县公安局长韩士银的问题，要尽快查清，妥善处理，但作为目前下臾这种形势，公安局长非常重要，应该尽快解决，你们县委要尽快和市公安局鲁局长商量一下，一定要选好公安局长。要选择作风正派，在群众中有威信，能为群众办实事的人担任。”

贾士贞随后又和县长吕大佑、县委组织部长等人谈了话。

贾士贞离开下臾县时已经是晚上九点多钟了，下臾离市区不远，轿车上路也不过个把小时，出了县城不久司机小苗很快就加速到120迈，贾士贞让他减速慢行。正在这时他的电话响了，是卫炳乾打来报告答辩情况的，贾士贞让他半个小时后在办公室等他电话。

就在贾士贞的车子开到中途时，迎面来了一辆白色本田商务车。夜晚的公路上，车辆并不太多，无论是超车，还是会车，大家都自觉按照交通规则行驶，唯有这辆白色本田商务车，迎面开来时，既没有减速，也没有关闭大灯。这让小苗一时慌了手脚，立即减速往边上靠，可是本田商务车却偏偏朝他冲过来，他顿时意识到一场大祸将要降临，一边打方向盘一边急刹车。然而，商务车发疯似的冲着他们的车子撞过来，贾士贞也清醒地感觉到：完了，一切都完了！在这一刹那，他的头脑里一片空白，什么也没有了，什么也不想了。很快，在模糊的意识里，跳出一个可怕的字来，死！但他立即对自己说，不，不能！今天的答辩怎么样了？下一步的干部人事制度改革该怎么办？这一切都在等待着他，不行，不能死！

三十二

就在本田商务车不顾一切向小苗的车子撞过来的一瞬间，小苗借着昏暗的车灯，拼命向左猛打方向盘。外面一片漆黑，车子飘了一下，又重重地摔了出去，贾士贞只觉得眼前一片模糊，惊叫了一声，就倒在后座上了。本田商务车到底是怎么回事，小苗无从知道，只觉得那车左前方擦到他的车的后备箱后，两车并没有相撞。就在小苗感到自己冲向一片黑暗的一刹那，他做了急刹车处理，轿车就在稻田的水里倒了下来，所幸的是没有翻车，只是陷入稻田的泥水里，熄了火。就在轿车飘起后又摔出去的瞬间，小苗还死死地抱着方向盘，吓出一身冷汗，他回头看看贾部长，惊魂未定地说："贾部长，那辆本田商务车好像有准备而来！"

贾士贞从座位上爬起来，睁开眼，才知道车子并没有翻，人也都没出什么意外，就是全身惊出一身冷汗。他的第一反应是，那辆本田商务车不像是意外发生的事故，而是故意冲他们而来。他警惕地往外看看，外面一片昏暗，但借着忽而飞快闪过的车灯，他知道他们的车倒在稻田里了。

贾士贞说："小苗，你的应变能力非常强，今天若不是你采取紧急措施，还不知道是什么后果呢！"

小苗说："马上打电话给交警大队！"说着就要打电话。

贾士贞制止道："不，先不要打电话，这事先不要惊动交警大队，我们的车没有酿成不良后果，只是不知道那辆本田商务车的车号是多少？"

小苗道："我注意了，车牌被什么东西遮住了，根本看不清，所以说，他们是有准备而来，狗日的……"小苗看看贾士贞说，"我们怎么办？"

贾士贞说："现在赶快想办法把车子弄上来。"

"贾部长，现在首先是我们都得出去，不能老待在车里，里面太危险！"小苗想了想，"万一那帮狗日的杀个回马枪，我们就不是他们的对手了！"

贾士贞扶着前面的靠背，极力辨别着方向，小苗说："贾部长，你别动，我来。"说着打开车内顶灯，从方向盘后面挤出来，摇下车窗玻璃，把头伸到外面一看，说："贾部长，车门打不开了，车子陷得太深，如果一开车门，泥水全进到车里了。”

贾士贞说：“那怎么办？”

小苗说：“我先从车窗里爬出去，看看有什么办法。”说着，转过身子，将两只脚伸出车窗，然后将身体滑了出去，当他的脚落入水中时，水已经没到膝盖。小苗一下子没了主张，说：“贾部长，没有吊车，我们的车没办法出来，现在你必须马上从车里出来，离开现场，以防万一。”

贾士贞只好用同样的办法，从车窗里爬出去。两人来到路边，小苗要打电话叫车来接，贾士贞不同意，小苗只好拦了一辆过路卡车，先让贾士贞回市区。

贾士贞回到宿舍，换了衣服，已经是夜里十一点多钟了。他正要给卫炳乾打电话，卫炳乾就来到了他的宿舍，原来他离开现场后，小苗给卫炳乾打了电话。卫炳乾认为，那辆本田商务车是有准备而来，明显是冲着贾部长的，幕后指使者也不难估计。贾士贞一言没发，过了一会儿，便问起答辩的情况。

经过一天紧张的答辩，卫炳乾中午只有一个小时的吃饭时间，晚上一直到七点半，二十四名同志的答辩才总算结束。他拿出分数统计表，贾士贞看了看每个人的分数，说：“明天就通过报纸和电视把排名向社会公布；除此之外，还要在考生所在单位进行张榜公示，听取群众意见；在此期间，要注意广泛收集群众意见，对群众反映的问题一定要做出结论性的答复。”

卫炳乾汇报结束后，贾士贞不放心小苗，他一直没有接到小苗的电话，谁知道半夜三更的他一个人怎么把车弄出来，于是就给小苗打了电话。小苗说让贾部长放心，他已经联系了几个朋友，很快就会把车子拖回市里了。但贾士贞还是不放心，让卫炳乾马上赶过去帮助小苗。

卫炳乾走后，贾士贞静静地坐在沙发上，头脑里始终摆脱不了路上那惊心动魄的一幕，虽然他当时竭力平静自己紧张的心情，不让司机看出他紧张的情绪，但是他除了被突如其来的情况吓得惊恐万状外，也害怕撞车的人知道没有撞到他们，返回来杀个回马枪。那样，他和小苗两人是绝对对付不了他们的，然而，他不愿惊动公安部门。那样一来，外界不知会生出什么样的舆论；社会上歪曲事实、故意炒作的人不知道又会制造出什么样稀奇古怪的新闻，这对他的工作将带来很大的负面影响。

但是贾士贞怎么也不明白，他究竟做错了什么；如果没有做错什么，又是什么人恨他到如此地步？

贾士贞躺到床上，虽然觉得头昏昏沉沉的，但却毫无睡意。在省委组织部那么多年，虽然他也遇到过种种挫折，甚至被晾了一年，但是和目前遇到的一件件事件相比，真算不了什么。想到马上就要进行的干部人事制度改革的试点，难以预料将会发生什么样的事情。现在，他不得不重新审视自己的工作方针和制定具体的工作计划，到底是要坚持干部人事制度改革，还是干脆就此自己找个台阶打退堂鼓，干几年后调离市委组织部长这个岗位？

贾士贞失眠了，几乎是通宵未眠。

他到底年轻，不像上了年纪的领导干部，优柔寡断，更不会因为恐吓和危险而畏缩不前；相反，他更加坚定了他要干事业的决心。

第二天上午，二十四名考生综合成绩排名在媒体和考生所在单位公布后，贾士贞的手机和电话就响个不停，有支持的，有提意见的，有表扬的，也有反映情况的。直到下午临下班时，他才把高兴明找到办公室来。

贾士贞看看高兴明，觉得他这几天突然间苍老了许多，往日很讲究仪表注重形象的市委组织部副部长，突然间变得不修边幅了。在人们的印象中，高兴明的大背头从来都是梳理得一丝不乱，西装和领带时时刻刻都像参加外事活动那样讲究。而现在，大背头乱得如同一堆鸡毛，头皮屑像一层烟灰散在两肩上，精神委靡，情绪沮丧，贾士贞有点不相信自己的眼睛。昨天上午在答辩现场，由于事情太多，而且人人都紧张得只顾工作，他没有留心他的情绪；今天上午高兴明曾经推开他办公室的门，他只顾接电话，也没有注意他；现在一见，陡然间变成了另一个人。难怪人们说，人活着就是靠精神。高兴明的变化太大了。

贾士贞微笑着朝高兴明点点头，说："请坐！对不起，那天晚上我实在抽不出时间，昨天又是那么紧张的一天。"

高兴明勉强露出点苦笑："不不不，我也没什么大事，只是……"

贾士贞说："有什么话就直接说吧！我们相识又不是一天了。"

是啊！高兴明心想，自己和贾士贞早已相识，那时虽然贾部长在省委组织部，但每次到西臾来，他都是热情接待，不过双方都只是尊重和礼节，没有利益上的矛盾，给对方留下的是理智和空虚。然而现在，他们的关系发生了质的变化，仅仅是尊重和礼节已经不行了，必须进行实质性的交往，彼此的了解也从表象进入到深层。高兴明怎么也没有想到自己会落到今天这个地步，他担任市委组织部副部长的这些年，是在人们对他的奉迎和巴结中，飘飘然、不知不觉地度过的。身在官场，谁不想进步！从他当上市委组织部副部长的第一天起，他就在为自己跨上下一个阶梯而努力，他的下一个目标是副市长。对于市委组织部副部长来说，尤其是作为一个常务副部长，按理说下一步应该是市委常委、市委组织部长这个位置，可是凭他在组织部门工作多年的经验，要想登上市委常委、市委组织部长的可能性很小。他在西臾市委组织部先后伴过三任组织部长，没有一个没有来头的，要么是市委书记嫡系的人物，要么是省里派下来的，这些他有自知之明，想当市委常委、组织部长很难。所以他想得更多的是早点离开市委组织部，登上副市长的位置。其实在三四年前，他也曾想过下去当一届县委书记，当上县委书记，几年之后迈进副市级的门槛就水到渠成了。然而当时他只是从侧面把自己的想法透露一点给分管干部的副书记朱化民，朱化民摇摇头，拒绝了，他说他一定会对高兴明负责。谁知道形势变化是不以人的意志为转移的，居然来了贾士贞这样的组织部长。早知今日何必当初呢！

其实，高兴明对自己的未来，从贾士贞到任的第三天，就有一种不祥的预感，觉得贾士贞这个人太与众不同了；当他把那批准备提拔的干部名单交给他时，他就觉得贾士贞的目光里有一种特别尖锐的东西，好像他只要瞥一眼那些在组织部门看来很平常的考察材料，就能够窥见其中的秘密。在贾士贞不知去向的那几天，他总是很不安。后来乔柏明告诉他在桃花镇发生的事，他是那样恐慌，好像一场大祸已经降临到自己头上了。虽然他没有亲眼看到在桃花镇发生的那一幕，但他认定那就是贾士贞所为，为这事，他扇了侯永文两个嘴巴。而后来发生的事让他彻底绝望了，贾士贞好像处处都在找他的碴儿，时时都在和他作对，工作上显得很别扭，甚至大事小事都叫他无从插手，弄得他不知所措。一个大权在握的市委组织部常务副部长突然成了一个遇到临时考试的学生，而偏偏老师又站在身旁。他越来越感到，自己留在市委组织部的可能性很小了。但是，他仍然坚信，无论贾士贞有多大能耐，凭他的影响和资历，再怎么也得安排市政协副主席的职务。可是就在前天，他从朱副书记那里得到了一个让他失魂落魄的消息，连原先打算让他去市委统战部当副部长的可能也没有了，而是去政协当个副秘书长。突然间，他感到天昏地暗，如同世界末日已经来临，他所有的精神支柱一下子全垮了。

“老高！”贾士贞终于打破了室内的寂静，也打碎了高兴明纷乱的思绪。高兴明如惊弓之鸟，从梦中惊醒过来。

“老高，你怎么啦？”贾士贞莫名其妙地看着高兴明。

“贾部长，”高兴明的心按捺不住地狂跳着，慌慌张张地说：“贾部长，我不知道该怎么说，按理说，我在市委组织部也这么长时间了，现在也到了该离开的时候了。”他怀着矛盾而又不安的心情说出了极不情愿说的话，准确地说是他找不出恰当的表达方式。

贾士贞说：“你听到什么了？”

高兴明摇摇头，脸色苍白得让人感到可怕，那样子似乎有些可怜，过了一会儿说：“贾部长，我也无所求了，只是希望领导看在我在西舆市委组织部辛辛苦苦那么多年，没有功劳也有苦劳的份上，给我一个说得过去的交代就行了。”他低下头，心里一阵酸楚，泪水在眼眶里闪动着。

贾士贞看着高兴明，突然觉得他有点可怜，转念一想，又觉得官这个东西怎么就有这么大的魅力，把一个好好的人折腾成这个样子，难怪官场中的人为了升官，什么事都干得出来。也许高兴明已经听到了什么，常委会开过两次，他在市委组织部常务副部长位置上干了那么多年，有人给他漏点消息也不奇怪，但是贾士贞到底该怎么和他说，他一时还拿不定主意。常委会上对高兴明工作的问题已经有了明确的结论，但是和这样一个人物谈话，应该由市委书记亲自谈的，他作为组织部长只能参加，但是，常书记至今也没有发话。

贾士贞犹豫了一会，说：“老高，不管你是否听到了什么，在市委常委还没有责成哪位领导和你谈话时，都不要过多地去猜测什么。我想，你作为市委组织部的老同志，这一点一定是清楚的。”

本来贾士贞是想透漏点消息给高兴明的，然而高兴明的情绪太低落了，万一他承受不了，反而会弄巧成拙。现在即使他听到了什么，也不是什么坏事，这让他的思想上有一个适应的过程。

这时贾士贞的手机铃响了，是鲁晓亮打来的，他对高兴明说：“老高，今天先谈到这里吧，有时间我们再聊，我有点事。”

高兴明很知趣地退了出去。

鲁晓亮说他已经回到公安局了，问贾士贞是否有空，于是两人约好下班后在市公安局见面。后来贾士贞说还是换个地方，他一个市委组织部长，总往公安局跑，不太好，现在他已经听到有人议论他和鲁晓亮的关系非同一般了。贾士贞想了想，建议鲁晓亮换下公安服，两人也不要耍派头，当一回普通老百姓，坐上普通的小面的，到郊外找个小饭店，边吃边谈。鲁晓亮一想，这些日子在外面，脑袋里的弦始终绷得紧紧的，还真得放松一下，现在组织部长都这么说了，他也就顺水推舟。可是一个市委组织部长和一个公安局长在下班高峰期，无论在市委门口还是在市公安局门口见面，都不知道会被说出什么新闻来。两人商量来商量去，没有一个好办法，最后还是鲁晓亮出了个主意，两人约定六点半在太平洋商厦一楼大门口见面，那是刚开业的商业中心，人来人往，绝对不会有人注意到他们的。贾士贞看看时间，已经到了下班时间——六点，便匆匆离开了办公室，这和鲁晓亮约好的六点半，时间还早，他决定先回宿舍，于是一个人往市委大门口走去。身为市委常委、市委组织部长，这样一个人走在市委大院里，怎能不引起人们的关注，有的人平时找组织部长还要费一番工夫，一旦遇上，自然不会放过这样的机会。不过贾士贞来到西臾后，跑官要官的人已经明显减少了，不仅那批已经考察过的提拔对象被搁置了下来，连市委组织部公开选拔的八名科长，以及过去那些善于动脑筋研究新上任组织部长关系的人，也开始怀疑、犹豫了起来。

这时的市委大院内，忙碌一天的机关干部大都已经下班，只有那些领导还在废寝忘食地继续加班。贾士贞沿着院内的水泥路，出了组织部大楼。就在转身向大楼走去时，他瞥见一个中等身材的男人，身边一个年轻的女人挎着他的右臂，让人觉得他们不是在市委大院里，而是在逛公园。贾士贞一愣，停住了脚步，仔细一看，原来是尚以军。见到贾部长，尚以军慌忙把右臂从那个女人臂弯里脱出来，女人也看到了贾士贞立即弃下尚以军，老鼠一样蹿上去拦住了贾士贞，在贾士贞面前摇头摆尾、装腔作势道："贾部长，您不认识我啦，我叫武友新，我丈夫说他认识你呀！"

贾士贞愣住了，想了半天，怎么也想不起来这个女人的丈夫是谁。他对这个女人从心里有一种讨厌，在市委大院里不顾影响，那么轻浮。又一想，难道这个女人就是人们议论的林水办的那个政秘科长吗？这时，他有些相信群众的议论了。他朝尚以军看了看，瞪了武友新一眼，没有理她，大步向市委大门口走去。武友新撅着嘴，看着贾士贞的后脑勺，站了很久。

第十一章 漫画作者是谁

三十三

贾士贞的脑海里还清晰地浮现着刚才在市委大院里碰到尚以军和那个年轻女人的一幕，要不是亲眼目睹，他怎么也不会相信，一个六十多岁的单位一把手，竟然不顾影响和一个女人公然在机关大院里勾肩搭背。可他就是想不起来那个武友新的丈夫是谁，他怎么也记不起来了，但是，他却又一直在想这个事，说不定她丈夫还真的是什么重要人物，他这个人就是认真。他决定要弄清楚她的丈夫到底是什么人，她这样放肆都不管一管？

贾士贞在这种心烦意乱的状态中匆匆来到太平洋商厦，商厦门前的高音喇叭里响着刺耳的叫卖声。突然一个男人挡住他的去路，他定睛一看，原来是鲁晓亮。

鲁晓亮问："咱们去哪儿？"

贾士贞说："往郊外，远一点，家常便饭就行。"

鲁晓亮笑笑说："难得我能邀请到市委组织部长，按理说起码我应该选个四星级宾馆，弄点鹿茸牛鞭什么的给你补补。"

贾士贞说："我这年龄哪需要补啊，自从离开老婆到西臾之后，不知浪费多少千军万马！"

鲁晓亮大笑起来，说："怎么不需要？培养人才嘛！"

两人一边走一边大笑着上了一辆面的，上车后鲁晓亮让驾驶员顺着这条街一直往南走。到了那条旧城古街，两人下了面的，进了一家土菜馆，选了一个安静的小包间，点了菜，要了两瓶啤酒。

鲁晓亮喝了一口冰啤酒，看看贾士贞说："贾部长，我不明白，你怎么突然这么谨慎起来了，连见我这个公安局长也要避人耳目？”

贾士贞说：“一般说来，一个地区的组织部，只管他们干部工作，该提拔的就提拔，该做好人的就做好人，多栽花少栽刺，什么矛盾也惹不上。可是我现在，偏偏像截流供水一样，筑起一条堤坝，那些渴望提拔的干部被拦在里面，把我推到风口浪尖上了。就在前天晚上，我从下臾回来，到了半路，估计也只有9点多钟，竟然有一辆本田商务车故意向我们的车撞过来，幸好小苗眼尖手块，当时恐怕只差0.1毫米，我们的车就冲到稻田里了，幸好没酿成大祸。”

鲁晓亮把啤酒往桌子上一摔，骂道：“狗日的，胆大包天！”鲁晓亮涨红脸又说：“怎么当时没让交警大队去人？”

贾士贞摆摆手说：“鲁局长，你以为我是谁呀！这事万万不能惊动，传出去有什么好处，你记住，千万不能声张。”

“那这事怎么办？”鲁晓亮急了，“你能保证以后这帮家伙就罢手了？”

“我自己当心就是了。”

鲁晓亮喝一大口啤酒说：“不能公开查，暗中也非把这事弄清楚不可。否则我这公安局长岂不是吃干饭的？我们不能助纣为虐呀！”

贾士贞说：“怎么不管，只不过是时间问题。现在说说乔柏明的事吧！”

鲁晓亮说：“乔柏明外逃的根本原因现在还很难说，从初步审讯情况看，韩士银肯定是他派人杀的，至于他为什么要杀韩士银，韩士银又是一个什么样的角色，都有待于进一步查实。”

“这些就不是我管的了，下一步就按照程序，交给司法部门去吧！”

“有一件事我觉得非常奇怪，我们在韩士银家发现了那几幅漫画的底稿。”鲁晓亮说着，从包里取出那几张漫画手稿，贾士贞打开一看，这几幅漫画和《臾山晚报》上刊登过的漫画很相似，漫画是用上等宣纸画的，上面只有日期，没有落款。贾士贞想到报纸上登出的漫画也没有落款，难道韩士银是漫画的作者？如果漫画是他所为，贾士贞就不觉得奇怪了，因为他那天夜里被侯永文带走后不久，韩士银就到场了，应该说侯永文所做的一切都没有瞒着韩士银。想到这里贾士贞又说服不了自己了，如果韩士银知道他就是市委组织部长，他作为县公安局长无论如何也会阻止侯永文的行为的；如果说韩士银不知道他是市委组织部长，那么这漫画又是如何画出来的呢？从那三幅漫画看，只有完全了解内幕的人才能画出那样的漫画。

鲁晓亮提议，明天把这几幅漫画交给《臾山晚报》社副主编肖一鸣，看看当初给报社投的到底是什么样的底稿。其实，对贾士贞来说，漫画的作者到底是谁，并没有多大关系，只是对这样的事，发生在谁的身上谁都会有一种好奇心。贾士贞想了想，同意鲁晓亮去找肖一鸣核实一下，他自己还是不出场为好，只是嘱咐鲁晓亮，和肖一鸣不要涉及到漫画所画的内容。

第二天上午，鲁晓亮赶在上班前几分钟，出现在《臾山晚报》社的院子里。这里除了《臾山晚报》，还有《西臾日报》社，《奋斗》文学杂志，《西臾诗词》不少单位，尽管鲁晓亮换了一身便装，但还是有人认出他来，他们一听说公安局长找肖一鸣，就个个都怀疑肖主编出了什么事。偏偏就在这时肖一鸣蹬着自行车进了院子，等到他锁好自行车，往办公室走去时，鲁晓亮才跟在后面。肖主编开门刚进屋，鲁晓亮就到了，没等他说话，鲁晓亮就自我介绍了一番。肖一鸣不知发生了什么，急忙让座，鲁晓亮说明来意后，取出漫画底稿。肖一鸣反复看了半天，才找出原来的底稿，说："鲁局长，你来看，你拿来的漫画显然和原来的底稿不是一回事，但是奇怪的是，它们却又都有着必然的联系。第一次的漫画也是三幅，只是内容不一样；第二次也是一幅，内容也不是一回事。"

鲁晓亮看着两份漫画稿，确实不是一回事，也许是出于多年做公安工作的职业习惯，他暗暗下决心一定要弄清这漫画的背后到底是怎么回事，而且他认定，给报社投稿的人和韩士银家里发现的漫画底稿一定有着必然的联系。于是鲁晓亮和肖一鸣去了下臾。

贾士贞上午正准备上班，接到两个莫名的电话，一个是反映乔柏明的，其实乔柏明的问题现在已经不该向他这个组织部长反映了，既然乔柏明的县委书记已经免职，属于违纪的是纪委的事，属于刑事问题的要向司法部门反映。另一个电话却是为高兴明鸣不平的。市委常委会已经开过两次，高兴明要离开组织部的消息不胫而走，而且不是提拔，也不是重用，连副市级的待遇也不享受，打电话的人不肯报名字，贾士贞再多问一句，电话早挂断了。

其实贾士贞哪里不知道，这几个月来，西臾市委组织部工作千头万绪，几位副部长原来的分工虽然没有宣布变动，但是，那已经是名存实亡了，所有的工作都由他自己亲自处理。更荒唐的是，由于中层的八个科长都实行公选，原来的科长也就自动靠了边，而且组织部平日最热点的考察，选拔干部工作也处于停滞状态。不过贾士贞心中有数，他能把网撒出去就一定能把它收回来，也就是所谓的大乱达到大治吧！他要在八名公选科长到位前后把高兴明安排到位，同时把张敬原和庄同高尽快调出市委组织部。

一进办公室，公选办的小孙和卫炳乾就站在门口了，两人是来汇报公选组织部科长公示后的群众反映的事的。

八名科长候选人共有二十四位，每个岗位公示文化考试和答辩总分的前三名。按照公选规定在二十四名候选人中，公示后只要群众反映的问题都必须查清。从目前的情况看，报考组织部办公室主任的第一名陈江华是市民政局办公室主任，群众反映他每次到县民政局工作时都收受高档香烟，逢年过节还有受红包的现象。贾士贞想，如果这个陈江华真的是有这样的情节，当然不宜到市委组织部工作。这样，报组织部办公室的第二名就是赵欣了，他是市志史办公室科长，是周一兰的表弟。贾士贞心里矛盾起来了，他既希望赵欣能够凭本领公选到组织部来，也确实担心为此而引起社会上的误解。当考试分数公布后，他看到赵欣居第二名，但是和第一名的分数悬殊太大，按照公选规定，文化考试占百分之七十的比例，赵欣无论如何也不可能超过第一名的。然而，现在第一名的陈江华却又出现了这样的问题，如果他真如群众反映的那样，就必然要取消他的资格，那么排名的第二的赵欣自然会变成第一名，成为市委组织部的办公室主任。

于是贾士贞让小孙和卫炳乾立即按分工，通知考察组根据群众反映的材料进行核实。

小孙和卫炳乾走后，贾士贞静下心来一想，必须尽快让组织部的干部到位，下一步就进行全市县处级干部公选的试点工作。于是他拨通了常书记的电话，问常书记什么时候和高兴明谈话，常友连说他正准备打电话，让他现在就去市委大楼。

贾士贞来到常书记办公室，常友连说，他已经让办公室通知高兴明到他办公室了。

过去常委会研究干部之后，会当场决定如何谈话如何发文，有时还要求谈话后几日内必须交清原单位手续，到新岗位报到。可是这次常委会开过之后一直没有人提出谈话和发文的事。是啊，一共只研究三名县处级领导，乔柏明不需这个程序了，而林水办的尚以军已经过了退休年龄四岁，哪里需要什么谈话，他现在不是职务问题，而是坚决不同意扣他到年龄没退休多领的工资问题，那么剩下的只有高兴明一个人了。其实常友连不是因为工作忙，而是按照惯例，像市委组织部常务副部长的工作变动怎么能安排到政协去当副秘书长呢？在第一次常委会上，他也考虑过，准备给他一个助理巡视员的职务，让他享受一下待遇，也算是一个安慰。然而他从贾士贞的讲话中感觉到了什么，所以形成让高兴明到市委统战部当副部长的意见。可是谁也想不到的是就在这关键时刻，乔柏明逃跑被抓获，常友连因此在第二天的紧急常委会上立即改变了第一次常委会的意见，让高兴明任政协副秘书长。

高兴明过去也常到市委书记办公室来汇报工作，特别是他当常务副部长那几年，有时他是陪同部长一起向书记汇报干部问题，也有时受部长之托，单独向市委书记汇报。应该说，不仅他对常书记比较熟悉，常书记对他也算是比较了解的。

官场上的规则就是这个样子，官大一级压死人。高兴明在组织部时间那么长，他十分了解该怎么做上级，也知道如何做下级，这些年来，他对市委书记、副书记，对市委常委、组织部长，处处小心谨慎，很清楚低一级必然矮三分的道理。这与年龄没关系，和乘公共汽车不同。乘公共汽车时，一旦有年纪大的人上车，会有语音提示，请给老弱病残让座，而且也真的有人让座；官场上则不同，谁会给后来的人让座？世间绝没有这样高风亮节的人，抢都抢不到手。五十岁的处长见了三十岁的厅长，你得照样像孙子见了爷爷，给厅长赔笑，向厅长献媚；三十岁厅长有专车，五十岁的处长蹬自行车，这是中国官场的习惯、美德，谁也改变不了。

高兴明站在常书记的办公室门口，犹豫了半天，才轻轻地敲了两下门。往常他不知道陪同领导和多少个干部谈过话，那时他是居高临下的，很少想过当事人的感受，他更没有想到有一天自己也会怀着恓惶的心情失魂落魄地站在被谈话的位置上。对于工作的变动、职务的调整，过去常常有不满意的人，在领导谈话时，有讲价钱的，有抵抗的，有摆老资格的，甚至有大吵大闹、痛哭流涕的，他见得多了。如果说谈话他想到过的话，那也是想到哪一天常书记突然把他找到办公室，宣布他提拔的谈话，那时，他一定会激动无比、感激涕零的。然而，那样的时刻是不会到来了，等待他的将是一幕幕可怕的场面。他万万没有想到自己会有今天，他的心里充满着恐惧、不安，虽然他已经多少知道点自己的下场，但是还是害怕这一幕。

现在他坐在常书记面前，不敢看常书记一眼，尤其害怕贾部长那咄咄逼人的目光，好像觉得自己不是一个因调动工作而谈话的人，而是一个被审判的犯人。到底常书记说些什么，他根本没有认真地听，只是巴不得立即结束这场让他胆战心惊的谈话。他太清楚了，在官场上，让你干什么，你就只能干什么，绝没有讨价还价的余地。最后，常书记问他还有什么想法和要求时，他的头脑才似乎清醒了些，但是，他知道，领导谈话总有结束的时候，当真有什么想法和要求也是没什么作用的，那是哄三岁孩子的。他过去见得多了，有的领导对你提出的要求说，“以后组织上有机会考虑吧！”那就是告诉你，你等着吧，那是不可能的！

到底是怎么从常书记的办公室出来的，他已经毫无记忆了，只是明白，过去组织部门高人一等的时代结束了，他高兴明成了第一个牺牲品。过去他也常常碰到干部变动工作不满意的事，但有时也不得不讲些大道理，有时当事人也会发些牢骚，而他总是不显山，不露水，语焉不详，一副领导的派头。

这次谈话，对于高兴明来说，是很痛苦的，他觉得自己在官场上已经走到了尽头。一个人官至市委组织部常务副部长，确实受到未来很大的吸引力，这世界上没有一个人嫌官大的。官场上的诱惑力太大了，中国人的习惯是只能上不能下，每当想到自己从组织部副部长一下子到政协当副秘书长时，高兴明的心就一下子揪了起来，全身像掉进冰窖一样，像被人扒了一层皮！他隐隐感到内心一阵阵的疼痛，虽然这种疼痛还不算是心绞痛，但是，这种痛也是非常痛苦的。可是，全省几千万人只能有一个人当省委书记，全市几百万人也只能有一个人当市委书记，终归不能让想当的人都来当吧！高兴明到底是怎么想的，只有他自己心里清楚。

三十四

韩士银是否就是漫画的作者，鲁晓亮和肖一鸣颇费了一番工夫。韩士银年轻时确实也爱好书法、画画，但始终没有什么成就。据下舆县公安局一位和韩士银关系不一般的人透露，韩士银有一个非常要好的异性朋友，曾经是县职业中学的美术教师，后来通过韩士银的关系调到县文化馆，这个女人的中国画不仅在当地小有名气，作品还在全省获过奖。肖一鸣怀疑漫画与这个女人有一定关系，但是，他们觉得凭空去找这位女子，显然不合适，况且这种生活上的隐私又没有公开，万一弄出麻烦来不好收场。肖一鸣想到下臾县文化馆有一个作者，经常给《臾山晚报》写稿，和他比较熟悉，打算通过他接触一下这个女人。于是肖一鸣在那位作者的帮助下，和这个女人见了面。她叫乔玉选，四十岁刚出头，人不算太漂亮，但却有一种特别的气质，丈夫是中学老师，一个女儿十五岁。在人们的印象中，乔玉选是一个很有才华的女子，也是县文化馆书法、绘画活动的骨干分子。肖一鸣说报社准备组织一批绘画和文学骨干作者，准备在适当的时候进行必要的培训，以便经常给报纸副刊投稿，乔玉选很高兴，说她除了画中国画，还画漫画。后来肖一鸣拿出那几幅漫画底稿，不知为什么乔玉选有点不屑一顾，只瞥了一眼他手里的漫画，笑了笑，什么话也没说。肖一鸣问她见过这些底稿没有，她摇摇头，未加可否，让人感觉不到任何倾向性。到底这些漫画她是没见过，还是与她没有关系，让人难以捉摸。肖一鸣觉得这个女人有些怪，随后又把从韩士银家发现的漫画底稿拿出来，她同样看了一眼，微微一笑，没有任何表情。但这一次肖一鸣发觉她的脸上闪过一片阴沉，于是肖一鸣暗示他的朋友离开。那位作者借故离开后，肖一鸣把两幅漫画放到一起，提出这两幅画的相似之处和不同地方，乔玉选也就很自然地和肖一鸣评论起画来。在评画过程中，乔玉选冒出一句话来，说她见过那幅漫画稿子，指的是韩士银家的画稿；至于报社的底稿，她却避而不谈，但是肖一鸣已经断定，乔玉选起码是作者之一。当谈到韩士银时，乔玉选有些伤感，大骂官场的黑暗与卑鄙，这件事情也只能到此为止了。从下臾回到市里，鲁晓亮和肖一鸣向贾士贞做了汇报，贾士贞不让再追究漫画的作者是谁了。

和高兴明谈过话之后，这事在市委组织部和机关就公开了，组织部里表面上仍然平静如水，但是实际上干部们和机关里一样，只是没有公开议论罢了。组织部一向是被人们抬头仰视的地方，高兴明过去在全市干部的眼中是一言九鼎的人物，谁能结识了他，谁就已经迈进副县处级的大门一只脚了。在西臾，也确实如此，一个科级干部，只要高兴明帮助说话，那成功率就达到百分之九十了。现在突然调他到政协去当副秘书长，不要说他本人接受不了这个现实，机关里谁也接受不了。虽然人们对组织部一直有敬畏之感，也有人对组织部的特权愤愤不平，但是听到高兴明调到市政协当副秘书长了，又为他鸣不平。

按照组织部的惯例，只要组织部调出干部，就要举行不同规模的欢送宴，何况是高兴明这样一位举足轻重的常务副部长！然而，从那天谈话的情绪看，高兴明的心情十分沮丧，从那之后，他就没有到组织部办公室来过一次，这显然不宜搞什么欢送宴会，贾士贞决定取消欢送宴，改为座谈会。

第二天下午，组织部会议室摆满了水果、饮料、香烟，大家把高兴明、张敬原、庄同高请到场，虽然三人情绪都不好，但是，表面文章都做得不错。会议一结束，三人就不算组织部的人了。

市委组织部副部长安排当了政协副秘书长，干部科长平职调出组织部，这在当今中国是很少见的，贾士贞知道他身上的压力有多大。他在省委组织部八年，亲眼看到省委组织部那些干部工作能力平平，文化程度也不高，熬到年头出去就官升一级，他自己年纪轻轻的就从省委组织部调到市里任常委、组织部长。他也想到了，如果他当初不到省委组织部，现在就仍然是乌城市委党校一名普通教师。在人们眼里，组织部门好像有什么特殊的灵丹妙药，只要你在那里镀几年金，摇身一变，就与众不同了。贾士贞一次又一次，反复地想过，在他担任西臾市委组织部长期间，对西臾市县处级干部的选拔、任用，对市委组织部内部干部的任用，他都面临着一次关键性的抉择。这样做，涉及一些人切身的利益，他们会恨他骂他，但是不这样做，干部人事制度改革就流于形式，也难以有一个开拓性的进展。万事开头难，枪打出头鸟，贾士贞已经被推到风口浪尖上了。

尽管贾士贞的做法受到不少人的关注和称颂，但也有许多人不习惯这种改革的激烈震荡，他们习惯了靠绝对权力来管理干部的模式，习惯去拉关系，找后台，甚至不顾一切地去跑官、买官、要官。所谓公开、公平、公正，那是理想中的画饼。他们对这种高度文明所带来的现实，反而觉得奇怪，觉得这是一种不守规矩的离经叛道的行为，而贾士贞正是在开辟这片荒芜的处女地，播种新时代的优良品种。

市委组织部公开选拔八名科长的做法在人们一片褒贬声中诞生了。这天下午，市委组织部热闹非凡，会议室上方悬着“公开、公平、公正”六个大字的横幅，会场上除了组织部全体人员之外，还有县区委组织部领导，市直机关分管领导和人事科长。

会议开始时，八位同志精神焕发地走进会场，台下爆发出热烈的掌声。贾士贞首先代表市委和市委组织部做了简短的讲话，宣布了八位同志的任命文件，接着新任命干部代表发言。

西舆市委组织部终于揭开了新的一页，迈出艰难而不平凡的一步，无论你如何评价市委组织部这次公选的八名干部，都无法否认他们表现出的勇气和魄力，尽管他们只是普普通通的科级干部。他们将在西舆这块土地上，在省里乃至全国产生无法想象的影响！在我们脚下这块土地上，每时每刻都发生着变化，有人创造历史，有人研究出举世瞩目的科技成果，同样，历史也不断记录着时代的丰功伟绩；每一分钟都有新的生命降临这个世界，也有另一些人走进坟墓。世界从来就没有平静过，停止过。

对于贾士贞来说，这个年轻的市委组织部长在闯荡自己的路，如果说在省委组织部的八年里，他是在平淡无奇中度过的，那么至少说那是他生活的积累，灵魂的碰撞；如今则是他平淡无奇后的辉煌，是他灵魂碰撞而产生的火花！历史也将重重地留下抹不去的一笔。

三十五

赵欣走马上任西舆市委组织部办公室主任，机关干部科长汪为民，县区干部科长孙中溪都已经同时到位，卫炳乾也成为市委组织部新组建的干部人事制度改革办公室主任，其他几位科长也都同时各就各位。市委组织部里陡然间焕发出从没有过的生机，就在公选科长公布的当天下午，组织部就召开了一次重要会议，首批在全市范围内公开选拔县处级领导干部工作即将开始了。

火热的夏季即将来临，荒凉的舆山从南向北依次抹上大片大片的绿色。流过舆山脚下的舆西河清澈澄碧，水波映照着蓝天白云，反射出太阳金银般灿烂的光辉。万岭千山之中，绿意盎然，野花缤纷；庄稼人赤膊光膀，进入了一年一度的繁忙季节。大自然和人的生活都随着夏天的到来而变得丰富多彩。

西舆市机关和农村一样，进入从未有过的繁忙季节。

黎明，当这个近百万人口的城市从梦中醒来之后，即刻就像平静的大海掀起了风暴，到处充满了喧嚣与纷扰，大街小巷，涌动着人和车辆的洪流；十字街口纠结着自行车的旋涡。这是一个不平凡的早晨，西舆的大小报刊都在头版显著位置刊登了公选县处级领导干部的重大新闻。让全市人民吃惊的是，这次公开选拔的县处级领导干部，除了每个县区一名副县区长，机关四十四名副局长（主任）外，还同时公开选拔四名正处级领导，市委组织部副部长，下臾县委书记，市林水办主任，《臾山晚报》社主编各一名。

新闻发布会公开之后，从农村到机关，从办公室到家庭饭桌，人们无不围绕着公选干部一事议论纷纷。经过一周的宣传发动，报名工作开始了。

周效梁经历了儿媳吴怡宣帮助考生作弊的事件之后，一直对贾士贞耿耿于怀，眼看着公开选拔县处级干部工作就要取代了过去由组织决定人选的办法，他就直接找到市委书记常友连，说他儿子是经过市水利局党组报告，前届市委组织部长决定，并已经考察的副局长人选，岂能让贾士贞一个人推翻了。

常友连不能只为他周效梁儿子一个人就取消这次公选，他劝他动员周森林参加水利局副局长竞聘。周效梁碰了一鼻子灰，始终把仇恨记在贾士贞头上。然而，贾士贞从内心希望周森林能够参加这次公选，并且希望他能通过一道道难关，坦坦然然地成为市水利局副局长。这样多少能减少周家和他的积怨，为此他特地把周森林的档案调过来看了看，条件是符合了，就看他有没有这个勇气了。

这天，贾士贞让赵欣专程去了一趟市水利局，把周森林请到他的办公室，不仅做了周森林的工作，而且鼓励他大胆地接受这次公选的挑战。

现在组织部的中层骨干都已经到位，贾士贞觉得组织部的工作应该逐步走上正轨。他现在突然想到，公开选拔县处级领导干部关键是开头，大政方案定下来，就不难了，只要按照规定程序严格进行就行了，并要始终坚持一个原则，就是“公开、公平、公正”六个字。经过组织部选拔干部的实践，他认真总结经验，召开各种座谈会，进一步修改完善具体政策。他此时此刻想到的是，作为一个市，不可能所有的干部都是通过“公开、公平、公正”六个字来进行的，就像乔柏明、高兴明、还有尚以军，这样的事还要通过组织手段。其实他早就感觉到市委副书记朱化民对改革干部人事制度的抵触情绪，他不希望手中的权力就此失去了，常委们也在看着贾士贞。组织部毕竟是组织部，考察、选拔、任用干部还要继续下去，但是贾士贞觉得，考察干部的方法必须改革，绝不能暗箱操作，必须坚持公开透明的原则。

常委会上朱化民的发言讲的是市委常委，实际上是指桑骂槐，他的意思是市委常委有权不用。难道以后市委常委就不再任命领导干部了，现在干部议论纷纷，对常委很有意见。当时贾士贞本打算提出不同意见的，后来一想，自己作为新到任不久的组织部长，在常委会上向副书记发表不同意见，会显得他不成熟或者说他有些狂妄。事实上，朱副书记的说法也是一家之言。总之每个县区、市级机关领导干部就那么多职位，可以肯定地说，按照过去的办法，市委常委研究的干部人选，无论如何也不可能和通过公开选拔的人一致，因此，那些有关系的人不一定能公选上，他们必然对改革心怀不满，但是绝大多数人有机会参加公选了，他们的积极性被调动起来了，自然拥护这样的改革。换句话说，少数人有意见，大多数人是支持的。但是那批已经考察过等待提拔的人明显感觉到他们的提拔被搁置下来了，这样到嘴的肥肉要吐出来，他们肯定难接受，有人便拐弯抹角托关系找他。像下臾县的侯永文这样的人，还有像高兴明、张敬原、庄同高这样的人，恨不得他死才好。然而，当市委组织部真的面向社会公开选拔八名科长，而且每个环节都向群众公开，人们凭自己的能力参加竞聘，让大部分群众真正看到了组织部改革的决心，有的人在网上发表评论，称赞贾士贞是新型的改革型组织部长，还有的说他也是第一个吃螃蟹的人，是吕日周、仇和那样的改革发动者和实践者。

干部问题是一件十分敏感的事，高兴明、张敬原、庄同高三人调出组织部，而且都没有提拔，高兴明是市委常委研究的，人们议论归议论，终究不能改变些什么；可张敬原和庄同高的事很快就反映到常友连那里去了，而且张敬原和庄同高也都通过常书记的秘书找到了常书记。在他们上访之前，程秘书已经在常友连面前吹过风，因此常书记觉得他们反映的情况是真实的，但是并没有表态，只是在心里暗暗同情他们二人。在他印象中，市委组织部的科长们还从没有这样平职调出过，无论岗位怎么样，都是提拔为副县处级后才调出的。张敬原和庄同高走后，常友连关上门，给贾士贞打了电话，他很注意说话方法，也很迂回，不希望贾士贞知道组织部的两位科长找他告过状。接通电话之后，常友连先是了解一下组织部公选干部的情况，接着又问机关对当前干部问题有什么反映，最后才说出他要说的主题，他说市直机关反映比较多的是两个干部科长工作安排的问题。贾士贞把这两个人的具体情况做了些解释，并说明在这个时候如果仍然按照过去的老办法把他们都作为副县处级安排到副局长或到县区副职岗位上，群众一定认为市委的干部人事制度改革是装腔作势，是表面形式！那么更多的干部就会怀疑市委公开选拔干部的真实性。贾士贞说，这个事情他并不是随心所欲，他希望他们两人都去参加公开选拔，能考上更好，考不上只要正确对待，努力工作，在今后的适当时机，有合适的位置还是可以考虑的。常书记觉得贾士贞讲得很有道理，毕竟张敬原和庄同高又不是他的什么特殊关系，这事情也就过去了。对于贾士贞，常友连还是觉得是一个难能可贵的市委组织部长，虽然有时候也觉得他改革的力度猛了些，快了些，但是对于一个长期从事组织工作的年轻人来说，是值得赞扬的，也是应该支持和肯定的常。2004年里，中央颁布了五个，中纪委和中组部又联合发了一个，通称“5+1”文件，都是关于干部人事制度改革的文件，是中央从整体上不断推进干部人事制度改革的重要举措。无论从哪个角度来说，他作为市委书记都应该支持贾部长的做法，何况他们之间又有着特别的关系呢！

贾士贞接完了常书记的电话，心中自不那么平静，他知道庄同高和张敬厚把事情反映到常书记那里去了。见赵欣站在门口，贾士贞问他有什么事，赵欣说：“贾部长，高兴明副部长住院了！”

贾士贞立即意识到高兴明出了什么事，人就这样，这些日子高兴明一直忧心忡忡！忙问道：“他怎么了？”赵欣说：“是脑溢血！”贾士贞说：“到底怎么回事？”赵欣说：“我只是听说，后来从侧面打听一下，果真如此！是昨天晚上九点多钟发生的事。”

一听说五十岁刚出头的高兴明得了脑溢血，贾士贞当即决定叫赵欣去买些东西，马上去看望高兴明。

去医院的路上，贾士贞又讲起高兴明怎么突然就得脑溢血住院了，司机小苗一边开着车一边头也不回地说：“高部长得病的原因比较复杂，外面传说也多，有一点是大家都在传说的，自从宣布他调政协当副秘书长，他就在家没出过门，天天心事重重，闷闷不乐……”小苗没有说下去，突然停住了。赵欣说：“哎，人哪，什么时候才能做到宠辱不惊？想想人家卫炳乾，从市委组织部副科长调到乡政府当副乡长不说，还被人千方百计地整，遭了绑架，都没有什么，他的心态就很好。”

说话间，已经快到高兴明住院的医院了，车子只能缓慢前进，贾士贞问：“老高得病还有什么原因？”

小苗犹豫了半天说：“这都是传说，不知真假，有人说下舆县委书记乔柏明交代了不少问题都和高副部长有关联，他怎么能不紧张，再加上那天晚上一个人心情不好，喝了不少闷酒……”

正说着，车已经进了医院大门，三人下了车，赵欣提着礼品，小苗捧着花篮。高兴明虽然不够住高干病房的级别，但是，许是组织部常务副部长的余威，他便住在内科病房三楼朝南的单人病房。一进三楼走廊，就有一种安静肃穆的气氛，赵欣一边走一边看着病房门口的床号，只是脚步特别轻。推开病房只留着缝的门，见病床上的病人一动不动，一个女人趴在病人的脚边睡觉，唯一能看出点生机的是床头的氧气瓶里不停地冒着气泡。

贾士贞轻手轻脚地走到床边，惊醒了睡觉的女人，小苗知道贾士贞不认识高兴明夫人，忙介绍着她。这时高夫人不知是伤心还是受到了什么委屈，顿时泪如泉涌，泣不成声。贾士贞一时无计可施，只好说些宽心话，随后看看双眼微闭的高兴明，大背头仍然梳理得整整齐齐，脸却如死灰一般，除了氧气瓶里不停地翻着气泡和盐水瓶一滴一滴地带着点生气外，没有一丝生机。

贾士贞问老高怎么突然得了这种病，高夫人好像不愿多说，只是责怪自己不该让他多喝酒。贾士贞赶快转了话题，又坐了一会，三人便告辞出了病房。到了走廊里，小苗把贾部长拉到一边，低声说：“贾部长，高副部长得病的原因还有一个。”贾士贞看看小苗说：“还有什么？”小苗说：“高副部长有一个相好的女人，昨天下午两人在公园里见面，不知哪个缺德鬼给高副部长夫人报了信，高夫人当时就赶到了，两个女人厮打起来。”贾士贞问：“这话是听谁说的？”小苗说：“我老婆姐姐就在公园工作，那天她亲眼所见。所以我刚才在车上没说这事。”

回来的路上，三个人都沉默不语，没说一句话，到下车时，贾士贞头也没回地进了办公大楼。

贾士贞进了办公室，心里还在想着高兴明的事，电话响了半天，他才拿起来，是报社肖一鸣，他说有事要见贾部长。

见了肖一鸣，贾士贞说起报社公开选拔主编的事，他说他主持工作那么多年，组织部既不派人，也不明确他的职务，他的工作实际上是在夹缝上下，艰难地应付着。现在干部人事制度改革很有了活力，让大家看到了希望，他不吃馒头也要争口气，决定抓住这样的机会参加竞聘，就是竞聘不上，他也心服口服了，只能怪自己没本事。

随后，肖一鸣拿出画稿。那天他和鲁局长从下臾回来后，他就在想，那位乔玉选八成就是作者，但她不承认，别人也没有办法。肖一鸣在整理过去作者投稿的资料时，发现了一幅漫画底稿，风格、笔法都一模一样，连用纸都是一样的，而那张底稿上署名正是乔玉选。于是肖一鸣一个人悄悄地又去下臾，单独和乔玉选见了面，经过一番长谈，她终于说出那几幅漫画的故事，但是她说韩士银家里的那几幅真的不是她画的。原来韩士银学生时代也是一个多才多艺的学生，爱书法，爱画画，只是由于出生农村，缺少后天良好的教育，后来去部队当兵，误了在艺术上发展的机会。但是天赋毕竟是天赋，每逢县里举办书画展览他都是热心的参与者。今年春天，突然有一天他找到乔玉选，讲了一个故事，并说这是一个漫画题材；又过了两天，他便拿着自己画的底稿给乔玉选看，让她给他重新修改一下，乔玉选也不知他到底是什么意思，也就在他原有漫画的基础上重新画了三幅，交给他了。

讲了这些经过之后，乔玉选恳求肖主编为她保密，虽然韩士银已经死了，但是双方的名誉都很重要，她是一个女人，有丈夫，有家庭。肖一鸣自然答应了她。

第十二章　复杂关系

三十六

就在全市轰轰烈烈地掀起公开选拔四十四名副县处级和四名正县处级领导干部的改革时，突然有一县一区的县委组织部长急需调整，上臾县委组织部长强兆达患了鼻咽癌，刚刚去世；臾山区委组织部长被中央机关某部选调走了。组织部长在一个地区不仅处于重要的位置，而且身上的重担远远超过一个副书记或者副县长。过去遇到这种情况，除了领导特别交办的人选之外，一般都是市委组织部近水楼台先得月，市委组织部长会把自己心目中最有位置的科长们提拔出去，让他们担当县区委常委、组织部长的重任。

然而，到底如何处理这件事，却让贾士贞颇费一番脑子。不是贾士贞没有这个能力，也不是西臾没这样的人选，只是应该采用什么办法的问题。这两个地方的一把手书记不仅打电话找过贾士贞，也亲自谈过要求尽快配组织部长的事，当时上臾县委书记要推荐一个乡党委书记担任组织部长，还说马上以县委常委名义报送给市委组织部，贾士贞让他等一等。这天常书记的秘书专程跑到贾士贞办公室，说常书记请他。他即来到常书记办公室，常书记精神焕发，情绪昂然，开门见山地就说起上臾县和臾山区两个组织部长的事，并且说两个地方的一把手书记催得很紧，后来他干脆提出自己的观点，认为县区委常委组织部长目前最好不要采取公开选拔的办法，可以扩大推荐渠道，把推荐上来的人选进行比较，再进行严格的考察，最后在市委常委会上无记名投票，这也是改革的一种办法。

作为市委组织部长，贾士贞觉得常书记所讲的话不是没有道理，这样推荐选拔领导干部的方法和程序在各级党委，组织部门已经沿用了几十年，而且目前仍然在这样做。一把手的权力是谁也动摇不了的，常书记的话也具有一样的绝对权力，贾士贞到西臾之后，对常书记这方面的民主意识从心里是敬重的，特别是原来王部长在任时经过了常书记和朱副书记，并且已经考察过的那批干部，如果常书记一定要把这批干部拿到常委会上研究，他贾士贞还真的不能不服从，可是常书记居然采纳了他的意见。现在书记提出一县一区的组织部长问题，贾士贞有什么理由不执行书记的意见呢！可是他又感到在全市大张旗鼓地宣传公开选拔四十四名副县级和四名正县级领导干部的关键时刻，市委突然任命两名县区委组织部长，群众会怎么看待呢？

贾士贞一直沉默不语，陷入深沉的思考当中。常书记又继续讲了一些想法，随后提出让他的秘书程文武出任上臾县委组织部长，从组织部选择一个科长出任臾山区委组织部长。常书记的意图这时贾士贞再清楚不过了，他想让程秘书出任县委组织部长，由组织部决定另一个，这显然是一种平衡办法，像出售商品一样，搞起搭配来。

贾士贞没有表示反对也没有支持常书记的意见，临走的时候只说了一句，请常书记容他考虑一下。到了外间，程文武满脸笑容地迎了上来，跟在贾士贞后面，一直把他送到楼下。他觉得程文武今天有点异常，变得这么热情，往日他来常书记办公室时，程文武虽说对他这个组织部长比对别人热情，可从没有像今天这样，把他一直送到大楼门口，还站在那里不肯离去，那种笑容也很特别。贾士贞心中暗暗好笑，觉得这才是画蛇添足，多此一举。

回到办公室，贾士贞不得不认真对待这样一个严肃的问题了。他现在接触的是市委书记，市委书记是这个地区的最高权力的代表和象征，市委书记向他交办一个副处级干部的提升问题，实在是一件很小的事，贾士贞没有任何理由不执行书记的指示的，何况是领导的秘书，领导的秘书是什么人？他的权力仅次于领导。在省里，省委书记的秘书现在当省长、副省长，当市委书记、厅长的大有人在，谁都知道领导秘书为什么个个提拔重用，那是因为他们知道领导的秘密，甚至连领导的私生活都了如指掌，时间越长，掌握领导的秘密也就越多。领导往往不能让秘书留在身边太久，要换秘书，那就得提拔，而且还必须是有权力的重要位置。实际上，领导秘书提拔的特权比组织部的干部还要大。

贾士贞到任以来，应该说常书记对他工作的支持，是一般市委书记难以做到的，这一点贾士贞不止一次想过。虽然常书记是一个有情有义的人，且念及那次他被他考察的特殊关系，但是他作为一个市委书记的胸怀，一直让贾士贞从心底佩服而且非常感激。若是市委书记根本不顾及关系，死死控制着至高无尚的权力，贾士贞再有能力，也将一事无成，他所有的改革方案也将付之东流。在这种情况下，书记提出要安排自己的秘书，是人之常情，贾士贞没有任何理由推托。但是，当贾士贞想到即将推开的全市公选，他又犹豫了起来。

现在摆在贾士贞面前的是市委书记秘书提拔的问题，这是他担任市委组织部长以来碰到的一个很棘手的问题，应该说也是最难解决的问题。程文武和张敬原、庄同高不同，他是市委书记的秘书，他不得不慎重对待。他上任后的第一把火是在市委组织部内部烧起来的，他一个市委组织部长总不能把火烧到市委大楼，烧到市委书记的头上吧！

说来也怪，这个本属于西舆高层领导的个别谈话，两天后就传出去了。市委要提拔两个县区委组织部长的消息本来只是市委书记和组织部长两人之间的事，怎么会传出去呢？而且贾部长基本没有表态，也没有和组织部的任何人议论过，难道有人窃听他们的谈话？

贾士贞和常书记谈话后的第三天下午，他刚走出办公室的门，就被庄同高逮住了。贾士贞一看是组织部刚调出去的县区干部科长，只好开门回到办公室，并热情地给庄同高倒水，问他工作怎么样，希望他能够报名参加这次副县级干部的公开选拔。庄同高或许是听到了什么风声，显然是有备而来，他从汇报自己的思想开始很快就切入主题，接着干脆说市委准备配备两个县区委组织部长，希望贾部长能够考虑他是一个在组织部工作多年的老同志，给他一次机会，并说这样的机会对于他来说，实在是不容易的。贾士贞先是一惊，本想问他是怎么知道这个消息的，但是又觉得问这样一个低级、愚蠢的问题没有多大实际意义，就不打官腔地讲了一些庄同高的实际情况，让他多少受到一点感动。临走时，庄同高仍然再三恳求贾部长多多关心。

吃了晚饭，回到宿舍，贾士贞正想给妻子打个电话，问女儿岚岚放假了没有，如果女儿放假了，让妻子请公休假，到他这里来住一段时间。他刚向电话走去时，电话就响了，他已经习惯了这种生活，有些人总希望在没有干扰的情况下和他这个市委组织部长谈一些不能公开的话题。贾士贞坐到沙发上，拿起电话，里面传来了朱副书记的声音。朱副书记虽然是政工副书记，是直接分管组织部的市委领导，但是由于贾士贞改革干部人事制度一连串的举措推出来之后，他就受到了冷落。通常政工书记和组织部的关系是相当密切的，可是自从贾士贞来了之后，他突然间觉得他这个政工副书记与组织部没什么关系了，这么长时间常委会只研究过三个县级处干部，会议之前虽然贾士贞向他汇报过几次，但都无法形成统一意见，后来常书记让直接拿到常委会讨论。贾士贞知道朱副书记对他有看法，不满意，可他只是装聋作哑，他觉得自己做的工作没有错，光明磊落，没有任何个人私利。他抓着电话，一阵思绪之后，说了一声："朱副书记你好！"在他的记忆里，这是朱副书记第一次把电话打到他的宿舍，所以他显得很尊重，也非常客气地问领导有什么指示。朱化民先是一阵爽朗大笑，接着和贾士贞说起笑话来了，他问贾部长憋了多少时间了，是不是应该想办法排排涝了。贾士贞一时不知他说的是什么意思，仔细一想，原来是一句粗话，他大惑不解，他们之间从来都是板着面孔，见面也不多说一句话的，怎么突然变成不拘小节的老朋友了呢？正在他茫然思索时，朱副书记接着说："贾部长你不能让老婆长期这么干旱下去，总得去抗抗旱呀！广大农村都像你们这样，旱的旱，涝的涝，那怎么行呢！要不要我给你通个管子，从西舆通到省城。"贾士贞心里明白，官场上都这样的，这叫没话找话说，也是一种套近乎的办法。领导主动和他套近乎，他不能不识抬举的，只好跟着敷衍几句。话题一转，朱副书记以政工书记的身份谈起工作来，道理讲得一套一套的，简直把贾士贞吹成中国当今第一改革家。贾士贞被说得全身汗毛都排成了队，看看时间过去了十多分钟，朱副书记还在没完没了地说，他也插不上嘴，心想朱副书记还真舍得花电话费。终于朱副书记说到正题了，贾士贞才明白原来他是为了两个县区委组织部长的事。常委会上，贾士贞已经感觉到朱副书记和乔柏明、高兴明之间的关系，只是因为乔柏明犯了事，他受到一个意外的打击，否则，政工书记也不至于要向组织部长说那么多废话，两个县区委组织部长算什么。过去朱化民不知道亲手提拔了多少这样的干部，然而现在他要提拔一个县区委组织部长，还要动这么大干戈，像求市委组织部长一样，他心里总是有些想法的。最后朱化民说，常书记和他的意见是，让程文武去上舆县，庄同高去舆山区。他这样说，实际上带着市委常委的权力，或者说是市委书记和市委政工副书记定下来的两个副县级干部的提拔是不可改变的。

贾士贞对他说的并不觉得有什么不正常的地方，但放下电话，他坐在沙发上还是愣了一会。他可以想象出来的，如果不是公开选拔县处级领导干部，而还像过去那样靠领导推荐，恐怕他的手机和电话早就打爆了，说不定连吃饭撒尿的时候都有人守着。上面三令五申说要遏制跑官、要官、买官，这种提法不科学，无论是跑、要、买，实际上对权力而言，一定是有人手握重权，没有这种至高无上的权力哪有跑和要的？没有卖哪有买？说来说去关键在于制度，就像市委组织部刚刚公开选拔的八位科长，怎么就没有人跑、没有人买的呢？

直到九点多钟，贾士贞才给玲玲打了电话。玲玲听丈夫叫她带着女儿到西舆来，心里并不高兴，她说并不是她不愿意休假，何况国家明文规定夫妻分居每年有一个月探亲假，只是她不想从省城跑到市里过那全职太太的无聊生活，她有些抱怨他，说人家异地交流的干部谁不是双休日回家团圆，哪有工作忙到如此程度的？电话里没有结果，贾士贞很不高兴，心想，组织部长又不是出家当和尚，白天工作繁忙还好，每当夜里醒来时就很难受，他十分思念妻儿，越想越睡不着觉，于是他决定近期抽时间回省城一下。

这样胡思乱想着，不知道什么时候睡着了。一觉醒来，窗外还一片昏暗，头脑中依稀存留着片片隐隐约约的记忆，忽然他觉得下面一片凉凉的东西，细细回忆起来，原来他做了一个荒唐的梦。

每天上下班，贾士贞不让司机用车子接送，他说不是他思想有多好，也不是没有这个待遇，而是像他这样年纪轻轻的，两条腿就不走路了，怕将来这两条腿会像人的尾巴一样，长期不用会退化掉，到那时也就成了废物了。小苗说没想到贾部长如此幽默，越发觉得他和过去历届组织部长有很大的差别了。这天早上，贾士贞刚出了宿舍的门，就见小苗把车子停在门前的路边，小苗看到他出了门，就迎了上去。贾士贞心想，小苗八成是有事要对他说，否则不会专程来接他的，为了接他上下班，小苗不知被他说了多少次，后来小苗也习惯了。市级机关的小车司机人人都说小苗是最舒服、最自在的一个，别的领导的司机不仅上下班要候着领导，而且无论多迟都不能走开，而贾部长除了长途，平时很少用车。

贾士贞跟着小苗来到车旁，没有上车的意思，等着小苗和他说话，小苗红着脸说：“贾部长，请上车吧！”

贾士贞并没有批评的意思，也没上车，仍站在车旁，说：“小苗，你有事吧！我记得早上没给你打电话吧！”

小苗已经将车门拉开，看着贾士贞愣笑，说：“贾部长，你上吧！上车后，一边走一边和你说。”

贾士贞只好上了车，小苗点火引擎，汽车呼噜了半天也没发动起来，他不紧不慢地一次又一次地点着火，还一边发动一边埋怨老牙车，他说市政府办公室主任瞎了眼了，别的领导都换车了，就是不给组织部换。这样发动了好半天，才终于缓缓开走了。小苗放慢速度，目光从前方的反光镜里注意着贾士贞，说：“贾部长，这车子早该换换了，你看现在市直机关，四套班子领导不说，单是各部委办局的领导们，有谁还用这种车子呀！”

贾士贞还不明白小苗是为这事一早来接他的，以为是小苗针对刚才车子发动不起来而大发感慨的。他说：“我听说桑塔纳2000车子不错啊！性能质量比3000好，因为桑塔纳2000是德国和上海大众单独签的合同，有单独的生产线，利用的是德国单独的技术。在利益分配上，德国拿了大头利润，后来中国发现上了当，钱都被人家赚去了，就终止了合同，所以桑塔纳2000也就停产了。但这种车的质量还是很好的吧！”

小苗说：“话是这么说，可是这车子毕竟老了，再说你是市委常委、组织部长，还用这种车，实在是……”他没有说下去。贾士贞笑起来了，说：“看来你比我还讲究嘛！我觉得汽车不过是一种代步的工具，人类文明进步才几天，汽车的历史也不过才一百多年，你说坐宝马、凯迪拉克、奔驰，和普桑有什么不同？近年来，领导们坐车的攀比风越来越严重，那是因为花的是公家钱，不心疼，要是花自己的钱，他们还能那样摆谱、摆阔吗？对平常百姓来说，坐车不过就是方便、快捷，若是自己拿钱买车，那又另当别论了，所以现在到处都在讨论公车改革呢！”

小苗说：“贾部长，像你这样的领导真的不多了。驾驶员谁不想开好车子，就像骑自行车一样，名牌新车骑起来就是顺当。让你骑一辆旧的破自行车，不是掉链子就是气不足，除了铃不响，到处都响，骑起来多费力气呀！”

贾士贞觉得小苗这个比喻倒也恰当，也就理解他为什么想开好车、新车了。这时已经进了市委大院，贾士贞刚想下车，小苗又说：“贾部长，如果有人同意换一辆车给你用，行不行？”

贾士贞愣住了，说：“什么？哪有这样的好事？小苗，你以为这真是一辆自行车呀！就是一辆自行车也是好几百块钱的事，你不是做梦吧！”

小苗回过头，朝贾士贞诡秘的一笑。车已经停在组织部办公大楼前的广场上，贾士贞一只手刚去开门，小苗就说：“贾部长，真的！”

“真的？”贾士贞松开手，又坐进车里，“小苗同志，那可是几十万元啊！世上没有无缘无故的爱，我还没见过天上掉下来的馅饼，我看你别做梦吧，这车有什么不好！”

“贾部长，假如真的有人换呢？”小苗认真地看着贾士贞，眼睛闪动着亮光。

这时贾士贞突然明白过来，也许这才是小苗今天找他真正的目的。可是凭他一个司机，恐怕不会有人发神经到这种程度吧！这其中一定有后幕，八成是冲着他这个组织部长来的。贾士贞往后座上一靠，说：“小伙子，这才是你今天真正的目的吧！好，说来听听！”

三十七

西奥农业银行行长江希泉刚买了一辆别克轿车，裸车近三十万元，本想把自己那辆广本换下来，一听说市委组织部长还用桑塔纳2000，就主动提出来要把别克换给贾部长。这事情很简单，可是连三岁小孩也不相信世界上会有这样的好事。汽车里不能久留，于是贾士贞叫小苗随他来到办公室。听完小苗再次的叙述之后，贾士贞只是让他深表感谢，俗话说无功不受禄，让他不要再提这事了。既然江希泉行长没有和他说这事，贾士贞也就装作不知道一样，省得麻烦。

下午上班后不久，贾士贞接到江希泉行长的电话，说有事情要向他汇报。他虽然答应了，可挂了电话又想，几大银行的人财物都是单独管理的，人事问题和当地组织部几乎没有什么瓜葛，特殊情况下，也是银行的上级人事部门来人协商，可是现在江行长亲自上门，到底会是什么事呢？难道还是为送别克车的事吗？暂且不说该不该送和该不该收，这里面必然有蹊跷。如果是有求于他的话，那这绝不是一般小事，虽然换一辆轿车不是个人装进口袋的三十万元钱，可是这事却非同小可。

江行长来了，看样子不到五十岁，中等个子，说话快言快语，尽管两人是第一次见面，但双方都像十分熟悉的老朋友。贾士贞亲自为他泡上一杯碧螺春，江行长说，早知道贾部长从省委组织部来到西奥，本该早就来拜见的，一则是工作忙，再则怕给贾部长增添麻烦，所以今天才来。闲扯了半天，江希泉始终没有说明来意。正在这时赵欣进屋请示工作，说小苗的车子再不修不行了，贾士贞就让他陪小苗一同到修理厂看看到底是什么原因再定。赵欣走后，江希泉说："贾部长，汽车和人一样，老了毛病自然多，该修就修，该换就换。现在市委市政府领导谁还坐桑塔纳2000，不是奥迪、广本，也是帕萨特。"

贾士贞一时还没有想到，市农行的一把手行长居然知道他组织部长用的是什么车！再一想，江行长真的如此关心他的车？于是说："江行长，这车是讲究不尽的，那些私营企业老板，人家赚到钱了，买大奔、宝马也是应该的，西臾是经济欠发达地区，能有车子用已经不错了。哪像你们银行，自己管钞票的，不费事，我们可得花财政的钱哪！"

江希泉笑起来了，说："贾部长，你要是不嫌孬的话，我那里有一辆别克，你先用着，如果部长怕人家说什么闲话，我就把你那辆桑塔纳2000开去用，名正言顺换车，又不是拿回家去的，更没装进个人口袋。"

贾士贞没想到江行长找到这样一个机会，使得这件事办得如此自然，如此顺理成章！真的这样换了，谁又能说什么呢！但是贾士贞绝对不相信江行长仅仅是为换车之事而来，于是说："江行长，咱先不说这事了，你不是说找我有事吗？不知什么事？"

江希泉说："贾部长，你不要见怪，我要向你解释的是，可能你的司机向你说了关于换车的事，你一定认为这么大的事怎么只能和司机说呢，可我并非是这个意思。你的司机小苗和我的司机是要好的朋友，听我的司机说，贾部长至今还用桑塔纳2000，而且常出毛病。那天正好小苗又和我的司机在一起，我就顺便问了一句，如果把别克换给你用，你一定很高兴吧！可能小苗回来给贾部长说了，但是为了慎重起见，我今天特地来正式和贾部长说这事，就这么简单，真的，贾部长！"

贾士贞笑起来了，说："原来江行长做好事不想留名啊！江行长，你的心意我领了，我想，你们银行钱再多也不是自己口袋里的钱，一部车毕竟几十万啊！谢谢江行长的美意！别克还是你自己留着用吧，我还年轻，哪能夺人所爱呢！"江希泉以为贾部长不过是做做样子，拿拿架子，将来就是有人议论了，也会说人家贾部长是坚决不肯换的，那是江某人硬要换，所以他临走时说："贾部长，就这样定了，你也别让我难堪了，这事你就别管了，让他们两个驾驶员去办吧！"贾士贞再要说话，江行长已经告辞了。贾部长最终也没有接受江希泉美意的意思，但是他确信，江希泉绝不可能凭空要换一辆几十万元的轿车给他的，这实在不符合常情。于是他又把小苗找来仔细询问。小苗说他也感到纳闷，银行又不属地方管，为了搞好关系也不至于花这样的本钱吧，后来他从江行长的司机小周那里偶尔听说江行长是程文武的舅舅。贾士贞恍然大悟，睁大眼睛看着小苗，突然间明白了，但似乎又有点不相信小苗的话，让小苗主动了解一下个中原委。过了一天，小苗来告诉贾士贞说他已经了解过了，千真万确，江行长正是程文武的舅舅，贾士贞才真正知道了江行长为什么要把三十万元的新别克换给他用。他知道其中的原因后，不再和小苗说这事了，但他不知道小苗是否知道程文武想当上臾县委组织部长的事。

现在贾士贞必须严肃对待这两个县区委组织部长的事了，市委书记、政工副书记都讲话了，人家又动用了三十万元的别克轿车。这两天，他几乎每时每刻都在想这件事，这还是他担任市委组织部长以来最大的一笔交易，尽管是车换车，尽管这三十万元的车子不是送给他个人的财产，但却又不能不说人家是冲着他这个市委组织部长来的。在西臾需要用车的人太多了，为什么要换给他呢？农村上不起学的孩子太多了，为什么不把这三十万元捐给贫困的孩子去读书呢？

贾士贞即使可以谢绝江行长的美意，但他能拒绝市委书记和政工副书记的旨意吗？只要领导的意见没有错误的地方，作为一个普通常委、组织部长，就没有任何理由不按领导的意图办事。想想自己到西臾以来和常书记的接触，堂堂的市委书记哪能轻而易举地放弃手中的绝对权力，生姜到底老的辣！常书记是不是让他在实战中教育自己，贾士贞一时找不到答案。他现在认真地体会、反思这段时期的所作所为，觉得自己真的是自寻烦恼，不该一开始就把提拔干部的权力一下子刹死了，其实也是不可能一下子刹死的；他怀疑自己是不是年轻气盛，凭着一腔热情，工作方法来得太猛了？他不能不考虑适当调整自己的工作思路了。

下午临下班时，接到玲玲的电话，说她已经到西臾了。老婆连招呼也不打搞突然袭击，让贾士贞又惊又喜，心情也非常激动，这大概就是人们常说的久别胜新婚吧！

回到宿舍，才知道是省文化厅的车子送玲玲和女儿到西臾的，贾士贞当着司机的面不好多问什么！可他想，玲玲在文化厅不过是个副处长，怎么可能会有专车送他到西臾呢！

陪司机吃了晚饭，贾士贞要安排他住一宿，可司机说什么也不肯留下来，当时就返回省城了。

一家三口回到宿舍，岚岚缠着爸爸不放；直到女儿睡觉了，两口子才进入自己的天地。贾士贞问玲玲："文化厅怎么会派专车送你们呢？"玲玲就把她为什么突然来西臾的事说了。昨天上午，张副厅长把玲玲找到办公室，说他们现在属于夫妻分居，每年有一次探亲假，还说贾部长工作太忙，不可能像普通职工一样过探亲假的，正好孩子放暑假，让玲玲带着孩子到西臾住一段时间，玲玲说前两天丈夫也打过电话，只是她还没有决定。张副厅长马上说，明天就去吧，并说用他的车送玲玲。玲玲喜之不禁，最后张副厅长说，有一件事情托玲玲对贾部长说一说，张副厅长的一个叔伯弟弟就在西臾市委组织部当机关干部科长，由于市委组织部科长实行公开选拔，这位张科长平职调动了，又听说最近市委要提拔两个县区委组织部长，请贾部长能够多多关心、照顾。

玲玲这一说，贾士贞呆了半天，原来她这次专车来探亲，是张副厅长交给她特殊任务了，他不得不佩服这些人，还真的能钻营出关系来。张敬原从来没暴露过这层关系，贾士贞一时不知该怎么对玲玲说，他更没有想到的是他作为市委组织部长，调整组织部两名科长，居然引来如此大的麻烦，一个是市委政工副书记表态要提拔，一个是省文化厅副厅长、老婆的顶头上司说情！到底该怎么办？这可把他给难住了。市委主要领导才交代的事，怎么就一下子传了出去，而且这些人反应那么快；张副厅长是老婆的直接领导，这可是重要的人质！搞得不好，连家庭都会爆发一场战争，他还能安心工作吗？

贾士贞一直想着这两个组织部长的事，白天还想到是不是应该调整一下自己的工作思路，现在又冒出自己老婆的顶头上司出来说情，给他又增添了难度，两个位置，三个重要级人物说情，无论怎么也摆不平呀！

玲玲一看丈夫愣在那里，搂着她的双手突然没了劲，忙问怎么回事，贾士贞只说没事没事。过了一会儿，两人还是抖擞精神，进入了甜蜜的世界。

第二天一早起床后，玲玲又问丈夫，张副厅长托她的事什么时候能有一个说法，她还要打电话回复领导呢！贾士贞一边笑一边说："这么急啊！好像我是生产帽子的工厂，随时可以送一顶似的。"

玲玲说："社会上谁不知道组织部长的权大，在省里，省委组织部长要提一个副厅级干部，那还不是小菜一碟！你是市委组织部长，要提拔一个副县级干部，还不是同样道理！人家张副厅长并没为难你呀！”

贾士贞说：“玲玲，这话一点都没错，组织部的权力确实太大了，何况我是组织部长！只是目前我们正在进行干部人事制度改革，全市正在公开选拔四十四名副县处级和四名正县处级领导干部，在这个关键时刻我怎么去提拔两个县区委组织部长呢？这个消息也不知道怎么传出去的，市委领导，当事人的关系都直接捅到我这里来了。玲玲，让我考虑考虑再说，好不好？”

玲玲没有想到，丈夫也给她打起官腔来了，如今的市委组织部长也不是当年省委组织部的处长、副处长，市直机关那么多部委办局，还有县区四套班子，安排几个副县处干部有何难处，可以说易如反掌。玲玲觉得丈夫掌了权，变了，变得有些不可思议，但她却没有表现出来，不想夫妻之间为此事弄得不愉快。

贾士贞一到办公室，赵欣就过来请示工作，说市直机关和各县区报名工作汇报会的同志已经到了，问他什么时候开会。贾士贞看看表说按时开会。

西臾市首批公开选拔县处级领导干部报名工作已经进行了三天，从几个点的报名情况看，无论是报名的人数和报名的对象都是空前的，有的职位报名的人已经达到近百人。听完汇报之后，贾士贞要求最后一天一定要坚持到晚上六点钟，各组连夜汇总，第二天分四组进行资格审查，凡资格审查不合格人员，一定要当面说清不合格的理由，要让当事人心服口服。随后召开新闻发布会，由卫炳乾作为新闻发言人，赵欣、汪为民、孙中溪三人必要时协助解答。新闻发布会将邀请省八大媒体和《西臾日报》社、《西臾晚报》、电视台等新闻媒体记者参加。贾士贞仔细看了看报名的名单，发现市委组织部原来的几个科长和现任的科级干部大都没有报名，便说起组织部干部报名的问题。卫炳乾说，组织部符合条件的新老同志还在犹豫当中，大家都担心第一次公开选拔，人数太多，也太集中，竞争力太强。虽然年龄卡得严格，但是规定正科四年，副科七年，或者正副科连续六年以上都可以报考，这样报名对象相对就多了。贾士贞还是希望符合条件的同志都参加公开选拔，这是一次难得的机会，而且下次什么时候搞还不知道，应该说这是一次值得珍惜的机会。

会后，贾士贞让赵欣通知张敬原和庄同高到他办公室来。两人不知道部长找他们何事，但他们自己心里清楚，各自都不同程度地找了关系，做了工作，现在部长找他们，是不是提拔的事有说法了，他们很快来到组织部。在办公室里见面之后，贾部长没有提他们提拔的事，却问他们是不是报名参加公开选拔，并且说报名只剩下最后一天了，希望他们抓住机会，失去机会后事情就难办了。张敬原和庄同高唯一一点希望又破灭了，原来贾部长不是谈他们提拔的事。难道他们所做的工作没有一点效果？还是朱副书记和张副厅长还没有做贾部长的工作？听了贾部长叫他们报名参加县处级领导干部的公开选拔，他们的心一下子凉透了，凭他们两人的文化基础，哪里敢参与如此真枪实弹的竞争，让他们参加文化考试，不是强人所难嘛！

现在贾士贞才看出来，像张敬原、庄同高这样的人，当初完全是凭偶然的关系调进组织部的，文化基础差不说，平日又不注意学习，加上周围的人阿谀奉承的多，他们半桶水都不到。通过组织部公开选拔的八名科长，贾士贞感到，使组织部真的焕然一新了，生机勃勃，无论办事效率，还是反应能力都截然不同了。那些老科长实际上已经不适应日新月异的时代了，机关里都实行无纸化办公，电子政务，而一些老同志连电脑都不会用，连一个简单的材料都要由专人打印好交给他，而目前选拔的这些科长精明强干，办事效率极高。

这段时间，市委组织部有人到处放风说市委组织部完了，一大把熟悉专业的科长们都弄出去了，换了一批新手，他们根本不懂得组织部的工作是怎么做的。贾士贞在会上说，组织部的工作又不是歌德巴赫猜想，我到省委组织部第一天就参与了干部考察，不是很快就熟悉了吗！

眼看时间已近中午，贾士贞希望组织部符合条件的同志都参加县处级干部竞聘，不光是为这些同志的前程着想，更希望通过公开考试证明公开选拔出来的干部的实力。随后，他把正副科级干部集中到会议室，再次动员符合条件的同志报名竞聘；散会后，又留下卫炳乾，问他有什么想法，卫炳乾笑笑没有说话。贾士贞就说：“炳乾同志，你和组织部原来的大部分同志不一样，你是省委组织部从高等学校选拔的选调生，是市委组织部唯一的特殊干部，既没有参加这次公选，又不是过去凭关系调进组织部的老同志，我们当初决定让你回到组织部，主要是从落实干部政策考虑，同时也考虑到了你的特殊情况。所以，希望你积极参与竞聘，并且希望你考出好成绩，为干部人事制度改革，为首次公开选拔县处级领导做出有力的证明。”

卫炳乾说：“贾部长，你刚才说的我都想过，在组织部公选干部的关键时刻，领导把我调回来，让我担当干部人事制度改革办公室主任这样重要的工作，我深知领导对我的器重和信任。组织部目前的工作千头万绪，正是用人之际，我真不忍心这样走了。当然我这只是假设。”

贾士贞说：“炳乾，事业总是后浪推前浪的，我从不这样考虑，只要同志们考出好成绩，我希望大家都竞争出去。更何况，我们还有一个市委组织部副部长的岗位呢！”

卫炳乾说：“贾部长，我还没有想过报考市委组织部副部长这个重要的位置呢。”

贾士贞说：“为什么没有考虑啊！都是同样竞争，都是同一张试卷嘛！”

卫炳乾感到有点像做梦，想想自己当初被贬到乡政府当副乡长，名义上是副乡长，实际上是受人监督的囚犯，既没分工又不分配具体工作，那段时间对他来说简直是度日如年。现在突然间当上市委组织部干部人事制度改革办公室主任不说，贾部长竟鼓励他报名竞聘市委组织部副部长？他真的连想都没敢想。他冷静了一会，红着脸说：“贾部长，感谢您对我的信任，我一定试试。”

贾士贞看着卫炳乾，严肃地说：“炳乾，我们是在选拔人才，中国需要这样的有效制度，你应该以实际行动支持这场改革。我不希望仅仅是一试，要勇敢地站出来，让群众检验，要成为市委组织部的骄傲，成为人事制度改革的先锋。中组部发了那么多文件，中央也希望干部人事制度闯出一条改革的新道路。”

三十八

当天下午，贾士贞电话也没打，就直接来到常书记办公室。程文武一见他，头点得如鸡啄米，哈着腰急忙推开常书记的门，把他让了进去，并轻轻地把门关好。常友连拿起电话，让程文武带着司机去他家里一趟，贾士贞听得出来，他是故意把程文武支出去，以便他们谈话。

贾士贞经过几天的思考，觉得必须面对现实，面对当前全市的形势。目前，西奥的干部队伍里，各种思想都有，弄得不好，可能会影响到这次县处级干部的公开选拔，甚至涉及领导同志的统一认识，他决定和常书记当面商量一下。

当然，这么大的一个市，无论怎么改革干部人事制度，有些干部的任用也是公开选拔代替不了的，市委组织部还要考察干部，基层党委也要推荐干部，党委照样培养干部，也就是说组织部门和党委任免干部的权力依然很大，只是如何使用这个权力的问题。目前，市委正在轰轰烈烈、大张旗鼓地公开选拔县处级领导干部，一次性公开选拔四十八名正副县处级干部，这在全国还是少见的，因此要保证这次公选成功，达到预期效果，最重要的是要严格按照规则，确保“公开、公平、公正”，确保公开选拔的质量。至于两名县区委组织部长的配备问题，也应该在公开选拔干部的后期考虑，现在要动员那些被推荐对象去参加公选竞争，而且鼓励他们尽可能考出好成绩。至于到时如何调剂，只能走一步看一步。

贾士贞这样一说，让常书记一时不知道如何处理，内心很矛盾。沉默了半天，他还是表示同意贾士贞的意见，说马上动员程文武在下班之前把名报了。

常友连之所以最终同意贾士贞的意见，他不是没有想过，过去在西臾提拔干部时，虽然大权在他手里，可是他一个人也不是神仙，总有顾此失彼的时候，很难避免让一些善于钻营的人钻了空子，一旦一个领导出了问题，群众一边骂当事人，一边骂他受了贿。有时摆不平反而弄得矛盾重重，这样通过公开竞争，未必不是好事。这样一想，常友连也就觉得贾士贞的做法虽然“左”了一点，但是终究是一个难得的组织部长。至于程文武怎么办，到时只要他坚持自己的意见，贾士贞总会相信他的权力的，一个市委书记连自己的秘书都提拔不了，那岂不是天大的笑话！他最终觉得必须支持贾士贞的意见。贾士贞又一次说服了常书记，他的心里踏实多了，不然两个县区委组织部长，三个实力雄厚的人竞争，怎么也摆不平！

至于朱副书记那里，常书记说，工作由他做，让贾士贞一心去把当前公开选拔干部的事搞好。

下班后，贾士贞准时回到家，他临时的宿舍突然间有了生机，女儿在看电视，玲玲把饭菜都已做好，只等丈夫一进门就吃饭。这些日子贾士贞虽然工作上忙忙碌碌，但一下班就能享受小家庭的温暖。到西臾之后，他的生活习惯乱了，天伦之乐也失去了，自己成了机器一样，常常是一个人在餐厅吃完饭害怕回到宿舍，害怕那种寂寞和孤独，那里不是没完没了的电话，就是迎来送往。

贾士贞看着桌子上热气腾腾的菜说："玲玲啊，看来还是老婆孩子在身边好啊！你不知道，自从我调到西臾后，过的是什么日子，一个人真的很孤独。"

玲玲说："我不信，谁不知道男人以社会为家，女人才以家为社会，你们男人正是需要这种天马行空，独来独往的自由自在的生活。"

贾士贞盛好饭，一边叫岚岚吃饭，一边说："你别听那些所谓的社会学家胡说八道，依我看，没有家的男人八成是会短寿的。"

玲玲吃着饭说："那你什么时候回省里？"

贾士贞放下碗，看着玲玲说："我刚下来，屁股还没坐稳就想回去，回哪里？"想了半天又说，"要不然你调下来吧！"

玲玲嚼了一半的饭停了下来，张着嘴，半天没说话。贾士贞说："看你这样子，你真的要下来，我还犯愁呢！"

玲玲这时才叹了口气说："你当我真的想来呀！再说了，我就是下来了，难道你还能把我的副处给抹掉了？"

贾士贞说："是啊，按说，你是省文化厅副处长，到市里顺理成章地安排市文化局副局长。"

玲玲说："凭什么？你以为我不懂你们组织部的道道啊！省里到市里，市里到县里，县里到乡里，谁不是提一级？按这个规定，我这个副处长到市里就应该当文化局局长。"

贾士贞笑起来了："我的姑奶奶，你算了吧！我把你调来当文化局局长，那西臾市还不成了头号新闻，还不指着鼻子骂我啊！那我就成了口头革命派，我的干部人事制度改革也就前功尽弃了。我宁愿过着牛郎织女的苦行僧生活。熬几年再说吧！"

岚岚在一旁说："爸爸，你不在家，我一放学回家就觉得家里空空的，没有你在家时好玩。"

贾士贞放下碗说："好，咱们这就多陪陪女儿，"话音未落，有人敲门了，贾士贞一开门，一见门口站着三个人，两男一女，正发愣时，玲玲忙过来说："哟，是宣局长、王局长、许局长啊！你们怎么来了！"

贾士贞这才想起来，是市文化局宣廷展局长，王广生、许秀琴副局长。宣局长是在开大会时匆匆见过一次，但名字倒是熟悉的，两位副局长就有些陌生了。贾士贞心里清楚，虽然文化局三位局长是玲玲的客人，但却是冲着他来的，他引客人在客厅坐下，玲玲忙着倒茶。宣局长说：“葛处长到西奥来也不和我们说一声，我们也好按规矩接待呀，你看这样不声不响的，省厅知道了，说我们下级不懂礼节！”

玲玲说：“三位局长说哪里话，我又不是因公出差，探亲就没那个必要了吧！”

贾士贞说：“哪里需要什么礼节，我的客人自然由我来接待。”

宣局长说：“贾部长，我们今天来是请葛处长和贾部长的，本来葛处长一来，我们就应该为她接风，可我们得到消息太晚了，这礼节还是需要的，平时想请贾部长也请不动啊！不知道贾部长能不能赏这个面子呢！”

贾士贞看看玲玲，说：“三位局长其实是多心了，玲玲这次到西奥来，完全是探亲，并非因公出差，我看一切礼节都免了吧！至于我们，大家都在市直机关里，也就家不叙常礼了！我和玲玲谢谢三位局长的美意！”

宣局长说：“贾部长，那哪行啊！无论葛处长因公还是因私，上级领导到我们西奥来了，对于我们来说就都是公事，你看，为了慎重和体现真诚，我们三个局长都来了，请贾部长、葛处长无论如何得给我们面子！”

玲玲看着丈夫，犹豫着，贾士贞想了想说：“三位局长，这样吧，你们也知道，这段时间，我一直忙着公开选拔县处级领导干部的事，马上要召开新闻发布会，我就不去了，让玲玲做个代表吧！”

玲玲正要说话，有人敲门了，贾士贞让玲玲去开门，门一开，他见是程文武和农行江行长，知道玲玲不认识他们，便让玲玲陪文化局三位局长，自己上前迎接两位客人。宣局长他们都站起来，和江行长握着手，又急忙再握程文武的手，程文武身为市委书记的秘书，平日很少单独和这些局长们打交道，但是局长们谁不知道程秘书的身份呀！大家握完手，贾士贞让玲玲陪宣局长他们在客厅里坐，便和江行长、程文武去了卧室。

现在贾士贞完全清楚了江希泉和程文武的关系了。

这时江行长便主动介绍他和程文武的关系，还说他是如何看着文武成长的，把程文武大加赞扬了一番。江行长说他听文武说贾部长夫人来探亲了，特地赶来看看，贾夫人真是名不虚传啊，年轻漂亮。贾士贞想，这事怎么就传到程文武那里去了。江行长说他是来请贾部长全家的，并且这事文武也向常书记做了汇报，常书记说他一定参加。这一说，让贾士贞慌了起来，如果常书记真的参加了，他贾士贞能有多大派头，哪里好推托呢？

他问程文武："这点私事干嘛要告诉常书记呢！"程文武红着脸，笑了笑。江行长站起来就要告辞了，贾士贞还想问问情况，可江行长已经退出了卧室。

到了客厅里，江行长向宣局长他们打声招呼，就出了门，贾士贞把他们送出门，江行长又说，明天晚上下班后让程文武来车接他们。

回到客厅，宣局长他们还没有走的意思，贾士贞只好坐下来陪他们，但又没有什么话题好说，只得东拉西扯地没话找话说。玲玲既怕宣局长他们尴尬，又怕丈夫为难，只能两边敷衍着。宣局长软磨硬缠，目的还是希望贾部长能出席他们的宴请。在他们看来，能请到市委常委、组织部长，这可是天大的面子，不光是脸上有光，而且以后有什么事，总是方便些。实在推不掉，贾士贞只好让他们推迟一天。

刚送走了文化局三位局长，贾士贞就接到周广浩的电话，说下舆准备尝试一下公开直选两名乡镇党委书记，希望贾部长给他们提提具体意见，他一听，就兴奋起来了。目前我们国家的选举办法无论是人代会，还是党代会，都是先逐级产生代表，然后由代表再选举主要领导。由党员或者选民直接选举有很多好处，主要是体现党员或选民的真实意愿，对于直接选举，贾士贞虽然反复想过，但是还没有具体实施计划。他想直选必须通过试点来进行，尤其是在农村，目前中国农民的文化水平偏低，觉悟和认识都受到限制，通过试点，他们可以逐渐接受新的选举方法，而且领导干部可以从中总结经验，这对干部人事制度改革必将是一个巨大的推动。贾士贞在电话里谈了自己的看法和一些意见，同意在他们试点时亲自去下舆参加直选大会。

放下电话，已经是晚上十点多钟，贾士贞才告诉玲玲，明天晚上市农行江行长请客他们全家。至于常书记为什么要出席这场宴请，玲玲不可能知道其中真正的意图，她关心的还是市文化局和她的关系。夫妻俩上了床，玲玲说："我知道你不想参加他们的宴请，可你总得给我点面子吧！"

贾士贞说："他们平时想找这样的机会都找不到，平时市直机关那么多部委办局，他们谁不想和组织部长套近乎，可没有理由。他们这些人花的是公款，做的是顺水人情，你说我干嘛要这样呢？可是我又不是生活在真空里，还得硬着头皮敷衍着。我来西舆这么长时间，除了上面来人，一般的应酬我一概免之，我真的怕你这一来不仅坏了我的规矩，也坏了我的胃哟！"

玲玲撅着嘴说："谁叫你当这个组织部长了，你要是在大街上扫马路的，看还有谁请你。"

玲玲刚躺下，突然翻过身，对贾士贞说："你考虑得怎么样了？张副厅长还等着我回话呢！"

贾士贞知道玲玲说的是文化厅张副厅长关于张敬原提拔的问题，他虽然想了很多办法，说服了常书记，又找了张敬原和庄同高，让他们报名参加公开选拔，但是他要怎么向玲玲说呢，让玲玲怎么用电话去向张副厅长表达呢？贾士贞真的为难起来了，他搂了搂玲玲，决定把官场上这个复杂的过程和她说一说，希望她能够理解他，他也相信她有这点悟性。

贾士贞把目前正在准备公开选拔县处级领导干部的事说了，又把在这关键时刻都是一些关键人物要提拔两个县区委组织部长的事慢慢进行了分析。玲玲长长叹了一口气，叫了一声"妈呀"，说："没想到组织部长也这么难当，这不是把你往绝路上逼吗？"贾士贞紧紧地搂着玲玲说："也不至于吧！俗话说车到山前必有路，船到弯头自然直！"

玲玲出生寒门，因为相貌出众嫁给贾士贞，师专毕业就进了乌城地区文化局。因为贾士贞调到省委组织部，她才调去了省文化厅，至于她怎么当上副处长的，也许她本人至今也不清楚，但是她一直是在大树底下乘阴凉的，哪里真正懂得官场上的人情练达。再加上贾士贞这么一渲染，她就以为丈夫目前处境艰险，矛盾重重，更心疼和同情丈夫了！

夫妻分居那么长时间，今天刚见面，都说久别胜新婚，两人上床的第一件事必然应该是山呼海啸、天崩地裂一场，可是现在，谁也没了那个心情。

贾士贞身居要职，从早到晚，头脑里始终粘着许多人的影子，虽然他不像农民工那样筋疲力尽，但是一天下来，也是人困马乏。躺在床上，他的呼吸渐渐地越来越粗，而玲玲却毫无睡意，等到丈夫睡熟了，她才翻了个身，头脑也兴奋了起来。也难怪，自己的丈夫那样艰难，再加上张副厅长所托之事毫无结果，她更加翻来覆去地睡不着了，想着如何回复张副厅长。

第十三章　走自己的路

三十九

吃完晚饭，准确地说，不是吃得简单的便饭，而是高档宴请。贾士贞直到现在也想不明白，常书记亲自出席这样宴请的原因。如果不是常书记答应出席江希泉的宴请，他完全可以婉言谢绝江行长和程秘书。一边要当县委组织部长，一边请领导赴宴，这个意图也太明显了！然而，连市委书记都去了，你一个常委组织部长还有什么理由不出席呢？现在贾士贞真的有些后悔，不该让玲玲来西臾探亲，有些事情被搞得复杂而尴尬。江希泉主动换别克轿车的事虽然被他谢绝了，但是今天如此隆重的宴请，却让他更加犯愁。吃了人家的饭，不给人家办事，人家不骂娘才怪！宴请后，江行长和程文武亲自陪同，一直把他们一家三口送到门口。下车时，江行长亲自拿着一大堆礼品送进门，放下之后，不容分说，就回头走了。一切仿佛都很自然，让他毫无回旋的余地。贾士贞站在客厅，看着这些礼品，有些不知所措，心里始终平静不下来。

玲玲哪里知道，自从贾士贞到西臾任市委组织部长之后，他就给自己立下几条规矩：一要管住钱，二要管住色，三要管住嘴。无论是谁，不管送什么东西，坚决不收。他出去一般不带工作人员，因为有些人为了不让领导知道，就把东西交给工作人员，回来后生米就煮成了熟饭。人家也并没让领导为难，都在下级打点好了。但贾士贞立下规矩，凡送礼的一概拒收，省得事后麻烦，他也提前向工作人员打过招呼。可是今天，他没想到江希泉如此老道，让他没有还手之力。现在他看着扔在沙发上的礼品，估计这些礼品绝不是一般的烟酒之类的东西，他也没有像人家那样有打开看看的想法，只是对玲玲说："你看，麻烦事来了吧，这可如何处理？"

其实玲玲并不了解丈夫，那时丈夫在省委组织部时，送礼的人也不少，贾士贞有时也认真过，那时的礼品大都是烟酒之类，不太贵重，而且那时他只是一个科级、处级干部，决定不了什么大事。可如今他是市委常委、组织部长，虽然不是一言九鼎，但却管着全市那么多县级、处级领导干部。如果组织部长把持不住自己，什么事都会发生。在这一点上贾士贞的头脑相当清醒。

贾士贞看着这些礼品，一时不知该怎么办，对于他来说，他只希望什么事也不要发生，希望他的任何事情都不要成为别人炒作的把柄。

贾士贞在客厅里坐了一会，估计程文武已经到家，就拨通了他的电话，让他过来一趟。随后贾士贞又给小苗打了电话，叫小苗马上去把程秘书接到他的宿舍来，不要用常书记的车。

这样一折腾，贾士贞磨破了嘴皮，直到十点多，才让程文武把那些礼品拿走。

江希泉两次碰壁，心里特不痛快，觉得丢了面子。换车的事，他后来理解贾士贞是害怕人家抓住他的把柄，毕竟是一辆新轿车不是一只王八，整天出入市委大院。可这次送点礼品，贾士贞居然大动干戈。这就已经不是什么面子问题了，而是这个不食人间烟火的组织部长压根就没有把他这个农行行长和市委书记秘书放在眼里。

西臾市突然公开选拔四十八名县处级领导干部，新闻发布会一开，省内各家大小报纸一宣传，电视里又播出新闻发布会的隆重场面，这事就更加家喻户晓了。下一步的工作是文化考试。虽然上次组织部选拔干部的经验可以借鉴，但是那次只是二百多人的事，而这次报名人数将近两千人，仅考场就要设立近七十个。贾士贞让赵欣和卫炳乾去省人事厅联系试题问题，自己则带着汪为民和孙中溪去教育局商谈考场，以及监考问题。

缪斯平一听说参加考试的人数近两千，就有些犯难。因为这个数字已经接近全市每年高考的人数，市区所有的学校也容纳不了这么多考生。而贾士贞则希望市教育局能像对待高考那样，重视这次考试，保证这次文化考试的质量。不言而喻，大家都知道这次考试直接关系到西臾市首次公开选拔干部的质量和影响问题。这其中保证考场纪律又是这次考试成败的重中之重。缪斯平通过上次吴怡宣作弊事件，也感到责任重大。考场那么多，能不能保证监考老师都没有问题，他心里也没有底。这种成人考试比高考复杂得多，高考都是不到二十岁的学生，而这种成人考试都是成年人，而且都是有多年工作经验的科级副处级干部。这些人在社会上又都有关系，人人都有自己的门道。如今的科技那么发达，什么事都可能发生。针对成人考试的特点，贾士贞反复强调，要坚决杜绝作弊行为，尤其是监考老师必须端正态度。假如有人不顾后果铤而走险，一旦发现，坚决从严处理，情节严重的，要端掉饭碗。

从教育局出来，贾士贞给鲁晓亮打了电话，随后又赶到市公安局。见面之后，贾士贞问了一些乔柏明的情况，现在乔柏明的案子已经交到检察院，估计不久将会由市检察院提起公诉。

最后，贾士贞说："鲁局长，我想和你商量一件事。我们这次公开选拔县处级领导干部的考试在即，这次近两千人参加考试，接近每年的高考人数，大概有七十个考场。所以考场纪律成了头等大事。不是我不相信学校老师，而是成人考试，人人都有关系，而且关系错综复杂，如今的高科技更是令人吃惊，手机、耳机、雷达，有的甚至还想象不到。出了问题不仅仅是公平的问题，影响也是一个问题。"

鲁晓亮睁大眼睛看着贾士贞，他不明白贾部长和他说这个的目的，只是笑着点点头。

贾士贞接着说："鲁局长，我想动用你们的警察。"

"什么？"鲁晓亮吃惊地看贾士贞，"要警察干什么？是试卷问题？你放心，接送考卷，每天保证准时为你提供优质服务。"

"不。"贾士贞说，"我想每个考场增加一名警察，作为监考人员。"想了想又说，"他们都是外地当兵转业来的，反正他们两眼一抹黑，谁也不认识谁，谁的关系也捅不进来。"

鲁晓亮犹豫了一会，说："这事咱们都要好好想一想，慎重一些。"

贾士贞说："我想过了，我们又不是动用警察抓人，是监考。就算发现作弊了，也只是记下名字，试卷按零分计算。请他们帮助监考，不仅是监考学生，而且也起到监考老师的作用。能有什么问题？"

鲁晓亮问："需要多少人？"

"七十人吧，一考场一个。"

"这么多，我到哪弄那么多人？"

贾士贞说："你想想办法，实在不行，可以从县里抽嘛。"

贾士贞说这话并不是因为他是市委组织部长，而是因为他和鲁晓亮的关系确实已经达到这一步了。不但因为两人都是从省级机关来西舆的，而且前段时间，在工作上他受到了鲁晓亮不少帮助，他对鲁晓亮真的到了推心置腹的地步。

贾士贞留给鲁晓亮的印象也很不错。虽然贾士贞年纪轻轻的就当上市委常委、组织部长，但政治上比较老道成熟，只是工作方法太猛了点，不过这也符合年轻人的特点。正因为他觉得贾士贞是一个难得的领导，一个不多见的组织部长，所以许多工作上的事，他都鼎力相助。但是动用警察去监考这还是头一次，然而贾部长既然开口了，他也能理解，不管怎么说，他下决心帮这个忙。

贾士贞让鲁晓亮把人员挑选好，他要亲自给他们开一次会，这事可不是动刀动枪，而是当一回监考老师。对他们来说，这是一场新的课题。

贾士贞站起来要走，鲁晓亮拉住他说："贾部长，为什么夫人来了也不说一声，金屋藏娇啊！"贾士贞说："孩子放暑假了，她们过来看看，我不像别的交流干部，每周都能回去过双休。没办法，你还不是和我一样！"

"那也应该向我打声招呼，我应该为弟媳接风才对呀！"

贾士贞笑起来了，说："我的鲁大局长，家不叙常礼嘛！何况我最烦这种应酬呢！"

鲁晓亮说："贾部长，你这话说得我就不佩服了。不要说咱俩都是从省级机关下来的，就是没有这层关系，凭我们现在的关系，这样熟悉的程度，我也不能连这点礼貌也不懂呀！贾部长，有些话我还是要说的，身在官场，许多事情还是要入乡随俗的，只有这样才能把自己融入到群众中去。曹雪芹有句名言：'世事洞明皆学问，人情练达即文章。'贾部长，恕我直言，该应酬的还是要应酬的。"

贾士贞想了想，觉得鲁晓亮说的话不无道理。自从他到西舆任市委常委、组织部长以来，事事小心，处处设防，为这吃饭的事情不知得罪了多少人。昨天江希泉和程文武宴请他们全家，连市委书记常友连都出席了，固然江希泉的宴请是有目的，有目的又怎么样，也不至于连江行长的礼物看都没看就当即给退回去，然后又想到今天晚上文化局的宴请。贾士贞笑着说："鲁局长，你说得对，今后你老兄要不断地提醒我。好，咱们就明天晚上吧！我等你通知。"

临分手时，鲁晓亮要用车子送贾士贞，贾士贞坚持自己走了。刚到公安局大门口，小苗打他手机，要过来接他。他说，不用了，他还有别的事。

回到组织部，赵欣送来省委组织部的电话通知，告诉他明天要去省委组织部开半天会。正在这时周一兰打电话，说她要来西臾，贾士贞问她有什么事，她说等见面再谈。可她一听说明天贾士贞要去省里开会，显得有几分激动，立即改变主意，不来西臾了。

晚上贾士贞下班回到宿舍，文化局的车子已经等在门口了，于是和玲玲带着女儿上了文化局的车。

一个地区的市委组织部长，在群众眼里是一位大权在握的特殊人物，能请到他，那是相当有面子的事。贾士贞到西臾之后，知道自己的一举一动都有许多人看在眼里，谨慎从事已经成了他的习惯。今天他完全是因为玲玲，再加上鲁晓亮的点拨，才高高兴兴地上了车。

说话间，车缓缓开进天臾饭店，那是西臾市最高档的四星级宾馆。车刚进大门，只见一号楼门前的广场上，以宣局长为首的局领导就迎了上来。宣局长握着贾士贞的手说："贾部长，你能来，我们非常高兴啊！我们沾了葛处长的光，否则还真的没有这个机会呢！"接着两位副局长过来握手，这时一位四十多岁的中等身材的男子上前握着贾士贞的手，说："贾部长，你还不认识我，我叫黄子民。"宣局长忙说："黄局。"贾士贞一时想不起来这位黄局是谁，那天文化局三位局长都见过面，没听说还有黄局呀！这时宣局长一看黄子民已经过去了，忙在贾士贞身边低声说："原来是县里的副县长，因为和县委书记合不来，被挂了半年，安排到文化局任助调，他一直耿耿于怀。"贾士贞不知宣局长说这话是何意，一时辨不清那个县委书记和这个黄子民谁是谁非，也就不便过问。

贾士贞自知他的身份特殊，和玲玲被安排在贵宾位置。大家坐下之后，他才看清原来除了他一家三口，文化局三位局长和那个黄助调之外，还有一个跑里跑外的政秘科长。玲玲低声对贾士贞说："你没见过吧，这位是市文化局的秘书科长，当年在大学里是全校有名的校花，漂亮女人就是不一样，人都快四十了，还像小姑娘一样。"贾士贞点点头，倒觉得这个女人有些似曾相识，却又一时想不起来。这时宣局长说："贾部长，我忘了给你介绍，这位是我们文化局的政秘科长，上次报考市委组织部办公室主任，最后总分第三名。第一名因为发现问题，第二名被录取为组织部办公室主任，我们这位姚一玉和他仅差一点五分。"这样一说，贾士贞倒是想起来了，当时姚一玉答辩结束时，贾士贞才进入会场，看到这个女子不禁吃了一惊，这么年轻就当上政秘科长了。后来在决定办公室主任的人选时，由于第一名出现问题，他还特地留意一下第二三名的成绩，却没有想到第三名就是这个年轻漂亮的女政秘科长。玲玲看着姚一玉说："我还真不知道姚科长这么厉害呢！姚科长可是为我们女人争了光，真是须眉不如巾帼啊！"

姚一玉脸上一片绯红，笑着说："让葛处长笑话了，我最后还不是名落孙山了嘛！"

贾士贞问："这次公开选拔县处级干部，报名了没有？"

姚一玉说："局里几位领导都希望我报，我有些不敢参与这么多人的竞争，直到最后一天，宣局长硬逼着我去报了名，但是我真的有些信心不足。"

宣局长说："姚一玉是一个聪明绝顶的女子，当年考大学时就是西臾地区的文科状元，这样才貌双全的女子不多见。"

贾士贞说："好，好，女干部本来就缺少，尤其缺少这样德才兼备的干部。小姚报的是哪个岗位？"

"第一志愿报副县长，第二志愿是文化局。"姚一玉说："这次竞争对手都是很有实力的人，我已经不抱什么希望了。"

服务员已经斟好酒，宣局长端起酒杯，说了一些祝酒词，带头干了。贾一贞平日就难得喝酒，今日也是应着场面，大家也不便像平时那样痞劲大发，各方礼节尽已表达。最后贾士贞和玲玲站起来，向大家致谢，早早结束了应酬。

四十

贾士贞在省委组织部开完会，还不到下午四点，正犹豫着要不要和周一兰见面。想到周一兰在他临来省里开会时要去西臾，一听说他要到省里开会，就改变了主意。可是今天他又必须回西臾，他答应了鲁晓亮的宴请，不能失信啊！贾士贞上了车，车刚出了宾馆大门。小苗正要问去哪里，贾士贞突然叫停车。车一停，贾士贞便让小苗回头在宾馆等他。原来周一兰远远站在宾馆大门口的人行道上，她发现贾士贞快步向她跑过来，心里一阵怦怦直跳。周一兰迎了上来，向四周看了看，拉着贾士贞往前走，低声说："走，到车上说。"

贾士贞说："一兰，我还要赶回西臾，实在对不起。"

周一兰撅着嘴说："我不信你迟一天回去天就塌下来了？是不是因为玲玲在你那儿？"

贾士贞笑起来："那倒不是，省委组织部开了紧急会议，明天上午我就要向书记汇报。还有，今天晚上市公安局鲁局长请我们全家，我临来时，鲁局长再三叮嘱。我真的身不由己呀！"

周一兰说："官帽大了，就没有了自由？"

"一兰，能不能简单说一说什么事？"

"你要说有什么事，我还真的不好说，可是我真的想和你谈谈，有些东西也许对你以后的仕途能有所帮助。"周一兰停了停又说，"但是你让我站在马路上，三言两语地把话说了，我真的不知从何说起。"

贾士贞爽朗地笑了起来，说："一兰，我一定安排时间，让你说三天三夜。怎么样？"

"三天三夜？"周一兰红着脸说，"你给我一天一夜就行了。"贾士贞装作没听懂，伸出手。周一兰看着他，迅速把手交给他，两人轻轻地握着手。贾士贞只觉得周一兰的手凉凉的，又有点黏黏的，但他不愿松开。

"一兰，"贾士贞感到几分歉疚地说，"希望你能理解我，不是有一句话嘛，叫'理解万岁'！"

周一兰红着脸说："士贞，我太理解你了，我不知道这世界为什么对我如此残酷？一点机会，一点温暖不给我。"

贾士贞用力握着周一兰的手，真的想把她紧紧地搂在怀里，给她一些温暖与幸福。然而，贾士贞坦然地看着周一兰，低声说："再见，一兰！"

贾士贞机械地在大街走动着，如同木偶一样。他忽然间觉得全身都在瓦解，崩溃，心情也有点灰暗起来。他不知道自己怎么会变得这样的。

贾士贞回到宾馆，车缓缓地出了宾馆的大门，右拐弯进了车流。他从车窗里望着周一兰，她一直站在路边，一动不动地看着他。直到车远去了，他已经看不到她了，才靠到后座上。他的眼前始终浮现着她的身影，从他们的相识开始，两人之间的每一个细节都清晰地、毫无阻拦地闯进他的脑海。

黄昏，晚霞已经燃尽了最后一丝余辉，笼罩着一层层暮色。贾士贞的手机响了，是鲁晓亮问他到哪里了，他说他们还要一个小时才能赶到西臾。

天还没黑，贾士贞回到家里，只见鲁晓亮已坐在客厅里，旁边还有一个女人，那是他的夫人。贾士贞还没来得及问嫂子姓什么，鲁晓亮就拉着大家上了车。到了宾馆，他们进了包间，鲁晓亮拿出一瓶茅台酒说："贾部长，今天没别的人，我这酒可是存了十多年的真家伙，咱俩喝个痛快，二位夫人也别心疼这酒。"

贾士贞说："你们到底心疼酒还是心疼人哪？"

这时鲁晓亮已经倒了酒，又给玲玲、岚岚和夫人倒上饮料，端起酒杯说："来，贾部长，让我欢迎省城来西臾的三位客人，干杯！"

说话间，贾士贞知道鲁夫人和鲁局长同岁，儿子大学毕业后留在上海工作，现在老两口又分居两地，夫人姓毕，在交警总队做总账会计。毕夫人一个人在省城，住着那空空荡荡的家，一定寂寞而孤独！

几杯酒下肚之后，鲁晓亮满脸红润，大脑也兴奋起来，开始说起贾士贞当初在桃花镇被侯永文关进派出所那间房子里，怎么有机会逃出来的事。

其实这件事贾士贞至今也一直感到奇怪。那天夜里他被带到派出所，关在那间除了稻草，什么东西也没有的屋子里，直到天亮。后来他实在太困、太累，在迷迷糊糊之际，突然觉得门被推开了，却不见人，爬起来一看，四处也找不到人，于是贾士贞大摇大摆地从后门溜走了。贾士贞不可能知道这是怎么回事。而据鲁晓亮说，他从韩士银的日记里断断续续地分析，凭他几十年公安工作的经验，并进行了必要的实地侦察之后，才可以确定，当时是韩士银偷偷地打开门锁，并推开门，故意让贾士贞逃走。从当时现场情况看，也只有韩士银具备这样作案的条件。然而，韩士银当时为什么要放贾士贞？是害怕市委组织部长被关不好收场，还是为了掩盖侯永文这样做将带来的严重后果？这一切现在只能说明韩士银已经判断出贾士贞就是市委组织部长，不过韩士银已经离开人世，无法知道当时的真相了，这只能是他的分析而已。

现在已经初步证实，韩士银虽然做过一些错事，但是他和乔柏明、侯永文有本质的区别，而且韩士银和乔柏明之间的矛盾已经越来越深，所以乔柏明迫不及待地要把他杀掉。

鲁晓亮越喝越兴奋，声音也越来越大。贾士贞终于打断他的话，玲玲和鲁夫人一齐上来制止。当鲁晓亮已酒至八分，贾士贞也喝了不少时，才在夫人们的强行阻止下，结束了酒宴。

第二天早上一上班，贾士贞直接去常书记办公室，汇报昨天省委组织部会议精神。这次省委组织部要求每市推荐两名四十五周岁以下市厅级，三名四十二周岁以下县处级后备干部名单。常书记一听这事，说，后备干部不知道报过多少次，有的用了，有的也就不了了之。至于这次为什么还要召开紧急会议，他也没问，他也知道问这种话也很愚昧。现在的问题是在这样的关键时刻，这五名后备干部如何产生。常书记叫组织部拿出初步意见，贾士贞说他从昨天会议之后，反复想了想，觉得这事要改变过去少数人推荐的办法。要发动群众，让群众参与，听听绝大多数群众的意见。最后，常友连让组织部尽快拿出具体方案，召开市委常委会讨论。

两天后，市委召开常委会，市委组织部拿出这次推荐两名市厅级、三名县处级后备干部的实施方案。

过去碰到这样的情况时，市厅级两名后备干部的推荐办法，就是由组织部门把现有的市厅级干部对照条件，其中主要又是年龄和职务，这样排下来符合条件并不多，然后由书记拍板，有时连常委会也不召开。县处干部由于人数较多，往往也都是书记直接点名，报上去就完成任务了。

这次组织部的方案是把推荐权交给群众。市委成立领导小组，领导小组由组织、人事、纪检、监察、统计部门抽出专人，负责推荐的具体工作，主要是确定推荐人员推荐票的统计等工作。首先推荐人由四部分组成，每个单位领导和中层干部各占百分之二十五，机关群众和下属企事业职工各占百分之二十五，所有人员均不得由领导指定，而是采取随机抽样的办法。限定时间将名单报领导小组。最后，召开市直及各县区大会，当场发推荐票当场填写，投入票箱，由领导小组集体计票统计，结果在报纸、电视上公布。最后提交市委常委会确定，正式上报。

这个方案一公布，引起常委的激烈争论。首先提出反对意见的是副书记朱化民，他认为这样一来市委常委会今后什么事也不要干了，把干部工作越搞越复杂。其他常委有的模棱两可地说了些似是而非的意见，有的干脆不表态。最后常友连只好将此事暂时放下，下次会议再研究。

会后，贾士贞去见市长邵明。上次常委会上讨论那几个干部时，看得出邵明的发言还是支持贾士贞的，可这次常委会他一直没有发言，当时贾士贞的心里希望邵市长能支持他，特别是朱化民提出反对意见后，如果邵明能够态度鲜明地站出来支持他，其他常委也许会表明态度的。

贾士贞的到来，让邵市长有几分意外，他亲自给贾士贞泡茶。

邵明看着贾士贞说："贾部长找我一定有重要的事吧？"

贾士贞说："邵市长比我先到西臾几个月，俗话说，先来为师嘛。我想听听领导对我工作上的意见。"

邵明说："贾部长在省委组织部工作那么多年，组织工作经验丰富，我是搞经济工作的，对组织工作可是一窍不通。我觉得你对干部人事制度的改革思路是值得提倡的，但是，恕我直言……"邵明没有说下去，看着贾部长，贾士贞想，邵市长也许是人们所说的那样适合做学问，不知是考虑不成熟还是担心贾士贞接受不了。贾士贞说："邵市长请，但说无妨，干部人事制度改革没有现成的路子，大家都在摸索，难度自然不小，我真的希望大家都能提出意见。把改革工作做得更好。"

"贾部长，你注意没有，"邵明说，"干部人事制度改革难在哪里？难在上面没有具体政策，而大多数常委习惯了过去那种靠权力来决定干部的传统办法。而且，贾部长，有些东西应该先在小范围形成成熟的意见，然后再到常委会上讨论。所谓小范围，我的理解是书记碰头会，正副书记不事先形成一致意见，大小事情都直接交给常委会上讨论，必然不容易形成集中统一的意见。"

"邵市长，我知道你的意见非常正确。"贾士贞说，"可每个书记都有每个书记的工作方法，实际上有关干部的问题，每次我都先向书记汇报，希望能在书记碰头会上先碰一下头，但是常书记认为要么常委会，要么是组织部的意见，哪里来的书记碰头会，就像今天会上讨论的推荐后备干部的事，我认为我们组织部的做法没有什么不对的地方。过去大家都认为后备干部是保密的，这个观念必须纠正。后备干部有一个监督问题，谁来监督？真正起到监督作用的只有群众，不是常委几个人，也不是组织部。"

正说着，贾士贞的手机响了。原来是下臾县委组织部长说明天他们正式进行直选乡党委书记，希望贾部长能够亲临现场指导，贾士贞说一定争取去看一看。

谁知邵市长对直选乡党委书记很感兴趣，他说如果直选成功了，也是对我们目前的间接选举的一次挑战。只是他对候选人的产生提出一些疑问。如果候选人由上面指定，又不实行差额选举，这样的直选恐怕也是有其名无其实。贾士贞说他对这件事情也想了很久，既然是直接选举，就必须完全体现党员的意愿，由党小组逐步推举候选人，最后参选的候选人必须有半数以上的支部推荐，如果候选人难以集中，应先进行预选，最后按得票多少确定比例，也就是预选中最少保留三名候选人。正式选举时在三名候选人中由全体党员无记名投票选举。

这次谈话，贾士贞对邵明更加了解，看来邵明从内心对他们工作还是支持的，至于后备干部的事，邵明表示找机会和常书记、朱副书记沟通后再说。

晚上回到家里，玲玲说张副厅长又来电话了。虽然玲玲有些不高兴，但贾士贞还是亲自给张副厅长打电话，硬着头皮把目前西臾公开选拔县处级干部的实际情况说了。至于张副厅长问事情怎么处理，他只能说等到这批干部公选后一齐考虑。张副厅长虽然不太高兴，但是只好说拜托贾部长关心了，事情总算暂时糊弄过去了。玲玲知道丈夫只是缓兵之计，张副厅长又不是三岁孩子，对于贾士贞在西臾的这段时间的所作所为，他多少也有所耳闻。可他知道，贾士贞就是不给他这个人情，他又奈何得了贾士贞什么！但是玲玲觉得这事尴尬的是她心中总是不大高兴。

玲玲知道丈夫亲自给张副厅长打电话了，却没有提他打电话的事。一个晚上，玲玲总是闷闷不乐。直到两人上了床，玲玲终于憋不住了，问张副厅长到底什么态度，贾士贞耐心给玲玲解释一番。当初他决心要从市委组织部烧第一把火，就是因为组织部门过去有许多不合理的特权。像一些特殊行业一样，管钱的多拿钱，管干部的，自己优先提拔，群众敢怒而不敢言。同时也感到西臾市委组织部的正科级干部年龄偏大，像张敬原这样的科长，已经四十五岁，庄同高已经四十七岁，不能继续留在组织部了，而且也不能再安排到副处级的岗位上。如果还是沿用过去的老办法，那他贾士贞这第一把火烧得还有什么意义呢，成了一把鬼火。然而他不是没有留有余地的，这次全市公开选拔县处级领导干部，虽然副县长，副局长这样的岗位都规定年龄不得超过四十二岁，但是仍然设立了少数岗位可以超过这个年龄，比如两个区的政协副主席，市档案馆副馆长等这样的五六个副处级职位，就是考虑到他们这些年龄偏大，又有一定文化基础的老同志，给他们一次机会。但是如果文化考试过不了关，那就很难办了。玲玲虽然觉得丈夫说得有理，但是作为组织部门难道从此就失去提拔干部的权力了吗？过了一会儿，玲玲说：“以后机关里的副处，正处级非领导职务的干部怎么办呢？”

贾士贞说：“这些都要等这次公开选拔干部之后才能考虑，当然，我想，组织部和一级党委对有些领导干部不可能都通过公开考试选拔的，比如平职调动，比如少数特殊情况，但是有一点必须肯定，那就是每一个干部都必须得到群众认可，绝大部分群众拥护的人才能提拔。包括县处级非领导职务。”

总之，玲玲的心里还是想着张副厅长所托的事，让她想不通的是提拔一个副县处级干部就这么难？她一时又无法说服丈夫，躺在床上，难以入睡，渐渐地，有些恍惚起来，但是周围发生的一切又都清楚地印在脑子里，不知不觉，头脑又活跃起来，许多事情想得天花乱坠。突然间，她大脑里闪过一个想法，细细推敲，越发觉得是一个万全之策，于是推醒丈夫。贾士贞问何事，玲玲说她对张副厅长所托之事有办法了。

原来玲玲提议丈夫把那位张敬原科长调到周围别的市里，作为交流干部。凭贾士贞在省委组织部时的关系，以及现在的职务，和别的市交换一个副县处干部是不会有问题的。贾士贞一言不发，过了一会儿，才说让玲玲不要管他工作上的事，固然他能这样做，但是张敬原不符合交流干部的条件。如果他这样做了，那就是一种欺诈行为。他不能为了一个张敬原，把原则丢了，当一个不称职的市委组织部长。

玲玲一肚子不快，她觉得丈夫越来越陌生了，心想，如果你贾士贞不到西奥来当市委组织部长，也许人家张敬原早就当上副县级干部了。许多人就是因为一个领导的突然到来而有了机遇，不是吗？某人在这个地根本不可能提拔，来了个新书记却是他的乡学、老乡或者亲戚，转眼间就被提拔了，而张敬厚、庄同高则因为贾士贞的到来把到手的副县处级丢了。这事不是明摆着的嘛！但玲玲没有和丈夫争辩，翻了个身，闷闷不乐地继续想着自己的心事。

四十一

第二天一早，贾士贞准备去下奥县参加乡党委书记直选大会，刚上了组织部的楼梯，就看见市教育局长缪斯平已经等在他的门口。这时贾士贞才想到公选县处级干部的考试只有六天时间了，教育局长主动找上门了，贾士贞很是感动。

缪斯平便把有关考场的准备工作详细作了汇报。至于监考老师问题，按照每考场两个监考老师计算，共需一百三十名老师。教育局已经召开各学校校长会议，要求各学校在两天内把监考老师的名单报到教育局。

听完汇报，贾士贞提出几点意见，考场准备和室内桌椅检查均由各学校负责，考试前一天他将和市教育局领导全面检查一次。考试的组织领导由组织部和教育局、各学校一把手校长成立领导小组，贾士贞任组长。同时按考场位置分布设立三个片，各学校成立领导小组，校长为第一责任人。监考老师确定之后，在教育局会议室召开一次会议，贾士贞到会讲话。

缪斯平走后，贾士贞立即给鲁晓亮打了电话，问他那七十名警察确定了没有。鲁晓亮说已经落实妥当，三天后把他们集中起来开会。

打完电话，贾士贞的心里有一种按捺不住的激动。西臾市即将通过考察干部们的真才实学，来产生四十八名县处级领导干部。不靠关系，不靠跑，不靠要，不靠送。无论有些人如何指责他，如何咬牙切齿地痛恨他，他都觉得，他无愧于组织部这样的权力，无愧于西臾地区那么多支持他的干部，无愧于西臾六百万人民。

太阳渐渐坠落到臾山下，苍茫的山峰变得暗淡起来，满天红霞变成沉沉暮云，如同火焰熄灭后剩下了一堆灰烬。

贾士贞在苍茫的暮色中步出市委组织部的大门。他一个人走在市委的大院里，人们早已下班。偌大的院子里，偶尔才见到一两个人。他下意识地停住脚步，举目望了望这里的几幢大楼，这里是全市六百万人民的权力中心，这里发生的一切将会影响到全市人民的生活和未来。一个人活在世间，最为珍视的应该是什么？金钱？权力？荣耀？但是作为这样一个权力的拥有者，没有什么比声誉更为更要的。

贾士贞回到宿舍，看见玲玲早已把晚饭准备好了。而岚岚一见爸爸回来了，立马牵起爸爸的手。贾士贞抱起女儿，在她脸上亲了两下说："爸爸快抱不动女儿了！"

一家三口坐在餐桌旁，享受着天伦之乐。贾士贞觉得自从调到西臾之后，这种生活越来越少了，夫妻分别那么长时间不能见面，有两次回省里开会，都是匆匆地去又匆匆地赶回来，就连玲玲探亲这点时间，还得应酬各种关系。玲玲说："这世间不知怎么回事，从古至今，人人梦寐以求想当官。我现在想知道这官哪来得那么大的诱惑力，你看你这官当的，有哪一天是安安稳稳地度过？"

贾士贞狼吞虎咽地大口大口地向嘴里扒饭，他的这种吃饭习惯是到西臾之后才养成的。否则，正在吃饭时，有人来了，客人坐在那里，你能慢腾腾地吃饭吗？

说来也怪，就在这时，有人敲门了。贾士贞看看玲玲，有些尴尬地笑笑，只好放下碗去开门。

门一开，站在门口的居然是文化局的那个政秘科长姚一玉。贾士贞简直不相信世间还有如此漂亮的女人，这天姚一玉穿一件深色连衣裙，灯光下肌肤显得尤为白皙，贾士贞退到一旁，喊道："玲玲，你的客人！"玲玲一边吃着饭一边说："谁呀？"姚一玉走到餐厅门口，说："葛处长，是我。小姚。"

玲玲放下碗，热情的上前抓住姚一玉的手，说："哟，姚科长，今天更加漂亮了，请坐！"

贾士贞向姚一玉打个招呼，去了餐厅，坐到女儿旁边，看着岚岚吃饭。

过了一会儿，玲玲叫了起来："士贞，姚科长是找你的，你干吗躲起来？"

贾士贞虽然应了一声，但仍然坐着没动。岚岚吃完了饭，贾士贞正准备收拾碗筷，玲玲跑过来，一把拉着贾士贞，说："我现在是全职太太，不需要你做这些家务。"

到了客厅，玲玲和姚一玉坐在长沙发上，贾士贞在对面坐下来，目光在姚一玉身上停留了片刻。他发现姚一玉确实很漂亮，比周一兰更加美丽动人。这时贾士贞看着玲玲，暗示她先说话。谁知玲玲偏偏不理解他的意思，反而睁大双眼看着丈夫。

这时岚岚过来了，姚一玉才说："岚岚真漂亮，像葛处长。来，让阿姨看看。"

这样一来，总算打破了尴尬的局面。玲玲搂着岚岚说："岚岚最爱听这样的话了，谁说她像爸爸她就和谁急！"

姚一玉说："女孩都这样。"说着拉着岚岚的手，"妈妈漂亮爸爸帅！"

贾士贞一时无话，觉得姚一玉来的目的总不能就是为了拉家常吧！笑笑说："小姚，考试准备得怎样了？"

姚一玉嫣然一笑，两颊犹如熟透了的水蜜桃，带着女人的那种羞涩说："这种考试不像高考，没有课本，没有资料，全凭自己的基本文化素质，何况都是实际应用题，听天由命吧！"

贾士贞说："我们的目的就是考考大家平时的文化知识水平，比如写作能力，没有基础，临时报佛脚是不可能有用的。但是听他们说，网络上有许多资料可以借鉴，注意学习可以帮助增加知识面。"

姚一玉说："我也常常上网，可能有点作用，但是最根本的还是看一个人的基础。"

玲玲说："姚科长真是才貌双全呀！文化厅几乎人人都知道姚科长在竞聘市委组织部办公室主任时名列前三名，大家简直佩服得五体投地呀！虽然没有竞聘上，但是大家把你当做传奇人物。"

"好了，葛处长，你别笑话我了，我都不好意思了。"姚一玉说着，把目光停留在贾士贞身上，"都怪我，当初如果不报办公室主任的岗位，如果报那几个不怎么热的科，说不定已经进组织部了。有两个岗位第一名比我的分数还低不少。"

贾士贞说："不要灰心，这次好好考，说不定坏事变好事，组织部公选的是正科级，这次可是副县处级。"

姚一玉说："这世上的事，说是万事如意，心想事成，那只是一种美好的祝愿。如果人人都能万事如意，心想事成，那么这世界上就不会有任何矛盾了。"姚一玉看看玲玲又看着贾士贞，"贾部长，一个女人在官场上参与男人队伍里的拼搏，实在是不容易啊！我根本就不抱什么希望，这世界根本就不属于女人的，这世界原本就是男人的世界。"

贾士贞说："姚一玉同志有点愤世嫉俗。不要灰心嘛。你要知道各级党委和组织部门还是积极寻找，推荐女干部的。"

"理论上是这样，可是实践当中差距还很大，不要说男人嫉妒就连女人自己互相间也嫉妒啊！"姚一玉心怀不快地说。

贾士贞说："这也是阻碍人才进步的弊病。落后的一种表现。"

玲玲说："姚科长，你真不简单，人长得这么漂亮，还能当上市文化局政秘科长，还不知足啊！"

贾士贞看看玲玲，说："玲玲，话怎么能这样说呢？人总是不断向上的嘛。小姚不简单，能考出这样的好成绩我们都刮目相看。我可以向你透漏一点，姚一玉同志，我们公开选拔县处级领导干部第一轮的考试，在一段时间里都是要起到一定作用的。主要是前三名，只要这些同志在单位没有什么问题，群众反映比较好的情况下，第一名被选拔上了。以后怎么办？组织部不可能因为哪个县哪个局缺领导干部了，都去公开选拔，特别是文化考试，就应该从人才库里把第二名推选出来使用。未进行的程序，接着进行，比如已经答辩过了，要把候选人向社会公示，再提交市委全体委员无记名投票产生。”

姚一玉睁大那双美丽的眼睛，吃惊地看着贾士贞，显出几分兴奋地说：“贾部长，这是真的？假如市委组织部的现有科长在这次竞聘副县处级领导竞聘上了，那么空缺的岗位也是通过这样的办法产生吗？”

贾士贞点点头，说：“我想应该是这样吧！组织部总不能出尔反尔吧，今天公开选拔，明天就推翻，还是用老办法，靠关系调人，难不成为一两个人再去考试？我觉得我们这样做也是合理的，所以，把前三名同志的名单都放到人才库里，作为后备干部备用。”

姚一玉有些抖擞起精神来，脸上露出甜甜的笑靥，高兴地说：“难怪机关里的同志都说贾部长有水平，办事公道，深得民心！说您是一位改革家”

“得了，小姚，你别给戴高帽子了，我这人不喜欢听这些肉麻的话，我之所以这样做，那是因为我们向社会承诺过，始终坚持‘公开、公平、公正’。不能取信于民，那群众就会不信任我们了，官场在群众中的形象本来就很差，组织部门有责任带头挽回那些不良影响。况且中央也三令五申强调加快干部人事制度改革的步伐。”

贾士贞的一番话对姚一玉来说，是意外收获，也是意想不到的好消息，她那白皙的面容上泛起兴奋的红晕，嘴角忍不住浮出一丝甜蜜的笑意。她突然转过脸，紧紧抓住玲玲的手说：“葛处长，明天带着岚岚到我家去过一天吧！我带你去奥山看一看，不要整天待在家里，贾部长又没空陪你。”

玲玲动心了，这些天，她没地方去，整天陪着岚岚，有时一天也见不着丈夫。姚一玉这么一说，她真的想换换新鲜空气，于是看了丈夫一眼，答应了姚一玉的邀请。姚一玉一走，玲玲对贾士贞说：“红颜薄命，一点不假。你知道这个女人为什么要拼命地拼搏吗？”

贾士贞莫名其妙地看着玲玲，爱搭不理地往卧室里走，心想，女人就是这样，总喜欢说绯闻。玲玲跟在后面，说：“怎么，不爱听？是不是看到这么漂亮女人，舍不得呀？”

贾士贞回过头，瞪了玲玲一眼，说：“又胡说八道了，不要像个小市民，你可是个副处级干部！”

玲玲不高兴了，说：“怎么了？每天都好好的，见了一个莫名其妙的漂亮女人突然变得这么凶了？”

“好，你说，我洗耳恭听。”贾士贞坐到沙发上。

玲玲站在贾士贞面前，似乎不注意丈夫的感受，说：“姚一玉在大学里本来学习很好，可那些色鬼像苍蝇似的盯着她，学生、老师都去争。有的老师结过婚，有孩子，还把她搞得声名狼藉。好不容易她毕了业，嫁给一个高年级同学，谁知这个家伙又是个不学好的男人，整天在外和一些不三不四的人混。终于有一次因喝酒打架，失手把人打死了，被判了十五年有期徒刑。那时他们的孩子才几个月，可怜的女人带着不满周岁的孩子看着丈夫被抓走。”

贾士贞听完之后，用那种怀疑的目光看着玲玲，过了半天才说：“这是真的？”

玲玲点点头，嘴里重复着：“红颜薄命……”

第十四章　又到关键时刻

四十二

火热的夏天还没有过去，八月的臾西平原热得就像个大蒸笼。对于西臾人民来说，闷热依然让人受不了。贯穿西臾四县两区的臾山山野，大片的苍绿，农村又是一个丰收年。穿过城中，流向远方的河流山溪清澈澄碧，水波映照着蓝天白云，反射出太阳金银般灿烂的光辉。山坡上到处绿意盎然，野花缤纷，田野里到处是丰收景象，大自然和西臾人民的生活都随着丰收季节的到来而变得丰富多彩。

西臾这座改市后重新组建的新型城市，经过改革开放的洗礼，展现出她年轻生命的活力和生机。当你迈步走在崭新而整齐的街道上，道路两旁的梧桐树，像展开双臂的少女，托着绿色的阔叶；形态别致的街心花园，五颜六色的鲜花，耀眼夺目。臾河两岸垂柳依依，河水清澈透底，垂柳下情侣相伴，携手漫步；大街上，姑娘们身着鲜艳的衣裙，满目流彩飞霞。这座发展中的农村城市，让人感到清新舒畅，豁然开朗；从繁华的大城市初到这里，你一定会觉得就像进入了另一个世界。

是的，就在这个火辣辣的日子里，西臾市委组织部长贾士贞正忙得如同这时候的天气一样。

公开选拔县处级领导干部的文化考试已经迫在眉睫，上午九点时，贾士贞赶到市教育局，一百三十名监考老师和各学校的领导都到了。教育局的五个局长簇拥着贾士贞，进了会议室，局长缪斯平做了重要讲话，最后贾士贞强调这次考试的重要性和严肃性，希望各位老师要像对待高考那样严肃而认真，发现考生作弊，不管是谁，一律按零分计算。如果发现监考老师帮助考生作弊，不会像上次一中吴怡宣那样仅仅通报一下就算了，情节严重的开除公职。

从教育局出来，贾士贞直接去了公安局，七十名警察已经集中在市公安局会议室，鲁晓亮讲话后，贾士贞只说了一句话，希望大家把这次监考当做一次学习的好机会。

经过上次市委组织部选拔干部的考试，贾士贞虽然总结了经验教训，但是不同于上次的是，上次只有二百四十多名考生，八个考场，而这次考生人数是上次的八倍多。

玲玲和岚岚还在甜蜜的梦乡中，贾士贞吃了玲玲头一天晚上为他准备的早点，刚出家门，小苗的车已经到了。贾士贞来到市教育局，和缪斯平简单开了碰头会，就上了向公安局借来的警车。主要街道上都已经拉起横幅，“公开、公平、公正选拔领导干部”、“热烈祝贺全市首次公开选拔领导干部文化考试成功”、“热烈欢迎参加公开选拔领导干部考试的同志”、“祝同志们考试成功”……

贾士贞检查完八个考点，看看表，已经八点整。这时考生已经纷纷来到考点，工作人员正从警车里取出考试卷。接着考点负责人宣布监考老师的名单，随后，监考老师领取考卷，分头来到各考场。

八点十五分，缪斯平向各考点发出信号，监考老师迅速分发考卷，还差一分八点半时，缪斯平再次发出信号，考生们翻开考卷，进入紧张的战斗。

在中国，大凡读过书的人，都经历过大大小小、各种各样的考试。考试才是真正检验一个人真才实学的标尺，考试才是最公正的天平。只有坐在考场里，人与人之间才是真正的平等。没有高低贵贱之分，没有贫富差别之分，更没有职务大小之分。是真是假，是虚是实，通过一张考卷，便会一目了然。除此之外，还有什么办法比考试更能准确地衡量一个人的知识呢？或许有人会说，不见得考试分数高，能力就强。有人曾指责大学里成绩好的学生，称之为“高分低能”，但是我们不禁要问，难道低分就高能吗？有人指责贾士贞吹捧文化考试的办法选拔干部是“八股取仕”。然而，贾士贞不是没有想过，通过文化考虑选拔人才不仅在中国是这样，而且世界各国都是这样。在没有新的良策之前，文化考试仍然是比较科学合理的办法。文革期间层取消文化考试，中断了高考制度，靠推荐上大学的办法不是没有尝试过。实践证明，那是一条走不通的死胡同。恢复高考成为全国人民的心愿，为此中断10年的高考，于1977年又恢复了。

何况这种公开选拔县处级领导干部的考生，他们本身就已经是副县处级和科级干部了。或者说那些靠找关系，跑官要官，买来的官员们，他们的能力就一定强吗？

在科学技术迅猛发展的今天，领导者必须是一个具有相当高文化知识的人。权力和人的素养未必同步增加，如果一个文化粗浅、素养不高的人掌握至高无上的权力，那才是一件令人担心、让人悲哀的事呢！同样的权力，掌握在不同修养的人手中，会产生不同的后果。毫无疑问，我们国家现在正急需解决把各级权力交给什么人的问题。

贾士贞从一个考点来到另一个考点，他在考场外面匆匆地注视着考场内紧张答题的考生，此时此刻他的心情并不比那些奋笔疾书的考生轻松。

突然，他的手机响了。与此同时，缪斯平也接到了同样的报告，一中考点发生混乱情况，有人在考场外闹事。贾士贞和缪斯平立即赶到一中，110警车已经停在校园里。杨校长报告说，九点钟时，突然有两个不明身份的男青年无视考场的警戒线，冲到校园里，接着要进27考场，这时工作人员上前劝阻，两名工作人员当场被打倒，那两个家伙打倒工作人员后冲进考场，监考老师已经无法维持秩序，接着考场内发生一阵骚乱。杨校长当即报了警，然而那两个家伙却冲散了工作人员，从学校旁边翻墙逃走。民警赶到时，早已不见人影。

贾士贞立即给鲁晓亮打电话，请他尽快把这两个公然闯进考场闹事的家伙捉拿归案。随后他来到27考场，发现考场已经逐渐安静下来。贾士贞站在门口，觉得有些考生不时地用余光偷偷地向外看。贾士贞突然发现教师后排的考生是一位高个子秃顶，原来是他！贾士贞招招手，叫来监考老师，让他特别注意那位高个子秃顶的考生，同时注意考场的一切变化。贾士贞转身离开27考场，迎面遇上了鲁晓亮，鲁晓亮让侦察员仔细观察案发的现场，询问了当时情况，鲁晓亮说："这起事件绝非仅仅扰乱考场，可能有人利用混乱机给考场内什么人提供帮助。"

不用说，贾士贞已经想到了。现在当务之急是，必须尽快将那两个人逮捕归案，同时在考场内也要抓住证据。贾士贞看看表，考试时间已经过了一个半小时。送走了鲁晓亮，他又回到27考场，这时考场里的警察发现一个考生的考卷下面压着一张字条，正当那个考生聚精会神地抄着字条上的答案时，警察伸手把字条抢了过来。

贾士贞一看，居然是选择题的正确答案，是一份手写的复印件。这样一来，不仅证明这个考生有舞弊行为，而且可以推断，这张复印字条是那两个家伙送进考场来的。

而那个高个子秃顶的考生一直没有任何动静，时间在一分一秒地过去。时间剩下半个小时时，贾士贞离开27考场，刚走几步，突然听到后面有人轻声叫他，他回过头，原来是卫炳乾。贾士贞高兴地问："考完了？"卫炳乾点点头。贾士贞又问："考得怎么样？"卫炳乾说："一般吧。除了选择题和辨别题之外，大量的实际应用题不是以正确、错误来评分的，那是考实际应用能力和水平的。"

这时各考场响起长长的一阵电铃声，卫炳乾看看表说："还剩下最后十五分钟。"

贾士贞说："你考过了，我们看看去。"话音刚落，一个工作人员跑到贾士贞面前，喘着气说："贾部长，27考场又发现两个作弊的。"

贾士贞急忙来到27考场，只见那个高个子秃头顶的考生头上冒着汗，又抓耳朵又挠腮，监考的警察远远站在考场后面，目光盯着高个子秃顶。考场里不断有人交卷，考试时间就要到了，两个监考老师不断改换自己的位置，后排角落里的一个女考生在站起来准备交卷时，突然一张字条落到地上，她紧张地弯下腰时，已被监考老师抢先拾了起来。与此同时警察趁高个子秃头顶考生没有防备的一刹那，把他已经塞进笔套里的字条连同笔套抢了过来。

一阵长长的电铃声又响起来了，考试结束。贾士贞走进考场，高个子秃顶考生从贾士贞面前经过，一句话也没说，低着头，溜出考场。

第二天上午，鲁晓亮打电话给贾士贞，说扰乱考场的那两个人已经抓到了。贾士贞请鲁局长马上去教育局。

原来那两个家伙就是参与绑架卫炳乾并驾驶白色本田商务车撞贾士贞轿车的那伙人，他们对送答案给27考场几个考生这一目的供认不讳。但是到底交给哪个考生，他们拒不交代。而且那张字条是怎么弄到手的，他们也紧闭双口。

这样一来，27考场除了已经发现的那几个作弊考生之外，是否还有人作弊，很难说得清。贾士贞建议27考场全体考生用备用试卷重考一次。

缪斯平也同意这个办法，当天下午紧急通知27考场所有考生，明天上午八点半再考一次。尽管有些考生提出不同意见，但是如果不参加这次考试，只能视为放弃考试。

第二天上午准时开考了，那个高个子秃顶男人没有参加这次考试。读者一定想到他就是桃花镇党委书记侯永文吧！

等待考试公布分数的心情，和高考没有什么两样。虽然公开选拔干部的公告对每个阶段的工作都公布了，但是市委组织部每天都要接到许多询问公布分数时间的电话。可见文化考试成为公开选拔领导干部一道非常关键的门槛。自从宣布西臾市公开选拔四十八名县处级干部之后，贾士贞就不断接到各种各样的电话，有支持的，有反对的，有骂娘的。贾士贞不是没有想过，把文化考试作为严格公开选拔干部的第一关，反对的人肯定大有人在。特别是那些文化水平不高，平时又不注意学习的干部，他们也许从此失去了提拔县处级领导干部的机会，肯定不甘心，所以也就千方百计抵制这场干部人事制度改革。但是贾士贞坚决按照“公开、公平、公正”的六字方针来选拔领导干部，并且下决心把西臾市的干部人事制度改革深入进行下去。改革开放以来，不少组织部门都在进行各种方式改革干部人事制度。虽然一些新方法不断被采用，比如每个阶段都向群众公示，比如公推时在一定范围内推荐，以及民意投票，但是这些办法总脱离不了权力的掣肘。特别初选者的提名，就像上次省委组织部组织大家去观摩的公推公选。所谓的公推，实则不公。公推的人员组成决定了哪些人被推选上。这种所谓的公推没有标准，既然没有标准，又怎么能说是“公推”呢？参加公推的人并不是生活在真空中，既然他们生活在在复杂的人际关系中，这种公推很难不受到权力、金钱的影响。因此到底公推作为产生候选人的第一关，还是用文化考试产生候选人作为第一关，哪种方法更合理、更公平、更科学，这显然人所共知。

东臾市的那次公推，充分说明了这一点，评委们都是市直机关权力部门的领导。难道他们能不推他们身边的人，而去推县里和乡镇里的人？

四十三

转眼间，玲玲的假期结束了。岚岚闹着要爸爸把她送回去，贾士贞又何尝不想把妻子和女儿送回家去呢？可是，他确实抽不出时间。就连她们母女探亲这段时间，他也常常连双休日也整天不回家。玲玲早就要回去了，说她和岚岚在这里，整天也是母女俩守着，和在省城没什么两样。现在妻子和女儿真的要走了，贾士贞还真的有些舍不得。他看着玲玲忙着收拾东西的身影，看着女儿孤独地躲在房间里，思绪逆着时光在向后倒退，退回流逝的岁月，退回当年两人相恋、相爱那些花前月下的甜蜜夜晚……

贾士贞觉得心里慌慌的，早饭像吃药一样，客厅里乱得像搬家，想和玲玲说几句话，她里外忙碌着，看得出心情不怎么好。贾士贞在客厅里来回走着，无所适从。他第一次尝到夫妻分别这种离别的痛苦，其实像他这样的情况，有专车，随时可以回家。可是不知为何出现这种心情。

这时，外面响起两声汽车喇叭，接着鲁晓亮出现在门口。他笑着说："贾部长，岚岚还有几天才开学，再让她们住几天吧，到时我派车送她们。"

玲玲提着包，说："我们早就想回去了，我不习惯这种全职太太的生活。他常常忙得一天不回来，夜里回来了，我和岚岚都睡着了，和我们在省城有什么不同？"

贾士贞看着玲玲，苦笑着说："是啊，人在江湖，身不由己，既然她们要走，又有便车，走就走吧！又不是天南海北，有时间我就回去看她们。"

鲁晓亮说："玲玲处长，今后我来监督贾部长，一个月必须回去一次，年轻夫妻就不是分开的事。"

贾士贞笑着说："你不是也一样嘛，都在过着牛郎织女一样的生活！"

鲁晓亮大笑起来，说："我和你们不一样，我们都是五十多岁的老夫妻了。"

玲玲没有丝毫笑容，搂着岚岚，岚岚看着妈妈，说："爸爸说话不算话，天天说送我们，现在又不送了！"

贾士贞拉着女儿，说："岚岚乖，爸爸这阵子太忙了，等忙过这阵子，一定常回家看你们。好了，走，我送你们上车。"贾士贞从玲玲手里接过包，再一看，不知什么时候，鲁晓亮已经不见了。玲玲红着脸，转身进了卧室，贾士贞小声对岚岚说："好女儿，爸爸去看看妈妈，你在这等一会。"贾士贞跟着进了卧室，见玲玲坐在床上，沉默无语。贾士贞随手关上门，一把搂住玲玲，玲玲也把丈夫抱得紧紧的，两人好半天没说一句话，终于玲玲抬起头，看着丈夫，贾士贞摸着玲玲的脸，再也忍不住了，热烈地吻着玲玲。

贾士贞心里有数，玲玲心情不好的另一个原因还有张副厅长托她的事没有结果。贾士贞也想安慰一下玲玲，可是却不知道该怎么说。

送走了妻子和女儿，贾士贞回到宿舍，一下子觉得冷冷清清的，二十多天的家庭生活，让他多少又恢复了家庭生活的习惯。他想，鲁晓亮说得对，夫妻本不该分开生活的。自从领导干部进行交流以来，每个市县都有一些领导是异地交流的，他们每到周末专车送回家，周一早上再接来上班。除了消耗汽车和能源之外，每年支出一笔可观的司机住宿费用。这也是中国官员的一种独特的模式。贾士贞觉得这种办法不是解决领导干部特权和腐败的根本方法，只有彻底从制度上解决干部的选拔、考察、任用才能真正杜绝干部的特权。

贾士贞在客厅里站了一会，让自己的心情慢慢调整过来。他拿着公文包，正要出门时，电话铃响了，他转身拿起电话，却是一个女人的声音。他握着电话，想了半天，也没有想起来是谁，他又不好问对方是谁，心想，这女人怎么也不报一下自己的姓名。他一时想不出来，直到她反复问了玲玲的情况，他才恍然大悟，便说："请问你是不是文化局姚一玉同志？"

"是我，贾部长，我是过来看葛处长的，我还以为你上班去了，想来陪陪她。"

贾士贞说："谢谢你，她已经走了！"

"走了？什么时候走的？"姚一玉说，"我不是和她说好了吗？我们用车子送她！"

"刚刚走。"贾士贞说，"正好公安局送两个同志去省厅学习，玲玲整天说待在这里闷得受不了。"

放下电话，贾士贞就出了门，只见一个漂亮的年轻女人站在院子外面，原来姚一玉就是站在他宿舍外面打的电话。看到贾士贞，姚一玉迎上前来，贾士贞只觉得这个女人面若桃花，五官动人，那天晚上虽然玲玲赞不绝口地说她如何漂亮，那毕竟是晚上，今天一见，果然让他大吃一惊，西舆这地方还有这样如此美丽绝伦的女子。贾士贞突然想到玲玲说她红颜薄命，怎么这样一个漂亮的女人没有一个好好的男人呢！也许是触景生情，在这时贾士贞又想到周一兰，周一兰虽然不像姚一玉这样漂亮，但是也算超群出众的女人了，但她恰恰嫁给一个没有性功能的男人，最终成为一个单身的女人，难道这世间真是红颜薄命吗？

正在这时，姚一玉说："贾部长，你上班去啊？"

"你有事吧？"贾士贞停住脚步，看着姚一玉说，"刚才怎么站在外面打电话？"

"没事，我主要是想来陪陪葛处长。"姚一玉说，"她在西臾整天待在家里，你一天到晚忙得不得了，这里她又没有什么朋友，哎，她怎么突然走了呢？"

贾士贞笑笑说："考得怎么样？"

姚一玉说："不敢说，这几天我的心里总感到不那么踏实，随它去了，听天由命吧！"

"小姚，"贾士贞刚一出口，马上纠正自己，说，"这样称呼不妥当，还是称姚科长吧！"

姚一玉的脸立马一片绯红，她羞涩地低下了头，说："贾部长，您别让我害臊吧！什么科长，哎！你就叫我小姚，我这还算什么官哪！"

贾士贞一听，严肃起来，说："这叫什么话！官场上的人太奇怪了，好像只有官大才能称职务，职务低了就低人一等似的。年轻的厅长称五十多岁的处长老张老李，而老张老李都称年轻的厅长为某厅长，这也不合理。其实党内早就号召称同志，我看称同志最好。我希望大家都称我贾士贞同志。好，我就称你姚一玉同志。"

姚一玉满脸笑容，说："官场上人人都能像贾部长这样大度开明就好了。其实，贾部长，你不知道，在我们干部队伍里，等级制太严重、太明显了。不只是工资，住房，其他待遇的差别更明显，在有些人眼里，连人格都不一样。你说，能怪中国现在千军万马挤官场吗？"

"是啊！"贾士贞说，"所以，我们要尽可能地给大家创造一个平等的环境，比如说我们这两次通过文化考试来作为公开选拔干部的第一关，就是让人人都站在同一个起跑线上，没有高低贵贱之分。谁的分数高，谁就排在前面。冠冕堂皇，理直气壮。有些部门的特殊权力，太不合理，就是行业上的不同，凭什么有些部门的待遇特殊？工资高出那么多，比如，供电部门用电优惠，铁路部门乘车免票，银行部门福利高，这显然是行业上的特殊权力。"

姚一玉笑笑说："组织部、市委办公室的同志提拔优先……"

"是啊！"贾士贞叹了一口气，沉思了一会说，"你说得对，长期以来组织部门和那些特权部门一样，管什么就有什么特权。管钱的待遇优先，管车的坐车优先，管干部的自然就提拔优先。这就是我们国家制度上的不合理之处。而要杜绝这种行业上的不平等，必须有一整套严密的制度，才能削弱以至取消行业上的特权。”

姚一玉说：“贾部长，这话也就你说说。其实，群众私下里都不服气，可是谁也不敢说一个不字，谁不怕传到组织部同志的耳朵里，别人听说你在背后发牢骚，明着不报复你，暗地里却给你小鞋穿，也够人受的。但是在官场上，谁不想被提拔呢？”

贾士贞惊讶地看了一眼姚一玉，说：“没想到你还是一位坦率、敢于讲话的女干部，我欣赏这样的干部，反对那些不正派、有话不说、专搞阴谋诡计的人。姚一玉同志，希望你好好工作，努力发挥自己的长处。”

姚一玉听到贾士贞的夸奖，不禁有些高兴，说：“贾部长，西舆市能有你这样的组织部长，真是西舆六百万人民的造化，也是西舆人民前世做了好事修来的福分。”

贾干贞笑笑说：“姚一玉同志，你也学会了溜须拍马，这可不好啊。不过我不喜欢被别人吹捧，我知道自己几斤几两重。”

姚一玉连忙摆摆手，说：“贾部长，我可不敢拍马。我这都是真心话，和那些违心地吹捧、阿谀奉承是两回事。”

贾士贞爽朗的笑了，然后伸出手，说：“那好吧。如果没有别的事，那咱们今天就聊到这里。”

姚一玉和贾士贞握了握手，心里感到从没有过的愉快，她说了一声再见，转身消失在大街上的人群里。

四十四

黎明，西舆这个百万人口的城市从睡梦中醒来，即刻就像平静的大海掀起了风暴，到处充满了喧嚣与纷扰。大街小巷，涌动着人和车辆的洪流，十字路口纠结着自行车的漩涡，嘈杂的声音如同炒爆豆一般，把这座城市变得活跃起来。

贾士贞依然没有坐车，一个人总是避开拥挤的大道，穿小巷，走便道，如同步行上班的工作人员一样，匆匆赶着路。市民们谁也不会留意，此人就是赫赫有名的，颇受群众关注的市委常委、市委组织部长贾士贞。

贾士贞来到西舆市委组织部，不过半年时间，然而却成了全市人民关注的人物。赞扬的，说好的，唾骂的，告状的，都把这个年轻的市委组织部长推到风口浪尖。

今天，同样是一个不平常的日子，那近两千名参加公开选拔县处级领导干部的考生们的考试成绩即将公布。按照时间计算，现在去省城取分数的专车应该回来了，贾士贞觉得，有点像当年高考那样，他的心情既像考生，又像考生的亲人，盼望着考试的分数。

贾士贞走到大门口，下意识地向大门四周瞥一眼。突然，手机响起来了，他一边进大门，一边取出手机，一接电话，是市委常书记。没想到常书记也关心起考试的分数了。是啊！这可是西臾市第一次公开选拔县处级领导干部啊！作为市委书记，这也是一件大事呀！贾士贞说他还没有到办公室，估计分数已经到了，拿到分数之后，他马上就向常书记汇报。

关掉手机，贾士贞加快脚步，刚走了几步，手机又响了，看了看号码，尽管已经到了组织部的楼下，他还是接了电话。这时卫炳乾向他报告，考试分数已经到了。贾士贞应了一声，跑步上了楼梯。

贾士贞认真看了看密封的保密信封，让卫炳乾拆开信封，考生的分数立马展现在眼前。这时，贾士贞让卫炳乾找来了赵欣和两个干部科长，让他们立即在市委组织部的网站上把考试分数公布出去，同时让西臾电视台在电视节目下方采取滚动方式公布考生分数，而市政府信息中心尽快把每一个岗位的考生集中到一起，并且从高分到低分排列出来。

半小时后，近两千名考生的分数在组织部网站上公布了。紧接着，组织部的电话就响个不停。贾士贞没等信息中心统计结果出来，就带上考分复印件去见常书记。

常友连看着分数，问："小程的分数怎么样？"

常书记问的小程指的是他的秘书程文武。贾士贞说："信息中心正在统计，估计结果很快就出来，但我刚才初步看了一下，程秘书考得不理想，前三名肯定没有他。"

常书记抬起头，看着贾士贞，半天才说："这事你打算怎么办？当时你坚持让他报名考试，我不好说什么，可是现在考了这样的成绩，事情不是更加难办了吗？"

贾士贞一时回答不了常书记的问题，沉默了好久。他毕竟只是一个市委组织部长，他是在市委领导下工作，市委书记是这个地区的一把手，一把手的权力至高无上。但是，贾士贞不止一次地分析，市委书记常友连并不是一个家长式专权的领导。他的领导方法，既民主又开放。因此他这个市委组织部长上任后，才能把原来已经考察过的，等待提拔的一批干部停了下来，而且常友连也支持他公开选拔干部的计划。贾士贞从内心感谢常书记能够正确对待权力，对待干部人事制度的重大改革。至于常书记想把秘书提拔起来，这并非是常书记一个人一时冲动突发奇想，而是每一个高级领导干部都是这样对待秘书。

贾士贞看着常书记，微微一笑说："常书记，你的意见我完全能够接受，其实，当初建议程秘书报名，我自然想到他不一定能考得很好，而这个结果应该说是明摆着的，但是我反复想过，他报考了，说明他有这样的愿望，有参与竞争的决心和勇气。对市委组织部调出的那两个科长我也是这样想的。至于下一步怎么办？我想，市委常委不可能对所有的干部都不调整，只是要选择一个适当的机会。现在公开选拔四十八名县处领导干部正处在势头上，这件事不仅仅是两千多名干部参加考试，而是全市六百多万人民都在关注这件涉及千家万户的大事。如果这个时候我们不顾影响，不顾后果，提拔你常书记的秘书到县里当县委组织部长，那群众会怎么想？我想不仅对程文武本人，对市委组织部，对市委常委，恐怕对常书记也会产生不良的影响。"贾士贞停了停，接着说，"常书记，程秘书的问题，我以为在公开选拔的四十八名县处级领导基本有了结果后，再考虑行不行，我反复想过，这个问题一定要解决得慎之又慎。"

"士贞啊！"常书记语重心长地说，"你到西舆来担任市委组织部长，我从心底是欢迎的。省委组织部在征求我意见时，我举双手赞成。你年轻，又在省委组织部待了那么多年，应该说是一个比较理想的市委组织部长。"常友连从椅子上站起来，慢慢踱着步子，接着说，"但是你来了之后，有些做法步调很大。年轻人身上的这种干劲和热情，我理解并支持。一个有改革思想的干部难能可贵，需要上级领导的支持。我虽然没有吕日周、仇和那样的魄力和勇气，但是我心底欢迎和支持这样的领导，因为中国像这样的领导干部太少了。虽然大部分干部群众对你的反映很好，但是也有一些人强烈地反对你。有的人甚至直接向我告状，直接给我写信。有的信写得很刻薄，有的信直接寄到省委领导那里，省委领导又批转给我，我都替你担着。一个干部，特别是一个敢于改革的干部冲破重重势力，冲破重重束缚，这非常不容易，也非常可贵，但步子不能太大，太猛。有些事情还要实事求是，要从当地实际情况出发。你是聪明人，这些道理我不多说。”

贾士贞听后，沉吟片刻说：“常书记，您批评得对，我也在不断地反思自己。但说我是出风头，想创造政绩，这意见我很难接受。我们国家改革开放二十多年，农村体制改革最早取得成功，经济体制也在不断总结改革的经验，唯有干部人事制度，仍停留在原来的基础上。实际上大多数干部和广大群众一直都在看着我们，殷切地期待着我们。可以说我也是冒着风险试水，在摸着石头过河。至于我个人，常书记，你说如果我把权力看得很重，如果我有私心，我要改革干什么，要公开选拔干部干什么？这不是自己缩小自己的权力吗？如果像过去那样，由领导决定人选，组织部考察，形成方案，提交常委会研究，这样可以让许多干部整天围着组织部转！跑官的、要官的、买官的。那才显出权力的重要，那样我这个组织部长不是有更大的权嘛！”

贾士贞理直气壮地表明自己的立场，常书记也默默地听着贾士贞的一番话。作为一个市委书记，常友连找不出任何理由去指责自己的下级。市委书记的权力至高无上，可是他也是血肉之躯，也和常人一样，吃的是五谷杂粮，有着同样的七情六欲。正是由于这一点，他才想在这个时候把自己的秘书提拔为副县级，或许他也意识到以后要按过去的办法提拔干部不那么简单了。然而，尽管从理论上常友连无法对贾士贞的一番理由进行否定，但是他对贾士贞渐渐地产生了看法，不知为什么他的心情更加复杂而矛盾起来。

室内静了下来，两个人都默默地坐着，此刻贾士贞和常友连似乎都在想着各自的心事。贾士贞明显得感觉到，常书记对他的态度和刚来时发生了不小的变化，虽然对他还是士贞长士贞短的叫着，但是俩人之间的距离不是越来越近，反而越来越远了。特别是常书记看他的眼神，那眼神好像看一个陌生人似的。也许贾士贞刚来时，常书记的职务意识还没一下子形成。而随着时间的推移，当初贾士贞作为省委组织部市县干部处长的意识在常友连的心里已经淡去。如今的现实是，他常友连现在是市委书记，贾士贞只是一个市常委、组织部长，是他的下级，职务差距的意识已经渗入常友连的每个毛孔。常友连重坐回自己的位置时，他表现得是那样坦然和从容。他习惯性地拿起桌子上的中华牌香烟，自己抽出一支，又把香烟推到贾士贞面前，随后拿起打火机，一边走到开着的窗子旁边，一边点燃了香烟。看样子常友连对自己在办公室里抽烟很注意。他只是站在窗口，对着窗子流动的空气抽了几口，然后又回到座位上，把大半截香烟熄灭在烟缸里。

这时贾士贞的手机响了起来，他从包里取出手机，是卫炳乾。贾士贞关掉手机，随后说："常书记，有事您随时给我打电话。"常友连笑笑，示意他可以走了。

贾士贞虽然庆幸卫炳乾的这个电话打得太及时了，解了他和常书记之间的尴尬。但是他突然意识到，常书记可不是别人，而是他的顶头上司，是全市六百多万人口大权在握的一把手！他就这样找个借口走了，心里有些不踏实。

贾士贞回到办公室，卫炳乾把信息中心统计结果送了过来。计算机已经把每一个岗位上报考的人员从高分到低分排列出来。贾士贞看着看着，兴奋得叫了起来，说："炳乾，你考得不错啊！你看，在报考市委组织部副部长的人员中，你拿了头名状元啊！"

卫炳乾最先看到自己的分数，心中自是欣喜若狂，但表面上他却装作镇静。他真的没有想到，市委组织部领导在制定政策时，除了满正科四年之外，还表明现任正科并在副科岗位上连续工作七年以上的同志也可以报考，否则他卫炳乾再有才能也没有资格参加考试呀！卫炳乾的心里如同涨满潮水的河床，内心的喜悦不时往外溢。他想了半天，才红着脸说："贾部长，谢谢你对我的关心，眼前这一切我做梦都没有想到。不管后面是什么结果，我都会竭尽全力，把工作做好。"

贾士贞说："其实干部队伍和各行各业一样，需要有真才实学的人。你看，我们组织部上次选拔的几位科长居然有三人进入报考岗位的前三名，还有两人都在第四名。"

卫炳乾一看，赵欣报考市委办公室副主任成绩为第二名，汪为民报考的副县长排第一名，另一个综合干部科长报考市政府办副主任排第一名，孙中溪和组织科科长都为第四名。

其实，在是否允许刚刚公选进市委组织部的同志也参加副县处级领导干部的竞争问题上，贾士贞不仅反复考虑过，而且广泛听取了市委组织部内外同志的意见。他们虽然都是刚刚考进市委组织部的，但是他们原来都是在正科级领导岗位上干了多年的同志，如果不考到市委组织部来，他们都可以报考副县级，不能因为考到市委组织部了，就不给报考副县级的机会。那样做显然不合理的，这样做同样是为了体现公平、公正。

除此之外，贾士贞最关心的还有几个人，仔细一看，程文武报考市委办副主任排第十一名；张敬原报的档案局副局长排十八名，为倒数第五名；庄同高排第五名。这些都在贾士贞的预料之中，看到文化局副局长报考人员时，姚一玉排第五名。虽然姚一玉没有进入前三名，但他仍然感到这样一个女干部在两次考试中成绩都是不错的，内心还是非常佩服姚一玉的。肖一鸣报考《臾山晚报》主编，没有夺得头名，居第二名；而报考史志办的三个人都没有达到最低分数线（每个岗位都划定最低分数线，不达到最低分数线从第二志愿调剂）。

随后，召开公开选拔县处级领导干部领导小组会议，通报考试成绩和排名情况。

第十五章 重重压力

四十五

有时候，现实生活中的某些事件会引发社会的强烈震荡。这一点贾士贞虽然想到了，但是究竟这两千人的考试成绩排名公布出去之后，到底会波及哪些人，各阶层的人又做出怎样的反应，贾士贞无法料到。

当天晚上电视台在中央电视台新闻联播节目之前，一边报告进入各岗位前三名考生的名单，一边打出滚动式字幕。随后，西舆市六百多万人民陡然间沸腾起来。当天晚上，从市委书记到市委组织部长，电话和手机响个不停。让贾士贞估计不足的是，这次公开选拔县处级领导干部的录取人数仅占百分之二点四六，而百分之九十七点五四的人都被淘汰了。也许这一夜有许多人都难以入梦。西舆沸腾了，西舆震惊了，西舆吼叫了！这就是世界，这就是人类，这就是竞争！竞争总是残酷的，竞争总是进步的，没有竞争，人类也就失去了生命力。

这天晚上，西舆市委组织部办公室，灯光通明。各个办公室都在很有秩序地忙碌着，电话铃声接连不断。直到夜里十一点多，贾士贞才召开组织部中层以上干部会，简单收集了社会上的反映，分析一下考试情况。

散会后，贾士贞看看表，已经过了午夜十二点。正要关灯时，电话响了，他犹豫了一下，这么晚了，谁还如此关心考试分数？他非常理解大家的心情，接起电话，电话里传来女人的声音，贾士贞没有想到，竟然是玲玲的电话。

“玲玲，这么晚了，怎么还没睡？”

“士贞，都什么时候了，你还在办公室？现在已经十二点多了。”玲玲说，“我打电话到你宿舍，总是没人接。”

贾士贞说：“没办法，今天公布了考试分数，晚上又在电视台公布了考试成绩和名次，这样一来就不仅仅是两千名参加考试人员的问题，整个西舆从城市到农村，仿佛都要爆炸似的，我的手机、电话几乎被打爆了。”

“士贞，你知道我为什么这时候给你打电话吗？”玲玲说，“哎……我怎么和你说呢？”

贾士贞问：“到底怎么了？”

“到底怎么了？”玲玲说，“还不是因为你们的考试分数公布了！张副厅长刚刚给我打了电话，还是因为他的堂兄弟张敬原的提拔问题。我不知道你是怎么想的，你干吗叫他报名公开选拔干部呢？好了，现在文化考试分数出来了，考了个十八名，他当时就打电话给张副厅长。张副厅长一听也急了，所以就风风火火地给我打了电话，你让我怎么办？”

贾士贞握着听筒，站在那里，一句话也没说。他能体会妻子的心情，她是一个女人，自己的领导在逼着她。换句话说，她成了张副厅长的人质。电话里似乎传来了妻子的叹息声和抽泣声。贾士贞慌了，急忙说：“玲玲，玲玲……”然而，电话里一点声音也没有，过了一会儿，电话传来一阵忙音。

贾士贞抓着听筒，过了很久，才无奈地把听筒放回去。动作是那么地沉重而僵硬！他呆呆地望着电话机，酸、甜、苦、辣一齐涌上心头。他做错了什么？还是妻子做错了什么？贾士贞无所适从地站在那里。

贾士贞的耳边始终回响着刚才妻子在电话里的叹息和抽泣声，他心情烦乱地走出办公大楼，只见一辆轿车闪了几下灯光，接着轿车就开了过来。他一看，原来是司机小苗。

贾士贞惊讶地看着小苗说：“小苗，这么晚了，你还在这里干什么？我不是对你说过了嘛，上下班我不用车！”

小苗已经打开了车门，贾士贞犹豫片刻，还是上了车。小苗说：“贾部长，平时上下班，您要走走就走走吧！可是这深更半夜的，我还真有点不放心。在西舆，这是非常时刻！反正我也没有别的事。”

贾士贞看着面前的这位年轻的驾驶员，不由地从心底荡起几分感激。有些领导的驾驶员总是给领导找麻烦。但从他到西舆之后，小苗对自己从未提过任何要求。他不是一个不念人间烟火的组织部长，他也是有血有肉，吃五谷杂粮的血肉之躯！

轿车在夜色中缓缓而行，白天繁忙而喧嚣的城市在此刻显得分外安静，大街上行人稀少，车辆寥寥。贾士贞微闭双眼，回想白天发生的事情，觉得身上的担子太重了。人民群众，基层干部太关心干部的选拔任用了。

贾士贞睁开眼，看着小苗聚精会神地握着方向盘，问："小苗，在组织部开几年车了？"

"贾部长，我从部队退伍，直接进了组织部，已经三年多了。"

贾士贞又问："在你之前这车是谁开的？"

"贾部长，您可能还不知道，"小苗放慢了速度，说，"市委组织部历来形成一个规矩，给部长开车的司机，最后都……"小苗没有说下去，这时轿车已经停在贾士贞宿舍的门口了。贾士贞没有开门下车，看着小苗说："说下去，怎么不说了？"

"贾部长，太晚了，您休息吧！改日有时间再慢慢说吧。"

"不，小苗，我这人急性子。说，毫无保留地说。"

小苗回过头，双手趴在后座上，看着贾士贞说："贾部长，在西臾，给组织部长开车的司机没有一个最后不转干的，而且都被提拔了。你可能还不知道，张敬原科长原来就是部长的司机……"

"张敬原过去是司机？"贾士贞吃惊地看着小苗。

"嗯！他是王部长之前周部长的司机，实际上在周部长到任后不久，市里就专门给了一个录用干部指标，给张科长办了录干手续，录干后留在组织部办公室，当了副主任科员，后来当了办公室副主任，又调机关干部科当科长。"小苗说。

"哦……"贾士贞哦了一声，停了停又说，"还有谁？"

贾士贞一想，难怪张敬厚的简历中担任副科长之前的一段写得非常含糊。如果不是小苗提醒，他还真的不知道呢！

"在张科长之前的司机叫汪兵，早已当上县委副书记了。再早的还有一位，他已经从市工商局副局长位置上退下来了。"

贾士贞没有说话，悄悄地开了车门，又回过头说："谢谢你，小苗！"

贾士贞迈着疲惫的双腿，一步一步地向宿舍走去，他回想刚才和小苗的谈话。组织部门居然还有这样一个特殊权力，过去不仅是组织部门的干部与其他部门不一样，没想到连组织部长的司机也高人一等，真是庙高和尚贵。这样算来，西舆市委组织部已有两个司机相继录干提拔为副处级干部了，难怪张敬原心里那么不平衡。司机到了组织部，不仅是驾驶技术提高了，难道文化水平、管理能力也提高了？司机经过组织部镀了金，居然也成了县处级领导干部！突然，他想到了小苗，是不是小苗也想在他手里录用为干部，提拔为副科长、科长、县处级领导呢？

贾士贞一阵纷繁思绪之后，正在开门时，旁边出来两个人，吓得贾士贞全身冒出冷汗。

“贾部长！”

贾士贞忙回过头，见一男一女，笼罩在昏暗的夜色中，贾士贞看他们似乎有些眼熟。问：“你们是……”

“贾部长，实在对不起，太晚了，不好意思。”贾士贞说：“你是周……森……林？”

“贾部长，是我。”周森林说。

这时，贾士贞开了门，把他们让进客厅。

贾士贞看看周森林和吴怡宣，想到吴怡宣帮助考生作弊而引发的风波，又想到周效梁为儿子周森林的提拔而发生的一系列矛盾。可是他不明白，周森林夫妇这么晚了又来找他干什么！贾士贞问：“周老现在怎么样？最近我也太忙，没有去看他。”

“感谢贾部长，我父亲现在好多了，他一直觉得对您过意不去。”周森林说。

“上了年纪的人嘛！我们人人都会老的。”

“贾部长，我按照您的意见，报考了市水利局副局长，只是……”

“考得怎么样？”

“考了第三名。”吴怡宣说。

贾士贞笑起来了：“考得不错嘛！不容易啊！”

周森林摇摇头，说：“可是只有一个位置啊！按照答辩和考察的规则，我不可能超过他们呀！”

贾士贞说：“周森林同志，不知道你通过这次公开选拔县处级领导的竞聘有何感想，虽然现在才刚刚进行了第一步，老实说，听说你考了第三名，我非常高兴。尽管还不知道第三名能不能被录取，但是你应该感到非常光彩，也应该感到自豪。因为这是你凭自己的实力站在竞争行列的前面，你可以理直气壮地面对广大群众。不像过去那样，求爷爷告奶奶，为自己的提拔找领导总觉得底气不足，弄不好别人说你跑官要官。”

周森林说：“贾部长，你说得太对了，过去提拔干部全凭权力，凭关系，说实话，不找关系、不跑不行啊！现在好了，谁也不需要找关系，你有本事就参与竞聘。考好了，领导满意，群众佩服，自己底气也足。”

“周森林同志，时间太晚了，我也不多说了。总之，听到你考了好成绩，值得庆贺，希望你在下面的竞聘中继续努力，争取好成绩。”

“贾部长，像我这样的情况，如果在市水利局最后竞聘不上副局长的话，能不能参加副县长的竞争？我的第二志愿报的是副县长。”周森林说。

贾士贞这时才明白周森林这么晚找他的真正目的。他笑笑说：“周森林同志，我明白你的意思，按照你的文化考试成绩，分数比报考副县长的人高，想参加副县长的竞聘。但我可以明确告诉你，现在还不能把你调整到报考副县长的候选人中竞聘，那样做既不合理，也不符合我们这次公开选拔县处级领导干部的有关规定。但我同样可以告诉你，凡是经过考察、民主测评，公开答辩排前三名的同志，特别是被录取后其余两名同志，可作为后备干部留用。因为全市不可能每提拔一个副处级领导干部就进行一次考试，实际上我们通过这样的一次考试，把一大批文化水平较高的干部选出来，放进人才库备用。”

周森林点着头，显然有几分兴奋，握着贾士贞的手说：“贾部长，我们真心实意地拥护你，坚决维护你对干部人事制度的大胆改革。”

四十六

送走了周森林夫妇，贾士贞觉得饥肠辘辘，可是找了半天，也没有什么可以充饥的东西。突然他发现了两个梨子，再一看，一个已经烂了，另一个烂了大半边。没办法，他只好洗了洗，连皮也没削，把那半边啃了。躺到床上时，已经是凌晨两点多了。他大脑极度兴奋，怎么也睡不着，不知什么时候，似乎刚刚进入浅睡状态，一阵强烈的电话铃声就把他叫醒了。睁开眼睛一看，天已经大亮，他一把抓起电话，竟是常书记。贾士贞看看表，已经是早上八点五分了。他急忙用凉水冲冲发胀的头脑，匆匆去餐厅吃了早饭，就赶去见常书记。

贾士贞刚上了市委大楼，在三楼楼梯口碰上了程文武。其实程文武早就看到贾士贞了，可他故意背对着楼梯。贾士贞走到他身边，叫了一声：“程秘书！干什么呢？”

程文武漫不经心地转过脸，不冷不热地叫了一声：“贾部长”，然后转身下楼去了。贾士贞看着程文武的背影，摇摇头，心里明白程文武是因为分数考得太差，认为这是贾士贞设的障碍，心里不痛快。是啊！贾士贞怎么就如此不通情达理呢？市委书记的秘书从来都是特殊人物，过去历任市委书记秘书谁没有被提拔？有的早已当上市委副书记、副市长，有的已经调到省里当厅长、副厅长，就是程文武之前的前两位，一个已经当上县委书记，一个当上常务副县长。这也难怪，省委书记的秘书当省长、副省长、市委书记的大有人在，贾士贞一边走一边想。这时他已经来到常书记办公室门口，常书记的门留着一条缝，贾士贞轻轻地敲了两下门，里面没有响声，他轻轻地叫了一声：“常书记！”

里面传来常书记的声音：“谁？自己进来！”

贾士贞觉得今天常书记的态度有点不对头，似乎有一股无名火。他一边推开门一边说：“常书记，是我。组织部贾士贞！”

常书记没有抬头，也没有叫贾士贞坐下，照样在批阅文件。贾士贞心想，领导就是领导，领导的脾气往往有点像孩子，下级就得多多原谅，多多包涵着点。他走到常书记面前，满脸赔着笑说：“常书记，您找我？”

常书记仍没抬头，半天才说了一句：“坐吧！”贾士贞明显觉得常书记不高兴了，想了想还是坐到常书记对面的椅子上，目光向四周扫了一眼，觉得自己应该给自己找台阶下，缓和这尴尬的气氛。看着桌子上摆着香烟，于是他拿起香烟，抽出一支，轻轻地送到常书记的面前，然后自己也抽出一支。现在他突然觉得，自己不抽烟在官场上是一大缺憾，然而此刻，他又拿起打火机，啪的一声，打火机亮了，他又去拿起那支香烟，一边送到常书记的手里，一边给他点着火。常书记含着烟，吸了两口，这时才抬起头，目光在贾士贞身上足足停留了两分钟。在这期间，他居然不顾室内空气被污染，一口接着一口，吞云吐雾，浓烟笼罩着他和贾士贞。

“士贞。”常友连终于说话了，“你知道吗？自从昨天考试分数公布后，自从分数排名在电视上亮相后，我就一分钟也没有安静过。老实说，我听到的多数声音是怨恨，是指责，是批评，弄得我一夜没睡好，要是这样下去，恐怕我这条命也要搭上去了。”

贾士贞说：“常书记，真对不起。我没有想到会是这样。老实说，我昨天晚上两点多才睡觉，手机和电话几乎被打爆，但是我听到的大部分是赞扬，个别人有怨言，但经我一解释，他们倒也能理解。”

常友连把大半截香烟在烟缸里熄掉，说：“不管怎么说，我还是支持用这种办法选拔领导干部。它既体现了公开、公平、公正的原则，也符合绝大多数干部的愿望。事物总是不断发展，不断进步，社会也要大踏步地向前发展，用现在的话来说，叫做与时俱进。如果没有党的十一届三中全会，农村没有实行土地联产承包责任制，广大农民现在能富裕起来吗？所以，我还是坚决支持你对干部人事制度改革的。这一点，我作为市委书记的支持态度不容质疑。但是，士贞，我们不能从一个极端走向另一个极端。你还年轻，工作是事业，事业不能全由着性子来。人要有个性，这是对的。但也要讲策略。你记住我的一句话：为官之道，贵在用忍。士贞，这些天，我一直在想，你和我不是一般的上下级关系，有些话我不用去挑明。而且我完全可以不用考虑过去你对我的关系，就可以否定你的任何决定，但是我始终没有这样做，也不能这样做。”

贾士贞看着常书记，他感觉到常书记的脸上阴云密布，好像一场狂风暴雨即将来临的征兆。贾士贞做好了准备。因为任何天气的变化，都不以人们的意志为转移。还是那句话，天要下雨，娘要改嫁，随他去！刚才他在楼梯口见到程文武，程秘书的态度已经向他发出了信号。如果书记没有刮风，秘书绝不会下雨，秘书的态度，就是领导的晴雨表。即使这样，贾士贞仍然从内心钦佩、感谢常书记对他工作的支持，他仍然觉得常书记是一位比较民主，没有把手中的权力看得过重的市委书记。但是，常书记今天的态度却让他没了底。贾士贞想好的话，到了嘴边，又吞了回去，他依然满脸笑容地看着常书记。

就在这个时候，有人敲了两下门，原来是朱副书记。朱化民紧锁眉头，脸拉得很长，看都没看贾士贞一眼，就在旁边的沙发上坐下，气呼呼地说：“常书记，你说现在西臾被搞成了什么样子？从昨天晚上开始，我就被扰得无法睡觉，市委还有一点威信吗？现在到处都成了一锅粥。这样下去还得了？把书记的秘书，组织部的干部科长搞得威信扫地，叫他们还怎么工作，连领导的脸上都没了光彩！”

常友连看着朱化民，说：“老朱，说话注意影响，别凭个人意气。”

朱化民拍了一下大腿，说：“常书记，当初讨论干部人事制度改革时，我就主张要循序渐进。现在各级组织部门都在搞公推公选，那种办法也是改革，干部们也能接受。公布一些职位让大家报名，然后组织评委进行公推公选。全国都在这样做，我们也跟着实行，等到哪天上面有了成熟的方案，我们再照办。不是出风头，独树一帜，异想天开就是改革。难道除了文化考试就没有别的方法了吗？我看用考试的办法也不是什么发明创造，而是复古，是封建社会的八股取士。凭一张考卷就决定了谁是状元。这个早已被抛弃了的糟粕，现在又捡起来当宝贝，还美其名曰改革！”

贾士贞一直在静静地听着朱副书记的类似发泄的怨言，好几次差点出口反驳。贾士贞看着常友连，又看看朱化民，常友连像是在看着文件，头也没抬，没有任何反应，仿佛办公室里只有他一个人。朱化民把目光停留在常友连身上，像是等待常书记发表支持他的意见，屋子里突然死一般的寂静。

过了一会儿，贾士贞终于忍不住了，打破了沉默，说：“我觉得朱副书记批评得很有道理，干部人事制度改革到底怎么做才更科学，更合理，更符合民意，我认为还是要通过实践。至于到底是评委公推公选好，还是文化考试更科学合理？各人也有各人的看法，但公推的办法已经被公认主观性太强，不合理的成分比例太大。有些地方的所谓公推，并没有统一的标准，没有确切可以量化的条件，评委的公推只是根据被推人的单位和个人简介，凭个人的印象，做出主观推断，因此带有很大的主观性和片面性。但是应该承认这种公推比过去少数人决定候选人是一种进步。至于第一关采用文化考试的办法是否合理，是不是复古，或者说是否是封建社会的八股取士，这可以交给干部群众讨论。就我个人认识来说，从广大干部群众的反映来看，文化考试作为第一关还是深受欢迎的。因为这种文化考试真正体现了人人平等的原则，给大家一个公平合理的机会，就像高考一样。实践证明，文革时期曾一度使用推荐的办法，最终还是被文化考试所代替。在没有更好的办法之前，给大家同一个平台，让他们站在同一条起跑线上，可以体现公正、公平的原则。而过去由领导决定干部人选的办法的弊端在于，只有那么几个极少数人，才有机会接触到领导，而大多数人都不在领导的视野当中。这些大多数干部即使再有才能，领导也看不到。公推虽然扩大了领导的视野，但仍然局限在那几个人当中，这根本体现不了公平、公正的原则。”

朱化民转过脸，对着贾士贞说：“问题是，目前你的公开选拔制度算什么？你不要忘了，我们是党管干部。首先用一张考卷把绝大部分干部拒之门外，特别是领导信任的了解的那些干部，挫伤了他们的积极性，这还改革什么？”

“科学技术在不断进步，人类文明在不断发展，竞争必不可少。没有竞争，人类就永远不可能进步，但是竞争往往又十分残酷。”贾士贞不容置疑的说道。

这时，沉默了许久的常友连抬起头，慢慢拿起桌子上的香烟，不知是一种习惯动作，还是为了缓和三个人之间的气氛，他扔了一支给朱化民，又扔一支给贾士贞，随后自己点着了烟，良久才说：“今天，我们并不是开会。我作为市委书记，老朱作为政工副书记，士贞作为市委组织部长，我们仨个知无不言，大家都平心静气地发表自己的看法。”常友连吸了两口烟，脸上微微露出点笑容，接着说：“关于干部人事制度改革的问题，到目前为止，中央还没有统一的模式，各地都在探索。有些地方的一些做法受到中央的肯定，甚至被写入《干部任免条例》中去，比如任前公示。至于干部的推荐和选拔到底该怎么进行，尤其是最初的第一道程序是什么。这确实是个大问题。比如我们现在需要两名副县长，这两名副县长的候选人怎么产生？由谁来提名？这是非常重要的一个环节。我觉得，这个问题是刚才大家争论的核心，也是我们需要改革的关键所在。”

常友连说到这里，停了下来，目光在朱化民和贾士贞身上来回移动，过了一会儿接着说道，“过去的方法是，要么市委领导提名，要么市委组织部提名。在这个过程中，有些是县委向市委提名的，这几种方法都是权力产生的，也是少数人的意志。或者说，只要市委书记、市委组织部长看中的人，无论群众认为好不好，都可能被选用。事实是我们过去都是这样做。后来发展到在一定范围内进行民主推荐。然而推荐的结果是什么？又起到多少作用？因为那种民主推荐的结果是保密的，只有极少数人知道。这里面的文章，我不多说，你们也明白，何况那种公推也只是部分干部选拔的试验。所以干部的选拔、任用，还是沿用老办法。刚才你们两位所说的公推和考试，都是一大进步，大家的目的很明确，希望我们的干部人事制度更合理，更加符合民意，这一点不容置疑。只是目前，我们如何过渡，如何引导大家逐步适应新的形势？”

朱化民身体前倾，挥动着双手说：“常书记，这些我不否认。但是今后市委常委因此就没有研究干部的职能了吗？有些岗位急需配备干部，难道都必须经过繁琐的程序吗？还有像程秘书这样在领导身边工作的同志，文化考试过不了关，就永远不能得到提拔任用了吗？”

贾士贞接过话头，平静地说：“朱副书记，你刚才说的这些确实都是非常实际的问题。比如以后每调整一个干部是否都需要考试。我个人认为，在制定公开选拔县处级领导干部的有关文件中对此都做了回答。每个岗位按照从高分到低分，取前三名进入下一轮。首先是考察和民主测评，如果前三名中有一个人有问题，比如发现这人经济上有问题，那这个人就要被取消资格，然后把文化考试分数第四名提到第三名。再比如在民主测评中，绝大部分群众都不拥护，考察中大部分群众不推荐某人，这样的人也要被取消，总之要保证到最后有三名候选人。而通过公开答辩，根据各方面综合评分重新排出名次，把前三名提交市委常委讨论，再把常委讨论后的候选人交给市委全体委员无记名投票决定，最后向社会公示。而前三名中，本次只能用一人，那么另外两人就进入市委组织部的人才库。以后用人时，原则上从他们当中选拔。”

贾士贞接着说，“至于市委常委是否还有职责来选拔任用干部，我认为答案是有。但是要区分情况，比如同等级别的工作调整，比如调整一些非领导职务。市委常委讨论干部的机会仍然很多，常委的权力仍然很大，不通过常委，任何一个县处领导都不可能产生。只是这中间存在个方法和时机问题。比如目前，我们正在大张旗鼓地公开选拔县处领导干部，但是同时用老办法任免一批县处级干部，那群众会怎么看待市委常委？我们不能言而无信，不能一边公开选拔，一边按照过去的老办法提拔干部。”

朱化民说：“那两个县区委组织部长怎么办？原来的公开选拔方案里没有这两个岗位呀！”

贾士贞看着常书记，等待常书记发话。贾士贞心里非常清楚，常书记和朱副书记都是为了这两个县区委组织部长。市委书记和政工副书记两人想提拔两名县区委组织部长，这实在是区区一件小事。市委组织部长，没有任何理由拒绝执行领导的意图。

常友连想了想，说：“照士贞的意见，等到这次公选的四十八名县处级领导干部结束后，再统一考虑。我当时也觉得有道理，可现在的问题是程文武和张敬原，包括庄同高，他们的考试成绩都没有过关，到时候反而不好办了！”

朱化民说：“我觉得常书记说得有道理，到时候那么多候选人都是文化考试前三名，弄两个成绩差的，也让市委几十个委员去投票，别人会投他们的票吗？那真是个天大的笑话！”

“贾部长，说说你的打算吧。”常友连转过头，身体前倾，若有所思地问贾士贞。

贾士贞微微一笑，说：“所以我们一定要慎重，不能在这关键时刻，不顾影响，仅仅因为个别同志的问题而损害市委的威信。在这次干部人事制度改革的问题上，一定要取信于民。我一直说等到四十八名县处级干部公开选拔后，视情况而定，不能操之过急，就是这个原因。况且市委常委决定提拔两名县区委组织部长，这实在不是什么大事，只是目前时机不对。一个市，那么多市级机关，那么多县区，总能找出比较适合的岗位来安排一两个副县级干部吧！现在大家又何必为这两个干部争论不休呢？”

常友连听完贾士贞的话，身体向后靠在椅背上，脸上的乌云渐渐退去。他作为市委书记，觉得这位年轻的组织部长说的话句句在理，处处在维护市委的声誉，维护党的形象，他没有任何理由再固执己见。于是开口说：“贾部长来了之后，我们市委常委三个管干部的领导第一次坐下来商量工作，我觉得非常必要，也非常成功。我作为市委书记，一定支持组织部的干部人事制度改革，刚才士贞同志的几点意见，我认为可行。至于程文武他们的安排问题，我们也应该改变观念。”

离开常书记办公室，贾士贞仍然觉得面前困难重重。虽然常书记肯定了组织部的做法，但是如果常书记真的能够理解他，那么程秘书也能理解他吗？江希泉能理解他吗？还有张副厅长能理解他吗？玲玲也许能理解他，可他也得为玲玲着想啊！玲玲可是张副厅长的下级呀！

四十七

吃完晚饭，贾士贞刚进屋，就接到玲玲的电话。不用问，还是为了张副厅长所托之事，三句话没说完，玲玲就哭了起来。贾士贞一时没了主张。他与玲玲恋爱结婚后，一直走到今天，别看他平时不拘小节，有时还会发点脾气，但他在处理夫妻关系上还是很有一套的。用玲玲的话说，就是士贞是疼她爱她的。换句话说，玲玲还很少因为丈夫对她不好而伤心到落泪的地步。十多年的夫妻生活，贾士贞把握得恰到好处。然而，为了张副厅长的事，玲玲居然忧愁到落泪的地步，贾士贞真的有点慌了手脚。

人啊！人心都是一个宇宙，深奥隐秘得没有穷尽。即使像贾士贞这样一位在一些人眼中不食人间烟火的市委常委、组织部长，此刻他的心里也同样有着难言的痛苦。他又何尝不想满足张副厅长的要求，何尝不想给自己的妻子一个面子呢？

电话里，玲玲就这样抽泣着，贾士贞伸出手想给玲玲擦擦眼泪，可是面前空空如也。他恍然间忆起他和玲玲相隔三四百公里之遥。过了一会儿，贾士贞变着法子，努力安慰着妻子，不知过了多久，玲玲总算停止了哭泣，贾士贞才挂了电话。他虽然没有给妻子明确的承诺，但是他向玲玲表示，他一定会处理好这件事，并且不会让张副厅长对玲玲有看法，更不会为此影响领导和她的关系。女人嘛，男人好话多说几句，哄哄就算过去了。

贾士贞再一次安慰了妻子，但是到底如何处理张敬原的事，他始终没有想好一个两全齐美的办法。张敬原曾经是前任市委组织部长的司机，但是在他之前，已经有两任部长司机不仅被录用为干部，而且都被提拔为副县处级领导干部。让贾士贞纳闷的是，一个司机到了组织部，怎么就能当上机关干部科长了呢？而且，如果按照常规，不进行干部人事制度改革，说不定张敬原已经当上副处级领导干部了！难怪张敬原无法接受对他工作变动的现实，以至动用了那么多关系来包围贾士贞。想到这里，贾士贞的心里更加矛盾。不管怎么说，他坚决不主张让张敬原和程文武出任两个县区委组织部长。否则，他在西舆市的干部人事制度改革等于失败，现在的关键是他要说服市委书记常友连，虽然上午他和常书记、朱副书记的谈话再次说服了他们，但是这只能说问题暂时搁了下来。他太清楚了，一旦公开选拔的四十八名县处级领导干部最后拍板了，或者说，这四十八名干部产生后，那么程文武、张敬原、庄同高怎么办？

贾士贞在客厅里徘徊了一会，突然不想待在宿舍里，害怕接那些说情的电话，也不愿意接待那些说情的来访者。他突然想到鲁晓亮，他们有一段时间没见面了，想问问有关乔柏明和韩士银的事。想到这，正准备关灯出门时，电话响了，他犹豫起来了。按说，他完全可以任凭电话响去，因为只要他早半分钟出了门，他是听不到电话响的。然而，贾士贞不是这样的人，犹豫了半天，还是忍不住接电话了。一接电话，他哪里想到会是省委组织部长钱国渠。贾士贞一听是钱部长，一时不知所措，钱部长怎么晚上给他打电话呢？钱部长在他心里，是一位最令他尊敬、最有威信的领导。他在省委组织部成长的每一步，都受到钱部长的关心和爱护。钱部长对他的信任，已经超过任何一个人，要不然怎么会在全省进一百名县处级干部大轮岗时，不但没有让他去轮岗，反而将他提拔为西臾市委常委、组织部长呢？他到省委组织部先后只有八年时间，在这八年里，他从一个普通工作人员，八年提拔了四级，这是一般人难以达到的。像钱部长这样的领导，对他是滴水之恩，而他一定要涌泉相报。可他怎么也没有想到，钱部长居然跟他说的是老地委副书记周效梁的儿子周森林的提拔问题。钱部长还说，这是省委边副书记交办的事，而且周森林考了市水利局副局长第三名，钱部长还说周效梁和省委边副书记的关系相当不一般，让贾士贞千万要处理好这样的关系。贾士贞已经记不清他和钱部长到底说了些什么话，现在他站在电话机旁边，看着电话机发愣。

其实按照这次公开选拔县处级领导干部的规定，只要在民主测评、考察中都没有问题，公开答辩前三名的人，以后可以作为后备干部选用。而且那天晚上周森林夫妻俩去找他时，他已经做了暗示，不知为什么他们又把这事弄到省委边副书记那里去，现在居然省委组织部长也出面了，这让贾士贞心里很不痛快。他知道这件事不一定是周森林所为，一定是周效梁凭他和省委边副书记的特殊关系。一个省委副书记想提拔一个副县处级领导干部，这实在是一件微不足道的小事。贾士贞想想，是不是自己做得太过分了点，一个副县长，市直机关的副局长，在省委副书记、在省委组织部长眼里算什么官呢？试想一下就会明白。然而，在一个县里，在一个拥有六百万人口的市直机关里，在老百姓眼里，副县长、副局长可又是一个手握重权，一个了不起的官啊！同样副县处级干部也是每一个官员登上高级官员的重要阶梯。

现在，贾士贞忘了钱部长的电话对他而言是一种压力，反而却更觉得自己责任的重大。贾士贞的思绪在翻腾，就像身临激流之中，任随翻滚的浪尖波谷抛掷推涌，内心涌起无限感慨。

深夜，贾士贞展开想象的翅膀，怀着年轻人那种无比兴奋和激动，信步走在大街上。阵阵秋风吹过，一种沁人肺腑的舒畅，走着走着，贾士贞觉得自己有点游离在一个无人烟的茫茫世界，好像自己这段时间的所作所为如同一场梦。他甚至不明白自己为什么不顾一切地要坚持改革干部人事制度。说是一场改革，实际上是把过去中国吏治上存在的种种弊端都给暴露出来，这种压力何等地大？甚至还可能犯下错误。在西臾，他觉得自己有点孤独，唯一能理解他、帮助他的只有鲁晓亮，于是他决定给鲁晓亮打个电话，省得跑了冤枉路。接通鲁晓亮的手机，他果然在外地办案。无可奈何，只好挂了电话，在大街上犹豫起来。

贾士贞站在街灯昏黄的十字路口，心里思绪茫茫。是不是自己为官太认真了呢？是的，世界上怕就怕认真二字。也许是自己还年轻，对事情太认真了！人和社会，一切事物的总结也许都是中庸而已。那么自己在官场上，是不是也该随遇而安？“采菊东篱下，悠然见南山！”这样想的时候，他浑身不免冒出一身冷汗。这还像一个市委组织部长吗？与其这样，还不如主动要求免掉自己这个身负重任的市委组织部长。

一身冷汗过后，他感到身上轻松了些，重新辨别了一下方向，朝着一片亮光的前方迈开大步。

第十六章　市委全委会

四十八

公开选拔四十八名县处级领导干部的工作，在经过紧张的文化考试之后，如期地公布了分数。尤其高分到低分的排名公布之后，一时间六百多万人口的西舆市，犹如发生一场不大不小的地震。但是不管怎样，贾士贞仍然按照原有的计划，把这项新的工作再向前推进一大步。由市委组织部牵头，一个从没有过的众多人员组成的八个考察组，分头对一百多名进入前三名的考生进行考察。贾士贞对以前考察干部的办法做了改革。首先是民主测评，测评结果在群众当场监督下进行，并向所在单位群众公布结果，考察不再规定和一定级别的人员谈话，而是按所有人员名单随机抽样，而且任何人都可以随时要求谈话。每个工作人员都必须使用组织部规定的稿纸记录。考察结束后必须按照谈话材料形成综合考察材料，原谈话记录材料必须附在考察材料的后面。

早上一进办公室，有人就已经候在门口了。贾士贞一看，原来是市科技局局长阮伯达。对于部委办局的主要领导，贾士贞大都印象很深，何况阮局长曾经多次找过贾部长，要求把科技局的办公室主任提拔为副局长。曾经当他听说西舆要进行干部人事制度改革，副县处级领导干部都要通过三公开选拔时，阮局长似乎有些接受不了这样的现实，后来他又直接去找常书记，大概常书记也没给他什么明确的说法。在没有结果的情况下，科技局这位办公室卢主任也考了科技局副局长。阮伯达找过贾士贞，目的是想确认市委的公开选拔只是掩人耳目，做做样子。经过贾士贞一番解释，阮伯达又悻悻而去。文化考试分数出来之后，阮伯达倒是很激动，因为这位卢肖兰考了第五名。他再次找贾部长，希望能不能通过变通的办法，听听党组织的意见。贾士贞只能一笑置之，说阮局长真是爱惜人才啊！说得阮局长脸一下子红到脖子根儿。谁知现在这位阮局长又有什么重要的事情。

两人坐下之后，没等贾士贞开口，阮伯达就先说道："贾部长，我今天来，是代表市科技局党组，向市委组织部反映情况的。"阮伯达看看贾部长，然后打开公文包，一边翻着包一边说："贾部长，报考市科技局第一名的孙进山是我们本单位的同志。这个同志怎么说呢，用文革期间的话来说就是'只专不红'吧！"

贾士贞看着阮伯达，没有任何的反应。他想不到阮局长这人竟然说出这样的话，他点点头，示意阮局长继续说下去。

阮伯达从包里取出一张纸，看了看，递到贾部长面前，说："贾部长，这个孙进山，从条件来看也符合报考条件，从考试分数来看，考了第一名……"

贾士贞拿过考试分数的排名，翻了翻，点点头说："这个就是第一名孙进山？"

"是啊！"阮伯达说，"分数考得很高，比第二名高出十七分，但是……"

贾士贞惊讶地抬起头："如果没有什么问题的话，那他是稳稳当当独占鳌头了！

阮伯达冷笑一声，说："贾部长，我就是为此事而来的。三公开改革干部人事制度好是好，可是像孙进山这样的人，我们党组织认为他只是有才无德的人，所以不同意录用他。"

贾士贞睁大双眼，说："那是为什么？阮局长，说说理由吧！"

"贾部长，理由多得很！"阮伯达说，"第一条，我们局党组不同意录用他还不足够了！另外，他的主任科员又不是领导职务。还有一个重要的问题，他……他还写了几本小说。"

"噢？他是一个业余作家？"贾士贞有些奇怪地看着阮伯达，"他都写什么小说？"

"哎，赶时髦，发泄心中对现实的不满。"阮伯达犹豫一会接着说，"写官场的腐败。"

"噢！阮局长……"贾士贞欲言又止，最后还是说道，"阮局长，我听了半天，也没听出你反映孙进山的什么缺点错误嘛！"

“贾部长，我真的不理解，像孙进山这样的人，按照以往的做法，科技局所有的人都提拔了，也轮不到他呀！他自己也根本不去想。”

“是啊！”贾士贞说，“阮局长，你说对了，过去提拔干部只看领导的意见，难道领导没有偏见？所以才要改革干部人事制度。好吧，孙进山的事让考察组听听大家的意见。看看科技局的群众是怎么评价他的。”

阮伯达看着贾士贞，似乎对贾士贞的意见很不满，可他一时又找不出什么理由。随后他又反映第三名的同志，文化考试成绩第三名的是市政府办的一位科长。阮伯达也罗列一些理由，说科技局党组不同意这个同志到科技局。这时贾士贞才明白阮伯达的意图，他要把第一名和第三名都给除掉，那么卢肖兰才可能上到第三名，只要进入前三名，就有机会参与竞争。

贾士贞没再和阮伯达争论下去，还是进一步解释这次公开选拔县处级领导干部的具体政策。阮伯达哪听得进贾上贞的解释，悻悻离去了。

阮伯达走后，贾士贞立即把组织部新上任的两个干部科长汪为民和孙中溪找到办公室，让他俩组织一个五人考察组迅速去科技局，对文化考试前三名同志进行考察，除了群众测评当场公布结束之外，还要重点听听领导班子和群众各个层面上的人对当事人的意见。此外，第一名孙进山和领导的关系，孙进山出版了哪些书，还有第三名的市政府秘书科长，也尽快进行一番考察。

当天下午，市委组织部的考察组来到科技局，市科技局一共有三十来人，局领导一正三副，汪为民和孙中溪来到科技局没有像过去考察干部那样只向一把手说明来意，而是公开党组会议，通报了来意，随后进行民主测评。阮伯达对考察组的做法极为不满，当时就打电话给贾士贞，贾士贞说如今考察干部已经不是什么秘密事，要体现公开的原则。孙进山的测评结果也没有只向阮伯达通报，而是当场在全体职工大会上宣布，参加投票二十七人，认为孙进山可以提拔的十五票，不宜提拔三票。在个别访谈时，阮局长拒绝谈话，说他有话去和市委书记谈。为了慎重起见，考察组决定，把科技局所有人都谈了话，大部分群众都认为孙进山不仅是一个有才华的同志，而且工作相当有能力，为人正真，办事公道，只是因为和办公室主任卢肖兰之间在工作中产生矛盾，阮局长又特别宠爱卢肖兰，所以把孙进山晾在一边，基本不分配工作。关于孙进山写小说一事，考察组不仅听取了群众意见，也和孙进山本人见了面，并且看了已经出版的两本小说。有人说小说中有阮局长的影子，而孙进山说那是阮局长不懂文学，听了卢肖兰的挑拨。至于阮局长和卢肖兰之间的关系，群众都避而不谈，但是汪为民和孙中溪多少也听出弦外之音了。

而市政府办的科长袁中民更是一个具有一定素质，领导和同事反映较好的同志。

贾士贞听完考察组织的汇报，感到像阮伯达这样掌握着权力的一把手，是不可能推荐选拔出优秀人才的。让他更加坚信通过“公开、公平、公正”的办法来选拔领导干部的重要性和必要性。

四十九

紧张的考察工作终于结束了，经过组织部的认真梳理，凡是考察中出现明显问题的随时和单位领导及当事人做了通报，及时由下面排名人员补充。现已确定二十名正县处级候选人，一百三十二名副县处级候选人。贾士贞接受市长邵明的建议，先在书记办公会上做了汇报，随后又召开了市委常委会，虽然书记办公会上朱化民没有提出什么意见，但是市委常委会上，他还是提出许多奇怪的问题。朱副书记认为，凡是在此之前已经被市委或市委组织部确定为提拔对象的，而且考察过的干部，这次文化考试进入前三名的应优先录取，直接提拔使用，这个意见得到了不少常委的支持。贾士贞则认为，任何人都必须按原来的方针进行，谁也不能特殊，否则，第一名不用，使用第三名，无法向群众交代。常委会开了一天，最终还是决定按照原定方案进行。

随后进行了公开答辩，并当场公布了综合成绩，一切都在顺理成章中进行着。这样的选拔县处级领导的办法，在西舆市是开天辟地第一次，每一场答辩会都引来了许许多多观众的喝彩声，每一场精彩的答辩都有人才涌现出来。市科技局的孙进山在公开答辩时受到了评委和观众的好评。

公开答辩结束后，综合分数排名当场一公布，场上都会出现激动心的欢呼景象，观众欢呼跳跃，有的甚至把优胜者抬起来，有的人事先准备好鞭炮，在答辩会场外鸣放起来。一时间从城市到农村，从机关到学校，人们奔走相告，对西舆地区广大干部群众来说，人们的关注程度，并不亚于当年农村经济体制改革的热潮。

八月已经过去，九月随着一阵阵舒适的凉风来到西舆，淡淡的云，红红的霞。西舆的农村，到处是丰收的景象，大片的水稻已经抽穗灌浆，苹果树上的苹果已经变红。

灿烂的阳光悬挂在万里无云的天空，天上顿时湛蓝如洗，对于西臾人民来说，又是一个丰收的季节。

对于贾士贞来说，今天是一个值得高兴的日子。吃完早饭，他正准备出门，手机响了起来，他看看表，刚好七点半，打开手机，是常书记。常书记说他已经在办公室，叫贾士贞马上过去。

今天是市委全体委员投票选举四十八名县处级干部的日子。昨天下午，他和常书记、邵市长一直商量到下班后。应该说，能想到的都已经想到了。不知道一大早常书记找他还有什么事。出了院门，他想打电话给司机，然而一想到就算小苗立即赶过来，也来不及了。于是他就招了一辆出租车，到市委大门口。市委大楼静悄悄的，走到三楼，只见常书记办公室的门半开着，贾士贞前脚进了屋，邵市长后脚就跟进来了。两人坐下后，常友连简单说了一下昨天夜里发生的事。

原来昨天夜里十一点钟，省纪委来人把市委副书记朱化民带走了，并决定由市纪委同志对高兴明“双规”。当时情况紧急，来不及召开常委会，只是向邵市长通报了情况。因为今天上午九点钟市委召开全体委员大会，只能先在小范围内说明情况，否则朱化民不出席全委会一定会引起委员们的怀疑。

从常书记办公室出来，贾士贞来不及去细想朱化民和高兴明的事，连忙跑步去了市政府大会堂。这时八点已过，组织部的工作人员已经忙碌起来，准备九点钟的市委全委会议。这样的市委全委会在西臾市的历史上还是第一次。会场主席台上方悬挂着“中共西臾市八届三次全体委员会”横幅，扩音器里响起悠扬的“喜洋洋”音乐。

市委全体委员投票选举县处级领导干部，把这样庄重、严肃的会议放在大会堂举行，这是常书记接受贾士贞的建议。重大的改革还在于台下的近千个座位。这样的会议也是第一次向广大群众敞开。人们可以自由来到会场，直接观看投票现场。

不久，三三两两的人群来到会堂门口，会场上方悬挂着大幅标语：“热烈欢迎各界人士参加公选县处级领导干部投票现场”。参加会议的群众在工作人员的引导下进入会场，会场内外，参加会议的人越来越多。是啊，在人们的心里，一个领导干部如何产生，那是一个多么神秘的世界！如今市委居然把这样神圣的会议放到群众中召开，这实在是令人难以置信。当然也有人怀疑这究竟是不是真的。

贾士贞看看表，已经八点三十五分了，扩音器里的音乐声随即停止，接着是一个女播音员宣读参加会议的注意事项。会场内外，热闹非凡，观众还在不断涌向会场。这时各市参加观摩的组织部领导在工作人员的引导下走进会场，在前排嘉宾席上就座。不久，省委组织部副部长和两位干部处长也来了。贾士贞随后走上主席台，站在左边的演讲台前，他看看表，对着麦克风，大声说："请外面的同志在工作人员引导下进入会场就座，投票大会马上就要开始了，请市委和组织部的记录人员马上到左右两边的记录台入座，请票务组、统计组、监督组、秘书组的工作人员各就各位。"贾士贞看看表，离开演讲台。这时主席台两旁，从后台走出身着西服的市委委员们，第一个走上主席台的是市委书记常友连，接着四十六名市委委员按照席卡，在自己的位置上就座。与此同时，扛着摄像机、手拿闪光灯的记者忙碌起来。

主席台前排正中是市委书记常友连和市委副书记、市长邵明。贾士贞走到常书记和邵市长中间，问常友连何时开始。常友连看看表说："马上开始！"于是旁边的邵明市长就走到演讲台，试了试话筒之后，说："各位领导，各位来宾，同志们：我现在宣布，西舆市公开选拔县处级领导干部投票大会现在开始。首先，我代表西舆市委向前来参加观摩今天投票大会的省委组织部领导和兄弟市委组织部领导表示热烈的欢迎！向关心支持本次公开选拔县处级领导干部的广大干部群众、各界人士，表示衷心的感谢！今天的投票大会，是西舆市具有重要历史意义的大会。它标志着我市干部人事制度改革已经揭开新的序幕！过去的干部工作，一直是十分的神秘、从不向群众公开。今天，我们不仅把干部的决定权由市委常委扩大到全体委员，在全体委员中进行无记名投票，而且公开面向群众，任何人都可以参加，当场统计选票当场公布结果，接受广大群众的监督。在此之前，我们也对县处级领导干部的选拔和产生实行大胆的改革，变过去少数领导推荐候选人为文化考试，把文化考试作为决定候选人的第一道程序。这种做法受到了广大干部群众真心实意的拥护。我们认为，目前我们的干部人事制度改革就像当年农村经济体制改革一样，是一次深受欢迎的成功尝试。"

邵明兴奋而激动地抬起头，目光环视了一下会场，随后宣布大会第一项议程，由市委常委、市委组织部长贾士贞报告候选人产生过程。

贾士贞满面红光，健步走上主席台，台下立即响起长时间雷鸣般的掌声。他在演讲台前站定，向台下鞠了个躬，随后推了推扩音器，声音立即通过电波在会场上空回荡。他把这次干部人事制度改革的具体做法做了说明，从宣传到报名，考试、考察、答辩、公示，直到今天的四名正县处级和四十四名副县处级候选人如何产生，做了具体说明，并且正式宣布凡是综合评分进入前三名的另外两名候选人，将作为选拔对象进入人才库，今后将不断被选用。比如奂山区和上奂县的两名组织部长，原方案中没有这两个岗位，所以将在四十八名候选人产生后，从人才库里挑选。

贾士贞报告之后，市委书记常友连做重要讲话。接着由市委另一名副书记做选举办法说明。这个选举办法说明本来应该由朱化民做。

接着，邵明宣布投票开始。工作人员清点委员人数，应到人数四十七人，实到四十六人，经委员和群众验证选票后，向委员们分发选票，随后在纪委、监察局工作人员的监督下将多余选票投入碎纸机内。

接着，工作人员打开投票箱，向委员和群众展示后加锁。

这时，除了记者的走动，会场上鸦雀无声。人们屏住呼吸，等待投票。

常书记第一个站起来，双手拿着选票，走到投票箱前，慢慢地将选票投入箱内，接着常委委员按次序一个接一个地投票。

投票结束后，统计组打开票箱，取出选票，主席台两侧的电视屏幕上出现统计选票的画面，扩音器里响起轻松愉快的音乐。

主席台上四十六名市委委员投出自己那神圣的一票，他们每个人一定都有深深的感触，正像常书记刚才讲的那样，在西奂市，已经迈出干部人事制度改革的第一步，结束了过去由少数领导提名提拔干部时代，也许改革还存在这样那样的缺点，也许少数同志一时还难以接受这样的现实，但是改革的大潮是任何人也阻挡不了的。

委员们同样期待着投票的结果，尽管他们有的离开座位，有的低声交谈，但是人人都在等待那神圣的时刻。

突然音乐声戛然而止，接着邵明大声说："请大家马上入座，投票结果已经统计出来了，马上就要宣布投票结果。"

会场上一阵骚动，贾士贞拿着统计结果，低声和邵明耳语了几句，两人同时来到常书记身边，把统计结果放到常书记面前，三人同时看着那些名单和得票数。

会场上马上又安静了下来，邵明回到演讲台，对着话筒说："经过统计人员的统计和核对，大家期盼的结果出来了。现在，请工作人员宣布统计结果。为了防止发生错误，由一名工作人员宣读，两名工作人员监读。"

三名工作人员走到演讲台前，站在中间的一位漂亮的女播音员，用标准而甜美的普通话宣读起来，从姓名、所报单位、岗位、所得票数依次宣读。

台上台下，鸦雀无声，时而响起几声惊叹。

五十

统计结果宣读结束后，所有候选人得票都超过全体委员的半数。得票最低的也达到百分之八十点四三，最高为百分之九十七点八。投票结果将在电视台、报纸和本人所在单位公示七个工作日，最后按程序办理任职手续。当邵明宣布散会时，会场外面不知是谁放起鞭炮来，群众欢呼、雀跃、手机响个不停。

下午一上班，卫炳乾就来到贾士贞办公室。他怎么也没有想到一年前，他不仅被撵出市委组织部，而且被发配去乡里当一名副乡长，后来居然被绑架，告状无门，老婆为他申冤多次被打，在他眼看自己就要家破人亡时，不仅回到组织部，而且如今成了市委组织部的副部长！这一切都来得太突然了，太不可思议了。

贾士贞一边接电话，一边示意他坐下。卫炳乾仍然有些胆怯地站在贾士贞面前，他还没有意识到自己已经是合法的市委组织部副部长，或许在他的意识里，他在贾部长面前永远还是当初遭人排挤的副科长。贾士贞放下电话，看着卫炳乾说："炳乾，你如今已经是市委组织部副部长了，工作要更加大胆，更加主动。干部人事制度改革才仅仅是个开头，需要我们认真总结经验，不断完善和探索。"

卫炳乾说："贾部长，我做梦都没有想到自己在短短的时间里发生了如此大的变化。我是干部人事制度改革得到第一桶金的人。如果不是你贾部长，西臾的今天是什么样子，我真的不敢想。"

贾士贞说："我认为，改革是时代洪流，历史的巨轮。任何人都阻挡不了，只是时间的问题。"

贾士贞话音未落，汪为民出现在门口，贾士贞忙叫道："来来来，为民同志！"

卫炳乾主动伸出手，两人用力握了半天，汪为民说："祝贺你呀，炳乾同志，请恕我最后这样称呼你一次，以后该改口称副部长了。"

卫炳乾拉着汪为民的手说："别胡扯了，咱们这段时间虽然相处太短，可是却是人生最值得留恋、也是最有意义的一段时间。希望你永远这样称呼我，这才是最实在、最真实的，官那东西太虚，也太假。”

贾士贞看着汪为民，说：“为民，恐怕你得早点去报到，副县长不是直接任命，需要县人大常委会再次选举决定。”

汪为民说：“嗯。贾部长，我真的有些舍不得离开组织部。何况组织部正是用人之际。”

贾士贞正要说些什么，这时电话铃响了。贾士贞一边接电话一边说：“这样吧，你们先去把赵欣和芦伟华叫来，你们四个人马上就要到新岗位工作了，我们一起说说话。对不起，我先接个电话。”他俩答应着，就转身出门去找赵欣和芦伟华，并随手把门关上。贾士贞拿起电话，只说了一句，“喂……你好……”接着立即站起来，“哟，是……一兰哪！”

“士贞，我……我真的……要好好感谢你……”周一兰激动地有些语无伦次。

贾士贞一听，心下就明白了，有些激动地说：“这是他自己努力的结果。本来他报的是副县长，后来方案公布后，又有一县一区急需配两名组织部长，他本人愿意先把自己第一名的位置让出来，第二名当选副县长，他是在最后调整人选时当选为上臾县委常委、县委组织部长的。”

“士贞，你让我怎么感谢你呢！”周一兰的声音从电话里传来有些颤抖，夹杂着兴奋和感动。“士贞，你能不能从百忙中抽出点时间，让我好好向你表达一下心意？”

贾士贞笑起来，轻松地说：“一兰，你是个有文化的人，难道你不知道内因是变化的根据，外因是变化的条件。温度能把鸡蛋变成小鸡，可温度能把石头变成小鸡吗？”

“好了，我没时间在电话里和你讨论哲学。士贞，真的，我真的想见你！”

挂上电话，卫炳乾、赵欣、汪为民、芦伟华四个人进来了，贾士贞看着这四个生龙活虎，和自己同龄的年轻人，他感到，他们才不愧为市委组织部的干部，他们终于告别特权，不再是过去凭着组织部这块金字招牌而高人一等、遭人怨恨、依靠特权提拔的领导干部。而是凭着自己的才能，和那些各行各业的干部一样在同一条起跑线上，通过一张考卷，理直气壮取得胜利的。他们才不愧为时代的英雄。贾士贞从内心赞扬他们的才干和勇敢进取的精神，同样他也对那些参与竞争的许许多多的干部从心底里敬佩他们，不管成功还是失败，只要敢于出征的将士，就应该受到敬重。

贾士贞走到他们面前，一一和他们握手。这时候，他们的心情是无法抑制的喜悦，兴奋从脸上的每一个细胞里渗透出来。

贾士贞说："首先向你们四位表示祝贺，你们为组织部争来了荣誉，为组织部作出了贡献，我真诚地感谢你们！除了炳乾同志继续留在组织部，你们三人都将离开市委组织部，到各自不同的岗位上。我相信，通过这次锻炼，通过这段时间的工作，你们一定会在新的工作岗位上取得更加优异的成绩。你们一走，手里的工作，就要交下来。所以在你们临走前，大家还要帮助办一件事，就是从上次报考市委组织部前三名当中，推选出候选人。办公室、机关干部科和基层组织科的三个位置应该在原报考的人选中依次选用，炳乾的岗位可以从其他几个岗位的候选人中排出最高分数，确定人选，然后报组织部部务会研究，向社会公示。"

卫炳乾说："贾部长，这项工作就交给我们四个人吧！你放心吧，我们一定会按照规定，不出任何差错办妥当的。"

赵欣说："贾部长，刚才在外面，我们四个人商量了，由我们四个人做东，请组织部全体同志参加我们的宴请，不知你是否同意？"

贾士贞想了想说："这事我反复想过，不是我清高看不起人，也不是组织部请不起大家。只是我想起，我在省委组织部的那次为调出的同志举行欢送宴，本来是好事，可是酒一喝，有少数同志借酒发泄心中的不满情绪，以致搞得影响很不好。当然也不能因噎废食，我想还是抽个时间，大家坐下来，用茶话会的形式，表示一下大家的心情吧！"

吃完晚饭，贾士贞刚进宿舍，就有人敲门。门一开，原来是姚一玉。她一进门，满脸羞涩地看着贾士贞，说："贾部长，对不起，我又来打搅你了。"

贾士贞连忙倒水，说："小姚，你的心情我完全可以理解"，随后转了话题，"你今天去会场了吗？"

"去了，我自始至终都参加了，那样的场面我从没经历过。说实在的，我虽然没有竞聘上，但是我的心情一直非常激动。我敢说，所有参加会议的人，没有一个不激动的，什么叫天生我才必有用，只有在那种场合才能体会到。"姚一玉极其兴奋地说。

知道姚一玉的身世之后，贾士贞多少有点同情这个女人。她确实是少见的才貌双全的女人，虽然她这次报考文化局副局长只考了第五名，但是贾士贞心底仍然觉得一个女人有如此才能，如此勇气，是值得赞扬的。他对她从没有半点偏见，组织部办公室主任赵欣考上上臾县委常委、组织部长，办公室主任空缺出来了，而姚一玉上次报考办公室主任排名第二，办公室主任应该排到她了，他作为市委组织部长没有任何理由不按规定办事。

“小姚，”贾士贞说，“不要气馁嘛，以后还有机会，凭你的实力，我相信，你一定会成功的。”

“贾部长，说实话，我真得有信心，通过这两次考试，我也在不断总结经验，或者说我如果当初稍微冷静一点，不去竞聘热点单位，说不定早已经……”

贾士贞点点头，说：“是啊！你看报考市史志办主任那么多人，竟然没有一个达到最低录取分数线。我们的方案规定七十分以上才能进入前三名排名。我们考卷满分为一百五十分，而七十分还不到五十分。”

“是啊！我当初如果报副县长，也进入前三名的行列了。”姚一玉此时自信地说。

“小姚，我知道你的心情，我也向你透漏一点吧！市委组织部这次考上了四个同志，其中就有办公室主任赵欣，可能你也注意到了。所以下一步还是从上次报考市委组织部的人员当中按照顺序选拔。”

虽然姚一玉已经知道组织部的打算，但是那时毕竟还不能肯定办公室主任的位子是否空下来。上午参加完大会后，办公室主任赵欣被选为上臾县委组织部长，她怎么也按捺不住自己激动的心情，再次登门找贾部长。固然贾士贞决心取消组织部门的干部在提拔上的特权，但是人们还是很难消除对组织部门的向往和渴望。其实，按照目前西臾市委组织部的改革办法来说，人们在哪个单位工作已经不重要了，只要有真才实学，就可以出类拔萃，成为佼佼者。但是类似姚一玉目前心理的人，又何止她一个呢！

姚一玉刚走，周森林和吴怡宣又来了，周森林报考的水利局副局长排名第三，第一名上午顺利选举为市水利局副局长，现在他虽然排名第二，但是依然还有一个人排在他前面。虽然他知道，自己已经进入人才库，有可能将来被选用，但是那么多岗位第二名仍然有四十多人排在他前面。

这时候，贾士贞确实还没有来得及考虑这么多问题。但是看到周森林来了，他想到钱部长的电话，省委边副书记不会只和钱部长说过之后，就不了了之，这事不那么简单。但是贾士贞也只能耐心做他们夫妻的工作，表示市委和组织部会根据情况处理的。

第十七章　何去何从

五十一

在这个世界上，每时每刻都会发生许许多多的变化。有人走运了，也有人倒霉了，有人在创造历史，有人也被历史成全或抛弃。每一分钟都有新的生命降临人间，同时也有一些生命走向死亡。自然界，这边万里无云，晴空万里；那边可能风云突变，天崩地裂。大自然的规律是任何人也抗拒不了的。

我们故事中许多人物不正和大自然的规律一样吗！贾士贞和他身边的那些勇士们，在西奥这片平静的大地上掀起了一场翻天覆地的伟大变革。贾士贞上任后，一把火烧得一些人晕头转向，这把火把一些人的希望给毁灭了，而更多的人连做梦都没有想到，他们会高昂着头，骄傲地走进县处级领导干部的行列。

全体市委委员无记名投票选举县处级领导干部，并且敞开大门让群众参加，接受媒体的监督，这居然成为了现实。连日来省城和西奥市的大小报纸，以及电视上都连续报道了那天大会的盛况，贾士贞一下子走进了千家万户。

然而任何事物，只要它有高潮，就必然有低谷，就如同大海里的波浪，一个浪头打过来，很快就达到浪尖上，随之又马上跌入低谷。人也是这样，对于贾士贞来说，一阵高潮之后，他自己似乎也想喘口气。可是他想，干部人事制度改革，目前这是万里长征的第一步，不得不认真考虑以后的路怎么走。

贾士贞自从来到西奥之后，他就觉得自己的生活发生了巨大的变化，平常生活中似乎少了点什么，就像炒菜少放了盐。他对自己的生活无心创造什么奇迹和波澜，但整天忙忙碌碌的，也免不了想到一些烦人的事。随着公开选拔的县处级干部的不断到位，一些遗留问题也随之凸显出来了，有些人又开始活动了。

通过那天投票大会，市委书记常友连在大会上宣布，会后市委选拔县处级领导干部的办法不再是常委了，这样一来没有人会在这关键时刻顶风要提拔没有经过公开选拔程序的人的。可是程文武、张敬原、庄同高他们怎么办？

平静的日子过去一周，组织部空缺的四名科级干部很快到位了，姚一玉走上市委组织部办公室主任的岗位，这个消息第二天就传到玲玲的耳朵里了。尽管姚一玉是因她才认识自己的丈夫，但是当她听说这样一个漂亮女人成了丈夫身边的工作人员，她的心里多少有点不自在。

让贾士贞感到奇怪的是，市委全体委员大会已经过去十多天，公开选拔的干部都已经陆续上任了，可是程文武以及那几个急于提拔的人却没有一点动静，不管是当事人，还是曾经为他们奔忙的官员都不再提及这件事，这显然是不正常的。按照贾士贞的估计，市委全体委员大会之后，一定会纷纷有人向他发起攻势，省文化厅张副厅长是他首先想到的，于是他晚上打电话回家，玲玲说不知为什么张副厅长再也没有说起这件事。

这天晚上，贾士贞刚吃完晚饭，就接到鲁晓亮的电话，说他要过来坐坐，贾士贞欣喜若狂。两人见面后，鲁晓亮就告诉他一个奇怪的消息，侯永文居然调省民政厅了。其实自从上次考试发生那场作弊案之后，侯永文在重新考试时就消失了，贾士贞不知道他后来到底干什么去了。现在一听说侯永文调省民政厅了，而且还提拔为副处长，他觉得那绝不是一般的关系。据鲁晓亮透露，自从那次贾士贞在下臾和侯永文见面之后，侯永文感到自己留在下臾的危险性，于是频频往返省城，到底干些什么，没人知道。现在想想，他一定是去省里活动工作调动的事，有人说他调进民政厅是省委有重要领导打的招呼。

两天后，常书记突然给贾士贞打电话，说他和邵市长去省里参加省委扩大会，会议结束后，要和他谈谈下一步工作的问题。为此，贾士贞召开了两次组织部中层干部会，让大家畅谈对干部人事制度改革的设想和建议。自己又反复进行研究，准备和常书记认真谈一次，这些想法不仅关系到西臾市今后的干部队伍建设，也关系到以后长远的制度问题。选好大批基层领导干部，提高他们的政治文化素质，才能保证西臾的政治经济快速发展。做好充分准备之后，贾士贞觉得自己全身是劲，感到没有辜负省委对自己的期望。

常书记回来的当天晚上，市委秘书长夏季给他打了电话，让他马上到常书记办公室。接完电话，贾士贞一边走一边想，常书记临去省里开会时亲自给他打了电话，说省里会议结束后要和他好好谈谈，怎么突然秘书长打电话通知他呢？通常情况下，秘书长只有在市委常委召开重要会议时，才亲自通知各个常委！贾士贞也不知道自己为什么对这样一个小小的细节产生如此的联想。

贾士贞进了市委大楼，整个大楼静悄悄的，除了楼梯和三楼灯光通明，其他地方都是一片昏暗。来到常书记办公室，门像以前一样开了一条缝，他轻轻敲了两下门，常书记说："是贾部长吧？请进！"

贾士贞进了屋，常书记摘下眼镜，热情地迎了上去，像对待客人一样，主动伸出手。贾士贞有些莫名其妙，但还是礼节性地握了握常书记的手。贾士贞的心里突然咯噔一下，常书记作为市委一把手对他从没有如此热情过，这种热情显然有些过分，让他接受不了。他有一种异样的预感，不知道这将预示着什么。

常书记的热情给了贾士贞一个相反的信号，这个信号强烈地刺激着他。其实，市委公选的县处级领导干部到位之后，贾士贞一直在考虑程文武、张敬厚、庄同高三人安排的问题，当然常书记最关心的还是自己的秘书，这一点，贾士贞非常理解他。

两人坐下后，常书记开始表扬贾士贞的工作，说省委、省政府，以至省直机关对贾士贞在西臾的干部人事制度改革反响很大，领导们也高度赞扬和肯定这次下臾干部人事制度改革的成功经验。贾士贞一言不发地听着，他倒不是觉得常书记的表扬有水分，让他听起来不大舒服，而是他觉得这仿佛是一种预兆，这种预兆到底是好是坏，他估计不到。贾士贞并不适应这种表扬和这种不协调的气氛，因为他毕竟不是幼儿园的孩子，也不是亟待提拔的下级，他毕竟是一个市委常委、组织部长，这种表扬显然是多余的，或者说是一些领导对你有什么动作之前的"糖衣炮弹"。

贾士贞显得十分平静，大有宠辱不惊的样子。表扬之后，常书记仍然极其兴奋地说："士贞哪，你还年轻，省委对你很信任，很重视，所以……"说到这里，常友连似乎特意停住，故意卖个关子，点了一支烟，又吸了两口，才说，“省委准备让你去中央党校学习一年，不需我说，你是知道的，中央党校是培养高级领导干部的地方。”常书记的话似乎并没有说完，但他突然停了下来，目光落在贾士贞身上。在这一瞬间，贾士贞的头脑里涌出许多疑问。当然常书记说得并没有错，通常情况下，党校是培养领导干部的地方，尤其是中央党校。在人们的习惯思维里，到中央党校学习过的人，一类是即将提拔的地厅级领导，一类是提拔部省级的后备干部。然而贾士贞想的却是另一方面。他从省委组织部调到西臾市担任市委常委，组织部长，满打满算只有七个月，而且他到西臾之后，对干部人事制度的改革才刚刚开始，在这样特殊情况下，是不会安排他去脱产学习一年的。让他离职一年，组织部长的位置怎么办？其实他并不像某些人那样害怕失去组织部长的权力。而是换了一个人，别人还能按照他的思路来推行干部人事制度改革吗？毕竟目前干部人事制度改革还没有形成一整套切实可行的制度。想到这里，贾士贞的心脏像停止了跳动似的，难道是？贾士贞的头脑里突然间跳出一连串的问号。去中央党校学习，多么冠冕堂皇的理由啊！只要他一离开市委组织部长的位置，无论暂时配不配新的组织部部长，干部工作他就管不了。不言而喻，他这段时间所做的努力，他的那些改革方案有可能成为一纸空文。尽管他的脑中闪过如此多的想法，但他依然显得沉着而老练，微微笑了笑，说：“中央党校学习，确实是一个好机会。”

常友连余兴未消，站起来说：“对你们年轻人来说，这实在是个难得的机会呀！可惜我老了，我至今还没去中央党校学习过，真是让人羡慕啊！”常友连在室内踱了几步，又回过头说，“不过省委常委还没有最后定下来，省委领导给我吹吹风，也算是征求我的意见吧！我当然支持了，这关系到一个干部的前途嘛！”

贾士贞仍然一动不动地坐在那里，他上任后第一次到常书记办公室的谈话，也坐在这个位置上，他觉得那次和常书记的谈话，常书记对他是多么的亲切，多么的真诚。而此时，他怎么也找不到那种感觉，常书记好像戴着一个陌生的面具。这个面具一戴，把他们之间的距离一下子拉远了。当然常书记早已不是当年的常市长了。他记不清哪位民间哲人说过一句话，“官场上只有永远的利益，没有永远的朋友。”

五十二

本来贾士贞准备公开选拔干部工作告一段落之后，回省城和妻子女儿享受两天天伦之乐，因为上次玲玲临走时，他有一个承诺。每隔半个月左右，回去一次。然而，玲玲走了已经一个多月了，他总是觉得脱不开身。现在省委准备让他去中央党校学习，他完全可以马上回省城，一方面和老婆孩子团圆几天，另一方面等等省委的消息。

离开常书记办公室，贾士贞漫步在大街上，忙碌一天的人们，大都已经躲进自己的天地，大街上行人已经越来越少了，阵阵秋风吹过，让人感到几分凄楚，这种时候尤其能勾起人们思念亲人的情感，大概这就是触景生情吧！贾士贞举目四望，一时不知自己到了什么地方，心情越发有些沉重起来。这个一直充满活力、壮志凌云的年轻市委组织部长，突然间心头袭上一种孤独寂寞，想家的感觉异常强烈。看看眼前这熟悉的街道，熟悉的楼房，熟悉的环境。究竟哪一天和这座陌生的城市发生千丝万缕的联系，他已经无法记起来了。不知不觉，他来这座城市已经七个多月。七个多月对于人生，对于自然界，实在是太短暂的瞬间。然而在他心里好像经历了一个漫长的时间隧道，一个无法回首的空间。突然他的思绪逆着时光在向后倒退，他上任的第三天，一个人去了下臾，至今他对自己当初那种盲目的做法都弄不清为什么，可是也正是那次荒唐的行动，让他亲耳听到群众对那些干部的评价，虽然老百姓并不知道一个干部每时每刻究竟在干些什么。他们或是高尚，或是卑鄙；或是真诚，或是虚假；或是为群众，或是为自己；或是廉洁，或是腐败。但是群众心中有杆秤，任你有天大的本事，也逃不过群众的眼睛。“群众是真正的英雄，而我们自己则往往是幼稚可笑的”。那次下臾之行，听起来似乎是荒唐可笑的，可是让他看清了像乔柏明、侯永文这样的干部。再到后来他首先从市委组织部开刀，以及在全市公开选拔四十八名县处级领导干部的做法，相信西臾的广大群众一定会做出公正的评价。

这样胡思乱想着，贾士贞也不知走到什么地方，心里突然生起一种即将告别这座还没有完全熟悉的城市的感觉，告别难道就是悲剧吗？非也！告别同样可能是前进，告别照样是结束过去，展望崭新的未来！

贾士贞抬头四处看看，一时竟辨不清身在何处，一轮皎月悬挂在东南方。城里长年灰尘蔽天，天空总是像薄雾一样，来到下臾，还很少有时间欣赏月挂高空的景象，倒是在省城时，常常和玲玲寻找心中那轮皎洁的明月。然而省城却不易见到如此光鲜的月亮，天空总是生满了锈似的，模糊不清。贾士贞干脆驻足路边，遥望着空中那轮明月。直到手机响了半天，他才从幻觉中回到现实中来，一接电话，对方又挂断了。他正在翻号码时，手机又响了，一看号码，心中一阵欣喜，原来是鲁晓亮。鲁晓亮的电话太及时了，贾士贞正想找个人倾诉一下心中的困惑，也许他们之间有一种特殊的心灵感应，一种特别的默契。鲁晓亮曾经在工作上给了他许多帮助，也是他最信得过的人。在西臾，贾士贞感到，鲁晓亮应该算是他第一个，也是唯一一个能说心里话的人。

鲁晓亮自己开着车来到贾士贞身边。贾士贞上了车，鲁晓亮问他去哪里，他说哪里也不去，找个僻静的地方。于是鲁晓亮驾着车，一直向农村开去。

车停下后，鲁晓亮问："贾部长，我觉得你今天有点反常啊！堂堂一个市委组织部长，哪里有时间在这夜深人静的时候抒情赏月啊！这应该是文人雅士落魄时候的表现呀！莫非……"

贾士贞摇摇头，发出一阵爽朗的笑声，说："你错了，我正在走运呢！我要马上去中央党校学习了，这岂不是一件好事？"

"什么？"鲁晓亮惊叫起来了，他睁大双眼，盯着贾士贞看了半天，才接着说，"不会吧！我真的有点不相信！"

"真的，千真万确。"贾士贞说，"常书记才和我谈过，他也是今天晚上刚从省里开完省委扩大会，一到家，都没等到明天，就把我找去了！"

鲁晓亮突然往后座上一靠，长叹了一声说："原来是这样！老弟呀，我已经猜出八九分了，这样说来，你今天晚上的心情就对了，也可以理解。"说完，鲁晓亮开了车门，说，"咱们下车，别坐在里面，这空间太小，憋死人呢！"两人下了车，走到路边，天地茫茫，一片昏黑，一阵凉风吹过，给人一种清爽的感觉，好像整个世界只有他们两个人。站了一会，鲁晓亮说："贾部长，你的心情我可以想象得到，你在省委组织部那么多年，听到的，看到的，也许比我多。恕我直言……"

贾士贞在黑暗中回头看着鲁晓亮，鲁晓亮不知为什么没有说下去，两人在夜色中相互看了看，还是鲁晓亮打破可怕的沉默，从口袋里取出香烟，递一支给贾士贞，说："来，抽一支！"说着打着了打火机，贾士贞对着火光吸了两口。

一丝火光照在贾士贞的脸上，鲁晓亮看到了一张恐怖惊愕的脸，一张难以读得清的脸。

"恕我直言，"鲁晓亮重复着，"你的改革力度太猛了点，别人适应不了，可是又没理由来反对你的做法，所以……"

"你说得对，我也想过。"贾士贞吸了两口烟，"这样也好，能够去中央党校学习一年。对于我来说，未必不是一件好事。"

鲁晓亮说："我们先不说去中央党校学习的事，我还想说你这个市委组织部长。老实说，在你新官上任三把火烧得最旺的时候，我曾经还想找你，给你泼点冷水，但我之所以没有那样做，是因为我觉得任何事情都有两面性，也许你的做法更有利于西臾人民，有利于西臾那些有真才实学的干部们。"

贾士贞说："恐怕你当时泼冷水也未必泼得下去。江山易改本性难移，我这个人就是这个德行，任何人想左右我，改变我都很难！"

"那么接下来你打算怎么办？"

"就我自己来说，我不想在这个时候离开西臾，我还有很多事情要做。"贾士贞犹豫了一会，用力拍了一下鲁晓亮的肩膀，"据说省委还没有最后决定，等等再说吧！"

"不，贾部长，你应该争取主动。"鲁晓亮突然有些振奋，"为什么不找找省委组织部钱部帮帮忙？"

贾士贞握着鲁晓亮的手，两人上了车，贾士贞说："鲁局长，这种事，谁的心里都非常清楚，随遇而安，顺其自然吧！"

在回来的路上两人一句话也没说。

如今机关里，人们最管心的是两件事：一是领导干部的腐败和绯闻，二是领导干部的工作变动。常书记和贾部长谈话的第三天，准确的说中间只隔一天，西臾市机关关于贾部长要去中央党校学习的事传得已是满城风雨了。这样重要的消息，而且是高层两位领导之间的谈话，怎么会不胫而走？这难免成为群众关注而议论的话题，谁也不知道是怎么回事。有人对贾士贞的存在到了不能容忍的地步，巴不得贾部长一下子离开西臾，这些人的脸就像晴雨表一样。早上上班时贾士贞在市政府大门口碰到科技局长阮伯达，阮伯达从奥迪轿车里跳下来，远远地就向贾士贞伸出手，热情地说："贾部长，祝贺你呀！什么时候为你饯行啊？贾部长一来西舆时，我就觉得贾部长前途无量。"

贾士贞微笑着伸出手，他和这位阮局长见过不少次面，还第一次见到他这样眉飞色舞。就在不久前贾部长没有采纳科技局党组的意见，卢肖兰也没能从第五名进入第三名，而孙进山以优异的成绩，在市委全委会上以百分之九二的赞成票成为科技局的副局长。阮伯达为了这事一直对他心存不满，可是今天阮局长格外兴奋，想必碰到什么值得高兴的事儿。

贾士贞说："阮局长今天碰到什么喜事了？看得出心情格外兴奋嘛！"

"是啊！"阮伯达抹了一把大背头。"你贾部长不也碰到喜事了吗？中央党校镀金之后，就是部省级领导了。"

"是吗？"贾士贞看着阮伯达好一会，"我没那个野心，所以我也不是很在意。"

此时此刻，贾士贞才明白阮伯达的心思。如果贾士贞去中央党校学习一年，那么西舆市委组织部长必然要换帅。组织部长一换人，他相信，贾士贞的干部人事制度改革就将成为昙花一朵，他阮伯达的权肯定自动归位。

但阮伯达还有些心有余悸，毕竟贾士贞还没有正式接到省委通知。他心里明白，官场上的事太难以捉摸，有时瞬息万变！他不敢过于和贾士贞较真，寒暄一番之后，像泥鳅一样滑掉了。

组织部的各个办公室一如既往地忙碌，他也照样专心批阅文件，从容地接着电话。贾士贞从请示工作的下级脸上找不到半点微妙的变化。他在想，难道机关里的消息没有吹进组织部同志的耳朵里？这也未知。

下午，卫炳乾到贾士贞办公室送文件，贾士贞看着卫炳乾说："炳乾，工作怎么样，还适应吗？"

"贾部长，我是一个新兵，也是一个外行，我在抓紧时间努力学习，我觉得市委组织部的环境、气氛都不错。"

"卫炳乾，对于组织部门，要重新认识。"贾士贞说，"不能像过去那样，到了组织部什么话也不敢说，什么意思也不敢发表，我主张大家要敢于发表自己的观点、看法，错了也不要紧，许多工作，怎见得领导的意见就是正确的？"

卫炳乾笑笑说："贾部长，理论上是这样的，可是领导永远是领导啊！谁愿意听不同意见？"

贾士贞突然说："炳乾，我问你个事，你一定要如实告诉我。"贾士贞看着卫炳乾，"最近听到有关我的议论没有？"

卫炳乾抬起头，红着脸说："贾部长，你是指传说让你去中央党校学习的事吧？"

贾士贞点点头："你们都听说了？"

卫炳乾说："贾部长，既然领导问我了，我就实事求是地说了。不错，这两天市直机关到处在传说你去中央党校学习的事。其实，领导干部去党校学习，这是很正常的事，可是有人在背后添油加醋，大做文章，不过，我认为，这是有人故意在背后造谣，目的是希望你真的离开西臾市委组织部。"

贾士贞笑笑说："这事有点悬乎了！"

卫炳乾说："贾部长，最近一段时间，我认真阅读了中组部的大量文件，其实有关干部人事制度改革的文件，已经很多了。你的一些做法，完全是中组部文件范围内的做法，不知道为什么引起那么大的争议！其实，我觉得并非是你这个组织部长怎么做，或是一个什么样的组织部长的问题。而是你首先把我们国家沿用了几十年的选拔领导干部的常规打破了，有些人接受不了。人们习惯了少数领导用权力推荐选拔干部，习惯了少数领导把权力用得神密，从而让人敬畏。还有组织部门的特权问题，贾部长，你一定知道机关里，还有社会上怎么看待组织部门。可是，一旦要打破这个习惯，取消权力、特权，那些既得利益的人肯定要千方百计地进行阻挠。所以我总感到那些传闻带有人为的主观色彩！"

贾士贞惊讶地看着卫炳乾，他真的没能想到卫炳乾对组织部看得如此深刻。贾士贞赞许的点头，说："说下去！"

"我不知道中组部，还有各级组织部门如何看待目前中国'吏治'上存在的弊端，也不知道全国许许多多组织部长是如何理解、贯彻中组部那些关于干部人事制度改革的文件，但有一点我认为，你贾部长在西臾的这次改革是一场精彩大戏的序幕，这个序幕已经由你抓在手里，正准备徐徐拉开！"说到这里，卫炳乾显得几分兴奋，"贾部长，我相信，无论结果如何，这都是一件值得称道、值得赞扬的事！这和你去不去中央党校学习，谁来当这个市委组织部长都没有多大关系。我坚信，这台精彩的大戏一定会演出，这个序幕无论是你贾部长，还是谁，也一定会拉开的。"

贾士贞显然受到卫炳乾的鼓舞，从座位上站起来，激动地说："有见地、有深度、有高度。这才是干部人事制度改革选拔出来的人才！改革才是真正的伯乐！”

时间又过去两天，贾士贞依然没有接到省委组织部的通知。然而西臾市机关上上下下关于贾部长要去中央党校学习的消息却越传越神奇。贾士贞的心情已经平静了许多，他一如既往地出入西臾市委组织部。

早上，贾士贞一进办公室，电话铃声响起。他没有接电话，只是静静地看着来电显示……

2006年3月18日一稿改毕于南京
2006年11月2日二稿改毕于金陵华瑰园
2009年9月11号三稿改毕于北京晴波园

组织部长

大木 著

ZU ZHI BU ZHANG

第3部

群言出版社
Qunyan Press

目录 Contents

第一章　意料之外

贾士贞反复看了看来电显示上的电话号码，他的心怦怦跳了起来。他不希望这电话与他的命运有关，然而，他似乎又时刻等待着一场庄严的判决结果。在这一瞬间，不知为何，自己到西臾市委组织部的这段改革历程，电流一般地闪过心头，严格地说，不是回忆，而是反思。他突然觉得自己的做法有些太逆潮流而动，也太急躁了点。这场关系到干部人事制度的改革，已经革到许多既得利益者的命了。阻力之大，他始料不及。这样的改革很难继续下去，或者将会成为昙花一现的悲剧？

一阵思涛之后，电话还在疯狂地叫喊着。他伸手去拿听筒，手却不自觉地僵在了半空。凭他的记忆，这个号码应该是省委组织部的，而且多半是钱部长的电话。钱部长在这个时候亲自给他打电话，一定有非同小可的事情。他犹豫了一下，还是迅速拿起听筒。电话里果然传来钱部长的声音！贾士贞刚“喂”了一声，偏偏在这个时候口袋里的手机响了。他在慌乱中把电话听筒换到左手，右手取出手机，正要和钱部长说话时，瞥见了手机上的号码。这个号码是那样熟悉，贾士贞一时有点茫然不知所措，只好慌慌张张地对着电话听筒说：“钱部长，请您稍等一下，常书记打我的手机！”

钱部长说：“那好，你先接常书记的电话，待会马上给我打过来，我等你电话。”钱部长的声音还是那样亲切，那样和蔼。

贾士贞这才匆匆挂了钱部长的电话，随即接通了手机。

“喂！是贾部长吗？”正是常书记的声音。

“是我，常书记。”贾士贞镇静片刻，“领导有什么指示？”

“贾部长，你的电话占线嘛！”常书记轻松地说，“组织部长嘛，总是很忙的！”

对于常书记的话，贾士贞有点摸不着头脑，何况他还惦念着给钱部长回电话，不想说那些不着边际的客套话，便直接问道："常书记找我有事？"

常友连说："贾部长，我认为你应该珍惜这次去中央党校学习的机会。刚才省委领导给我通电话时又说到这件事，说省委最近就会在常委会上通过，所以我给你再通报一下，让你进一步作好思想准备。"

"噢！"贾士贞没有多说话，其实常书记并没有什么新的精神，只要省委还没有正式做出决议，那都仅仅是吹吹风而已。所以，他也不便多说什么，一心就想听听另一方面的钱部长要对他说些什么。

贾士贞已经记不清自己是怎样结束这段不着边际的通话的，甚至还来不及琢磨常书记的意图，便拨通了钱部长的电话。

钱部长说："士贞哪，怎么样，我猜想你一定听到了什么吧！你刚当组织部长不久，各方面还要努力去适应。"

贾士贞微微一笑，说："老领导，钱部长，您是了解我的，我的一切都很正常。"

"是吗？"钱部长发出轻轻的笑声，说，"恐怕未必！"停了一会儿，又说，"这样，士贞啊！你已经好多日子没回家了，你马上就回省里一趟吧！"随后又似乎犹豫了片刻，接着说，"最近常委就要决定这件事。回来吧，回来看看最后怎么决定再说。"

"那好吧，钱部长。"贾士贞听不出钱部长意见中的倾向性，他知道，按理说一个领导干部要去中央党校学习，又不是提拔重用，大部分都是省委组织部拿的方案。但是，有些重要后备干部的培养必须要通过省委书记，通过省委常委会。像他这样的情况，刚刚上任才几个月的市委常委、市委组织部长，就去中央党校学习一年，他实在不知道是谁的主张，又有什么理由和意图。

放下电话，贾士贞沉思了很久，决定按照钱部长的意见回一趟省里，也算兑现对老婆孩子的承诺吧！

贾士贞回到省城时不过下午三点多钟。他本想先去省委组织部看看，当然主要还是想听听钱部长的口气。然而，他又犹豫起来。到家之后想了想，他还是先给卜言羽打了个电话，知道下午钱部长去参加省委常委会了。过去在省委组织部时，常常听说省委召开常委会，然而只要不是关于研究干部的常委会，他都从不关心。可是现在一听说钱部长参加常委会去了，他的心顿时悬了起来。他意识到自己的心态出了问题，于是屏住呼吸，努力平静一下自己的情绪——无论常委会是什么结果，都应该以一颗平常心来对待自己的未来。贾士贞无心给妻子玲玲打电话，一个人呆呆地坐在客厅里，突然觉得有些孤寂，甚至感到无限的失落。

晚上玲玲下班回家后，发现丈夫不宣而至，既兴奋又吃惊。贾士贞说他是回来兑现他在玲玲离开西臾时的承诺的。玲玲虽然似信非信，但是丈夫毕竟真的回来了。夫妻之间还是那句老话："小别胜新婚"！

吃了晚饭，贾士贞一直拖延时间，不想早早睡觉，他心里总是在想着常委会是否有了结论。要是有了结论，钱部长说不定会给他打电话。然而，直到十点半，依然没有任何动静。

玲玲躺在软绵绵的被子里却感觉不到一点温暖，更没有夫妻小别胜新婚的激情。这不，丈夫像僵硬的凉尸，一动不动地躺着。这不怪她，也不怪他。谁叫他当这个市委组织部长呢！玲玲的整个身体像浸在一条冰凉的河里，寒冷而孤寂。从她上次离开西臾，夫妻一别算起来已有两个多月，这对于年轻夫妻来说，实在是一段漫长的日子。

丈夫的不宣而至，本来是一件值得兴奋的事，可自从夫妻俩因为西臾市委组织部张敬原提拔一事弄得很不愉快之后，家里的气氛就一下子冻结起来了。玲玲怎么也想不通，自己丈夫是市委组织部长，妻子单位的领导打招呼想提拔一个副处级干部，而且是自己组织部的干部科长，按说只是一件易如反掌的小事，可丈夫就是不肯办。她觉得丈夫变了，变得有些不可理喻。这些日子，虽然张副厅长没再向她提过这事，可玲玲明显感觉到张副厅长对她的态度不一样了。这件事玲玲本不想提的，可吃饭时丈夫却主动问起。话不投机半句多，两人都有各自的看法，家里的气氛顿时紧张起来。事后玲玲一言不发，两人之间的冷战开始了。直到现在，都已经晚上十一点多钟了，还在继续，这种气氛对于他们来说，是不多见的。就是贾士贞被省委组织部退回去那段时间，丈夫的情绪虽然沮丧，但是两人之间的关系还是很好的。

现在他双手垫在脑后，瞪着一双焦灼的眼睛，像一只隐蔽在黑暗中的野兽，随时准备出击。玲玲突然间有几分恐惧，一动不动地蜷曲着身体。令人窒息的静默闷得她透不过气来，她很想跟丈夫开诚布公地谈一谈，主要是对他当上市委组织部长之后的做法说说她个人的看法。老实说，玲玲对丈夫的这种激进的改革做法不仅是有看法，而且还产生了越来越强烈的不满情绪。现在，几乎所有地方的公选公推，都不过是在一定权力下的运行而已。会办事的组织部长大张旗鼓地造声势，可实际上还是按照过去的老一套提拔干部。实在是因为干部问题太敏感，又涉及到许多人的切身利益，哪能全部放手让群众做主，哪能像理论上说的那样民主呢？那不乱套了！谁像他贾士贞这样认真？要不为什么全国那么多大大小小的权力部门都没有真正把公开选拔干部工作推广开来，还不是照样靠权力来选官。可这些想法她哪里有勇气说出来，她太了解丈夫的脾气了。

自从丈夫调到省委组织部，到后来当上市委组织部长，玲玲也确实为之兴奋和激动过。可随着丈夫的那些出人意料的做法所引起的种种议论，她渐渐地变得担心，甚至忧虑起来。现在，她以一种灭绝人欲的自制力保持着优雅。但她的心情沮丧极了，心里窝着一肚子火。张敬原在西臾市委组织部机关干部科长的位置上干了那么多年，组织部门的干部出去都是提拔的，可他贾士贞当了组织部长非要破这个规矩！张副厅长为了那位亲戚，不仅专门让她放假探亲，还用专车送她到西臾。玲玲想不通的是丈夫为什么非要和她对着干。张副厅长现在再也不提这事了，这意味着什么？玲玲太清楚了，自己只是文化厅的一个副处长，是一个捏在人家手里的人质！况且一把手厅长已经到退休年龄了，张副厅长很可能要去掉头上那个“副”字，那她今后还能有好日子过！这些现实问题，她不只一次对丈夫说过，可是夫妻间一说到这些事，俩人就不愉快起来。说心里话，玲玲真的希望丈夫去中央党校学习，即使她必须分居一年，甚至希望丈夫回来后不再去当那个市委组织部长了。

丈夫轻轻哼了一声，翻了个身，玲玲的身体绷紧了，不是不高兴，而是有点紧张，她以为他会像过去一样，紧紧地搂着她，吻她……她蜷曲着身体一动不动地等待着，然而他碰都没碰她一下，反而离她更远了。

玲玲把头埋进枕巾里，伤心得几乎掉下泪来，她偷偷地深深吸了口气，把眼泪咽了回去。

玲玲真的没有想到官场会把好端端的一个男人变成这般模样。她甚至担心如此下去，他们十多年的婚姻将会发生难以预料的危机。前不久，单位的一个小姐妹得知玲玲现在虽然成了官太太，表面看来风光得很，但生活中却有难言之苦——年纪轻轻的常常一个人守活寡。那个小姐妹说，男女之间什么是爱？男人和女人之间的爱是和性有着直接关系的。没有性，哪来的爱？她的一番话深深地刺激着玲玲。是啊，玲玲觉得现代女性看问题太尖锐，也太现实了。不知为何，此刻玲玲的头脑里突然就跳出了这段当时还不以为然的话来。自从丈夫提拔为市委常委、市委组织部长以来，他们俩的性生活发生了质和量的变化。上次张副厅长让她去探亲，她是怀着激动和得意的心情而去的，想当一回幸福快乐的官太太，然而，丈夫忙得日夜不归，常常多少天都不去碰她一下。现在他们已经有两个多月没见面了，按她过去对丈夫的了解，男人早就忍不住了，可是现在，丈夫像陌生人一样，像一个失去了性功能的男人。奇怪的是，渐渐地，在这样的胡思乱想里，女人那种对性的饥渴像无数个虫子在体内蠢蠢欲动。尽管女人的性渴求不像男人那样凶悍和猛烈，但当女人的性冲动时，同样是理智难以控制的。夫妻之间的性生活在年轻时，女人并不需要多少主动，因为男人的性要求多数是超过女人需求的。而自从丈夫到西臾之后，他们的所有生活秩序都乱了套了。随着玲玲体内的渴求，玲玲早已把晚上的不愉快忘到九霄云外去了。她三下五除二脱光了内衣，这也是少有的，以往都是丈夫用脚蹬掉，那动作太让她激动了。当玲玲用自己光滑滑的肌体贴着他的身体时，他只是轻轻地摸着她，可就是没有半点激情，或许是男人动了恻隐之心，于是鼓足干劲，勉强出征，俩人奋斗了半天，尽管他全心全意地努力着，可终于还是败下阵来。她在痛苦中叹了口气。他愧疚地搂了搂妻子，感到她的两颊流下的泪水，柔声安慰道："明天，明天看看省委常委会是什么结果，实在抱歉，对不起……"

第二天早上，玲玲上班去了，女儿也上学了，贾士贞一个人在家里有点坐立不安。他感到时间过得太慢，买了一份小报，却根本看不下去。从不抽烟的他，点了一支香烟，吸了几口又放到烟缸里，开始在客厅里徘徊。一直到十点多钟，电话突然响了，他迫不及待地拿起电话，原来是钱部长的新任秘书通知他到钱部长办公室来。

贾士贞有些不安，大步跑下楼。一路上，他反复想着钱部长会向他宣布什么样的决定。在贾士贞的印象中，他在省委组织部八年，还从没有如此急切的心情。进了省委大门，他只觉得自己像旋风一样奔向省委组织部大楼。

贾士贞站在钱部长办公室门口时，钱部长正在打电话。其实钱部长见贾士贞来了，就匆匆结束了电话，而贾士贞却觉得这个电话打得太长了。

钱部长微笑着迎上来，贾士贞急忙上前握住钱部长的手。钱部长没有说话，盯着贾士贞看了一会儿，两人坐到沙发上，钱部长说："士贞，你去中央党校学习的事，昨天下午省委常委会已经讨论过了。"钱部长轻轻松松地看着贾士贞，在这关键时候停顿，好像是在故意卖关子。贾士贞的心脏突然奔腾起来，可还是装出镇静而坦然的样子。

贾士贞看着钱部长，胸中翻腾着复杂的波涛。在这一瞬间，他想到西臾前段时间大张旗鼓公开选拔县处级领导干部的事。甚至想到张敬原、庄同高和程文武的事。张敬原是张副厅长的关系，程文武是市委书记常友连的秘书，庄同高是市委组织部县区干部科长，是原市委副书记的关心对象。他怎么也没有想到，在他大张旗鼓地进行干部人事制度改革的关键时刻，碰到这样的棘手问题。一阵思涛过后，贾士贞的心里矛盾起来，他突然希望干脆一走了之，那么前段时间的改革也自然不了了之，只当做了一场梦，一场美好而令人留念的美梦。

贾士贞说："钱部长，我走后，西奂市委组织部的工作由谁来接替？"说完这句话，贾士贞又有点后悔，作为一名老组织部工作人员，这点常识他还是知道的，这是组织上的事，自己问得有点太不得体了。

钱部长没有任何表情，站了起来，像没听到贾士贞的话，也许他能理解贾士贞此刻的心情。钱国渠走到办公桌前，随手拿起桌子上的"大内参"，转身交给贾士贞，说："士贞，你先看看这个，这上面既有对你的干部人事制度改革的赞扬，也反映了一些人是如何千方百计地抵制这场改革的。"

贾士贞并没有认真地看这份"大内参"，但他没有想到，是什么人已经把这样的事弄到"大内参"上去了。看来自己真的要走上仇和的道路了。他觉得自己不能和仇和比，仇和是一方封疆大吏，当过市委常委、副市长，兼任县委书记，又当过市长、市委书记，而他只不过是一个在市委常委领导下的具体执行者；仇和是全方位的宏观领导，而他则是牵涉到干部的切身利益的具体操作者。说白了，组织部长的权力还是很有限的。

贾士贞只是瞥一眼"大内参"上的标题，没有去看具体内容，或者说他现在没有心思去看那些无聊而令人烦恼的东西，严肃地说："钱部长，中国的事情就是难办，大多数人的思想是习惯了因循守旧，何况干部问题太敏感，涉及到干部们的切身利益也太多太具体。"

"是啊！"钱国渠颇有感慨地说，"不要说老百姓，就是乡镇干部都是这样的，甚至省委一级的领导都难以理解。但是谭书记不一样……"

贾士贞觉得钱部长的脸上露出笑意，这微弱的笑意似乎突然间把他们的关系拉近了许多，或者说心靠近了许多。贾士贞也说不清，自己和钱部长之间的关系是什么时候越来越近的，但他觉得自从那次钱部长带着他悄悄地在谭书记还没上任时去M省见过谭书记之后，似乎能感觉到钱部长对他的看法超过组织部的其他人。官场上的敏感和悟性是靠一个人慢慢琢磨出来的。贾士贞瞥一眼钱部长，他的心情突然发生了另一种变化。

贾士贞此刻的心境豁然开朗了许多，他似乎感觉到省委常委会上对他学习问题的争论。人怕出名猪怕壮，他真的不希望自己在任何时候成为人们议论的中心，当初到西奂时，他只是凭着一腔热血把自己在省委组织部八年的感受急于到实践中去检验，以至没有考虑后果，而干出那场惊天动地的公开选拔县处级领导干部的事来。谁知怎么就在社会上产生了这么大的影响！谁知怎么就一下子把天捅了个大窟窿！此时，他感到一种莫名的压力，有点窒息，禁不住深深地呼吸了几下，但他的呼吸是在不动声色中完成的，免得钱部长感觉出来。

钱部长说："士贞，其他问题以后慢慢找时间谈，我马上要开会。关于你的学习问题，省委常委研究决定了，也统一了思想。"钱部长的脸上一下子严肃起来，看看贾士贞，"谭书记看到那份'大内参'后说：'这样的年轻同志去中央党校学习今后还有机会，应该把这样的同志送到国外去学习发达国家的先进管理科学。我们马上不是要选派第五期赴美国高级管理人才进修班吗？我记得在提拔他当市委常委、市委组织部长时，你们省委组织部不是说他在报考第四期赴美国高级管理人才培训班时外语考试成绩不错吗？当时没让他去，主要是因为西奥市委急需组织部长。现在看来，他到西奥这半年多干部人事工作干得很出色。况且这期进修班只有半年时间，半年后一定会有更大的提高，既不影响西奥市委组织部的工作，又可以让他开阔眼界，拓宽视野。'"钱部长笑笑，"什么叫科学发展观，有不少领导干部不去研究，不去学习，跟着瞎嚷嚷，希望你很好利用这个机会，把自己的思想观念再提高一步，通过学习，认真研究中国的干部人事制度到底如何改革。"钱部长停了一会儿，继续说，"干部人事制度改革相当复杂，不管是在目前的行政制度框架里，还是在将来的法制建设和民主制度设计里，都是需要我们去认真探讨的问题。"

贾士贞听着钱部长的一番话，怎么也没有想到省委对他的学习问题会是这样的结果。更没有想到的是，谭书记是一位如此重视干部人事制度改革的省委书记。如果说当初他对没能参加第四期赴美国高级管理人才培训班而遗憾，对省委提拔他为西奥市委常委、市委组织部长又感到庆幸的话，那么现在这一切又似乎来得太突然，他的思想在这一瞬间还没有转过弯来。

室内的空气似乎突然变得清新而活泼地奔流起来，贾士贞有种起死回生的感觉，差点一口吸光了室内所有的氧气。

钱部长又说了些什么，贾士贞并没有认真去听，他知道无非是集中训练的时间，出国之前的准备工作等等。

"士贞啊，"钱部长看了看贾士贞，又说，"先别忙着回去，今天，也可能是明天，还有一些事情要请友连书记和邵明市长来一下，还有些具体工作，省委领导要作一些交代。"

这一点也不奇怪，按照常规，组织部长离开半年，对组织部的工作应该有所安排的，也无非是在这段时间里市管干部如何管理的问题。不过贾士贞有些奇怪，这样的工作省委组织部长完全可以召集相关人员交代一下就行了，不需要省委领导呀！

在回家的路上，不知道为何，贾士贞一直在想着这样一个细节问题。但是，他离职半年，虽然时间不长，可也不短！到底组织部长换不换人？钱部长没有说。一切都等待常书记和邵市长来了之后才能真相大白。

离开钱部长办公室，贾士贞没有再去见省委组织部的任何人。一个人漫步在省委大门口那条熟悉的街道上，头脑陷入深沉的思索当中。美国，应该说是世界上科学技术最先进、最发达的国家，他将在这样一个国家里进行半年时间的学习。想到美国，贾士贞突然想到华祖莹，想到那次不知是谁设下的“鸿门宴”，幸亏华祖莹及时发现了苗头，并且果断采取了措施，才使他躲过一场劫难。说实在的，每当想到那场惊心动魄的事件，他对华祖莹就从心底里有一种感激和崇敬。自从他到西臾之后，有几次，她从美国给他打电话，他确实也太忙，没有时间和她多说，现在想想，她一个人客居异国他乡，孤独和寂寞是肯定的。不知道这次到美国去有没有机会和她见面。

如果不是华祖莹那次在非常时刻挽救了他，说不定他的人生又是另一番景象。而他和华祖莹之间又会发生什么样的事呢？他不敢想下去。

贾士贞的心里还是希望早一些知道省委对西臾市工作的具体安排。于是取出手机，犹豫了片刻，拨通了卜言羽的电话。他和卜言羽之间的感情好像是自然形成的，特别是他代替卜言羽当了几天钱部长的秘书之后，他们俩简直到了无话不说的地步，现在卜言羽当上了省委组织部机关干部处处长，也可以说成了他的后任，关系就似乎更进一步了。

贾士贞拨通了电话：“喂……”

“唷，是士贞部长啊……”

“老弟，你现在讲话方便吗？”

“什么事？”

“是这样，我刚从钱部长那儿出来……”

“我知道，你马上要出国深造……”

“哎，你……你知道西臾市的工作怎么安排的吗？”

“你呀！到时你就知道了，我不好说，有些话也是道听途说，所以……”不知为何，卜言羽有些吞吞吐吐的。

贾士贞自然知道组织部门的规矩，卜言羽不肯说，自有他的难处，他也就不再追问了。挂了电话，他的心又沉下去了，连自己也说不清到底担心什么。这样的事无论摆在谁身上，都会感到兴奋。参加美国高级管理干部培训班培训，回来后为什么还非要当这个市委组织部长呢？然而他的心里总是梗梗的，只得在大街上漫无目的地走。在西舆这半年多时间，整天风风火火的，不是有人找上门，就是电话手机不断。这会儿孤身一人走在省城的大街上，谁也不会注意到他是个大权在握的市委组织部长。他反而觉得有些孤寂，玲玲也上班去了……他正寻思着该往何处去，突然手机响了，打开手机的翻盖，看了看号码："喂……"

手机里传来了女人的声音，贾士贞一时有些不知所措，不知为何，这个让他再熟悉不过的女人的声音，突然间让他的心脏改变了跳动的节奏。

"士贞，你现在在哪里？"

贾士贞没有回答她，竭力平静一下自己的心跳，手机里又传来女人那娇柔的声音："喂，是士贞吗，怎么不说话？"

"哦，是一兰呀！"贾士贞觉得心跳平缓了一些，像一阵和煦的微风慢慢吸进又呼出，"我，从省委组织部刚出来。"

"怎么，你已经回省里了！为什么不告诉我？"

贾士贞犹豫了片刻，在这一刹那间，从昨天回来后的一些细节都毫无阻拦地闯进他的脑海：去中央党校学习的事搅得他心神不宁，昨天一夜和玲玲夫妻俩真的是同床异梦，他哪里有心思去考虑周一兰呢！刚才在钱部长那里，虽然已经知道省委对他的问题做出了新的决定，但是钱部长的话中有话，他的心里并没有完全踏实下来。贾士贞知道周一兰的责备，实际上是关心，是一种亲切。于是这通电话又让他觉得来得似乎很是及时。

"这不，我正准备给你打电话，你却抢先给我打了。"

"你给我少来了！不会撒谎的人，居然也学坏了。"周一兰说，"玲玲呢？"

"人家不上班吗！"

"那你……"周一兰犹豫了一下，"现在你和谁在一起？"

"没别的人，只有我自己，无聊得很！"

"我不相信，若真是这样那太阳要从西边出来了！说不定正是花团锦簇，前呼后拥呢！"

"一兰，你把我看成什么人了！真的，连驾驶员都回去了，老实说，今天中午连饭都没地方吃！"

"真的！"周一兰兴奋起来了，"那我请客，你来做东，咱们还像过去一样，暂时取下你那市委组织部长的面罩，和我一起过一下百姓生活，怎么样？”

贾士贞突然觉得自己刚才有些失言了，说实在的，自从和周一兰相识以来，他总是在竭力回避着这个不该闯入他生活的女人。特别是当他得知周一兰身世之后，他不仅仅是同情她的悲剧命运，甚至觉得自己应该来拯救这样一个漂亮女人。然而，每当这种奇怪的念头出现时，他又总是用理智去控制自己。当他离开省委组织部，去西臾走马上任市委组织部长后，地位变了，工作环境也发生了很大的变化，整日忙得连放屁的空都没有，自然周一兰也渐渐地从记忆里远去了。偶尔想到当初在省委组织部的一些人和事，他也不去深思，反倒觉得新的平静与安宁。在此之前，他真的没有想到是否要和周一兰联系。现在，周一兰的电话像是突然把他从睡梦中惊醒似的。

“士贞，你在哪儿？我来接你！”在很长一段时间的沉默之后，周一兰说。

到底怎么对周一兰说的，贾士贞已经记不清楚了，他一个人沿着大街旁边的人行道慢慢地晃悠着。直到周一兰的车子在他身边停了下来，大声喊道：“贾部长……”

轿车没有去办事处，过了一会儿工夫，在一家极不起眼的宾馆门前停了下来，周一兰和贾士贞下车后，轿车掉头就开走了。

进门后只见一中年男人迎了上来，说：“周主任，来啦！”说着在前面引导着上了二楼。

这是一个小包间，里面装修十分豪华，周一兰说：“办事处人虽不多，但如今你已是一个要员，免得个别人说闲话，这个宾馆是我的一个远房亲戚开的，你尽管放心好了！”

桌子上的凉菜已经摆好了，周一兰在贾士贞旁边坐了下来，这时一个衣着艳丽的女子托着盘子进来了，周一兰说：“是花雕吗？”

“是啊！”女子说着把盘子放下，“浙江绍兴花雕，是花雕中最好的。”

周一兰说：“士贞，咱俩今天放松心情，不受任何事情的干扰，所以我想还是喝黄酒吧！花雕是中国黄酒中的奇葩，选用上好糯米，优质麦曲，辅以江浙明净澄澈的湖水，用古传法酿制，再贮以时日。所以花雕酒性柔和，酒色橙黄清亮，酒香馥郁芬芳，酒味甘甜醇厚。”

贾士贞摇摇头，说：“不管怎么说还是酒，喝多了照样醉。”

女子斟好酒，周一兰挥了挥手，让她退了出去，便端起酒杯，说：

“士贞啊！今天我真的有点像在梦中似的，你离开省里有七个月了吧！我觉得已是漫长的岁月了，说是七年也不像，简直有半个世纪！”

“有点言过其实了吧！”

“你到西奥这七个多月，简直把西奥搞得天翻地覆了。”周一兰喝了一大口酒，两颊顿时就现出了红润，“是啊，中国要有你这样的官员，而且越多越好，但是不知道为什么，许多人对像你和仇和这样激进改革的领导干部并不看好，甚至破口大骂。士贞，说良心话，我真的有点为你担心啊！”

“一兰，这几天，我也在认真总结，或者说在反思自己。我知道，我今后的路已经很艰难了！”贾士贞给自己倒满了杯子，猛地喝光了酒。

“你知道吗！现在不光是西奥人民，全省，乃至全国都在关注着你未来的命运，有人说你去中央党校学习是必然的，还有人说世间根本没有这样的组织部长，只配当一个副乡长！”

贾士贞笑笑，又喝了一杯酒：“网上的那些话太不负责任了，我根本不看。”

“噢，对了，省委组织部怎么说？”

“喝酒。”贾士贞一连喝了两杯，虽然不愿意提及那些烦人的事，可又不得不把周一兰关心的事大概说一下，谁知周一兰却认为这事不那么简单，戏还在后面呢，否则省委干吗要把市委书记、市长都弄过来呢！

一说到官场上的事，两人之间的那种亲切与神秘渐渐淡化了，代之而起的，是令人失去自制力的花雕，也不知道喝了几壶了，只见周一兰满面桃花，而贾士贞已是头重脚轻。

贾士贞一动不动地躺在床上，周一兰用凉水浇了浇她那桃花般的脸蛋，对着镜子照了照，顿时觉得爹娘白给了她这副美丽的容颜，可惜自己白白荒废了宝贵的青春。

周一兰转身出了洗脸间，泡了一杯茶，削了一个苹果，这才坐到贾士贞身边，突然又进了洗手间，拧了热毛巾，轻轻地擦着贾士贞的脸，贾士贞睁开惺忪的眼睛，爱怜地看着周一兰，欠了欠身体，靠在床头上，周一兰端过茶杯，说：“看来喝酒与情绪有关，看你这样子……”贾士贞大口地喝着茶，周一兰又拿过苹果，贾士贞摆摆手，半靠在床头，周一兰渐渐地靠在他的身上，一声不响地依偎着他，用手轻轻地抚摸着他的胸膛，似乎这个胸膛里装满了天下所有的大事，给了她享不尽的依靠。

贾士贞只不过有些头重脚轻，况且花雕又不是烈性白酒，喝了茶水，渐渐地也就清醒起来。当他感觉到怀里靠着一个漂亮女人时，心脏陡然间狂跳起来，这种心跳不完全是激动，还包含着忐忑和愧疚。在这一瞬间，他的头脑里出现了妻子玲玲那柔情似水亲密无间的影子，还闪现过华祖莹那大无畏的可敬形象。

贾士贞轻轻地活动了两下，像蛇蜕皮一样，慢慢脱了出来。周一兰既没有挣扎，也没有反抗，当她意识到自己靠着的已经不是那宽阔的胸怀，而是冰冷的木头时，她想到自己年轻时那么漂亮，惹得许许多多的男人倾跪在她的石榴裙下，那些好色之徒巴不得在大街上就扒光了她的衣服，痛快淋漓一番。如今虽然到了半老徐娘的年龄，可看上去还是像二十来岁的年轻姑娘，青春依旧，姿色尚存。可是这些年来，她一直执著地追逐着他，她说不清自己怎么就变得这样失去自尊，变得如此失去自我的。现在，周一兰更加进一步明确了一件事：一个女人无论多美丽动人，如果得不到男人的赏识，那还有什么意义呢！就像花朵的美丽，那是人品出来的，再美丽的花朵，关在黑暗的死牢里，不见天日，谁还知道她的价值！

周一兰僵硬地靠在身后那张花梨木床架上，犹如一只断了线颓然坠落的风筝。她感到全身酥软了，血流凝滞了，心脏麻木了，灵魂腾空了，仿佛自己变成了一片树叶，毫无抵御能力地在空中飘荡，只须一丝微风，就会坠入深渊！

贾士贞走了。当周一兰渐渐回到现实中时，她突然意识到，他这次离去好像永远的别离，突然间产生了从没有过的颓丧心情，她后悔为什么不叫驾驶员送送他，现在他一个人已不知往何处去了。

贾士贞进了家门，听到厨房里传来妻子做饭的声音，他的心脏突突地跳了起来，便轻手轻脚地闪进卫生间，抬头看见镜子里的一个面容憔悴、神情疲惫的男人，他有点不相信这就是自己，老实说，这样的精神状态，对于他来说是少见的。于是急忙开大冷水龙头，很快把自己的脸浸入冷水中。

正在这时，玲玲站在卫生间门口，莫名其妙地看着丈夫，带着几分嘲讽地说："是偷了东西了，还是强奸少女了！"

贾士贞没抬头，整个脸继续浸在水池里。

玲玲又说："刚才省委组织部打电话来，通知你明天开会，记录在电话旁边，自己去看。"正待转身离去时又回过头，"遇到什么不顺心事了，见不得人啊？把脸藏起来！"

贾士贞洗了脸，整整服装，故作气定神闲的样子，竭力让游离大半天的市委组织部长这个魂魄回到自己的身上，不过他确实有些不敢面对妻子，进门这么长时间始终一言未发。

贾士贞来到电话旁边，拿起电话记录，省委组织部通知他明天上午九点半去省委书记楼二楼第二会议室开会。

这时女儿岚岚拉着他，贾士贞忽然想到和女儿已经多日没有亲近了，忙搂住女儿说：“岚岚，现在学习怎么样？”

“爸，你都不管我了，这么长时间不回家，回来连影子也见不到！”

贾士贞抱起女儿说：“我女儿都成大姑娘了，知道向爸爸发牢骚了！岚岚，爸爸也是人在江湖，身不由己啊！”

玲玲端着菜从厨房里出来，说：“你现在才是市委组织部长，要是当了省委组织部长还不出家上峨眉山去啊！”

贾士贞接过玲玲手里的菜，笑着说：“老婆，实在抱歉，俗话说，吃得朝中三分饷，一生卖给帝王家。我要告诉你一个消息，今天上午领导已经正式通知我了，不去中央党校了，但要去美国学习半年，你说怎么办？”

玲玲停住了脚步，脸上显出几分平静，过了一会儿，说：“我们无所谓，本来我们也没准备你给我们带来什么好处。”

岚岚叫了起来：“爸爸，你要到美国去啊！爸爸太了不起了！”

“吃饭！”玲玲说，“没什么了不起的，三顿饭不吃都会饿半死。”

一家三口坐下来吃饭了，贾士贞觉得妻子的情绪始终没有调整过来。他当然知道，还是因为张敬原的提拔问题，他很能够理解妻子，便一边吃饭一边琢磨着怎么把妻子的情绪调整得好一些。不管怎么说，虽然他到西臾后夫妻分多聚少，但是毕竟就那么点路程，家里有什么事，随时可以见面的，可出国就不一样了，无论什么原因都是不可能随便回来的。

一家三口吃完了饭，贾士贞打发女儿去洗脸做作业。随后主动收拾起餐桌来，玲玲忙抢过丈夫手里的事，说：“你难得回来一趟，就不要做这些事了。”

贾士贞说：“这几天还是我来吧，我这一去就是半年，真有些舍不得你和岚岚啊！”

“要不怎么都说每一个成功的男人后面都有一个默默奉献的女人呢！中国就是男人的天下，你就说我吧，多少也是个副处长，要是男人，那女人还不一样像伺候老太爷一样侍候着？”

贾士贞感到玲玲说的是实在话，在县里，一个县委副书记、副县长，那可是了不得的大官，家里家外都得捧到天上去。

贾士贞的心里愧疚得有点酸酸的，上前搂着玲玲，使劲在她脸上亲吻着，手在女人全身抚摸着。当他的手伸到了下面时，玲玲撅着嘴道：“你还记得我是你的女人，还有你需要的东西？”

贾士贞没说话，抱起妻子进了卧室，关起门来，上了床，正在温存时，玲玲突然停了下来，双手摸着男人那光溜溜的身体说：“哎，张副厅长今天看到我，那种怪怪的样子，我躲都躲不及！”

“怎么？”男人停止了所有的动作。

“他在走廊里看到我，说，葛处长啊！贾部长就要去中央党校学习了吧，回来后说不准弄个副省长干干。”玲玲突然软瘫瘫地松了神，“过去张副厅长从没称呼过我的职务，你看他这话是什么意思，你就是去中央党校学习了，怎么回来就当副省长了？分明是……”

贾士贞一时没了主张，好不容易把俩人的激情给调动起来了，可是一下子从高空跌入万丈深渊。刚才俩人那种风情万种、迎接新战斗的昂扬斗志荡然无存了。玲玲很是失望而又万般悔恨，尸体一样地躺在床上，贾士贞的心里不是滋味，他用手搂了搂软绵绵的女人，就像揉着一团凉冰冰的面筋。

贾士贞的手在女人胸乳间慢慢地抚摸着，玲玲仍然一动不动，男人不仅调动不了妻子的积极性，自己也如同溃军之将。当初在学校时，追求玲玲的男人少说也有一个加强排，他知道，当时他能够独占花魁，与当时身为地委组织部长的父亲不能说没有关系。结婚十多年来，他们相濡以沫，从来没有想过要冷落怀中的妻子，可自己当了这个市委组织部长以来，他真的觉得自己不知从哪一天开始变了，变得毫无道理，变得莫名其妙。

第二章　重大决策

吃了早饭，九点不到，玲玲就匆匆上班去了。贾士贞想，自己今天必须振奋精神，拿出在西臾时那种气宇轩昂的精神状态。一切准备就绪，看看茶几上的手机，犹豫片刻，觉得今天这种会议还是不带手机为妥，就把它放在枕头下，匆匆下楼去了。

进了省委大门，沿着柏油路往上坡走，几分钟后，就到了书记大楼前的转盘。中间的假山翠竹簇拥，喷泉四射，美不胜收。

贾士贞下意识地看一眼假山翠竹，过去他还真的没有留心过省委大楼前有如此景色。正在此时，抬头望见常书记和邵市长。两人正要进大楼时，一辆奥迪A6轿车在门前停了下来，车上下来的是省委边副书记。常书记和邵市长迎了上去，三人握着手进了大门。

贾士贞不紧不慢地走着，过了一会儿，才进了大门，上了二楼。当他站在第二会议室的门口时，室内除了常书记、邵市长，还有省委组织部秦副部长，以及市县干部处长吕建华。

吕建华已经是省委组织部的元老了。贾士贞清楚记得，他当初借调到省委组织部时，报到那天见到的第一个同志就是吕建华。自己经过八年的奋斗，居然官运亨通，三十八岁就提拔为市委常委、市委组织部长，而四十好几的吕建华如今还只是市县干部处长。

见到贾士贞，吕建华迎了上来，热情地握着手，两人把千言万语都通过两只手传递给对方。

这时钱部长来了，大家坐了下来。

吕建华接过服务员手中的水瓶，给大家倒水，钱部长看看边副书记，说："今天请西臾市几位领导同志来，主要是把省委最近对西臾市委两位领导同志的有关事情说一下。具体工作，请边副书记讲。"

边副书记脸上没有任何表情，八字眉动了几下，说："西奥近半年多来，各项工作进展很快，尤其是干部人事制度改革，'大内参'上也刊登了重要报道。干部人事制度改革是一项相当复杂的工作，各种看法都有，据说中央还要派出调研组，深入西奥详细调研，我在这里不加任何评论。今天请西奥几位主要领导同志来，主要是宣布省委常委会的两项决定。"说到这里，边副书记停了下来，目光从贾士贞移向常友连。边副书记像是故意卖关子，贾士贞立即意识到这项会议要宣布的不光是他参加美国高级管理干部培训问题，还有另外一个重要决定，难怪昨天卜言羽在电话里支支吾吾的。他看看旁边的常书记和邵市长，常友连表情凝重，低着头，在笔记本上写着什么。室内出现了短暂的静默，边副书记轻轻喝了一口水，才接着刚才的话题说："中央强调学习科学发展观，到底什么是科学发展观，这是我们每一个领导干部必须严肃对待的问题，每一个领导干部都必须通过高一层次的学习，提高自己现有的水平，尤其是科学的领导能力。什么叫与时俱进？社会发展到今天，任何一个领导干部还按照自己的老经验、老办法，已经不能适应日益发展的形势需要了。所以，省委决定，常友连同志去中央党校市厅级领导干部进修班学习……"

只见常友连拿笔的右手微微颤抖了一下，其他在场的人也许没有注意到这个细节，但贾士贞坐在他右边，用余光扫到了。

"……时间五个月。据说，中组织部打算在五年之内把全国所有市委书记、市长都轮训一次。具体学习内容，由中央党校和中组部安排。"边副书记停了片刻，接着说，"第二个决定是，西奥市委组织部长贾士贞同志参加赴美国的第五期高级管理干部培训班，时间六个月。这期赴美国培训班是省委继第四期赴美培训班的又一举措，本期赴美培训共二十八人，其中县处级干部二十名，市厅级干部八名，将在莫由大学外语学院封闭集训一个月后去美国。具体培训事项由省委组织部和莫由大学安排。"贾士贞终于如释重负地深深吸了口气，这样的决定不仅是他没有想到的，恐怕常书记自己，西奥许多干部群众都是没有想到的。

边副书记说："对于一个市来说，同时有两名领导干部离职学习，特别是一把手，省委也反复考虑过，好在时间并不算长，而且两人几乎都在同时间学习。省委这样决定还是从西奥的今后发展着想的，所以希望友连书记和士贞同志正确领会省委的意图，排除干扰，克服个人和家庭的困难，安心完成学习任务。在此期间，西奥市委、政府的主要工作由市长邵明同志主持。干部人事工作在此期间原则上冻结。如果县区主要领导出现特殊情况，由邵市长和省委组织部领导通气指定负责全面工作的同志，其余副职发生特殊情况，临时决定由其他人员兼管。”边副书记看看常友连和邵明，又看看贾士贞，“财政上重要决定按照以往市委、政府的惯例，和省委、省政府相关分管领导通气后处理。特别需要强调的是，邵明同志在这几个月不仅是辛苦的问题，更主要的是责任重大，所以希望邵明同志和市委、政府其他领导同志多沟通协商，把工作做好。我就说这么多，看看钱部长还有什么补充的。”

钱部长提了几点要求之后，常友连、邵明和贾士贞分别表了态，会议很快就结束了。

散会之后，常友连留下邵明和贾士贞，说回去后召开市委、政府联席会议，请市人大政协主要负责同志列席。

玲玲早上上班快到办公室时，突然想到昨天带回家的那份修改文件放在客厅的茶几上，一看时间，正好八点半，这时刘副厅长正下了车，玲玲走过去，向刘副厅长问个好，便说昨天一份文件带回家修改，今天早上忘了带过来，刘副厅长便让驾驶员替玲玲跑一趟。

一进家门，玲玲拿起茶几上的文件，刚转身要走，突然听到手机的响声。她犹豫了一下，这声音不是自己的手机，四处看了一会儿，便进了卧室，在枕头下找到丈夫的手机。拿起来一看，屏幕上显示两条未读短信。玲玲一时出于好奇，就按了一下阅读键，只见屏幕上出现：“实在抱歉，我昨天酒喝多了，一时冲动，但你能否理解我对你的真情。兰。”

玲玲又按了下一条：“你知道吗，我身上现在还保留着你的体温，我真的好幸福！兰。”

玲玲愣愣地站在那里，一下子惊呆了。在她印象中，丈夫调到省委组织部八年，没有出现过什么感情上的问题，即使是周一兰的出现，当时玲玲还和丈夫开了一句玩笑。丈夫提拔当市委组织部长，两口子开始分居生活，虽然丈夫回来很少，但凭她的感觉，丈夫对性生活的淡化是因为工作太忙，可从这两条短信看，分明是丈夫和另一个女人有了暧昧关系。而这个“兰”除了周一兰还有谁呢？

在这一瞬间，玲玲的头脑里一片空白，手里握着丈夫的手机，一屁股坐在床上，过了一会儿，她还是轻轻地掀起枕头，把手机放回原来的位置。

出了书记大楼，贾士贞感觉到常书记的情绪似乎发生了难以察觉的变化，刚才会议结束时边副书记和钱部长要安排他们吃饭，常友连一口拒绝了，现在贾士贞说他要去报个到，了解一下集训的时间和有关事项，常书记未加可否，这时邵明正在打电话，一边拉着贾士贞，一边捂着手机说：“省政府张副秘书长已经安排好了，要陪我们三人吃中饭。”

常友连看看邵明，又看看贾士贞，邵明关掉手机，说：“走，张副秘书长和我同过事，比我先调省政府，是我的校友，很随便的。”

三人正要上车时，贾士贞说：“你们先去吧，我回家拿一下手机。”

邵明说：“那好，我上常书记的车，你用我的车吧！我们等你。”

贾士贞回家取了手机，就去了宾馆，半路上，手机响了，一接电话，又是周一兰。

周一兰说：“士贞，生我的气了，怎么不回我的短信？”

贾士贞一愣，说：“什么短信？我上午去省委书记楼开会，没带手机，这会儿刚回家取了手机，没看到什么短信嘛！”

“不会吧，我给你发了两条短信，你看看！”周一兰刚要挂电话，又说，“你的手机上没有未读提示？”

“应该有啊，我拿了手机，没看到什么提示。”

挂了电话，贾士贞翻开短信，果然有周一兰的两条短信，看了短信，贾士贞心里有点乱了方寸。如果没有人看了短信，他的手机不仅显示文字提示，还会在过一段时间后有响声提示，他顿时有些慌张起来，这个家里，除了妻子之外，女儿上学中途是不可能回来的，但早上玲玲明明八点钟不到就匆匆上班去了，难道……

贾士贞拨通了玲玲的电话：“喂，老婆啊……”

“有事吗？”玲玲显得很平静，“这会儿我正有事忙着，待会儿我给你打过去。”说完就挂了电话。

贾士贞感觉不到玲玲有什么异常表现，心里似乎踏实了些，默默地靠在后座上，然而，心脏总跳得不像平常那么踏实，不是想着周一兰短信内容，而是总想着手机上会不会自动消掉文字和声音提示。

直到晚上下班后，贾士贞回到家里，见女儿在做作业，不见玲玲。去厨房一看，冷锅冷灶。回头去卧室，却见玲玲和衣躺在床上。贾士贞一惊，怕是玲玲病了，忙问：“你怎么了？”轻轻推了推，玲玲眼睛却紧闭着。他越发害怕了，去摸玲玲的脸看烫不烫。没曾想玲玲一把推开他的手，身子往里面背了过去。贾士贞知道玲玲一定是为什么事生气了。就说：“怎么啦？你说话呀？”玲玲还是一动不动，贾士贞立即感觉出了什么：难道她真的偷看到短信了！贾士贞屏住气，坐到玲玲旁边，正要安慰她，玲玲突然呜呜地哭了起来。贾士贞更加慌了神，但很快就坦然起来了。玲玲哭了好一会儿，才抽泣着说："我还真的以为你是因为工作忙，连老婆都冷淡了，原来你早在外面有了别的女人！"

贾士贞还是不明白，玲玲到底是为了什么事，干脆理直气壮地说："你胡说什么，我在外面有了哪个女人？"

"那个'兰'是谁？是不是周一兰？"玲玲气愤地说，"从我第一次见到她，我的心里就有一种预感……原来你们早就……"

"怎么可能呢，玲玲，我敢发誓，绝没有的事。"

玲玲坐了起来，说："你把手机给我！"说着从贾士贞手里抢过手机，翻着短信说："你看看，这两条短信是什么意思，这个'兰'不是周一兰是谁？"

贾士贞看了看短信，睁大惊恐的眼睛说："对呀！这是怎么回事，这到底是谁？"

"别装蒜了，戏演得还真像！"

"不是，玲玲，我真的不知道是怎么回事。"贾士贞犹豫了一会儿，说，"为了证明到底是不是周一兰，你现在给她打电话，约她来一趟，不告诉她什么事，让她当面再给我的手机发个短信，看看手机号码是不是她的。"

玲玲愣住了，看着丈夫那么坦然，那么不慌不忙的样子，说："你今天干什么了？"

"今天，哦，我还没和你说呢，昨天你接的那个省委组织部的电话，通知我九点半钟在省委第二会议室开会。常书记和邵市长也来了，省委边副书记和钱部长召集我们开会，原来省委决定我去美国培训半年，而常书记去中央党校学习五个月。"

玲玲睁大了泪痕未干的眼睛说："真的？"

贾士贞点点头，说："你给周一兰打电话吧！"

玲玲犹豫了片刻，说："还是你打吧！"

贾士贞说："我打？那好！"说着按照发短信的手机号码拨了电话，却传来了："您拨打的号码是空号。"贾士贞把手机放到玲玲耳边。

玲玲看看贾士贞，有些莫名其妙地睁大眼睛，不知所措地看着丈夫。

"我也偶尔收到一些莫名其妙的短信，可能是哪个环节出了差错。"贾士贞说，"你的手机上没有过？"

玲玲犹疑地点点头。

于是贾士贞又拨通了办事处的电话："乌城办事处吧，请叫周主任接电话。"

“周主任吗，你好，我是贾士贞。”贾士贞看看玲玲，“请你到我家来一趟好吗，对，现在。”

挂了电话，贾士贞静静地坐在床边上，冷静了一会儿说：“我们这事还不能让人家周主任看出什么问题来，我怕这样一搞，弄不好大家都尴尬，所以咱们得想个办法，把这种尴尬的事处理得自然一些。”

事到如今，玲玲也渐渐冷静下来了，贾士贞的平静态度逐渐消除了她的疑虑。细想想丈夫说得也不是没有道理，人家周一兰一直在帮助自己，岚岚小的时候，人家的车子成了她家的私家车，每天按时接送女儿。直到岚岚渐渐大了，虽然不是天天接送，每逢下雨下雪连电话也不打，就上门了。但是这事玲玲不能含糊，哎，女人都是这样的。说话间，门铃响了。

贾士贞低声对妻子说了几句话，便去开门了。

其实，如今大凡掌握一定权力的男人总会有人巴结逢迎，好酒好茶自不必说，洗桑拿、到娱乐城里跳跳舞，搂搂抱抱年轻小姐那已经不足为奇了。只要不嫖娼，或者说嫖女人只要不被抓着，那依然是个正人君子。自古英雄难过美人关，何况如今的掌权人有人送上门呢？

然而，在玲玲看来，贾士贞并不是这样的男人，即使他也有那个贼心，他不一定有那个贼胆。组织部门到底和其他部门不同，那里不仅规矩多，况且人人都小心谨慎，盼着早日升官。可是周一兰，连玲玲这个女人第一眼见到她都有些心动，何况男人呢？这样一想，她突然又有点不怪士贞了。然而，女人的排他性，那是天生的。现在周一兰已经来了，她来不及多想，只能顺着丈夫刚才的思路，看看那两条短信到底是怎么回事。

门一开，一个漂亮的女人站在门口，贾士贞忙退到一旁，说：“请请请，周主任，玲玲在里面。”

周一兰在接到贾士贞的电话时，心里有点擂鼓似的，当时她也不知道为何连问都没有问一声，就来了，一路上，她在猜测着种种可能性，贾士贞这样主动约她到家里来，是从没有过的。毕竟昨天他们俩发生了那点暧昧关系。这会儿一听贾士贞说：“玲玲在里面”几个字，她立即敏感到这是贾士贞提醒她玲玲在家，顿时心中升起一种甜蜜感，深情地朝贾士贞微微一笑。贾士贞急忙说：“不好意思！”随即大声喊道，“玲玲，周主任来了！”

玲玲心中还是有点疑惑，但她还是迎了上来，目光盯着周一兰看了半天，却没有和她握手的意思。贾士贞急忙打着圆场：“来来来，请坐，我来泡茶！”

玲玲像是故意端着架子，往常都是她忙着招待客人的，今天却坐着不动，目光一直盯着周一兰看来看去，希望从她身上找出什么蛛丝马迹似的。

大家坐下之后，贾士贞说："周主任啊，咱们都是老乡了，我也就不绕弯子了。"他看看玲玲，又向周一兰笑笑，"今天上午，省委领导把常书记、邵市长，还有我，找去开了个会，决定让我参加第五期赴美国高级管理干部培训班学习半年，常书记去中央党校学习五个月。"

"哟，省委对你们西奥的领导重点培养嘛！"周一兰确实表现出特别惊讶的样子。

"这也未必，领导自有领导的考虑。"贾士贞说，"周主任，这些年来，你对我们提供了很大的帮助，玲玲常常在家里说这事。我这次出国，虽然只有半年时间，可不比在国内，在这半年时间里，家里什么也过问不了的，所以……"

周一兰笑了笑，打断了贾士贞的话："贾部长，你说这话就见外了，就把我们的老乡关系说远了，你别说了，从明天开始，我负责让车子接送岚岚上学，同时负责玲玲妹子的上下班。其他有什么事，只要给我打个电话，保证……"

玲玲摆摆手，说："不，士贞，谁叫你这样安排的，别人知道了，还不知道怎么说呢！还是原来那样吧，碰到阴雨天，请周主任帮我们把岚岚接送一下，其他时间还是让她自己锻炼，至于我，那就不需要了。"

"哎呀，玲玲妹子，你就别客气了，不把贾部长的后顾之忧解决好，他哪能安心学习呢？"周一兰坐到玲玲旁边，拉着她的手说，"这点事和官场上的那些腐败相比算什么？再说了，我一定会处理得非常妥当的。"

贾士贞不再纠缠这个事了，他取出手机，说："周主任，你的手机号能不能告诉我和玲玲一下，有什么事联系方便。"

周一兰说着就要拿起茶几上的纸和笔，贾士贞说："别写了，多麻烦，你用手机给我和玲玲的手机打个电话，我们不接就是了！"

就在周一兰打手机时，玲玲目不转睛地看着她，时而又瞥一眼丈夫，突然觉得丈夫显得那么坦然，而且极有涵养。她甚至感到丈夫的平静有些陌生，他和她的脸不是严肃，而是冷静和温和。这一切都显得那么自然，那么光明磊落。玲玲反倒感到几分愧疚似的，认为自己真的误解了丈夫，这么多年来，特别是当今手机成为人们生活的必需品，或者说也成了夫妻相互监督和产生矛盾的工具，她却从来没有怀疑过丈夫，更没有背后去偷看丈夫的手机，怎么昨天就那么鬼使神差地干了一场白痴样的傻事？

周一兰的两个电话都打完了，几乎在同时，贾士贞和玲玲都在看着手机。贾士贞一边看着手机一边想，虽然这场戏演了一大半，也算成功了，然而后面的戏怎么演下去，他忽然有些心慌了。

正在这时，电话响了，贾士贞暗自欣喜，这个电话来得太及时了，真是天助我也。贾士贞一接电话，就兴奋起来："好好好，欢迎欢迎，我等你！"

放下电话，对玲玲说："卜言羽，卜处长马上过来！"

周一兰一听，立即站起来，说："玲玲妹子、贾部长，没别的事我先走了。"

贾士贞跟着站了起来，说："没关系，卜处长是我的老同事，只是过来坐坐。"

玲玲这才拉着周一兰的手，脸上露出点微笑，说："他们谈他们的，我们女人说说女人的话。"

周一兰已经退到门厅，一边换鞋一边说："改日吧，玲玲妹子，就这样说定了，以后你有什么事随时打我的电话。"

玲玲依然拉着周一兰的手，突然回过头对丈夫说："士贞，反正卜处长还没到，你送送周主任吧！"

贾士贞没说话，看看玲玲，周一兰换好鞋说："别客气了，我们都是老朋友了。"

玲玲推着丈夫，贾士贞只好换了鞋，虽然一只手去开门，依然偷偷用另一只手给玲玲做着小动作，那意思是应该玲玲去送。可在这时，周一兰已经一只脚跨出门了，贾士贞才跟在后面。

到了楼下，周一兰回头看看，楼梯里的那些定时灯已经熄灭了。周一兰突然停住脚步，低声说："玲玲发现什么问题了？"

"还不是你的那两条短信！我上午去开会，没带手机，谁知她什么时候回来的，又怎么发现手机上的短信的！"

"这事也太惊险了，幸亏你的先见之明……"

"好吧，我就不送你了，时间长了不好。"

贾士贞大步跑上楼，一进门，只见玲玲正在盯着手机看，贾士贞坐到玲玲对面，也看着手机，故意不和妻子说话。

过了一会儿，玲玲说："士贞，你说周一兰会不会怀疑……"

"怀疑什么？"贾士贞头也没抬，仍然看着手机。

"你打电话让人家专门过来一趟，又没什么重要的事，要是我，肯定会怀疑的。"

“这怪谁，我也是没有办法的，不这样你能相信？”

正在这时，门铃响了，贾士贞知道是卜言羽来了，急忙去开门。

卜言羽一进门就拉着贾士贞说：“士贞，实在抱歉，昨天你给我打电话时，有些话我没办法对你说，怎么样，都定下来了吗？”

贾士贞把卜言羽让到客厅里坐下来，玲玲忙着泡茶，卜言羽说：“嫂子，别忙了，我坐两分钟就走，士贞快出国了，得留点时间给你们。”

“他呀！”玲玲说，“他自从当上那个市委组织部长，就不要这个家，不要老婆孩子了！”

贾士贞笑着说：“要不怎么说一个成功的男人身后必然有一个伟大的女人！”

“嫂子，我今天来，主要是看看士贞，无论怎么说，士贞的这次出国培训和原来传说的去中央党校学习完全是两回事，真的让人感到意外。”

贾士贞说：“还不是一样，但我不明白为什么在这个时候让常书记去中央党校学习。”

“我也弄不清楚是怎么回事！”

贾士贞拿起茶几上的中华牌香烟，递一支给卜言羽，自己也抽出一支，两人抽了起来。

“士贞，你放心走吧，嫂子在家我会常打电话的。”又对玲玲说，“嫂子，有什么事，你就别客气，随时给我打电话，碰到什么困难，有什么事要办，我一定会尽力的。”

一场风波总算被贾士贞平息了，现在想想，还真的有些后怕。平心而论，他压根就没有冷落妻子，或者感情出轨的意思，谁知周一兰那天鬼使神差发生了那样的事。现在大局已定，好像夫妻之间的生活也就发生了前所未有的新变化。

然而，贾士贞还是感到有些愧疚，岚岚已经睡觉了，贾士贞一边收拾着客厅，一边在脑海里翻腾着许多事情，进卧室时，玲玲已经半躺在床上，便主动搂着女人亲吻起来，好久没有全身心地投入甜蜜世界的两人，这会儿很快进入轻车熟路的状态。正在两人高潮之际，贾士贞的头脑里突然出现周一兰的影子。在这样极度兴奋的时刻，男人的头脑出现了另一个女人，这无疑是对夫妻性生活的重大摧残。女人还在下面喃喃地乱叫，男人却心猿意马，贾士贞意识到自己不该在这关键时刻去想别的女人，他确实也从来没有想过要在外面找另外一个女人，更没有想过要冷落身体下面的女人。

贾士贞一边晃动着自己的身体，一边警告自己，终于在他的努力下，一场战斗结束了。女人还算满意，玲玲好像还有些余兴未消，在男人身上回味着。她突然翻身到男人身上，撒娇地说："士贞，你千万不要怪我，女人都是自私的。当我看到周一兰那样如花似玉的女人时，她对你那样风情万种，我真的想让你和她快乐一场，我太了解你们男人了！"

"玲玲，又胡说了！"

第二天上午，贾士贞便去省委组织部，算是报了到，拿到了赴美国培训的相关通知和大概行程。按照通知精神，离集训只有一周时间，必须马上回西舆去，除了常书记说的要召开市委、政府联席会议之外，他自然对市委组织部的工作还要作一些安排。此时已临近中午，贾士贞准备打电话让驾驶员来接他，玲玲突然打电话，说她中午回来陪他吃中饭，贾士贞自是以为玲玲看他马上要出国了，想多点时间和他在一起。

玲玲回来了，带回来单位的两份工作餐，两人坐下来，刚吃了两口饭，玲玲说："士贞，你说奇怪不奇怪，你要去美国学习，常书记要去中央党校学习的消息怎么这么快就传出去了！"

"领导一旦谈话了，这事也就不保密了，这也很正常。"

"士贞，你千万别不高兴。"玲玲严肃起来了，"我觉得有些事还是应该告诉你好。"

贾士贞愣住了，不知道又发生了什么事。玲玲害怕这种事又会影响夫妻之间的感情，于是又说："你也别当回事，反正你马上就要出国学习了……"

"到底怎么回事？"贾士贞摆摆手，"没事，你说。"

"今天上午张副厅长又把我找到办公室去，他说听说贾部长不去中央党校，而是去美国参加高级领导干部培训班，看来省委要重用贾部长了。绕了一会儿圈子，又说，葛处长啊，请你对贾部长说说，能不能请他在出国前帮助把敬原的问题考虑一下。不管怎么改革，但市委任免干部的权力仍然不可能取消的。"

贾士贞笑笑说："玲玲啊，经过前一段时间的实践，我也不断在总结自己的工作思路，网上对我的批评，甚至骂声不少，干部人事制度改革是一项相当艰难而复杂的事，你告诉张副厅长，说他的意见你已经转告我了。"

"士贞，看样子张副厅长很可能要当厅长了，因为顾厅长上个月已经到年龄了。据说，今年春天的'两会'期间，准备安排他到省政协的什么委员会当个副主任，他不干，说干了一辈子了，留点时间给自己，何必厚着脸皮去让人骂呢，这老头还真怪。”玲玲说，“前不久，省委组织部又刚刚考察过文化厅领导班子，大家都传说张副厅长头上的副字要去掉了。”

贾士贞看看玲玲，不停地点着头，过了一会儿，说：“我知道了，我下午就回市里去。玲玲，你放心，我走后，有什么事就找卜处长，卜言羽这人我还是信得过的。”

玲玲不再说什么了，这顿中餐，还算平静，两人之间的气氛也没出现什么像过去那样的暴风雨和阴霾。

当天晚上贾士贞一回到西舆，好像许多双眼睛就开始在盯着他，不仅电话、手机响个不停，有人在当天晚上就登门问安了。而且大都是围绕着贾士贞出国培训和常书记去中央党校学习的事。

第二天上午，市委、市政府召开了联席会议，常友连宣布省委的决定，这一消息就像电流般地传遍了西舆城乡，老百姓听不懂官场上的微妙之处，但西舆市直机关，一直到县乡，大小官员们都在猜测着其中的玄机。许多人都弄不明白，原来都传说组织部长贾士贞要去中央党校学习一年，现在却是市委书记常友连去中央党校学习。这个决定造成的影响不亚于一场地震，应该说这场地震波及到的重心人物首先是常书记的秘书程文武，以及市委组织部原机关干部科长张敬原，县区干部科长庄同高。谁都知道，如今的官场上，那是瞬息万变的事，一个主要领导变动了，新来的领导谁没有自己心目中的用人对象啊！的确，程文武听到这个消息如同热锅上的蚂蚁，更是当头一棒，晴天霹雳。昨天晚上常书记一回西舆，他就首先知道了这个消息，当即去找到他的舅舅、市农行行长江希泉。江希泉一听这个消息也大惊失色，猛抽了一会儿烟，说：“不行，必须在常友连去中央党校学习之前把这事给解决了。这个贾士贞，不食人间烟火！嘿！我不相信，我看他去美国学习半年后回来还能再当这个市委组织部长了，也该做点好事了。”

“不知道常书记会怎么想？”程文武说。

江希泉摇摇头，沉思了一会儿，说：“说不定省委对他们都不满意，这个常友连，也太没用了，怎么能让组织部长瞎折腾呢？”

“你不知道，常书记在当市长时，正是贾士贞到东舆考察干部。那时贾士贞是省委组织部市县干部处副处长，可能贾多少帮了他的忙。现在虽然是他的下级，可是，常书记看在过去那点感激之情上，不好意思驳他的面子！”

“关系到全市那么多干部命运的大事，岂能拿个人的感情当儿戏呢！”江希泉说，“不管以后怎么样，得争取这个时机，俗话说，过了这个村就没有这个店了，谁知将来会是什么样子，官场上就是瞬息万变的事。文武你得直接找常友连，干脆挑明了谈，我再想办法从中促一促。”

市委、政府联席会议过后，常友连在头脑里想着哪些事情要尽量在去中央党校之前能处理就尽量处理，除此之外，还要找常委、副市长们交代工作。他离开西奥去北京的准备时间只有一周，在市里，他是一个堂堂的市委书记，除了秘书、驾驶员，所到之处都是前呼后拥，连上厕所都有人在外面等着。而到了中央党校，他就成了一个学生，像他这样的官在北京算什么？大小事情都得自己动手，秘书、车子不准带，他还真的有些不适应。

第四天上午，一到办公室，常友连就给贾士贞打了电话，让贾部长到他办公室来一趟。

贾士贞放下手里的事，匆匆来到常书记办公室。

过去在省委组织部时，贾士贞虽然职务不高，但是下到了市里，几乎所有领导都不敢轻视他们这些钦差大臣，因此这种关系也就相当微妙了。在贾士贞的印象中，他在考察干部时，能手下留情的，他尽可能不去上纲上线。他在省委组织部，特别是后来当上市县干部处副处长、机关干部处长那几年，总是“以君子之心度君子之腹”，但往往发现自己的判断是错误的。至于常书记，自从他来到西奥之后，角色转换了，但总的感觉是常友连这个人还是厚道的，属于君子一类的领导干部，不是翻脸不认人的小人，或者说也是性情中人。贾士贞觉得，能有常友连这样的领导也算是他的侥幸了。在他进门的一瞬间，贾士贞也想借这个机会和领导倾心地谈一谈，也算是对自己前一段时间的工作、过激的做法作一些总结和反思，至于说将来怎么办，那都是不确实的因素。这样一想，他在常友连办公室门外犹豫了片刻，正准备敲门，常书记的门开了。

贾士贞站在门口，朝常书记笑笑，不见秘书程文武。常书记挥了挥手，热情地迎了上来，紧紧抓住贾士贞的手，这动作有点像接见外宾。贾士贞握着常友连的手，说：“常书记，你把我当成外宾了？我可是你的部下啊！”

“这是什么话，你马上不就成了美国的客人了吗？回国就是海归了！”

常友连坐下之后，硬塞了一支烟给贾士贞，还亲自按着了打火机，贾士贞从常书记手里抢过打火机，先给常书记点着了香烟。

常友连坐到贾士贞对面的沙发上，目光在贾士贞身上停留了一会儿，让人感受到了领导的亲切与和蔼。

“贾部长，你到西臾来这大半年时间，干得非常出色，省委和省委组织部领导对你都做出了高度评价，我也不止一次向省委领导反映，你是一位年轻的有开拓思想的市厅级领导干部，在这样的关键时候省委决定让你去美国学习，可见省委对你寄予多么大的希望啊！”

尽管常书记的表情那么自然，还是让人觉得有点虚伪，贾士贞觉得作为市委书记大可不必这样当面表扬自己下属的一个组织部长，让他多少感到有故意吹捧的嫌疑，或者说在这番表扬的后面还隐藏着什么别的东西。记得不久前常书记也是在这个办公室，也是先表扬他一番，接着就说到可能让他去中央党校学习的事。

贾士贞轻轻地吸了一口烟，笑笑说：“常书记，您别给我戴高帽子了，从职务来说，您是我的领导，从年龄来说，您是我的长辈，您应该多批评我工作中的缺点错误。”贾士贞停了停又说，“其实这段时间我在不断地反思自己，到底干部人事制度应该怎么改革，因为这项工作不仅相当复杂，而且涉及到各个层次干部的切身利益，是一个特别敏感的问题。”

“是啊，我想，省委决定让你去美国参加高级管理干部培训班学习，主要也是让你们接受一下先进发达国家的教育，当然我去中央党校学习，也一定会接受一些高层的信息和教育的，将来回来后，我们再好好研究。”常书记的这些话都是可以摆到桌面上的。贾士贞觉得常书记找他来并不只是为了说这些冠冕堂皇的话，他一时不知道该怎么发表自己的意见。

正想谦虚几句，可常书记又说：“士贞啊，咱俩这次同时离职去学习，将来回来后到底是什么形势，这都还是一个不确实的因素。所以，我非常珍惜这个机会，人们说十年修得同船渡，能在一起共事，也算是我们的缘分啊！”

贾士贞越发不知道常书记是什么意思了，有些如坠五里雾中的感觉，心想这又不是战争岁月，随时可能为国捐躯诀别的，于是笑笑说：“常书记干吗说得那么悲壮，就是你到省里当领导了，那西臾还不是在您的领导下？”

“士贞啊！”常友连突然严肃起来了，“虽然省委领导指示在我们俩学习期间干部冻结，但现在我们两人都还没离开，如果研究干部，并不算违背省委意见吧！”说到这里，常友连看着贾士贞，又递给他一支烟，贾士贞接过香烟，立即拿起打火机，给常友连点着香烟。常友连深深地吸了一口，“还是原来遗留的几个人的问题——程文武、张敬原、庄同高。”常友连说得很干脆，“我想，这不应该算是突击提拔干部吧！”

贾士贞先是一怔，但他很快就反应过来了，他已经不是当初刚来西臾那样激情振奋了，他知道，作为一个地区、一个部门的一把手，随时都有调整自己所属范围内干部的权力，贾士贞想到那天在家时，妻子说张副厅长又在催她关于张敬原的提拔问题，他知道这几个人一定是听说常书记和他这个组织部长要离职学习那么长时间，自然有些沉不住气了。固然这几个人做了哪些动作，通过一些什么关系，他并不知道，但是，能把一把手说通了，那绝不是一般关系，说明这些人的能耐不一般。当然贾士贞非常清楚，现在他已经没有退步的余地了。

“常书记，我作为组织部长，没有不服从领导的理由。”贾士贞觉得自己从没有过这样的态度，他在心里暗暗计算一下自己离开西臾的时间，今天已经是周四，他要在星期日下午赶去莫由大学报到，这样说来，只有明天一天时间可以利用了。当然，领导如果要放弃休息时间，利用周六的休息日来召开常委会，常委们自然也会服从的。不过真的是要利用周六召开常委会来研究这样几个干部的提拔问题的话，虽然大家嘴上不说，心中也会想到另一个方面去的，因为常书记周六下午要赶去省里报到。

“是啊，时间是紧了点，不过……”常友连似乎轻松了些，“好在这几个同志都是提拔的成熟对象，我也是按照你们市委组织部的意见，等大批公开选拔干部工作结束后来处理的。现在也来不及让你们组织部拿方案了，咱俩商量个意见，我再和邵市长、其他几个常委沟通一下，明天下午召开一个常委会。”

常书记的态度是不容置疑的，贾士贞看看常友连，作为在组织部门工作多年的他，太了解中国当今各级一把手的权威了！从理论上说，常委会是集体领导，组织原则也是少数服从多数，或者说党内实行民主集中制。然而，中国现实的体制还存在着一些问题。市委书记和市长是党政的一把手，但是市长都是副书记，而普遍的规律是市委书记领导一切。任何事情，市委书记不点头，市长就做不了主。在这一瞬间，贾士贞想到省委、省委组织部，以及省里的那么多厅局，哪个单位、部门不是一把手说了算。

一阵思涛之后，贾士贞的心里平静了许多，似乎又恢复了省委组织部工作人员的角色，一切都听领导的。

贾士贞点点头，在这个时候，他非常冷静，既然是服从，他就想听听常书记是什么意见。

“我本来想让小程到县里当组织部长的，现在看来来不及调整了，所以不如让他出任市委办公室副主任，我这段时间去中央党校学习，他也可以熟悉工作，等我们回来后再说。至于张敬原和庄同高……”常友连看着贾士贞，没有说下去，意思当然很清楚，让贾士贞来安排这两个人的岗位。

贾士贞吸了两口烟，他是一个不抽烟的人，而此刻却如同一个老烟枪，好像以此来思考问题会更容易似的。虽然这个棘手的问题一直严峻地摆在他面前，但是这个直接关系到他和常书记之间的关系，也关系到妻子和领导的关系问题，或者关系到他政治命运的问题，真的在他还没有作好充分思想准备的情况下突然到来时，他还是感到有些束手无策。

但是，毕竟他已经经历过前一段时间那场疾风暴雨的实践，政治上成熟了许多。在这短短的时间里，贾士贞的思想展开了激烈的斗争，一团团浓烟在他面前迅速升腾，把他笼罩在朦胧之中。贾士贞终于把手里的半截香烟在烟缸里用力地揉碎了，抬起头说：“好吧，常书记，我服从领导，关于张敬原和庄同高的安排问题……”贾士贞犹豫了片刻，看看常书记，“第一步还是安排非领导职务吧，虽然当时给张敬原两个事业单位的副处级领导岗位任他选择，但他一直没有到任，而庄同高调市政府办房产科任科长。现在我的意见是让庄同高在市政府办任副调研员，张敬原到市政协秘书处任副调研员。”

常友连额头上的皱纹突然舒展开来了，一下子从沙发上站了起来，说：“我觉得这个意见很好，到底是组织部长啊！就这样决定，我马上和邵市长通气，争取明天下午召开常委会。”

就在这时，办公桌上的电话响了，常友连急忙去接电话。与此同时，贾士贞的手机也响了，一接电话，是办公室打来的，请他马上回去，说省委组织部钱部长打电话找他。常友连握着听筒，贾士贞不知道他和谁在通电话，便低声说：“常书记，我回部里了，省委组织部钱部长让我回去接电话。”

常友连挥挥手，贾士贞大步向楼下走去。

第三章　瞬息之间

贾士贞接了钱部长的电话，心里还在琢磨到底怎么回事。那天钱部长和他谈话时让他看了“大内参”，现在突然说中央调研组明天就到西舆来，而且由省委组织部秦副部长陪同，目的是调研西舆市前段时间的那场震惊全省乃至全国的干部人事制度改革。这对于即将赴美国学习的市委组织部长贾士贞来说，多少还是有些茫然不知所措的。刚才和常书记的那些谈话，早已飞到九霄云外去了。现在，贾士贞想到的是，明天上午秦副部长和中央调研组一行就要到了，他倒不是怕调研出什么问题来，从心理上说，贾士贞巴不得上面有人重视他的干部人事制度改革，他上任以来的所作所为是有些激进了点，也触犯了一些人的既得利益，然而，毕竟他的做法有些“冒天下之大不韪”，更是在全国那么多大大小小的组织部长里显得有些孤军奋战！不知道在这个时候中央调研组一竿子插到西舆这样一个市，又是何意！

正在这时，电话响了，贾士贞有一个习惯，如果在思绪茫茫时突然电话响了，他会瞥一眼电话号码，在看清号码的一瞬间，他已经拿起了电话听筒，连“喂”还没说，电话里就传来了常书记的声音：“喂，士贞啊，刚才省委办公厅给我来了电话……”不知为什么常友连在这时停住了，贾士贞听到常书记连连咳嗽了两声，又过了好半天才说，“明天……明天中央调研组来西舆，让我和你在临走之前按照中央调研组的要求，把情况认真地总结一下，不能影响调研，也不能影响我们俩的学习。”

“我知道了，常书记。”贾士贞说，“刚才钱部长也给我打过电话了，明天秦副部长陪同中央调研组来西舆，我还没来得及向您汇报呢！”

“这样，士贞啊，市委这里由我向邵明同志通气，市委组织部那里，你安排一下吧。”常友连又说，“钱部长有没有什么具体要求，汇报些什么，包括他们的行程？”

“没有，钱部长说具体怎么工作，到时候调研组会提他们的要求的，至于具体行程，说是根据需要。”贾士贞说，“钱部长还强调，中央调研组的到来不能影响你和我的学习，我们还要在规定时间集中报到。”

放下电话，不光是贾士贞感到太突然，另一方面的常友连也久久地坐在椅子上沉思起来，不知道中央调研组在这个时候来到西臾是无意中的巧合，还是谁的特意安排。

这样重要的事情，无论个人心里是怎么想的，作为市委书记的常友连都必须从大局出发。于是他立即给邵明拨了电话，邵明便匆匆来到常友连办公室。

而贾士贞放下电话后想了想，觉得没有什么要准备的，他甚至觉得自己不需要作什么长篇大论的专题汇报，他历来反对弄虚作假，工作怎么做的就怎么说。但是这样大的事还是应该向几位副部长和组织部的中层干部通报一下。

下午临下班时，突然接到市纪委书记张亚新的电话，说他们在审理下臾县原县委书记乔柏明的问题时，牵涉到桃花镇原乡党委书记侯永文。贾士贞说：“张书记，这个问题并不需要和我通气，因为侯永文只是一个乡镇党委书记，一个正科级干部，你们该怎么办就怎么办，何况他已经调到省民政厅去了。”

张亚新说：“这个人不仅有背景，而且差点提拔为副县长。”

贾士贞说：“张书记，考不考虑背景，那是你们纪委的事，不要说他当初差点提了副县长，就是提拔为副县长了，该怎么还怎么。”

当然，贾士贞听出张亚新的弦外之音，他知道张亚新这个人不是没水平，也不是因为侯永文有背景，而是用这种方式告诉他，侯永文当初调走得有点太蹊跷了，到了省级机关就提拔为副处长了。对于侯永文的调动与提拔，贾士贞当然更有看法，不过他作为市委组织部长，人家已经不属于他管辖范围，他也就装聋作哑了。但他知道，侯永文仗着同母异父的哥哥高兴明——原来的市委组织部常务副部长——干的那些事，他早有耳闻。随着乔柏明问题的暴露、高兴明的“双规”，他知道，只要纪检部门认起真来，侯永文就是调走了、提拔了，也逃脱不了恢恢法网的。

一天下来，也不知道忙了些什么，不知为何，贾士贞感到头有些沉重。

到了宾馆，尽管餐厅为他准备了特别的晚餐，可他却是无滋无味地胡乱吃了，是饱还是没饱也不知道，回宿舍的路上不停有人向他打招呼问好，他总觉得自己只是机械地点点头，如同一个木偶在不停地晃动着。

一进门，心情更加灰暗，站在客厅里四处看看，连灯也没开，突然想到常书记准备明天下午召开市委常委会，研究程文武、张敬原和庄同高的职务问题。可是，明天上午中央调研组来了，这个常委会还能按时召开吗？如果中央调研组是冲着西奥前段时间公开、公平、公正地选拔领导干部而来，他顿时有点怀疑自己曾经的那些所谓的“三公开”是愚弄全市广大干部群众的，脸上不觉有些火辣辣的，好像自己成了一个欺世盗名、招摇撞骗的大骗子！贾士贞心情虽然说不上有多坏，但总是有一种如鲠在喉、不舒畅的感觉。开了灯，刚拿起香烟，就有人敲门了。贾士贞本是不抽烟的人，现在手里拿着一支烟，也就一时没来得及点着，便转身去开门。门一开，原来是农行行长江希泉。

不用说，贾士贞立即想到，江行长又是为他的外甥程文武的提拔而来。在这一瞬间，贾士贞想到，人家堂堂的一个市农行行长虽然只是一个正县处级干部，可人家是条条管的，又是手中握着大量贷款重权的要员，若是正常情况下，根本不可能低三下四登门求你市委组织部长的。可是为了自己的外甥，人家曾经要把自己新买的三十万元的别克轿车送给你贾士贞，可你贾部长愣是不给面子。后来人家根本就不理你贾部长，照样传说你要去中央党校学习一年，照样要交出组织部的大权嘛！

说实话，贾士贞在这段时间里，经过不断反思，陡然间成熟了许多，一见江行长站在门口，脸上顿时涌出笑容，把刚才的那些不畅往脑后一扔，连忙招呼着：“来来来，是江行长啊！快请坐！”突然想到手里的香烟，又说，“看，知道你要来，我把香烟都拿好了。”说着就把香烟递给江希泉。

江希泉接过香烟，一边打开包，取出软中华，迅速抽出一支，塞到贾士贞手里，接着按着打火机，给贾士贞点烟。

贾士贞自是推让，说：“江行长，你是知道的，我是不抽烟的。”

江希泉硬是给他点着香烟，笑着说：“贾部长你刚才那烟正是准备自己抽的吧！”江希泉嘴里这样说，心里想，你贾某人一定是有什么烦恼的事吧！否则怎么会一个人抽烟呢！

贾士贞只当没听到江希泉的话，说：“江行长真的有神机妙算哪，我刚从省里回来，又刚进宿舍的大门。”

“您是热点人物啊，这两天全市上下，都在关注着贾部长呢，听说贾部长马上要去美国喝洋墨水了，将来要把美国那些先进经验用到西奥来了。”江希泉或许意识到自己的语言带着几分讥讽，马上说，“贾部长，我说的是真心话，从九十年代起，各省都派出有实力的年轻领导干部出国培训，这些同志回来后干得都很出色，而且都提拔到重要领导岗位上去了。”

贾士贞也不理会他，知道为了程文武的事他心中有怨言，让人家发泄一下又有什么关系呢！主要领导的秘书提拔这是天经地义的事，作为组织部长的他，非常理解江希泉。贾士贞很想看看江希泉到底要说什么问题，因为自打程文武的提拔被搁置下来后，不光是程文武的脸上表现出来，江希泉也处处都在回避着他，有两次在集体场合下，江希泉明明看到他了，却故意避开他，装作没看到。当然，现在江希泉突然登门，而且表现得那么坦然，好像过去什么事也没发生过，说明江希泉在官场上是相当老道的。

贾士贞表现得冷静而沉稳，看看江希泉手里的香烟快燃完了，又递上一支烟。江希泉接过香烟，微笑着没有马上开口，在这一瞬间，也许两个人都在想着同一个问题。

俩人不说话，都在一边抽烟一边琢磨着什么。贾士贞本不怎么会抽烟，却也不得不舍命陪君子，或许这是缓和尴尬气氛的好办法，他吸了两口就任凭香烟慢慢地冒着烟。江希泉在这个时候不断地吸烟。气氛凝滞得让人感到这两个人都在心中隐藏着什么特别的心事。

“贾部长，”江希泉终于说话了，他突然间变得有些为难似的，“你和常书记都要学习去了，我想官场上的事确实有些瞬息万变，真的，说实话，以后会是什么情况，谁也说不准……”

“江行长，你这是……”贾士贞故作惊讶，“怎么，我们俩与你这个财大气粗的银行行长有什么关系？”

“是啊，贾部长，文武跟着常书记也有好几年了，你是知道的，大凡领导的秘书……”江希泉一副情深意切的样子，“说实话，你到西奥之后，干部群众一片赞扬声，你是一位仇和式的改革型领导，这是人所共知的，大家也非常留念……但是，身在官场的领导嘛，人人都想进步，这也是自然规律，所以我还是厚着脸皮来求你，希望能在你和常书记临走之前，把文武的事……”江希泉没有说下去，从口袋里取出软中华香烟，又递一支给贾士贞。贾士贞接过香烟，江希泉刚打着了打火机，贾士贞摆摆手。

“江行长，你刚才的意思，我完全明白了。过去的事情我并没有忘记，可能你和文武同志对我有些意见，这很正常，我也能理解，不能把所有想当官的人都当成是洪水猛兽，如果大家都不想当官，那中国的那么多大大小小的官员都从哪儿来的？但是目前我们的许多制度还不健全、不完善，以至让有些素质不高的人钻进官场，败坏了官场的声誉。但是我倡导的那些做法选拔出来的，个个都是德才兼备的好干部……”贾士贞看看江希泉的反应，继续说下去，“《资治通鉴》中对德才关系作了精彩的论述：才是德的基础，德是才的统帅。德才兼备者叫做‘圣人’，无德无才者叫做‘愚人’，德胜于才者叫做‘君子’，才胜于德者叫做‘小人’。一般选取人才的办法是首选圣人，可是，世间有几个‘圣人’？当然选不到圣人就选君子。与其选小人，不如选愚人。从古至今，国之乱臣，家之败子，因才智有余而德不足，以至颠覆朝政、衰败家业的事情还少吗？”

“是啊！”江希泉的脸上透出少有的温和，“不过改革还是必要的，西臾的广大干部群众非常赞赏贾部长的无私无畏精神……”

贾士贞摆摆手，打断江希泉的话：“江行长，你也不要给我戴高帽子了，我知道我的做法有人拥护，但也有人反对呀！”贾士贞停了停又说，“江行长，你们的想法和常书记说了没有？”

“贾部长，说实话，我也感到为难，知道你和常书记马上就要离开西臾，”江希泉点着了香烟，“常书记那里我去说自然是不妥当的，不过文武会对他说的，请贾部长能……”

贾士贞点点头，沉思了一会儿，说：“江行长，请你相信，我贾士贞不是一个不食人间烟火的怪物，我也有七情六欲，我尊重常书记的意见，他是老市委书记了，是我的领导。”

“那我就先替文武谢谢贾部长了。”江希泉说着就站起来了，握着贾士贞的手说，“耽误贾部长时间了，那我就告辞了。”

江希泉一走，贾士贞往沙发一躺，长长出了口气，觉得刚才和江希泉的谈话比干什么体力活都累，他是组织部长，说话既不能失去“组织”这两个字的尊严，又不能拉下脸来打官腔。其实他真的想把他和常书记商量的关于程文武、张敬原和庄同高三人的初步想法透露点给江希泉，也算是尽一点人情和安慰吧！可是那样做明显违反了“组织”这个原则性。同时他也想把常书记决定的常委会大体时间也透露一点，但是贾士贞还是守住了组织部长的最起码的底线。现在想想，他对明天下午的常委会是否能如期召开真的摸不到底了。这样一个关键性问题，贾士贞也本想露一点出去的，但是他思考再三，还是沉住气了。当然，贾士贞断定，程文武是在常书记和他谈话之前就已经找过了常书记，连常书记自己也不知道后来发生了明天上午中央调研组要来西臾的事。

想到中央调研组的到来，贾士贞的心里突然间豁然开朗起来，下面怕的是调查组，调查和调研虽然只有一字之差，可意义就大不一样了。调查组多数是冲着大事故的，特别是死了人，而且不是死的一两个人，那是追查责任的。而调研组多数是总结经验，制订政策的。这样一想，贾士贞从沙发上坐了起来，点了一支香烟，痛痛快快地抽了一口。

正在这时，电话响了，他照样看看来电显示，那是熟悉得不能再熟悉的家里电话，于是拿起电话，“喂”字还没出口，妻子就急不可耐地说：“士贞啊，你什么时候回来……”

“出了什么事？”

“张副厅长真的要当厅长了！”玲玲显得十分着急，“他又找我了，说常书记都同意在你们临走之前把张敬原他们的问题给解决了，让我无论如何给你说说，请你这个市委组织部长手下留情，不要斩尽杀绝！”

“乖乖，这么严重啊！”贾士贞笑了笑，“这样说来我不是组织部长，而是刽子手了！”

“士贞，我求求你。”玲玲几乎是哀求道，“你看在我们多年夫妻的情分上，就给我点面子，也给我一条正常的活路吧！”

贾士贞有点慌了，愣了半天，没有说出话来。

双方在电话里渐渐平静了下来，但贾士贞感觉到妻子此时此刻的心情，急忙说：“玲玲啊，这事昨天下午我和常书记已经有了意见，而且……但是……”

“士贞，你到底要说什么？”

挂了电话，贾士贞又有点后悔，虽然是自己的妻子，怎么能把这样一个还没变成现实的严肃问题说出去呢？真的传了出去，他这个市委组织部长还称职吗？万一实施不了，这不仅害了妻子，也害了自己！也许是刚才在电话里一时失去了理智，或者说是一时间被妻子那种痛苦的感情刺痛了哪根神经！他觉得自己还从没有过如此的荒唐和草率过，他几次想打电话给妻子纠正自己刚才的话，可又觉得那简直成了三岁孩子了！

他觉得自己变了，变得大事不清楚，小事斤斤计较了。怎么就无法从这点小事中摆脱出来呢？贾士贞一个人在宿舍里烦躁不安地徘徊到半夜，直到疲惫困倦得快支持不住了，才和衣躺到床上，然而大脑却又异常的兴奋，他直觉得自己是恍恍惚惚中干了许多说不清道不明的事。

天一亮，贾士贞感到头上像顶着一口铁锅，压得抬不起头。用凉水冲了冲发胀的脑袋，连早饭也没吃，就去了办公室。

一进办公室，就接到市委办的通知，上午十点钟在常委会议室开会。刚放下电话，常书记又打电话让他马上到他办公室去。

一进常书记的外间，就见邵明市长和新任市委副书记姚雨生坐在外间的沙发上。这时，常友连拿着香烟从里间走出来，朝贾士贞挥挥手。

常友连坐下来，把香烟往沙发上一放，说："请几位来主要是商量一下。"他看看手表说，"十点半钟左右中央调研组和省委组织部秦副部长就到了，按照秦副部长的意见，上午市委常委和调研组见个面，下午可能要召开座谈会，因为我和贾部长明后天都要离开市里，所以时间很紧张，市委、市政府其他工作都必须推一推。"常友连突然停了下来，瞥一眼茶几上的香烟，却没有去拿，贾士贞一直在注意着常书记，他感到常书记不像以前那样，每逢这样的时刻，或而激动不已，或而故意深沉，此时，常书记却是少有的忧伤样子，甚至让人感到他的精神不足，连上眼皮都有些抬不起来似的。贾士贞估计，他很可能像自己一样，一夜没睡好觉。

大家都不说话，一起把目光落在常书记身上，过了一会儿，常友连说："贾部长，中央调研组主要是为了前阶段西臾的干部人事制度改革而来的，恐怕贾部长要唱主角哟！"

贾士贞本不准备先发言，市长和姚副书记在，他当然不能先发言，这是官场上的规矩。可是常书记已经点到他的名了，他再不讲话，就不妥当了，只好说："我想中央调研组到西臾来，主要是调查研究，如果他们需要我汇报什么问题，我一定在我临走前把自己知道的，毫无保留地介绍给他们，包括市委组织部的两位副部长和其他同志们。后天我就要去省里报到了。"

"可你们要知道，中央调研组直接到一个市里来，这是很难得的呀，如果能总结出好的经验，对提高西臾的知名度，对今后西臾的政治、经济建设会有很大好处的。"常友连说这番话时并不是那种激动和兴奋。

邵明看看身边的姚雨生，却没有说话。贾士贞越发觉得奇怪，不知道常书记把大家找来为的是什么。

"邵市长，中央调研组的接待不能含糊，中午在座的各位都去陪调研组吧！"

就在常友连看表的同时，贾士贞也看了看表，此时已经快十点钟了。

常友连站起来说："我们到常委会议室去吧，贾部长你给秦副部长打个电话，问他们到哪儿了。"

刚到了常委会议室，常书记又改了主意，带领大家来到市委大楼下，站在大楼前的广场上等候中央调研组。

直到十点半钟过去，一辆挂着省城牌照的奥迪轿车驶进了市委大院，后面紧跟着一辆别克。

车未停稳，常友连便迎了上去，大家握着手，秦副部长一一介绍几位远道而来的客人。

到了常委会议室，客人们自便一会儿，便分宾主坐，吃了一会儿水果，已经过了十一点钟，秦副部长说上午大家先见个面，具体问题下午再说吧！

按说，除了介绍客人的职务，还应该介绍工作单位，可秦副部长只介绍中央调研组三位客人的职务，却没有介绍他们的工作单位和名字。调研组组长王司长，成员梁副司长和洪处长。

王司长性格豪爽，虽已年过五旬，但喝酒甚是爽快，开始时西臾市委几位领导还有点担心，不敢敬酒，可常书记敬酒时，王司长一连干了三杯，这样一来，大家便大胆地敬酒了。

贾士贞哪里敢敬酒，可王司长说："贾部长啊，你的观念要改变呀，你看你大胆地改革干部人事制度那样干脆，那样大胆，可喝酒却谨小慎微，这不应该是你的风格啊！"说着端着酒杯，"听说你要去美国参加高级管理干部培训班，我觉得机会难得啊！如今的社会，任何一个国家，任何工作都必须和世界接轨，否则就会封闭。封闭就是落后，落后就要挨打，挨打就会受伤，受伤就会疼痛。来，就算我们调研组为你送行吧！"

贾士贞端着酒杯，很有风度地碰了一下王司长的酒杯，说："王司长，太不巧了，没有更多的时间聆听领导的教诲。您在中央工作，无论是信息，还是知识、见地都是最广博，也是最先进的，而我们身处基层，有许多工作都难免带着些盲目。王司长，等我从美国回来后，一定去北京拜访您。来，我敬王司长！"

贾士贞平日说不喝酒，虽然有些道理，其实他真正喝的话，四两半斤也没问题，但自从那次他和仝处长去宏门大酒店出席区域规划办公室主任王学西的宴请，喝醉了酒，差点酿成大错以后，他就下定决心再也不喝酒了，任何情况下都用理智控制自己。但今天情况不一样了，他敬了王司长，又不得不再敬梁副司长和洪处长，这样一来，不觉得就喝了十多杯酒。

宴请结束后，王司长还余兴未消，常书记走后，他拉着贾士贞来到他的房间，兴致勃勃地说起改革开放二十多年来中国在农村体制改革、经济体制改革这方面，以及中组织部对干部人事制度改革的一系列文件。还说他在网上看到网友对贾士贞激进改革的赞扬和批评。王司长说，无论哪级官员，凡是真心实意改革的人，都应该支持和肯定，改革就是一种尝试，既然是尝试，就会有风险，就一定会有人支持，有人批评，有人反对，当然也有失败的可能。贾士贞几次要离开，主动提出让王司长休息，但王司长总是抓住他的手不让他走，那样子不像领导关心下级，倒像是久别重逢的老朋友。

贾士贞虽然怀疑王司长喝多了酒，说醉话，可经过一番仔细观察，发现王司长思维敏捷，条理清楚，没有一句说的是醉话。

直到下午两点半钟时，王司长才看看手表，说："贾部长，以前只从一些媒体上知道西舆有个年轻的市委组织部长，今天有幸和你认识，很是高兴，不过留给咱们的时间太短了，这是我的名片。"王司长说着递过一张名片，"这上面有我的电话，有机会欢迎贾部长到北京来，我们再好好聊一聊。"

贾士贞接过名片，认真看了一眼，却是他从没有见过的名片，上面只写着北京××信箱王司长，还有北京的电话和手机号码。没有具体单位，贾士贞看了一下，虽然心中疑惑，也不便表示。说实话，贾士贞虽然在省委组织部工作了八年，现在身为市委组织部长，但对于中央级高层的机构总是有些朦胧的感觉，自然对于高层的此次西舆之行也难以知道要达到什么目的。所以，尽管王司长一直是豪爽地侃侃而谈，但他始终只是笑笑而已，不敢造次。至于王司长他们的身份，估计中央和省委组织部是通过气的，这点规矩贾士贞还是懂的。

秦副部长敲门进屋后，说："王司长碰到知己了？一个中午都没休息？"

"贾部长马上就要出国深造了，机会难得啊！"王司长紧紧拉着贾士贞的手说。

按照王司长的意见，下午的座谈会改为市委常委参加的会议，因为市委常委有九人，为了节约时间，王司长希望每个常委都能发表个人意见，给大家充分发表意见的机会。

会议开始时，王司长作了简短的发言，他说此次西舆之行主要是听取西舆广大干部群众对当前干部人事制度改革的意见和看法，完全可以跳出西舆前段时间的改革圈子，中央调研组纯属政策调研，没有任何框框，希望各位领导千万不要有任何顾虑，敞开思想谈自己的看法。

但是常委们面对中央调研组，说话都是十分谨慎的，哪里能做到敞开思想，知无不言，言无不尽？大部分同志都希望中央能有明确的态度，尤其牵涉到干部制度这样的敏感问题。

贾士贞在发言中说，部分干部和网友对他前段时间的做法提出严厉的批评，说他倡导的将通过文化考试作为第一道选拔人才的关键，纯属胡闹，难道一个干部文化考试分数高了，就能决定他的其他能力和素质的高低了吗？甚至说他根本不够资格当市委组织部长的，只能当一个副乡长。贾士贞显得情绪那样低落，他好像给在场的领导，给中央调研组提出一个十分严肃的问题，他说他何尝不想再往高处想，想想前阶段的干部人事制度改革怎样才不是为改革而改革，而是要重组权力关系，让更多的真心为民服务而且德才兼备的人掌权，解除庸吏的权力，剥夺贪官的权力；又何尝不想再往广处想，不仅仅停留在干部人事范围内，而是要以解放广大干部和各种人才的生产力，为经济发展、文化建设、社会进步服务；往深处想，通过不合理体制、机制的改革，最终改进世界、改善人生。但是，他只是一个市委组织部长，现在他已经把自己推到风口浪尖上了，他的生活、工作，包括家庭已经面临着危机和严峻的考验了。

贾士贞发言之后，会场突然安静下来了，王司长去了一趟洗手间，回来后还是没有人发言，他也没有再作一些引导性的启发，他没有料到贾士贞的思想深处有那么多的困扰和忧虑。

常友连也没有像往常的常委会那样，当会场上出现寂寞或者尴尬气氛时，尽可能协调或者缓和气氛。他作为市委书记，作为西舆市最高权力的代表人物，也是第一次碰到像贾士贞这样的组织部长，第一次让他无法面对全市那么多意见分歧的干部们。他一方面不得不支持贾士贞对干部人事制度的改革，另一方面又不知道该如何面对自己手中的权力；一方面不得不面对那么多脱颖而出的过去默默无闻的新生力量，另一方面又不得不承受另一些社会关系对他的指责和压力。就说他的秘书程文武吧，若是在过去，市委书记要提拔自己的秘书，那只是一句话的事，谁也阻挡不了。然而，让他没有想到的是，程文武的提拔偏偏难如上青天，这究竟是他这个市委书记的无能，还是组织部长的过分？原以为贾士贞去中央党校学习一年了，西舆又会恢复往日的平静，然而……这确实是常友连没有想到的。昨天好不容易和贾士贞统一了思想，甚至说服了市长和市委副书记，可是……

此时此刻，就在这个常委会议室，会议本该是另一个内容，可这一切谁又能想到呢！常友连不知道为何，任由自己的思绪渐渐地奔腾起来。

突然，王司长站起来，又弯下腰，在常书记身边低声说：“常书记，休息十五分钟吧！”

常友连匆匆收回沸腾的思涛，说：“好，休息，休息。”

虽然休息了，常委们都站起来，可又不像平时那样随便，有人取出香烟，却看看王司长他们，王司长见常友连站着没动，便说：“常书记什么时候去省里报到？”

常友连说：“明天下午报到。”

秦副部长说：“明天上午我们一道走吧！”

常友连说：“秦副部长不留下来陪陪王司长他们？”

王司长说：“我们是调研，其实我们应该自己直接来西舆的，钱部长说我们不熟悉，一定要秦副部长陪来，现在他的任务完成了。”

秦副部长说：“士贞，你后天报到吧！”

“是啊！”贾士贞说，“这么不巧，没有时间多听听王司长的教诲！”

“贾部长，我们是来学习的，说实话，今天的常委座谈会也是例行公事，后面的活动主要是走访调研！”王司长笑着往外走，常友连跟在王司长旁边，这时大家才跟着往外走去。

常委会议室就在市委大楼的三楼，到了楼梯口，常友连说：“王司长，我的办公室在二楼，下去活动活动？”

到了二楼，贾士贞一眼望见程文武站在常书记办公室门口，贾士贞能清楚地看到程文武那焦躁不安的样子，看着他们转身消失在走廊的转弯处。贾士贞这才想到程文武此刻的心情，他看一眼常书记，常书记仍然迈着不紧不慢的步伐，贾士贞想，常书记不知是否看到程秘书了。贾士贞的心里不知怎么的，觉得程文武、张敬原和庄同高三人的事越发有些扑朔迷离了！现在看来，常书记和他说过召开常委会的事已经不太现实了，不光是时间不可能，也不具备开常委会的条件了。想到这里，贾士贞偷偷地瞥一眼手表，现在已经是下午快五点钟了，而且市委常委座谈会还没有结束，再说了，中央调研组在这里，常友连利用什么时间、什么理由来开一个特别的常委会，研究这样三个干部的提拔问题呢？贾士贞觉得这个问题如同一块石头压在心头。这三个人的问题不解决，恐怕谁也不会就此罢休的。当然，常书记和他这个市委组织部长马上都要离开市里，这个问题也就自然摆了下来，只要没有召开市委常委会，干部的提拔就是一句空话。

确实，贾士贞完全没有想到形势变化得如此突然，尽管他对常书记提议在他们俩学习之前如此紧的时间里，还要专门召开常委会来研究程文武他们三个人的提拔问题，是他极不情愿的事，或者说是违心的。但是，他知道，书记的意见他应该尊重。经过这半年多的风风雨雨，他开始冷静地面对现实，实事求是地对待手中的权力。

大家又回到会议室，王司长和常书记几乎同时看看手表，现在离下班时间还有半个多小时，王司长朝常友连点点头，说："常书记明天上午就要去省里报到，贾部长后天也要离开，我想今天的机会难得，本来只想听听各位的高见，但是我有感而发，随便说说。"王司长停了停，目光在常委们身上慢慢移动着。

"关于干部人事制度改革问题，尽管中组部发了许多文件，各地也都在不同程度上进行了试点，但是这项工作一直没有展开，或者说各级都在不同程度地摸索经验。"王司长严肃起来了，"西奥的做法有一定的意义，是一种大胆的尝试和探索，值得研究，也值得赞扬，尽管网上有人提出了批评意见，但是我们依然认为是难能可贵的。中国的今天已经不是五六十年代的情况了，一个国家必须融入世界的潮流中去，必须跟上世界的步伐，否则这个国家就会落后，落后就要挨打。中国的改革开放不是要不要的问题，市场经济必然取替计划经济，人事制度改革也一样，不可能一成不变，所以当前的问题是怎么改。所以，中央指示我们要全面地了解、总结各地的做法，总结经验，从宏观上进行引导。所以，我们这次到西奥来，将认真听取广大干部和群众对干部人事制度改革到底有什么意见、要求和建议。"

至于下一步怎么进行干部人事制度改革，贾士贞的心里突然感到几分茫然，原以为王司长多少会透露点高层的动向的，现在看来，王司长的话只是理论上的探讨。当然他同时又想到即将赴美国参加为期半年的高级管理干部培训班，一方面可以看看外面的世界，一方面也可以听听各方面专家学者的见解。

尽管王司长没有具体谈到西奥前段时间的干部人事制度改革的是和非，他始终只是从理论上、宏观上作了简要的阐述，但贾士贞渐渐地能够理解王司长的思想动态。

直到下班时间已经过了，而且王司长自己也不时地看看时间，可他还是一拖再拖，直到六点半钟过后，才意犹未尽地匆匆结束了讲话。

会议结束后，常书记突然说，今天晚上由他个人宴请中央调研组和在座的各位常委。贾士贞一愣，常书记个人宴请中央调查组和市委常委，事先他连一点信息都没有得到，心里有点不太舒畅。作为市委书记，对于上面下来的领导也好，重要部门的同志也好，这都是堂而皇之的公务活动，没有必要个人去接待宴请，当然了，贾士贞的心里完全清楚，堂堂的市委书记说是以个人名义，还能当真从自己口袋里掏钱？只有三岁孩子才相信呢！可是这样一想，贾士贞又越来越觉得自己幼稚，越来越觉得自己不成熟了，怎么一个堂堂的市委组织部长在这时候成小心眼的小市民了！

宴请没有放在西臾宾馆，而是放在这几年迅速崛起的民营企业——宏兴大酒店。贾士贞到西臾不久就听说宏兴大酒店的总经理和常书记的关系不一般。这位名叫赵雅之的女人居然和香港影星赵雅芝的名字相仿，只是她的“之”字头上缺个草字头。虽然只有三十多岁，却有着极不平凡的人生经历。据说宏兴大酒店开业那天人气非常旺，市四套班子的主要领导大部分都去了，常书记还亲自剪彩。

大家出了市委大门，很快来到宏兴大酒店。领导们刚进大厅，就见市政府办公室负责接待的王副主任一行三人已经迎在门口。就在这时，贾士贞突然想到程文武，按照往常的惯例，在这样的时刻是少不了他的，可现在却不见程文武的影子，不知道为什么，这反而成了他的一块心病，居然在这样的时刻还记着程文武，当然这其中的原因还是因为他是常书记的秘书。

贾士贞紧随中央调研组三位领导，在大厅拐弯处，他远远看见程文武朝常书记迎过来。几乎是同时，程文武也看到了贾士贞，当贾士贞的目光和程文武相遇时，两人已经近在眼前了，贾士贞没有犹豫，伸出手，本想像久别重逢的老朋友那样，同他用力握一下就放开的，却被程文武紧紧抓住不放，于是灵机一动，便拉着程文武的手，把中央调研组三位介绍给他，并认真地对王司长说：“王司长，这位是常书记的秘书，程文武同志！”

在这一瞬间，贾士贞心里突然涌上来一种别扭的感觉，也不知道是自己做错了，还是中国的现行体制的毛病。程文武现在只不过才是一个正科级干部，充其量只是一个准副处级，这种场合需要如此隆重地向中央调研组领导介绍吗？他觉得自己成了戏剧里面的滑稽小丑，这种表现也太低俗了点。

对于程文武的表现，贾士贞在心里反复琢磨，特别是刚才的握手，现在想想，到底是程文武主动，还是他主动，他怎么也回忆不起来了。他虽然坐在酒桌上，虽然竭力应付着酒场上的局面，可他心里一直在分析着程文武目前的心理状态。是高兴，还是沮丧？是安慰，还是遗憾？是不是就像到了嘴边的一块肥肉，已经闻到香味，甚至都靠到嘴唇边了，却突然间掉进河里了？想到这里，贾士贞一点也不怪程文武了，程文武只不过才是市委书记的秘书，不用他说，谁不知道，有的省委书记、省长的秘书早已快马加鞭，当上了省委书记、省长了。难道他程秘书就能心甘情愿地永远待在正科级这个位置吗？难道他不想进步，不想更上一层楼，成为一个副县、正县处级干部吗？难道他不想和那些省委书记、省长的秘书一样，自己也成为市委书记吗？

不知道为何，今天晚上的酒本应该放开喝的，可是宴席上总是调不起兴致。贾士贞更显得心事重重的样子。

就在这时，常友连不声不响地离开了座位。但是官儿当大了，任何时候都有人盯着，常友连刚一出门，旁边的包间里就冒出一个人来，常友连一看，原来是程文武。常友连一边走一边说："文武啊，你也看到了，谁会想到……"

"是啊，常书记，怪只怪我的命……"程文武跟在常友连身边，低着头。

"好啦，迟就迟几个月吧，好在大家的意见都一致了！"

"只是不知道您学习后……"

常友连停住了脚步，回头白了程文武一眼："怎么，你希望我走……"

"不不不，我怕您学习回来就提拔到省政府当省长了！"程文武似乎有几分兴奋，尽管这吹牛拍马的话言过其实了点，在中国市委书记直接当省长的还从没有过，充其量先当副省长或者省委常委，当省长还早着呢，但一个人到了市委书记的位置上，对省长、省委书记的渴望，就变得更加迫切了！

到了卫生间，常友连进去了，程文武站在门口守着，那样子很像保镖。过了一会儿常友连刚出来，站到洗手池边，程文武不知道从什么地方拿出一条雪白的热毛巾，送到常书记的手里，常友连朝程文武笑笑。

两人往回走着，常友连突然说："文武呀，你得马上进去敬敬酒，名义是敬中央调研组的，实际上要敬敬贾部长。"

程文武抓抓头，说："那好吧！"

说着，跟在常书记后面进了包间，室内并没有什么特别活跃的气氛，常友连拉着程文武，说："来来来各位领导，小程要给大家敬酒了！"

程文武刚端起酒杯，常书记说："我今天喝了不少酒，难得见到中央领导同志，我讲几句醉话，也让大家活跃活跃气氛吧！"

王司长说："好啊，这也算是酒文化吧！"

常友连不笑了，说："首先申明，我这个笑话并非贬低农村人，因为我们在座的各位祖宗说不定都是农村的。”常友连故意清了清喉咙，“过去农村很穷，很不容易做一件新衣服。有一个妇女，好不容易做了一条新裤子，平时舍不得穿。有一天，她要上街，就把新裤子穿上了，可是又怕磨着了，有点舍不得，于是又套一条旧裤子在外面，但是又希望人家知道自己里面有一条新裤子。想来想去，想到了一个办法，自己不识字，就请别人写了一张纸条，‘内有新裤一条’，用糨糊贴在屁股后面。就这样上街了，在大街走了几圈，手一摸，纸条不见了，就到处找，好不容易找到一张，看那纸条和自己的差不多，就蘸点唾液往屁股上一贴，仍然在大街上走。你们猜怎么着，原来她拣到的不是原来的那张纸条！”

大家都一句话也不说，盯着常书记看，常友连突然说：“小程，喝酒！”

程文武被弄得有莫名其妙，看看常书记，一连喝了两杯酒，这时常友连摆摆手说：“有没有人猜到纸条上的内容？”

大家不说话，程文武说：“常书记，我想正确答案应该是‘此门不通，请走前门’吧！”

顿时逗得大家哄然大笑。

王司长说：“程秘书是近朱者赤啊！”

程文武好像心事重重，过了一会儿，淡淡地一笑。只是，他的笑容有些凄然。

第四章　他乡遇故知

第二天上午，常友连离开西舆，去中央党校参加为期五个月的学习。贾士贞想到自己明天也要去省城报到，心情变得复杂起来。既没有凌云的壮志，也没有特别的兴奋，反倒有点寂寥灰暗。正准备回办公室时，手机响了，一接电话，原来是王司长。王司长说，他想在贾部长临走之前单独聊一聊，贾士贞说听候王司长的安排吧，时间就约在下午三点钟，王司长的房间。

市委大院里转眼间都不见人影了，贾士贞一个人迈着不紧不慢的步伐往市委组织部走去，冷不防，旁边出来一个人，跟在贾士贞身边。贾士贞一转脸，原来是张敬原，张敬原从哪儿冒出来的？贾士贞好生奇怪。只见张敬原神情沮丧，又有点可怜兮兮的样子。

贾士贞放慢了脚步，看看张敬原，小声说："敬原同志，有事？"

"贾部长，你虽然对我们……不管怎么说，我还是非常感谢你的……"张敬原欲言又止，停了一会儿又说，"要怪，就怪我的命不好……人的命运啊……"

贾士贞一时被弄得心烦意乱，他不明白，市委领导之间的谈话应该是相当秘密的，但怎么就这么快传到当事人的耳朵里了呢？按照过去的脾气，贾士贞很可能会狠狠地教训他一顿，然而现在，贾士贞觉得这并不能怪他。于是微微一笑，说："你还蛮相信命运的嘛！"

"中国人谁不相信命运？"张敬原尴尬地勉强笑笑，"一个人的生死、贫富，甚至遇到的灾难、祸福都是命中注定的。我算什么？"

"那你认定自己现在这一切都是因为命不好？"

"……"张敬原欲言又止，随后又像是突然下定了决心，一改往常的拘谨，"人总是这样的，谁会想到自己的未来是什么样子？我如果能想到……”

“敬原同志，你可能对我有意见，有看法，我能够理解你。”贾士贞本想说一番道理，可他没有说下去，他知道此刻的张敬原，心情一定是很复杂的。

“贾部长，平心而论，如果你的改革不触犯到我的个人利益，我也认为你的改革是非常正确的，可是我现在却……”

张敬原虽然没有说下去，可给贾士贞留下了许多深思。贾士贞陡然间有一种换位思考的感觉。站在那些人的立场上，如果不是中央调研组王司长的到来，常委会如期召开了，张敬原他们的问题解决了，岂不是皆大欢喜吗！然而，这一切都为时晚矣。在这一瞬间，贾士贞甚至开始相信一个人的生活真的由命运主宰。而且在这个世界上几乎人人都会谈论命运这个无法回避的话题。贾士贞到西奥市委组织部后觉得张敬原这样的干部不具备副县处级的素质，可今天和张敬原的一番对话，他突然觉得，如今的组织部门，要想选拔出素质高的干部，实在是非常困难的一件事。

贾士贞看着张敬原离去的身影，突然想到一个问题：中国人特别忌讳“四”这个数字，有哪位有权领导车牌号上有“14”？又有哪位领导家的电话号码是“14”？手机号码上“8”越多，官越大，官越大越想“发”（8），“88888”，“发发发发发”，意思是财发得越多越好啊！不久前他听说省里有一个副厅长，游玩陕西黄帝陵，至山顶“下马石”前，此石碑上写着“文武官员至此下马”。一位随行的下级手握照相机，见到这位副厅长兴致勃勃地过来了，便举着照相机说：“某厅长，给你照一张留念。”谁知这位副厅长脸色大变，气愤地说：“搞什么搞，不照，下马，不吉利！”其实那位下属也是好意，可谁想到回来不久，那位副厅长真的莫名其妙地被免职了！

常书记的牌是“莫C-0001”号，邵市长的车牌是“莫C-0002”号。依职务和权力排下去，就是没有“莫C-0004”号和“莫C-0014”号车。那么“莫C-0004”和“莫C-0014”号车牌到哪里去了呢？他不知道当初给市委、市政府领导挂车牌是按照什么规矩排的，反正他用的那辆桑塔纳2000是“莫C-0008”号。而常书记的手机最后是四个“8”，他办公室的电话号码是“88518888”，那是“发发我要发发发发”的意思了！

哎！中国人就是……可英语里的“一、二、三”却读作“one、two、three”，而“八”却读做“eight”。

这一阵思潮奔腾，使得贾士贞的心情更加复杂起来。

第二天下午，贾士贞赶到莫由大学报了到，拿到了相关材料和日程表，当天没有什么重要活动，第二天上午省委和省委组织部领导参加开学典礼。

贾士贞知道从明天开始，他们这一行二十八人将要开始封闭式集训，没有特殊事情是不准请假的。贾士贞想，这段时间夫妻之间经历了风风雨雨，决定珍惜这个晚上，看看时间，玲玲快要下班了，正准备回家，手机响了两声，知道是短信，便打开一看，却是周一兰发来的："你回到省城了吗？"

贾士贞犹豫了一下，简单作了回复，就立即将周一兰的短信给删除了。

不是贾士贞不愿意去见周一兰，他想到自己马上就要出国学习，而且这一走就是半年，玲玲一个人带着孩子不说，夫妻一别半年不得见面，心中还真的有些留念。更不想在出国之前夫妻之间再发生什么不愉快，不管怎么样说，今天晚上和妻子女儿好好享受一回天伦之乐。

回到家里，只见玲玲早已提前下班，餐桌上摆着几种卤菜，厨房里的抽油烟机呼噜呼噜地响着，整个室内充满了甜蜜和生机。

贾士贞来到厨房，玲玲一点也没有发觉，玲玲猛一转身，见丈夫已站在厨房门口，心里一动，粲然一笑，往日所有的不快全都抛到九霄云外去了。贾士贞的心里也是几个月来少有的欢畅，便上去给了妻子一个甜甜的吻。玲玲干脆放下手中的事，两手在围裙上擦了擦，一把搂着丈夫。贾士贞倏地想到，或许他和常书记关于程文武、张敬原他们提拔的决定已经放射到文化厅张厅长那里了，虽然这个决定没有来得及实施，可那不能怪他贾士贞和常友连。

吃晚饭时，玲玲方说起张副厅长这几天脸上出现了少有的灿烂阳光，不知道预示着什么，还说机关里传说张副厅长要当厅长的风声越来越强烈了。贾士贞只是笑笑没有和玲玲深入去议论张副厅长，但他怀疑，或许张副厅长真的要当厅长了！另外也不排除张副厅长脸上的阳光是张敬原传递给他的。不管怎么说，对于贾士贞和玲玲来说，不再像前些日子那样，一说到张敬原的事，夫妻之间就不愉快了。

家庭的气氛似乎又恢复了往日的甜蜜和欢乐，或许是因为贾士贞马上要出国，而特别珍惜分别之前的团聚时光。

转眼间，一个月的集训生活结束了。

二十八名赴美国培训班的学员，开始了新的生活。无论原来是厅长、市长、组织部长，还是县委书记、县长、处长的，到这里都得取下头上桂冠，大家一律称老张老李。在他们当中年龄最长的是省发改委党组副书记、副主任周光，四十四岁，年龄最小的是梅州的一位县长李丹，三十六岁，贾士贞的年龄排在倒数第三位。这个临时集体的班长是周光，副班长是贾士贞，他们在新的环境中开始了另一种生活。也许你上过小学、中学、大学；也许你当过兵，在解放军的大学校里度过人生的大半个春秋，然而像他们的这种经历，却是很少有人经历过的。

清晨，两辆商务车把这样一群特别的人物送往首都机场时，莫由省这二十八名精英们怀着昂扬斗志登上一架波音747国际航班。飞机起飞时，他们默默地向祖国告别，怀着雄心壮志，等待着从美国回来，报效祖国。

贾士贞坐在窗口，感觉着自己渐渐腾空而起，很快大团大团的白云落在自己脚下了。

三个多小时后，飞机降落在日本成田机场，大家下了飞机，要在成田机场休息两个小时，再换飞机，飞往美国。

当他们再次登上另一架飞机时，飞机上已经不完全是黄皮肤的空姐了，这架美国航班的乘务员除了少数黄皮肤的空姐外，都是黄头发的中年白种女人和棕黄头发的美国男子。而飞机上的乘客除了他们二十八个中国人之外，都是外国人，乘务员讲的全部是英语。贾士贞一行虽然都是受过高等教育的官员，虽然在那一个月的集训时，主要接受了英语训练，但当他们完全置身于外国人的环境当中时，他们突然感到自己几乎听不懂一个单词。

当扩音器里响起了女性柔和流利的英语时，贾士贞看看周围的同行，只见个个都睁着疑惑的眼睛，不知所云。

贾士贞直起身子，竖起耳朵听着，可是一句也听不懂。这时，随行的女翻译走到他们中间，压低声音，说："马上用餐了，都是西餐，有三种，每个人自己选一种。菜单上有图，大家可以看着图来选！"

虽然中国人都不习惯西餐，但是，他们还是各自选择了一种，不过他们的选择只是没有根据的随便选罢了。

吃完饭，机舱里安静了下来，乘务员拉下窗户的遮光板，也关掉灯，整个飞机上变得昏暗起来，如同夜晚一样。只有少数外国乘客戴着耳机，不知道是听音乐，还是在看扶手上的电视，这样一个临时集体，却是十分安静，十分有秩序。

贾士贞想休息一会儿，可是心里始终平静不下来，他虽然强迫自己闭上眼睛，可眼珠却一个劲地在转动。

又过了一会儿，贾士贞看看手表，在中国，在莫由，现在该是晚上了，他无法知道现在到了什么地方，按照时间计算，从北京飞到纽约，连同在日本停留的时间在内，需要十八个小时左右。到达纽约的时间应该是中国的次日早晨六点钟左右，而纽约正是晚上。

不知为何，贾士贞毫无睡意，虽然也觉得有些困顿，但是茫茫思绪却如同海浪一样，不断地拍打着他的心，当他的脑海里出现华祖莹的形象时，更加有几分兴奋了。如果说在异国他乡他们还能够见面的话，这不又是一种什么特别的缘分吗？前不久，华祖莹给他打了电话，他本不想把他到美国学习的事告诉她的，可是那个越洋电话把他们越拉越近，当时华祖莹根本就没有挂电话的意思，他知道，在美国打国际长途都有自己的诀窍，你就是打一两个小时，也花不了几个钱。他们聊着聊着，贾士贞不知什么时候脱口而出，说自己马上要到美国学习，当时华祖莹在电话里叫了起来，当她得知贾士贞的行程后，坚持要到纽约机场去接他，贾士贞说他们一行二十八人，还有一个女翻译，虽然贾士贞没有说出其他原因，但华祖莹知道他的意思，便把自己在美国的电话告诉他，让他住下后一定给她打电话。

临出国前，贾士贞还特地找来美国地图，他万万没有想到，他们此次赴美国学习的纽约大学哈蒙利分校和华祖莹读书的塔克商学院不仅都在美国的东海岸，而且相距很近，汽车一个小时就到了。

贾士贞还清楚地记得，华祖莹在出国后，给他的第一封信中说：“我真诚地希望你争取机会到美国来看看，学习学习，哪怕是几个月，接受一下先进思想和观念……”他怎么也没有想到，华祖莹的这番话真的变成现实了，而且在大洋彼岸的他们，居然相距那么近！

飞机终于降落在纽约机场。

这群来自中国的学员们，西装革履，精神焕发。他们走下飞机，步入JFK国际机场大厅时，满眼涌入的都是英文。像迷宫一样的大厅，简直让他们摸不着东西南北。贾士贞举目四望，不同肤色的人群在这大厅里汇聚，这里仿佛包容了整个世界。大幅的香水广告上美女的媚眼瞥着从东方古国远道而来的官员们。

对于这群在中国被称为宠儿或者精英的人，虽然在内心认为美国可望而不可及，但他们始终只是把对世界第一大国的神秘和敬仰隐藏在心灵深处。当他们真的踏上这个被称为世界最先进的国家时，内心还是相当复杂的。贾士贞突然想到《北京人在纽约》的开头几句话：“如果你爱他，就把他送到纽约，因为那里是天堂；如果你恨他，就把他送到纽约，因为那里是地狱……”

他们各自取到了自己的行李，像一群小学生似的跟在女翻译身后。他们感到现在不仅仅是陌生的环境，除了他们这二十八个人，所有的人都操着一口不知所云的英语。

这时，只见女翻译热情地挥了挥手，一个黄皮肤的中年男人拉着身边的高个子白种人来到了他们面前。他们流利的英语让这些学员们目瞪口呆，连一个单词也没听懂。女翻译回过头，朝他们招招手，示意大家跟上去。

出了机场大门，突然感到一阵寒风袭人。在中国十月初的气候还比较舒适，在纽约却已经很冷了。

一辆中型客车停在路边，大家上车后，女翻译检查了人数，汽车平稳地行驶在高速路上。

按照国内时间推算，此刻正应该是早晨，而在纽约已是灯火辉煌的夜晚。汽车穿行在高高的立交桥公路上，望不尽的车灯，排成整齐耀眼的光柱，一会儿，汽车钻进了海底隧道，掠过车窗的是一排排路灯。当汽车从海底隧道爬上来时，贾士贞感到异常兴奋。汽车逐渐驶进纽约市区，这些来自中国的官员们，顿时觉得眼前如同海市蜃楼，悬挂在空中的巨型广告灯光闪烁，让人有些眼花缭乱。

女翻译站起来，回过头，说：“这就是纽约。”

大家望着纽约大街那万灯怒放的夜景，有些瞠目结舌。

接着，汽车驶进了纽约的中心区——曼哈顿。确实，在贾士贞他们的心目中，纽约，这座光怪陆离的城市，世界第一大都市，那是一个望尘莫及的地方；而当他们身临其境时，这群初来乍到的中国人感到无比的新奇。

一座又一座摩天大厦，五光十色的霓虹灯，千姿百态，争奇斗艳，映亮了夜空。

汽车终于停在一幢楼房前，女翻译告诉他们，这里是宾馆，大家在这里休息一个晚上，明天上午九点钟去哈蒙利分校。随后那位中年男子交给女翻译一沓住宿卡，女翻译解释说：“对不起各位，这里的房价很贵，大家只能两个人一间。”

后来贾士贞才听说，这个宾馆每间房一天住宿费要二三百美元，按照当时美元和人民币的比值，一比七点几，每间房就是两千多人民币。进房间后，大家都说这种房间在中国最多不会超过二百元人民币。

长途旅行确实太累了，贾士贞洗完澡，从窗子里看看外面，尽是昏暗的夜色，于是躺到床上，却没有半点睡意。在中国，现在正是上午上班时间，虽然要倒时差，可躺下还是毫无睡意。只好打开电视机，企图给自己增加一点困顿的环境，然而电视一开，却又连一个字也听不懂。和他同房间的老秦，年长他三岁，在国内是一位副市长，贾士贞想和他聊几句话，可一看，老秦已经侧身睡去。贾士贞很自觉地关灯躺下。

纽约大学哈蒙利分校坐落在美国东部海岸新罕布什尔州南部的一个小镇上，距离华祖莹的学校不过四十公里左右。这里风景秀丽，气象万千，虽然已是隆冬季节，吹在身上凉飕飕的风让人感受到冬天的威力，然而遍布各处的红黄蓝色的花草在冷风中昂头摇晃，俨然一道美丽的风景线。美国所有的大学几乎都是开放式的，没有校园、没有围墙，犹如天然形成的风景区。

贾士贞他们入学后每人一套单室间。所谓的一室，只有一张中等大小的床，一张供学习用的简易写字台，另外还有一个灶台和卫生间。

放下行李，贾士贞给玲玲打电话报平安，却发现玲玲说话有些吞吞吐吐，欲言又止。贾士贞本来想多问几句，但看到妻子似乎不愿说起，也就没再追问，只想着回去后再问明情况。

挂了电话，贾士贞放好了自己的行李，想到他们将在这里度过短暂却又漫长的五个月的学习生活，此刻他最犯愁的是语言上的障碍。在美国这样的大学里学习，凭他们的英语，连正常的交流都十分困难，如何听懂那些外国教授用英语讲课呢！

幸好那段时间受到华祖莹学习外语的影响，他也下了一番功夫，再加上出国前的一个月的培训，多少有了点儿基础。现在，他不得不把英语学习放到头等位置上了。

在国内集训结束后，由莫由大学老师根据他们的英语水平将二十八人分成A、B、C、D四个等次的小组。A班自然是他们当中英语最好的，共有八个人，贾士贞自己也感到好笑，凭他的英语水平居然也被编在A班，可见D班的学员最多只能认识二十六个英文字母罢了！

正在这时，室内的电话响了，贾士贞犹豫了一下，自从登上国际航班，已有几天没有电话、手机的干扰，生活换成了另一种模式了。当他找到简易写字台上的电话机时，犹犹豫豫地拿起听筒，在国内的习惯，首先应“喂”一声，可是现在，他却是一声不吭。

这时电话里传来了女性那娇柔的声音：“Hello! Will……”（喂！请

问……）

贾士贞愣住了，一时不知如何是好，用十分生硬而且特别别扭的英语说：“I am Sorry，I……”（对不起，我……）

“你，你是贾……”

贾士贞一听电话里突然变成了中文，心脏一下子狂跳起来。说实在的，自从在日本成田机场登上那班飞往美国的国际航班，贾士贞和他的同伴们因为无法交流，就似乎有一种从没有过的压抑感，在这孤独的异国他乡，居然有人打电话用中文交流，他一下子就激动起来了。

“你是……”

“真的是你？士贞部长！”对方显得兴奋而激动，“我是华祖莹啊！”

“是祖莹？你……你在哪里？”

“我在学校！”华祖莹激动得声音有些颤抖，“你知道吗，我们学校距你那儿只有四十公里都不到，士贞部长，我太高兴了……”

“祖莹，你好吗？”

“好，就是远离祖国，远离亲人，想家，想祖国，想亲人啊！”

“你是怎么知道我的号码的？”

“查的呗！”

“士贞部长！”华祖莹更加激动了，“后天，后天是周六，我去看你……”

“噢……”贾士贞说，“我还不知道我们有没有集体活动。”

“你的时差倒得怎么样了？累吧？”

“还好，说实话我从离开中国起，到现在几乎没怎么睡，在飞机上连一分钟也睡不着，昨天晚上在纽约虽然睡了，但是，真要倒时差，还是不行。不知道为何，心情总是平静不下来。”

“都是这样，凡是到美国来的中国人，开头几乎都这样，很快就适应了。”

“你现在英语过关了吧？我现在着急得很，觉得自己像个聋子、哑巴，连一个单词也听不懂，怎么办？”

“哎，不提了，我刚来时不比你好什么，还谈得上过关？”华祖莹说，“不过，我的困难时期已经过去了，但是和美国人交流还远远不行。”

在省委组织部的那些日子，自从贾士贞认识了华祖莹，两人之间的关系越来越近，直到那次贾士贞被人送到异性按摩那个鬼地方，却又被华祖莹发现，她不顾一切地把他救出来，连她自己也说不清这是一种什么动力，是正义，是关心，还是其他什么，华祖莹当时真的什么也没有想。在她看来，冥冥之中总是有种力量把他们往一块儿拉。华祖莹的出国并不单纯是为了自己的前程，而是为了避开他们之间的纠葛。对于感情这种东西，女人的敏感度大大地超过男人，她是一个知识女性，从农村考上大学，当她的第一个梦想实现时，随之而来的却是沉重的打击和极度的失望。她在各种就业无门的情况下，进了宏门大酒店当了服务员，又凭她的知识和才能当上了餐厅的领班，但她不甘心，她还有许多梦。可当她认识了贾士贞后，她突然感觉到她将要犯一个危险的错误——感情的错位。正是她理智的选择改变了她人生的命运。也是这种理智成为巨大的动力，让她从一个打工妹，成为美国一流大学的MBA留学生。

那次奇遇，在他们俩的心中都刻下了深刻的烙印，刻骨铭心的往事才过去短短一年多时间，又是谁把他们从地球的一边送到另一边相聚的？世界上的事永远说不清，生活永远是一个未知的领域！

贾士贞握着电话，好像华祖莹就站在身边，心里越发激动起来。

正在贾士贞全身心接电话时，有人敲了一下门，贾士贞只顾讲话，没有听见。直到来人拍了一下他的肩膀，他才回过头，慌慌张张地放下电话。

贾士贞一抬头，原来是周光。周光一脸倦意，微笑着说：“怎么，刚到美国就想老婆了！”

贾士贞笑着摇摇头：“一个中国留学生。”

周光笑起来了：“不可能吧！我们刚到，谁有那么大的神通，这么快就知道电话了？”

“真的，而且还是我们莫由省的！”

“女的，一定是个女的。”周光看着贾士贞，“士贞，你的艳福不浅呀！一到美国就有女留学生追上来了，只是我来的不是时候，看，士贞，看你脸上的表情。”

贾士贞一向很敬重周光的。他还在省委组织时，确切地说是他当上机关干部处长之后，有一天周光到机关干部处谈事情，第一次见面，不要别人介绍，便主动说，我叫周光，省发改委副主任。凭这一点，就可以说明他是一个典型的外向型男人。在莫由大学集训的日子里，再次遇上周光，两人把手握了好久，而且还增加了一层关系，那就是在国内集训时的正副班子，现在的正副团长。只是周光今天的直率，让贾士贞有些慌乱起来。贾士贞也说不清到底为何，心情就是平静不下来。

“怎么不休息一下，听说倒时差还需要一段时间。”贾士贞说。

“你老弟是第一次到北美吧！”周光说，“美国、加拿大我来过两趟了，时差倒不倒都无关紧要，人困到一定程度，自然就睡了，你想不睡也不行了。我到这些国家最大的不适应是喝冰水。我这人在国内要喝茶，一天要泡三次茶，就像有些人对酒有瘾一样，我对茶也有了说不清的依赖。茶叶得靠开水泡，可在美国，冬天还喝冰水，你说我如何受得了！”

贾士贞说：“我也不习惯，西方国家人的胃好吧……”

“习惯，许多中国留学生在美国呆了几年，照样喝冰水。”

“周主任——”贾士贞刚开口，周光就打断了他的话：“得，叫老周。”

贾士贞笑笑：“这不是在私下里嘛，你可年长我六岁呀！”

“不行，咱们现在是在美国，官衔都留在中国了。”

“周……”贾士贞笑笑，“我总感到有些别扭，老周，你的外语怎么样？”

周光摇摇头：“你知道我大学毕业都多少年了，二十年啊！什么知识不用还能熟练？再说了，我们都到什么年龄了！”周光笑笑接着说，“我一听说让我来美国培训，我就懵了，在国内那一个月的集训，真是赶着驴子上轿！可像我这种英语算什么水平呀，还编在A班。”

“你总比我强啊，我那师专算什么？排不上流的大学。”

“别谦虚了，在莫由大学时，哪次考试成绩你不是前几名啊！”

“那是赶着驴子上轿嘛！什么事都是逼出来的。”

周光拍拍贾士贞的肩膀，笑着说：“好好学吧，老弟，前程无量！”

“这些日子，我满头脑都是英语单词，头都大了！”

“好在有翻译，慢慢来吧！”

“据说翻译过来的内容就不是原汁原味了。”

“哎，士贞啊，你是当组织部长的，而且你在西臾的干部人事制度改革引起了种种褒贬，我想，你自己也在不断总结、思考。在这样的关键时刻，省委让你到美国来学习，我想一定是有目的的。”周光说，“我虽然也是官场上的人，但我主要是研究经济的，我来美国要学习研究美国的经济管理，而你应该从美国的政治经济中研究中国的政治制度，特别是干部人事制度改革。恕我直言，你既然已经敲开冰山一角了，怕是想收也收不回来了。”

贾士贞笑笑，拉着周光坐下来。

周光说："士贞，党的十七大提出民主政治问题，当然，在中国是社会主义民主，但到底怎么来看待民主这个问题，比如西方国家的民主和中国民主差别在哪里？我们如何去理解民主这个大家都在关注的问题？"

停了一会儿，贾士贞说："我一直在想，我们培训班安排的两次考察，你说美国的政治体制也好，行政管理也好，还有大型企业，你说人家的介绍我们能听懂多少？而依靠翻译……"

贾士贞摇摇头。

"是啊，早知今日，就不该把英语荒废了。"

贾士贞看看周光，欲言又止。他现在还不知道该怎么讨论这样一个太严肃、太重要的问题。

周光走后，贾士贞仍毫无睡意，看看手表，估计玲玲还没有睡，就给家里打了电话。

开始两天上课，还算轻松，但贾士贞觉得夜里睡得总是不踏实，头脑总是昏昏沉沉的。培训班里有组织纪律性，一般不允许单独行动。星期六上午，贾士贞还没起床，一阵敲门声把他叫醒，一看表，已经是上午九点多钟，急忙开开门，这却让贾士贞大吃一惊。原来是华祖莹。

开门的一瞬间，贾士贞愣住了，甚至有些手足无措，急忙拿过西服，往睡衣上套。

华祖莹还是那样美丽可人，只是看上去有些瘦了。

俩人对看了半天，谁也没说一句话。华祖莹的目光在室内慢慢移动着，竭力平静一下自己，说："你们也真的成了美国的留学生了。和我们这些普通老百姓一样了！"

贾士贞笑起来了："我们惭愧啊，你们用自己的血汗钱留学，我们花的是国家钱。"

华祖莹看看贾士贞，说："倒时差是一件很不舒服的事，可我没想到你……"

贾士贞指指唯一的椅子说："请坐吧，能在大洋彼岸的异国他乡见到自己国家的朋友，真是一件不容易的事啊，何况我们……"

"应该算是人生的一大喜吧，'他乡遇故知'。"

"真的没想到，咱们能在这样的时候、这样的地方相遇。这段历史将载入咱俩的人生史册。"贾士贞看看华祖莹，"你瘦了，我可以想象得到，无论是学习，还是生活，你有多么的艰难！"

"困难时期总算过去了，刚来的时候，老师讲课听不懂，有时一个晚上只能睡一两个小时觉。”华祖莹笑笑，“想想我们在上大学时英语也考四级、六级，出国考TOEFL、GRE、GMAT，可是真正到了课堂上，那些教授的讲课根本听不懂。语言这东西真是怪得莫名其妙！”

“是啊，连你都感到如此之难，我们这些人呢，可想而知了。”

华祖莹说：“你还没吃早饭吧，先洗洗脸，我陪你去吃点东西。”

“算了，我这里有面包，好歹吃一点，中午再说吧！”

“在国内你们这些人都是大权在握的领导，没想到到了美国过上这样艰苦的生活。”

“这已经很不错了，我们这可是花的国家的钱，是人民的血汗啊。我们这几个月的培训，每个人少说也要二三十万元人民币。二十八个人，加上翻译以及其他费用，肯定要超过千万元人民币的。”

华祖莹惊叹道：“你不说，我还真的没想到，这样一算。真的了得！你说莫由省委还真的舍得花本钱，培养你们这些领导啊！”

“所以，我们得对得起人民币啊，你知道那是多少乡亲们创造的财富啊！”贾士贞从冰箱里拿出一个面包，坐到床上，大口地嚼了起来，那样子像一个小学生。

“听说从上世纪九十年代初开始，中国好多省都把有前途的中青年干部送到发达国家来学习，这些人有的早已当上部省级和市厅级领导。”华祖莹说，“我觉得，把这些人送到发达国家一方面是学习人家的先进科学管理，另一方面也是走出国门，见见世面啊！任何一个人因循守旧、固步自封都是没有前途的。”

“过去我们自己称自己是文明古国，现在都到二十一世纪了，中国的每一个公民都要融入世界这个大集体当中去。有一段时间，我们国家忽视管理科学，片面强调学历，从技术人才中选拔领导干部，比如把心脏科医生选去当卫生部门的长官，这不仅浪费人才，也亵渎了管理科学！”

贾士贞看看华祖莹，虽然看上去消瘦了许多，但是依然那么漂亮动人，看上去一点都没有变，白皙而圆润的脸上透出粉红色的光泽，罩衫将腰身束得袅娜可人，蓝色碎花长裤拖至脚踝。这是一个典型的东方年轻女性。在中国，像华祖莹这样二十七八岁的女人，应该说正是享受恋爱、婚姻，甚至生儿育女的年龄，然而，她却在这个年龄漂洋过海，飞到地球的对面，来到大洋彼岸，孤身一个人面对许许多多的困难，但，这却是她个人事业中的一块里程碑。

贾士贞一边换衣服，一边沉静在深深的思索当中。像华祖莹这样的年纪，应当不折不扣地属于自己的丈夫和孩子。

正在这时，电话铃响了，贾士贞匆匆跑过去拿起电话。

“喂……哟！是老大哥啊……”贾士贞握着话筒，看看华祖莹，“老大哥，实在太抱歉……真的！我来了一位朋友，一位小老乡，她孤身一人在美国留学，明天，行吗？反正咱们在美国的时间早着呢！”

“士贞啊，是不是那天打电话的那个女留学生啊！”周光的声音很大，华祖莹完全能听得清电话里的内容，她却装作什么也没听见，只偷偷地注视着贾士贞脸上的表情。

“周大哥，你饶了我吧，真的很抱歉，你知道身在大洋彼岸的留学生，是何等的思念祖国，思念家乡，思念亲人吗？”

放下电话，贾士贞笑笑说：“祖莹，走，咱们找个地方，在国内我还从来没有好好请过你，今天我来做东。”贾士贞看着华祖莹，“咱们可不是一般意义上的朋友呀，你对我，可是有知遇之恩……”

华祖莹突然伸出手，一下子捂住贾士贞的嘴，她只觉得自己的心脏陡然间狂跳起来，满脸灼热。

贾士贞感到这只柔软、丰满的手，像冰块一样寒冷，他颤栗了一下，怔住了。

贾士贞穿着笔挺的西装，系着一条紫色白点领带，出了宿舍楼，看看华祖莹，却不知道往哪儿走，华祖莹突然说：“你们不是有纪律吗，不能单独行动？”

贾士贞说：“那是出外，在学校里可以。不过，要不是你来，我真的不会一个人单独行动。因为我那蹩脚的英语根本不敢说出口，说了人家也听不懂，有了你这位大翻译，我一切听你指挥，心里踏实多了！”

确实，贾士贞完全没有了在莫由省委组织部的风度，更没有了在西臾当市委组织部长的威风。他并不是因为异国他乡的陌生环境，而是面对满眼的黄头发、蓝眼睛的美国人，他无法和人家沟通和交流。只要看到别人在对话，他就顿时觉得自己完全没了自尊，完全像个白痴！在国内，尤其是在集训的那段时间，和那些临时组合起来同学，不仅上课时努力学习英语，课余时也尽力用英语交流日常生活的单词，常常闹出让人捧腹大笑的笑话来。大家水平都差不多，反而觉得新鲜有趣，然而一到美国，才感到他们所学的那点单词，与美国人根本无法交流，简直就是牙牙学语的孩子。

出了宿舍楼，是一条并不宽的马路，马路两旁是大片还没有完全枯萎的草坪。到处一片寂静，很少见到走动的学生，贾士贞向四周看看，完全不像中国的大学校园，这里没有围墙，像处在一个偏僻的乡村，又像一个无人问津的公园。

贾士贞说："祖莹，你们学校也是这样？"

华祖莹笑笑，说："美国几乎所有大学都是开放的，没有围墙，而且大部分名牌大学都不在大城市。你看在美国的东海岸有多少名牌大学，像哈佛大学、耶鲁大学、哥伦比亚大学、普林斯顿大学、布朗大学、康奈尔大学、达特茅斯学院和宾夕法尼亚大学。这八所大学称为常春藤盟校，都是美国首屈一指的一流大学。历史悠久，治学严谨，许多著名的科学家、政界要员、商贾巨子都毕业于此。在美国，常春藤盟校被作为顶尖名校的代名词。这八所名牌大学都集中在美国东部沿海岸，而且全部是私立学校。我们学校和这里很相似，建在偏僻的新罕布什尔州的一个小镇上，可环境十分优美。"

"是啊，在二千六百年前，齐国的政治家管仲就说过，'仓廪实而知礼节，衣食足而知荣辱'，表明荣辱观的形成、倡导与人的生存条件以及社会经济发展之间的内在联系，同时也说明了物质文明和精神文明的内在关系。"

拐上一条并不宽的柏油马路，继续往前走了不远，路边出现了各式小商店，路上时而有轿车驶过，行人也多起来了，但多数都是白种人。

华祖莹说："这里恐怕没有中餐馆！"

"干嘛一定要吃中餐，我们吃了几十年中餐，有机会尝尝西餐有什么不好！观念要改变，生活习惯也要改变。"

华祖莹笑笑："我怕你不习惯。"

"我们是来接受西方教育的，得先从饮食文化开始。"贾士贞说，"我现在最头痛的就是语言上的障碍。我们什么时候能达到你们这些人的语言交流水平就好了。"

"你要锻炼，不要不好意思，要多和美国人交流，不交流，靠翻译，永远不会有进步。"

来到一家餐馆门口，只见大门上方有一排绿色的霓虹灯字母：Hawaii。

华祖莹停住脚步，指着那排字母说："士贞，你拼拼看，这是什么意思？"

贾士贞不吭声，想了半天，涨红了脸，抓了半天脑袋，说："什么'夏'什么'衣'吧！"

华祖莹笑起来了，说："不简单，你再想一想，美国最大的岛屿。"

贾士贞一拍脑袋：“夏威夷！”

华祖莹一下子眉飞色舞起来，未加思索地挎着贾士贞的胳膊，进了餐厅。这个动作自然得如同一对一往情深的情侣。等到贾士贞意识到时，似乎有点尴尬，急忙脱开自己的胳膊。

华祖莹在餐厅里扫一眼，很快在角落里找到一张两人座的餐桌。两人坐下后，华祖莹说：“美国不像中国，大小餐馆都有年轻女子迎接顾客，餐厅的服务人员什么样的人都有，有的甚至还是上了年纪的人。”

正说着，一位中年男人走过来，棕黄色的头发，蓝眼睛，高个子，足有一米八五以上，贾士贞觉得这个人少说也有五十岁。他来到他们面前，笑着说：“What is in need of help？”（有什么需要帮忙的吗？）

贾士贞皱了皱眉头，眨了眨眼，迅速伸出右手，示意他和华祖莹说。

华祖莹拿起餐桌上彩色菜谱，一边看一边说：“咱们点一个饭、一个面吧！”

贾士贞点点头说：“入乡随俗，到了美国就要适应西方人的习惯。”

华祖莹抬起头对白种人说：“Curry chicken with rice，Stewed chicken with macaroni！”（咖哩鸡饭，通心粉白汁鸡！）

“Please wait！”（请稍等！）

华祖莹看着贾士贞说：“你们这些官员们在国内整天花天酒地，现在过这样的生活，怎么样？有点感到失落吧！”贾士贞摇摇头，说：“西方国家或者进步国家，人们并不把官看得那么重，人家靠自己的技术、才能，就是总统不当了，照样去大学当教授。不像中国人，千军万马挤官道，当了官就高人一等，指手画脚。这也是中国落后的地方。改革政治制度，就要改变观念。”

“在美国可不像中国，大吃大喝铺张浪费。”华祖莹说，“你看人家餐厅都这样简单，很少像中国那些豪华的包间，摆满了许许多多的菜。那真是‘慷慨’呀！”

贾士贞说：“中国人在这方面应该改革，浪费太大，有些人是慷国家、人民之慨，叫他自己花钱，他就不会那样‘慷慨’了。”

华祖莹指指彩色菜单上的图说：“刚才我点的两份西餐，不知道你听懂没有，一份咖哩鸡饭，一份通心粉白汁鸡。不知道你习惯不习惯？”

贾士贞说：“习惯也是检验一个人的素质。你想我们这些人在美国要生活五个多月，必须适应美国的生活。”说着，贾士贞从口袋里取出钱包，拿出一张百元美元纸币。

华祖莹按住贾士贞的手说：“我来吧！”

贾士贞笑了笑，说："你还是个留学生，别客气了，再说了，你看我一个大男人还能让一个女学生来买单？"

这时，那位高个子美国人送上两份西餐，华祖莹将咖哩鸡饭留下一点，对贾士贞说："我在减肥。"

吃完饭，华祖莹取出三美元硬币，放在桌子上，说："在美国，都要给小费的。"

第五章　中国官员在美国

出了餐厅，华祖莹在前面慢慢地走，走了不远，就上了一条并不宽的弧形柏油路。路边是一片清澈的水塘，岸边野草茂密，水塘里几株芦苇在微风下摇曳。

来到水塘边，华祖莹停住脚步，说："美国的生态保护得就是好，你看这大片的草坪，你看那些别墅周围各种花草，像公园一样。"

贾士贞看看清澈见底的水塘，水塘并不大，四周景色优美，风景宜人，一排排别墅后面的山峦更是青松茂盛。贾士贞感慨说："过去我只听说在美国这样的国家实际已经不存在城市和农村了，他们的城乡一体化和城市带，代表经济上的先进发达。"

华祖莹走到一块大石头旁，指指像假山石一样的石头，说："咱们坐一会儿吧，此情此景，让人心旷神怡，太难得了。"

说实话，贾士贞从小生活在官宦家庭，还很少见到过这样的环境。他觉得像公园，但却没有一个游人；像村野，却没有庄稼，简直像一个童话王国！

两人坐了一会儿，觉得心情从没有过的放松。在这样的环境下，很少见到一个人，四周寂静而安详，华祖莹感受着两人世界的自由，甚至忘了他们已经是置身于大洋彼岸的异国他乡，忘了他们之间的关系。

贾士贞说："祖莹，毕业后你准备做什么工作？"

华祖莹想了想，说："在美国，常春藤盟校的MBA毕业后，就业形势还是比较乐观的，而且工资也比那些学理工的留学生要高得多。按照我自己的想法，希望能留在美国，至少到美国的一些大公司工作一两年，把我读书的钱还了，再作打算。"

贾士贞说："我想中国的经济管理部门，或者说那些大型企业是需要像你这样的人才的。就是中国的高层行政管理部门，也非常需要你们这样的人才。我们这批同学中就有一位莫由省发改委副主任，他那里一定很需要像你这样的人才，要不我给你推荐！”

华祖莹说：“再说吧，中国的制度还不健全，像我这样没有后台的人，还是心有余悸啊！你看你在省委组织部那几年，经历了多少事……”

“慢慢来吧！社会总是在不断进步的。”

“士贞，咱俩相识已经有七八年了吧，那时我大学刚毕业，思想很单纯，我为自己的就业而苦恼过。觉得自己一个大学生只能到饭店当服务员，心里不甘。”华祖莹若有所思地看看贾士贞，苦笑一笑，“第一次见到你，我觉得你年轻，多么羡慕你。省委组织部是什么地方，我甚至希望你……”

贾士贞看着华祖莹，他不知道她为什么如此伤感，不知道她思想深处想些什么。

“怎么啦……”

华祖莹的脸上飘过一片阴云，摇摇头，没有接着刚才的话说下去，改变了语气说：“谁知道你有你的苦衷，你有你的艰难，我不只一次想过，你当时突然从省委组织部被退回去的情景……”

贾士贞说：“是啊，所以说人人都有一本难念的经啊！”

“后来，我决定出国留学，不光是为了我自己，也是为了我们俩，为了你……”

贾士贞点点头，无声地转过脸，望着远方的山峦，往事一股脑地涌到眼前，他甚至想到未来，想到几个月后回到中国，自己会是什么样子。

“当我决定到美国留学时，我甚至觉得世间没有不散的筵席，也许咱俩的缘分只有那些，只能到此为止。”华祖莹说，“我真的没有想到你会到美国来，而且和我离的那么近，当我那天从电话里听到你要来美国学习的消息，我有点惊呆了！我忽然觉得这是一种什么样的命运，又或是一种什么样的缘分……”

贾士贞转过脸，看了看华祖莹，觉得她的情绪有些低落，思想也有些灰暗。贾士贞很能理解她：一个年轻的女孩子，只身一人来到美国这样一个国家，不仅有着语言上的障碍，更重要的是精神上的空虚和感情上的孤独。贾士贞说：“祖莹，凭你能够考入世界一流的大学读MBA，这就是成功！我从内心佩服你，也暗暗地祝贺你，我也相信，你学习结束后，无论是留在美国，还是回到祖国，你的前途都是非常广阔的。”贾士贞停了停，继续说，“至于我们，那是上帝赋予我们的一种特殊的缘分。假如我不认识你，说不定我早已成为人们唾骂的狗屎堆！我自然也不可能到美国来学习。所以从某种意义上来说，你是我政治上的恩人。凭这一点，我非常敬重你，如同敬重我的恩师，敬重我的领导那样……”

华祖莹打断了贾士贞的话：“士贞，你别再这样说了，那件事，只要是一个善良的人，一个正义的人，都会那样做的。老实说，你是我生命中最敬重的男人，到目前为止，还没有哪一个男人让我如此从心底里敬重和佩服！”

“在来美国之前，我曾经想过。”华祖莹低下头，“我是不是成了一个可耻的女人，但愿那些莫名其妙的东西不是爱，因为你已经是有家庭、有孩子的男人。所以我毅然决然地选择离开你，我不应该影响你们的感情，不应该影响你的进步，更不应该影响你的家庭。”

“祖莹，你的决定是对的。”贾士贞说，“如果这样，我们俩都将犯了一个天大的错误。”

华祖莹摇摇头：“可是我始终转不过弯来，如今都到了什么年代，难道一个女人对一个男人产生感情有什么错误吗？所以，我绝不会随便嫁给一个男人的！绝对不会去糊里糊涂地生活，生儿育女，厮守在一起，把婚姻只是当成一种传宗接代的工具。”

贾士贞皱了皱眉头，感到华祖莹什么时候变了，变得有些偏执，变得有些古怪，变得有些钻牛角尖！

“祖莹，也许你目前身处西方这样一个国度里，一时还难以适应异国的风情。我想，当你学业有成，事业发达时，你的思想、你的感情也一定会随之变化。到那时，你也许觉得今天的自己是可笑的。”

“不，士贞。”华祖莹抬起头，斩钉截铁地说，“来美国这一年多，我完全能接受美国进步的东西，比如说美国的文化、习俗等。我感触最深的是中国人许多观念上的落后，比如婚姻、爱情、性。这是许多中国人永远也弄不清的。西方人婚姻是婚姻，性是性。比如男女之间，只要需要就可以发生性关系，而发生了性关系不一定非要成为婚姻。我说这样的话，你可能以为我疯了，或者认为我下流、堕落，不，绝对不是……”

贾士贞默默地低着头，心脏怦怦地狂跳起来，难道他也变成了那些靠着手中的权力，仗势欺人的人吗？不，他觉得他不是这样的人，无论是周一兰，还是华祖莹，他从来就没有过这样的想法。

在华祖莹的坚持下，他们决定自己动手做一顿晚餐。

正在华祖莹忙着做菜时，有人敲门了，贾士贞忙着去开门，是周光。

贾士贞笑笑说："我来介绍一下，祖莹，这位是咱们这次赴美国学习的团长周光同志，是我们莫由省发改委副主任。"接着又对周光说，"这位是我们莫由的留学生华祖莹同学，世界名列前茅的塔克商学院MBA学生。说不定将来毕业后回国还会到你的麾下谋职呢！"

这时，华祖莹擦了擦手，微笑着伸出手，一边握着周光的手一边说："周主任好，能在异国他乡见到中国的家乡人，太高兴了！"

周光一边握着华祖莹的手，一边想：世界还真是有这样的事，如此漂亮的女子，又在美国一流的大学读MBA！周光抓住华祖莹那白皙、柔软而丰满的手，紧紧盯着她那秀美的面庞，有些兴奋地说："我真的没有想到，莫由那贫穷的地方，那山那水，还能有如此漂亮、如此聪明的才女。当真将来华小姐愿意回到莫由的话，只要不嫌我们的庙小，我一定热忱地欢迎华小姐啊！"

"真的？"华祖莹兴奋得满脸红润。

"绝无戏言。"周光松开华祖莹的手，激动地说。

贾士贞说："老周，来得早不如来得巧。咱们虽然已经到了美国，可还是学国内的作风，算是祖莹请周光主任吧！"

华祖莹说："太好了，这个机会太难得了，你们二位坐一会儿，我去买点儿啤酒，再弄点儿菜来。"

华祖莹一走，周光说："士贞，你艳福不浅哪。"

"周光主任，你可是领导呀，这话岂能乱说。"

"咱们兄弟之间，玩笑而已。"周光说，"不过，士贞，说真心话，能有这样一个红颜知己，也是人生一大幸事。真有此事，对男人来说，也不为过，只要不出格。"

"那你一定有红颜知己了！"

周光摇摇头："你看我这样子，人也老了，谁能看得上我呢！"

贾士贞说："不见得吧，男人四十一枝花，你又大权在握，什么样的女人没有！"

"哎，士贞，华小姐是塔克商学院读MBA的，我们能不能请她给我们辅导辅导呀！你想，我们这些人英语比她不知道差到哪里去了，如果她能把她所学的专业知识用中文给我们讲授一下，那我们这些人一定受益匪浅！"

贾士贞说："对呀！可是不知道她现在学习压力大不大……你不知道，中国许多到美国名牌大学读MBA的学生，开始半年都听不懂教授讲课，常常是一夜只能睡两三个小时的觉，华祖莹刚来时曾经一段时间通宵无眠。”贾士贞停了停又说，“现在已经一年多了，应该说语言关已经过了。”

“你找时间和她说一说。”周光说，“不过我们应该付给她报酬的，在美国，只要付出劳动，就应该得到相应的报酬，我想她在美国读MBA，经济上、生活上的困难一定不少。”

“好，那我试试看。”

这时，华祖莹回来了。

也许很多人会对华祖莹和贾士贞之间的关系产生许多不明不白的疑问。其实，对于现实生活中的真实生活，它毕竟发生了。他们之间曾经发生过的事，并没有影响他们之间的交往，也不应该给他们之间的友谊添上不可逾越的鸿沟。然而，由于他们的相识，由于那次她对他的相救，他们之间产生了特别的感情也是理所当然的。是的，一个人对另一个人产生感情原本没有什么可以非议的，只要她（他）没有伤害另一个人的生活。我们还无从知道贾士贞对华祖莹这样一个既年轻又漂亮的女留学生是什么样的感觉，但双方都是来自中国、来自一个地区的朋友，居然在大洋彼岸相聚，这种“他乡遇故知”的美好情愫，难道不应该珍惜和敬重吗？

华祖莹给周光留下了深刻的印象，他真的看不出这样一个才华横溢的女留学生，居然是一个打工妹出身。

周光和贾士贞要帮忙，华祖莹坚决不让。幸亏华祖莹在宏门大酒店工作过几年，好歹凑合也会做几个菜，贾士贞拿来三个碗，倒上啤酒，便端起碗，一番感慨之后，各自表示一下心意，自然没有国内喝白酒那种蛮横和霸道的气氛。

在贾士贞眼里，华祖莹再也不是当年宏门大酒店的打工妹了。如今成了美国一流大学MBA的留学生，虽然还是当初那个华祖莹，虽然眉眼还是那么妩媚，腰段还是那么袅娜，然而却显得十分高贵，而且风度翩翩。

应该说这是一次中西合璧的晚餐，也是他们在大洋彼岸的聚会，给华祖莹带来许许多多的幸福和快乐，也让她那长期压抑和孤独的心灵得到几分宽慰。她正是经过一场拼搏，走出国门，跨入世界一流大学的校门，终于登上通向上流社会的台阶。

周光带着几分酒意，走了。

华祖莹没有离开的意思，她不愿意离开贾士贞。当初，她下定决心到美国留学，并没想到考试、录取，以及签证都那么顺利。可当她真的要离开祖国，离开她内心眷恋着的那个男人时，她的内心惆怅过，犹豫过，也彷徨过，但是她还毅然决然来到美国。在这一年多时间里，她克服了常人难以想象的艰难，她要以优异的成绩完成学业！留在国内的人哪里知道留学生的真实生活！

华祖莹不只一次想过，一定要为贾士贞做点什么。到了美国之后，她偶尔也冒出一个奇怪的念头：说不定他们从此将天各一方，再也不可能见面，直到白发暮年，永远是客居他乡。现在，当他们真的近在咫尺，她有些恍若梦境。

他们之间没有说一句话，贾士贞看看华祖莹，偷偷瞥一眼手腕上的手表，已经是夜晚十一点钟。他有些焦急，这么晚了，他让她一个女孩子在哪里过夜呢？幸亏是在美国，若是在中国，说不定又会被人编出什么样离奇的故事来呢！

华祖莹觉得自己有千言万语要向贾士贞表达，然而，却又连一个字也无从说起，其实她知道她在这里是很不妥当的，然而，不知道为什么，她却又始终被一种什么力量牵住走不了似的。

不知道什么时候，华祖莹终于站起来，说："士贞，我走了！"

"走？"贾士贞吃惊地看着华祖莹，"这么晚了，你怎么走？"

"那我怎么办？"华祖莹苦笑一下，"我总不能在你这里过夜吧！"

华祖莹一点也不觉得自己的这句话有什么问题，贾士贞尴尬地笑了笑："要不这样，你住我这儿，我去和周光挤一挤。"说完后，贾士贞又补充道，"如果你不介意的话。"

"士贞。"华祖莹说，"我真的不介意，到美国这一年多，不光是让我看到世界上最先进的国家真实的一面，学到了世界一流的管理科学，同时，我也有更多的人生感悟。这其中也包括爱情、婚姻和性。"华祖莹严肃地低下头。

贾士贞完全没有想到华祖莹会说出这样的话，更没有想到她变化得这样快，刚才的一番话，让他十分尴尬和为难。正当他不知所措时，华祖莹伸出手："士贞，你千万别介意，千万别误会我的意思，我走了。"说着，一边握住贾士贞的手，一边往门口退去。

贾士贞紧紧握住华祖莹的手，说："太晚了，你一个女孩子怎么走！"

开始正式上课了，贾士贞这批来自中国的官员们一下子从天堂落到地狱。在中国，不要说当上市厅级领导干部了，就是县处级干部，那也是高高在上的。而现在，他们都成了一个名副其实的学生，甚至还不如一个小学生学起来容易，固然开始讲课还有翻译，可是那投影屏幕上只要一出现文字，都是英文。他们根本不认识这些陌生的单词。上小学时，老师是从最基本的一、二、三、四……教起，而现在，他们面对着的是美国一流大学的教授，教授们是不可能从A、B、C、D教起的。甚至，他们拿着课程表，连课表上的科目都不认识。贾士贞偷偷地对着字典，翻了半天，才找到“Management behavior”是“管理行为”。

对于学习语言，绝不能有急功近利的想法。任你有多么聪明的头脑，也不可能在短时间内能够达到听、写、说运用自如的水平。贾士贞想到华祖莹说的话，凡是中国到美国留学的学生，开始半年里每天夜里只能睡两三个小时。

贾士贞除了背单词，他在日常生活中给自己立下一条规矩，无论是他和中国学员还是教授、翻译，不管会不会，懂不懂，一律说英语，尽管有时惹得大家哄堂大笑；晚上学英语从来不坐着，以免打瞌睡，直到站都站不住了，才和衣躺下，常常是睡梦中都在背着单词。

现在，他们除了上课，其余时间几乎很少交往，谁也不知道别人在干些什么。贾士贞觉得自己又回到了当年高考前夕那种状态，那种拼命的劲头甚至远远超过当年迎接高考的劲头。记得在高考前几个月，他每天晚上十二点钟睡觉，早晨六点闹钟的响声把他叫醒时，他觉得刚刚睡着，感觉里根本就没有六个小时，只有一瞬间就被吵醒了。而现在，他根本就谈不上每天晚上几点钟睡觉，他觉得自己每时每刻都在背单词，实在支持不住了，就躺下，一躺下就睡着了，但满脑子全是英语单词。有一天早上，天蒙蒙亮，贾士贞没有看表，准备去草地上背单词，刚出了宿舍，迎面碰上周光，周光说：“士贞，起得那么早啊！”贾士贞点点头，一边走一边回过头，突然想到自己这一夜根本就没有睡，现在天已经亮了。

华祖莹放下自己沉重的学习担子，如约来到贾士贞他们学习的哈蒙利分校。为了给这批高级领导干部培训班的学员们辅导，华祖莹作了精心的准备，她现在不仅是老师，还担负着翻译的重任。面对这些特殊的学员，华祖莹知道，在美国这样世界一流的大学学习MBA，还没有一位教授用这种特殊的方式讲课。华祖莹也没有想到，自己会在这样的时候登上讲台，面对的还是中国的二十八位高官学员。她首先概括地讲了商业基础（Commercial basis）。此课程着重于商业的功能、核心原则以及团队动力。

华祖莹用英语夹着中文从管理行为、管理组织、应用统计、金融会计、管理会计和控制、价格和市场、营销管理、生产及运营管理这样一个过程系统地进行阐述，这使得贾士贞他们豁然开朗。个个都说，虽然美国的那些著名教授讲课的时候那么激动，那么兴奋，可是学员却目瞪口呆，不知所云，还不如中国的一个留学生讲得清楚明白。华祖莹说："你们怎么能怪人家教授呢，那是因为你们听不懂英语。"

华祖莹的辅导给大家增添了信心，也鼓舞了干劲，直到这时，他们才觉得，不枉来美国一趟，也真正学到了世界上最先进的知识。

一个多月后，培训班的学员开始了第一次考察。二十八个人分成四个组，贾士贞虽为组长，可是对外还得全靠翻译。除了原来的女翻译，大使馆又临时借了三位，每组必须有一个翻译，否则不要说考察，他们连寸步都难行。考察对象主要是美国州以下的政府机构和大型企业等。说是考察，其实都是靠翻译。美国政府对于中国的这些特殊官员非常重视，贾士贞他们到某州时，身为州长的约瀚·布朗先生不仅亲自接待他们，而且还特别进行了交流。其实约瀚·布朗说些什么，全靠翻译他们才听得懂。

可贾士贞却那么认真，在谈话中对美国的地理、国家政要、政治体制，包括宗教行政区划、经济等都谈得头头是道，引起约瀚·布朗先生的极大兴趣。约瀚·布朗决定取消预先约定的外出，继续和贾士贞交谈。当贾士贞谈到用人之道时，翻译不敢如实翻译，当时就电话请示大使馆领导，领导说只要不涉及到保密内容，都可以如实翻译。

贾士贞说，美国南北战争时，北军拥有人力物力的绝对优势，可是在1861年至1864年期间却毫无进展，其原因就在于北军统帅林肯的用人标准是"无重大缺点"；而南方的李将军却只问人"有何长处"。在那段时期，林肯麾下每一位"无缺点"的将领都被李将军手下只有"一技之长"的将官所击败。在吃了败仗付出了巨额学费之后，林肯悟出了用人的诀窍，任命傲气十足的酒徒格兰特为总司令，终于完成了统一美国的历史使命。林肯深有感触地说："我的生活经验使我深信，没有缺点的人往往优点也少。"

谁知约瀚·布朗听了大为感慨，称赞贾士贞将来一定是一个了不起人才。如果他身边能有这样一个人才就好了。

贾士贞说，在用人才这个问题上无论是哪个国家，都是一样的——用人不能求全责备，诀窍在用人一技之长。那种四平八稳、唯唯诺诺、谨小慎微的人固然缺点少，但优点也一定不会多。中国、美国，所有国家都一样，这一点必须改革！

临别时，约瀚·布朗紧紧握着贾士贞的手，让翻译告诉贾士贞，贾先生是他认识的中国唯一的好朋友，他不仅要到中国去，还特别邀请贾士贞以及家人到美国来。如果贾士贞今后有需要他帮助的时候，他一定会尽一切力量的。无论是事业上，还是个人，他为有中国的朋友而高兴和骄傲。

考察结束后，约瀚·布朗不仅亲自打电话给中国大使馆，大大赞扬了贾士贞，甚至要高薪聘任贾士贞出任该州高级顾问，如果贾士贞愿意的话，他可以把贾士贞的家人都安排到美国来。贾士贞当时直摆手，一连说了一大串“NO”，大家都被逗得捧腹大笑。

也因此，中国的高级领导干部培训班从此受到美国政府的重视。

无论生活有多少艰难和痛苦，无论人生有多少甜蜜和幸福，时间对于每一个人来说都是平等的。来自莫由的二十八名高级领导干部培训班的学员们经历了理论学习和两次参观、考察，将要结束美国五个月的学习了。他们没有感受到天堂或者地狱的生活，他们同样也不是因爱和恨才到美国的，但是他们看到了世界上最先进、最发达国家的进步与美好。作为中国未来的政治、经济希望之星，他们感受到了强大的地缘政治驱动力，从而也令他们能够勇敢地肩负起进行全球化管理的艰巨任务，同时对于领导者的决策进行全面的分析，对美国、日本和西欧之间的关系，以及亚洲新兴工业化国家、中欧及东欧的改革，亚洲危机深化进行了深层次的研究。这些知识对于华祖莹来说，也许只是书本上的理论知识，而对于贾士贞他们来说，却在思想上产生了一个质的飞跃。

贾士贞已经有一个多月没有和卫炳乾通电话了，尽管他飞到了大洋彼岸，尽管他的学习压力那样大，但是他还是时时关注着市委组织的工作。无论美国之行回去后他的工作会不会发生变化，他的心都始终牵挂着西舆市委组织部。

贾士贞看看表，计算一下国内的时间，此时正是周六上午九点多种，贾士贞想了想，还是给卫炳乾打了电话。

“炳乾，对不起，打搅你休息了。”

“贾部长，你好啊！”卫炳乾兴奋起来，说，“贾部长，您的学习快结束了吧！”

“就要结束了，时间过得真快呀，下周末回国。”贾士贞说，“炳乾，你们现在都还好吧！”

“您和常书记都不在家，组织部门相对来说工作单纯一些。”卫炳乾犹豫了片刻，“贾部长，程秘书调走了，本来准备通知您的，但您一直没打电话回来，我又无法给您打电话，邵市长直接交办的，所以……”

“正常工作嘛，人家要调走，我们没有理由不给人家走。”贾士贞并没有问程文武调哪里去，他知道，程文武不同于一般干部，他是常书记的秘书，他的调走，一定和常书记有关系。况且，为了程文武的提拔问题，引起了不少矛盾，程文武既然调走了，减少了以后的矛盾。

停了一会儿，卫炳乾说：“据说调东臾市一个县当副县长了。”卫炳乾又补充道，“他的整个调动手续都是由东臾市委组织部来的两位同志给办的。不过，我们介绍他的职务还是西臾市委办公室秘书科长。”

“噢！既然调走了，安排什么职务，那是人家市委和市委组织部的事。”

“另外，”卫炳乾欲言又止，停了半天，才说，“贾部长，还有一件事，不知道有没有人告诉您……”

“什么事？”

“省委组织部从省级机关调下来两个正处级干部，一位叫韦旭，安排在市委组织部任常务副部长；另一位到市民政局任局长。”

“噢……”贾士贞只轻轻地“噢”了一声，听不出什么奇怪，或者惊讶。

“任职文件虽然发了，但人还没有到任。”

“服从组织决定吧！具体情况等我回去再说。”

放下电话，贾士贞静静地想了好久，其实，他经过前段时间的干部人事制度改革，又经过省委对西臾市主要领导干部学习的决定，特别是这半年时间对美国经济、政治管理的学习，感到自己的做法或多或少地带有个人权力的色彩。无论是他的通过文化考试作为第一道选拔干部，还是目前那些公推公选，都不是选拔领导干部的最佳办法。最重要的还是制度问题。仅仅靠一个市，办法再好，那也只是这个市的问题。至于程文武、张敬原和庄同高的提拔问题，不能因为程文武是市委书记的秘书，张敬原和庄同高是市委组织部的干部科长就不能提拔，这自然有些形而上学，从一个极端走向另一个极端的倾向。至于省委组织部为何在他和常书记学习的几个月期间安排这样两个正处级干部到西臾来，他嘴上没说，但心里还是觉得有些来头，因为正处干部是市委管的干部。贾士贞的心里更加复杂起来。

现在，美国高级领导干部培训班的学习就要结束了，或许西臾地区的广大干部群众对他今后的工作抱着更大的希望，但是，贾士贞一时真的不知道该怎么办，他觉得自己身上的压力更加沉重了。

巍巍阿巴拉契亚山，皑皑白雪，整个北美洲都变成银色的世界，可谓千里冰封，万里雪飘。

在贾士贞的印象里，美国就是一个寒冷的冬季，一个莽莽大雪的世界。从他到美国来的第二个月开始，几乎天天在下雪。现在他就要离开美国了，他不知道自己是一种什么样的心境，贾士贞好不容易说服了华祖莹，无论如何不让她来送他们，他不仅担心她控制不住自己的情绪，也不愿意看到那种令人伤感别离的场面。

贾士贞一行二十八名中国的高级领导干部，就要结束在美国为期五个月的学习了。按照中国的习惯，在这令人兴奋和喜庆的时刻，一定会举行一场盛大的告别宴会，然而，他们拿着的是美国纽约大学的毕业证书。他们接受的是西方国家的教育，不能够再按照过去的中国规矩办。最后经过大家讨论决定，由中国学员组织一个告别Party。

Party开始前，二十八名学员排成两队，面对面站在大门口，与前来参加Party的客人握手表示欢迎。但他们怎么也没有想到前来参加Party的MBA留学生越来越多，有白种人，有黑种人，也有黄种人，总之都是来自世界各国的精英。曾经给他们授课的十二名教授也都来了，周光只好临时和贾士贞商量，即兴用英语演讲了答谢辞。

大家端着玻璃酒杯，一边走一边点头表示谢意。

Party没有固定位置，大家可以任意走动，可以和任何人交流，讲话。

不知什么时候，大厅里响起了悠扬的音乐，随后，一对对男女翩翩起舞，只见一位黄头发白皮肤的年轻女子拉着一个高个子美国青年跳起了华尔兹。接着另一位瘦高个英俊青年和一位黑头发黄皮肤的女子跳起探戈，两人动作敏捷，步伐轻盈。这些国标舞对于中国官员来说，是远远不敢起舞的。周光只好拉着培训班唯一的女学员，跳起交谊舞，同时示意学员男生和男生跳起来。

贾士贞觉得没一点跳舞的心境。年轻时，特别是在上大学时，也曾经认真学习过，结婚后这种情致渐渐地淡化了，调省委组织部之后，一直处在忙忙碌碌、谨小慎微、不断进取当中。认识华祖莹不久，两人曾在华祖莹的宿舍跳过一次舞，可正当华祖莹兴致高涨时，他突然停止了。此情此景，唤起了他许多记忆，特别是在大洋彼岸的美国，美国的政治制度和中国不同，美国人的生活方式也和中国人差距甚远。正当贾士贞思绪茫茫时，一位身着长裙的女子出现在贾士贞面前，微笑着伸出双手，贾士贞没有认真看这个黄皮肤的女子，也没有接受她的邀请，他甚至想编出一个什么恰当的理由来拒绝她。可是他又想，在这种场合下，男人拒绝女人的邀请是极不礼貌的做法。

“先生，请！”

贾士贞愣住了，这声音是那么熟悉，那么直往心头钻，再仔细一看，才傻了眼，心脏一阵慌乱的狂跳，也不知什么缘故，似乎有点惊慌失措，当他意识到自己从没有过的失态时，情绪在瞬间兴奋起来。

“你，你怎么会……”贾士贞有些激动不已，尽管心中警告自己千万不可失态，可嘴里却难以控制地语无伦次了。

华祖莹越发兴奋得面泛桃花。当贾士贞把两只手交给她时，华祖莹轻轻地拉着贾士贞的手，两人迈着轻盈的步伐，华祖莹的右手抓着贾士贞的左手，贾士贞将右手搂在她的腰部，两人随着乐曲的节拍，慢慢晃动起来。

华祖莹觉得心中有一种从没有过的缠绵和忧伤。两人都不像舞池里那些一对对舞伴那样兴奋和激动，两人都不说话，但却全心全意地配合着脚下的舞步。他们从没有过如此投入地感受着这种特殊的情调和气氛。

尽管舞池里大部分人都跳着快三，但是他们好像全然与那种激荡兴奋的节律无关，照样跳着他们的慢四。其实，贾士贞并没有察觉到华祖莹此刻灰冷的心情。或许是她独自一人在大洋彼岸异国他乡的孤独，也许是对贾士贞他们即将回国的不舍。

此刻，贾士贞慢慢地配合着华祖莹的脚步，心想，如今跳舞虽然已经是许多场合的交谊手段，但对他来说，还是不习惯男女相互搂着，面对面靠得那么近，若是不相宜的陌生人，更显得别扭。况且那种为跳舞而跳舞的关系，总是找不到话题。无非是先生哪里高就？先生的舞跳得好。那才叫难受！而他们俩不是这样的关系。不知为什么，贾士贞一边在跟着节拍，茫茫思绪的风帆又驰回了他们俩那些令人难以忘怀的点点往事中去。他们的相识并不是什么特别的缘分，而那次让他不明白的“鸿门宴”，却又把他和她紧紧地联系到一起。甚至他认定了两人之间有一种特别的缘分，一辈子也忘不了的一种缘分，要不是华祖莹在那关键时刻救了他，也许他早已被“双开”，成为不耻于人类的狗屎堆！那场惊心动魄的事件虽然平息了，但是他们之间的关系却已经无法说得清了。

“士贞，我觉得你有些紧张，放松一些，这是在美国，不是组织部。”

“是啊，想想我们这些人，我突然觉得有些可悲，表面上个个装得像正人君子，而在背后……”贾士贞没有说下去，目光和华祖莹相距不过三十厘米，“我在想，要是能同一个自己的知己跳舞时那样自由自在，无拘无束，也不顾及什么舞姿，随心所欲，想跳就散步样地走一走，不想跳就随随便便地在舞池里享受着喧嚣环境中的小天地，那是多么畅快的事啊！”

华祖莹目不转睛地望着他，笑了笑，只是搭在他肩头的手微微抖动了一下。他似乎感觉到了什么，下意识地将目光在她脸上停留了一会儿，摇摇头，没有说话。

华祖莹冲着他的目光，倏地收敛了笑靥。她的目光越过他的肩头，显得特别地悠远。

贾士贞明显感觉到华祖莹心情的沉重，却又不便主动去问。只是他自己的心情也不知道怎么回事，总是像心律不齐那样慌慌张张的。

他俩坐到旁边的沙发上，听不清楚说话的声音，她便移了移椅子，凑到贾士贞旁边，她的腿紧挨着他，他几乎感觉到了她的体温，本想移开，却又觉得那样太不礼貌了，自己不能故作镇静，反倒觉得自己的腿更加靠得紧些。

“一般人的观点认为，在政治领域只有清和浊之分，或者说叫清和贪之分。比较典型的是清朝乾隆年间的贪官和珅，清官刘墉。时至今日，人民痛恨的是贪官，歌颂的是清官。然而除了贪官和清官，那种庸官不是更值得痛恨？他们庸庸碌碌，无所事事，工作不思进取，不敢承担半点责任和风险，时间一到，官升一级，难道这些人都是好官？我看和那贪官没有什么两样，甚至更危险，更可怕！”

华祖莹点点头。

贾士贞接着说：“归根结底，还是制度问题，自从我到了组织部之后，自从我得知组织部门选拔干部的内幕那天起，我就在想：为什么西方国家的人对‘官’这个东西看得那样淡，而我们国家千军万马挤官道，人人想当官？甚至不择手段去谋官，而且屡屡得手！这其中原因，路人皆知。”

华祖莹说：“西方国家的官员权力没有中国那么大，而且当了官未必所有好处都属于他们，官员队伍也没有那么庞大。听说你讲的美国南北战争时期林肯用人的故事让约瀚·布朗大吃一惊。”

“我讲那个故事主要是要说明凡是人都一样，无论是哪个国家的人。”

“士贞，你行啊，你可给中国人露了脸，你要是真的到美国来，将来约瀚·布朗的接班人一定是你！”

贾士贞大笑起来，没有再说下去。

舞池里的人渐渐少了，大家又开始相互聊天。

华祖莹端着酒杯，向即将回国的中国学员敬酒，她突然有一种怀念亲人的感觉。华祖莹来到周光面前，举着酒杯，说："周主任，时间过得真快呀！"

"华姑娘，你怎么知道我们举行这个Party？"周光笑着说，"开始我说要邀请你，士贞偏说你们的学习压力大，可……"

这时，凌怡过来了，她是二十八个学员中唯一的女人。

凌怡拉着华祖莹的手，说："祖莹，你真为我们中国女人争气啊，你从一个中国的普通女人，一下子跨入美国一流大学读MBA，进入了上流社会的殿堂，我们真的太为你高兴了。"

华祖莹笑笑，看着眼前这位四十岁的漂亮女人，中等身材，是那种让人看了一眼就不会忘了的女人，心里有一种酸溜溜的感觉。如此漂亮的女人，在中国无论是容貌、地位，绝对是百里挑一的。在莫由六千多万人口中能有几个像她这样的女人，四十岁就当上了市委常委、市委宣传部长，自己怎么和人家相比呢？

"华姑娘，我们能在美国和你相识，大家都认为是一件非常难得的事。"周光说，"何况你给我们那么大的帮助，你知道吗，在我们这二十八个学员心中，都把你当成是我们的大教授，不是你，我们还不知道怎么办呢。"

"是啊，美国那些大教授讲得再好，我们听不懂也是枉然，幸亏有你呀，祖莹妹妹。"凌怡拉着华祖莹的手，一边用力握着一边说。

华祖莹红着脸说："你们别抬举我了，我那也是没办法的事，是周主任、士贞部长，还有你们那么多父母官的一片盛情，中国有句话叫做盛情难却啊！只是我的能力有限。要是在中国，我哪能见到你们这些时代骄子啊，只怕我连你们办公室的大门都进不了。"

"是啊，中国的用人制度需要改革。"周光说，"祖莹，我们等着你，我们莫由省发改委等着你！我今天当着大家的面，郑重宣布，华姑娘毕业后，只要愿意回国，我周光绝对双手欢迎！我一定把我们这些曾经做过你学生的二十八个学生都请去，你就是我们的贵宾。你就是我们的恩师！"周光显得几分激动。

这时，大家纷纷围过来，华祖莹说："各位领导，恕我不能送各位了，就此告别！"说着，华祖莹的眼圈有些发红。但她强忍着，目光在祖国亲人那一张张热情的脸上慢慢地移动着。

大家上前握着她的手，凌怡搂了搂华祖莹，贾士贞说：“哎呀，别搞得那么悲壮，不就是美国吗？不就是北美吗？未来的地球就是地球村！祖莹，你应该高兴啊，你能有这么多学生，哪天需要大家时，个个都会鼎力相助的。你才真正是桃李满天下呢！”

“是啊！祖莹老师，我们随时欢迎你回国去！”

第六章　归位

当飞机降落在莫由机场时，已经是次日傍晚。按照美国时间，此刻应该是早晨，贾士贞又是一夜未眠。回到久别的祖国，心情说不清是兴奋，还是激动。

玲玲提前下班回家，为丈夫准备了丰盛的晚餐，夫妻这次离别，是他们婚后最长的一次分别，牵挂、思念对她来说是从没有过的。

饭菜都已经就绪了，玲玲坐在客厅里，时而看看电话，时而听听门铃，她甚至在猜测着丈夫在美国度过了五个月的学习，会不会变了模样！女人的心，全部系到丈夫身上，有点像第一次初恋约会那样忐忑和激动。

玲玲不时地看看客厅正中的电子钟，她默默地计算着时间，岚岚站在房间门口，说："妈，爸爸会不会不回来吃饭哪？"

"不会，坐了那么长时间的飞机，他们也是人呀！还不累死他们！"

正在这时，门铃响了。

玲玲三步并作两步，一边大步冲过去一边大声说："来了！"

门一开，果然是丈夫回来了，玲玲接过丈夫手里的大箱子，岚岚接过爸爸手里的背包。岚岚说："爸爸这次表现太好了！"

"爸爸知道女儿想爸爸了，所以什么事也不干，先回家看女儿。"

玲玲说："快去洗个脸。累了吧，先吃饭，然后洗澡，好好睡觉。"

贾士贞说："美国现在正是天刚亮，都已经成了地球对面的人了，还要倒时差！"

贾士贞从洗手间出来了，玲玲说："我买了一瓶法国的葡萄酒，欢迎你这位贵宾！"

贾士贞说："国际航班真的饿不着，我带了一瓶XO，尝尝看。"说着，打开大箱子，"来，岚岚，看看爸爸给你带来什么礼物了。"

贾士贞把带给女儿和妻子的礼物全都拿出来，岚岚又是比划又是跳，玲玲拿着一件连衣裙，在身上比试着，说：“美国人也不过如此！”

“美国人也是人，他们穿衣服真的不像中国那么讲究，讲排场，他们主要是考虑休闲、舒服。”

贾士贞打开XO，倒了两杯，端着酒杯说：“玲玲，辛苦了，谢谢你！”

玲玲说：“还是你这个洋博士辛苦，别的不说，你算是见过世面的人了，英语水平一定有很大的提高。来欢迎欢迎！”

岚岚也把饭碗举起来，说：“还有我呢，欢迎爸爸！”

晚饭后，玲玲旋风样地收拾完了家务，又安排好岚岚，等待丈夫洗完澡。夫妻一别五个月，她觉得自己对这方面并没有迫切的要求，只是想着男人，男人五个月不沾女人的边，就是木头人也是难以忍受的呀！夫妻的情调也是两人烘云托月、铺陈出来的气氛。于是玲玲把床头的灯光调得昏暗而迷离，被子叠得宽宽的，一看就是两个人的姿势。做好了这一切，玲玲换上粉色内衣，半躺在床头。

贾士贞洗完了澡，轻轻推开卧室的门，身穿白色的长睡衣，正准备问玲玲那天电话里的事，室内的灯光却把他带进往日那温馨浪漫的情调中，憋了五个月的千军万马，一齐奔腾起来，他把长途疲惫和困顿抛到九霄云外，如同一头雄师，一边奔过去一边甩掉睡衣，扑向女人。

贾士贞尽管头脑昏昏发涨，但是兴奋中枢却异常活跃起来，许许多多往事毫无阻拦地闯入眼前。

女人轻轻地翻了个身，一只手搂了搂男人，嘴里含糊地说：“还……不睡呀……”

贾士贞感受着女人的甜蜜，心里却有一种不安而且不祥的感觉，好像家庭这种幸福，夫妻之间的甜蜜面临着什么难以想象的危机。这种可怕的感觉逐渐向他逼来。想想在美国的五个月，尽管那段时间外语学习压得他们个个像小学生似的，而他觉得生活那么单纯，那么无忧无虑。现在刚刚踏上祖国的大地，政治这个可怕的东西就到来了，放下了几个月的官场上的烦恼好像也随之不声不响地向他逼来。

今天晚上的甜蜜与幸福像被某种一触即发的矛盾掩盖着，他多么希望家庭永远这样温馨，夫妻间永远像今天晚上这样甜蜜而幸福，人生能够永远无忧无虑，然而这一切都只是个人的愿望而已。

直到天快亮时，贾士贞才有点昏昏沉沉地进入浅睡状态。妻子起床了，他也能清晰地感觉出来，甚至她轻手轻脚地打开卧室的门，又慢慢地关上，他都一清二楚。但他只是一动不动地躺着，他多么希望自己能够真正进入一种熟睡状态，美美地睡上几个小时，他太累了，也太疲惫了。

玲玲匆匆吃了早点，拉着岚岚刚要开门时，又转身来到客厅，把电话给拿掉了。

一觉醒来已是下午，贾士贞感到全身都瘫了一样，两顿饭没吃，也不觉得饿。洗完脸来到客厅，发现茶几上玲玲留下的纸条，原来妻子中午回来过了，他胡乱吃了点饭，便给市委组织部打了电话，副部长卫炳乾说他从省委组织部那儿已经知道他们回国了。

随后贾士贞又给市委常书记打了电话，常书记办公室没人接，再一打听，才知道常书记在中央党校学习的后期，又去了欧洲考察，估计近日也将回到市里。

既然市委书记还没有归位，贾士贞无形当中心里也就踏实一些了。

然而，不知道为什么，尽管几个月的美国学习生活突然变回了从前的轨迹，但是他的脑子里还装满那些黄头发、蓝眼睛的教授的身影，耳边响着的还是英语的发音。贾士贞渐渐地收回自己的思绪，开始整理几个月来所学习的知识，甚至开始考虑把那些书本上的、课堂里的美国成功的经验和自己的工作结合起来。当初省委的目的很明确，就是要选派一批年轻的、有知识的、优秀的县处级和市厅级年轻领导干部去美国学习，而他们个个都怀着一颗火热的心，决心把美国的先进科学运用到中国的实践当中去，尽快改变中国现有的不合理的管理体制。

在美国期间，贾士贞全心全意投入理论学习，课程压得他喘不过气来，连做梦都在练习英语。现在回到了中国，不知不觉地把自己的工作和美国所学的理论联系起来，陡然间，产生了许多灵感，许多从没有过的冲动像泉水一样往上涌。

直到玲玲下班回来了，贾士贞才放下头脑中的那些还没形成体系的种种计划和设想。

玲玲说："歇得怎么样了？我中午回来本想给你搞点饭吃，见你呼天吼地的睡得很香，不忍心打搅你，将饭做好了，留了纸条。"

"总算美美地睡了一觉，飞机上我怎么也睡不着，虽然感觉到又累又困，可就是睡不着。"

"激动的？"

"激动什么？我们已经不是那个年龄的人了。"

"你们这帮人算是见过世面了，世界第一流的国家，你们不仅去了，而且呆了那么长时间。喝的是北美的洋墨水和太平洋的海水，只是头发还是黑的，眼睛没有变蓝。”

“你不知道，那有多苦！你说我们这些人的英语能有什么用，连小学生的水平都达不到。刚去那会儿，有时一夜只能睡两三个小时，满脑子都是英语。”

玲玲笑笑转了话题：“周一兰和你联系没有？”

贾士贞一怔，看着妻子，不知道妻子是什么意思。

玲玲说：“你回来了，我早上对朱师傅说让他明天别来接送我们了。正在那时周一兰给朱师傅打了电话。”

贾士贞这才暗暗地松了口气，说：“再说吧，我们倒时差休息三天，还要总结，省委领导还要出席，我也没时间送岚岚。”

“玲玲，你坐下。”贾士贞严肃起来了，“到底发生什么事，我的心里一直放不下。在美国，听你在电话里欲言又止，我就猜想，一定发生了什么事，老实说，我的心总放不下来。”

“士贞，其实我害怕破坏家里的气氛，更害怕影响我们之间的感情。”

贾士贞睁大双眼，看着妻子：“到底什么事？”

玲玲犹豫了一会儿，说：“这事我本不想对你说，但是，那天卜处长打电话来，是他主动问我目前工作情况的……”

“卜言羽？”

“卜处长听了之后，非常气愤。他说这里面一定有名堂，这是干部制度能不能三公开的严肃问题，是如何对待民主的问题，卜处长甚至说简直是亵渎民主！若真的如此，那是违纪的！”

贾士贞还是弄不清头绪，但他从妻子的表情上感觉到这事一定与她有关。

玲玲接着说：“张志云当厅长了！”

贾士贞点点头，记得在他出国前就曾经听玲玲说过。现在的干部就是这样，无风不起浪，他在省委组织部干了八年，干部的提拔非常微妙而神秘。或者说升官的人都有他各自的道道，外面的人哪里知道其中的奥妙。

“半个月前，厅里的机关党委专职副书记老刘退休了，要改选机关党委，张厅长找我谈话，说我当了五六年副处长了，让我参加机关党委改选，争取选上党委副书记，既是正处长级，工作又不太忙。”

听着妻子的一番话，贾士贞觉得有些奇怪。他当然知道，在省级机关，由于处级干部流动困难，每个厅局的年轻同志大都被压住了，真正能够上到处长岗位的，那真是很不容易。虽然玲玲当了五六年的副处长，那也是凭借当年他在省委组织部的影响力。在有些厅局，四十好几的同志还是科级的多得很。按说现在玲玲还不到四十岁，提拔正处长也轮不到她。何况张志云因为张敬原的提拔对他多少是有些意见的，那么张志云为什么要提拔玲玲呢？

就贾士贞在省委组织部那么多年对省级机关的了解，像玲玲这样的条件怎么可能去当机关党委副书记呢？大部分厅局的机关党委副书记差不多都是老的处长为了让位置，或者是副处长的资历也太老了，又没有处长位置，就安排到机关党委去。而像玲玲的情况，要安排正处级机关党委副书记的话，十年以后也不算迟啊！贾士贞的头脑里不觉出现一个大大的问号。

“选举那天，张厅长非常重视，还特地请来了机关工委组织部的同志。”玲玲此时像讲故事一样，“按照规定党内选举是要差额的，所以七个委员就推荐了八个候选人。按照那八个候选人，我想我得票不会第一二，第三第四也是没问题的。”讲到这里，玲玲停住了，往沙发上一靠，长长地叹了口气，再也没有说一句话。

贾士贞看看妻子，感觉到妻子一脸的无奈与忧伤，他不知道到底出了什么事。但贾士贞的心陡然间有一种不良的预感，他没有往下想，静静地看着妻子，他觉得，凭他目前市委常委、市委组织部长这样的角色，完全能让妻子享受到夫贵妻荣，或者说让妻子躲在他的这棵大树底下乘阴凉的。然而只是因为一个小小的张敬原，造成了现在这么多坎坷，贾士贞的心里有些莫名的气愤和烦恼。

这样过了许久，玲玲说：“士贞，其实这事完全怪我，我应该想到天上是不可能掉下馅饼的，我不应该去参加这个机关党委的选举，就当这个副处长不是很好吗？”

“玲玲，慢慢说，到现在我还不知道到底发生了什么事。”

“那天选举时，气氛非常隆重、庄严、肃穆。全厅所有党员，连同离退休的老同志，总共一百六十多人，各项程序进行完了之后，开始无记名投票，投票结束后就宣布全体党员休会。但是让人奇怪的是没有当场公开唱票、计票。”

贾士贞睁大了双眼：“为什么？”

玲玲摇摇头，接着说：“当时就把投票箱抬走了，没有人知道去了哪里，也没有人知道是如何统计票数的。半个小时之后，由分管副厅长在全体党员大会上宣布结果。”

玲玲突然又停住了，站了起来，不声不响地进了洗手间。

贾士贞愣愣地看着玲玲离去的背影，心脏有些隐隐作痛的感觉。妻子此刻一定是伤心而痛苦的，尽管他还不知道结果是什么，但是这已经清楚了，妻子的心情他能理解，官这个东西当不当也不是那么重要的，可是愚弄人不仅仅是道德问题，有可能还有着更深层次、让人担惊受怕的隐情。贾士贞有一种愧对妻子的感觉，甚至觉得像有人在他贾士贞的脸上刷了两个耳光。

贾士贞下意识地摸了摸脸，脸上有一种火辣辣的感觉，心脏也顿时像停止跳动似的。这事如果发生在原始社会，或者说发生在刺刀见红的战场上，那很能理解，也情有可原。可是，今天已经到了二十一世纪，到了大声疾呼政治文明、民主政治的时代，这样极其荒唐的故事如果不是发生在他的家庭，发生在他妻子的身上，他也许绝对不会相信，可能以为是童话王国里的故事。

贾士贞来到洗手间门口，却没有说话，只见玲玲打开水龙头，任凭自来水哗哗地流着。贾士贞感觉到玲玲像是在抽泣。他的鼻腔一阵发酸，不知该如何面对妻子。

玲玲好像发现了丈夫，把头埋到水池里，过了一会儿，她抬起头，满脸都是水。贾士贞随手拿过毛巾，玲玲接了过去，胡乱擦了擦，不声不响地向客厅里走去。

两人沉默了许久，再也没说文化厅机关党委投票的事。

吃晚饭时，卜言羽打来电话，贾士贞接完电话，说："卜处长马上过来。"

玲玲说："士贞，算了，卜处长一定要弄个究竟，还说这些人如此践踏党章，亵渎民主，一个堂堂的省政府组成部门，正厅级单位，胆子也太大了。"

贾士贞的脸上一阵青一阵白，拿起茶几上的香烟，点着一支，岚岚刚要上前阻止，玲玲一把拉着女儿，摆摆手。

过了一会儿，门铃响了，贾士贞急忙开了门，卜言羽还没进门，就紧紧握着贾士贞的手，说："好家伙，我们的洋博士终于回来了！瘦了，真的瘦了。"

贾士贞一边让座，一边说："玲玲，把我那好茶拿来。"

玲玲泡好了茶，说："士贞，今天破例，你和卜处长两人抽抽友谊烟吧！"

卜言羽拿起桌子上的中华香烟说："士贞，既然夫人批准了，咱俩就抽，难得有机会。烟逢知己千支少嘛！”

两人聊了几句，卜言羽说：“士贞，美国的情况咱们找时间慢慢聊，我知道你们马上要集中总结美国的学习经验，所以我不顾你的休息，过来看看你。”

贾士贞说：“是吗！”

卜言羽看看玲玲，说：“玲玲嫂子，你也坐下来，听听我的观点。”

玲玲说：“卜处长，那事我不想再……”

卜言羽摆摆手：“这事我已经初步了解过了。士贞，这个张志云，才当上厅长几天，对同志有意见也好，打击报复也罢，可怎么能干这种目无纪律的事呢？现在都什么年头了。”卜言羽气愤地说，“中央再三强调，在干部问题上要公开、公平、公正，而文化厅这次机关党委选举时，投票倒是很正规，可是投票之后不当着全体党员的面唱票、计票，而是少数人把投票箱拿走了，把早就胡编的候选人得票情况公布了。而党员的投票根本就没有统计！真他娘个熊的，什么玩意儿！”

贾士贞睁大眼睛看着卜言羽：“真有此事？”

“千真万确。”

“为什么要这样做呢？”

“玲玲被差额掉了！”卜言羽气得脸色铁青，“谁也不相信得票最多的是那个女人！一百六十八人投票，她得了一百六十五票，据我了解，这个女人能过半数票就不错了，居然说她得了那么多票！”

“这也太荒唐了吧！”贾士贞愣愣地看着卜言羽，“那么党员投过的票呢？”

“不知道！”卜言羽说，“反正当时没有开投票箱，只是把预先准备好的结果拿去宣布了。”

“卜处长，真有此事？”贾士贞递给卜言羽一支香烟，两人默默地抽了一会儿烟。

“我问过机关工委组织部当时参加文化厅选举的老乔，完全证实了这点。”卜言羽严肃地说，“我问老乔，你为什么不参加统计选票？他不吭声，看我追问得急了，他说他也不知道投票箱被拿到哪里去了。”

贾士贞深深吸了一口烟，说：“怎么会这样，到底是什么人如此放肆？”

“谁敢？”卜言羽说，“除了最高权力，谁敢？这不是明摆着的吗？”

“他就不怕违反纪律？”贾士贞说。

“士贞，”卜言羽愤愤地笑了笑，“现在有些单位的一把手，什么事不敢干？他清楚得很，这种事根本没有任何一个领导机关会认真去查处。就是查了，能有什么结果？又没有造成什么死人的后果！”卜言羽把半截香烟戳在烟缸里用力掐灭了，“可是他碰到我卜言羽了，老子决不会‘不言语’的，我非把这事给弄个水落石出不可，虽然不可能对他厅长的乌纱帽有什么影响，但是我一定要让他难看，让省纪委、省委组织部、机关工委知道他是什么样的一个厅长。到底是什么人把这样的人推到厅长的位置上的！可见我们现行选拔干部的方法都选出什么东西！天知道！”

贾士贞一句话也没说，默默地抽着烟。

过了一会儿，贾士贞摇摇头：“我真的没想到，看来这事一方面是冲我贾士贞而来，另一方面……”

“那个姓乌的女人居然得了最高票一百六十五票，谁他妈的都不相信！玲玲只得了五十二票，被差掉了！”当卜言羽说出这个结果时，贾士贞的脸色一下子变了色，脸上一块块发紫，鼻子如同长歪了的茄子！

“据我调查，那个姓乌的女人就是经张志云调到文化厅的，有人反应他们的关系暧昧，这个女人在群众中基础极差，要是唱票的话很难过半数。而玲玲绝不可能只得五十二票，按正常投票，玲玲应该在一百三四十票上下。”

听了卜言羽的介绍，贾士贞额头上的皱纹纵横交错，脖子里的青筋鼓起一个个疙瘩。

玲玲不声不响地低着头，好像是自己犯了什么错误似的，她知道丈夫得知这件事的真相之后，心情一定十分矛盾，按贾士贞的脾气，一定不会就此罢休的，然而这事却和他有着密切的关系，所以他一直压抑着自己，毕竟他早已不是当年的地委党校教师，不仅在省委组织部工作过八年，现在已经是市委常委、市委组织部长了！

玲玲终于说：“算了，随他们去吧，还能把我怎么样！”

“玲玲嫂子，这不是你个人问题，党有党纪，国有国法。”卜言羽说，“我已经向钱部长、机关工委纪委张书记、省纪委常委刘长胜同志认真谈了这件事，他们都觉得怎么会发生这样的事，好像我是说梦话。大家都说，一定要查个清楚。当然，他们的另一个目的，是怀疑这其中还有什么其他原因，希望澄清事实，所以我也就将计就计。”

贾士贞仍没有发表什么明确的意见，直到送走卜言羽时，卜处长到了楼下，两人还念念不舍。临分手时，贾士贞用力握着卜言羽的手，俩人不约而同地拥抱起来。

赴美国高级领导干部培训班学员的总结大会结束了。贾士贞不知道自己这次美国学习回来后，工作上会不会发生什么变化，他甚至有些忐忑不安地等待着省委和省委组织部领导的谈话。可是昨天晚上在省委领导出席的宴会上，钱部长说赴美国培训班的学员目前都不可能调整，大家都马上回到自己的工作岗位上。还说中央调研组通过调研对西舆前段时间的干部人事制度改革给予充分的肯定，调研情况不仅要写成详细的文字材料，中央相关部门的领导还将专门听取调研组的汇报。

晚宴结束后已经过十点钟了，省委组织部的车子把他送到小区门口，这是一次难得的机会，贾士贞也是难得的兴奋与激动，自然也喝了不少酒。在美国期间，他们不仅成为地地道道的学生，而且生活也像中国千千万万的留学生一样艰苦。在今天的欢迎宴会上，自然人人都那样激动和兴奋，甚至尽兴放开酒量。

贾士贞虽然没醉，但是脚下多少感到几分不由自主。他刚要进小区大门，旁边一个人拦在他的面前。贾士贞一愣，那人说："贾部长……"

贾士贞吃了一惊："谁？干什么？"

"贾，部长……"这人往旁边退了两步。

贾士贞警惕地向大门走去，那个人跟上去说："贾部长，我是侯永文……"

贾士贞停住了脚步，奇怪地盯着那个人看着："你是侯永文？你，你不是已经调民政厅当副处长了吗？"

这时贾士贞已经进了小区大门，灯光下，贾士贞重新打量着面前这个男子，当他确信他就是侯永文时，贾士贞在传达室门口站了下来。

"侯副处长，找我有什么事，你如今已经是省级机关的处级干部了，神通不小啊！"

"贾部长，您大人不计小人过，我当时真的没有想到你真的是市委组织部长，我，我太……"侯永文尴尬地说。

当然在这一瞬间，他们俩的头脑里同时浮现出那场令人啼笑皆非的大笑话。侯永文说的是大实话，他当然不知道一个堂堂的市委组织部长居然隐去了身份，跑到农村去，他怎么就鬼使神差地摆起乡党委书记的架子了，千错万错不该把他关了一夜，侯永文觉得自己平生以来做得最愚蠢、最荒唐的就是那件事。

天有不测风云，人有旦夕祸福。当初，侯永文怎么也没有想到，到手的鸭子突然就飞了！作为一个乡党委书记，能够努力到副县长的人选，而且考察都很顺利，只待市委提名文件一下，县人大常委会召开，他就成了光宗耀祖的副县长了！这是多么艰难、多么不容易的事啊！可偏偏在一切都即将变成现实的时候，市委组织部长变动了，按照通常情况，新来的市委组织部长哪能过问得了那么多提拔的对象，一定还会按照以往既定方针办的。可是他怎么也没有想到来了一个不食人间烟火的贾士贞，而且鬼使神差地摸到他所在的桃花镇！全市四县两区，乡镇也有一百多个，他怎么就非要跑到桃花镇呢？每每想到自己把市委组织部长关了一夜，他的心脏犹如刀割一样的难受。特别是下奂县委书记乔柏明出事了，他的同母异父兄弟——原市委组织部常务副部长高兴明被“双规”，他不得不历尽周折，总算跳出贾士贞的手掌，本以为到了省民政厅后就再也不会受到贾士贞的制约，然而，没想到市纪委却追了过来，不肯放过他。侯永文认定，这是贾士贞在报复他，要置他于死地。他好不容易打听到贾士贞出国学习归来的时间，再次提心吊胆地面对贾士贞。

一阵思涛过后，侯永文突然拉住贾士贞，声泪俱下地跪在贾士贞的脚下：“贾部长，求求你饶过我吧，我和你前世无怨，后世无仇……”

贾士贞一时不知所措，他怎么也没有想到侯永文会来这一手，于是厉声道：“侯永文，你这是干什么！起来……”

“贾部长……”侯永文紧紧抱住贾士贞的两腿，“你做做好事吧，我……”

贾士贞被搞得满头雾水，伸手拉着侯永文说：“侯永文，我是组织部长，可你现在已经不在西奂市委组织部的管辖范围了，你到底是什么意思？”

“不是你，西奂市纪委他们也不会的……”

贾士贞这才记起在他出国之前市纪委书记张亚新给他打过电话，说到关于在审理下奂县委书记乔柏明的问题时牵出了桃花镇党委书记侯永文。于是贾士贞说：“侯永文，你连这点问题都弄不清，也够当处级干部？查处干部违纪问题与组织部门有什么关系？真是莫名其妙！”

“可是贾部长……”侯永文死死抱住贾士贞的腿，“我听说了，就是你……是你对我把你关了一夜，耿耿于怀……”

贾士贞再也忍不住了，回过头看看站在旁边的保安，大声说：“保安同志，请你们把他给拉走，岂有此理！”

侯永文被强行拉走了，贾士贞刚才在宴会上的激动和兴奋被侯永文搞得荡然无存了。

现在细想想，侯永文刚才的行为或许不是他不懂纪委和组织部的职能，这其中也绝不是侯永文的无知，说不定有人给他出谋划策。

贾士贞的头脑完全清醒起来了，他一边往家走一边想，真的还不如在美国过那单纯而吃苦的学生生活，刚刚回到家才几天，还没有接触具体工作，就发生这么多事，心情愈加复杂起来。

贾士贞回到西臾，生活似乎和从前相比没有什么变化，随着市委组织部长的意识不断归位，美国那段时间的生活也渐渐地远去了。

第二天一早，贾士贞正准备出门，卫炳乾来了。

一别半年，两人格外亲切，卫炳乾握着贾士贞的手，激动得半天说不出话。卫炳乾感到心中千言万语却不知从何说起。

说着说着，就说到贾部长学习期间省委组织部调来的两个处级干部的事。

“是这样的，”卫炳乾说，“这在你和常书记走后大概两个多月，省里调来了两名处级领导干部，一位是我们市委组织部常务副部长韦旭，另一位是市民政局长葛晓晴。”

贾士贞没有说话，愣愣地看着卫炳乾，过了好半天才说：“哦，你在电话里说过。”

卫炳乾摇摇头，两人再也没有说话。过了一会儿，贾士贞拿起茶几上的香烟，自己拿了一支，又递一支给卫炳乾，两个不怎么会抽烟的人居然大口大口地吸了起来。当然，作为市委组织部长贾士贞，他没有任何理由不服从省委组织部的决定。在中国这块九百六十万平方公里土地上，这就是国情。权力这个东西就是这样。省委派一个干部到市里来，不要说担任县处级，就是副市级、市级领导，那都是应该的，也是正常的。虽然在他和常书记出国之前，省委领导对他们两人离职之后的干部和财政两大问题作了明确的规定，但是，省里派下来的干部那是另一回事。贾士贞虽然是市委组织部长，但他在美国学习，不可能因为省里要派两个处级干部叫他从美国回来一趟。这样一想，贾士贞把没抽完的半截香烟在烟缸里掐灭了。

“走，炳乾，到办公室去。”

按照惯例，省委组织部安排干部到市县锻炼，或者是需要照顾的特殊情况，也会事先和市委组织部领导进行沟通。但是西臾的干部工作一直处于特殊时期，这是人所共知的。比如常书记的秘书程文武，还有张敬原和庄同高三人提拔副处级的问题，虽然在他和常书记临离职学习时已经决定召开常委会议，但是最终还是未能实施。可是在这关键时刻省里却派下来两个处级干部，不仅会引起群众的议论，甚至可能会对下一步的干部人事制度改革工作带来一定影响。

无论怎么说，生活又恢复了过去的色彩，昨天、今天和明天，还是简单地重复着日出日落，上班下班，日复一日，虽然省委组织部培训处打过两次电话，问贾部长赴美国学习的论文准备得怎么样了。省委和省委组织部十分重视每一期赴美国培训班学习人员的收获，不仅要学员每人都要写一篇有分量有价值的论文，而且还要将论文汇集成书，在一定范围内让大家阅读。除此之外，省委组织部还希望有专长的同志写成各种题材的作品，包括小说、纪实文学等形式。而贾士贞现在考虑的是如何把美国的先进管理方法运用到目前的工作中去。他甚至非常重视网上对他的那场干部人事制度改革的不同意见。有人支持，有人反对，贾士贞除了认真反思自己，更值得他重视的是，有人说他是改良，不是改革。其实贾士贞认为，他还够不上那个高度。他当然知道，单凭文化考试能选拔出真正意义上的干部吗？还有人说他是理想化的人物，不够资格当一个市委组织部长。所以，他的论文怎么写，至今还没有一点头绪。如果说仅仅是玩玩文字游戏、完成差事的话，他只要开两个夜车，一定可以拿出一篇上等的论文，然而，贾士贞不愿意仅仅为了应付差事，他要写就要结合实际，要能够解决当前人们都感到困惑的难题。

不知道为什么，贾士贞回到西舆已经一个多星期，而且常书记也约他见过一次面，常书记主动和他谈了在中央党校学习的许多感想、体会和认识，却始终没有提到省里派来的两个干部，虽然这两个处级干部在省里不算什么，可在市里却是重要的岗位。既然常书记不提，贾士贞也只好装聋作哑。但是社会上的小道消息不断传出来，有人说市委组织部常务副部长韦旭是省委某某领导的内侄，之所以从省级机关到西舆来，是准备挤掉贾士贞的组织部长位置的。说葛晓晴是省里某某领导的外甥，下来镀镀金就回到省民政厅当副厅长。还有人说贾士贞只不过是一个伪装成改革家的骗子，比赵本山还赵本山，跑到西舆来卖拐了！

这些小道消息很快就传到贾士贞的耳朵里了，贾士贞只能一笑置之。他考虑的是，下一步无论怎么改革干部人事制度，面临的困难都将更大。他这里一有点风吹草动，上面可能就知道了。

西舆市委常委召开了常委会，这是市委书记常友连和市委组织部长贾士贞完成了各自的学习任务后，回到西舆的第一次常委会。

这次常委会内容很单纯，首先由市委书记常友连介绍了中央党校学习的情况，看来常友连的这次学习，真的受益匪浅，除了中央党校相关专家教授的授课之外，中央政治局九个常委有三人分别讲了课，常友连引用了因发表《民主是个好东西》一文而格外为海内外关注的俞可平的一句话：“政治体制改革不是一件‘应当’的事，而是一件‘必须’做的事。”

常友连还说，在北京学习期间，中央组织部和中央体制改革研究中心负责同志专门把他找到办公室去，重点谈了西舆前段时间那场干部人事制度改革的问题。

常友连说中央体制改革研究中心的负责同志还特别引用了1986年6月28日邓小平在中央政治局常委会上的一段话：“政治体制改革同经济体制改革应该相互依赖，相互配合，只搞经济体制改革，不搞政治体制改革，经济体制改革也搞不通，因为首先遇到人的障碍。”

常友连显然很兴奋，接着说：“在《小平未了心愿》这篇文章里，还引用了邓小平的一段话：‘总的来讲要消除官僚主义，发展社会主义民主，调动人民和基层单位的积极性。’”

尽管常委会之前通报了会议内容，但让常委们感到意外的是常书记的学习精神传达居然用了一个上午的时间，更让常委们吃惊的是，常书记对于干部人事制度改革发表了许多让常委们过去想都不敢想的观点。

下午在讨论时，常委们先是就常书记的观点从理论上谈了各自的看法，随着讨论的深入，也说不清是谁带的头，话题逐步转到干部制度改革这样一个十分敏感的话题上去了。当这样一个极为敏感的话题被摆到市委常委会上来争论时，有些常委开始大胆地发表了看法，以至九名常委，明显形成了两种不同意见，一种是主张改革的意见，另一种则是反对改革，主张观望等待。

贾士贞一直沉默寡言，常友连多次暗示贾士贞发表意见，可他总是一脸严肃，没有发表任何自己观点。当然，在场的常委们都知道，贾部长刚从美国学习回来，肯定有许多新的观点、新的见解，尤其是对下一步干部制度如何深入改革的问题，都希望听听贾部长有些什么与众不同的看法，特别是经历了前段时间西舆大规模的疾风暴雨式干部人事制度改革之后，贾士贞没有去中央党校学习，反而去美国培训，这其中到底意味着什么？不仅西舆的干部群众关注这样一个问题，市委常委们也同样感到其中必有文章。

贾士贞不仅在讨论时没有过多地发表自己的观点，而且在他汇报赴美国培训的收获时，也是只讲在美国所见所闻，以及学习的内容，很少加入自己的观点。

市委常委会议结束后，常友连单独和贾士贞交换了两人各自这段时间学习的感受。

不管怎么说，贾士贞被常书记的真诚所感动，但是他说："常书记，你知道在常委会上关于今后干部制度如何改革的讨论我为什么一直没有参与讨论吗？不是我没有观点，也不是我有什么顾忌，而是政治这个东西，其实不是我们这些人研究的。马、恩、列认为'一切阶级斗争都是政治斗争'，'政治就是各阶级之间的斗争'，'政治是一种科学，是一种艺术'。当然如果认真去解释"政治"二字的话，也不是一句话两句话能说得清的。而我们作为基层政权的掌握者，则是把政治这个社会现象和社会的上层建筑，在实际工作中正确地体现出来。这种体现方式，其中最敏感的正是干部人事制度，说到干部人事制度，自然又是民主和法制问题。"说到这里，贾士贞一脸严肃，"我到西臾之后，所做的一切表现得不太成熟，仅凭自己一时的热情，在具体做法上也过激了些，冒进了些。"

"士贞，"常友连的声音低沉，显得那么亲切、那么和蔼真诚，"说实话，我们虽然也都到了市厅级领导干部的岗位上，但是缺乏系统的政治理论学习，工作中只是靠自己的经验，毛主席批评过的经验主义！过去的说法叫做只是低头拉车，不抬头看路。我真的没有想到，这次到中央党校学习几个月，对我是一次灵魂的洗礼和政治觉悟的再提高。"常友连站起来，递给贾士贞一支香烟，"士贞，过去的事咱们就不说了，有些工作，我这个市委书记对你的支持还不够，或者说还是有看法的。其实，人有缺点并不是什么耻辱，正如有人戏言的那样，世界上每个人都是被上帝咬过一口的苹果，都是有缺陷的。任何一个人知识、水平、能力都是有限的，局部的；生活在复杂的社会环境中，有缺点错误是正常的，没有缺点错误，才是不正常的。积极主动地改掉缺点错误就是好同志，不去改正缺点错误是不求进取的表现。真正的耻辱是明知自己有缺点错误，却不去认识自己的缺点错误，不积极改正自己的缺点错误。"

常友连边走边说，回到自己的座位上，看着贾士贞，脸上的表情还是那样的和蔼可亲，贾士贞觉得常书记变了，不单是变得和蔼可亲，而是变得让他感到一种真诚的民主。

常书记接着说："一个人，承认缺点错误是要勇气的，当然也是痛苦的，改正缺点错误却是幸福的。认识到缺点错误是改正的转机，理性反思，积极深刻地进行自我反省，这就是大彻大悟，也是战胜自我的开始。"

贾士贞看着常书记，虽然对常书记的话有点摸不着头绪，但对他也同样是一次教育，一次提高。

只是，常友连始终没有谈到今后的具体工作，没有涉及到西奥过去干部人事制度改革，以及未来改革的设想。

这样沉默了许久，常友连终于说：“士贞，我知道你从美国回来后为什么突然间变得沉默寡言了，就你的个性，就你的思想，或许在你的头脑里还没有形成一个较为成熟的改革方案。但是，还有一件事是否多多少少在影响着你。”说到这里常友连停住了，他一改往常的习惯，拿烟，缓解气氛。而且目不转睛地看着贾士贞，俏皮！简直让人觉得有些好笑，特别是他的表情，不是无可奈何，而是不知所措！贾士贞的心突突地撞得像一个沉重的钟，俏皮！常友连轻轻地拉开抽屉，犹豫了片刻，取出两张纸，递给贾士贞。

“士贞，这种事我早该告诉你，甚至你在美国时我都想打电话告诉你。”常友连把“告诉”这两个字说得重而且拉长了声音。

贾士贞默默地看着这两张纸，这是韦旭和葛晓晴俩人的基本情况介绍，既不是干部任免呈报表，也不是干部履历表，而是自己打印的个人情况介绍。

“士贞。”常友连严肃起来了，让人感到他非常慎重，“这事来得很突然，为了这事，省里领导还特地打电话让我从中央党校回来一趟，我当时提出来，能不能等我们俩学习结束后再办理……”常友连摆摆手，虽然没有说下去，可贾士贞完全想到了当时是什么样的场合。

贾士贞站了起来，把那两张纸放回常友连的桌子上，脸上似乎没有什么表情。

“士贞，现在看来，干部问题确实是我们各级党委、组织部门必须引起高度重视的大问题。”常友连瞥一眼那张纸，“现在有些干部从上面派下来是为了锻炼、培养，可有的避免不了照顾关系和曲线提拔啊！”

“常书记，”贾士贞严肃起来了，“上面派下来的干部，作为下级党委、组织部门，当然是没有价钱可以讲的，因为我们必须服从权力。你和我都是上面派下来的干部，谁能说个‘不’字？况且干部的素质、能力又没有一个标准。说一句不好听的话，还是那句话：‘说你行你就行，不行也行；说你不行你就不行，行也不行。’但是……”贾士贞没有说下去。

“是啊，士贞。”常友连说，“这个问题恐怕在美国也解决不了。”

贾士贞摇摇头，说：“美国和中国是两回事，在官员的选拔上不好相比。”

常友连笑笑，递一支香烟给贾士贞。

“常书记，像这样的两个干部，即使派到市里来，安排到什么位置，还应该由市委常委决定。”

“士贞，你在省委组织部干了那么多年，有些干部岂是你们机关干部处、市县干部处能够决定得了的？部长怎么办，书记怎么办？”

是啊，常友连突然将了贾士贞一军，贾士贞一时无言以对。

谁知常友连的这句话所产生的效力实在是大得奇怪。贾士贞甚至觉得第一次败在常书记的手下。

市委组织部来了一位常务副部长，不光是组织部的工作人员不敢轻视，作为组织部长贾士贞也必须重视。他不知道他不在家的那些日子里，韦旭是怎么工作的。现在他回来了，他不得不考虑部长们的分工问题。韦旭不同于其他副部长，他不仅是从省里下来的，更重要的他是省委某领导的亲戚，这正是贾士贞感到的压力。

从刚才常书记给他的那张纸看，韦旭从部队转业时只是一个副营职干事，当时转业到省发改委，两年后就提拔为副处长。凭贾士贞对省级机关和省发改委的了解，省发改委可是一个高学历、人才集中的地方，许多国内名牌大学毕业生，而且都是经济相关专业的硕士、博士生，怎么一个军队副营职转业干部能够转业到这样的单位呢？而且这么快就提拔为副处长、正处级副处长了？在这一瞬间，贾士贞的头脑里忽然产生一个怀疑，是不是省委某领导意识到，像韦旭这样资历的干部在省发改委再发展下去已经不那么理直气壮了，所以干脆下到市里镀镀金，再考虑提拔。

回到办公室，贾士贞看看表，就拨通韦旭的电话。韦旭一听说部长找他，立即跑了过来。一进贾士贞办公室的门，便立正，像军人似的，敬了个礼，大声说：“报告首长！韦旭向您报到！”

贾士贞觉得有些好笑，微笑着点点头，从座位上站起来，主动伸出手；韦旭双手早已一把逮住贾士贞的手，热情得让贾士贞插不上嘴。韦旭留给贾士贞的印象真的不错。中等身材，四方脸，小分头蓬松而整齐，似乎还透出点军人的风采。

无论贾士贞说什么，韦旭一概表示赞成，恭维的话说得贾士贞全身汗毛都竖了起来。

第七章　不公正的选举

回到宿舍，已经是晚上十点多钟了，一股寂寞和孤独袭上心头，贾士贞甚至有点怀念在美国的特殊集体生活。

贾士贞似乎觉得有些不适应现在的工作和生活环境。出国学习之前，他像一盆熊熊燃烧的火焰，满腔热情，壮志凌云，头脑里全部是工作，甚至没有想到将来会是什么后果。然而，此刻，身处这套专门为市级领导设置的家中，贾士贞却不知道为什么会出现如此心境。

突然，一阵电话铃声打断了贾士贞的思绪。他平静了片刻，走到电话机旁，在伸手拿起电话听筒的那一刹那，头脑里出现一连串的回想。过去，只要他在宿舍时，电话几乎响个不断，那时他对每一个人的电话都不随便搪塞。特别是在公开选拔县处级领导干部的那些日子里，有时半夜里也有当事人给他打电话，他总是耐心解释。这次从美国回来之后，或许因为西臾的广大干部群众都在等待他有什么新的举措，所以电话明显少多了。

不知为何，贾士贞此刻却怀着一种从没有过的异样心情。当他把电话听筒放到耳边时，电话里传来女性那娇柔而圆润的声音："士贞部长……是你吗？"

贾士贞也不明白什么原因，他握着听筒，却一句话也没说，听到对方的声音，他的心脏收缩了一下，马上说："是祖莹吗，是我……"

"士贞部长，我想，你回到工作岗位上一定很忙吧。"华祖莹说，"你走后已经十来天了，一直不知道往哪里给你打电话，所以……"

"祖莹，太谢谢你了，我们回来后还经常说到你，真没有想到，在美国期间能碰到你这样一位中国的老乡。大家都说，如果不是你，我们的学习还不知道是什么样子呢！"

“士贞部长，我不想听你说这些话，你知道吗，在大洋彼岸，在我短暂的留学生涯里，能够遇上你们这批国内的精英，是我的幸运，真的！”华祖莹说，“士贞部长，我有时想，人是多么奇怪的动物啊，我怎么也没有想到能在美国和你见面，而且有那么多机会和你在一起。现在想想，还像做梦似的。”

“是啊，我是不相信命运的人。可是，本来一直说让我去中央党校学习的，却突然让我去美国参加了那个培训班。”

“这不知道预示着什么？”

贾士贞立即转了话题，有些激动地说：“谢谢你，祖莹。我们大家都非常感谢你，也非常怀念你，希望你早日回到中国。”

“士贞部长，你们走了，我还真的感到很寂寞……”华祖莹没有说下去，但贾士贞感觉到了她的心情。

“祖莹，你毕业后，应该回到中国，我们一道努力，为建设祖国而奋斗！”

“我当然想……可是，我很矛盾。”

“周主任不是希望你到他那里吗！我也希望你……”

“噢……”华祖莹没有说话。

越洋电话就这样沉默了。

美国之行，进一步加深了贾士贞对华祖莹的了解，如果说当初在宏门大酒店的初次相识是逢场作戏，后来在那场真正的“鸿门宴”中她的表现，却突然让他对她肃然起敬，为之振奋。而他们都没有想到，缘分偏偏又为他们的接触、了解创造了机会。冥冥之中，贾士贞感觉到，她岂是当初的打工妹，或者仅仅是一个见义勇为的女侠？凭借刚才的那一番话，凭借她在美国一流大学课堂上的表现，她已经变成了一个女学者，一个知识渊博的新知识女性。

现在，贾士贞对她早已不是那种男人眼中的漂亮女人的印象，也不单单是感激和报答，在这一瞬间，心中倏地升起一种敬重的感觉，她将成为他事业上的推动者和支持者。然而女人啊！女人的心，海底的针。贾士贞又不是个白痴。

贾士贞觉得，他平生从来没有依赖过什么人。对待玲玲，那是他的初恋，他爱妻子，爱家庭，爱女儿，除了在家和情感上的需要，他觉得自己是一棵大树，一种为家庭提供依靠的巨大力量。而周一兰则是对他提供了生活上的帮助，无论周一兰出于什么样的目的，在他生活中只不过是一位匆匆的过客。但华祖莹必将成为他事业上的红颜知己。这种可敬可贵的地方，在一般的男人和女人之间是难以达到的境界。

贾士贞给华祖莹写完了一封长信，已经是深夜十二点多钟，美国的此时正是中午时分，华祖莹在干什么呢？贾士贞把这封信发到她的电子邮箱里，安然入睡了，这一觉居然睡得那么长，那么沉。

曙光初露，贾士贞似乎又像出国之前那样，开始有规律地出现在西臾这块土地上。

贾士贞迟迟没有到办公室，他埋头在深沉的构思当中。他打开电脑，面对屏幕却打不开思路，还是在笔记本上进行手工劳作才有感觉。直到有人敲门了，门一开，是卫炳乾。

“贾部长，不好意思……”卫炳乾有点歉疚地说。

贾士贞摆摆手，说：“是我，是我没有遵守休息制度，走，到办公室去。”

上了车，卫炳乾回过头说：“贾部长，你夫人刚才打来电话，说你手机关机，宿舍电话打不通，办公室电话没有人接，她说有急事要找你。”

贾士贞应了声，心里却疑惑起来了，玲玲有什么事这样急着找他呢？他太了解妻子了，没有什么重要的事，她不会把电话打到办公室让别人找他的。

一进办公室，贾士贞就给妻子打电话，玲玲告诉他一件事。

今天上午上班后，省级机关工委副书记梁玉珍、机关工委组织部副处长李福明，省纪委三室处长吴晓，以及省委组织部卜言羽，一行四人突然来到文化厅。听了梁玉珍说明来意后，张志云当时拉长了脸，说：“你们太不信任我们厅党组了，我们文化厅多少也是省政府的一级厅局，我这个厅长也是由人大常委会任命的，你们如此不信任我们厅党组，为这点小事，如此兴师动众，我实在是不能理解。”

梁玉珍说：“张厅长，你刚才的话不能说没有道理，但是，十五大以来，党对政治文明的认识不断深入，江泽民同志曾经指出，‘发展社会主义民主政治，建设社会主义政治文明，是社会主义现代化建设的重要目标’。所以，对于文化厅这次的机关党委选举问题，群众有看法、有意见，省里有关部门很重视，既然是按党章选举，就应该尊重党员的民主权利。当然，如果文化厅能够拿出足够的证据，比如说当时的选票，及选票的统计结果和向全体党员宣布的结果是一致的……”

张志云的脸一沉，犹豫一下，极为不快地说：“你们连这点事都不信任我，那干脆把我这个厅长免了吧！”

梁玉珍笑笑说："张厅长何必这样呢，我们也是按照领导的要求，算是调查情况，我们也希望文化厅机关党委的这次选举是合法的、民主的，张厅长和厅党组是按照党章办事的，在选举当中没有违纪行为。"

"如果有什么问题了，那么你们打算怎么处理我们厅党组呢？"张志云阴着脸说。

吴晓说："当时机关党委选举时全体党员都投了票，现在能不能请保存选票的同志把那些选票拿出来，重新当众统计一下结果？"

张志云的脸一下子变青了，稍作犹豫，立即换了一副面孔说："选举结束后，谁知道你们这些钦差大臣会来，估计那些票已经销毁了。"

"销毁了？至少说应该保留一段时间。"梁玉珍说。

"梁书记，我只是一个普通工作人员，但是从制度上保证党和国家政治生活的民主化、整个社会的民主化，是当前每一个共产党员都应自觉遵循的原则。"卜言羽说，"发展民主、加强法制是当前和今后一段时间必须坚持的原则。"

"噢，卜处长实在是了不起啊！"张志云讥讽道，"卜大处长恐怕是有什么个人目的吧！没关系，你们给我什么罪名都行！"

"张厅长，你是一位堂堂的厅长，干吗这样对我们冷嘲热讽的呢！"卜言羽极为不满地说，"请问张厅长，我有什么个人目的？"

"还用我说吗，恐怕是司马昭之心，路人皆知。"

张志云这样一说，卜言羽站起来了，梁玉珍急忙看看卜言羽，说："卜处长，张厅长批评你，就有则改之无则加勉吧！"

"张厅长说我是司马昭之心，可我一个小小的处长，岂敢在张厅长面前有什么见不得人的行为，再说了，就是我有见不得人之心，可有机关工委梁书记在，还有省纪委的吴处长在，张厅长这样说不会是只指我卜某一个人吧！"

梁玉珍说："大家都是为工作，请张厅长理解我们吧！"随即笑笑对身边的李福明说，"李处长，你现在就把他们厅机关党委原来的同志请过来。"

李福明强调说："现在？"

梁玉珍点点头。

张志云看看梁玉珍说："我请问梁书记，这是什么意思？"

梁玉珍看看他，却没有回答他的问话。

随后，李福明和两位同志进来了。梁玉珍说："李福明同志帮助文化厅机关党委两位同志马上调动厅里所有车辆，把离退休的党员接来，通知机关全体党员。”梁玉珍看表，“十点半钟开会，请卜处长帮助办公室的同志准备会场。”

张志云愣住了，他怎么也没有想到梁玉珍一行会来这一手，不仅是对他不信任，而且居然搞起突然袭击，叫他没有回旋余地。一时间又弄不清这几个人的来头，满肚子的火要往外发，可又想，这事若真的闹出去，对他这个厅长、党组书记也不是什么光彩的事。他现在想到的是，必须设法把上次机关党委选举的事给斡旋过去，即使问题暴露了，也要千方百计地把责任推到别人身上去，找一个替罪羊。于是张志云不声不响地站起来，出了办公室，把梁玉珍一行晾在办公室里。

张志云看看手表，现在是九点半钟，还有一个小时全体党员都到了，他踏着楼梯，匆匆下楼去了，到了一楼，先给机关工委组织部的老乔打了电话，老乔在电话里支吾了半天，又不敢说明为了文化厅机关党委选举的事挨了领导的批评，现在张厅长把这样重大的责任推到他身上，一时有些不知所措。

十点半钟快到了，当梁玉珍一行走进会议室时，台下一百多双眼睛都盯着他们看。按照梁玉珍的意见，主席台上就坐的只有副厅长毕云海，他是原机关党委兼任的党委书记，另外就是省级机关工委副书记梁玉珍。

毕云海临时接受了主持全体党员大会的任务，他简短地讲了几句话，梁玉珍着重讲了关于加强党内民主和法制建设的理论，尽量回避文化厅机关党委上次选举上的问题。随后由李福明清点人数，实到党员一百五十六人，接着工作人员分发选票。

当然，候选人还是原来的那八个人，按照规定，每个党员只能在八个候选人的名单中勾出七名或者少于七名，多于七名的作为废票。

这时，台下有人低声议论开了，大家很快就勾完了选票，有人偷偷瞥一眼张厅长，又看看那个姓乌的女人，还有人回过头看看葛玲玲。

当毕云海宣布投票时，大家纷纷拿着选票，走到投票箱前。

虽然大部分党员还有些莫名其妙，可有的人早已感到这其中的蹊跷，甚至想到将有一场精彩的故事。党员们纷纷交头接耳，议论开了，有的人开始紧张而提心吊胆起来。

投票结束后，毕云海看看梁玉珍，梁玉珍低声说：“按规定吧，当场公开计票。”

毕云海点点头，大声说：“请大家回到原来的座位上，马上当场开箱统计选票，请工作人员按照分工，在左面的黑板上计票。”

这时，卜言羽、吴晓、李福明帮助工作人员打开票箱，一个人大声念着选票上的名单，吴晓、卜言羽同时看着选票。

黑板上名单下面的正字在不断变化着，张志云脸上的乌云越堆越厚，表情也越来越难看。但是他却是强忍着心中的怒火，无法发作。玲玲的心情虽然不像张志云那么难受，可她像有座大山压在头上，心情沉重而复杂，她不知道今天的结果对她是祸还是福。

大约半个多小时，计票结束了，工作人员累计完候选人的得票数，然后将结果递给毕云海。梁玉珍说："请工作人员宣布结果！"

卜言羽早就看到了，八个候选人按照差额一人，除了那个姓乌的女人得了五十二票，其余人全都超过半数，最少一个人也获得一百三十七票。葛玲玲得一百五十一票，位居第四名。

其实在计票过程中，台下已经不断传来惊讶声，当工作人员宣传结果后，毕云海宣布本次文化厅机关党委选举公开、透明、合法有效。全体党员自然一片哗然，甚至都对前次选举感到莫名其妙。

大会结束后，梁玉珍一行又来到张志云的办公室，并且请来了毕云海。

梁玉珍说："至于两次选举结果为什么大相径庭，这其中是谁违反了纪律，我想已经很清楚了，这样荒唐的事居然发生在省级机关堂堂的一级厅局，过去还是少见的。"

听了梁玉珍的话，张志云站了起来，愤愤地说："梁书记，你们到文化厅来，是不是有些故意找茬儿的嫌疑。上次的机关党委选举问题，固然我这个党组书记、厅长有责任，但是主要责任应该由你们机关工委组织部的老乔，乔连生同志负责。当时，他是作为省级机关工委组织部的领导直接参与那次选举的，出了那样的问题，他为什么不指出来，为什么不及时纠正、汇报？我怀疑这其中完全是他所为！"

梁玉珍一愣，看看张志云，她没有想到张志云来这样一手，把所有责任推到老乔身上。其实，自从接到群众反映后，梁玉珍第一个就找老乔了解情况的，并且严肃批评了老乔。现在张志云这样一说，反倒让梁玉珍满腹的不快，马上说："既然张厅长不知道这件事，那么我们一定要查一查乔连生为什么要这样做，他真的胆大包天了！果真乔连生无视纪律，将按纪律处分！"

离开了文化厅，卜言羽几乎吼了起来，他说："我真的没有想到，一个堂堂的正厅长如此藐视民主！"

这件事情发生后，文化厅机关出现了前所未有的混乱和矛盾。现实问题是上次选举的机关党委照样存在。没有人宣布那次选举的无效！而这次选举出来的七名机关党委委员没有继续进行下去。按照规定，在党员选举出来的七名委员中再选举党委书记、副书记。然而毕云海向张志云汇报要求厅党组开会研究，而张厅长始终不表示态度。好在省级机关的厅局的党组织没有什么紧迫任务，谁也不知道张厅长的心里是怎么想的，尽管文化厅机关和下属单位对两次党委选举工作议论纷纷，但是，矛盾和问题如同熊熊燃烧的烈火，被强行遮盖着。

张志云被机关工委、省纪委、省委组织部搞了一下子，在当时那一阵子，他觉得不光是自己的面子问题，觉得他们根本没有把他这个一把手厅长放在眼里，满腹牢骚不知道向谁发，甚至，有多少次他想直接去问问省委书记，可他又一想如果这事并没有被捅到省委领导那里，他又何必自找难看呢！于是他一方面对此事采取以守为攻的策略，另一方面把积在心头的火暂时压了下去，可是时不时地还会表现出来。

时间一长，张志云渐渐地感到，你机关工委一个副书记也只是个副厅级，其他几个人充其量只是处级干部，而他是名正言顺的正厅级，不仅是省委常委研究了，还提交了省人大常委会选举并且正式任命了。而厅机关选举这点小事，岂能撼动得了他这个厅长！

张志云心里到底是怎么想的？没有人知道，但是葛玲玲是贾士贞的老婆，而他又三番五次托过葛玲玲，要把他的亲戚张敬原提拔起来这是事实。不管张志云对贾士贞有没有怨恨，张敬原的提拔一直是悬而未决。这次文化厅机关党委的选举又把葛玲玲推到风口浪尖上，这些都是人所尽知的事。

至于卜言羽和贾士贞的关系，张志云早已有所耳闻。

不过，张志云还是当他的文化厅长，葛玲玲当她的副处长，第一次机关党委选举落选，第二次虽然又当选，可是她却成了文化厅的矛盾和议论的中心人物。张志云只要见到葛玲玲，无论在任何场合，脸上都是阴云密布，只当世间没她这个人一样。这让葛玲玲心里有一种说不出的难受，比打了她的嘴巴还要痛苦。

玲玲给丈夫打了电话。其实，她不愿意向丈夫诉说自己心中的苦恼，可她毕竟是一个女人，若不向丈夫倒倒心里的苦水，真的会被逼疯的。听完了妻子的一番话，贾士贞当即呆住了，他不知道这样处理的方法到底是谁的主张，也不知道这样处理是正确还是错误。或者说他无权干涉省级机关发生这样的事。通常情况下，只要不是发生在他权力管辖范围内的，他可以事不关己，高高挂起，然而，这事偏偏和他有着密切的联系。贾士贞现在完全能够体谅到妻子的难处和尴尬。本来，张厅长只是希望在玲玲面前卖他这个顶头上司的面子，为他的亲戚张敬原的提拔说说情，谁知不食人间烟火的市委组织部长贾士贞就是不给他面子，张志云觉得是贾士贞没把他这个厅长放在眼里，自然心中不自在。他只是想通过机关党委的选举，也让贾士贞知道自己老婆作为人质在他手里的滋味。可他没想到贾士贞居然有如此大的能耐。现在，他把所有的怨恨全部都强加在玲玲身上了。

在这个没完没了的电话里，贾士贞默默地听着妻子的诉说、怨恨和发泄，他甚至找不到一句安慰妻子的话。最后电话是怎么挂掉的，他已经记不清了。

接完了妻子的电话，贾士贞久久地坐在椅子上，真正感觉到加快干部制度改革已经到了刻不容缓的地步。一个单位，一个部门，一个地区，权力过分集中是旧的传统体制的根本问题所在。

现在他这个市委组织部长和市委书记都已经归位了，调整县处级领导干部工作很现实地摆到他这个市委组织部长面前。体制改革的核心是干部人事制度改革，贾士贞知道，现在全市上下的广大干部群众都在拭目以待。不久前的那场轰轰烈烈的选拔干部方式虽然得到不少干部群众的称赞，但网上也有不少批评他“梦中的理想政治和变革”，“高分低能”选拔干部的片面性。其实贾士贞当初之所以那样做，他什么都想过，实际上他也是企图通过这次尝试，从中找出更加合理、更加适合目前状况的办法。

于是贾士贞决定，首先组织市委组织部的全体同志学习《南方周末》2004年8月19日题为《小平未了心愿：处于进行时期的政治体制改革》。

在随后两天的学习中，贾士贞不仅亲自主持，还边读边解释刊载在《南方周末》上的这篇文章。从改革开放之初到1987年，邓小平一共76次提到政改，其中最集中的，是在1980年和1986年。

贾士贞强调说：“小平同志一针见血地指出了问题的实质，制度也好，经济也好，都是人制订的。小平同志说人的障碍是什么意思？指的是掌握一定权力的领导，领导的素质决定了一个地区、部门、单位事业和职工的命运。在中国，习惯了官选官的方式，即大官选中官，中官选小官，由上至下，层层任命。时至今日，选官的方式与古时的做法没有什么区别，区别只是给你一张印有上级指定的候选人选票，让你在上面划划勾而已，虽然借了民主的形式，但实质是由上而下的指定任命。”

会场上鸦雀无声，贾部长的一番话虽然不是什么新鲜话题，但是从市委组织部长的嘴里说出来，让在座的市委组织部大小官员们有点意外。

贾士贞看看大家，继续说："政治中最核心的是权力问题，权力中最核心的是职位的获取方式问题。在当今时代，拿官选官方式与民选官方式比较，无论是在价值理念、实践效果，还是在发展趋势上，都是一种落后的、不合理的、没有优越性的选官方式。"

"无论是业内还是业外的干部群众，都知道今天的组织部门的重要性。"贾士贞继续说，"我们在座的同志有的是长期从事组织工作的，有的是刚刚到组织部门的，希望大家通过这段时间的学习，认真思考，研究改革现有的政治体制，如何让官员的选拔制度更合理，更符合民意。通过学习、讨论，提出初步意见提交市委常委讨论。"

自然，这样的场合，对于韦旭来说，他是插不上嘴的。不仅是他对组织部的工作还是一个尚未入门的领导，而且他的理论水平还差之甚远。但是，他准备在组织部大干一番，将来也要像贾部长一样，把干部人事制度更加深入下去，成为一个改革家，一个名扬莫由、名扬全国的人物。在他还没到西奂时，对于贾士贞的那场激进改革的做法早已灌满了耳朵。那时他还没有想到自己会到西奂来担任市委组织部常务副部长。现在想想，贾士贞的那些被人们说得神乎其神的成绩，没有什么了不起的。若是他当上组织部长，他将要把西奂闹得天翻地覆、人仰马翻。但他对于考试实在太头疼了。他在高中毕业时，曾经连续战斗了三年，可屡战屡败，而且一年不如一年。他渴望上大学，可是怎么考都达不到录取分数线。因此，他对考试从心底充满了成见和仇恨。至于当兵，只是他的无奈之举。为了将来，提干就成了他未来前途的希望。在部队他能够提干，能够当到副营职，也是费了九牛二虎之力，尝尽酸甜苦辣。后来当他得知部队干部转业到地方可以直接进入政府机关成为公务员，这让他兴奋不已。那时他的那位亲戚还在N省当副省长，而莫由省发改委主任和韦旭的那位亲戚是中央党校的同学。这样韦旭就很顺利地进了省发改委。后来，按照韦旭的话说，他命中注定有贵人相助。当他在省发改委很难再发展时，他的那位亲戚居然从N省调到莫由省当省委副书记。韦旭的心脏如同放入水里的面包。俗话说，朝廷有人好做官。不管韦旭又提拔为副处长、正处级是不是那位省领导的功劳，但是，在省发改委那些博士、硕士生云集的地方，他却能官运亨通，其中必有奥妙。可他知道，自己在省发改委的前途也只能到此为止了。更让他难受的是，那些高学历的同事根本瞧不起他，甚至还有人常常拿他取乐，说整个发改委上下一百多号人惟有韦旭的学历含金量最高。有人不理解其中的寓意，那位取笑他的博士生处长说，人家韦旭是解放军大学校毕业，学的是万金油专业。韦旭受不了同事那些鄙视的目光，整天盯着老婆，以至动用了所有的亲戚帮忙，终于让他的那位省委副书记亲戚开了尊口。

其实，让他到西臾市委组织部当常务副部长并不是他本人的意愿，他根本没有想到要到市里去工作，他只想在省级机关换一个好单位，可谁知他的那位亲戚为他做了主。现在他才深知那位亲戚的良苦用心，组织部门确实是升官的好地方。一想到西臾市委常委、组织部长在不久的将来可能是属于他的，他的心里真的如糖似蜜。

此刻，韦旭多么想发表一番一鸣惊人的见解，让贾部长看看他韦旭的雄心壮志。可是他却怎么也找不到惊人的灵感。

虽然韦旭没有发言，但贾士贞从他的眼神里感觉到他雄心勃勃。贾士贞并没有忽视这个新来的常务副部长，他通过各种渠道，确实证实了韦旭的关系就是省委某副书记。

会议结束时，贾士贞让几位副部长谈谈自己的看法和对当前组织部工作的意见，其他三位副部长都发了言，而韦旭说自己刚刚进入市委组织部，还不敢妄加评论。

会议一直开到下班时间，贾士贞留下几位副部长，这也是贾士贞出国回来后第一次召开部长碰头会。会上除了研究市直机关和县区一些需变动调整的干部，还研究了张敬原和庄同高两人的问题。

程文武调走了，当然常书记不会再过问张敬原和庄同高的提拔问题，可贾士贞觉得这是曾经的遗留问题。贾士贞不好在几位副部长面前谈到省文化厅张厅长的事，但他真的希望把这两个人的问题一下子解决了。就在这时，常书记打来电话，让贾部长到他办公室去。

现在，贾士贞渐渐地从美国学习的状态回到现实中来，除了当初上任时的那种凌云壮志外，几乎所有现实问题都在这一瞬间摆到他面前。全市四县两区，市直机关在职的县处级领导干部算起来也有近千人，按照通常的惯例，每半年会有一次小范围的干部调整，每年年底会进行一次较大范围的干部变动，若是遇到党政换届，更是没日没夜地忙。所以在外人眼里，组织部好像时时刻刻都在考察干部、提拔干部。自然组织部的权力在外人看来也是至高无上的，组织部长也就成了当今官场上最特殊的人物。

市直机关已经过了下班时间，可当贾士贞匆匆走上市委大楼时，许多办公室还在忙着，也许是因为市委书记还没下班，谁都担心领导一旦临时有什么情况，找不到人就被动了。

到了常书记办公室门口，贾士贞才感觉到，秘书程文武调走了，没有新的秘书接替，常书记的门留着一条缝，他轻轻地敲了两下门，里面传来常书记的声音：“请进！”

贾士贞一推门，常书记正好放下电话，随即离开座位，迎着贾士贞，来到旁边的沙发区。

“让你过来，没什么工作谈，晚上一块儿吃个饭吧。”常书记饶有兴致地说，“按说我们俩一别就半年多，虽然家不叙常礼，可你不像我，下班回家有老婆孩子，正好今晚省里有两个同志，不是什么贵宾，我的客人，算是公私兼顾吧！”

贾士贞笑笑：“好啊，那我就听从常书记的安排吧，不知道常书记的客人是什么样的贵宾？”

“不是什么尊贵身份的人物，你也许不认识，你在省委组织部时没有打过交道。”

贾士贞站着，看看常书记。常友连坐了下来，说：“士贞，坐下来！”随即看看表，“还有一会儿。”

贾士贞突然想到刚才组织部几位部长议论的关于张敬原和庄同高的事，于是说：“常书记，我们回来后忙着开会、汇报，但是有些干部问题也要解决了。”

常友连说：“我正想和你商量呢。西奥前段时间的干部人事制度改革在社会上、在网络上引起了强烈的反响，中央调研组高度重视。我在中央党校学习期间，他们又和我接触了两次。现在看来西奥的工作，要把经济体制改革和政治体制改革同步进行，特别是干部人事制度改革要认真研究，要做出样子，或者说要进一步向深处、广处去考虑。”

贾士贞说：“是啊，市委组织部已经组织全体同志认真学习研究，学习了中央有关文件，以及《南方周末》、《新华文摘》上有关政治体制改革的文章，现在正在着手起草市直机关和县区县处级领导干部改革的意见，然后提交市委常委讨论。”贾士贞停了停，接着说，“只是常书记在临到中央党校学习前，关于程文武等三人……”

说到这里常书记打断了贾士贞的话：“当时我主要是从解决矛盾的角度出发，还是按照惯例去考虑问题，通过中央党校的学习，我的思想产生了很大的变化。程文武是他自己联系调走的，离开了西奥我们也就管不着了，至于张敬原和庄同高……”常书记没有说下去，随后拿起茶几上的香烟，接着说，“还是等等再说吧，但有一点，那就是对于县处级干部的非领导职务问题，我觉得应该主要考虑那些在副县处级和老科级领导干部岗位上任职时间较长、群众反应也不错的人，在退休之前可以适当考虑提高一下待遇。”

贾士贞点着了手里香烟，他对常书记的话觉得很有道理，其实当初在两人都即将学习前已商量了程文武、张敬原和庄同高的职务问题，他一方面考虑了程文武的特殊身份，另一方面也想到张敬原和张志云的关系。他也不是没有私心的，因为张志云毕竟是妻子的顶头上司。正当贾士贞思绪茫茫时，常友连站起来说：“走，士贞，咱们走吧！其他工作上的事另外安排时间研究吧！”

轿车在宾馆门前停了下来，市政府负责接待工作的副主任王以勤迎了上来，把他们引上二楼，进了豪华包间。

进了包间，不见一个客人，常友连回头看看王以勤，王以勤笑着说：“来了，已经到了！”说着转身出了门，却又立即回过头，这时宾馆王经理陪着两个男人出现在门口。

常友连立即迎了上去，热情地伸出手：“柳秘书长，欢迎！欢迎！”接着又把另一只手伸出去，“胡处长，这是贾士贞同志，我们的市委组织部长！”

贾士贞一边伸出手，一边看着眼前的两位客人，嘴里说：“欢迎，欢迎！”贾士贞的目光在柳秘书长身上停留了一会儿，如果说是省委、省政府的哪位副秘书长，他多少应该有点印象，可搜肠刮肚了半天，对这个人没有任何印象，而那个胡处长就更不用说了。

大家坐定之后，贾士贞一看，没别的人了，一张宽大的餐桌只有他们四个人，连王以勤也退了出去。

服务员斟酒时，常友连说：“我们士贞部长在省委组织部干了八年，是一位组织部的老革命了，水平很高，业务很熟悉。”

柳秘书长说：“久闻大名，如雷贯耳。贾部长是我们省干部人事制度改革的先锋，是我们学习的榜样。我不仅在网上看到，还看到了‘大参考’关于西舆的干部人事制度改革的业绩。”

说实话，贾士贞觉得这位柳秘书长的话听起来让他不那么舒服，不知道是吹捧，还是讥讽。但既是常书记的贵客，又是初次见面，只好打着哈哈。

柳秘书长看着贾士贞，介绍着自己说：“贾部长在省委组织部时我还在莫师大政教学院，因为一篇文章在《求是》发表了，引起领导的重视，本来国务院研究室想调我的，后来省政府把我留下来了！”

贾士贞点着头，不知道这位省政府的副秘书长是什么来头，又怎么和常书记如此熟悉的。中国官场上不习惯这个“副”字，无论是副什么长，都把这个副字给省去了。尽管贾士贞是组织部长，很讲究这个副字的，但他在这种场合也只好入乡随俗了。

“柳秘书长原来是研究政治的，算一位政治理论家了，有机会我还要多多请教你这位专家呢。”贾士贞说，“我们这些人平时只知道按照文件，按照常规办事，却很少研究理论。”

“贾部长谦虚了，你前段时间那场轰轰烈烈的干部人事制度改革，实际上就是政治体制改革的核心，又到美国去镀了金，将来可是前途无量啊。”柳秘书长的笑让贾士贞感到几分不自在。

这时常友连端起酒杯，说：“柳秘书长是我多年的老朋友了，但到省政府工作后，到西奥来还是第一次，所以，我只请贾部长来陪陪柳秘书长。来，大家举杯。”

柳秘书长端起酒杯，对旁边的胡处长说：“来，胡处长，我们一起敬常书记和贾部长。”随后又说，“胡彬是北京大学高材生，是前几年通过公务员考试进入省政府办公厅的，后生可畏呀！”

酒席上似乎没有谈到工作，也没有涉及到任何其他事，当然，这种场合也是常有的，但贾士贞总觉得常书记只请他来陪柳秘书长和胡处长还另有其原因，可是喝酒时没有提及任何事，贾士贞也轻轻松松地应酬了这场倒也并没有什么负担的晚宴。

宴请结束后，王以勤就出现了，把他们引导到另外一个十分清静的地方。贾士贞感觉到他们并没有出宾馆，但这地方他没来过，有点像茶馆，却比茶馆豪华气派得多。茶几上放着各色水果，一流名茶，贾士贞立即想到中央领导接见外宾的场合。四人坐下后，常书记说：“这地方聊天，谈谈工作，倒也不错。柳秘书长不喜欢玩牌，晚上爱写文章，这地方也不错呀！”

贾士贞越发不知道常书记有什么宝贝要放了，但他越来越感觉到常书记一定有什么事要对他说，或者与这位柳秘书长有什么重要事情，不过贾士贞有一点是放心的，绝不会是提拔干部的事，因为他和常书记学习回来后，在干部问题上两人已经形成了共识，即使有这样的事，作为一个市委书记，没有必要和他这个市委组织部长揭开背后的秘密。

坐了一会儿，常友连说：“士贞呀，有一件事，柳秘书长是专程来向你解释的。我听说了这件事，也很不高兴，甚至感到不该发生在市厅级领导干部中间。”

贾士贞看看常书记，觉得有些莫名其妙，从常书记的态度判断不出任何倾向，觉得常书记故意把事情说得云里雾里的。

“士贞，不过作为文化厅的一把手，”常友连说，“怎么不把握好那样的事呢？你看现在问题出来了，虽然不是他一把手干的，可这责任要他承担啊！”

哦，贾士贞这才恍然大悟，原来柳秘书长是为张志云的事而来。

柳秘书长接过常友连话题：“贾部长，我和张志云厅长算是亲戚，又是多年的至交，当我听到文化厅发生那样的事，是我主动去找张志云的。中国都到什么年代了，民主从十四大就写进了党的工作报告中，特别是他们的做法对葛玲玲处长的不公正。党内选举，作为厅党组，怎么能不控制局面呢？如果党组安排葛处长任党委副书记，就那么几个党员，应该保证选举结果的。”

贾士贞微微一笑，装作听不懂柳秘书长的话，摇摇头：“怎么啦？发生了什么事，我和常书记都刚刚回来，柳秘书长能说得明白一点吗？”

柳秘书长看看贾士贞，又看看常书记：“贾部长真不清楚？”

贾士贞摇摇头。

常友连说：“按照时间推算，那件事应该发生在士贞回国之前，但后来的事是刚刚发生的，士贞恐怕已经回到西臾了。”

柳秘书长把文化厅机关党委选举的事大概说了一遍，并且解释说张厅长也弄不清楚到底是哪个环节上出了问题。在那次选举的八个候选人当中，葛处长没超过半数票，后来，不知这事是怎么反映到机关工委去了，前几天机关工委、省纪委、省委组织部又到文化厅，重新召开了全体党员大会，把那八个候选人重新投票，这事搞得张厅长很被动。柳秘书长简要地勾勒了大概经过，却没有说出结果。

贾士贞看着柳秘书长：“真的有这样的事？其实也没关系，只要这两次选举的结果大体一致，又有何妨呢？”

柳秘书长微微一笑：“是啊！这件本来很正常的事，被弄得越来越复杂。”

贾士贞吃惊地看着柳秘书长：“怎么会呢！众目睽睽之下，白纸黑字，岂是谁有孙悟空的本领？就是玩魔术也很难把一两百双眼睛给蒙蔽过去的呀？”

“是啊！”柳秘书长说，“问题就出在第一次选举时统计选票在另一个房间，党员们又都各自散去了。”

“那计票人、唱票、监票人也不会是一个人！”

柳秘书长沉默了，常书记说："机关里的党组织往往不被重视，这个张志云，头脑中怎么连这点常识都没有呢？把话柄给人家抓住了嘛！"

"问题是这件事发生后，省级机关工委、省纪委、省委组织部虽然没有明着非要追究责任人，可又重新搞一次选举。"柳秘书长总是把话说得很含蓄，"现分管文化口子的徐副省长也知道了，省级机关工委的老乔先主动承担了工作上的失误，可看到领导认真了，却又推卸了责任。"

"徐副省长意见是批评教育为主，也不要处理老乔了，大家都采取息事宁人的态度。"柳秘书长继续说，"贾部长，目前，你夫人和张厅长都比较尴尬，我们也找你夫人做了工作，她的情绪很不好……"

"为什么？"贾士贞问。

"因为第二次选举葛处长得票比较多，居候选人中第四位。"柳秘书长说，"可目前两次选举结果不一致……"

常友连急了："怎么会出现这样的事呢？我完全能理解贾部长的夫人，莫非有人……"

"现在的问题是两次选举都是否当着全体党员公开唱票了？"贾士贞说。

柳秘书长不说话了，胡处长说："如果两次选举都当众公开唱票了，也就没有麻烦事了，后一次选举因为省级机关工委梁玉珍副书记带队，省委组织部卜处长、省纪委吴晓处长、省级机关工委组织部李福明都在场，从开会到投票、计票，最后宣布结果。"

常友连说："怎么把问题搞得那么大？这……这……"

"原来是这样！"贾士贞惊讶地看着柳秘书长，"那么柳秘书长，不知道你二位需要我做些什么？"

柳秘书长笑笑，看看常书记，常友连站起来，走到贾士贞身边，坐了下来，"士贞啊，退一步海阔天空，打个电话，让夫人来一趟，我和她谈谈！"

柳秘书长说："常书记，这事不怪葛玲玲处长，其实她真的很为难，而是卜处长和梁玉珍书记，当然也有几个党员因为职务问题一直对张志云不满意，坚决要求查处这件事，给文化厅党员一个解释。还要把这样一件小事上升到民主政治，反映到省委、中纪委和中组部去。所以……"

"柳秘书长，"贾士贞说，"不瞒你们，从我调西奥之后，由于夫妻分居，我的工作太忙，我们之间的沟通越来越少，特别是对我工作中的一些做法产生了分歧，使得我们之间的夫妻感情出现了裂痕。说实话我真的有些愧对老婆，我非常理解她，也很同情她的境况。"

“士贞啊，”常书记说，“女人毕竟是女人，要多关心多体贴她，多哄哄她。”

“我也是这样想的，可是有些事情两个人无法统一思想，柳秘书长和常书记也一定知道玲玲在省文化厅为什么弄得如此尴尬。”

“贾部长，这事不能怪葛处长，叫她有什么办法？老实说，当我大致了解其中的原委后，我是毫不客气地批评了张志云同志。”柳秘书长说，“这个人实际上是一个性情中人，也是值得交往的朋友，就是有时太情绪化了。”

“士贞，事情都发生了，大家都把姿态放高一些。”常书记说，“士贞不是和卜处长关系很好吗，抽时间回去一趟，和卜处长好好说一说，大家都在机关里，有些事情能宽容就宽容，俗话说，得饶人时且饶人！该息事宁人的就息事宁人，不必得理不饶人啊！”

“我知道柳秘书长的来意了。”贾士贞说，“卜言羽这个人，也许你们还不了解他，他是钱部长的秘书出身，处理事情还是比较谨慎的，也很有水平。”

至此，贾士贞才清楚柳秘书长此行的真正意图，至于柳秘书长为什么通过常书记来谈这件事，贾士贞也懒得去多想。但贾士贞心想，如果说常书记真的想缓解张志云的矛盾，为什么现在又不主张解决张敬原的副处级非领导职务的事情呢？

第八章　夫妻之间

韦旭上任西臾市委组织部常务副部长之后，贾士贞非但没有感到工作上增添了力量，反而给他增加了压力。现在两个问题摆到他面前，一是韦旭的分工问题；说实话，作为市委组织部，有两名副部长已经够了，而西臾市委组织部由三名副部长增加到四名，这也是前所未有的。自从贾士贞上任之后，县处级领导干部几乎都是通过公开选拔而产生的，自然，组织部的权力也就相对小多了，可是对于韦旭来说，身为市委组织部常务副部长，他也在挖空心思想弄出个令贾部长、市委都感到震惊的改革方案来。贾士贞不就是不鸣则已，一鸣惊人的吗。可贾士贞以为，韦旭虽然是常委副部长，他对组织部门的工作还处于学习摸索阶段，如果把其他副部长手里的工作分出来让他分管，贾士贞还下不了这个决心。他只能让韦旭协助他工作。这样一来，韦旭心中大为不快，他认为贾士贞没有把他当作一个常务副部长，而是把他架空了。

摆在贾士贞面前的第二个问题，是用车问题。西臾市委组织现有三部轿车，除了贾士贞用的那辆桑塔纳2000，还有一辆红旗，另一辆奥迪曾经被撞，虽然大修过，但车况不怎么好了。当然还有一辆七座位的商务用车。平时虽说那辆桑塔纳2000为贾士贞专用，但除了出长途之外，他很少用车，因此，也就成了组织部的公用车。而另两辆轿车则是三位副部长的共用车。韦旭到任之后，办公室主任曾向贾士贞汇报过，希望贾部长能向财政局打打招呼，现在到市级领导最差的都是奥迪、帕萨特，要不然那么多部长，车不够用。贾士贞却始终不表态。可现实问题是，韦旭副部长上任后，平日用车不说，而每到周五下午，韦副部长都要回家，而周一上午又要去省城接回来。有时贾士贞就让他的那辆桑塔纳2000去接送韦副部长。有时没办法，就用商务车，可用商务车跑长途，又只有一个人，不仅油耗高，而且过桥费用也高，更重要的是，韦副部长心里不高兴，觉得用这样的车，挺没面子的。因此，每到周末，办公室主任都急得团团转，弄不好还要挨韦副部长批评。

这几天，贾士贞一直在全身心地考虑下一步干部制度的改革问题。他忽然想到从市委组织部调出一位副部长，可是当他认真地考虑把谁调出去时，却又犹豫起来了。如果仅从工作出发的话，卫炳乾思维敏捷，悟性又高，也是他工作的积极支持者和依靠力量，当然他不可能把他调出的。而另两位副部长，一位老副部长已经过了提拔或者委以重任的年龄，但这位副部长工作积极主动，也不适宜调出去。其实贾士贞希望把韦旭调出市委组织部，可是这显然是不可能的。韦旭是省委某副书记的内侄，刚刚从省里派到市委组织部的，而且传说是准备接他组织部长班的，恐怕常书记也不会同意这样做的。

这天上午，常书记打电话让贾士贞到他办公室去。贾士贞一进常书记的办公室，常友连就说："士贞啊！今天下午省委边副书记到西臾来，晚上你也见见边副书记。"

贾士贞说："如果没有什么需要我汇报的工作……"

常友连说："省委办公厅没让具体汇报什么工作，只说边副书记是路过。"

贾士贞又说："既然没有什么工作要汇报，我作为部门负责人，有必要见省委领导吗？"

"士贞哪，省委副书记到市里来的机会不多，能见见领导也是一个机会嘛，何况边副书记的秘书后来又给我打了电话，说边副书记点名让你陪他们吃晚饭。"常友连说，"士贞，你年轻，又刚刚从美国学习回来，看来省委领导还是很重视你的。"

"常书记，我这人真的害怕见大领导，没有那方面的才能，没有话说反而别扭。"

"这样不行，你要知道，陪领导也是工作，何况你已经是市委常委了，将来还要担负更重的担子。"

贾士贞不知道常书记到底想说什么，心里觉得仅仅是陪边副书记吃饭，担心自己不自然。

"士贞，我们俩学习的任务都已经完成了，对于市管干部的调整问题，你考虑没有？"

"常书记，我是市委组织部长，时时刻刻都在考虑如何才能够把群众信任、德才兼备、能为群众办事的干部提拔到各级领导岗位上来。"贾士贞说，“最近，我作了些调查，去年市委大规模通过考试公开选拔的那四十四名副县处级和四名正县处级领导干部大部分都表现不错，群众反映也很好。”

常友连点点头，说：“其实，虽然网上种种评论很多，但是应该说那次干部人事制度改革还是成功的。士贞，我就佩服你没有私心。所以我想，我们能不能在那次公开选拔的基础上，再进一步深入下去？”

“是啊！”贾士贞严肃地说，“我这几天一直在想，那次我们把公选的前三名提交常委讨论，又将候选人由市委全委会无记名投票产生了一名副县处级，另外两名优秀者作为后备干部进入市委组织部的人才库。所以能不能从那批副县处级中挑选一部分作为正县处级的候选人，同时在后备人选中选拔一批补充到机关和县区去担任副县处级领导？”

“我觉得可以考虑。”

“即便这样，时间虽然才过去一年多，但是人的思想、品德不是一成不变的，我认为还必须用一定的方式，公开、透明地让群众来监督。”

“那好，组织部尽快拿出实施方案来。”

从常书记办公室出来，刚到组织部楼下，迎面从大楼里出来两个人，他们上前拦住贾士贞。

“贾部长……”

贾士贞一看，却是张敬原和庄同高。

“你们有事？”贾士贞一边走一边说。

“贾部长，我们俩的事……”张敬原说。

“贾部长，市委最近不是调整了一个市委组织部的副部长和市民政局长吗？”庄同高说，“所以作为市委常委组织部，说所有干部都通过公开选拔也未必吧！”

“贾部长，我们两人都是市委组织部的干部科长，调出组织部我们没有意见，可在西臾市组织部的历史上，或者说在全国各级组织部门，只要没犯错误，还没有像我们这样平职调出的吧！”

“敬原、同高，你们的情况，或者你们说的理由并非没有道理，也不是我贾士贞不尽人情，你们在组织部干了那么多年，亲手考察过许多提拔对象，或者说有些领导干部是怎么提拔起来的，你们自然清楚，但是……”贾士贞停了停说，“但是，我觉得改革开放以来，经济体制改革成绩斐然，而干部人事制度仍然停留在靠权力选官这样一个老路上，因此，选拔干部的渠道还存在一定的弊端，以至形成一股跑官、要官、买官、卖官的不良风气。”

“贾部长，难道你把中国的特殊情况让我们这样两个小小的科级干部来承担吗？”

贾士贞摆摆手：“不，不是。这样吧，请二位到我办公室去谈吧，有些话也不是一句话两句说能说得清的。”

到了办公室，贾士贞给他们俩倒了水，看着这两个在市委组织部曾经风光一度的干部科长，想到他刚到市委组织部时的那些做法，固然觉得当时的改革力度猛了点，但是，若不是那样，也许许多事情还停留在原来的老路上。只是在出国之前，如果不是阴差阳错，说不定张敬原和庄同高的级别问题也已经解决，可是现在，常书记又有新的想法，这个矛盾再度落到他的头上了。

“贾部长，”张敬原说，“其实，真正在干部问题上享有更多特权的并不是组织部，你在省委组织部干了那么多年也知道，真正享有干部优先提拔特权的是省委办公厅、市委办公室，还有各级政府办公厅、办公室。我作了些调查，省委办公厅的处长提拔的比例几乎是百分之百，而且有的人从正科到副处，到正处再到副厅，平均不到三年一个台阶。省政府办公厅的人事处长在处长位置上干两三年就提拔到副厅长了。这怎么解释呢？难道他们一旦进了这些部门，他们的能力、水平就随之膨胀起来了？他们的血液里就流进了升官提拔的细胞和因子了？”

“是啊，我在组织部工作那么多年，为什么人们认为组织部高人一等？就是因为每一个到组织部门的同志不是真正想为组织部干好工作，而是认为组织部的官当起来容易，为个人谋出路。”贾士贞看看张敬原和庄同高，“这种观念必须改变。”

张敬原和庄同高愣住了，两人看着贾士贞，张了半天嘴，却无言以对。

张敬原和庄同高走后，贾士贞陷入深沉的思索当中，直到韦旭敲门进屋后，他才把自己拉回到现实当中来。

表面上看，贾士贞对韦旭客客气气，他对韦旭从来都称呼韦部长，而且认认真真，甚至彬彬有礼。按照他的习惯应该在部长前面冠以“副”字，因为他作为市委组织部长，在这个问题上从来不应马虎的，比如他对组织部的另外三位副部长的称呼，除了卫炳乾之外，另外两位都称肖副部长和耿副部长。至于卫炳乾，贾士贞在部里或者私下称炳乾，而一旦到了公开场合，也称卫副部长。唯有韦旭，无论在任何时候都称韦部长。而这样的细节很快就引起了市委组织部干部们的注意。有人悄悄地议论说，贾部长恐怕是因为韦旭副部长有后台、有来头才如此。

韦旭站在贾士贞的对面，贾士贞以为他有什么重要事情要谈，或者以为他会提出分工问题。贾士贞几次让他坐下，韦旭还是站着，很快就说起省里的事。从省委办公厅，到省政府办公厅、省委组织部，以及一些厅局谁谁提拔到某市委、市政府当市委书记、市长、副书记、副市长，某某处长提拔为某某厅副厅长，说得头头是道。

当然，作为从省委组织部出来的贾士贞，而且有的领导已经在报纸上公布，省委、省人大、省政府都已经下发了任免文件。贾士贞并不是因为自己是组织部长，他从来不愿意议论这些事。可是韦旭如此兴致勃勃、头头是道，甚至还有几分兴奋和激动，他只好笑笑。

本来贾士贞从常书记办公室出来后，准备回到办公室和卫炳乾商量下一步干部问题的，可被张敬原、庄同高一耽误，现在又被韦旭这样一阵胡吹乱砍的，看看表，已经到下班时间。

韦旭一看贾部长看表了，或许觉得一个人大吹大擂也没趣，便笑笑说："贾部长，下班了，晚上还有重要客人吧！"说着便扬长而去。

贾士贞准时来到西奥宾馆，大门口多了两名武警战士。刚到一号楼大厅门口，同样，在一号大厅门外多了两名武警，贾士贞刚走进旋转门里，一眼看到市政府办公室负责接待工作的副主任王以勤和宾馆总经理顾强。

见到贾士贞，王以勤和顾强迎了上来，王以勤说省委边副书记正在和韦副部长谈话，常书记和邵市长马上就到。贾士贞一听韦旭正在和边副书记谈话，心中顿有恍然大悟之感，怪不得刚才在办公室里韦旭那么兴奋。

王以勤说："贾部长，先到小会议室等等？"

贾士贞正犹豫着，刚要跟着王以勤上楼，他的手机响了，一接电话，却是韦旭。

"喂，是贾部长吗，我是韦旭，边书记请你到他房间来一下。"

"噢，好，我已经在大厅了，马上就到。"

贾士贞看看王以勤，说："边副书记住哪里？"

"噢，我带你去。"

上了电梯，其实贾士贞很留心电梯上了第几层，出了电梯，走廊里的地毯软绵绵的，走廊里寂静无声，到了门口，王以勤按了一下门铃，便退到一旁。门一开，只见韦旭满脸兴奋，笑着说："贾部长，请进！"

进了门，只见这是一套豪华大套间，外间除了会客区的长沙发和单人沙发外，还有一张方桌，看样子是供客人玩牌用的。中间是绿色的幕布，幕布半开着，半透明的白纱帘里可以看到一张宽大的写字台和高靠背椅。

再往里去估计是卧室。

贾士贞还是第一次看到这样豪华的大套间，他在省委组织部时听说这种省级领导住的套间应有尽有，每晚住宿费大概近三千元。

贾士贞虽然没见过这样的豪华大套间，此刻也算是见了世面，正愣愣站在那里，韦旭忙着泡茶，这时从里间走出一个人，隔着白纱，贾士贞看到正是边副书记。

贾士贞快步走上前去，边副书记撩开白纱，贾士贞迎了上去，双手紧紧握着边副书记的手："边副书记您好！"

"小贾啊！你现在可是喝过洋墨水的人了！"边副书记来到正中的沙发上坐了下来，"哎，当初有同志提出让你去中央党校学习，我对钱部长说，这样有思想、有见地的同志应该重点培养，应该到美国去见见外面的世界。"

贾士贞站在韦旭旁边，只是微笑着点点头。

"来，坐，你们俩都坐啊！"边副书记显得那么亲切和蔼。

对贾士贞来说，在省委组织部时虽然只是一般干部，但是也常常有机会见到省里的领导，特别是那次陪同钱部长单独去见还未到任的省委书记谭玉明，虽然当时他也那么严肃而紧张，然而他是陪同钱部长的，可现在，贾士贞觉得浑身不自在，既没有什么工作可谈，又没有任何瓜葛，他不知道边副书记让他这样一个市委组织部长单独见面到底是什么意思。

边副书记看看贾士贞，指指对面的沙发，说："坐啊，士贞，咱们又不是第一次见面，放松一点，干嘛那么紧张。"又看看韦旭，"韦旭，给贾部长泡茶。"

贾士贞说："不，边副书记，谢谢！韦部长，别忙了。"

"士贞，从美国回来后，有什么新的设想？"边副书记看了看贾士贞，表情极为平淡地说。

贾士贞笑笑："边副书记，我接受过去的教训，工作多向常委汇报，重要的工作听书记和常委会的。"

边副书记看看韦旭，说："韦旭，你也坐。"

"士贞，韦旭现在是你的助手，对于组织部工作来说，他刚刚介入，你是长期在组织部门工作的同志，要多帮助，多支持他。"

"边书记，贾部长对我非常关心，也很支持我。"

"士贞是个聪明人，你们好好配合工作。"边副书记边说边站起来，"走，友连书记已经在等我们了，咱们吃饭去。"

韦旭马上从沙发上跳了起来，大步来到门口，随手拉开门，只见王以勤站在门外。

“王主任，常书记呢？”韦旭说，“边书记马上来了。”

这时，边副书记已经到了门口，贾士贞跟在后面，大家簇拥着边副书记，只见常友连和邵明迎了上来。众人进了电梯，贾士贞看看常友连和邵明，心里有些疑惑，他当然知道，按照通常的惯例，省委副书记到市里来，如果是为了工作上的事，除了市委书记和市长之外，还应该有分管副书记或者其他领导。然而，今天，除了常书记和邵市长，还有他这个市委常委、市委组织部长，而且是韦旭直接通知他到边副书记宿舍来的。贾士贞并不是小心眼的人，但他觉得，作为省委副书记越过市委书记和市长，让一个市委组织部副部长通知他的上级，这样的程序无论怎么说，也是不妥当的。而且，刚才边副书记也没什么工作谈，想想刚才在边副书记面前的那一会儿，自然是尴尬得让他难受。

往日，通往餐厅包间的走廊里，人来人往，而此刻除了武警战士之外，连一个客人也没有，而且餐厅的服务员也都换了一批年轻漂亮的姑娘，宾馆总经理顾强和餐厅女经理亲自指挥，王以勤则一会儿跑进包间，一会儿出来，低声和顾强耳语几句后，顾强就拉着餐厅女经理匆匆而去。

贾士贞感到自己今天真的如同遭了罪，既不能喝，也不敢吃，只是在无奈中被动地应酬着，而且在边副书记兴奋得侃侃而谈时，偷点空隙留心韦旭和边副书记的表情。

韦旭的表现远远超过贾士贞，整个宴席间，韦旭表现得异常活跃，而边副书记多次让韦旭敬常友连、邵明和贾士贞的酒，别人都可以随意，而韦旭一喝就是四杯。

酒宴终于结束了，大家把边副书记送回房间，王以勤不知什么时候冒了出来，低声在常友连耳边低语了几句，常友连便说，“边副书记，要不要找几个人陪你活动活动？”

“算了，你们忙了一天，也累了，我自由活动吧！”边副书记说，“许秘书，你送送常书记、邵市长和贾部长。”

常友连握着边副书记的手说：“边副书记，好吧，那让王以勤留下，需要什么服务尽管对以勤同志说。”常友连又回头对王以勤说，“以勤，你一定要安排好，晚上宾馆的保卫工作一定要做好。”

第二天上午，西臾市公安局长鲁晓亮亲自带着两辆警车来到宾馆，前面一辆警车开道，后面跟着常友连的那辆奥迪A6轿车，边副书记的车缓缓上了路，后面又是一辆警车护送。

下午，常友连通知贾士贞到他办公室，商量县处级干部的调整问题。

贾士贞说：“常书记，去年我刚来西舆时，那场公开选拔四十四名副县处级和四名正县处级干部，虽然取得了一定的经验，但是引起网上的种种议论，我也在认真进行总结，所以，西舆的干部人事制度怎么办，我想听听常书记的意见。”

常友连严肃地看着贾士贞，想了一会儿，说：“士贞，无论怎么说，去年的那场干部人事制度改革，是一场非凡的举动，那已经不是你贾部长个人的行为，也不是市委组织部的行为，应该说是西舆市委的一大举措，西舆是经济欠发达地区，能在短短时间里产生如此大的反响，产生那么深远的效应，这是任何形式的广告都不可能达到的效果。你看，中央调研组来了，全国许多地方都到西舆来取经，这个效应何止是影响，而是大大地促进了西舆的经济发展。可以说，没有那场轰轰烈烈的通过公开选拔县处级干部的改革，绝对达不到今天的局面，也可以说那场改革在无形当中转变为生产力。所以……”

贾士贞默默地看着常友连，头脑里再次翻腾着他刚到西舆时的那场大规模的干部人事制度改革。现在想想，他甚至对当时的举动有些不可思议，也许是他在省委组织部工作那么多年，目睹了权力选拔干部，干部选拔过程中的暗箱操作。那时他只是一个具体工作人员。没有可能改变现有的干部选拔当中的弊病，所以在他当上了市委组织部长后，还没有来得及深思熟虑，就大胆地把“三公开”引进干部选拔当中去。

“士贞，实际上，2000年8月21日《人民日报》就公开发表了中共中央办公厅印发的经中央批准的《深化干部人事制度改革纲要》。”常友连打开笔记本，继续说，“在中央党校期间，以及最近回来之后，我反复学习了2004年中组部和中纪委的‘5+1’文件，进一步感到由你倡导的西舆那场干部人事制度改革是非常正确的。最近，我一直在想，西舆下一步的干部人事制度改革到底怎么办？难道那场干部人事制度改革已经成为昙花一现？难道咱俩都成为昙花一现的人物？”常友连微微一笑，目不转睛地看着贾士贞。

“常书记。”贾士贞说，“说心里话，能遇上您这样的领导，是我贾某人的幸事，也是西舆广大干部群众的幸事。看来，省委对在职的领导干部进行短期充电学习，是非常必要的。其实，我从美国归来后，这些日子我一直在思考这个问题，但我不知道该怎么去行动，听了您今天的一番话，使我受益颇深。正如常书记您说的那样，中央和中组部已多次下发文件，特别是‘5+1’文件，着重针对干部人事制度改革的，所以，无论目前有多大阻力，改革已经是势在必行。”

“我有些想法，我们上次通过‘三公开’选拔了四十四名副县局级和四名正县局级干部，涉及到市直机关和县区级的副职，四名正职主要在市直机关。上世纪九十年代，已经有个别地区以公选方式产生了县长，在全国开了公开公选县市区政府领导人的先河，有些地方通过直选产生了乡政党委书记和乡镇长。由此可以看出，干部人事制度改革已经是大势所趋。”常友连有些兴奋，停了停又接着说，“2000年中央在人民日报上公开发表《深化干部人事制度改革纲要》，充分说明中央在抓好经济体制改革的同时，决心着手政治体制改革，而政治体改革的核心，又是干部人事制度，所以我们前阶段的干部人事制度改革不仅提高了西臾市的知名度，而且促进了经济发展。我在中央党校学习时，有两位教授在讲课时都用西臾的改革举了例子，有些亚洲、北美的投资者开始关注西臾，想到西臾来投资，原因是他们觉得西臾市领导思想开放了，一定会有好的投资环境。”

贾士贞真的没有想到常书记通过中央党校几个月的学习，思想发生了这样明显的变化，而对自己上任市委组织部长以来的干部人事制度的改革，除了反思，对今后的改革还有许多担心和犹豫。新的改革当然不能停留在原有的基础上，可步子迈大了，万一失败了怎么办，改革一旦失败了，那么他的工作将出现艰难，他就必须像全国那么多大大小小的组织部长那样，按照领导的意图，还走用权力选拔干部的老路，绕了一圈，再回到原点上来。现在贾士贞认真考虑着常书记的一番话，重新在头脑里构思着下一步的干部人事制度如何改革。

回到办公室，贾士贞先找来了副部长卫炳乾，让卫炳乾谈谈自己对当前干部人事制度改革的看法。自从上次那场干部人事制度改革后，虽然通过“三公开”选拔了四十八名县处级领导干部，但是，由于常友连和他离职学习了半年，现在市管干部有的缺额，有的急需调整。卫炳乾谈了自己的想法后，贾士贞便召开部长会议，让两个干部科长和办公室主任也一同参加。

会议一结束，韦旭便来找贾士贞，说市民政局局长葛晓晴托他代请贾部长。理由是省里来了两位厅级领导干部，请贾部长出席。贾士贞笑笑，说实在太不巧了，这两天晚上省公安厅来了两位领导，其中一位还是当年省委组织部的同事。韦旭当时就把脸拉长了，半天没说一句话。

对葛晓晴这个人，贾士贞只见过一次，还是他从美国归来的第三天，葛晓晴在韦旭的陪同下，来到他办公室，算是见见面吧。对于这样一个市民政局一把手的安排，虽然只是一个正处级领导，可是在市里，也算是一个举足轻重的人物。去年在那场干部人事制度改革时，贾士贞对全市那么多局级主要领导也作了些了解，市民政局的领导班子属于一般化，没有什么突出问题，当时的局长高朝华基本上还能稳住局势，年龄刚刚过了五十岁，说实话，对于这样的机关一把手，贾士贞觉得还能过两年再调整。而这次他和常书记都不在家时，怎么就会调整来这样一位局长了呢？不过，据说省里那位领导也担心把高朝华这个民政局长挤掉，会引起群众议论，或者也担心高朝华成为不安全因素，因此，承诺给高朝华提升为省民政厅副巡视员。虽然副巡视员只是一个非领导职务，可这到底是一个副厅级干部啊，从正处级提拔为副厅级，这对官场上的人来说，那可是一道难以逾越的分水岭。当然高朝华做梦也没有想到自己在年过五十的时候，天上真的掉下来一块大馅饼，他自然感激不尽，更不会有什么意见了。

这样的干部调整，对贾士贞来说，自有他个人的看法。按说，每一个干部的调整、提拔，特别是在靠权力选拔干部的形势下，因为权力掌权在极少数人手里，而人又都是有感情的，也就不可避免地会偏面和主观。贾士贞在省委组织部时，这样的事见多了，但是现在正是他大力改革干部人事制度的时期，为什么偏偏要在他这个市委组织部长不在家的几个月里派下来这样的干部？贾士贞本来对下一步的干部人事制度改革还在犹豫之中，而这两天，他不得不加快对下一步改革的步伐。

第二天，又是周末了，贾士贞有些放心不下妻子和女儿，趁下一步工作还没有展开时，他想回家过个双休日。想到自从来西奥之后，所有的生活秩序都打乱了，家庭生活，夫妻感情似乎也没有过去那么协调了。当然，他知道，这其中固然有张厅长的原因，但更主要的是他对家庭，对妻子关心少了。

贾士贞到了宿舍门口，正要开门时，觉得有人跟在后面，忙回过头，在昏暗的路灯光中，只见几个人，贾士贞停了下来。

只见那几个人迎了上来。

“贾部长！”

贾士贞觉得这声音有些耳熟，仔细一看，除了韦旭，还有葛晓晴。庄同高也跟在人群里，后面还有两个人，其中有一个人中等个子，那个人大步向贾士贞走来，一边伸出手一边说：“贾部长，不认识我啦！”

贾士贞这时才看清楚，此人正是省交通厅副厅长肖志民。贾士贞在省委组织部时曾和他见过几次面，留给他印象最深的是，那一年省交通厅领导班子出了问题，省委指示组织部尽快拿出交通厅领导班子的调整方案。那时贾士贞刚刚调入机关干部处当处长，这位肖志民当时是省政府办公厅公交处处长，提拔为省交通厅副厅长去西藏援藏，还没有参与交通厅的正常工作。所以，交通厅正副厅长六人，只留他一位副厅长。当时宣布新领导班子就职时，贾士贞作为省委组织部机关干部处长，陪同省委领导、省委组织部领导出席那天的仪式，肖志民也被紧急召回。那是贾士贞第一次认识肖志民。从那之后，肖志民不仅到办公室去和贾士贞见过面，还到他家里，送给他一千元电话充值卡。贾士贞上任西舆市委组织部长后，肖志民给贾士贞打过电话，说要给他送行，可那时贾士贞已经到西舆了。

往事历历在目，贾士贞上前握着肖志民的手："哎呀呀，真没想到是你呀，我们的肖厅长！"又转身看着韦旭，"韦部长，你为什么不说清楚是肖厅长，要是知道肖厅长来了，我怎么也要去敬几杯酒啊！"

"不怪他，是我没有告诉他咱俩的关系。"肖志民说。

进了屋，肖志民拉着另一位矮个子说："贾部长，这位是省电力公司的吴总工程师，我高中时的同学。"

大家握完手，贾士贞说："葛局长，明天我来请肖厅长，请在座的各位都作陪，以弥补我今天的失误。"

"不了，贾部长，我们马上就回去了，等你下次回省城时，咱们再叙。"肖志民说。

庄同高自然是插不上嘴，贾士贞一直在留心庄同高和他们的关系，直到肖志民带头站起来告辞时，众人都出了门，肖志民故意落在后面，抓住贾士贞的手，说："贾部长，我此次路过西舆并没有工作，也没有通知市交通局，葛晓晴和我家是一个村的，韦旭又是我的朋友，刚才人多我不便明说，同高的父亲和我父亲是表兄弟，虽然多年不走动，但总还是亲戚，我们见面也少，我也不知道他怎么知道我和你的关系的，死命让我和你说说。我知道你正在大张旗鼓地改革干部人事制度，又不能让你为难，不过他过去是市委组织部的干部科长……"

话说到这份上，贾士贞只能应付着，当然对于庄同高和张敬原两人的副处级问题，他已经不再像当初那么固执了，而且在他和常书记临离职学习时，差一点就变成事实了。直到送走了客人，贾士贞还一直在认真地考虑，到底该如何妥善解决庄同高和张敬原的问题。

第二天早上，一到办公室，贾士贞就找来了办公室主任姚一玉，说他今天下午回家一趟，让小苗把车子准备一下，并且说让韦部长就和他一道回省城，就不要再另外派车了。

姚一玉听了贾部长的话，站着一动没动。贾士贞抬起头，看看姚一玉，说："姚主任，还有事吗？"

"没事。"姚一玉为难地低着头，"贾部长，韦副部长他已经有车了……"

贾士贾不以为然地说："我不是说他有没有车，而是说他每周都回去，那自然要调度车送他，可我今天下午也回去，两人为什么不能用一辆车！"

姚一玉红着脸说："贾部长，不是……韦副部长他已经有了专车……"姚一玉犹豫了片刻，接着说，"是市交通局借的，一辆奥迪。"

贾士贞抬起头，目不转睛地看着姚一玉："借的？我怎么没听说？"

姚一玉说："我也是听市交通局办公室主任说的，我又留心注意了一下，确实是一辆奥迪车，正是交通局那个车号，韦副部长既然没对我说，我也就不便告诉你。"

"噢，我知道了。"贾士贞又说，"那驾驶员呢？"

姚一玉摇摇头，说："我们都不认识，是不是人、车、油都由交通局负责，不清楚。"

贾士贞不再说什么了，心里对韦旭的做法极为不高兴，想到上次市农行江行长要换一辆别克新轿车给他，被他拒绝了，当时江希泉是为了自己的外甥程文武的提拔。那么市交通局把这样一辆轿车借给韦旭，难道是天上掉下来的馅饼吗？但贾士贞接受了上次江行长换车的教训，暂且不去理会韦旭借车的事。

贾士贞作好了下午早点回家的准备，并且也给玲玲发了个短信。可就在上午临下班前，市委办公室来了一个电话通知，说晚上市委、市政府有一个重要活动。再一问，原来是一个美籍华人要来西舆考察投资项目。常书记指示，这位商人从香港到美国，父亲曾经是美国一家公司的总裁，现在父亲把事业父交给儿子贾振兴，让儿子出任总经理。说他少年时代曾在西舆生活过，如今看到西舆出了一位了不起的组织部长，大为感慨，便让儿子到西舆来考察投资环境。

这个消息对西舆市委、市政府来说简直是一件惊天动地的喜事。现在全国各地，无论是经济发达地区，还是经济欠发达地方，到处都在动员大小官员外出招商引资，可无论如何也找不到这样的大商人啊！现在却是人家主动找上门来的，自然要加以重视。为此，常书记让市委和政府领导人全部参加接待，以表示西舆人民的真诚和热情。贾士贞自然更是成为一个不可缺少的重要人物。

贾士贞只能服从大局，立即给玲玲打了电话，玲玲似乎已经适应了丈夫的突发事件，一句话也没说，就挂了电话。

当天晚上的宴请十分隆重，是西舆市委、政府最高规格的接待。邵明主持了欢迎酒会，常书记致欢迎辞。

贾振兴一行三人，除了夫人林媚，还有总经理助理宫平。

贾振兴四十岁刚出头，高个子四方脸，一派绅士风度。哈佛大学MBA毕业后，先后在中国、日本以及德国工作过，据说父亲的公司已进入美国五十强，其资产已有几十亿美元。

贾振兴在讲话中说，他们之所以决定回到西舆投资，完全是被贾部长的改革精神所打动，没想到贾氏家族还出了这样一个人物，他们表示一定要帮助西舆，尽快让西舆在经济上发展起来，让西舆成为政治经济快速发展的市。

这天晚上，市委书记常友连、市长邵明都激动不已，酒都喝得高了，从不喝酒的邵明，居然喝了半斤多白酒。是啊，作为一个市的党政一把手，谁不希望在自己执政期间经济大发展，他们做梦也没有想到突然间有这样一个外资大企业家来西舆投资。而且，如果贾家真的在西舆发展了，投资环境好了，一定还会有更多的外资企业进驻西舆。

这天晚上，几乎所有的市委、政府两套班子都围绕着贾士贞团团转，连那些平时对贾士贞有着偏见的领导们，也不得不对贾部长刮目相看了。

宴请结束后，贾振兴邀请贾士贞单独见面，市政府办公室把咖啡厅的客人全部请走了，市政府办公室副主任王以勤亲自守在咖啡厅大门外。

谁知，贾振兴既没有和贾士贞叙家长，也不谈他来西舆投资的事，却一个劲地谈贾士贞的改革思路和未来的设想。说实在的，贾士贞一直在想，如果谈贾氏宗族，他知道得太少，甚至准备把父亲介绍给他；如果谈投资，贾士贞也有一番思考。他虽然不是搞经济工作出身，或者说现在也不是负责经济工作的领导。但是，这几年，特别是到西舆之后，他在大力改革干部人事制度的同时，也在关注着中国的经济改革和经济形势。然而，贾振兴却闭口不谈投资，不谈西舆经济发展，而谈起改革，并且居然那样头头是道，甚至有相当深的理论基础和超出一般商人的见地。但贾士贞却不敢过多地涉及到更深层次的改革，更不能把下一步的设想和这样一个已经加入美国国籍的商人去透露。

贾振兴的到来，似乎给西舆大地带来了一片新的生机。连日来，在贾振兴一行考察期间，常友连和邵明如影随行，而贾士贞也成了西舆经济工作的决策者。他只好放下市委组织部长的头衔，全身心地陪伴着贾振兴。在中国，看一个地区的发展，最终是要靠经济发展来衡量的。无论是十强县也好，百强县也罢，衡量的标准都是经济指标，人均收入，但在贾士贞心中，他现在是市委组织部长，即便是市委书记，也不会只抓经济而忽视政治体制改革的。何况邓小平在世时已经把政治体制改革提到那么重要的日程上去，以至被人们看作是“小平未了心愿”！

贾振兴在西奥考察了一周，从市区到农村，从人民生活到农村收入，从食品安全到企业效益，最后贾振兴表示，打算在西奥投资3—5亿美元；主要是发展生态农业，发展绿色养殖业，确保从西奥生产出来的所有食品都符合世界上最可靠的食品标准，确立在国际市场的威望。同时确保在三年左右，西奥农村全部建设成全国一流的社会主义新农村，确保西奥六百多万人民率先奔小康。

贾振兴一行刚走，贾士贞便迅速投入下一轮干部人事制度改革工作当中去。西奥即将迎来一场大发展，大飞跃。常书记的意见是，下一步无论是机关还是县区，乃至乡镇，干部的改革都应该着眼于经济发展。尤其是四县两区，党委和政府的领导班子要迅速调整，要把那些具有改革意识的县处级领导放到主要领导岗位上去。

就在这时，韦旭亲自交给贾士贞一份干部人事制度改革的方案，同时还谈了自己对当前干部制度改革的想法。方案的核心是主张干部选拔走“公推公选”的道路。

贾士贞首先肯定韦旭的积极性，说他虽然到组织部门时间不长，但真正把干部制度改革工作作为头等大事来动脑筋。在肯定韦旭的积极性的同时，贾士贞又说：“‘公推公选’选拔干部在原有的办法上大大地前进了一步，如果在上世纪九十年代，那确实是一大进步。可是现在看来，‘公推公选’仍然带着权力选拔干部的不合理、不公正性。比如，从诸多的选拔对象中来确定人选时，就看参加推举的权力由谁来掌握，无非是组织部门中领导有关单位的掌权者，如果市委组织部的科长和乡党委书记同时参选，那被‘公推’上的能是乡党委书记？这就是很大的片面性。所以我们在干部制度改革这个问题上已经不仅仅是停留在办法上了，而要从制度，从深度、高度、广度去考虑。”

虽然韦旭仍然不服气，但他又觉得贾部长讲的有道理，找不出理由来反驳。

随后，市委组织部讨论决定，组织部留下韦旭负责日常工作，卫炳乾和另外两位副部长分成三组，到各县区考察调研。名义是考察调研，实际上是考察各县区领导班子情况，拿出调整意见。

本来贾士贞决定回家一趟，却因为贾振兴的到来而取消，现在他决定抽时间回家看看。他一直放心不下玲玲。特别是文化厅发生了机关党委选举那件事之后，他更加担心玲玲在单位的处境会越来越艰难。他不知道回到家里应该如何面对玲玲。他忽然觉得应该去说服卜言羽，把文化厅机关党委的两次选举的事情大事化小，小事化了。可是，他又想，即使卜言羽愿意那样做，省级机关工委梁玉珍副书记、省纪委的吴晓处长又怎么想？岂止是他们，这件事已经汇报到哪一级领导了，贾士贞自然也不得而知。文化厅重新进行选举之后，除了玲玲那天给他打了电话，贾士贞没有听到任何消息，更加让他不放心的是，从那次玲玲给他打了电话之后，再也没有任何消息。而有两次晚上他给玲玲打电话，玲玲显得十分冷淡，甚至冷冰冰地说，我累了，要睡了。前几天，他告诉玲玲，准备双休日回家的，可是又没有回去，现在玲玲对他岂止是不理解这么简单！

贾士贞一直是一个大事清楚、小事糊涂的人，可是家庭、夫妻之间的感情他必须引起足够重视，他越来越清楚，真的哪天后院起了火，那就悔之晚矣！

贾士贞回到家时，恰巧妻子女儿刚刚端起饭碗。岚岚放下碗就去搂着爸爸，玲玲在这一瞬间喜忧参半的心情把本来的忧愁和不快掩盖了，放下筷子就要去给丈夫加菜，士贞一把拉住妻子："别忙了，好歹吃一点，这年头肚子里不缺油水。"

吃饭的时候玲玲和丈夫没有久别的夫妻热情，只是各自闷着头吃饭。贾士贞时而瞥一眼妻子，却不知道该说什么，平时在工作中的那股泉涌般的思维顿时变得迟钝起来。不知道是什么原因，回家之前作好的充分准备，甚至夫妻之间的幽默和床上的激情都有一整套计划，可现在却热情全消。在省委组织部那些年，好像自己一天也离不开妻子，他确实不止一次品尝过久别胜新婚的快乐和甜蜜，然而，自从他调西舆任市委组织部长开始，生活乱了套，感情变了味，性生活也变得那样生硬和简单，当他一个人躺在那张孤独的床上时，多么渴望他们还能像过去那样和谐、幸福、甜蜜。

贾士贞觉得晚餐无味，第一个放下了碗筷，妻子看了他一眼，欲言又止，正在这时，贾士贞的手机疯了似的叫起来，他一边往窗口走去一边接通电话："喂！哎，是炳乾啊，我已经到家了……"

贾士贞握着手机，回头看看妻子，接着说："什么时候到？"

"什么？怎么会这样？"贾士贞在客厅里徘徊着，"我知道了，明天一早我就赶回去！”

挂了电话，只见玲玲已经吃完了饭，坐在餐桌旁边发愣。

“比总理还忙嘛！”玲玲没有看贾士贞，像是自言自语地说，“我听说历届国务院总理从不睡觉，不吃饭！更不要老婆！”

贾士贞笑笑，没去计较妻子的怨言，犹豫了一下，动手收拾起餐桌上的碗筷来。

玲玲没好气地冲到水池边，三下五除二就洗完了碗筷，贾士贞不知所措地站在旁边，若是在过去，每逢夫妻发生口角时，贾士贞都会紧紧地搂着女人，疯狂地亲吻起来。三下五除二就把老婆哄好了。

然而，此刻女人却转过身，绕开丈夫，很快从卧室进了卫生间，随后从里面传出反锁门的声音。

贾士贞静静地在客厅里坐着，觉得家里静得可怕，这种寂寞无聊的感觉是从没有过的。等待是痛苦的，他觉得卫生间的门始终紧紧地关着，像几天，不，像几个月，几年，几个世纪。

贾士贞不时地看着表，他的心里矛盾起来，而不是像过去那样急躁不安。明天必须回西臾去，可是他能在今天夜里把所有的事情都处理好吗？他不是怀疑自己的能力，而是根本就不知道从何着手，但是他想，只要能把自己女人的情绪稳定住了，只要玲玲把那些虚无的东西看淡了，其他事情也就不是那么难以解决的了。而且，凭他的经验，这种事情，无论是哪一级领导做的主，最后都是不了了之的。梁玉珍、卜言羽他们看上去很认真，其结果上面只能是应付而已。但是贾士贞觉得能做到这一点，已经是很不容易了，张志云也算是得到了应有的惩罚。当真会有人给他个什么处分？鬼都不会相信。贾士贞从内心还真的不得不暗暗佩服梁玉珍这个女人，这可是一件得罪人不讨好的差事啊！

卫生间的门终于开了，玲玲穿一件粉色的薄如蝉翼的睡衣，对于漂亮的女人来说，也许夏天是她们在家中最能显示性感的日子。在贾士贞的印象中，夏天的女人总是显得十分动人而性感。刚结婚时，女人买来了苏州绸缎吊带裙，夏天洗完澡总是光着丰腴、白里透红的身子，坐在床上凉透了才套上吊带裙。到省城之后，女人夏天的睡衣换成这种薄如蝉翼的绸制宽松长衣，真的有些富人家阔太太的风采。

现在贾士贞只感到山崩地裂，墙倒屋塌，腾起了一股股炽热的岩浆。沸腾着的浆液流向全身，随着这股岩浆澎湃四溢，兴奋伴着昏厥，任凭肉体的渴望尽情沉溺。每当此时，他会搂着妻子，温柔起来。可今天，当他像过去一样去搂妻子时，妻子却用力一甩。

玲玲怎么也没想到，她使尽平身力气的拳头，重重地打到丈夫裤裆上，只听男人惊叫一声，倒在地上……

贾士贞只觉得汹涌的潮水瞬间退去了，血液里骚动的声音逝去了，他猛然从迷迷糊糊的美妙境界中跌落下来。

贾士贞双手捂着小腹下面的裤裆，在地上翻滚着，他咬着牙，强忍着刺心的疼痛。他不知道是怎么回事，这样的疼痛他今生今世从未经历过，难道会死吗？头上滚出一颗颗豆大的汗珠，身上冒出的是凉冰冰的汗。但他没有发出任何声音。

女人睁大那双惊恐万状的眼睛，伏到男人身上，嚎啕痛哭起来。泪水无尽流淌着，女人最大的能量似乎全部变成了流不尽的泪水，女人在委屈的时候永远有着流不完的眼泪。

玲玲感到自己的委屈全都没有了，有的是痛心，还有自怜，更有悔恨。

贾士贞挣扎着，通过妻子的泪幕看到她的忏悔！贾士贞强忍着钻心的疼痛，伸出右手……

“为什么？这到底是为什么……”玲玲好像不只是问自己的丈夫，她在问谁？问苍天，苍天能听到吗？人之将死，其言也善。此刻的夫妻，其为也善。

贾士贞忍着疼痛，紧紧地搂着女人，呻吟着：“玲玲，我的好玲玲，我不怪你，都怪我啊！”贾士贞挣扎着……

第九章 序幕

贾士贞在地上翻滚了不知道多久，疼痛也似乎渐渐地好转了些，但他觉得往日那个经常发疯似的渴望女人的器官除了隐隐作痛之外，突然间成了瘫痪的废物。

女人笔直地躺在他身边，泪水无尽地流着，没有发出任何声音，谁也不知道她心中是悔恨、痛苦，还是无法言表的哀怨。

影影绰绰的月光无声地照耀在窗子里，遇到如此塌天的大事，谁还会想得起去拉窗帘！月光照在床边上，显得几分凄凉。

贾士贞和女人都在想着各自的心事，夫妻在同一张床上从没有如此遥隔万里的感觉。结婚十多年来，床是他们交流情感的摇篮，在床上他们有那么多值得怀念的两性相悦的美妙交融，然而，今天，他们谁也没主动去接触一下对方的肌肤。他们彼此变得那么陌生，那么遥远。

贾士贞一夜未眠，清早起床，见妻子侧身背着他，轻轻地叫了两声，不见玲玲回音，心中一股说不出的难受。只好给女儿弄了早餐，估计乌城办事处的车子来了，贾士贞送女儿下楼后又返回家中，也无心吃早餐，走到床前，对玲玲说："实在没办法，我必须回西奥去，再大的困难总会过去的。实在对不起，我走了！"说着转身离去，刚转身，又回过头，一阵心酸，泪水在眼里打转。

玲玲这一夜又如何能睡得着，她对未来的生活看不到一点希望，想放声痛哭一场，好像整个身体从云端跌到万丈深渊，身体有一种飘忽感，心头欲呕不出，手脚在颤抖，全身冰凉。她感到三十多年来，从没有这样绝望过。她已经不再埋怨丈夫了，往事一幕幕浮上心头。结婚十多年来，最让她开心的日子是丈夫在省委组织部工作那段日子，她享受到了夫妻间的甜蜜，家庭的温馨。从那时到她调省文化厅，似乎一切都是那么顺利，从没让她烦过一点心。她知道，她的副处长，也是看着丈夫在省委组织部机关干部处做副处长的威力。在那几年中，作为妻子，作为一个女人，玲玲真的是无忧无虑。她曾经也想过，难道省委组织部机关干部处一个副处长真的有这样大的威力吗？后来偶尔也听到单位同事半开玩笑地说，省委组织部机关干部处管的是省级机关的厅局长们，俗话说现官不如现管，即使省委组织部的处长、副处长决定不了厅局长的命运，但是在部领导面前说几句话，吹吹风，还是有机会的，在考察材料上笔头歪一歪总是让人不放心的事。

然而，她怎么也没有想到丈夫提拔了，自己的日子反而越来越艰难了。玲玲虽然也是省级机关的副处长，但是在政治上经历的事情还太少。张厅长对她态度的变化，她不是今天才感觉到的，前不久文化厅机关党委的选举她虽然落选了，对于玲玲来说也是一次沉重的打击，但是她并不恨谁，她也怀疑自己是不是平时在工作中得罪了人。谁知这事被捅到上面去了，而且省级机关工委、省纪委、省委组织部突然召开了文化厅全体党员会议，进行了第二次选举。选举结果虽然和上次大相径庭，但她还是往好处上想。是不是有人从中做了手脚，玲玲还打不到底。从理论上看是给她葛玲玲挽回了面子，然而张志云并非等闲之辈，一个堂堂的厅长，岂能为这点小事就会撤掉了！绝不可能，厅长还是厅长，那么她葛玲玲呢？是不是张厅长把对丈夫的意见都发泄在她的身上？她的思想包袱越来越重了。

葛玲玲在这样痛苦的时候多么希望丈夫的那棵大树的阴凉能够罩住她，给她一点安慰，给她想点办法，给她拿点主张，可她怎么也没有想到夫妻之间居然发生了那样的事。

昨天晚上，这么多年夫妻感情在那一瞬间，就像江水突然分了叉！

她不知道昨天晚上为什么那样，她更没有想到她的拳头下去怎么就砸到丈夫的命根子上，怎么就那么狠！若真的是那样，她岂不罪孽深重！是上苍惩罚她，还是惩罚他？她曾听说过，有一个女护士在给一个男病人剃阴毛时，男病人的生殖器坚硬雄起，护士也不知道为什么，就用手里的工具用力敲了一下，谁知这一敲不要紧，后来那个男病人的生殖器再也没勃起过。

玲玲越想心里越害怕，越想越觉得日子看不到希望。家里的空气弥漫着从没有过的荒谬和寂寞。她觉得自己突然间变了，变得神经质，她想哭，又想笑。她害怕极了。

贾士贞回到西奥时，上午刚刚十点钟，比以往都早。一进办公室的门，卫炳乾就出现在门口了："贾部长，对不起，我不该昨天晚上给你打电话。”

贾士贞一脸严肃，没抬头：“没什么，中央调研组来了，我能不回来？”

卫炳乾说：“我知道，可是你出国刚回来，夫妻一别又是一个多月……”卫炳乾犹豫了一下，“还有一件事……”

贾士贞盯着卫炳乾看着，心里陡然间揪心似的疼痛起来，他不知道昨天一夜和妻子是如何度过的。夫妻之间没有争吵，没有辩论，虽然近在咫尺，可如隔千山万水。想到昨天晚上妻子的拳头打在裤裆的一刹那，好像现在下面还有些隐隐作痛，当然，这种事也只能是他和妻子之间的秘密，他一点也不怪妻子，因为他在官场上升到一个万人瞩目的位置，俗话说，夫贵妻荣。而他官至市委常委、市委组织部长，却没给妻子带来一点实实在在的实惠，相反，倒是无休无止的烦恼。

“什么事？”

“关于市残联刘义修……”

“刘义修怎么啦？”

“在你来西奂之前，他是劳动局副局长，后来急得像猴子上树，想当劳动局局长，结果局长没当上，市委组织部为了平衡关系，让他出任市残联理事长，也算解决了正处级领导待遇，他还是一肚子怨气，要求保留劳动局副局长，到处找关系希望把他作为市级领导的后备干部人选。”

贾士贞看看卫炳乾，欲言又止。过了一会儿，说：“还有最重要一点你没说，是不是因为他曾经是徐希浩的秘书？”

卫炳乾一愣，其实，关于刘义修的事，他早就想告诉贾部长的，只是觉得自己如今已经身为市委组织部副部长，在领导面前说一个同志的那些往事显得自己小家子气。况且刘义修对他这段历史已经不认为是什么光荣了。当年他身为徐希浩市长的秘书，在西奂曾经红极一时。后来徐希浩调省建工委当一把手时，把他提拔到市劳动局副局长的位置上，那时刘义修才二十八岁，成为西奂市最年轻的副处级领导干部。可后来徐希浩出了事，在审查徐希浩时，省纪委也多次找刘义修谈话。虽然最终没有对他做出什么处分，但是多少也在无形中影响着他。现在，贾部长已经主动问起这件事了，卫炳乾也就只好把刘义修如何当徐希浩的秘书，以及后来的一些情况如实告诉了贾部长。当然，这些情况贾士贞早已了如指掌。

“当然，组织上也不会因为他曾经当过什么人的秘书而影响对他的使用，关键要看他个人的表现，以及群众对他的认可程度。”贾士贞说。

“市残联要换届，他希望在换届时解决他个人问题，正是你在美国学习的这段时间。”卫炳乾说，“他见市委没动静，自然没有把省里要求市残联换届的相关文件报告市委，最近省里催得紧了……”

“还有这样的事？”贾士贞看着卫炳乾，“炳乾，你负责把这事弄清楚，如果刘义修真的是这样，就在市残联搞公开选举领导班子的试点，如果选不上另行安排！”

卫炳乾说：“他总是认为自己和别人不一样。”

“这样的人也能当地市级机关的一把手领导？要抓个典型！”贾士贞说，“中央调研组的同志在哪里？”

卫炳乾递给贾士贞一个电话号码，说：“王司长和洪处长来了，听说他们这次到西奥来主要是想和你认真谈谈，因为常书记在中央党校学习期间他们已经见过两次面。”

“我知道了。”贾士贞说着，拨通了王司长的电话。

贾士贞拨完了中央调研组王司长的电话，正要把听筒放到耳边，半掩着的办公室门传来了两声敲门声，贾士贞一抬头，王司长正握着手机进了门。

贾士贞急忙放下电话，三步并作两步迎了上去，两人如同久别重逢的老朋友。刚握了两下手，王司长突然搂着贾士贞，兴奋地说：“贾部长，我们的见面实在是太富有深刻的意义了！当初我们到西奥来时，你即将出国，而我们再次到西奥来时，你居然已经完成了赴美学习，这真的不是我们故意的选择，而是领导突然的决定。”

“是嘛，王司长，自然界有许多东西并不是哪一个人的所为，而是大自然的必然。”贾士贞紧紧地按着王司长的手，“时间过得真快呀，眨眼间半年就过去了！”

“三十八年过去，弹指一挥间！”王司长两手扶着贾士贞说，“士贞部长，我觉得你特别应该认真学习小平同志当年的那句话……”

贾士贞认真地看着王司长，不解地眨了眨那双充满智慧的眼睛。

“不争论，大胆地试，大胆地闯。发展才是硬道理！”王司长严肃地说，“小平同志在十一届三中全会上提出了解放思想，农村实行了改革，然而，直到九二年，他觉得中国人的思想总是跳不出自己给自己划的圈子，于是利用南巡的机会发表了重要谈话。当时只是经济体制改革，他之所以要提出不争论，大胆地试，大胆地闯，就是因为有人怕出问题，或者说有人会抓住改革中的挫折和失败不放，所以这些年来，就要大胆地解放，不能解而不放。”

“来来来，请王司长和洪处长坐下来！”贾士贞说着，从旁边的橱子里取出茶叶，一边泡茶一边说，“我们中国人有一点不如美国人，人家冬天都喝冷水，里面还要放冰块，而我们要喝茶！”

“这不是什么好和坏的问题，而是习惯。”

“是啊，中国许多留学生在西方时间长了，就习惯了。”贾士贞说，“王司长，真的不好意思，在不到一年的时间里，你们从北京深入到西臾这穷乡僻壤两次，而我真的有些辜负了领导的希望啊！”

“士贞部长，固然我的工作是受中央相关部门领导指示的，但是从内心来说领导给了这样的机会，我非常高兴，使我有了这样一次让自己的灵魂都感到震撼的学习机会，这话我是发自内心的，绝不是奉承，因为我们没有必要违心地奉承某一个基层领导，我还必须对国家负责，对人民负责。”

贾士贞说：“王司长，您这样说我真的有些承受不起了，其实我内心还是相当感到惭愧的。”贾士贞停了停，拿起茶几上的香烟说，“王司长，我有一个不错的朋友，对我前段时间的做法提出相当尖锐的批评，说我那哪是什么改革，那充其量只能是一种改良。还有人说我是‘太监’，是一味地歌功颂德，其实……”

“士贞同志，”王司长笑起来了，“这就很正常了，世界上没有一件事情是意见一致的，也没有任何一个伟大人物不被批评指责的，争论也好，批评也好，或者谩骂也罢，只能说人们都在关心国家的事。也正说明大家都来关心国家大事，我们的国家才能充满前途和希望。同时也应该允许不同声音，不同意见，不同争论。中国已经不是曾经的中国，中国要融入世界，要和世界接轨，不仅经济要改革，政治也要改革。你看，你的那场改革不是给西臾的经济带来效益了吗？听说美国那位商人正是看中了西臾的那场改革，才来投资的。没有你的那场轰轰烈烈的干部人事制度改革，远在大洋彼岸的美国商人怎么知道中国还有一个西臾，又怎么会到西臾来投资呢？”

贾士贞一边给王司长和洪处长添水一边想，他刚从美国归来，王司长就到了，他自己的许多想法还没来得及整理，甚至还不知道该怎么说。

“王司长，说实话，这次美国之行，虽然对我们来说机遇难得，也让我们开阔了眼界，但是，”贾士贞看着王司长，“就我而言，我真的感到很遗憾，因为我们这些人英语水平太差，无法直接听到美国那些一流大学教授的讲课，主要是靠翻译，而通过翻译以后，我认为根本不能把美国那些先进的科学管理原汁原味地传授给我们。”

“你说得对，如果你们能够像当年马凯、楼继伟、海闻他们那样，直接考入美国学习经济，像那些在美国常春藤盟校读完MBA的留学生，那肯定不一样了。”

“但是，在美国，以及后来回到中国的这些日子里，我一直在想，一个领导干部，特别是掌握着一定权力的领导干部，为发展、为机遇敢闯敢干，是一种责任心。大胆地试，大胆地闯，杀出一条血路，哪能没有风险、责任？一个领导就要勇于承担风险和责任，有不少领导不敢承担责任，当官总是明哲保身或者在关键问题上推卸责任，实在是当今干部队伍里的一大悲哀。我以为人无完人，为事业开拓创新，走前人没有走过的路，谁都难免有失误的时候。只要不是恣意妄为，不是恶意逃避，就应该总结经验教训，在跌倒的地方爬起来继续前进，用李清照的话来说，叫‘生当作人杰，死亦为鬼雄’。这就是一个敢于承担责任的领导。”

王司长兴奋起来了，说：“说得好！想想中国经济改革这二十多年的艰难历程，当年小平同志南巡时说：‘改革开放胆子要大一些，敢于试验，不能像小脚女人一样。看准了，就大胆地试，大胆地闯’，并且鼓励说，‘没有一点闯的精神，没有一点冒的精神，没有一股气呀、劲呀，就走不出一条好路，走不出一条新路，就干不出新的事业’。”王司长停了停又说，“其实，关于政治体制改革，在经济体制改革不久就已经摆到了小平同志的议事日程了，但是他没有来得及……”

此刻，室内寂静无声，不知道为什么，谁也没有继续说下去。其实，每个人的心里几乎同时都在想到这样一个太严肃、太重大的问题，人类社会发展到一定时期产生的一种重要的社会现象，岂是他们这三个人，岂是西臾这样一个小小的市能够诠释的？

贾士贞并没有小看王司长，但他知道，一个司长在北京又算得一个什么样的官员？

“士贞同志，希望你抛开一切顾虑，丢掉一切私心杂念。”王司长沉默了好半天，才说，“不要怕挫折，不要怕失败，所以……”

不知道为什么，王司长突然停住了，贾士贞有些莫名其妙，他不知道王司长所说的“希望”二字到底是什么意思，又是谁的希望？在这一瞬间，贾士贞在头脑里反复转动着，他相信，一定不会只是王司长，或者说只是中央调研组的“希望”。

临近中午时，常书记打来电话，说他中午陪王司长吃便饭，晚上宴请王司长和洪处长。

他们的谈话始终没有结束的意思，贾士贞越谈越觉得和王司长越有些相见恨晚，甚至有永远说不完的话题。而王司长也越来越觉得贾士贞是一个很有思想、很有个性的领导干部。

最后，王司长说："这次来西舆，不准备再召开市委常委会了，上次是出于例行公事，一方面是和市委常委们见个面，另一方面也想利用座谈会的形式，听听常委们的意见。这次来的目的主要是把中央调研组调研情况汇报后的意见反馈给你们，领导对西舆前段时间的干部人事制度的改革暂时不向媒体宣传，但可以继续在深度、广度、高度上作一些讨论，作一些大胆的探索，可以像当初深圳经济特区那样进行试水，取得经验，纠正错误，根据中国的国情和特点，进一步推动西舆的经济发展。"

其实，直到目前为止，西舆市的几位领导真的并不了解王司长的真实身份，虽然常友连在中央党校学习期间也去和王司长见过几次面，但是那都是王司长用车把他接到某一个地方的。从地点看，像是中央机关，但王司长始终没有表明自己的身份，所有的人都只称王司长。当然贾士贞逐步明白，这也许是高层领导工作的需要。

最后，王司长在小范围内交换了意见。实际上中央调研组要说的话，已经基本上都在分别交换意见时表达了，只不过是换一种形式罢了。王司长是一位很有理论水平、很有思想、很有表达能力，甚至很幽默的领导。原本十分枯燥而且十分微妙的政治理论问题，从他口中表达出来却是那样让人回味无穷，琢磨不尽。当然，常友连、邵明，还有贾士贞能不能深刻、全面领会中央调研组的深刻含义，这就是他们自己的能力和水平问题了。

从美国学习回来，贾士贞似乎变了一个人。刚来西舆那阵子，他像是一个朝气蓬勃、热血沸腾的青年，整天风风火火，有一股使不完的劲。而现在突然间变得老沉稳重、寡言少语，好像每时每刻、每件事情上都处在深深的思考当中。其实自从那场轰轰烈烈的"三公开"选拔县区领导干部以后，他就一直在想，一个人，在一项工作上做到了制高点之后，难道永远朝着未知的顶峰攀去吗？那顶峰究竟在哪里呢？有顶峰就必有低谷，那么路到底应该怎么走？他不止一次，也不止从理论上去想，更重要的是在实际工作中如何去操作，怎样具体去实施。他面前就仿佛是茫茫大海，无边无际，不知道深浅，弄得不好要葬身于大海的！到时候怕连尸体都找不到！除此之外，贾士贞越来越觉得他和玲玲之间将要出现什么难以预料的问题，不是他不理解妻子，也不是玲玲不理解他，而是社会环境把他们推到这样尴尬的位置上。

中央调研组走了，王司长走了，却给贾士贞、给西臾这块土地留下了难以回答的沉重的话题。

市委组织部派出来的三个调研组结束了对四县两区领导的考察和调研。经过两天的汇报，由卫炳乾写成综合材料。从各县区领导班子情况看，特别是党政一把手，几乎都存在着不同程度的当“平安官”现象，只希望在自己任职期间平平稳稳不出什么大乱子，干几年之后升官走人。即使有些同志有才干、有思想，却受到现有的制度、体制局限，没有真正把自己的主观能动性解放出来，更没有把自己看成是一种生产力解放出来。因此，在任职期间，那些地区的经济、文化、各方面工作始终没有明显的起色。

贾士贞把如何选拔县区党政一把手的设想提交给市委组织部中层以上干部进行讨论。仅仅是靠“三公开”或者靠群众选举，能不能把一个干部的主观能动性调动起来？现在看来确是一个值得思考的问题。于是贾士贞提出来：能不能像农村体制改革那样，把土地联产承包责任制引入干部制度的选拔当中去？听了贾士贞的意见，这些人个个都目瞪口呆，许多人根本还没有弄清是怎么回事。

在讨论过程中，常务副部长韦旭一直沉默不语，直到会议快结束时，他终于发表了自己的看法。他认为干部人事制度不是承包菜园子和养鸡场，而是上层领域里的深刻理论，企图打着改革、解放生产力的旗号所谓的改革，恐怕只能给少数人脸上贴金，创造出一点出风头的政绩。他说，目前几乎各地，各级党委都在大张旗鼓地进行“公推公选”，西臾也应该循序渐进。

韦旭的发言把在场的人都吓得不知所措。在组织部门工作时间长的同志更是吓得不敢抬头。谁都知道，在组织部门，不要说在会上公开反对领导，就是在背后谁也不敢有任何不满情绪。贾士贞看看大家，脸上没有任何表情，或者有人想到，韦旭非一般人物，他是省委某领导的亲戚，而且不久的将来，将成为西臾市委组织部的接班人！

贾士贞不想和韦旭争个子丑寅卯，就像去年的那场干部人事制度改革一样，网上对他的那些评论，有的都十分尖锐和刻薄，但大多数群众还是支持他的那场轰轰烈烈的改革的。

经过认真酝酿，公开选拔一县一区党政一把手的方案提交市委常委讨论了。

这个方案提出，在全市范围内，凡年龄在四十岁以下，现有的正副县处级干部，以及去年公选干部时的前三名（一名已经选入机关副局级）均可报名。竞选程序由个人报名，组织审查，以及进行相关理论知识考试、演讲、答辩、经专家评定四项考核组成，取综合成绩优秀的前五名，提交市委全委会无记名投票，决出前三名候选人。最后将三名候选人进行差额选举。县区委书记由该县区全体党员，以及按党员人数一比一产生各级群众代表，共同参加差额投票选举。县区长则由县区人民代表，以及全县干部按各职务的30%推选代表，农村村民按10%产生群众代表，共同参加差额投票选举。三名候选人中必须获得半数以上赞成票方可当选。若第一轮选举时，三名候选人均不超过半数票，则取得票数较多的前两名再进行第二次投票。

这个方案通过后，市委便通过媒体对外公布，市委组织部便全力投入准备工作。

这天晚上，贾士贞刚从办公室出门，一看表，已经晚上九点多钟，正要锁门，发现驾驶员小苗出现在身后。

“小苗，这么晚了，你怎么不休息？”贾士贞停住手里的钥匙。

“贾部长，我……”小苗吞吞吐吐地欲言又止。

“什么事，来，进来。”贾士贞开了门，回头看着小苗。

“贾部长，我刚才看到韦副部长和张敬原、庄同高，还有另外两个陌生人在宏业酒店喝酒。”

“小苗，晚上吃饭有什么奇怪的？”

“贾部长，你说韦副部长怎么会和张敬原、庄同高弄到一起的呢？他们并不熟悉啊！”

贾士贞看看小苗，头脑里突然想到前几天省交通厅肖志民副厅长来西臾，直言不讳地托他关照庄同高的提拔问题，这说明庄同高、张敬原两个人一天都没有停止过活动。韦旭和庄同高、张敬原在一起喝酒，说明他们已经打通了韦旭的关节。

贾士贞虽然并不介意他们在一起喝酒，但对市委组织部的常务副部长在这样的场合和这样的对象在一块喝酒自然有些想法。张敬原和庄同高把这事越搞越复杂了。

中间仅过了一天，贾士贞从下臾县开完会，刚回到办公室，韦旭就进了他的办公室，说：“贾部长，最近我听到一些同志反映，而且机关里也都在关注这些敏感的问题。”韦旭似乎有几分激动，却又没有说下去。

贾士贞站了起来，问：“什么问题？”

“贾部长，干部问题也是关心群众，也要人性化管理。”

贾士贞有些莫名其妙了，睁大双眼看着韦旭：“是啊！韦部长，组织部门所做的每一件事都是关心干部，但并不是说提拔就是关心。每个干部都希望提拔，可是你能做到吗？”

韦旭笑笑，说：“是啊！比如说过去市委组织部的科长提拔那是理所当然的，毕竟是组织部的干部嘛，长期把他们晾着，影响多不好！”

“你说的是他们？那怎么叫晾呢？”贾士贞笑笑，“我知道了，他们找你了！”

韦旭未置可否，也没正面回答贾士贞的问题：“我觉得该提拔的还要提拔，不能因为改革就不提拔干部了，中央，省委，还有全国那么多市、县……”

“韦部长，我可以实事求是地告诉你，”贾士贞说，“在我和常书记学习之前，曾经准备把他们两人的职务问题提交市委常委会的，谁也没有想到，中央调研组来了，常委会没开成。”

“我听说了，但是现在……”

“一个干部的提拔，既要看他的表现，也要根据工作需要，还要看机会。常委会也不可能因为照顾一两个人，那么随便，说研究干部就研究干部的。”

“我觉得，现在有人把什么事都和‘改革’两字联系在一起，其实，提拔两个副县处级干部与改革有什么联系！就是‘公推公选’也该轮到这些人了。”

贾士贞看看韦旭，皱了皱眉头：“韦部长，你这样说恐怕不太妥当吧，难道这仅仅是提拔两个副处级干部吗？”随后，贾士贞又换了一种口气说，“也不是什么工作都要冠以‘改革’的名义的，比如中国经历了几个特殊时期，但是几十年都没有解决人民群众的温饱问题，其原因是人民群众的生产力没有得到很好的解放。而在这关键时刻，中央从农村着手体制改革，难道这不是十分必要的吗？也正是从那时开始，中国揭开了全面改革的序幕。改革二十多年来，各行各业都取得了令人瞩目的成就，而干部人事制度却是滞后的，要解放干部的生产力，就必须从干部制度着手，改革干部选拔的渠道和方式，而我们作为组织部门，不应该起到模范带头作用吗？”贾士贞这时才感到韦旭积极主张“公推公选”的真正含义了。

贾士贞的一番话，说得韦旭目瞪口呆，不知道他是否意识到自己刚才太有些情绪化了，或许是觉得自己没有摆正自己的位置，再没有说什么。

和末臾县、苍山区同时进行领导班子公开选拔的，还有市残联。主要是因为市残联换届时间已到，市委决定以此为契机，作为对市级机关干部制度改革的尝试。这样，西奥市新一轮干部人事制度的改革拉开了序幕！

可就在市委常委讨论末奥县和苍山区县区委书记、县区长的选举时，常委内部发生了意见分歧。末奥县委书记夏松生在县委书记、县长位置上干了十多年，现在已经过了五十岁。按以往的惯例，即使不能提拔为市委、市政府副职，也应考虑市人大、市政协副职。可是市委已经向省委报了两次，省委组织部也进行了考察，可是至今也没有说法。县长胥光进也等了几年，只待老夏提拔了，他自然接替县委书记。苍山区委书记林凯则是前年才从市委副秘书长调去当区委书记的，年龄只有四十一岁，工作有魄力，想干一番事业。贾士贞刚到西奥时，常友连曾和他说过，想让林凯到县里去干一干，再考虑提拔为分管经济工作的副市长。现在决定把末奥县和苍山区党政一把手进行公开选拔，会是什么结果？而且这几位同志会怎么想。特别是夏松生和苍山区区长高希礼，按照这次公选的方案，两人都过了年龄界限。常委意见不统一也不要紧，关键问题是，这样的干部提拔到副市级都是由省委决定的，市委只有建议权，现在要考虑对他们的安排问题，大家都为难起来了。

常委会议后，由常友连和贾士贞分别找夏松生、胥光进、林凯和高希礼谈话。

林凯表示，他不仅要参与竞选，而且决定参加末奥县委书记的竞争。末奥县是一个人口、土地都在西奥占第一位的大县，但长期以来经济却上不去，因此，林凯表示有信心、有决心竞争这个县委书记。胥光进则没有林凯那样信心十足，但他知道，他的条件符合，如果不参与竞争，他不知道未来是什么样子。至于夏松生和高希礼，他们只表示由组织决定。

刘义修因为曾经是某市长的秘书，虽然那位市长调省建工委，又出了事。他嘴上不说，但谁也知道市长秘书可是特殊身份的人物，当然认为自己有才能，有资本，不仅一心想到所谓的重要部门去当领导，还想登上副市级领导岗位。这些年来，他不仅是这样想的，而且自己也到处在造舆论。可当市委组织部把公开选拔西奥市残联领导班子的方案向社会一公布，刘义修顿时如同热锅上的蚂蚁，简直接受不了这个残酷的现实。

这次公开选拔市残联理事长（正处级）一名，副理事长（副处级）两名，使得西奥市的城乡顷刻间又炸开了。许多人又敏感地察觉到，贾士贞的旋风又刮起来了！

公开选拔市残联三个领导的具体做法是：凡符合报名条件的干部均可报名。经过资格审查，符合条件的人选在所在部门（单位）进行群众投票和民主测评，各单位各部门按照得票多少选出前两名，经市委组织部考核，集中所有候选人，再将这些候选人通过报纸、电视公示。两周后再由市直机关全体干部和县区乡镇以上干部投票，按得票多少取前二十名，在报纸、电视上公示，每人进行六分钟演讲，根据各自的演讲，由市直机关，所在县区，群众按政治思想、工作实绩、廉正建设三方面进行测评，然后折算成分数，向社会公布。与此同时，组织专家组十五人，通过电视向当事人提出问题，进行答辩。

所有程序，包括每个人的得票数、测评、答辩得分都如实通过媒体公布，最后按从高到低的分数，取前三名，再按照中国残联章程，在代表大会期间，由全体代表无记名投票，实行差额选举，即在三名候选人中选择得最高且超过半数者当选。

这个方案一公布，刘义修慌了手脚。他对贾士贞早已耿耿于怀，当初自认为市级领导干部后备人选的他，是贾士贞来了才被端掉饭碗的，当天晚上跑到陈副市长家又流眼泪又抹鼻涕的。陈副市长说，究竟是谁告诉你说你是市领导后备干部的？刘义修吞吞吐吐地说，当初他在市劳动局任副局长时，对全市的医疗改革做了那么多的工作，市里领导是肯定的，本该让他出任市劳动局长的，可是……没让他当市劳动局长，反而让他当市残联理事长，他当然不甘心，刘义修大言不惭地说，让他去当市残联理事长，那他在劳动局期间所做的工作都一笔勾销了？那么艰难的医疗改革取得的成绩也否定了？陈副市长不高兴了：医疗改革是市政府领导的，而不是你个人的成绩和资本，况且哪一个干部不是做了大量的工作！刘义修说当初陈副市长也说过……陈副市长一听就火了：难怪省残联的同志说你一直不安心这个理事长，另外，你知道市残联那几位退下来的老同志怎么评价你的吗？

刘义修往日的霸气和趾高气昂的风度荡然无存了，若是徐某某还在省建工委当主任的话，他肯定会调动所有能量的，然而，今非昔比了。他当然太清楚了，凭他的条件，凭他的表现，要经过这么多民主选拔的道道关口，根本不可能进入最后差额选举的三个人之中。就是进入三个候选人了，也很难说得票最高，眼看自己的这个正处级领导也很难保住了，还说什么市领导的后备干部？刘义修突然间感到末日将要来临！如丧家之犬到处乱窜。

平时不把市理事长的正处级领导放在眼里的刘义修感到，市委组织部动真格的了！他没想到贾士贞在干部人事制度上又出了新花样，还真的把他作为试点了。匆匆忙忙跑到省残联，找到省残联领导，状告贾士贞不按中国残联章程办事，甚至说残联的选举只是形式，理事长是党委部门提名，只在主席团会议上举手通过一下，走走形式而已，怎么能实行无记名差额选举呢？

事隔两天，省残联派来一位领导和一名处长，到西舆商谈刘义修的事。然而，当贾士贞把当前中国的干部人事制度改革的形势简单一说，说各行各业，各级领导都应该大力为推进民主进程而努力，西舆市同时对一县一区的党政一把手进行公开竞选，市直机关将进一步扩大试点。1998年四川省遂宁市的步云乡进行了一次直选乡长的试验，当时有人提出违反现行法律规定——乡长、县长由同级的人民代表选举，而不能直选，这一做法后来被制止了。然而，近几年来，随着中央对民主政治的大力推进，全国已经有四百多个乡镇进行了直选，而且还要对市县长进行直选。至于中国残疾人联合会的章程——理事长由主席团推举的方法，贾士贞说他只能保留自己的看法，什么叫推举？他搞不懂。那不是中国的宪法，也不是中国共产党的章程。再说了，中国当年计划经济呢？总路线、大跃进、人民公社都到哪里去了？社会要进步，中国要和世界接轨，真正的民主迟早都会以排山倒海的气势不期而至的，市残联的这次代表大会实行自下而上的民主，这是必然的，这样的决定不是刘义修一个人能阻挡得了的。

对于贾士贞这个人，省残联的这位领导和处长当然早有耳闻，不管他们的心里是怎么想的，不管他们能不能接受贾士贞的观点，但他们清楚，贾士贞的做法他们岂能阻挡得了？就是闹到省委组织部、中组织部去，也不会有一个人推翻他的这种积极改革的步伐的。

最后贾士贞说："残联系统的干部是地方党委管理，上级残联协管，我们准备请省残联派两名同志和我们市委组织部共同把我们市残联的领导班子选配好，也希望你们支持市委组织部的这次运用民主手段来探索选拔领导干部的路子。不过我们要指出的是，刘义修这个同志一直不安心残联工作，总认为组织上对他不公平，认为他是大材小用了。不仅要到重要岗位上，而且自封为市级后备干部。"说到这里，贾士贞摇摇头，"我不认可这样的领导干部，所以，我们觉得，还是让群众来选举。这不仅是大势所趋，也是时代的朝流。"

省残联的那位领导说："贾部长，过去的干部管理是大官选中官，中官选小官，群众没有发言的权利。一个领导选得好不好，可是关系到事业发展的大事，所以，我们支持你们通过民主的手段选拔干部。但我想问贾部长一句，刘义修的市残联理事长如果选不上怎么办？"

"所以，让群众选领导就有好处了，他必然为群众办事，否则群众不选他，他也会处处谨慎的。"贾士贞说，"至于说选不上怎么办？这是一个值得探讨的问题。我们想，一是在本单位留任非领导职务，二是他还可以参加今后其他部门的竞选。说句真心话，如果他刘义修真有群众拥护，机会多着呢！你们等着看吧！以后西臾市级机关、各县区的领导，都将通过竞选。当然省残联的领导心中应该有数，刘义修一旦连市残联理事长都选不上，那以后……”

谈话结束了，省残联领导说：“请贾部长吃个便饭吧！”

贾士贞笑笑说：“是刘义修的意见吧，算了，我看还是我来请你们二位吧。”说着打电话叫来了副部长卫炳乾。

去宾馆的路上，省残联领导的手机响了，不用说刘义修已经安排好了。挂了电话，就已经到了宾馆，贾士贞陪省残联二位吃了自助餐。

半个月后，由市委组织部拟稿，题为《西臾市新一轮干部人事制度改革的实施方案》，终于提交市委常委讨论了。方案对末臾县、苍山区党政一把手的公开选拔，市直机关局级正副职领导如何通过民主产生，以及乡镇长直选，县级党政领导也逐步试行直接选举的办法作了详细的说明，整篇文稿长达两万多字。

且不说市委是如何讨论这个方案的，只说在全市范围内公开选拔市残联理事长工作正在大张旗鼓、紧锣密鼓地进行着，许多人又把议论的中心放到贾士贞的身上了。

消息一传出，网络上的各种评论一下子铺天盖地都出来了，似乎西臾又要开始地动山摇了！人们预感到西臾已是山雨欲来风满楼了。

公开选拔市残联领导班子的消息一公布，西臾就突然间像开了锅似的，一石激起千层浪，贾士贞又成了热点人物。有赞扬的，有询问的，有批评的，有指责的，甚至有谩骂的。同时，贾士贞也多少感觉到，有的人太莫名其妙了，半夜一两点钟又打手机又打电话，这难道仅仅是为了咨询、赞扬、批评吗？

回国这么长时间了，贾士贞只和鲁晓亮通过一次电话。说实话，贾士贞从心里非常感谢鲁晓亮，想想刚来西臾那阵子，他人地两疏，真是两眼一抹黑，是鲁晓亮真心实意地支持他帮助他，在很多关键问题上给了他很大的支持和帮助。临出国前，两人都没来得及很好地告个别。不知为什么，居然在他忙得不可开交的时候，突然想到鲁晓亮，于是排除一切干扰，给鲁晓亮拨通了电话。鲁晓亮还是那个风风火火的急性子，贾士贞就喜欢他的爽快、坦荡、质朴。两人只是简单通报了最近情况，正要说再见时，鲁晓亮说：“贾部长，我希望你的公选领导的风暴早日刮到市公安局来，我快到年龄了，也该退出领导岗位，让年轻人来干吧。”

贾士贞大笑起来，说：“好，我来和省公安厅建议建议，让我和你竞争市公安局长！”没等鲁晓亮说话，又说，“鲁局长，我心中有些苦闷，想对你说说，可又……”

“什么事，贾部长，你可不是这样性格的人啊！”

“哎，家家都有一本难念的经啊！”

“那你就大概对我说说，或者找时间见面……”

“真是难以启齿啊……”

鲁晓亮愣住了，可电话里默默无声，直到传来一片忙音，鲁晓亮还看着电话听筒发愣。

不知为何，贾士贞今天特别心烦，妻子一连打了两次电话，他都犹豫再三之后没有接，现在他干脆关掉手机，拔掉电话插头，怕有人来敲门，爬起来关掉灯，这才笔直地躺在床上，一动不动，觉得自己像一具尸体躺在棺材里。

贾士贞的心里渐渐升起一股难以言表的伤感。自从和玲玲发生那场以前从没发生过的矛盾之后，他就不知道自己什么地方发生了变化。当然，变化最明显的是他裤裆里的那个隐秘的东西。玲玲当然不可能故意要伤害他，然而，怎么就打到他的那个东西上了呢？当时的疼痛自不必说，疼痛早已过去，并没给他留下什么伤痕，然而，他真的想到王学西的那个下流的谜语：“阳痿——打《水浒传》中的三个人名字。”虽然当时他觉得王学西下流，可细想想，到底是什么人编出这样的谜语来？《水浒传》中确实有“阮小二”、“史进”、“吴用”这三个人，现在想想，还真的有一点道理。

鲁晓亮虽然是到西臾当公安局后才和贾士贞相识的，但是了解一个人，时间并不是唯一的尺码，他和贾士贞已经不是一般意义上的朋友了。贾士贞出国学习，他们虽然很少联系，但是感情这东西在好朋友之间，真的是与日俱增。接了贾士贞的电话，鲁晓亮觉得他的情绪不对头，这样的说话方式也不符合贾士贞的性格，鲁晓亮想来想去不放心，当即放下手中的事，很快就来到贾士贞的宿舍。

贾士贞抽了一阵子闷烟，虽然竭力装出乐呵呵的样子，但鲁晓亮明显感觉到贾士贞的心里有什么不可告人的苦闷，经鲁晓亮再三追逼，贾士贞才含含糊糊地说出不清楚自己生理上是否出了问题，一时间倒让鲁晓亮手足无措。

鲁晓亮知道，大凡一个男人，这方面的问题是最难以启齿的，何况是只有三十九岁的市委组织部长呢！老实说，鲁晓亮真的一点办法没有，他连一句安慰的话也没说，第二天回了省城，谁知他用什么办法当天下午就把自己老婆和玲玲接到了西臾。晚上两个男人和两个女人一块吃了饭，鲁晓亮夫妻把贾士贞两口子送回宿舍没说几句话就走了。

贾士贞自知鲁晓亮的一番苦心，都是过来之人，夫妻不是一天了，贾士贞也不相信自己一个三十九年发育正常的男人，突然间就雄不起来了。

玲玲的到来，并没有给他们夫妻之间消除了隔阂。看来贾士贞确实已经不能像正常男人那样过上幸福甜蜜的夫妻生活了。

这天夜里，贾士贞并没从恍惚中回到残酷的现实里来，他轻轻上前抱着她，她的泪水泉水般地流淌着。

女人猛地抱住男人，泣不成声地哭着："士贞，怎么办？怎么办？我……我罪孽深重啊……"

"不，不会的！"贾士贞竭力安慰着可怜的女人。

他轻轻地抚摸着她那光洁圆润的脸庞，慢慢地向下摸着，爱怜地寻找过去十四年的美好与甜蜜。

"不会的！"女人抬起头，睁大那双充满无限渴望的眼睛，坚定地重复着那三个字。像号令，又像祈求，然而，她说话的声音显得底气那么不足！

"怕什么？又不是癌症，死不了人，世上没有老婆的人多着呢！"贾士贞说完了话，又觉得这话太不得体了，太伤害了这个可怜的女人了！马上补充道，"只是你……你……"

"士贞啊！"女人哭了，哭得那样伤心，"男人和女人不一样，女人没有那事照样活得很好，可男人不一样。可我怎么也不明白，到底伤着什么地方了呢？"

贾士贞搂着女人，还像过去那样爱怜，轻轻地摸着女人的脸，长长叹了一声："是这一年多来我欠你的太多了，老天爷在惩罚我呀！"

"不不不……"

女人哭了。

男人也哭了。

第二天一早，贾士贞若无其事地上班去了，刚出门，鲁晓亮和妻子来了。

贾士贞停住了脚步，竭力保持沉稳和冷静，正要转身，鲁晓亮说："咱们走吧，让他们女人说说闲话。"

鲁晓亮老婆朝贾士贞笑笑说："贾部长，你忙吧，玲玲妹子交给我了！”

贾士贞点点头，看看鲁晓亮，两人并肩走了。

玲玲觉得自己毫无生存意义，只欠一死！她的心里发生了急剧的变化，从心底里渐渐升起了浓浓的宿命意识和对神灵的怀疑。

第十章 紧急叫停

末臾县和苍山区公开选拔党政一把手工作经过报名和资格审查，县区委书记报名人数达一百一十八人，县区长的报名人数也达一百零九人，而且每个报名者都有一定的优势。根据报名者的要求，市委招集他们开了一个短会。下午三点钟，贾士贞代表市委，对本次公开选拔一县一区党政一把手工作的具体方案作了说明，仅一个多小时就散会了。

晚饭后，贾士贞排除一切干扰，决定和玲玲进行一次认真的沟通。贾士贞一连接了几个电话，刚坐下来，还没来得及讲话，他的手机响了，他看看号码，接了起来。

"喂……"

"喂，是贾部长吗？我是市公安局鲁晓亮啊……"

"噢，鲁局长啊，什么事？"

"贾部长，末臾县的一辆商务车出事了，车上有县长胥光进，还有几位都是县里的领导……"

"什么？"贾士贞从沙发上跳了起来，"他们下午不是参加选拔工作会议的吗？"

"我也是刚得到消息，现在正赶往现场。"

"好，我马上来，现场在哪里？"

"车上的人都已经送第一医院了。"

"鲁局长，我马上过来，请你给常书记打个电话。"

贾士贞慌慌张张地站了起来，说："玲玲，对不起，末臾县的车出了事，车上都是县里领导，我得马上去看看。"

玲玲看看贾士贞，说："你是组织部长……"

"玲玲，这可不是平时，现在正在公开选拔末臾县和苍山区的党政一把手的关键时刻，而且他们都是参加下午竞选会议的，万一出大事，那……”贾士贞一边说，一边给小苗打电话，让小苗马上赶过来。

贾士贞平时很少这样急着用车，小苗的车已经停了下来，贾士贞还在给鲁局长打电话。

进了第一医院的大门，贾士贞匆匆下了车，直奔急诊室，迎面碰上鲁晓亮。

“怎么样？”贾士贞说。

“情况很不好。”鲁晓亮说，“车上共五个人，现在已经确认三人抢救无效死亡，县长胥光进、县委副书记魏家华，组织部长龚学信都已经……”鲁晓亮摇着头。

“谁开的车？”

“一位副县长，他的伤势也很重，正在抢救。”鲁晓亮说，“另一位是分管财政的副县长姚兵，伤势比那个副县长还重。”

说着，鲁晓亮拉着贾士贞，两人来到了门旁，鲁晓亮低声说：“哎！这些县太爷，放着驾驶员不用，干嘛非要自己开车呢！你知道吗，贾部长，严禁公车私驾的！况且他们又都喝了酒，开车的副县长陈望少说也喝了半斤白酒，这事……”

贾士贞说：“鲁局长，这是后话，现在的关键是，要尽一切力量救人！”

正在这时，常友连和邵明来了。贾士贞和鲁晓亮一起迎了上去。

“人怎么样？”常友连问。

鲁晓亮把大概情况汇报了一下，常友连说：“工作干的再好，成绩再多，也不够这些人给败的！这就是我们这些县处级干部！你说，谁不知道公车不能私驾，谁又不知道开车不能喝酒！况且，开完会干嘛不回去，非要在市里喝酒！”

“鲁局长，赶快看看抢救情况！”邵明说。

“市卫生局几位局长都来了，他们把二院三院的专家都找来了。”鲁晓亮说。

“走，看看去。”

第二天上午，医生宣布，陈望脱离了危险，而姚兵最终也没有抢救过来。这样，这起交通事故除副县长陈望以外，其余四名县领导都在车祸中丧生。

西舆出了这么大的事，这是前所未有的。虽然市交警大队对这起交通事故做出了明确的认定，陈望除了公车私驾之外，又酒后驾车，负事故的全责。

几乎在事故发生的同时，网上爆出了一条又一条针对贾士贞的新闻，有人甚至说贾士贞是这些车祸的预谋者，以至引起广大网友的热烈争论，一天之内跟贴竟达上万条。第二天下午，省公安厅的事故调查组一到，就对这起车祸提出质疑和否定。随后，省委电话通知常友连、邵明和贾士贞到省里开会。说是开会，实际上是谈话。而且只有边副书记和省委组织部秦副部长参加。

边副书记说："西臾这次发生这样重大事故，和那些矿难、塌方不一样，四死一伤都是县级领导干部，如果追究责任的话，你们谁能负得起这个责任？"

"尤其是贾士贞同志，搞公开选拔也就罢了，可是现在，你如何向全市人民交待，如何向死者家属交待？"

此刻，常友连、邵明都一下子愣住了，觉得边副书记突然间陌生起来了。

室内静了下来，静得让人感到可怕，贾士贞心里怎么也不明白，这起车祸和公开选拔干部有什么联系？他甚至觉得边副书记不像一个省委副书记，而像农村不讲理的蛮女人！可是官大一级压死人啊！自己只是一个市委常委、组织部长，而边副书记是堂堂的省委副书记，贾士贞心中虽有不快，虽有一大篇理论，如果要反驳的话，边副书记确实不堪一击。然而，他只能只忍气吞声，把许许多多要说的话埋藏在心底。

"边书记，"常友连打破了室内的寂静，"西臾的这次选拔一县一区党政领导，是市委常委讨论后，又报省委组织部同意的。"常友连看看秦副部长，又接着说，"如果要承担什么责任的话，应该由市委常委，由我来承担，士贞同志虽然是市委组织部长，但他只能是执行者。"

边副书记像没听到常友连的话，拉长了脸，说："你们说哪个地方死了人不追究领导责任？罪责难逃？"

"边副书记，这起车祸虽然严重，一个县里四名县处级领导死亡，一名重伤，确实是一件大事，市委、市政府有不可推卸的责任，但是车祸的原因却是公车私驾的，而且驾车人又喝了大量的白酒，恐怕……"邵明说。

边副书记瞪了邵明一眼，愤愤地说："这是你们市交警大队的结论，可省公安厅不是这样认为的。好了，这不是你们说了算的，请你们来，不是处理车祸的。现在省委正式通知你们，末臾县和苍山区的公选领导工作必须立即停下来。你们立即以市委名义写出深刻的检查，省委将根据你们所写检查的认识态度决定处理意见。”

贾士贞的脸色如同血泼一样，他看看常书记，刚要讲话，常友连瞪了他一眼，说：“好吧！我们一定按照省委领导的意见，认真检讨工作中存在的问题，在此，我也代表市委、市政府向省委表示，我们一定吸取教训，按照省委的意见办事。”

贾士贞知道，常书记是爱护他，也是保护他，害怕他年轻气盛，一时控制不住，惹怒了边副书记，那可不得了。

临来时，常友连让贾部长带上自己的车子，说不一定当时就回西奥，叫他回家看看，贾士贞本想把玲玲已经到西奥的事告诉常书记，可他觉得玲玲这次到西奥不同往常，心中顿时涌起一种伤感，只说：“算了，再说吧！”

现在大家心情都很沉重，出了省委大门，邵明因为去省政府还有别的事。连招呼也没打就走了。贾士贞坐在常友连身边，谁也不说一句话。直到轿车出了城，上了高速公路，常友连才说：“士贞，你应该回家看看！”

贾士贞摇摇头，半天才说：“不必了，这种心情，何必带给老婆孩子呢？”可话一出口，又觉得不妥当。

贾士贞默默地靠在后座上，微微闭着眼睛，反复回忆着往事——那场干部人事制度改革之后，常书记亲口对他说，省委领导让他去中央党校学习，直到省委常委开会之前，还传来消息，一直认为让他去中央党校学习的，可后来突然变了。而在他和常书记外出学习的那几个月，省里给西奥市委组织部派来了常务副部长韦旭；而韦旭到任不久，边副书记又亲自来西奥，这一切都说明边副书记和韦旭的关系确实不一般，难道真的如社会上的传闻，他这个市委组织部长将要……

贾士贞的头脑里反复响起边副书记的声音：“公选干部可以，可县委书记是如此选举的吗？党员投票还说得过去，搞什么和党员人数一比一产生群众代表，这些代表凭什么去投县委书记的票？你们的根据是什么？省委不能再容忍你们这样下去了！”直到轿车已经停在常书记家门口了，贾士贞的头脑里还像乱麻一样。

西奥市大张旗鼓地选拔一县一区党政一把手工作被省委边副书记叫停了！可这个消息怎么连夜就在西奥这块土地上传开了呢？参加谈话的只有常书记、邵市长和贾部长，而这三个人谁也不会随便向外透露一点的。常书记在下楼时还特地对邵明和贾士贞说，关于叫停选拔县区党政一把手的事，暂时不要泄露，冷一冷再处理。可贾士贞回到家里时，就不停接到询问和埋怨的话。连玲玲都觉得奇怪，说这些人好像跟在贾士贞身后，永远有两只眼睛在盯着他，贾士贞没回来时，没人打一个电话，而他一进家门，电话突然间就响个不停。

就在这时，韦旭来了，进门后，脸上的笑容那么灿烂，看得出那是从内心深处发出的兴奋。

“贾部长，公选县区委书记和县区长为什么停下来了？”韦旭急不可耐地问。

贾士贞看着韦旭说：“谁说的？”

韦旭毫无思想准备，而且贾士贞底气十足地看着他，韦旭差点乱了方寸，努力振作一下，说：“社会上早就传开了。”

正在这时，电话又响了，贾士贞拿起电话：“喂……噢，林书记啊！是啊，这样吧，明天上午你到我办公室来一趟，好，我们见面谈。”

贾士贞放下电话，刚转过身，韦旭轻蔑地一笑：“苍山区的林凯书记，对不对？官场上，这些人嗅觉灵敏得很呢！”

“韦部长确实聪明过人啊！嗅觉比他们还灵敏百倍！”贾士贞笑笑，立即转了话题，“韦副部长，我听说你向交通局借了一辆奥迪轿车？”

贾士贞突然在韦旭的职务前面加了一个副字，韦旭却不知何意。自从韦旭上任以来，组织部所有人都称他韦副部长，只有贾士贞称韦部长，为这事，有人私下里讨论过，说贾部长在韦旭的称呼上可以写一篇十万字的论文！现在贾士贞的突然改口，谁知道是什么意思。

当然最敏感的还是韦旭本人，这个副字，只有在部队里才绝不能含糊，而在地方，干部还很少有人把副字加在职务前面，在省级机关他当了那么多年副处长，还从没有人叫过他韦副处长，他到西臾之后，贾士贞也一直称他为部长，今天突然加上这个副字，他真的感到特别刺耳，甚至还有些不习惯。

此刻，韦旭不仅觉得这个‘副’字特别刺耳，贾士贞提的问题更让他有些措手不及，尽管他知道一辆轿车又不是一只王八，能够天天堂而皇之地开来开去。这辆车不仅让组织部的人注意到，就是市直机关也会引人注目的，早晚会传进贾部长的耳朵里的。韦旭也犹豫过，可他始终拿不定主意，到底主不主动告诉贾士贞。现在贾士贞问起这事了，他自然有几分忌惮，而且心脏陡然间狂跳起来。

“不，是他们主动借给我的。”韦旭说，“那天在省里，和省交通厅肖厅长在一块吃饭，恰巧碰上市交通局长兰克彪。一起喝酒时提到市委组织部车辆都比较差，他说他借一辆给我用。当时我以为他说的是酒话，谁知道回来后不几天，他亲自把车送来了。”

“雷锋，活雷锋！”贾士贞坦然一笑，“不过，韦副部长，外面的传言有些可不好听，兰克彪的钱没地方花了？那应该支持教育啊，不要说西部地区了，就是西舆的许多农村学校也需要建设，孩子上不起学！需要钱哪！”

“这是借，借！”韦旭拉长了脸，脸色难看极了，随后怏怏不快地走了。

韦旭一走，玲玲就说：“士贞，你变了，干嘛叫人家下不了台？人家借车，与你有什么关系，什么雷锋？”

贾士贞笑笑，他不愿意把工作上遇到的不快带到家庭，带到夫妻之间，何况他和玲玲之间最近也发生了许多事，任凭妻子怎么唠叨，贾士贞总是笑嘻嘻的，可他的心里总想着今天发生的事。

第二天一上班，贾士贞直接去了常书记的办公室，自然是商量给省委的检查如何写。

刚一坐下，常书记就说：“贾部长，你觉得这个检查应该怎么写？”

贾士贞笑笑，说：“无论省公安厅如何认定事故，我认为应该实事求是地反映真实情况。”

“士贞，这个检查你认为谁来写最适合？”常友连看着贾士贞，却没有说下去。

贾士贞微微一笑：“常书记您决定吧！”

常友连没有表态，只是慢吞吞地说：“士贞，你打个电话，让韦旭来一下。”

“现在？”贾士贞一愣，“到这里来？”

常友连点点头，指指办公桌上的电话。

贾士贞拨通了电话，说：“是韦副部长吗？我是贾士贞，常书记让你到他办公室来一下，对，现在。”

贾士贞放下电话，常友连笑笑说：“要人尽其才，好钢要用在刀刃上。”常友连停了停，又说，“不过，士贞，你另外写份材料，主要是写胥光进他们几个人发生车祸的经过。和市交警大队对车祸的两点结论。这份材料由你设法交到钱部长的手里，记住，一定要亲自交到钱部长的手里。”

说话间，韦旭来了，进屋后，韦旭看看贾士贞，又看看常友连，常友连没抬头，说：“坐吧！”

过了一会儿，常友连才抬起头，说："小韦呀，请你来，主要是商量一下末臾县胥光进他们几个人车祸的事。这起车祸影响很大，昨天省委领导把我们找去了，批评了我们。是啊，西臾现在正在关键时刻，干部人事制度改革，经济发展，美籍华人贾振兴刚刚考察过投资环境，可在这时偏偏发生了这样的事。但是，我们市委、市政府还是十分重视的，态度也是明确的，所以请你执笔给省委写一份检查。态度要诚恳，认识要深刻。"

韦旭像挨了电击似的，僵在那里，过了一会儿，才说："常书记，我……我恐怕不适合吧！我既不了解情况，也没有参与……"

"哎……"常友连轻松地站了起来，若无其事地笑笑，"小韦呀，你也是从大机关下来的，哪里有你说的这种道理？照你这样说，岂不是应该把胥光进拉起来让他去写？我反复考虑过，这份材料总不能让我，或者贾部长去写吧！所以我觉得由你来写是最适合的，相信你一定能写好。"

韦旭张了张嘴，不敢看常友连，突然从沙发上弹了起来，低声说："好吧！"

"检查写好之后，也请你代表市委、市政府送到省委，直接交给边副书记。"常友连说。

韦旭像没听到常友连的话，头也没回地走了。

韦旭的心情沮丧极了，好像碰到了今生今世最艰难而尴尬的事。

韦旭执笔的检查送出去之前，由贾士贞亲笔写的那份情况说明已经交到钱部长手里了。时间过去了好几天，再也没人提起西臾市委的检查问题。胥光进等人的事故处理后，西臾这片土地上似乎又渐渐地平静下来。

末臾和苍山公选党政一把手工作被省委边副书记叫停了，可在一个县一下子少了正副县长、县委副书记、组织部长四个领导，必须尽快把班子配齐。这天，常书记把贾士贞找到办公室，他主张干脆对四县两区的领导班子进行一次大调整。可贾士贞说，那样做会对干部人事制度改革带来负面影响，甚至会给群众选成误解，特别是末臾县和苍山区的公选被叫停后，社会上对其原因众说纷纭。

最后常友连同意贾士贞的意见，在商量具体人选时，常友连说："贾部长，现在看来，县委副书记可以在县区的副县处级范围里调整，副县长和县委组织部长从去年公选后备人选中选拔，只是县长人选该怎么办？"

贾士贞说："县长可以从市直机关，主要是市委、政府的副秘书长，或者从组织部、宣传部的副职中考虑。"

常友连说："有一个合适人选，但……"

贾士贞看看常书记，微微一笑，轻轻地摇摇头，把话接下去："但他未必愿意干，也不怎么合适。”

“是啊，他在等你的位置呢！”常友连笑笑，“士贞，我看让市政府副秘书长罗成去当这个县长吧！他当过乡党委书记、县委副书记，属于年富力强的干部。”

“可以。这个方案确实不错。”贾士贞说，“我同意。”

“贾部长，市委组织部尽快对罗成进行考察，同时，对县委副书记、副县长、县委组织部长的人选从那批后备人选中进行挑选，还要重新考察。按照一比三的比例提交市委常委表决；县委副书记、县委常委最后由市委常委确定，而县长和副县长均按一比二提名让县人民代表大会差额选举。

贾士贞说：“常书记，市委在非常时期讨论干部，这也是迫于无奈，我估计，肯定会引起社会上的不同议论。所以，我认为每进行一道程序，都要及时通过电视、报纸向社会公示，让广大群众进行监督。”

末舆县领导班子即将调整这一消息，成为全县广大群众，乃至市直机关议论的中心。张敬原三天两头找贾士贞，省交通厅肖志民不断打来电话，而在市委组织部的部务会上讨论末舆县领导班子时，韦旭直接提出解决张敬原和庄同高的问题。

就在这时，首先从西舆市直机关传出消息，说贾士贞将要被免去市委常委、市委组织部长，调东舆县任市委常委、宣传部长。在短短的一天时间里，这个消息就刮遍了西舆城乡。与此同时，韦旭的工作积极性十分高涨，手机电话整天响个不停，只要他一进办公室，就门庭若市。他多次提出对县处级领导干部“公推公选”问题，还把“公推公选”方案的打印件送给贾士贞、其他几位副部长和市委组织部各科室。

末舆县几个县领导车祸一事从此销声匿迹，但小道消息却不断，有的说省委谭书记过问了此事，还说等副县长陈望出院后，要给予纪律处分，罢免副县长。还有的说，边副书记在省委常委上坚持要处分贾士贞，谭玉明只是笑笑。当然这只是小道消息。事实上，无论是边副书记，还是其他人，都再也没人过问此事。

这天早上一上班，贾士贞就在市委组织部全体人员大会上宣布：市委组织里除机关干部科和县区干部科的工作由卫副部长负责外，其余工作按原分工不作变动，遇到问题由韦副部长协调处理。

会场上，虽然市委组织部干部们感觉到了什么，但韦副部长的“公推公选”方案没有人提及，韦旭当时就脸色大变，散会后一进办公室就把门关起来，一个电话打了一个多小时。有人说，当天晚上，他就去了省城。

第二天中午，下班时间一到，鲁晓亮连招呼也没打，来到市委组织部，硬是把贾士贞给拖走了。贾士贞一边接手机，一边走向卫炳乾办公室门口，来到门口才匆匆关掉手机，说："炳乾，市残联公选领导班子的事主要由你负责。该说话的时候就说，可以代表市委组织部，不要大小事都弄到我这里来。"

在鲁晓亮的一片苦心下，两对夫妻一起吃了中饭，贾士贞态度依旧，找不出一点破绽来，玲玲也努力掩饰着沮丧的心情。鲁晓亮不知道他交给妻子的任务完成得怎么样了，只好等到晚上妻子回宿舍后才能问个明白。刚放下碗筷，贾士贞的手机又响了，接完了电话，就对鲁晓亮说："鲁局长，实在抱歉，我得赶去办公室。"

鲁晓亮推掉所有的公事私事，继续准备陪着贾士贞和玲玲吃晚饭，可离下班还有一个多小时，贾士贞给鲁晓亮打了电话，说他晚上要参加常委会，请他和夫人无论如何陪陪玲玲。

玲玲是个爱面子的女人，任凭鲁夫人用什么办法，她始终守口如瓶，把痛苦的泪水咽到自己的肚子里，脸上还装作幸福和甜蜜。当然，她不会相信身为市委组织部长的丈夫会把这样见不得人的事告诉别人。其实，她对全职太太的生活一点也不习惯，在丈夫风风火火大张旗鼓进行干部人事制度改革的时候，张志云厅长派专车送她来西臾过探亲假，那是他们夫妻矛盾的开始，丈夫愣是没给张厅长面子，她没有过完探亲假就回省城了。可这一次，她之所以答应鲁局长夫妻来西臾，是因为自己犯下了"滔天罪行"。她一方面是来向丈夫赎罪的，另一方面是不知道丈夫是不是会像那个被护士敲打了生殖器的病人那样，生殖器永远不可能勃起、坚硬。

吃完晚饭，鲁晓亮依然让妻子陪玲玲，两个女人又说了一个晚上的话，然而鲁夫人终究毫无收获，直到晚上十点多钟，在玲玲再三的催促下，鲁夫人才走了。玲玲躺在床上，恍恍惚惚，似梦非梦，脑子里出现了许许多多奇怪的景象，像惊险、反特、谋杀电影里荒唐可怕的镜头，吓得她把头紧紧地蒙了起来。

"叮铃，叮铃……"电话发疯似的一直在响，玲玲感觉是电影里的镜头，直到她明白了是床头柜上的电话一直在响时，才慌慌张张地抓起听筒。

"喂……请问是贾部长夫人吗？"这是十分陌生的声音。

"你是谁？"玲玲刹那间清醒了许多，突然间警惕起来。

"贾夫人，我是市公安局，鲁局长让我给你打个电话，我们马上派人去接你。”

“请问什么事？”玲玲更加警惕起来了，“为什么鲁局长不给我打电话？”

“贾夫人，是这样的……”对方显然犹豫起来了，过了片刻，又说：“鲁局长到现场去了，是他让我们给你打电话的！”

“让我去干什么？”玲玲大声说，“请让鲁局长直接给我打电话！”

“贾夫人，是，是这样的，贾部长他，他……”

“喂……他怎么了？”玲玲急了，大声对着话筒喊叫，“怎么不说话？”

“对不起，请你等一下，我们马上向鲁局长报告……”

对方的电话挂断了，玲玲紧紧抓住话筒，茫然不知所措地听着电话里传来的一片“嘟嘟嘟”响声。

玲玲的脸上变了色，居然一时忘了给丈夫打电话，当她的意识重新回到自己身上时，才慌忙想到给丈夫打电话。她突然发觉往日熟悉得不能再熟悉的丈夫的号码竟然记不起来了，忘得一干二净！努力想了半天，才开始拨话机上的号码。但是不知为何，不只是按键的手在颤抖，整个身体都在像筛糠似的抖动着，心脏也随之狂跳起来。

拨了半天键，听筒里总是传来：“您拨的号码是空号！”

正当玲玲焦急地想着丈夫的号码时，电话响了，玲玲迫不及待地拿起电话，这是一个熟悉的女人声音：“喂！是玲玲妹子吗……”

啊，怎么会是鲁夫人的声音？她更加慌乱起来了，可是她又想，这两个男人搞什么鬼？

“玲玲妹子，是我……是我……”

“是鲁夫人啊，我是玲玲，你怎么啦？”玲玲有些急不可耐，“不，不……是他们！鲁局长和贾士贞……”

“玲玲，你等等，我马上过来！”鲁夫人显然有些吞吞吐吐而且语无伦次。

“到底是怎么回事，鲁夫人，出了什么事了？”这一切都让玲玲疑窦顿生，鲁局长让别人打电话，自己……贾士贞呢……鲁夫人又为什么如此慌张？

但对方已经挂了电话，玲玲竭力让自己冷静下来，可女人的第六感太强烈了，她看看表，已经是夜里十二点钟了，丈夫不仅连人影也不见，而且连个电话也不打，当她大步出了卧室，向客厅走去的一瞬间，丈夫的手机号码清清楚楚地浮现在头脑里，她重新奔到电话机旁边，一下子拨完十一位数字的丈夫手机号，却传来了："您拨打的电话已关机！"

玲玲想了想，反复在心中重复着那十一位手机号码，于是她不停地拨打着那个号码，然而得到的都是那句让她失望而越来越恐慌的回答。

与此同时，玲玲的头脑里把刚才发生的那一连串的事联系起来！她一下子跌坐在地上，头脑里跳出几个可怕的字来："他是不是出事了？"

当她挣扎着坐起来时，却怎么也爬不起来。正在这时，外面传来汽车喇叭响声。玲玲一下子来了精神，几乎是从地上蹦了起来，外面接着响起的不是门铃响声，而是急促的敲门声，同时伴着女人的叫声："玲玲妹子，开门……"

玲玲一个箭步冲到门口，门开了，只见鲁夫人神色慌张，张了半天嘴，一边拉着玲玲一边说："走，上车，上车……"

鲁夫人神色匆匆，拉着玲玲，步履沉重地不说一句话。玲玲只觉得有一种大祸临头的感觉，门前不远处一辆警车正亮着两只探照灯样的大眼睛，她们还没到车跟前，一个身着制服的民警已经打开车门，鲁夫人推着玲玲上了车，警车一下子冲出几米远。

"大姐，你……你这是？"玲玲实在忍不住了，紧紧抓住鲁夫人的手，"是不是士贞出事了？"

鲁夫人不说话，脸上严肃得让人可怕，其实丈夫并没有让她不要和玲玲说明情况，而是她刚刚才接到丈夫的电话。这位老公安的妻子，一位已经上了年纪的女人，她预感到问题的严重性，在接丈夫的电话时，吓得两条腿止不住地抖着，此时此刻，让她如何对另一个已经饱受创伤的女人说出事情的真相呢！

鲁夫人时而瞥一眼身边的女人，时而焦急地看看驾驶员手里的方向盘。她只有默默地在心中祈祷，但愿上苍千万不要再在这个女人流血的伤口上撒一把盐。

玲玲抓着鲁夫人的手，如同抓着冰块儿，鲁夫人急忙用力紧紧地握了握她的手，她想安慰她，可自己的喉咙快要冒烟了。鲁夫人不顾一切地把玲玲搂在怀里，眼泪刚要流出眼眶，又被她强行地挡了回去。

深夜的街道上，除了昏黄而迷离的路灯时而眨着困倦的亮光，车辆、行人都极其稀少了，警车发疯似的狂奔着，车上没有人说一句话，玲玲更加大惑不解了，车上除了她和鲁夫人、驾驶员，还有一个年轻的民警，玲玲终于沉不住气了，问："这是去哪儿？"

坐在驾驶员身边的民警略略偏了偏头，说："部队。"随即取出手机，低声说：“局长，我们到了，马上就到！”

“去部队干什么，这深更半夜的！”玲玲急了。

“到了，到了！”年轻的驾驶员似乎在减速慢行，警车拐进宽广的大门，迅速在一幢大楼前停了下来。

玲玲对这个地方十分陌生，在丈夫到西臾任市委组织部长这一年多时间里，有近半年是在美国度过的，而她作为市委组织部长夫人，这只是第二次到市里来，她当然知道地方管不了部队，部队同样管不了地方。但是军民一家，这是常理，然而再怎么军民鱼水情，也没有必要半夜三更的把她这个组织部长的老婆带到这陌生的地方来啊！

警车一停，坐在副驾驶位置上的民警就跳下车，急忙拉开车门，护着两位女士下了车。玲玲一抬头，只见茫茫夜色中，强烈的灯光下迎上来的男人正是市公安局长鲁晓亮，旁边还有几个穿军衣的人，她不是看不清是谁，而是根本顾不上看。玲玲盯着鲁局长，心里一肚子疑惑，又很想冲着这位太熟悉的老大哥发一顿无名火。

这时，上来两个女兵，跟在玲玲身边。而鲁夫人已经退到一旁，玲玲当然不相信堂堂的市公安局长，在众目睽睽之下会绑架她这个市委组织部长的夫人吧！但她对这种莫名其妙的礼遇有点承受不了，更有些满头雾水！

“玲玲处长！”鲁晓亮终于说话了，但这声音不像往日公安局鲁局长那样洪亮而威严，却是从没有过的低沉沙哑，甚至有些悲凉。

玲玲并没有心思同情鲁晓亮，眼前的状况让她满头雾水，她的心里憋着一肚子话，尤其是这两个女兵的出现。在这一瞬间，她发现鲁晓亮那黝黑的脸庞在半明半暗的灯光下，交织着从没有过的悲凉和痛苦，玲玲那颗女性善感的心陡然对他同情起来。

正在这时，一个身穿白大褂的军人匆匆走上前，但鲁晓亮没让他说话。

“这到底是什么地方？”玲玲警惕而紧张地问。

“玲玲！”鲁晓亮的声音那么低，那么沉，“这是医院，解放军医院……”

“医院……”玲玲惊叫起来，一下子冲到那个穿白大褂的人面前，“告诉我，到底发生了什么？”随即又转身抓起鲁晓亮的衣服，“鲁局长啊，你快说，到底……”她的声音既像歇斯底里的吼叫，又有些像悲哀的哭泣！

鲁夫人和那两个女兵同时上前扶着玲玲，可玲玲似乎平静了一点儿，双手推开身边的人，怒吼着：“到底怎么回事！……”

“走，玲玲，进屋说话！”鲁晓亮低着头，却一动不动地看着玲玲，像等待上级的命令。

其实从鲁晓亮在第一时间得到消息后，他一方面紧急召开会议，布下天罗地网，履行他这个市公安局局长的职责，另一方面，他还要要求医院，甚至组织所有一流大夫全力抢救。而更让他揪心如焚的是，如何把这样意外的消息告诉玲玲。面对玲玲，他不知道如何开口，他觉得自己一生一世从没有如此理屈词穷、艰难而束手无策过！

玲玲刚才的表现让所有在场的人都明白了一点：唯有这个可怜的女人还闷在鼓里！玲玲像一只误入陌生土地上的野兽，觉得恐惧和惊慌正不断地笼罩下来，同时杂糅着本能的侥幸和挣扎，但心的害怕，人的威胁越来越逼近。

她不知道自己走在什么样的地方，是平坦的大道，还是悬崖峭壁？是万丈深渊，还是血流成河的战场？！她都感觉不到。好像攀上了珠穆朗玛峰，又像挣扎在柴达木盆地的沼泽。没有尽头，毫无希望。

玲玲只觉得灯光如昼，鲁晓亮加快步伐，玲玲一直被控制在两名女兵的中间，好像自己成了去向审判台的被告，又像被押上刑场执行极刑的犯人。

到了门口，玲玲清醒了一些，原来自己经过的不是悬崖峭壁，不是万丈深渊，更不是崎岖的山路和泥潭沼泽，也不是血腥的战场，而是豪华气派的大楼。当她的脚步迈进这间屋子的大门时，意识告诉她这是一间气派整洁的会议室，沙发、茶几，应有尽有。在她进屋的一刹那，所有的人的目光一齐向她投过来。

但是，就在玲玲进屋的那一刻，一声怒吼还是传进了她的耳朵：“简直是到了无法无天的地步了，居然对一个市委常委、市委组织部长下如此毒手！还谈得上什么治安？我告诉你们，必须尽快破案，否则……”

这声音戛然而止了。听声音，玲玲感觉到是市委常书记的声音，常书记变成了另一个人，不是那次她见到的既有威风又带着几分诙谐的市委书记了。他是那样谦恭，那样怜悯地迎上来。

“小葛，玲玲同志……”常友连说，“玲玲，士贞遇到点事，你别急，千万别急……”

“常书记，士贞怎么了？”玲玲似乎这时才恍然大悟，电话、警车、鲁夫人、鲁局长、两个女兵……

“坐下来，坐下来……”常友连面对着玲玲，抬头看着鲁晓亮，“鲁局长……”

鲁晓亮看着常友连，低声而果断地说：“是！”

“你还站着干什么？”常友连大声说，“动员一切力量和手段，三天之内，不……”

“士贞呢？他在哪儿？！”玲玲吼叫着。

“玲玲，别紧张，这是部队医院，医院正在全力抢救……”常友连的话刚出口，玲玲突然朝着鲁晓亮扑了上去，一把抓住他的衣服，吼叫起来：“鲁局长啊，鲁局长，发生这样大的事，你还瞒着我，你，你，你……”

“不，玲玲！”常友连说，“这是我的意思，我们也不知道这个决定是正确还是错误的。”

“我不听这些！”玲玲急了，“我现在就要见到贾士贞，他到底怎么了？”

“玲玲，请你冷静些……”常友连向后退了一步，两个女兵一齐拉住玲玲。

“不行！”玲玲突然间像发怒的狮子，向门外冲出去，“谁也不准拦着我，谁拦着我，我就跟谁拼命！”

但是，玲玲冲到门口，还是被两个女兵抱住了，但这时玲玲已经发疯了，她拼尽全身力气不断挣扎，居然把一个女兵推倒在地。

鲁晓亮一边拉着玲玲一边说：“你们松开手。玲玲！玲玲啊，这个时候你一定要冷静，千万不能添乱，你还没弄清怎么回事，让我慢慢把事情的经过告诉你。”

鲁夫人紧紧抓着玲玲的手，说：“玲玲妹子，让老鲁把情况说一说，大家都是一样的心情。”

玲玲的两只眼睛冒着火焰，头脑却一片空白，突然间感到四肢软了下来，眼前一片黑暗，随之一切都毫无知觉了。

玲玲醒来时，眼前所有的一切都是白色的，她的第一反应是极其荒唐的：像农村死了人在办丧事。眼前的人穿着白衣服，戴着白帽子、白口罩，而她自己也躺在一张白色的床上，铺的盖的都是白的。她认真地看了看，床头的上方吊着塑料水袋，一根皮管子连到自己的手上。当她的意识恢复后，突然发疯似的从床上坐起来，猛地扯掉手上的吊针，两个穿白大褂的人上来时，为时晚矣。

鲁局长来了，鲁夫人也来了。

那两个女兵站在旁边，鲁夫人紧紧地搂着她。她完全不知道他们都说些什么，她听不进去，也听不懂。

她终于毫无力气地又被抬到那张床上，周围站着人，只有鲁夫人坐在她的床头，紧紧拉着她的手，但她拒绝了挂吊针。

玲玲没有哭，也没有眼泪，她的目光在人群中慢慢地移动着，像乞求着什么，终于，鲁晓亮只留下妻子，让其他人都退了出去。

她平静了下来。

这时，鲁晓亮不得不把刚刚在西臾发生的一桩惊天动地的案件，如实告诉这个女人。

夜里十一点多钟时，西臾市公安局110接到一个女人的报警，说在离市委大院旁仅三百米处的一条大街的拐弯路口发现两个男人倒在血泊里。五分钟后，110警车赶到现场，一位民警认出了其中一个可能是市委组织部贾部长，他觉得情况重大，一方面用警车送病人去医院，另一方面在勘察现场的同时，报告了局长鲁晓亮。

鲁晓亮忙得风风火火，心中一直惦念着老婆是否从玲玲那里得到了什么有价值的情况。一进家门，老婆早已关灯睡觉，他刚脱得赤条条地打开莲蓬头，手机叫了起来，于是心烦意乱地光着身子正要往客厅跑，老婆已经拿着手机站在卫生间门口，看着丈夫那赤身裸体的样子，噗哧一声笑了起来，随口说道："你那家伙也要没用就好了，少烦人！"

鲁晓亮瞪了女人一眼，接过手机。

"喂，鲁局长吗，您快来一下……"

"什么？"鲁晓亮一丝不挂冲进客厅，朝老婆招招手，"快，毛巾……衣服……"

"人现在怎么样了？"鲁晓亮平时遇到再大的事从没有如此慌张，老婆扯过一条浴巾，边给他擦着身子边说，"什么大事，这样还像个老公安？"

"你们守住现场，我马上赶过来！"鲁晓亮忘了穿衣服，不顾一切地拨通了手机，"刑警大队吗，告诉刘队，马上带一帮人赶到市委大院东西三百米处，我，我鲁晓亮，我马上就过去！"

关掉电话，鲁晓亮已经出了客厅，老婆拿着衣服大声说："回来，一个公安局长，精屁股郎当地就出门了？不是神经病也是二百五。"

鲁晓亮这才抓过衣服，三下五除二穿上衣服，一边扣着扣子，一边往外跑去。

鲁晓亮和刑警队刘队长几乎同时赶到现场。报警的女人大约三十多岁，她是到医院看望母亲的，家就住这条街的另一头，据她回忆，大约在半个小时前，夜里既没有行人也没有车辆，当时她准备横穿马路回家，走到马路中间时，发现一个男人匆匆从市委大门方向往前大步走过来，突然一辆灰色轿车冲过来，车速非常快，好像就是冲着那个男人的，当时吓得她倒退几步，而就在这千钧一发之际，不知道从哪里冒出一个高个子男人，随着一声吼叫，同时有什么东西打在轿车上，轿车犹豫了一下，而那个男子像飞人似的从天而降，就在轿车冲过去的那一刻，他和那个男人跌倒了。凭她的感觉，那个男人是被高个子猛推倒的。这一切，吓得她眼前一片模糊。轿车撞倒人之后，没有减速，反而飞奔而去。

听完了女人的情况介绍，鲁晓亮留下刘队长继续勘察现场，首先赶到现场的民警告知，伤者已被送往解放军87医院。

鲁晓亮心急火燎地赶到87医院，在抢救室见到了正在抢救的两名男子。当鲁晓亮一眼认出其中一个正是市委组织部长贾士贞时，吓得脸上没了一点儿血色，急忙把医生拉过来，问："情况怎么样？他是市委组织部贾部长，含糊不得！"

医生说："人还昏迷着，但实在看不出有什么内外伤。"

"快，把市一院、二院著名的医生都请过来！"鲁晓亮又补充道，"我是市公安局局长鲁晓亮！"

说着，鲁晓亮又去看了那个高个子，问110的民警："这人是什么人？"

民警摇摇头，"现在还无法确认，两腿都被汽车压成粉碎性骨折，当时我们赶到现场时，他还有知觉，现在也处于昏迷状态。"

鲁晓亮迅速召集了公安局所有领导，同时报告了市委书记常友连。

常友连听到这个消息，当时就在电话里大骂鲁晓亮："老鲁啊老鲁，西臾出了这么大的事，你这个公安局长是怎么当的？你是怎么治理环境，保一方平安，为改革保驾护航的？"常友连越说气越大，"这难道仅仅是交通事故吗？照这样下去我们市委领导都不能出门了？"没等鲁晓亮说话，常友连摔掉电话机。

常友连赶到医院后，马上找来市卫生局长和几家医院的负责人，一方面下达死命令要全力抢救，另一方面让他们赶快向上级医院求助，同时把市公安局四位正副局长和政委召集起来，让他们尽快破案，随后又给省公安厅打电话。

玲玲耐着性子听完了鲁局长的情况介绍，她终于忍不住了："鲁局长，我现在关心的不仅是过程，更是结果，到底士贞怎么样了？"

这时，常书记过来了，他说："玲玲，目前士贞同志还没有脱离危险，你的心情是可以理解的，但是，希望你能够冷静下来，配合医生，你相信我常友连，我会竭尽全力，调动全省最好的医生！我不仅给省公安厅领导打了电话，同时也给省卫生厅领导打了电话，他们都会马上组织力量赶来西臾的。"

"常书记，我只希望看一眼士贞，只要他还活着……"玲玲没有泪水，也不那么激动了，"总之，你们不让我见到他本人，我就不得不怀疑！"

"好！"常友连说，"但你要向我保证，不得干扰抢救，只能隔着玻璃窗看一看，好吗？"

玲玲点点头，但是突然她的心脏狂跳起来，两条腿如同踩在海绵上一样。

这时上来两名女兵，扶着玲玲出了会议室。

玲玲不知道经过了哪些地方，乘上电梯，穿过一条长长的过道，进入另一幢大楼的；踏着楼梯，她也不知道自己到了什么样的地方，总之她没有一点记忆。走完了一条走廊，正面的大门上方亮着三个令人胆战心惊的红色大字——"抢救室"。

两个女兵扶着玲玲刚来到门口，抢救室的门就开了，出来一位戴口罩、身穿白大褂的医生。一个女兵说："杨医生，这位是贾部长的夫人，她……"

"不行！"杨医生果断地说。

"为什么，常书记同意的，让我看一眼！"玲玲几乎哭了起来，哀求着。

杨医生犹豫了片刻，转过身，轻轻推开门，小声说："只能站在这儿看一眼，您进去了只能添乱。请你理解，夫人，这对病人的抢救有好处。"

玲玲真的像一个听话的乖孩子，在两名女兵的搀扶下，走到抢救室门口，只见抢救室旁边三四个身穿白大褂的人忙碌着，至于床上的病人，她一点也看不清，突然闭上眼睛，瘫倒在地上。

第十一章　组织部长遇害身亡

西舆出这样大的事，最伤心、最痛苦的当然莫过于贾士贞的妻子。然而，另一个同样心急如焚、寝食难安的就是市委书记常友连。这并不完全是因为贾士贞是一个位高权重的市委组织部长，也不是因为贾士贞还处在昏迷不醒的状态。而是这起车祸到底是政治谋害还是……如果真的是有人政治谋杀，而且谋害的是市委常委、市委组织部长，那么他这个市委书记是干什么的？从中央到地方，无不在强调安定团结的政治局面，强调建设和谐社会，出了这样大的事故，而且在他的政权下，仅仅在市委大门口三百米的地方，有人公然谋杀市委常委、组织部长，他这个市委书记如何向省委领导，向省委组织部交代！尤其是贾士贞刚刚从美国学习回来，他自己也刚刚从中央党校回来，振兴西舆、改革西舆、发展西舆的举措都尚未拉开序幕，还有那位美籍华人贾振兴，他之所以要到西舆来投资，主要是因为贾部长的那场干部人事制度改革，万一贾士贞真的有什么三长两短，常友连怎么能不考虑呢！这几天来，市委的一切工作都基本上处于停滞状态，听说常友连摔坏了三只茶杯，扔了两次手机，就差打人了。

贾士贞一直处于昏迷状态，而市公安局，甚至省公安厅还来了一位副厅长，带着省刑警大队长坐镇西舆，可案件却毫无进展。

到了第四天，贾士贞的呼吸、心跳完全停止了，医生不得不宣布，贾士贞已经抢救无效。

医院在宣布这个无奈的消息之前，还是先把常书记和鲁局长请到院长办公室，常友连和鲁晓亮提出一定要亲自看贾士贞一眼。当他们来到病床前时，贾士贞的面目还是和往常一样，只不过像睡着一样安静。鲁晓亮摸了摸贾士贞的额头和手，半天没说话，看着常书记，摇摇头。常友连不解地瞪着眼，鲁晓亮轻轻地把常友连拉到一旁，压低声音说：“常书记，我有点奇怪，贾部长的身体似乎还有点体温，你没发觉，吊针里的液体还在缓缓地滴着吗，如果……”

常友连想了想，说：“这样，老鲁，暂时不能对任何人宣布贾士贞已经抢救无效，这个消息除了你和我之外，不得向任何人泄露。这条走廊暂时实行封闭，不得让任何人进入，病房门口二十四小时由市公安局派人严守，未经你和我的同意任何人都不得探视。”常友连停了停又说，“医生和护士除了必要的人，也同样严格控制。只要吊针还继续滴，还照样挂水。”犹豫了片刻，常友连又说，“不准任何人向外，特别是媒体透露有关贾部长停止呼吸、心跳的情况。”

“那么贾夫人怎么办？”

“至于贾士贞老婆，”常友连犹豫了一会儿，严肃地看着鲁晓亮，“现在就请她来，听听她的意见，她毕竟是最了解他的人，也是他最亲的人！但对她也要有安全保护措施。”

正说着，玲玲在两个女兵的陪同下来了，进了病房。常友连迎上来，说：“玲玲同志，士贞的情况你已经很清楚了，现在我们都必须面对现实，你是士贞最亲的人，我们必须尊重你的意见。”

“玲玲，虽然现在贾部长呼吸和心跳都停止了，但是……”鲁晓亮拉着玲玲说，“但是你看，吊针里的水还在缓慢地滴着，而且我感觉他还有一定体温，所以……”

玲玲推开他们，扑向贾士贞的身体，她用手抚摸着他的胸膛，又把脸贴到他的脸上。在这样的时刻，这个女人居然显得异常平静，回过头说：“不，他还活着，我请求你们，让我留下来，让我来陪着他，请你们相信我，奇迹一定会发生的。”玲玲显得如此坚定，如此沉着。

这时一位医生进来了，把常友连拉到一旁说：“常书记，对不起，按照医院的规定，这样的病人应该宣布毫无抢救价值了，应该把人转移到……”

常友连把手一挥，制止了医生的话：“不要说了，我的看法恰恰和你们不一样，病人不得移动，这个病房也要严格控制，而且周围几个病房的病人都要立即转移，走廊实行全封闭。除了贾夫人陪同，未经我和鲁局长的允许，任何人不得随便出入。”

“可是……常书记，这是医院规定。”

“什么规定，你们是为了钱吗？”

“不是，因为大部分医生都已经认为……”

“没有不同意见了？”

“只有一位神经科的医生认为还……”

“那就对了嘛！”常友连说，“走，到你们院长室去，派人把那位神经科医生也请去。”

刚走到门口，常友连回过头对玲玲说：“玲玲同志，从现在开始，你可以随时守着贾部长，病房门口由市公安局派人严守，每天由鲁局长派人把饭送到病房来。”常友连一边走一边自言自语地说，“我总有一种感觉……”后面的话他没有说下去。

省市医生都到了，大家看了病历，又对病人进行了检查，然后回到办公室，主管医生详细介绍了情况，各自发表了看法。多数医生都摇摇头，认为病人已没有了生命征象，唯有那位神经科医生发表了不同看法，他认为病人现在处于一种假死状态，随时都可能复活，那些大名鼎鼎的专家讥讽他在说梦话，是伪科学。

常友连说：“各位专家，我不懂医学，但我在年轻时经历过一件事。那时我才十来岁，我家村上有一位三十多岁的男人，说起来比我长一辈，因为一件小事，和村上的人发生了矛盾，双方动了手，被人推倒在地，恰恰身边是一堆砖头，整个人又跌在砖头上。当时人已经不省人事，赶忙往医院抬，可还不到医院，人已经死了。那时还没有火葬，就买了棺材，办了丧事。既然死者是因为被对方推倒至死的，自然死者家人提出了许多条件，对方只能件件照办，目的是人家死了人，只能花钱消灾了！除此之外，最后家属还要在棺材里陪葬二百斤大米。那时的二百斤大米要多少钱啊！可是没办法，只好一一照办了。

“那年头农村也实在太穷，死者埋下后，当天夜里就有人去盗墓。当盗墓的人打开棺材时，棺材里的死人突然坐了起来，吓得盗墓人魂飞魄散，连滚带爬地逃跑了。”

常友连一脸严肃，室内没有人讲话，停了停他又说：“这人也不知道为什么，爬出棺材后跑回家，家人也把他当成鬼！”

“这人现在还活着！”常友连想了想，“还不到七十岁！”

常友连讲完了，众人目瞪口呆，相互看看，只好按照常书记的意见，不仅给贾士贞继续挂水，还增加人工呼吸机，体外心跳起搏器。

但是有些医生认为常友连是在做戏，那个骇人听闻的故事是他编出来的。人死不能复生这是铁的事实，是颠扑不破的真理，是科学。

只是让医生感到困惑的是，贾士贞经过各种检查，既没有外伤，又没有内伤，那么却又为什么一直处于昏迷不醒的状态，以至连呼吸心跳都停止了？虽然大多数医生不得不承认病人死了，但是他们也不得不在心中想着这个从没见过的病例。

与贾士贞同时遭到车祸的男子，昏迷后的第二天就醒来了，两条腿粉碎性骨折。医生的检查结果也证实这名男子确实被那辆肇事轿车从腿上压了过去，其细节基本和那个报案的女子描述一致。此男子自称是一位进城打工的农民，说他早已知道有人要谋害贾部长，他几乎天天晚上在市委大门前溜达。出事的那天晚上，他在市委大门前有一种莫名其妙的预感，好像有一种大祸临头的感觉。为了证实贾部长那天晚上是不是还在办公室，他曾用公用电话两次打到贾部长的办公室，当他证实贾部长那么晚还在办公室，就更加留心周围的一切。到夜里十一点二十分左右，贾部长出了市委大门，他便轻手轻脚跟了过去。突然有一辆灰色轿车疯狂地冲了过来，他立即怀疑这辆轿车可能是冲着贾部长而来的。就在这千钧一发之时，尾随着贾部长的男子使出平身力气，大叫一声，并且把早就准备好的半块砖头朝轿车砸过去，轿车抖了一下，而这个男子一个箭步飞也似的冲了上去，把贾部长推出两三米之外，而他自己也跌倒了，说时迟那时快，轿车已经从他的腿上压了过去。他完全失去了知觉。

现在省公安厅的顾副厅长、刑警大队正副队长，以及市公安局领导已经排查了一周，可案件毫无进展。虽然大家在案发的原因上都达成了共识，是一起恶意谋杀，但是案件的主谋到底是谁，人人都一筹莫展。

西臾发生这样大的事情，尽管市委书记常友连采取了种种措施，但是市委组织部长贾士贞不见了，这是事实，谁也不知道被严密封锁的消息怎么就不胫而走的！当然最早透露消息的还是互联网。贾士贞遇害的第三天，互联网上突然出现一条爆炸性新闻：《西臾市委大门旁深夜发生车祸，组织部长贾士贞遇害生死未卜》！紧接着又一条更令人瞠目的消息：《市委封锁改革精英身亡消息，贾夫人日夜死守僵尸共寝眠》！

一时间，贾士贞遇害身亡的消息成了网上议论热点。有人惋惜，有人诅咒，有人感叹，有人高兴，有人责问，有人哭诉，有人吊唁！西臾市从城市到农村，从机关到学校，贾部长的不幸早已成为街谈巷议的中心，可市委书记常友连却还蒙在鼓里。

就在常书记宣布对贾士贞实行封锁一切消息的当天晚上，一辆普通桑塔纳轿车被拦在市委大门口，车上下来一位四十来岁的漂亮女人，手里搀着一个十来岁的女孩。门卫不让进大院的理由是：机关早已下班，大院内已经没有人了。可这个女人说，她们是来找市委组织部贾部长的。并指着身边的女孩说，这是贾部长的女儿。

门卫只好给市委办公室值班室打了电话，其实关于贾部长遇害身亡的消息早已成为公开的秘密，无奈之下，值班员给市委秘书长打了电话，这事也给秘书长出了难题，只好报告了市委书记。常友连这才知道社会上关于贾部长身亡的消息已经成了公开的秘密，贾士贞的女儿到西奥来就很正常了，爸爸出了事，妈妈又不见踪影，常友连让秘书长赶快亲自去安排宾馆，说他马上就到。

却说那天鲁晓亮突然去省城，和老婆一起找到玲玲，谁知他们用了什么办法，玲玲一时无奈，只好将岚岚托给周一兰。可她一走就是十多天，开始还打过电话，后来电话都不通了。突然有一天，办事处的驾驶员小朱偷偷地拉着周一兰，说网上有一条重要消息，周一兰一看，竟然是关于贾士贞遇害身亡的消息，顿时吓得脸色苍白，全身发抖，消息没看完就给贾士贞打电话，所有电话都打不通，又给玲玲打电话，可玲玲总是关机，周一兰这才真的慌了神，于是给西奥市委组织部办公室打电话，而接电话的人吞吞吐吐，支支吾吾。周一兰立即预感到网上的消息绝不是凭空捏造，越想越惊恐，头脑中没作任何犹豫，带上岚岚，直奔西奥。

当夏秘书长驱车赶到市委大门口时，把早已想好的话说了一遍，并说自己是市委秘书长，提出先让她们到宾馆休息，常书记马上就过来。岚岚对这一切似懂非懂，吓得失声大哭起来，吵着要见爸爸妈妈。周一兰已知情况不妙，只求夏秘书长能让她们见一见贾部长的夫人。夏秘书长虽然口里说会的会的，但他真的心中没数，因为贾部长到现在处于什么状况，他也并不知道确切消息，关于贾部长遇害的情况他起初曾经去医院看过，但后来常书记命令封锁消息，自然夏秘书长也无从了解真实情况。他从网上看到消息时，一直以为可能有人在搞恶作剧，并不相信，只是后来医院里有人告诉他贾士贞真的没有抢救过来，但是他还是将信将疑。

到了宾馆，一间大套间的客房已经准备好，两位女服务员迎了上来，这种阵势更加让周一兰觉得情况严重。她不明白，即使贾部长出了事，那为何连玲玲也见不到呢？

常书记匆匆地赶到宾馆，周一兰自我介绍说，她是玲玲和贾部长的朋友，玲玲来西奥时亲手将女儿托付给她，可这几天他们夫妻俩都没有打过电话，特别是当她从网上看到那些消息时，电话又不通，她太不放心了，所以赶过来只希望能见玲玲一面。

常友连心里非常清楚，他完全理解周小姐的要求，否则他作为一个堂堂的市委书记也不可能亲自接待她和这样一个孩子的。常友连想了想，说：“周小姐，贾部长确实是发生了车祸，但并非像网上说的那么骇人听闻，如果贾部长真的有什么三长两短，官方也会有说法的，请你们放心吧！现在医院正在组织力量，全力抢救，玲玲同志也在日夜陪守。你想，在这样的情况下，他们自然是顾不到孩子了。这样，请你带着孩子在这里等一下，我让夏秘书长去和玲玲说一下，看看她能不能过来一趟。”

周一兰感到常书记太通情达理了，也太善解人意了，所说的话句句都在情理之中，只好表示深深的感谢。

常书记并没有让夏秘书长去通知玲玲，他亲自去了87医院，在路上给鲁晓亮打了电话，一边了解案子怎么样，一边告诉他贾部长的女儿来了，让他赶快带上夫人赶往医院。

先不表玲玲是如何守着已经死去的丈夫的。只是当她听说周一兰带着女儿岚岚来了，一时慌了神，到了走廊里，玲玲才冷静下来，想了想，对鲁局长说：“我给她打个电话吧，暂时安排她们休息，还是不让她过来看士贞，我也不去见她们。”

鲁晓亮同意玲玲的意见，将自己的手机给了玲玲，玲玲立即拨通了周一兰电话：“喂，是周主任吗？我是玲玲啊……”

“玲玲妹子，真的是你？”

岚岚抢过手机，哭了起来：“妈妈，你在哪里？爸爸呢，我想你们，我要见你们……”

“岚岚乖，听话，”玲玲强忍着内心悲痛，竭力振作自己，“妈妈和爸爸在一起，你跟着周阿姨，妈妈会去看你们的。”

周一兰从岚岚手里接过手机，说：“玲玲，到底是怎么回事？贾部长他……”周一兰犹豫了片刻，“你不知道……”但周一兰还是把后面她差点脱口而出的网上和社会的种种关于贾部长已经死去的说法吞了回去。

虽然没有见到贾部长和玲玲，但是和玲玲通了电话，周一兰和岚岚的情绪都稳定多了。

西舆市委组织部这几天真的有些人心惶惶的了，贾部长多日不见，网上和社会上的传闻让他们感到天塌下来一样。其他工作都好说，只是公开选拔市残联领导班子的时间、日程等工作都已经排好了，市直机关、各县区的宣传发动工作已经轰轰烈烈地告一段落，现在已经进入报名阶段，负责这项工作的副部长卫炳乾除了接受各方面的咨询和具体问题的处理外，几乎每天从早到晚都在深入各县区了解情况。然而，就在这关键时刻，市委组织部长出事了！起初，当卫炳乾得知贾部长出车祸的消息，他虽然及时赶到87医院，但未能得到贾部长被撞的确切消息。由于市委书记常友连坐镇指挥，卫炳乾根本没有见到贾部长，尽管他十分惦念贾部长的安危，但却始终无法知道贾部长的真实情况。市委组织部里从上到下，没有笑声，没有欢乐，这天上午，韦旭召集会议，布置工作。会后，韦旭来到卫炳乾的办公室，说："老卫呀，贾部长出事了，据说凶多吉少，公开选拔市残联领导班子的事就摆着吧！"

卫炳乾看看韦旭，说："韦副部长，公开选拔市残联领导班子的事是市委布置的工作，怎么能随便停下来呢？"

韦旭想了想，说："那好吧，你把这项工作交给我吧！"

卫炳乾愣了一下，说："贾部长是有分工的，如果要交给别人，那必须贾部长让我交。"

"他？"韦旭犹豫了片刻，说，"网上说他早死了，我是常务！"

卫炳乾低下头，不再理会韦旭，他不想在这悲痛而且关键的时刻与之发生矛盾。

韦旭站了一会儿，他对卫炳乾似乎也没什么办法，也就悄悄地走了。

可是，不断有人直接、间接打听贾部长的情况，除了社会上的传闻，网上说贾士贞遇难身亡的贴子铺天盖地，谁都会看到。每当卫炳乾在向人们作解释时，他的心脏也时时如同擂鼓一般，他又何尝不是和这些人的心情一样呢？无论从西舆市干部人事制度改革的大局，还是从他和贾部长个人感情来说，他都不希望贾部长出这样大的事。没有贾部长，西舆市的干部人事制度能有今天吗？没有西舆市前段时间大规模的干部人事制度改革，能有他卫炳乾的今天吗？当初他虽然大学毕业就被作为"选调生"，凭着自己的能力考入西舆市委组织部，但是却因为他在考察干部工作中说了真话，不仅惹怒了科长，也惹怒了市委组织部的常务副部长高兴明，以至把他发配到乡里去当一名副乡长。就在他告状无门时，市委组织部来了部长贾士贞。正是贾部长大胆地在西舆市委组织部首先公开选拔八名正科级干部，一石激起千层浪，市委组织部不再是过去那种铁打的营盘流水的兵，市委组织部大换血带来了干部人事工作的新鲜活力，让全市上下看到了新的希望。与此同时，市委又公开选拔四十四名副县处级领导和四名正县处级领导干部。也正是贾部长秉公直言，不仅使他的冤案得到公正对待，还鼓励他参加县处级领导的公开竞争。他卫炳乾能有今天，能成为市委组织部副部长，这对他来说，那是天翻地覆的巨大变化。至今，每每想到这一切时，他觉得是一场不堪回首的梦境。贾士贞才是一位唯才是举、任人唯贤的组织部长！

这天夜里，卫炳乾十一点多才躺下，可是翻来覆去难以入睡，他的大脑翻腾着往事的滚滚波涛，他不相信，也不甘心，于是悄悄起床，打开电脑，见那些血淋淋的留言和许许多多网友的哭诉，他一边发帖子抨击那些对干部人事制度发泄私愤的人，一边大声疾呼，贾士贞没有死，那完全是个别人的诅咒！这个帖子发出去之后，立即引起了更多网友的支持和呼吁。但是当卫炳乾回到现实中来时，他把自己关在卫生间放声大哭起来。

听到声音，老婆孟瑶兰站在卫生间外面，知道丈夫是为贾部长的事而无奈和伤心，一眼看到书房里打开着的电脑，只见网上越来越多的人支持那条贾士贞没有死的帖子。孟瑶兰立即对那些诅咒贾士贞的帖子给了不客气的回击。孟瑶兰对贾部长的感念在某些程度上远远超过丈夫卫炳乾。其实，当初她听说市委组织部来了个新部长，如同人间来一个救苦救难的观音菩萨，一个神仙下凡。贾士贞不同寻常的下臾之行，简直如同横扫一切牛鬼蛇神！但孟瑶兰知道，有许多细节，只不过是老百姓的愿望而已，是人们添油加醋放大的效应。然而当她在市委大门口遭到毒打，真正救她的不就是人们传说的那个大侠人物——新来的市委组织部长吗？贾部长果然不是那种高高在上的官僚主义者，正是他改变了她一家人的命运。当卫炳乾的身上发生了巨大变化时，她曾经对丈夫说："中国人曾经从几千年的苦难当中被解放出来，于是人们歌颂那些英雄们，说天大地大不如党的恩情大，而在我们家应该是天大地大不如贾部长的恩情大。今后无论贾部长到哪里，或者发生了什么，他就是我们家的大救星，永不褪色的大恩人！谁反对贾部长我就砸烂谁的狗头！"

当时，卫炳乾说："你不能只看到人家贾部长对咱们一家的恩情，应该看到他对西臾的干部人事制度改革做出的贡献，甚至对全国的干部人事制度改革的贡献！还有你不能把文化大革命的语言也拿出来呀！"

"不管怎么说，贾部长是好人，是英雄。"孟瑶兰说，"好人，英雄就不会白白地死了！"

"是啊，好人应该有好报。"卫炳乾说，"可贾部长这次到底是何原因，为什么市委如此封锁贾部长的消息，我一直感到很纳闷！"

孟瑶兰回忆着和丈夫的一番话。正在这时，卫炳乾从卫生间里出来了，孟瑶兰见丈夫两眼红红的，满头满脸都是水，知道丈夫在卫生间伤心而流泪。孟瑶兰说："炳乾，你听着，贾部长是不会有事的，你要是有点血性和志气的话，千万不要低头，不要怕任何困难，把贾部长交给你的事情干好，等待贾部长的好消息。"

卫炳乾感动得一把搂着老婆，激动地说："知我者，老婆也！"

突然，家里的电话和手机同时响了起来，卫炳乾大步向客厅的电话机走过去，孟瑶兰拿起手机，递给卫炳乾。

卫炳乾看了一眼手机上的号码，打开手机翻盖，说：“哪位？”

“卫副部长吗？是我……你没听出来呀！”

卫炳乾心急火燎的，哪有兴趣听这人卖关子，就说：“我的电话响了，我还没弄清你是谁，请稍等片刻，待会我给打过去！”

“你……”

没等对方说下去，卫炳乾已经摁了手机，与此同时拿起正在响个不停的电话听筒。

“喂……是我，卫炳乾……”

“是卫副部长吗，我是省委组织部机关干部处卜言羽……”

“哟哟哟，是卜处长啊！”卫炳乾握着电话说，“卜处长，请你就称我小卫，好吗？卜处长，有什么事？”

“炳乾哪！”卜言羽的声音那么沉重，“士贞部长到底是……”卜言羽没说下去，卫炳乾在电话里愣住了。

“卜处长，你让我怎么对你说呢？”卫炳乾为难起来了。

“网上怎么出现那些……”卜言羽显得十分着急，“事实是士贞部长的手机关机，办公室宿舍的电话又无人接……”

“卜处长，说老实话，我已经好几天没他的消息了，我的心里简直像刀割一样，一直在流血！”

“怎么会呢？”卜言羽更加慌张了，犹豫一会儿说，“炳乾，我挂了，一有士贞的消息立即给我打电话。”

挂了电话，卫炳乾一下子瘫软地倒在沙发上，老婆把茶几上的手机递给他，他才想到刚才那个似乎有些熟悉的声音，于是拨通了电话。

“喂……”卫炳乾说，“请问刚才是谁的电话？”

“哟，卫大部长啊，你真是官当大了，连我都给忘了，想当初你到农村锻炼时，我真的对你不错啊！”

“你到底是谁呀，我没时间听你卖关子，我正忙着呢！”卫炳乾真的没想起来是谁的声音。

“好家伙，是不是因为贾士贞死个球的了，你正准备当组织部长啦，不认识人了！”

卫炳乾一听这话，一团火焰冲到头顶上，突然间从沙发上跳了起来，大声吼道：“放你娘的……”在这一瞬间，卫炳乾觉得自己失态了，老婆在旁边不知发生了什么事，但他还是没把后那个“屁”字说出来。

对方仍不愠不怒地说：“干吗发那么大的火啊！贾士贞是罪有应

得，反正西舆市委组织部的部长他是当不成了，我真的是好开心啊！为你……”

卫炳乾正要失去理智地骂他个狗血喷头，就在这关键时刻，孟瑶兰拼命向他摆着手，而与此同时，卫炳乾的大脑里突然跳出那个中等身材、小分头向左梳理的一个人，一时顾不上说话，心中暗暗责怪自己，怎么把这样一个关键人物忘了呢？

“哦！”卫炳乾大声说，“是刘理事长啊，不，我还是称你刘书记或者刘局长吧！”卫炳乾终于想起来了，此人正是目前寝食难安的中心人物，西舆市残联理事长刘义修。

不用说，卫炳乾已经知道刘义修的意图了，对于刘义修这个人，卫炳乾过去了解甚少。当然，在他作为选调生分配到西舆市机关时，按照规定应该到农村锻炼两年，那时刘义修三十岁不到就已经是市劳动局副局长了，当时徐希浩还是西舆市长，刘义修红极一时，被称为“二市长”。在一次喝酒时，两人相识了。后来卫炳乾通过公务员考试进入市委组织部，并且在机关干部科工作，而徐希浩在省建工委出事了，当然也同时给刘义修当头一棒。后来卫炳乾被调出市委组织部，到乡里当了个副乡长。谁知，卫炳乾神奇般地调回市委组织部，而且居然当上了市委组织部的副部长，这是刘义修怎么也没有想到的，他花了很多心思去研究卫炳乾的成功秘诀，却始终没有弄清其中的奥妙。他知道，卫炳乾当了市委组织部副部长，定会前途无量的。现在他觉得自己到了这种时候，只好来求卫炳乾了。

正当刘义修如同热锅上的蚂蚁时，他从网上看到贾士贞死了的消息，说实话，刘义修开始也有些不相信，可是那些血淋淋的帖子，他又有什么理由不相信呢？一时间，他兴奋得如同心脏发生了奔马律，激动得简直要发狂，真是天助我也！天无绝人之路，于是他在庆幸自己命运转机的同时，准备重新面对卫炳乾，希望卫炳乾能帮他一把。

本来，卫炳乾对刘义修的印象还算一般，只是刚才的电话里的表现，让卫炳乾重新认清了刘义修的真面目。他虽然改变了刚才的态度，但他的心里已经无法改变刘义修是个小人的定论。

卫炳乾向刘义修表示歉意，说自己一时走了神，把刘局长这样一个重要人物忽视了，刘义修也不计较他，说要登门有求，卫炳乾坚决拒绝了刘义修，但刘义修还是把心中的忧感倒了出来。无非是说贾士贞是罪有应得，死有余辜！希望卫炳乾抓住机遇，登上市委组织部长的宝座，没等刘义修的话说完，卫炳乾就打断了他的话：“刘局长，我就不礼貌了。请你打住，我绝不是那种趁人之危的小人，也没那个野心。你要是想当这个市委组织部长的话，可以直接去省委组织部找钱部长，你可以说西舆市委组织部长非你莫属。可是，……”卫炳乾停了停，又说，“那韦副部长怎么办？”

刘义修说：“噢，韦副部长是常务，又有后台，是啊，可是，你是地头蛇啊！想想还是允许的吧！”

卫炳乾气极了，毫不客气地说：“小人之心度君子之腹！”

刘义修转了话题：“卫副部长，贾士贞已命归西天了，我看他的那些极左手段也该作罢了吧！”

噢，原来如此。刘义修不光是为贾部长的死幸灾乐祸，还想探探卫炳乾的口气，卫炳乾心中的火一直窝着，一听刘义修的话，便说：“怎么，刘理事长想推翻市委的决定？我告诉你，干部人事制度改革不姓贾，也不姓卫，更不姓刘！这是时代潮流，人心所向，地球不可能按照你刘义修规定的方向和速度运行的，你就死了这条心吧！无论贾部长怎样，西舆的干部制度将一如既往地改革下去，不信你等着……”

卫炳乾越说火越大，老婆看着丈夫的火越发越大，上前将左手心朝下，右手食指指着左手心，意思是让他暂停，卫炳乾强忍住心中的怒火，正要挂电话，刘义修又说：“卫副部长，贾士贞的丧事怎么还不办？我已经准备了一副挽联……”

“刘义修，你还有完没完！”卫炳乾更加发火了，“我看你也太无聊了吧！告诉你，贾士贞根本没有死，他绝不会死的。那个谋杀他的凶手迟早会被绳之以法的！”

没等刘义修说话，卫炳乾愤愤地把手机摔到茶几上。

挂了刘义修的电话，卫炳乾关掉手机，拔掉家里电话插头，把自己关到书房里，一夜未眠，连妻子也不知道他干了些什么。

第二天中午，西舆市电视台午间新闻里播出一条市委组织部关于公开选拔市残联领导班子的补充通知。通知的大概内容是：关于公开选拔市残联领导班子工作，已经进入了报名阶段，现在有少数人传播小道消息，市委组织部重申，报名时间不变，后天下午（即四月十日）五时截止。各县区委组织部（市级机关报名点）请于当日晚八时派人将报名登记表，以及汇总表送市委组织部，过时作自动放弃处理。

确实，在贾士贞遇害之后的几天时间里，不仅像刘义修这样的人认为当前的公开选拔市残联领导班子的工作会自行停止，甚至不少群众也这样分析，起码这项工作将受到很大影响，这项工作能否如期进行，人们不得不十分关注，但是也不得不产生种种怀疑！然而，市委组织部的补充通知一播出，许多人头脑里的那根弦又紧绷起来。

在玲玲的请求下，在常书记的支持下，玲玲获得了特殊权利——日夜陪伴着已经没有了心跳和呼吸的丈夫。玲玲的心情是特别痛苦而又复杂的，她一次又一次地把耳朵紧紧贴在丈夫的心脏部位，或而感到丈夫还有着微弱的心跳，或而又怀疑到底是不是自己的听力发生了错觉。她时而用手靠近丈夫的鼻子和嘴，希望能感觉到丈夫的呼吸，哪怕是极微弱缓慢的呼吸。

夜已经深了，玲玲脱掉自己的衣服，将自己的身体全部贴在丈夫身上，她像曾经无数次夫妻亲昵那样，把她那细腻、光滑而柔软的肌肤紧紧贴在丈夫的身体上。搂着，亲吻着，她把自己的体温传给他，她甚至轻声地呼唤着两人之间的爱称，一遍又一遍地讲述着他们之间那些刻骨铭心的美好往事的细节。她低声唱着丈夫最爱听的越剧，黄梅戏。

玲玲不知道，时间又过去了多少秒，多少分，多少小时，不知外面又发生了什么事。总之，她把她和丈夫两个人之外的事情全都抛到九霄云外了，这里只有她和丈夫的二人世界。

第二天一早，玲玲仍然这样全心全意地呵护着丈夫，她数着缓缓滴进丈夫体内的药液，冥冥中感到，这一滴一滴的药液将能唤醒沉睡的丈夫，她的体温将会使丈夫冰冷的肌体缓和过来。

时间又过去了三十多个小时，玲玲觉得流进丈夫体内的药液并没有停止，丈夫的肌体还没有变得完全凉透，似乎还像她见到时那样凉凉的，而又有点温温的。已经是深夜了，凭玲玲的感觉，此刻应该是子夜时分，她突然萌发一种奇怪的欲望和冲动，模糊当中，觉得丈夫在向她要水喝，于是玲玲轻轻地爬起来，在床头那昏暗灯光下发现丈夫还是那样一动不动地躺着，像熟睡，像等待，原来刚才那种感觉是自己的幻觉。但她还是轻轻地下了床，杯子里倒了点温水，然后喝了一小口，把自己的嘴唇对准丈夫的嘴，让自己口中的水一点一点地流到丈夫的嘴里，直到她嘴里的水全部给了丈夫，她抬起头一看，她给丈夫嘴里的水没了！她在问自己，难道他有感觉了？于是又喝了一大口水，再将嘴对准丈夫那微微张开的嘴，很快，水又流进了丈夫的嘴里，而且没了！如此反复地一口又一口，直到大半杯水光了，玲玲的心脏一阵狂跳，赶快又倒了大半杯水，当她一口又一口地把水喂到丈夫嘴里时，她忽然感觉到丈夫的嘴唇微微在翕动，玲玲激动得流着泪，轻轻地叫着："士贞，士贞啊，是我在呼唤你，我是你的亲人，你的妻子，你醒来吧……”

突然玲玲感觉到丈夫微微地出了一口气，急忙把嘴靠过去，天哪！奇迹出现了，他呼吸了，玲玲再听他的心脏，心脏有了微弱的跳动。

玲玲跳下床，光着脚，不顾一切地冲出病房，拨开门口的两个女兵，冲过两个持枪的公安干警，一口气跑到护士面前，激动得语无伦次地说：“快、快！医生呢？他……他……他……贾士贞活过来了！”

护士睁大那双莫名其妙的眼睛，感觉到她是不是疯了。

玲玲一下子跪在护士面前，哀求着：“护士，快找医生，快，他……贾士贞真的活过来了！”

这时，一个值班的民警也过来了，看着玲玲，忙拉着玲玲说：“贾夫人，快起来，我给你找医生！我给你找鲁局长、常书记！”

一个医生大步跑过来，一边穿着大褂一边说：“快、快、快走，给病人输氧气！”

医生正在检查，又来了两个医生，他们一边忙着一边说：“奇迹，奇迹，太不可思议了！”

随后赶到的是鲁局长和鲁夫人，玲玲一见到鲁夫人，两人紧紧地搂在一起，玲玲哭了！这些天来，她从没有这样痛痛快快地流过泪，她曾经把那些痛苦和悲伤的泪水统统流进肚子里，而此刻，留下来的是激动的泪、幸福的泪、充满希望而美好的泪！鲁夫人抱着玲玲，低声安慰道：“哭吧，妹子，痛痛快快地哭吧，把那些痛苦和委屈都从心里流出来！”

过了一会儿，常书记来了，他一进走廊，就激动起来了，正好鲁局长出来了，常书记用尽全身力气抓住鲁晓亮的手说：“老鲁啊，我常友连的判断怎么样，世间这样的事多着呢！我总是有一种预感……”

天亮以后，贾士贞突然微微睁开眼，低声叫着玲玲，玲玲激动得伏到丈夫胸前，说：“士贞，我在……在……”

“玲……我好像有点饿……”

守在一旁的医生说：“先给他吃点稀饭！”随后把护士叫来，“快去食堂，弄点稀饭来！”

玲玲说：“我去吧！”

鲁局长说：“玲玲，你守着吧，让我老婆跟着护士去吧！”

稀饭拿来了，玲玲用嘴试了试，轻轻地喂到丈夫的嘴里，一下子喂了一小碗稀饭。玲玲试试丈夫的额头，感觉到丈夫头上已经渗出了细细的汗水。

至此，贾士贞死而复生的消息电流般地传遍了西舆大地。

第二天下午，贾士贞的情况已经有很大的好转了，他让妻子劝走所有的人，只留下他们夫妻俩，贾士贞让妻子把病房的门关起来。

玲玲一一照办了，可她不知道丈夫要干什么。

玲玲坐在丈夫面前，贾士贞搂过妻子，回忆说那天晚上他明明知道鲁局长和鲁夫人是真心实意要陪他们夫妻吃饭的，可是……贾士贞深情地望着妻子说："玲玲啊，真的很抱歉，请你原谅我！"

玲玲紧紧贴着丈夫的脸，眼中涌出滚烫的泪水。

原来那天晚上，贾士贞陪完客人之后，本该回宿舍的，临时有点事，就去了办公室。可是不知道为什么，一到办公室，电话手机就响个不停。更让人奇怪的是，接到的都是莫名其妙的电话。直到十一点多钟，他才出了办公室。经过大门口时，他还和值班的门卫打了声招呼，出了大门就向左拐了。因为夜里行人、车辆都很少，所以他是大步快走的。可就在他穿过一个路口时，突然感觉到有人用一股巨大的力量把他推倒，此后，他就什么也不知道了。

玲玲含着泪说："士贞，你不知道，有人要害你，正是那个把你推倒的人救了你，否则你可能被一辆汽车撞得粉身碎骨。只是他也没想到，他的这一推……哎，他自己也差点送了一条命！"

贾士贞惊呆了，他一点也不怀疑妻子的话，只是他说："有人要害我？"

玲玲点点头，说："这一点已经证实了，千真万确，只是案子还没有破。省公安厅来了一位副厅长和刑警大队两个队长，配合市公安局，但到目前案子还没有多少进展，常书记发了几次火。"

"可是，玲玲，"贾士贞搂了搂妻子说，"以后发生的事我一点也不知道，而且……"

玲玲抬起头，奇怪地看着丈夫："怎么了？"

"我躺在医院几天了？"

玲玲算了一下，说："六天，整整六天。"

"我躺在医院六天了？"贾士贞吃惊地看着妻子，"那么这六天我都处在什么状态？"

"开始几天他们一直不让我见你，说是在抢救。"玲玲说，"到了第四天，你的呼吸、心跳都没有了，医院无奈地宣布……"玲玲不忍心把那个可怕的"死"字说出来，停了一会儿，深深吸了口气，又说，"但我发现你……"玲玲摇摇头，"完全像睡着了一样，而且吊针里的水也一直在缓缓地滴着。"

贾士贞皱了皱眉头，像在思考着什么。

“多亏了常书记，他讲了一个故事，坚决不让医院把你弄走，让我单独一个人陪你，这病房的半个走廊都被公安局封闭起来了。”玲玲说，“这几天我每时每刻陪着你，和你说话，给你唱戏，外面发生了什么事，我一概不知。”

“哦……”贾士贞像有所醒悟似的。

接下来，贾士贞告诉妻子，在他的脑海中留有一段深深的无法忘却的记忆，是那样新鲜，那样刻骨铭心，就像经历了一个新的世界，一种从没有见过的人生。

玲玲把脸紧紧贴在丈夫的脸上，倾听着丈夫叙述那些奇怪的经历。

在被人推倒后，贾士贞就失去了意识，但是，不知道过了多久，他只觉得眼前一片黑暗，自己好像是被两个男人架起来，两腿轻飘飘的，像离开地面但又像没离开，就这样走啊走啊，先是到了一条隧道，隧道很黑，什么也看不到，就继续漫无目的地往前走，在感觉中不知道走了几天几夜，出了隧道就开始爬山，这山不仅陡、险，而且高。没完没了，没有尽头地永远爬着。他累了，真的不能再爬了，可是那两个人架着他，容不得他停下来，又过了很久很久，经过一片荒无人烟的沼泽，无边无际，可是，他一点也不感到可怕，终于，他觉得自己支持不住了，顿时失去了知觉，像睡了长长的一觉。

待他醒来后，却又见到另一个世界，像城市，像街道，所有的人，车辆都那么文明，那么有秩序。架他的那两个人也变得文明而通情达理，他觉得自己腿下、脚下十分轻松。突然间，他们停住了脚步，他们不可以再前进了，这时对面高音喇叭里响起了女人的声音：“选民们，现在开始投票。”远远看去，只见那些市民自觉排好队，手里拿着选票，微笑着向各个红色的票箱走去。贾士贞问他们选的什么官，旁边的两个人说他们在选市长。贾士贞问这个市有多少选民，他们说有八十多万。贾士贞心想，八十多万选民，如此有序，如此文明，真是一件有趣的事！贾士贞要过去看看，那两个人摆摆手，把他架走了。转眼间那两个人不见了，奇怪的是，那许许多多曾经奇奇怪怪的现象不见了，他只觉得自己很渴，很饿，而正在这时，贾士贞感到口中流进了甜甜的水，他像久旱逢了甘雨，渐渐地有了知觉，他突然听到妻子的声音，他好像离开妻子，离开家，离开所有熟悉的人很久很久，他终于回来了！觉得自己浑身无力，想动一动，可是却怎么也动不了，也不知道自己在什么地方。

讲完了这些奇奇怪怪的经过，贾士贞仔细看着妻子，说："玲玲，我觉得自己已经死过一回了，也许那些奇怪的东西就是死亡前后谁也不相信的虚无缥缈的世界。这事我只能告诉你，千万不能告诉任何人。也许那是一种未知的、等待人们去研究探讨的领域！"

玲玲紧紧搂着丈夫，她完全相信丈夫刚才所讲的事实。她曾经听过不少人讲述死后又活过来的经历，几乎每一个有死过经历的人都可以讲出让人难以置信的故事。但现在玲玲庆幸的是，丈夫真的又活过来了，那些东西无论是有还是没有，无论是真还是假，都已经不重要了。

突然贾士贞问："玲玲，你刚才说多亏了常书记讲了一个故事，到底是一个什么样的故事？"

玲玲摇摇头，说："士贞啊，你现在恢复身体要紧，等你好一点后我再慢慢告诉你。"

现在，贾士贞的意识似乎渐渐地恢复了，但是被人推倒后的这段时间到底自己处于一种什么样的状态，在他记忆长河里是一个断层，而在他人生当中却永远留下了那段虚无缥缈的记忆。但那是以另一种形式存在于他的大脑中，只能成为他无法证实的记忆。

对于他人生当中曾经所走过的路程，却没有过去那么清楚，对于他人生当中的那些重大转折，比如说借调省委组织部，比如在省委组织部工作的那些刻骨铭心的事，比如到西臾市委组织部的经历，比如去美国学习的那段生活，都好像十分遥远，而且变得越来越模糊。

对于贾士贞停止呼吸、心跳两三天又奇迹般地活过来，医生们各有各的解释。常书记讲的那个故事尽管在现实生活中不乏类似的例子，但是对于这些医生来说，却是第一次亲眼见到。

在这些人当中，最兴奋、最激动的，还是贾士贞的妻子。她逢人就说，当初，她见到贾士贞躺在病床上的样子，就有一种感觉，他只是在睡觉而已。

突然间，玲玲的心情变了，不知道是谁把多少天都拉得严严实实的窗帘拉开了，一缕缕明媚的阳光照在贾士贞的病床上，玲玲的心头涌上一阵阵的喜悦，她感觉到走廊里一定来了不少人。是的，人们希望奇迹发生，也有些人不希望发生的事也照样发生了。

玲玲让丈夫躺在床上，转身开了病房的门，只见病房门外站着许多人，常书记、邵市长、夏秘书长、鲁晓亮夫妻、还有卫炳乾。

常书记激动地握着玲玲的手，说："玲玲啊，你立了一大功啊，你用真情，用爱，用心，用温暖唤醒了士贞啊！西臾市委、市政府，西臾人民感谢你啊！”

玲玲含着热泪，紧紧握着常书记的手，说：“常书记，要感谢的是您啊，不是您的那个故事，不是您力排众议，士贞不可能有现在的……”

“好，”常友连说，“大家都非常关心士贞同志，我们现在都进去，看一眼士贞，大家都不准说话，都在心中默默地祝福士贞获得了新生。”

这时，众人缓缓进了病房，自觉排成队，围绕在贾士贞的病床旁，大家都微笑着朝贾士贞点点头。

贾士贞深情地看着大家，叫一声玲玲，玲玲上前低着头，贾士贞示意妻子扶着他，他欠了欠身体，轻轻抬起右手，挥了挥说：“谢谢大家，谢谢！”

为了贾士贞的安全，病房走廊里仍然继续实行全封闭，拒绝任何人探视。

玲玲想到女儿正在等待消息，问丈夫想不想女儿。贾士贞说：“玲玲啊，你把女儿交给谁了？”

玲玲说：“我一来那天不就告诉你了吗，当时鲁局长和他夫人去找我，一时没别的办法，就将女儿托给周一兰主任了。”

“哦……”

“周主任从网上看到那些关于你的消息，带着岚岚来了！”

“在哪儿？”贾士贞说，“快，我要见见女儿！”

玲玲说：“士贞，见女儿可以，千万不能激动，好吗？”

贾士贞点点头。

玲玲取出手机，拨通了周一兰的电话。岚岚一听说爸爸要见她，当时就拉着周阿姨要来医院。

见到了女儿，贾士贞紧紧把女儿搂在怀里。

周一兰悄悄地退到病房门外，这时玲玲来到门口，拉着周一兰的手。

周一兰说：“玲玲妹子，我在网上看到有个自称心理医生的人，说他用催眠术，让贾部长讲述了他停止心跳和呼吸的那段经历，我觉得有点太神奇了！”

玲玲说：“别听他的，什么心理医生，什么催眠术，你看到了，常书记下的命令，二十四小时有民警在走廊里值班，未经常书记和鲁局长批准，谁也进不来。”

周一兰才长长松了一口气：“原来是这样！”

贾士贞死而复生的消息传到韦旭耳朵里时，他自然大吃一惊。其实，在贾士贞出车祸的这些日子里，韦旭的心情是非常复杂的。说他不想早点当上这个市委常委、组织部长，那是假的。他想实现自己的理想，想按照他的思路大干一番。可是，有时想想，贾士贞毕竟只有三十九岁，也太年轻了。可当他听到贾士贞死而复生了，心里在想："我不相信你们比赵本山的本事还大！能把死人忽悠活了！"

当网上说韦旭将接任西臾市委组织部长的贴子一出现时，西臾的大街小巷已是满城风雨。可是，正当人们在网上发出许许多多疑问，或者诅咒那些人造谣惑众时，又有大量的贴子出现，贾部长死而复生了！

尽管韦旭怀疑这又是那些别有用心的人在忽悠，但他在兴奋之余，心里却时时像偷了东西似的忐忑不安。

于是他鼓足勇气只身一人前往医院，企图探个究竟。

第十二章　退步原来是向前

韦旭手捧一只若大的花篮，快要到病房区时，忽然觉得自己此行并不是前来探听贾士贞是否死而复生，而是前来探视已经康复的病人。

到了楼梯口，当韦旭目空一切东张西望地往前走时，一个身穿制服的武警战士挡住他的去路。

韦旭白了武警战士一眼：“干什么？你知道我是谁？”

“我不知道你是谁。干什么？”

“干什么？”韦旭说，“我来看贾部长！”

“那你有常书记和鲁局长的批示吗？”

“我是市委组织部韦部长！”

武警战士笑笑：“怪了，只听说组织部有贾部长，没听说还有韦部长！”

“对不起，请你回吧！”另一个武警战士说，“这是常书记的意见。无论是谁，只要探视贾部长，都必须由常书记和鲁局长批准！”

韦旭愣住了，看看面前的两位武警战士，自言自语道：“什么玩意，谁还非看不可了！”

正在这时，一个女人过来了。

“谁呀！”

“你是？”韦旭显得几分慌张，“噢，是贾部长夫人吧！我是组织部韦旭。”

“喔，是韦副部长啊！谢谢你，士贞现在还不能接待客人，请你谅解。他们不认识你，别见外，这是市委领导的规定。”玲玲多少听说过韦旭这个人，不，她见过他，那天晚上韦旭到他家去，贾士贞因为韦旭借车子的事，弄得人家有些尴尬。玲玲从丈夫的态度上感觉到了点什么，其实，若是卫炳乾，玲玲也许会高高兴兴地让他见贾士贞一面的。

“那好，贾夫人，我就不打搅了。”韦旭刚转身时，又说，“贾部长好多了吧？”

“很好，常书记、邵市长、还有夏秘书长都刚刚来过。”玲玲本想说卫副部长也来过，可她的话到嘴边，又吞了回去。

韦旭自觉有些失望，悻悻地走了。这种失望并非是因为没有看到贾士贞，而是他得知贾士贞真的死而复生了。

贾士贞死而复生的消息一经传出，一时间，成为西臾人民议论的中心话题。网上那些不负责任的帖子自不必说，那些因贾士贞的改革触及到既得利益的人，虽然怀疑贾士贞死而复生是别有用心的人编出来的骗局，但那些有鼻子有眼的传说又不得不让他们惶惶不可终日。当初严格闭锁贾士贞遇害身亡的消息那么严密，而现如今传说除了市委主要领导亲眼目睹之外，还有些重要人物也都见到了贾士贞，虽然人还住在病房里，虽然病房走廊里还没有解除警卫，但贾士贞的妻子开始出现在医院外面，并且贾士贞关闭多日的手机，也已经开机，只是由贾士贞的妻子玲玲严格控制，一般电话都由玲玲做出处理，工作上的事转达贾士贞的意见，由副部长卫炳乾处理，贾士贞年迈的父母一直由家人严格封锁消息，现在贾士贞渐渐恢复了，玲玲直接和两位老人通了电话，作了一些安慰和解释。这一切都证实了贾士贞死而复生的消息千真万确了。

那些企图恢复靠权力选拔干部的人又开始惶惶不可终日了，也顾不得网上如何议论的，一方面探听医院消息，一方面为自己的升官而担忧。

在这些人当中，最为恐惧和不安的人，就是市残联理事长刘义修。那天晚上他不知是听到贾士贞遇难身亡的消息兴奋得难以控制，还是什么原因，给卫炳乾打了那样的电话，不但没有讨好卫炳乾，而且第二天电台播出了市委组织部的补充通知。刘义修多么希望西臾市组织这次公开选拔市残联领导班子的事付之东流啊！然而，刘义修失望了，说实在的，他在报名那两天，心脏每时每刻都像要炸了似的。他真的不想报名，但是又一想，不报名吧，那眼看着自己这个市直机关局级一把手的位置就要放弃了；报名吧，他也似乎知道自己在竞争中凶多吉少。

刘义修恨卫炳乾这家伙不够意思，更恨贾士贞，心里骂他不得好死。可现在，他的心脏如同刀绞一样，他怎么也弄不明白，贾士贞居然死了又活过来了！为了证实这个消息是真是假，他买了一条中华牌香烟，当然是让他的那个心腹——办公室主任从招待费里支出的，他才不会花上五六百元钱去买香烟呢！他把这条中华香烟交给他的驾驶员小秦，让小秦把这条烟送给常友连书记的驾驶员，只为弄清贾士贞到底是否真的又活过来了！

小秦其实已经从市委车队那里得到贾士贞真的活过来的消息，而且是千真万确的，不过他不敢透露给刘义修罢了。那天刘义修去市政府，直接上楼去了，小秦便将轿车停在市委大院里，自己靠在座位上，悠闲地听起音乐来，一眼看到常书记的驾驶员和车队的几个人站在一块儿抽香烟，小秦也凑了过去，原来他们正在谈论贾士贞死而复生的事。

常书记的驾驶员仇明说那天后半夜，他也没看几点钟，突然他的电话响，一看是常书记的电话，常友连说他有紧急事情要去医院一趟，仇明不知道出了什么事，他给常书记开了几年车了，知道常书记的脾气，一是不允许他多管闲事，二是即使听到看到了任何事情，不准他乱说。所以，当他接上常书记时，反倒是常书记激动地说，赶快去87医院，贾部长活过来了！

这时，那些驾驶员都像听着外星人的故事，被仇明那么大肆渲染，都有些毛骨悚然。

当大家睁大惊奇的眼睛看着仇明时，邵市长的驾驶员小郁也证明了这一点。小郁最早听到消息时他正开车在路上，邵市长接到市公安局鲁局长的电话，说贾部长活过来了，常书记让他立即赶往医院，去看贾部长。看过贾部长，市委秘书长夏季也上了邵市长的车，邵市长和夏秘书长在车上一直谈论贾部长死而复生的事。事到此时，领导们大概是因为贾部长又活过来了，已经没有什么密可保了。

而小秦知道刘义修的心态，他根本不希望贾士贞死而复生。再说了，小秦太了解刘义修这个人了，当他听到不高兴的事时，或者对他不利的话时，他便会发无明火，自然小秦也就不愿意把他听到的贾部长死而复生的消息告诉刘义修。

现在小秦得了一条中华香烟，开上那辆广本轿车，到了市委大院，见常书记坐的奥迪A6轿车停在市委大楼门前，小秦就知道仇明没有走远。往日他是不敢随便拨打仇明的电话的，但他手里握着半条中华香烟，当然那五包他自己留下了，于是拨通了仇明的手机。

仇明握着手机，从市委大楼里出来了，一眼看到小秦在打电话，忙关掉手机，小秦朝仇明挥着手，仇明不慌不忙地走了过来。小秦突然叫了一声，随即把那还装在盒里的半条中华烟摔了过去，仇明接过烟，说："你小子又想干什么坏事了？"

"没什么，高兴。"小秦笑起来了，"老板今天赏我一条烟，我不能忘了哥们儿！"

“我不相信，你小子肯定有事！”

小秦摇摇头说：“真的没有，我为贾部长的死而复生感到高兴，老板不高兴，恨死了贾部长，但老百姓高兴！你呢？”

“我和你一样，高兴！”仇明说，“虽然贾部长不能提拔咱们，可咱也是人，也应该有点正义感吧！”

“你说这到底是怎么回事啊！贾部长真是死而复生了？”小秦问。

“真的。”仇明说，“我亲眼看到他老婆了，那女人变成了另一个人了！”

“这事确实也怪哟！”小秦说，“一个人死了真的还能活过来？”

“这有什么，说明人还没有完全死，常书记的老家就发生过这样的事。”仇明说，“我觉得这并没什么，重要的是到底是什么人胆大妄为，竟敢暗杀一个市委组织部长！”

“哎，人都这样，触犯了自己的既得利益，就像你似的，把你的饭碗给砸了，你还不和他拼命啊！”

仇明摇摇头：“不至于吧！”

小秦和仇明分手后，刚出了市委大门，手机响了，一看是刘义修的号码，急忙接通了电话。

“怎么回事啊！你到哪里去了？”刘义修又发火了。

“局长！”小秦从来都是当面称刘义修为局长，背后称老板，“我得到了确切的消息，正回单位呢！”

很快，小秦就回单位了，见刘义修的门开着一条缝，便轻轻推开门，见刘义修脸色铁青，不知刘义修又为何怒发冲冠的样子，便说：“局长，我得到可靠消息了！”

“死了吗？”

小秦摇摇头，说：“活了，千真万确！”

“活了还要你打听啊！现在谁不知道贾士贞又活了呀！”刘义修瞪着两眼。

小秦有些莫名其妙了，贾部长活了就是活了，不能因为你刘义修希望他死，他就死了呀！觉得刘义修真的有些不可理喻！

“都是些饭桶！”刘义修低声说。

小秦看看刘义修，心中觉得刘义修有些好笑，暗暗在心中骂道：“什么他妈的狗屁领导！”

刘义修突然拿起桌子上的电话：“喂，到我办公室来一下！”

小秦看到刘义修，说：“局长，没什么事，我……”

刘义修像没听到一样，小秦太了解刘义修了，他碰到烦恼时，谁惹他谁就会挨骂！小秦轻轻地退了出去，刚到门口，碰上办公室章主任进来了。

这时，刘义修在万般无奈的情况下，还是想到再利用一下韦旭。韦旭来西奥市委组织部时间不长，虽然社会上传闻他有可能接任贾士贞的市委组织部长，但聪明的刘义修虽然并不怀疑这种可能，但凭他的直觉，至少目前西奥市委组织部还不是他韦旭的天下。贾士贞重用卫炳乾，这是不容置疑的事实，而韦旭是一个刚进组织部的外行，什么事也很难插上手。但当刘义修在卫炳乾那里碰了钉子后，就决意去投靠韦旭了。

而且，刘义修觉得韦旭的那套“公推公选”办法还是有点人情味的。如果按照韦旭“公推公选”的办法，在那么多报名的人员中，大家一定会考虑他的具体情况的。何况参加“公推”的就是那么几个掌权的领导，只不过是走走形式，造造舆论罢了。想到这里，他从心底里拥护韦旭，希望他马上就当市委组织部长。

刘义修研究了韦旭的身世，得知市民政局局长葛晓晴不仅同时和韦旭来西奥，而且还有着某种特殊关系，而葛晓晴当上西奥民政局长时，自然工作上和刘义修联系比较多。其实，刚开始葛晓晴看不起刘义修，可后来听说刘义修曾经是徐希浩的秘书，不到三十岁就当上市劳动局副局长，徐希浩调省建工委当主任那段时间，和他有过特殊的接触，若不是后来徐希浩出了事，说不定他早已是另一番天地了。正是这种莫名其妙的联系，让葛晓晴对刘义修刮目相看了。

当刘义修向葛晓晴说明自己当下的处境时，葛晓晴把胸脯一拍，说：“刘理，你放心，你的事就是我的事，就是他韦部长的事。他要不帮忙，我是不会饶他的。”

有了葛晓晴的话，刘义修的心里好受多了，但他自然想到，韦旭在组织部说话能起多大作用？不过，人在绝望的时候，只要有一线希望，还是要抓住的。

刘义修在等待葛晓晴，但他还是在最后一天报了名。他是在最后五分钟才匆匆去了市直机关报名点，填写了“西奥市公开选拔市残联领导班子登记表”。

四月十日，卫炳乾早早吃了晚饭，和市委组织部两个干部科的同志坐在办公室里，当晚没有等到八点钟，四县两区委组织部和市直机关的报名登记表及汇总表全都送到市委组织部了。

卫炳乾亲自审查了报名登记表，布置干部科在电脑上核对报名人员的基本情况。凡是资格审查合格的人员，将向社会公布。名单公布后的两天，进行民主推荐。报名者所在的县区乡镇及县区机关全体干部、市直机关全体工作人员将进行推荐。

晚上十点钟，资格审查结果出来了。

四县两区报名的正县级干部五人，县区政协主席两人，县委副书记（正县级）一人，调研员一人；副县级十四人，县委副书记、副县长，以及县区人大副主任十人，县委常委三人。

市直机关正处级调研员三人，副局长（主任）二十五人，副调研员十三人，现任正局级领导一人，即现任市残联理事长刘义修本人。

报名参加市残联理事长竞选的并经资格审查合格的共六十一人。

第一号公告文稿拟好后，卫炳乾连夜送到病房让贾士贞审阅后签字，由卫炳乾送交常友连签字，第二天通过西舆电视台、西舆日报向社会公布，同时在四县两区和市直机关大门口以布告形式进行公布。

这几天刘义修急得像热锅上的蚂蚁，一次又一次登门求见葛晓晴，可是，虽然葛晓晴若无其事地说，放心，放心，没事没事，可刘义修眼看着自己一步步被送上了审判台，心里越发恐慌起来。

一号公告公布后，不仅西舆市城乡刮起了一阵旋风，网上又掀起新一轮炒作热潮。刘义修一看竞争市残联理事长的人居然达六十一人，而且正县处级达十多个人，他更加感到自己这个正处级理事长的位置岌岌可危了。而葛晓晴依然没有从韦旭那里得到任何情况。

虽然报了名，但刘义修的心情越来越坏了，有一种即将被审判的感觉，而且知道判决绝不会有好结果。

按照市委组织部的公告，民主推荐将按照被推荐人的得票多少从高到低公示，按照80%的比例进入下一轮，也就是说将有20%的人被淘汰。想到这里，刘义修的心脏像被针刺了一下。想想自己在市劳动局那几年，手中握着大权，却也得罪了不少人；到市残联之后，心里想的不是工作，一心想着提拔或者调整到重要的岗位上去，却忽视了群众关系；更没有想到贾士贞把“民主”搞成这个样子，群众团体以及那些参照公务员管理的部门参加投票的大约三四百人，有多少人会投他的票，看来他第一关就很难闯过去，心里有些不是滋味。

刘义修眼看着指望不上韦旭了，只好把办公室主任章之找进来，要章之帮他找关系帮他拉选票。章之此人也是不得志，如今已经五十多岁，却连干部身份还不是。刘义修当理事长后，不仅把他从工人岗位借到市残联办公室，又把他聘为办公室主任，后来章之说他们之间还有亲戚关系，正是“你舅妈是我表嫂的叔伯姨”，刘义修觉得此人一定会成为他手下的得力干将。他对章之说，残联这个组织很有意思，搞什么理事会，除了理事长、副理事长之外，还有理事。他想来想去，在市里，市残联理事长是正处级，副理长是副处级，那么理事呢？可机构改革方案里没有理事这个岗位，也就是说组织人事部门根本就不承认的，可说起来理事又是理事会领导成员，属领导班子。然而，刘义修想，充其量也只能算个正科级干部吧！于是不顾刚刚退下去的几位老领导的反对，也不顾单位群众的意见，决定给章之一个“理事”的头衔。他对章之说，你看国务委员享受国务院副总理的级别！但这样给章之一个理事，不仅老干部反对，机关里也摆不平，于是他就找省残联，反复说理事是领导班子，说残联干部是条条协管的，他们拟了一个请示，希望省残联给一个批复，可这事遭到省残联一片反对声，这在全省那么多市里都是前所未有的。但是，最终有一个同志想了一个荒唐的办法，给他回了一个用便签纸写的、没有文号的非正式的所谓的函。而刘义修居然拿着这东西去市委组织部、市人事局招摇撞骗。当然，对于章之来说，这在单位和亲朋之间也似乎有了一顶好看的帽子。

刘义修并没有直接表明自己的意思，但章之早已心领神会了，当即表示一定竭尽全力为刘局长效力，还说他有不少亲戚、同学都在市级机关，有的还担任一些领导职务。刘义修对章之说，该请客的时候就请，该表示的就表示，到时他经手，他签字，反正花的都是公家的钱。

这天，常友连来到贾士贞病房，当常友连讲起工作上的事时，贾士贞却觉得十分模糊而遥远。

贾士贞出事那天晚上，市委召开了常委会，除了表决末臾县县长、副书记、副县长、常委组织部的候选人，还研究了全县处级领导干部，这其中包括张敬原和庄同高。只是市委常委会刚结束，当天晚上贾士贞就出了事，这项工作自然也就摆了下来。常友连又想到末臾县缺少那么多县领导的事，于是说，等贾部长身体恢复了，尽快着手这项工作。

贾士贞的身体恢复得很快，不仅能够下床了，而且坚持自己上卫生间，他也不知道躺在床上人事不知的那些天的大小便问题，妻子是怎么弄的。

经过这场生与死的考验，贾士贞对自己过去的一些行为有一种隐隐的愧疚感，这会儿他不仅身体渐渐硬朗了起来，而且头脑也清晰了许多。玲玲只要对他说话，就会满脸微笑，可贾士贞总感觉玲玲的笑容有些落寞。玲玲现在全身心地照顾他，但他其实已经不想躺在床上了，然而，身体还是力不从心，常常躺着躺着就糊里糊涂起来。这是他过去从没有过的现象。这天中午，贾士贞忽感蒙眬，随后渐进梦境。其实这并非怪事，昏迷那几日他的意识不知漫游到了何处，虽然他把那段奇怪的经历讲给玲玲听了，但是还有一段更加莫名其妙的事，他一直感到纳闷，一时不知道该怎样对玲玲说。他知道玲玲是个胆小的女人，恐怕听了这事，情绪会受到影响。谁知，贾士贞刚蒙眬睡去之后，那段奇怪的记忆就再现眼前了。

记忆中，在他被两个男人架着走出隧道后，曾来到一处陌生的地方。但见朱栏白石，绿树清溪，只是人迹希逢，飞尘不到。穿过石阶，不断往上攀登，直至精疲力竭时，进了一个大门，室内高大无比，空无一物，再一看，只见墙上悬挂着行草书法条幅，不仅那些书法极为罕见，且都盖有许多印章。贾士贞更觉希罕，一边欣赏书法，一边暗暗记下那些条幅的内容。过去他一直觉得自己的记忆力不错，可是突然怎么也记不清楚了。

虽然那种境况又重现眼前，更觉世间之事妙不可言，但那么多的东西能够记清楚的已经很少了。不过有几句内容，现在却渐渐浮现眼前：

“手把青秧插满田，低头便见水中天；心底清净方为道，退步原来是向前。”

贾士贞认真回忆着。那么多条幅，其他都记不起来了，只有这条。想了想，最后一幅上面有六个行草大字：“南无阿弥陀佛”。下面落款为工整的楷书：“布袋和尚”。

这些内容，贾士贞都似曾相见，却又一时不知道在什么地方见过，只觉得内容倒也有一定含意，或者说于生活都有一定现实意义。贾士贞再迈步向前，想看看其余都是些什么内容。突然间，雷声四起，闪电惊人，贾士贞吓得浑身冷汗，睁开眼一看，原来是一场梦。只是自己也觉得奇怪，怎么梦中居然将那件罕事重现眼前。

正在这时，玲玲端着饭来到他面前，见士贞满头是汗，吓得玲玲慌忙搂住丈夫，问他怎么了。

贾士贞搂了搂玲玲，只说他刚才睡了一小会儿，却做了一个奇怪的梦，玲玲问他梦中之事，贾士贞笑笑说：“何必去做痴人说梦的事呢！”

这时，贾士贞又想到条幅中的那一首诗：“手把青秧插满田，低头便见水中天；心底清净方为道，退步原来是向前。”

不知为何，贾士贞暗暗地捉摸起这首诗来，有点佛家的顿悟，充满了人生哲理。诗的本意应该是指农夫插秧的时候，一根接着一根往下插，想要达到插满田的目标，就必须要低头。虽然是低头，但是在不经意间，看见了水中天，看见了最完整最真实的天空。仿佛看见了自己的心，在水中的倒影，真实而完整。佛家有云：宇宙有多大多高？宇宙只不过五尺高而已！而我们这具昂昂六尺之躯，想生存于宇宙之间，那么只有低下头来。人不能总是昂首阔步，有时低头也是一种必要，好好地看看真实的自己，调整一下，再出发。“六根清净方为道，退步原来是向前。”六根清净，不受世俗的污染，保持最纯、最真的自我，不要事事都咄咄逼人，盲目前进。有时退步能让我们得到很多意外的收获，有时退后是另一种前进。就像稻田插秧一样，看似在后退，但却出现大片成功的秧田。

这些天来，贾士贞躺在医院里，除了那些昏迷不醒的日子里，这几天醒来之后，他没有介入工作，想的问题也不一样了。他觉得这场车祸像是对他人生的一个大的转折，或者说对自己的心灵进行了一次洗礼。尽管那些条幅都已经很模糊了，但每一首都对人生有着十分重要的意义，却是深深地教育了他。而让他不明白的是，那些是梦，还是幻？

正在此时，玲玲领着卫炳乾进病房了。一看到他们，贾士贞异常兴奋地坐了起来。卫炳乾摆着手，大步来到贾士贞面前，一把搂住贾士贞说：“贾部长，您别动，躺着！”

贾士贞极其兴奋地说：“炳乾啊，你终于来了，我真想你们啊……”

卫炳乾握着贾士贞的手说：“贾部长，我是经过常书记的批准，来看您的呀！”

“怎么样？炳乾，”贾士贞恢复了精神状态，“这病房可不是人呆的地方，把人给憋死了！”

“贾部长，部里的同志都惦念着您啊！可是不经市委领导批准，又不能来看您。”

“没必要，我马上就要出院了，代我转告大家，感谢同志们对我的关心。”

“您的身体恢复得不错啊，大家一定都很高兴。”

“炳乾，公开选拔市残联领导班子的事进展得怎么样了？”

卫炳乾说：“我们一直按照市委文件，按照进度进行。现在各县区、市直机关的民主推荐工作已经结束，按照得票多少，从高到低已经排定名次，经过领导过目后向社会公布。”

卫炳乾说着，将报名的六十一个人的名单，以及各地民主推荐的结果递给贾士贞。

贾士贞看着名单，说：“炳乾，这样的民主推荐是否合理，要多听取广大群众的意见，下一步还要认真研究和改进！”贾士贞停了停又说，

“这种方法其实也是‘公推’，只不过公推的是大多数人。而那种‘公推’只是少数掌握一定权力的人来推举，有很大的局限性。”

“贾部长，你的身体康复了，一切都好了。”卫炳乾说，“这段时间，社会上传言很多，有些工作我也感到为难！”

贾士贞看看卫炳乾，点点头：“哦，还有，那天晚上开完了常委会，许多工作还没有来得及和你说，我就出了车祸，——常书记没说吧？”

卫炳乾摇摇头，说：“有一次在市委大楼前，常书记刚说了几句，后来又说，还是等贾部长好了以后再说吧！”

“是这样的，炳乾，主要是末臾县那几个县级领导，市委常委已经研究过，下一步主要是如何实施的问题。还有，几个县处级领导改任非领导职务问题，还有张敬原和庄同高两人，市委同意他们都任现在单位的副调研员，也算解决了副处级吧。等等吧，等我上班后就找他们谈话，发文。”

“噢！”卫炳乾说，“不过，贾部长，最近我听到一些小道消息，有人说他们两都不见了！”

“不见了？”贾士贞说，“怎么回事？”

卫炳乾愣了一会儿，摇摇头。“反正你出事以后，市直机关、社会上各种传言都有，网上更是炒得一塌糊涂。”

“残联的老刘怎么样？”

“据说他已经说服韦副部长，而且韦副部长答应帮他从中协调，他们之间的关系变得十分密切，也很微妙！”

贾士贞出院了。

按照医生意见，贾士贞还不能离开医院，只是他越来越感到如同被困在笼子里的鸟儿。他对玲玲说，再这样把他关在病房里，他一定会疯了的。而鲁晓亮担心的是，直到现在，那辆肇事轿车和肇事驾驶员还没有下落，因而贾士贞的安全问题还令他担忧。可贾士贞说，没那么严重，他又不是国务院总理。

回到宿舍，仍由玲玲照顾他，贾士贞劝玲玲回去上班，女儿也总不能跟着别人吧！

其实玲玲离家已经将近一个月了。玲玲一方面担心自己工作，虽然临来时向分管厅长请了假，没想到丈夫出了这样的事，于是又打了电话，说丈夫这里有点事，还是休探亲假吧！可后来丈夫的事在网上炒成那样，社会上的传闻怎么也瞒不过省文化厅领导的。尤其张厅长那里，那场机关党委选举的事惹怒了张厅长，玲玲一想到这件事，就觉得胆战心惊。然而，丈夫发生了这样大的事，她真的又放心不下就这样去了。

贾士贞出院后，还经常想着昏迷和死去后那段时间的怪事，玲玲甚至感觉到丈夫变得有些神经质。

玲玲多次想劝丈夫去检查一下身体，可她都没这个勇气。不知道为什么，一想到他们之间的性生活，她就会像一个少女那样羞涩和腼腆。

玲玲有时突然会产生一种奇怪的念头，幻想着那种男耕女织、妻唱夫随的世外桃园的生活。那种融洽的感情，才能让生活过得和谐。没有感情的性，是不文明也是不道德的，或者说，没有爱情的性生活，那是动物的本能、属性。那只是传宗接代的工具。

但不知道什么原因，玲玲却又对贾士贞产生了一种从没有过的怜悯、同情和担忧。她清醒地意识到，这种怜悯、同情和担忧绝对不是当年的那种爱，那种对异性渴求的情爱。

屋子里显得几分寂寞和凄凉，这是市级机关行政管理局为外地交流的市级领导建的特殊宿舍，一幢二层小楼。然而，在玲玲看来，这里既不像家，也不像宿舍。现在她更害怕和丈夫之间的那种过于文明的气氛。家，其实是两个人的天地，是两个人无拘无束的自由领域。到了这个天地，应该是脱去西服、解掉领带的地方，两个人无所不为，甚至一丝不挂地搂在一块儿，放屁不需要夹着的地方。然而，突然之间，他变得处处彬彬有礼，像在办公室，像对待女同志那样敬重和严肃。

可两个人还是躺在一张床上，两个人没有任何亲密的动作，他侧身而卧，她将右手放在头下，他关掉灯，两个人再也没说一句话，她睡不着，往事潮水一样地拍打着。

也许她该走了！她的心里有一股难以言表的悲伤。

整个房间里静得让人感到可怕，贾士贞一动不动地躺着，玲玲不停地翻着身，贾士贞感觉到玲玲的心事和内心的矛盾，正犹豫着如何安慰妻子，突然电话铃疯狂地叫了起来，这声音是从楼下传上来的。尽管隔着一层楼，但是，兴许是这房子过于寂静的原因，当贾士贞从茫茫的思绪中反应过来时，觉得这声音又有些遥远，他不知道，为什么卧室里的电话没响。

贾士贞坐起来，正要下床，玲玲已经到了卧室门口，一边大步往外走一边说：“你躺着，我来看看是谁？”

贾士贞下了床，说：“不……”

可玲玲已经到了楼梯口。

玲玲大步来到客厅，随手拿起茶几上的电话，没有来得及开灯，她现在并不像往常那么讨厌那些无休无止的电话。

“喂！”

“喂，是玲玲处长？”

“是鲁局长！”玲玲有些兴奋起来，“鲁局长，找士贞吧！我叫他……”

“玲玲处长，不好意思，这么晚了，打搅你们了！”

这时，贾士贞打开了客厅的灯，接过玲玲手里的电话：“喂！是鲁局长……”

“贾部长！”鲁晓亮说，“案子有眉目了，就是撞你的那个案子。”

“噢！”

“在深圳蛇口附近的海里，当地警方发现一具男尸，其特征和我们通缉的那个肇事的驾驶员完全一致。”鲁晓亮说，“市公安刑警大队已经派出三个刑警赶往深圳。”

贾士贞还没说话，鲁晓亮又说：“此外，我们派出去的交警在一家汽车修理厂发现一辆已经改装完的轿车，这两个可疑线索都是刚刚才得到的，所以我给你打了电话。”

“辛苦了，鲁局长！”

“贾部长，你是在批评我呀！”鲁晓亮说，“我也没想到，这个案子会拖了那么多天，尽管这样，我想这起车祸的背后一定还有一股可恶的力量！”

挂了电话，贾士贞看看玲玲，他慢慢往楼上走去，却一言未发。

玲玲跟在后面，说：“士贞，是不是那个案子破了？”

贾士贞边走边说：“只是嫌疑，还没确定。”

“这些王八蛋，该枪毙！”玲玲愤愤地说，她大步跟了上去，“士贞，我也不能总留在你身边，以后你可要千万当心啊！”

贾士贞停住了脚步，看看玲玲，微微一笑：“玲玲，你放心吧！这种事实在是不该发生的，你知道现在已经是什么年代了吗，还是全国刚解放的时候？到处搞暗杀？不管是什么人干的，也不管是什么背景，总归这些行为是见不得天日的。”

“士贞！”玲玲犹豫地跟在贾士贞后面，“士贞，你能不能……”

贾士贞回过头：“玲玲，你是什么意思？”

“算了。”玲玲低着头进了卧室，“我还是不说算了，江山易改，本性难移！”

贾士贞显得十分平静，走到玲玲身边，轻轻地搂了搂玲玲，说："玲玲，经过美国的学习，又经过这场莫名其妙的死里逃生，你也应该改变对我的看法了，我不会再像过去那样了。"

玲玲看着丈夫那真诚的目光，鼓足勇气说，"士贞，我希望你辞去市委组织部长，回到省里去，哪怕安排一个非领导职务，我们全家过平静的生活。"

"玲玲，我完全理解你，但是……"贾士贞扶着妻子坐到床上，"但是……你知道，中国的经济建设已经取得了举世瞩目的成绩，可干部人事制度明显滞后，中央调研组对我们西舆抱着很大的希望……而我刚刚才四十岁，能就此躺下来不干工作了吗？"

玲玲抬起头，深情地看着丈夫，只是她的眼里盈着晶莹的东西，她终于点点头："我理解你，你是一个有着与众不同思想的男人，男人以事业为家，这才是你贾士贞，我认了！"

一大早，贾士贞就走进了组织部的办公室。

听说韦旭为了刘义修的问题和卫炳乾有不同意见，贾士贞正准备和韦旭交换一下意见。来到韦旭办公室，韦旭还像刚来时那样，像部队的下级见到大首长，立即站起来，两脚一并，大声说："首长好，首长您应该好好休息！"

贾士贞笑笑，说："韦副部长，以后不要这样，地方不是部队。"

贾士贞感到韦旭面容憔悴，精神也有些委靡。

随后，贾士贞就找来卫炳乾，决定在公示市残联公选领导班子名单之前，他要和那些在民主推荐中被淘汰的人谈谈话。

这个决定，是贾士贞半夜里想到的。

解决干部"能上能下"的问题，已经提出来好多年了，然而，"能下"却是长期困扰干部制度改革的难题。一些干部只要不违法乱纪、被撤职开除，只要不是到了退休年龄，职级将终身保留，职位也很难挪动。长此以往，干部"能下"陷入僵局。僵局状况引发一个不争的事实：各级机关和事业单位等待提拔的队伍越排越长，可以升迁的职位越来越少，通过正常渠道晋升的机遇越来越小。于是，跑官要官者有之，买官卖官者有之，骗官杀官者也时而有之。

这种现状，贾士贞在省委组织部时就已经发现了很多问题，比如许多厅局的领导们到了退休年龄又千方百计争取到省人大、省政协谋个徒有虚名的闲职，其实工资还在原单位，使用的专车还是原单位的；更有甚者，一些厅局也给这些人一个某某协会、某某理事会的头衔，也安排像样的办公室，天天有专车上下班。虽然名义上也“下”了，实质上并没有下。

现在贾士贞在酝酿新一轮的干部人事制度改革时，他不仅考虑怎样让“上”的渠道畅通和民主，同时也在思考“能下”的问题。

刘义修还只有五十一岁，这一轮民主推荐就把他从正处级领导职务的岗位上淘汰下来了，这不仅涉及到他以后怎么办的问题，同样为其他人也做出了样子。

于是贾士贞和卫炳乾驱车来到市残联。此时机关刚刚上班，市残联办公室和市民政局、文化局在一个院内。他们来到市残联的楼下，除了一个工人站在大厅里，不见上班的人。卫炳乾便问市残联领导来了没有，那位女同志上下打量着卫炳乾和贾士贞，说：“刘理事长昨天一天没到办公室来。”

卫炳乾取出手机，拨通了刘义修的电话，“喂，刘理事长吗？我是卫炳乾……你在哪儿？我？现在已经到你办公室一楼大厅了！”

刘义修一听说卫炳乾已经到了市残联，头脑一阵兴奋，不，应该说是喜忧参半！匆匆赶到单位，一进大门，居然看到贾士贞和卫炳乾站在那里，心里更加慌乱起来。卫副部长打电话时并未说贾部长也到市残联来。在这一瞬间，刘义修想到那天夜里他给卫炳乾打电话，为贾士贞的不幸而幸灾乐祸，现在当贾士贞活生生地出现在他眼前，他真的有些乱了方寸，脸上变了色，心脏怦怦跳了起来。贾士贞绝不是一个通常所说的市委组织部长，自从他来到西臾，就如同一阵旋风似的，刮得西臾大地天昏地暗。尽管他换出笑脸朝两位部长迎了上来，可他又觉得市委组织部长连招呼都不打，突然不期而至，这其中必有原因，特别是在这关键时刻。

刘义修那与众不同的向左梳的小分头看上去一丝不乱，他快步来到贾士贞面前，双手紧紧抓住贾士贞的右手，目光停在贾士贞的脸上，双手不停地抖着：“贾部长，您……您……大难不死，必……”

卫炳乾一听，感到刘义修说这话也太不得体了，急忙打断他的话：“怎么，刘理事长，你看人家民政局和文化局都上班了，只有你们……”

“卫副部长，大家都被弄得人心惶惶的……”

贾士贞并没留心这些细节，对于刘义修这个人，他并没有多少印象，也说不清见没见过面。如果不是因为市残联要换届，或许贾士贞并没想到把市残联领导班子作为公选的试点单位。

贾士贞看了刘义修一眼，突然想到刘义修当年身为一市之长的秘书那种盛气凌人的风采。主要领导的秘书向来在群众心目中有着特殊的位置，作为领导秘书的自我优越感，也是可以理解的。说实话，面前的这个正处级领导给他没有留下什么过多的印象，贾士贞从事组织工作前后算起来也有十年，他不喜欢以貌取人。他觉得一个人外貌是能看到的，而内心世界谁也看不清。

“刘理事长，”贾士贞显得十分谦逊，“到你办公室坐一会儿。”

刘义修急忙往楼梯退去，有些惊恐而又慌张地说：“请，二位部长请！”

上了二楼，办公室的门都紧紧关着，到处一片寂静。刘义修的心里顿时慌乱起来，开门时，右手抖得钥匙插了半天也没插进锁里去。

进了屋，这是一间里外套间的办公室，装修极为豪华，里间是办公地方，外间摆两张单人沙发和一张三人沙发。贾士贞笑笑，说：“刘理事长，你这办公室比省里副省长的办公室还要高级呀！”

刘义修显得几分尴尬，说：“贾部长笑话我了，哪能呢！我当初是从劳动局被贬到残联来的，前任市委组织部王部长答应让我一直兼任劳动局副局长的，可后来省残联说不允许兼职，多次找市委组织部，非要把我的劳动局副局长免了！我对他们的这种做法是有意见的。”

贾士贞能够理解刘义修的情绪，他现在还在琢磨着，怎样把刘义修在民主推荐中被淘汰的残酷现实告诉他。

“义修同志！”贾士贞突然改了称呼，这也是他在这一瞬间决定的，“你刚才说从副局级提拔为正局级是被贬，官场上岂有如此贬的道理？”没等刘义修说话，贾士贞又说，“市残联的换届工作迫在眉睫，省残联关于对市残联换届工作的意见我也认真看了，残联的组织有其特殊性，所以……”

“贾部长，残联是弱势群体。”刘义修说，“换届不换届都是形式，可市委组织部这样一搞……”

“义修同志，我对你的说法有不同看法。”贾士贞严肃起来了，“也许某一组织在一定特殊时期是形式，然而，我们国家要逐步推进民主化的进程，残联既然有章程，有代表大会制度，就更要逐步推动民主的成分，那种举举手、拍拍手的做法应该逐步改变。”

刘义修不吭声了，后悔不该把话题引到这样敏感的问题上。其实，他知道那已经是改变不了的事实，目前正处于关键时刻，自己的命运还不知道怎么样。

“义修同志，我今天和卫副部长专程来找你，主要想听听你对自己今后的工作有什么想法。”贾士贞说，“人嘛，就像大海里的波浪，有峰有谷，谁也不可能永远都处在峰尖上。”

刘义修像是没有反应过来，等着贾士贞下面的话，可贾士贞却停住了，没有继续说下去。

“贾部长的意思是自然界的规律，是事实。”卫炳乾感到刘义修并非装疯卖傻，而确实是迷茫，所谓“当局者迷”吧。他接过话题，解释说，“任何人的人生都不可能一帆风顺，俗话说，‘人生不如意十常八九’，大海里的波浪总是一波上去，又一波下来。”

刘义修看看卫炳乾，心脏阵阵狂跳，他屏住呼吸，不敢出气。

贾士贞又说：“义修同志，今后西舆干部人事制度改革的方向主要是缩小权力选拔干部，扩大民主选举干部，乡镇要实行直接选举，县级也要逐步推行直接选举。那么机关怎么办？机关也必须实行真正的民主，让群众来选举领导，让群众来监督领导，领导必须为群众办事，必须用好手中的权力，否则，群众就不选你。”

刘义修感到有点窒息，偷偷地吸了一口气，仍然不敢吭声，好像自己是等待一场不寻常的宣判。

在这一瞬间，刘义修想到韦旭，在他心目中，韦旭是一个很有人情味的领导，想到韦副部长的“公推公选”，真的按照那样“公推公选”，他一定能够选上的。不像卫炳乾，六亲不认。尽管韦旭说了不算，但还在为刘义修千方百计想办法。

第十三章　又迈出了一小步

贾士贞和卫炳乾走了。

刘义修把办公室的门关了起来，立即给韦旭打电话，可办公室电话没人接，手机又关机。刘义修狠狠地咬着齿，暗自骂道：“王八蛋，大骗子！”刘义修一个人坐在沙发上，他的头脑也渐渐地冷静了下来，不知为何，刘义修忽然间改变了对贾士贞的看法。他觉得贾士贞并非如一些人传说的那样，是一个不食人间烟火的怪物，他也说不清，对贾士贞看法的改变根据是什么。但他觉得贾士贞完全不是以一个大权在握的市委组织部长那种居高临下、咄咄逼人的口气和他谈的话。像同志，像朋友，甚至像兄弟。是啊，刘义修突然间在心里考问着自己，为什么自己已经坐在市残联理事长的位置上了，却有那么多群众不认可自己？固然这样的决定是贾士贞做出的，可笔却是拿在群众手里，难道是贾士贞让那么多群众不在自己名字前面打勾的吗？群众团体参照公务员管理的人员有二百多人，他只得了三四十票，居倒数第二，如果不是章之活动了一些人，说不定……他觉得贾士贞的谈话无论是在理论上，还是从实际出发，都让他心服口服。但是，刘义修对于自己的未来还是充满着矛盾，心情也从未有过的沮丧。虽然贾士贞讲了很多安慰他的话，也表示市委对他以及将来没有公选上而从领导岗位上退下的同志负责，但是刘义修成为第一个牺牲品，这已经是一个不可改变的事实。

第二天，西臾日报在头版显著的位置公示了市残联公开选拔领导班子，经过民主推荐后的名单。资格审查合格的六十一人，民主推荐后将有四十九人参与下一轮的角逐。公示时间为五个工作日，接着进行公共基础知识测试，以及演讲。演讲在西臾电视台现场直播，并由专家评委现场提问答辩，当场公布分数。

评分标准为：民主推荐、公共基础知识测试、演讲、答辩各占25%；答辩得分当场由工作人员计算并累计出每人的总分数，按得分多少排名，向全市公布。

市委根据排名，取前三名作为候选人，提交市残联代表大会以无记名投票形式、三选一的差额选举办法，得票最多且过半数者当选。若三人均不超过半数，则再取前两名进行一次投票。

一石击起千层浪，如果说贾士贞过去的那种选拔干部办法有点八股取仕的味道的话，那么这一次又是什么呢？

就在西奥大地又一次如火如荼地议论新一轮的干部人事制度改革时，有人传来消息，张敬原和庄同高在广州被抓捕了。群众的说法很多，但大多数的传说与腐败无关，因为这两个人物虽然曾经都掌握着一定的权力，但都不具备腐败的条件，主要的说法是与贾士贞的那场车祸有关。而且，有人说张敬原和庄同高的后面还有后台，甚至说是市委组织部某某副部长参与了这起车祸的策划。

当然，除了市委常委，谁也不知道就在贾士贞遭遇车祸的那天晚上，市委常委已经研究决定，张敬原和庄同高提拔为副调研员。如果不是车祸，市委文件一发，就可成为事实。然而，这只能成为一大遗憾了。听到这个消息，常友连在办公室大发雷霆，甚至说组织部怎会出这样的败类。

这两天，贾士贞一直惦念着韦旭，可找他几次，办公室大门都关得严严实实的，办公室主任说韦副部长病了，拨了他的手机，韦旭在电话里支支吾吾。

这天早上，贾士贞刚进市委大门，接到常书记电话。

贾士贞匆匆赶到常书记办公室，只见常友连满脸怒气未消，一见贾士贞，忙说：“士贞啊，有件事情，和你通通气。”常友连点着了一支烟，吸了一口，“昨天晚上我和公安局鲁局长找韦旭谈了话，主要是他和张敬原、庄同高之间的关系。据张敬原、庄同高交待，他们这次策划车祸完全是受韦旭的指使。”

贾士贞一愣，随及就平静下来。

“我想不会那么简单吧，再说韦副部长对我有那么大的仇恨吗？”贾士贞说，“虽然他的‘公推公选’存在片面性，但说明他还是想改革干部人事制度的。我想他不至于干那样的蠢事吧。”

“尽管他死活不承认，但是，他为什么那么紧张，而且情绪那么低落！”

“噢……”

贾士贞想到那天在楼下见到韦旭时，韦旭情绪那么低落，脸色那样憔悴。几次想看看他，可他都不在办公室，打他手机，又说自己病了！这些反常现象都说明了什么呢？

在市残联选拔三名领导班子工作进入关键阶段时，市委常委专门召开了会议。常委们听取了市委组织部副部长卫炳乾对前阶段工作的汇报，以及下一阶段工作的准备情况。常书记说："前段时间西臾的干部人事制度改革尽管有不同声音，但是，它所产生的影响，是不容置疑的。我们仍然认为，无论将来历史怎么去评价那场改革，那场改革都是真正意义上的'公开、公平、公正'，没有任何权力的作用，是文明的、民主的。"常友连严肃地翻着市委组织部的汇报材料，接着说，"后天，也就是五月十八日上午八时三十分，将有四十一名竞争市残联理事长的候选人和六十三名竞争副理事长的候选人同时在两个现场进行演讲和答辩，并当场公布结果，坚决做到'三公开'，任何人都不得特殊。届时，请市委、政府、人大、政协的领导们都作为一般观众在观众席观看。"

常友连说："西臾市的干部选拔制度过去的做法怎么评价，那是群众的事，我们关注的是以后怎么办。现在，新的更精彩的序幕已经拉开。中央调研组两次到西臾来，他们不止一次和我们重温了1986年6月28日邓小平在中央政治局常委会上说的那段话：'政治体制改革同经济体制改革应该相互依赖，相互配合。只搞经济体制改革，不搞政治体制改革，经济体制改革也搞不通，因为首先遇到人的障碍'。所以，今后的领导干部如何产生？不是靠组织部门，也不是靠在座的几个常委，而是要依靠西臾市六百万群众，靠市直机关两千名干部，四县两区的机关和乡镇的干部，群众比我们了解他们，群众选不选他们，就看他们能不能为群众办事。市残联公选三名领导工作一结束，市委和市委组织部将兵分两路，一路抓市直机关领导干部的公选，一路研究县区、乡镇的直选工作。下面，请市委组织部长贾士贞同志汇报市直机关领导竞选和县区、乡镇领导直选的具体方案。"

常友连没有涉及到末臾县和苍山区公选党政一把手被省委叫停的事，好像压根就没有那件事一样。

其实，现在贾士贞准备汇报的两个方案，每个常委都已经拿到文件了，因此，贾士贞觉得没有必要一字一句地去汇报，所以，就着重把两个方案和操作要点作了简要的说明，不过二十来分钟，汇报结束了。常友连最后作了总结性讲话，常委会就结束了。

就在常委都将离开座位时，夏秘书长和常书记耳语几句，常友连立即大声说，请常委们暂停一会儿。

夏秘书长匆匆出了会议室，常书记说："再耽误大家几分钟，市公安局长鲁晓亮同志有件事要向常委会通报一下。"

这时，只见鲁晓亮跟在夏季身后进了会议室。鲁晓亮坐下后，一边取下帽子一边说："我首先向常委作检讨，市委门前的那场车祸案子拖了一段时间了，常书记也多次指示。现在，这个案件已基本破了。首先，这是一起蓄谋已久的故意谋杀案。那个肇事司机当天夜里被送出西臾，企图从深圳的蛇口偷渡去香港，却被事先埋伏的人杀害，装入麻袋，抛入海里。此人叫阿牛，三十二岁，广东罗定人，无业游民。那辆灰色轿车当天夜里已经被拆散。那辆车原本就是临时组装车，现在外壳已经被毁，其余部件大都被找到，汽车修理工已经供认，两名主犯也已经逮捕，就是原市委组织部的两名干部科长张敬原和庄同高。张敬原当年在部队时就是一名驾驶员，退伍后，在原来的拖拉机制造厂当工人，后来调市委组织部，先当了三年驾驶员，后来到干部科。因为提拔问题一直耿耿于怀，以至走上犯罪道路。据他们两人的交待，他们是受人指使的，这个问题，我们还要进一步调查。"鲁晓亮把这个问题含糊过去了，当然常友连和贾士贞知道这其中的原因，不再追问。

听到这里，常委们相互看看，都觉得有些不可思议。

过了一会儿，常友连才说："鲁局长，这个案子要认真、严肃处理，要进一步查下去，看看还有没有更深的东西，有没有其他人出谋划策。要重证据，重事实，有情况随时和我通气。"

散会后，常委们都已纷纷出了会议室，贾士贞一言未发，眼前浮现出张敬原和庄同高的身影。他似乎有点不大相信，这两个曾经名噪一时、大权在握的西臾市委组织部的两名干部科长居然干出这样的事来，而且就在那天晚上，常委已经通过他们俩提拔的决定。他不知道，这两个人到底为了什么。贾士贞低着头，好像这起谋杀案不是张敬原和庄同高干的，而是他贾士贞干的！

鲁晓亮和常友连是最后走出会议室的，常友连到了楼梯口就转身去了办公室。这时，鲁晓亮匆匆地下了楼，到了大厅，只见贾士贞仍然低着头，鲁晓亮大步赶上去，叫了一声贾部长，贾士贞头也没回，继续出了大厅。

鲁晓亮终于忍不住了，上前抓住贾士贞的胳膊，说："走，上我的车！"

贾士贞没有反抗，像一只温顺的小羊。两人坐在轿车的后座上，贾士贞突然没头没尾地说："这事到底是谁的错？"

鲁晓亮瞥一眼身边的贾士贞，莫名其妙地说："什么意思？"

"他们原本就是这样的吗？假如不是我，不是我当这个市委组织部长，他们提拔了，当了官，无论他们将来是一个什么样的官，他们还会……"

在回宿舍的路上，贾士贞看看手表，已经过了下班时间一个多小时，按照他出院后的习惯，每到下班时间，玲玲都会打电话催他回去吃饭，让他注意身体。可是今天为什么玲玲没有给他打电话？于是便加快脚步，到了宿舍门口，见客厅一片漆黑，心情顿时灰暗起来。开了门，一切都静静的，不见玲玲的影子。贾士贞正要上楼，突然发现茶几上有一张纸，拿起来一看，果然是玲玲留下的一封信，说她决定回省城了，打他办公室电话无人接，手机关机。

贾士贞看看冷锅冷灶，感到几分落寞，踏着沉重的脚步，推开卧室的门，房间整理得干净而整齐。往事一件件涌上心头，他一个人在床上坐了一会儿，便去了餐厅。

贾士贞回到宿舍时，已经是晚上八点半钟了。从医院回来这几日，他变得特别害怕寂寞和孤独，现在玲玲走了，他更加感到孤独，这样的心情过去是很少的。刚开了门，又想退出去，正在这时，电话响了，他连灯也没开，便大步来到茶几旁，伸手拿起电话。

"喂，是士贞部长吗？"电话里是十分熟悉的女人声音。

"是我。"贾士贞显得有些激动，"是祖莹吧！"

"是我。你在干什么？我不会打搅你吧！"

"怎么会呢！"贾士贞坐到沙发上，"祖莹，我一个人正感到无聊，你的电话再迟半分钟，我就出去了。"

"那太巧了。你的一切都好吗？"华祖莹说，"士贞部长，我马上就要毕业了，六月份，可能在六月上旬举行毕业典礼。"

"那我祝贺你呀！"贾士贞说，"毕业后有什么具体打算？"

"我也处在矛盾之中，其实特别想回到自己的国家。"

"自己拿主意吧，你回来的话，还有那么多学生呢！"

"你别取笑我了，我算什么呀！"华祖莹停了一下，说，"你现在有什么动作？"

"我现在越来越艰难了，制度的改革、建立，不是哪一个人的问题。比如现在人人都在大声疾呼的'政治文明'、'民主'问题，都涉及到人，凡涉及到人，就有既得利益问题，也就很自然地出现了障碍。”

…………

挂了电话，贾士贞看看手表，这个越洋电话整整打了一个小时。

这时，贾士贞开了灯，一个人坐在客厅里，满脑子都是干部如何产生的问题。现在一个乡有十多万人口，少的也有五万以上，十八岁以上符合条件的选民在70%左右，况且现在有些地方成年人外出打工，如何保证绝大部分选民都来积极参与投票，这是他一直在考虑的问题。此外，乡长的候选人如何产生，是组织指定？还是群众推荐？而市直机关部委办局的领导，到底由什么样范围的群众参加投票比较合理？如果说仅仅由一个单位的群众选举，有的单位人员太少，只有十来个人，甚至不足十人，这样的选举往往容易出现片面性，如果让其他单位人来投票，又有不了解候选人的情况。这些问题，在市委组织部、在市委常委会上都有过争论，现在贾士贞又在反复思考这个严肃的问题。

另一个问题是，下一步如何解决在公选当中没有竞选上的那些人的问题。像刘义修，他本来就已经是正处级领导了，原来的职务已经不存在了，而且其他职务也竞争不上，到底怎么样去安排？这个问题他已经向常书记提过，只是常书记现在还没有时间和他坐下来研究，而他作为市委组织部长，必须有一个主要意见。

一夜不曾安眠的贾士贞，觉得头脑发重，刚用凉水洗了一把脸，卫炳乾就到了。两人去餐厅吃了早餐，便驱车去了电视台，后天是市残联公选领导班子的公开演讲和答辩，现场直播的准备工作已经就绪，这两天除了在西臾新闻里作报道，还在其他节目下方打出字幕。现在全市六百多万人民都在拭目以待这一庄严的时刻。

从电视台出来，贾士贞和卫炳乾直接去了平臾县。

平臾县在下臾市属于中等县，全县人口八十多万，各项工作在全市都名列前茅，而且领导班子也比较团结，县委书记和县长都是四十岁上下的人。常书记提议乡镇长的直选先在平臾县选一个乡进行试点。目的当然很清楚，乡长过去都是由人民代表选举的，要改为全体选民直接选举，成功率有多高？大家心中都没有底。车开到半路，贾士贞的手机响了，一接电话，正是平臾县委书记沙义廉。贾士贞说就不到县城去了，直接去乡里。

十多分钟后，沙义廉和县长张建生、县委组织部长黄孝清赶来了。随后，沙义廉的车子掉转车头，不一会儿就到了川坝乡。

川坝乡在乡镇机构改革时由三个乡合并而成，现有十五个村，五万多口人。乡党委书记是近年来由县委办公室副主任下派的，是一个三十八九岁的年轻人。乡长也只有四十岁，而且已经当了一届的乡长。

乡长乔志明汇报完了乡里的基本情况，由卫炳乾具体谈了下一步在平臾县进行直接选举乡长一名，这是关系到平臾县、西臾市、全省，甚至全国的影响问题。贾士贞强调县委、乡党委一定要高度重视，全力以赴搞好这次直接选举的试点工作。

看来，乡党委书记桂玉清和乡长乔志明早已有了思想准备。情绪也比较稳定，在谈到怎样保证大部分选民都能参加选举时，乔志明和桂玉清都认为最好在春节前后进行投票，但是贾士贞说，现在才四月下旬，这项工作不宜拖得太久。乔志明提出在麦收期间进行，乡里再做做工作，估计80%的外出农民都能回来。

贾士贞又问："不知道桂书记和郭乡长对候选人的产生有什么想法，毕竟这场革命已经革到你们的头上了。"

桂玉清说："现在政治文明已经提高到重要位置上了，民主是人民群众迫切希望看得见摸得着的。不仅如此，对于我们已经在乡党委书记、乡长这个位置上的同志也是一次挑战，究竟群众是不是选择我们，我们到底在老百姓心中有什么样的位置，这也是一次检验。选上了，就继续好好干，选不上也不应该怨天尤人。至于候选人问题，既然是民主直选，我不主张搞形式，搞假民主，而要当场计票，当场公布统计结果。乡长的候选人产生问题，应该从各个方面考虑，比如乡本身的干部、村干部、企业家、外出打工群众、中小学教师等。我们乡现在人口五万多，按70%算，十八岁以上的选民应该有近四万人。如果以村为单位推荐候选人的话，当然可以，但如果也进行预选的话，有一定难度。"桂玉清看看乔志明，又看看贾士贞。

贾士贞说："桂书记不仅态度非常好，而且想法也很实际，也符合市委的要求。这样，请川坝乡党委和政府先拟定两份方案，县委组织部、县委，市委组织部、市委再进行研究。最后形成的直选方案和选举章程要广泛征求全乡干部群众的意见，再反复进行修改、研究，因为这个方案将成为西臾市今后直选的重要依据。"

贾士贞刚回到办公室，韦旭就敲门进来了。

贾士贞一看，韦旭在短短的几天时间里变得苍老了许多，几乎找不到当初那种盛气凌人的影子。

"韦副部长，身体怎么样？"

"还好。"韦旭显得几分局促不安，"贾部长，我向你作检讨，我……”

“检讨什么？谁能没有缺点，谁能不犯错误。”贾士贞说，“重要的是认识缺点错误。”

“我的思想认识确实有问题，工作上只想出风头，出成绩，甚至……而且也想利用张敬原和庄同高。”韦旭说，“但是，我真的没有参与他们的计划，真的……”

“我不希望你也会去干那种傻事。”贾士贞说，“你知道吗！就是出车祸的那天晚上，常委已经研究决定提拔张敬原和庄同高为副调研员了，总算解决了副处，可是……”

“我真的没有……”

“我相信你。”贾士贞说，“虽然张敬原和庄同高一口咬定你参与的，但法律是重证据的。你应该相信法律不会冤枉一个同志的，何况你是市委组织部的常务副部长！”

初夏的天是那样的蓝，阳光是那样的明媚，西奥上空洋溢着一种祥和的暖气。五月十八日一早，家家户户都打开了电视机，伴随着女主持人甜美而圆润的普通话，竞选演讲开始。

现在离现场直播公选市残联领导演讲和答辩还有两个小时，早间新闻里反复播放这一重大消息。贾士贞赶到电视台时，卫炳乾和市委组织部的同志已经忙得满头大汗。现在，市委组织部通过那次公开选拔，选出了八名正科级中层领导，又有副部长卫炳乾这样的助手，贾士贞感到轻松多了，也不像前次那场公开选拔四十多名县处级领导那样，大事小事他都得亲自过问。

贾士贞由卫炳乾领着看了两个演讲现场，觉得万无一失了，才放心地对卫炳乾说：“炳乾，现场直播和背后操作不同，现场的每一个动、每一个细节，都有千千万万双眼睛在盯着，实际上我们的这次工作是在接受全市人民的监督，在众目睽睽之下运行的。说实话，现在，你、我，还有市委常委们，包括那些演讲者，大家都不知道会是什么样的结果，这才是最真实的、最可信的结果。”

贾士贞的话未说完，他的手机响了，一接电话，原来是周一桂。周一桂说他已经在市委大门口了，他是带着乌城市委组织部长相仁学来西奥观摩学习的。

周一桂现在已经是乌城市委书记了。贾士贞一听说周一桂已经到了市委大门口，马上对卫炳乾说：“炳乾，乌城市委书记周一桂和市委组织部长相仁学来观摩我们今天的演讲答辩现场，我去接他们，你在两个现场前排留下几个位置。”

贾士贞叫上驾驶员小苗，前往市委大门口。与此同时贾士贞给常友连打了电话，告诉常书记乌城市委书记周一桂来了。

贾士贞一见周一桂，两人就表现得格外亲切，握手之后，相部长就过来了，除他们之外，还有一辆商务车，相仁学说是市委组织的一位副部长和几位科长。周一桂说：“听一兰说，你前段时间出了一场车祸，我一听说就怪一兰为什么不告诉我，她说你那时不能有任何干扰。”

贾士贞笑笑：“一场弄不清的噩梦，好歹都已经过去了。”

周一桂低声说：“咱们找时间慢慢说。——士贞部长啊，省委让你出任市委组织部长是非常正确的，目前我还没有见到像你这样改革型的组织部长。我们现行的干部人事制度不改革不行了，就靠你我的眼睛……”周一桂摇摇头，“就是火眼金睛也不行啊！还是毛主席他老人家说得对呀，群众是真正的英雄！”

“政治体制改革是小平同志未了的心愿。”贾士贞说，“到1987年，小平同志一共76次提到政治体制改革，可是直到1997年，他逝世了，这个问题还处在探索阶段。”贾士贞摇摇头，应该说中国的所有改革，惟有干部人事制度的改革滞后。周书记，这些话我也只能在你面前敢大胆放肆地说，换任何一个场合，我都不敢这样说。”

周一桂点点头：“我理解，而且我也知道你的压力很大。不过，一个领导干部要成就一番事业，必须有承受风险的勇气。”

大家上了车，贾士贞在前面引路，很快就到了电视台，卫炳乾已经带着西舆市委组织部的一班人马在大门口迎接。正在这时，常友连的车子也到了，宾主握着手进了演讲大厅。

当电视屏幕上出现演讲大厅的镜头时，只见女主持人手持话筒，开始介绍今天电视节目的主要内容。接着向观众介绍演讲规则、评委席的专家，以及监督公证人员和计分台。

贾士贞看看手表，这时女主持人大声说：“现在请一号演讲，时间六分钟。”

一位中等身材、身着西服的中年男子，胸前别着一号牌，走上演讲台。

台下鸦雀无声，只见摄像机在转动着。

六分钟，这是多么神圣、漫长却又短暂的六分钟！作为演讲者，要在六分钟内把自己的基本情况、工作情况以及竞争职位的构想进行高度浓缩，语言又要全面概括而精练，这本身就是一次考验。

而评委们必须在八分钟内完成提问，并给出公正的评分。计分人员同时要对每一位演讲者的分数进行迅速而准确的累计，这一切，都不允许有任何差错。

当女主持人从监督公证人员手里接过一号累计分数时，她对着话筒说："一号最后得分为61.36分。其中民主推荐、公共基础知识测试，演讲和答辩分别为14分、13分、19.20分、15.16分。与此同时电视屏幕上出现一号最后得分。

电视屏幕不断地切换两个演讲现场的镜头，这是一场吸引西舆市六百万人民眼球的精彩节目，也是引起无数观众关注的头号新闻。贾士贞静静地坐在第二排左边的位置上，他时而屏住呼吸，时而长长地作深呼吸，因为现场的气氛太紧张也太严肃了，他知道不要说让摄像机正对着自己，就是这种气氛，也足以让竞选者严肃得喘不过气来。

中午只有一个小时休息时间，贾士贞和常友连陪着客人来到电视台的会议室，每人面前摆好了工作餐，吃完午餐稍作活动，时间就到了。

下午直到六点半钟，第一天的演讲答辩才结束，第二天还要进行一天。贾士贞和常友连要留乌城客人吃饭，周一桂说什么也不肯留下，带着一班人走了。

晚饭后，贾士贞留下市委组织部的同志和监督公证、记分工作人员，开了一个小会，大家对当天的工作作了简短的总结，并对第二天的工作提出了改进意见。

散会之后，贾士贞又留下几位副部长，强调了几点注意事项，刚讲了几句，电话响了，是市委大门口传达室值班人员打过来的，说大门口有一帮残疾人吵着要见贾部长，怎么劝他们也不肯离开。放下电话，贾士贞说："走，咱们去看看，到底是怎么回事！"

到了大门口，只见大门外有拖着双拐的，有开着残疾车的，还有些分不清身份的人。尽管对着大门的灯如同白昼，但毕竟是晚上，贾士贞瞥一眼，估计也有二十多个人。见到贾士贞，其中一个说："贾部长，为什么把刘理事长给搞掉了？我们就希望他当理事长，你们偏不让他当！"

"是啊！为什么？"后面有人附和着。

贾士贞的头脑一炸，若真的是刘义修得到全市几十万残疾人拥护，这倒也是一个值得考虑的问题。贾士贞同时在想，那么在群团那些单位民主推荐时，刘义修又为什么得票几乎是最少的呢？

卫炳乾说："那么你们能代表全市三十多万残疾人吗？"

“能，当然能！”

“刘义修过去是劳动局副局长，到市残联当理事长是市委委派的。”卫炳乾说，“而不是真正意义上的由全市残疾人选举的呀！况且……”

“你叫什么名字？”贾士贞说，“明天上午你们到市残联来，我专门接待你们，好不好？”

那个领头的说：“你别给我们耍滑头，我们不上你的当！明天你们去电视台了，要不我们去电视台！”

“我说话算话，明天我什么工作都放下，一定专门去接待你们，请你们相信我。”贾士贞说。

“为什么现在不能谈？”那个领头的大声说，“总之，我们还要刘理事长，不要别人。”

“为什么？”卫炳乾说，“你们知道，我们是从六十一名报名者当中选择三个候选人，再由你们残疾人代表大会按无记名差额选举的，这才是真正的民主啊！”

“什么民主，我们残疾人只知道能为我们办事的人就是好领导。”

“好，那么现在就解决。”贾士贞说着就取出手机，“炳乾，电话号吗呢，给刘义修打电话，让他们三位正副理事长都到单位来，大家共同和他们对话。”

刘义修一听出了这样的事，一时慌了手脚，连他自己也不相信，他居然成了历史书上那种被群众拥戴的清官，他到市残联当理事长算起来已经有四个年头了，但他一天也没有安心过。市劳动局局长没当上，到残联当了理事长，他觉得无论是权力、地位，甚至名称都和劳动局长差之远矣，特别是兼任的市劳动局副局长被省残联搞掉之后，他不仅满腹牢骚，还常常拿工作来发泄私愤，怎么会有那么多残疾人为他连夜去市委鸣不平呢？若他真的在残疾人当中有如此威望，也不至于在民主推荐时得了那么一点票。

刘义修没有通知另外两个副理事长，也没有叫驾驶员，一个人骑着自行车来了。他一边走一边想，这其中必然有什么问题，否则，他和这些残疾人素不相识，又没有什么交往，他们干吗夜晚不睡觉，跑到市委来找贾部长？

刘义修越想越不对劲，他知道这些人经不住贾部长的追问，很快就会漏洞百出的。到那时，他刘义修就是跳到黄河里也洗不清。已经快到市委大门口了，刘义修突然跳下自行车，给章之打了电话。

而这时，卫炳乾已经望见刘义修的影子了，他静观其表现，刘义修和章之说了些什么，贾士贞他们都听不清。

当刘义修出现在他们面前时，卫炳乾拉开那个领头男子，对后面的人群说："你们认识他是谁？"

那个男子刚要说话，卫炳乾说："你别说话，我问他们呢。"

后面的残疾人没一个吭声的，有的人慢慢往后退。

卫炳乾又说："往前面来，好好看一看，他到底是谁？"

这时，刘义修沉不住气了，大声说："谁叫你们跑到这里来的，都给我回去！"刘义修看看前面那个男子，"你来干什么，还不赶快把他们带走！"

那个男子说："刘理，你……哎……"

贾士贞问："这到底是怎么回事？老刘啊，你为什么不带领他们到电视台去闹啊！那样才显得你有威信，是清官啊！那多壮烈啊！终于有人为你伸冤了呀！"

"贾部长，我真的不知道，真的！"刘义修慌了，"贾部长，我向你检讨，我刘义修多少也是个正处级干部，我再愚昧也不能干这种蠢事啊！"

"好了，老刘，我已经看出一点门道来了。我们相信这件事你或许真的没有导演，但一定事出有因，如果只是几个残疾人自发的，那就算了；如果真的有机关干部在幕后指使他们跑来故意制造影响，而且在这样的关键时刻，后果自负。"

就在他们讲话时，那个领头的男子不见了，而那些残疾人也纷纷离去了。

卫炳乾说："刚才站在前面的那个领头的也是残疾人？他是干什么的？"

"他……他不是残疾人，他是……"刘义修慌张起来。

"算了！"贾士贞拍拍卫炳乾，"这事让老刘去处理吧！"

贾士贞和卫炳乾刚离开，章之匆匆忙忙地赶到了，只见刘义修指着章之的鼻子，发了顿火，章之低着头，一句话也没说。

第二天，又一天紧张的演讲、答辩，全部工作结束了。

随后，竞选理事长和副理事长总分前三名的名单，通过电视和报纸向社会公示。

与此同时，市委组织部派出三个考察组，着重于道德品质、实际工作能力这两方面，对九名候选人进行全面、系统的考察。无论是优点还是缺点，考察组都必须列举典型事例，不得空洞无物。贾士贞亲自召开会议，提出改革考察干部的方法，不得只谈中层以上领导干部，不得限制谈话时间，要让更多的群众发言。群众反映出来的问题要事事、件件有落实。考察材料不得只讲成绩、讲空话、讲大话，要言之有物，要讲事例，不简单下结论。缺点错误要实事求是，真实、具体。考察结束后，除了要对当事人写出综合考察材料，必须附上原始谈话笔录。最后，所有考察组人员都必须签名。

贾士贞和韦旭、卫炳乾匆匆赶去末舆。末舆县即将差额选举县委副书记一名，副县长两名。而且县委副书记的选举不再局限于党员代表，除全体党员外，还按党员一比一的比例产生群众代表，以及各层次的干部代表；副县长的选举不单单是人民代表，同时按照各乡镇的现有人口数十比一产生临时代表，因此这样的选举是前所未有的，代表人数大大增加了，组织者必须认真而严格。县委副书记的两名候选人由市政府副秘书长罗成和下舆县委组织部长竞选；两名副县长的候选人已由市委组织部从去年公选干部的后备人选中产生四名；县委组织部长暂不产生，由省委组织下派的副调研员贡平代理。

贾士贞在大会上强调："大家知道，在中国，干部制度改革已经不是一天的事了。上个世纪九十年代初，就有一些地方试行通过公开考试来选拔副县处级干部；本世纪初，开始出现'公推公选'。毫无疑问，这些都是扩大了公开性和民主成分。公开性扩大，减少了暗箱操作，参与决定人选的范围扩大，干部的任用需要更多人的同意。这些都有利于克服简单提拔模式造成的弊端。

"但试验不应停止。从提拔模式向选举模式转变，这是权力授予上必然的方向。改革开放二十多年了，但改革并未完成，开放仍需扩大。权力体制的变革处在急需突破的关口，选举授权模式代替提拔任命模式，是必须完成的课题。"

会场上鸦雀无声，人们都是第一次听到这些刺耳的理论，但有一点他们感受到了，也许这就是党的十七大提出的政治文明！

"提拔模式下的权力，就设计而言，可能也希望达到代表民意的效果，但就其实际运行而言，因为它将权力授予变成几个人甚至一个人的决定，而做出决定的这几个人或一个人是否具有代表民意的可能，实际上是一个疑问。哪怕完全的'出以公心'、'体恤民情'，仍然可能未抵达民意，何况把权力授予如此寄托于个人体恤的良心和体察的能力，本身就有着巨大的风险。

“怎样实现提拔模式向选举模式转变，基于认识上的差异，可能见仁见智，但通过民主来实现社会的治理，应该已无疑义，问题只是体现为何种形式的民主而已。但无论何种形式，都当体现民主的要义，那就是权力必须获得公民或者代表以投票方式表现的同意。

“干部制度是其中的一部分，‘公推公选’的破茧为干部制度的创新与突破进行了初步探索。在走向现代化的进程中，我们始终面对着一个涉及经济与社会发展原动力的基本问题——民主。作为政治文明的一部分，干部制度也应当朝着民主化的方向改革。当然，这种改革不能一蹴而就，需要有一个逐步完善的过程。‘公推公选’体现了民主参与，但我们要通过建立规范化、程序化、公平化的民意表达和政治选择机制，最终达到变‘少数人在少数人中挑人’为‘多数人在多数人中选人’，落实人民群众对于干部任用的知情权、参与权、选择权和监督权。”

大家都有点莫名其妙，觉得贾部长这番理论讲的不是地方。可贾士贞最后又说：“用民主的机制选人用人，视野广、失误少、公正度高，对跑官要官、买官卖官问题的解决是釜底抽薪，对只认领导、不认百姓的官僚作风的治理是治本之药。我们这次在末央县就是一次实现提拔模式向选举模式转变的尝试。今后还将不断扩大，将政治民主不断向前推进。”

虽然贾士贞这样讲，但是，大家对末央县和苍山区公选党政一把手为什么被叫停的事还是摸不着头脑。

开完会，末央县委书记夏松生单独向贾士贞汇报了近来县四套班子的思想状况，希望贾部长能够多关心末央的干部工作，这次选举规模大，人数多。贾士贞说，让韦副部长留下来，帮助县委抓好这项工作，他会经常来末央的。

当天晚上，韦旭留在末央，贾士贞和卫炳乾匆匆回到市里了。

而在这时，贾士贞正在琢磨即将开始的新一轮的干部制度改革的方案。现在，摆在他面前的有两份实施方案和两份意见：《西舆市市级机关正副局级领导干部公开选拔的实施方案》、《西舆市乡、镇领导干部直接选举的实施方案》、《西舆市县长、副县长直接选举的试行意见》以及《公开选拔领导干部扩大差额选举的实施意见》。

就在贾士贞的思路全部投入这些方案和意见的思考当中时，玲玲给他打来了电话。贾士贞先是一愣，几乎有些怀疑电话里是不是妻子的声音。因为自从他到西舆市委组织部之后，玲玲很少在上班时间把电话打到他办公室来，其实他们之间从没有这样约定过。之所以养成这种习惯，大概是因为在省委组织工作的八年时间里，他处处小心，事事谨慎，那种环境与气氛容不得你在办公室打电话聊天，拉家常。久而久之，部门里几乎人人都形成了不在办公室打私人电话的习惯。

当贾士贞确认这个电话就是玲玲打来的，他顿时有些胆战心惊，说不定妻子又发生了什么事。

“玲玲，你……你怎么了？”

“士贞，我……我恐怕……”玲玲吞吞吐吐，欲言又止的样子，但说话的语气却又非常平静。

“玲玲，怎么回事？”

“士贞，我想……”玲玲停了停，“我看样子要离开省文化厅了。”

“为什么？”

“为什么？我也很难回答你的为什么。”玲玲仍然很平静，“不过你放心好了，我绝不会给你增加任何麻烦的，办法我自己想，我不想做依人小鸟，我更不想躲在你的那棵大树下乘阴凉，或者说，我也要干一番事业！”

贾士贞愣住了，他一时不知道该如何回答妻子的这番话。他说不清玲玲的话让他伤感还是担心。作为丈夫，他突然感到自己太不了解妻子了，这么大的事，妻子居然没有和他商量一下，就做出这样的决定。他知道，在省级机关，一个副处长要调动工作，那是何等容易的事？哪个单位等待提拔的科级干部都排成了长队。作为领导，怎么会接收你一个副处级干部呢？那等于人家排好队，你公然在前面插队！所以，任何领导也不会干这种得罪人的事啊！

贾士贞思绪茫茫了半天，待他反应过来时，玲玲已经挂断了电话。贾士贞的心有些不安起来，看看电话机，想给玲玲拨电话，可拨了一半，又停了下来。

晚上下班以后，贾士贞一直把自己关在办公室里没有出来。天渐渐黑下来了，他仍然坐在椅子上一动没动，他到底是什么时候离开办公室的，连他自己也说不清。出了办公室大楼，下意识地抬起头，望着天空，墨蓝色的天空正好有一道流星箭一样地滑过，划出凄凉的弧线，消失了。贾士贞的心突然间有些颓然和内疚，一想到妻子，只是默然以对。他抬着头始终望着夜空，为的是掩饰眼中的泪水。他一时不知道该往哪里走，心里充满悲怆。某种莫名其妙的悲凉感重重地冲击着他，只觉得鼻腔发酸，两眼发涩。刚低下头，想寻找脚下的路，这时，大楼前面的停车场上传来了熟悉的叫声。

"贾部长！"

贾士贞一回头，只见昏暗的路灯下，一个熟悉的身影，贾士贞的心里一动，低声叫道："是小苗！"

"贾部长，这么晚了，您还是上车吧！"

尽管这样的事也常有过，但是贾士贞总是拒绝司机小苗这样做，甚至还严肃地找小苗谈过，小苗也下决心改正，可是自从那次贾部长夜里出了车祸之后，小苗不仅自责过，甚至默默伤心地流泪，决定为自己赎罪。

贾士贞紧紧抓住小苗的手。严格说起来，这不是握手，你在哪里见到过领导如此和自己的驾驶员这样握过手？驾驶员给领导开车这是他的职责，也是他的工作。无论路程多远，无论多早、多晚，驾驶员只有候着，领导也不需要有半点感激的意思。

小苗感到贾部长的手不是温暖，而是冰凉；不是轻松，而是沉重。贾士贞久久没有松开手，深情地说："走，上车！"

桑塔纳轿车缓缓地行驶在市委大院内，贾士贞说："小苗，走，咱们找个地方喝两杯，今天好好请你一回。"

"不，贾部长。"小苗回过头，"不知道现在宾馆还有没有晚饭。"

"不管他，我知道你还没吃饭，走，你找个清静的地方。"贾士贞说，"我也是难得的机会呀！"

小苗的车出了市委大院，稍作犹豫，便沿着市委门前的大道，打了个左手，向前开去。

贾士贞的头脑里又想到玲玲的电话，他似乎感觉到妻子那美丽而动人的面庞变得那么严峻而冷漠。夫妻间许许多多甜蜜的往事一股脑地涌上心头。直到轿车突然减速，眼前是一片色彩斑斓的灯光，贾士贞的思绪还沉静在往事的回忆当中。小苗停好了车，说："贾部长，请下车吧，我带你来尝尝这里的农家菜，换一种心境。"

贾士贞下了车，抬头望望天空，又看看四周，觉得这里已经不是市区，顿时出现了另一种心境。

进了大厅，两个身着鲜艳旗袍的女子迎了上来，小苗也不理会，拥着贾部长上了二楼，一位高个子年轻女人笑着走过来："唷，小表弟嘛，今天怎么摸错门了！"

小苗说："怎么，不欢迎啊！不欢迎我就到别人家去！"

"唷……"女人朝贾士贞笑笑，"请！"转身对小苗说，"给你留了个包间，就你们二位？"

"请不到客呀！"小苗说。

女人推开包间的门，房间不大，中间摆着一张圆桌，桌椅一尘不染，大有星级宾馆包间的气派。

小苗说："高经理，我们是冲着你这里的土菜来的，你看有什么好菜？"

高经理笑笑说："小表弟，你又不是头一次来，想吃什么你就点，不满意可以不付餐费！"

小苗也不介绍贾士贞的身份，说："你还是先给我们来点豆浆吧！"

高经理走后，小苗说："贾部长，这里的豆浆是他们自己用家乡黄豆磨的浆，别的餐馆喝茶，而他们是豆浆。"

"哦！"贾士贞笑笑。

"贾部长，您想吃什么家乡菜，他们都能做出来！"

"小苗，我今天想喝点酒！"贾士贞看看小苗说，"凉菜你随便点几个，热菜来一个毛豆烧小公鸡，这里有小鱼锅贴吗？"

"有，这里才是真正的小鱼锅贴。小鱼是农村水塘的小杂鱼，锅贴是自己磨的小麦糊子，贴在小鱼锅上面的那种。"

贾士贞说："这才是真正的农家菜。"

小苗说："贾部长，你要真的想喝点酒，我车上有一瓶在酒厂灌的刚刚淌出来的酒，一点假都没有，尝尝也无妨！"

"那好吧！咱们自便，能喝多少喝多少。"

小苗拿酒去了，贾士贞望着小苗离去的背影，心头涌上一股恻隐之情。过去市委组织部长的驾驶员都录干了，而且都提拔为县处级领导干部了，那么小苗是否也要在他手里解决录干和提拔问题呢？

高经理亲自拿着豆浆来了，一边给贾士贞倒豆浆一边说："是贾部长吧！你可是个为老百姓办事的好领导啊！"

贾士贞抬起头，心想：她怎么会知道自己的身份呢？看得出，小苗没介绍他的身份，就是不想让她知道。显然高经理看出贾士贞怀疑的目光，笑着说："贾部长，我在电视上看过你，小苗和您一上楼我就认出您来了。"

小苗拿着酒进了包间，点了四个凉菜，便给贾士贞斟上酒，也给自己倒了半杯，说："贾部长，您慢慢品尝看怎么样，我不敢多喝，我还要开车呢！"

贾士贞恍然大悟地拍了一下脑袋，说："是啊，我把这事给忘了！"

"不要紧，小表弟，你陪贾部长喝吧，待会儿我给你们送回去！"

贾士贞和小苗同时看看高经理，贾士贞端起了酒杯，轻轻地尝了口，说："味香纯正！"

小苗说："不上头，不干喉！"

贾士贞笑起来了："酒香芬芳浓郁，酒体柔和纯正，清洌甘爽，酒味谐调醇浓，饮后余香，荡气回肠……"说着大笑起来，"这广告词如何！"

贾士贞平日不爱喝酒，刚才他看到那么晚了小苗还在等他，必定未吃晚饭，更想以此来调节一下自己的心境。其实自从那次被王学西灌醉了酒，差点酿成灾难，他已暗暗下定决心，无论在任何场合下，都不再多喝酒了。今天的喝酒，只不过是托辞而已。

贾士贞慢慢地品着酒厂里的原甘酒，便说："小苗啊，我到西臾市委组织部算起来也有一年多了，虽然中途去美国学习几个月，但还是西臾市委组织部的人。你算是我身边的人了，应该说比外面的人了解我，你是不是认为我是一个六亲不认、不食人间烟火的组织部长？"

小苗摇摇头，说："不，贾部长，我从没这样认为过，恰恰相反，你比任何人都有人情味，心比任何人都细，只是因为你敢为老百姓讲话，敢治那些庸官、懒官，所以……"

"小苗啊，其实我也希望在我身边工作的同志都能有一个好的前景。"贾士贞说，"在你之前，西臾市委组织部凡是给部长开车的驾驶员都录干了，提拔了，我一直在想，小苗怎么办？"

"不，不，贾部长，我告诉你他们的情况，绝非是……"

贾士贞端起酒杯，说："小苗，咱俩还是第一次喝酒，来，我敬你一杯！"

小苗慌了，忙端着酒杯站了起来，双手举着酒杯，说："贾部长，我敬您。贾部长，你不知道，我从内心敬重您，如今，像您这样的领导太少了！"

贾士贞摆摆手，说："对于那些想走歪门邪道当官的人，我断了他们的后路；对于在我身边工作的人，我不能个个都让他们升官，我也不知道我这样做是对还是错！比如你小苗，你不想当市委组织部的科长，不想将来也能当局长、县长？"

小苗脸色一下子变了，慌慌张张地说："贾部长，我在你身上学到了许多做人的道理。人们常说要想做好官，必须先做好人！现在，有些人连人都没做好，还想当官！贾部长，我现在只一心一意想为您服务好，真的，上次出了事之后，我时时都在担心着您的安危。"

"小苗，说实话，当官是一时的，做人是一辈子的事。"贾士贞说，

“如果我不能帮你录干、提拔，你会恨我吗？”

小苗看看贾士贞，说：“有的父母给子女留下一大笔财产，而有的父母什么也没给子女留下来，那些没有得到父母财产的人都去恨父母吗？”

贾士贞有些感动了，自己倒了杯酒，喝了一口，说：“小苗，如果有机会给省里领导开车，你愿意吗？省里的收入比我们西臾要高得多！”

小苗摇摇头，说：“等您离开西臾吧！只要您还在西臾，我就不愿意离开。”

第十四章　下一个目标

自从玲玲给贾士贞打了那个电话之后，贾士贞的心中增添了无法言表的惆怅。按说，女人想干一番事业也是很正常的现象。社会已经到了二十一世纪，女人不再是男人的附属，何况玲玲现在只有三十七岁，正是干事业的年龄。然而，让贾士贞忐忑不安的是，近些日子在他们夫妻之间发生了那么多的事，玲玲一定是遇到什么爬不过去的坎儿。他多么希望像过去那样，两人之间无论发生了什么事，哪怕是大吵一场，只要他搂着妻子几句好话一哄，激动时宽衣上床，一场风雨交加之后，就什么事也没有了。可是现在，在贾士贞的心里似乎对女人还是那样渴望，然而他怎么也弄不明白，他身体下面那个不争气的东西真的不行了！近些日子他不止一次把被子撩开，打量着自己那死气沉沉的生殖器并竭力呼唤着。他失望了，过去夫妻间的那些令他神往而且为之感到甜蜜的性生活，已经成了水中望月，镜中观花。

自从玲玲回省城之后，贾士贞暗暗下决心，一定要利用双休日回家和妻子女儿享受一下家庭的温暖，夫妻的甜蜜，可一想到夫妻之间的那种无限恩爱和甜蜜，他退却了，每当他想到只有他和妻子两人之间才能感受到的幸福，他总是希望自己还能像过去那样。……可是，已经有许多天了，无论是半夜，还是一觉醒来，无论是体内岩浆澎湃四溢，还是心中如饥似渴，那个往日不断张狂的器官，再也不是木棍了，成了软绵绵的布条，成了皱成一团的松囊！

贾士贞的心里愧疚得无地自容，他不知道，自己还是一个顶天立地的男人吗？他不能成为妻子的一棵大树，不能给妻子遮风挡雨也就算了，而如今他连一个最起码的男人的责任也无法尽到了！那么他回到家里，回到妻子的身边，除了给她增添无限的痛苦和无声的叹息，他还能给她什么呢？

这样又过去几天，贾士贞总是惦念着妻子，这种惦念是过去从没有过的。眼看着市残联代表大会召开的日子就要到了，全市公开选拔县处级领导干部的实施方案和意见，市委常委会也原则通过。市干部人事制度改革领导小组已经成立，市委书记常友连任领导小组长，市委副书记姚雨生、市委组织部长贾士贞任副组长，贾士贞兼办公室主任。同时决定四县两区委组织部抽出一名副部长，两名工作员，市直机关抽出十名工作人员，将集中培训，为下一步的市直机关和县区直选工作统一思想，统一做法，做好准备。

这样一来，贾士贞在头脑里渐渐地把玲玲的事放到一边去了。说实话，贾士贞对这场干部人事制度改革有点不那么踏实。以前的那场改革，虽然也需要很大的勇气和魄力，但是他心中有谱，用文化考试作为第一道关，很容易把握。而现在，无论是乡镇长的直选，还是市直机关领导的选举，都是一个相当复杂的工作。过去没有先例，用王司长的说法，叫“试水”。这样的试水，到底会成功还是失败，他确实有些担心。他在市委常委会上提出，市直机关在市残联试点的基础上，进一步扩大试点，主要是干部职工比较集中的系统，最后决定把卫生、教育、农林、交通、水利、工商、财政、税务、供销、商业十大单位作为首批试点单位，由市委组织部三位副部长牵头，同时进行。

末臾县的选举大会前一天，贾士贞和卫炳乾又去了一趟，不仅检查了所有投票地点，还亲自召开了选举工作人员会议。全县十三个乡镇和县城共设立了十五个投票地点，投票结束后，由专车在公安人员的护送下把投票箱交到大会秘书处。当场计票，专人统计，通过县电视台直播全过程。贾士贞觉得所有准备工作万无一失了，决定留在末臾，参加第二天的选举工作。

刚吃了晚饭，常书记给贾士贞打电话，说晚上八点半，常委要召开紧急会议，贾士贞不得不立即赶回市里。

原来有人把市残联领导班子候选人的问题反映到省委去了。省委组织部接到省残联的意见，同意由省残联提名，让刘义修作为候选人，直接提交代表大会选举。贾士贞先是一愣，觉得这样不公平，可他又无法违反省委组织部的意见，但贾士贞说，那三名理事长候选人是通过程序产生的，没有理由去掉一名，只能再增加刘义修，进行四选一差额选举，但在投票之前要向代表说明情况。

贾士贞对每个部门的具体实施方案都一字一句地亲自修改，随后将各部门的实施方案印发给全体职工修改。在正式方案出台前，由常书记、姚副书记、贾士贞分别对现有领导班成员进行谈话，对于那些接近退休年龄的同志，无论改不改革，都将改任非领导职务，而那些正干得热火朝天的领导，要让他们参与竞争，自然为自己的前途担忧。当改革触及到个人利益时，便像小平同志说的碰到“人的障碍”。

与此同时，市残联的代表大会召开了，开幕式上常友连、邵明、姚雨生、贾士贞都出席了会议，这次大会与以往不同的是：选举产生市残联理事长一名，副理事长两名，规定其中一名为残疾人。过去的残联代表大会只是个形式，理事长由市委提名，市残联主席团推举。所谓的推举，就是主席团成员举手通过或者由市委组织部副部长宣读市委的提名文件后，大家鼓掌通过，而副理事长由理事长聘任。无论是推举还是聘任，都是长官意志，很难体现群众的意愿。

当天下午四时，市残联的代表大会进行选举，市委副书记姚雨生和贾士贞准时出席大会。这场选举固然与以后的机关和乡镇的选举不同，但是它却是过去从没有过的差额选举，而且理事长的差额度由三选一增加到四选一。对于市委和市委组织部来说，他们没有过去那种差额选举的指导思想——领导早已指定某人，另外参选对象大都是陪衬。现在理事长的四位候选人，一个是常务副县长，一个是县政府调研员，而另一位则是市民政局副局长。无论从年龄还是学历、经历上看，三人都是棋逢对手，都是具有雄厚实力的干部。现在又增加了刘义修，四人当中只能有一个人当选，这是过去任何地区从没有过的。当真的竞争摆到他们面前时，个个都捏着一把汗，紧张的情绪自不必说了。

正因为这次选举是真正意义上的民主，所以要让每一个代表都体现自己的意志。在投票之前，大会主持人反复强调了选举办法，对于盲人代表，还专门去省里请相关部门制作了盲文选票。

就在投票之前，贾士贞突然接到上级相关部门的电话，对他们的选举提出不同的看法。贾士贞耐心作了解释。无论是健全人，还是残疾人，都应该与时俱进，政治文明是今后社会发展的方向。但贾士贞隐约意识到，一种莫名的阻力正向这一民主程序袭来。

此刻，贾士贞坐在台下，关注着主席台上的每一个程序，他的心情有些不平静，他甚至在暗暗祈祷这次选举能够顺利进行。

大会代表虽然不多，但也有一百九十多人。投票结束后，会场两旁的电视屏幕上出现了计票场景。大会虽然休会了，但是会场上却鸦雀无声，大家都目不转睛地盯着屏幕。

突然，卫炳乾匆匆地跑到台下，来到贾士贞面前，低声说：“贾部长，理事长的选举不理想，四个候选人都没有过半数！”

贾士贞一愣，说：“那就向代表公布结果，再按照程序将得票多的两名进行第二轮选举，向代表宣布得票相对较少的两人自然淘汰出局。”

虽然刘义修作了很多努力，但是，在四名候选人中，得票还是最少的。

所幸的是，另两名副理事长选举都比较顺利。

理事长和两个副理事长都顺利产生了，贾士贞心里的一块石头落了地。在贾士贞看来，只要选举顺利了，至于谁来当这个官，那并不重要。因为用这样的形式来选拔官员不是领导权力的象征，也没有领导内定的人选，他更坚信，当选者一定会珍惜这个机会的。

选举结果还没有宣布，贾士贞悄悄地沿着会议室左边的人行道走了。刚出了会议室的大门，贾士贞的头脑里正在想着那些实施方案，突然几个残疾人拦住了他。贾士贞没说话，只见其中一个拄双拐的残疾人说：“贾部长，一个民主的组织部长！过去残疾人代表大会完全是形式，没想到这一届代表大会，真正体现了民主的含义，让我们自己选择了领导人！”

就在这时，几个手持照相机的年轻人堵住了贾士贞，贾士贞一下子反应过来了，这一定是一帮记者。说实话，贾士贞最怕的就是记者，他们有的人为了让自己的文章更吸引人，不像记者，而像作家。只要你一开口，他们就可以展开想象的翅膀。贾士贞还清楚地记得，他刚到西臾当市委组织部长时，西臾晚报上居然出现了那样的漫画，把他悄悄去下臾农村的那些绝密私访的经过表现得淋漓尽致而又含蓄、隐晦。这会儿要面对这些记者，贾士贞一时有点措手不及。正当他犹豫时，一个人帮他解了围。

就在贾士贞进也不是、退也不是时，一个手持拐杖的男子走到贾士贞面前，说：“各位记者，大会马上就要开始了，将要宣布今天的选举结果。”

记者莫名其妙地看着前面的残疾人，他又说：“我就是即将宣布的市残联新当选的残疾人副理事长蔡志刚。”

这时记者纷纷对准来人按下相机的快门，贾士贞才趁机脱了身。

贾士贞正准备给卫炳乾打电话，手机响了，一看号码，正是卫炳乾。

“贾部长，末臾的选举出了问题！”电话里，卫炳乾的语调显出几分慌张。

“什么，炳乾，你说什么？”

“贾部长，有三个乡镇副县长的投票箱可能被人调了包。”

“炳乾，你们先别着急，我马上赶过去。”

贾士贞赶到末舆时，已经是中午一点多钟，他连饭也没吃，就急着听了汇报。

根据情况分析，这三个乡镇都是按照全县统一规定的时间召开了选举大会。投票结束后，随即由两名公安人员，两名工作人员专车将选票箱送至县选举办公室。在统计选票时，发现山塘、古集两乡，以及周高镇的选票出现问题。在统计中工作人员无意当中觉得这三个乡镇的选票和原来的选票有一点差异，比如纸的颜色，原来县委副书记的选票为粉红色，而这种选票虽然也是粉红色，但颜色稍微深了些。副县长的选票为桔黄色，仔细一看，颜色也有细微差异，而从票选结果看，也有做了手脚的痕迹。

贾士贞看了选票，从打勾的写法上看，多张选票都有一气呵成的感觉。

会后，夏松生和卫炳乾对贾士贞说，奇怪的是这两乡一镇是比邻的乡镇。当时分工由夏松生、韦旭、卫炳乾每人负责五个投票点。这样一来，贾士贞愣住了。让大家暂不声张，立即重新印制选票，当天下午三时，对这三个乡镇重新投票。让韦旭、卫炳乾、夏松生三人每人各负责一个乡镇，他自己专车巡视。

至下午六时，重新选举投票结束了，大家都迫不及待地打开投票箱，贾士贞只大概翻了翻选票，就已经确认，上午的选票确实是有人做了手脚，来不及去考虑到底是谁如此胆大包天，就让卫炳乾一步不离尽快把结果统计出来。

当天晚上，县电视台在中央电视台新闻联播之前，播出了六名候选人的得票情况，罗成得票占53.8%，下舆县委组织部长肖祖光得票占45%；四位副县长候选人选举也成功地有两人过了半数，明天下午将提交市人大常委会确认。

贾士贞这次到末舆之后，对待韦旭的态度几乎没有什么变化，而韦旭总是想找机会接近贾士贞，可贾士贞一直在回避他，这让韦旭显得不安起来。

第二天一早，贾士贞一到办公室，刚一推开门，机要秘书送来了文件夹，贾士贞打开一看，首先是省委组织部的开会通知。看完了通知，贾士贞心情复杂起来了。按说，对于一个从省里调到市里工作的干部，回省里开会，正是回家的好机会，然而，贾士贞的心脏不由自主地慌乱起来。

尽管贾士贞不敢面对妻子，但是省委组织部的会议他必须参加；而回到省城开会，他当然不能不回家面对玲玲。

第二天下午，贾士贞在矛盾和不安中回到省城。快到省城时，他想给玲玲打个电话，可是他对妻子目前单位的情况一无所知，犹豫半天，还是没有打电话给妻子。按照过去习惯，他会先去宾馆报到，然后告诉一下妻子。可他现在决定先回家看看。贾士贞进了家门，先在客厅里看看，一种从没有过的凄楚爬上心头，转身进了卧室，好像一切都那么平常，只是心中的寂寞和凄凉不断向周围扩散。

在去宾馆的路上，贾士贞给周一兰打了个电话。一接通电话，周一兰有些吃惊地说："士贞，你现在在哪儿？"

"我已经到省城了！"贾士贞说，"上次你到西臾去我处于那种状况……"

"贾部长，"周一兰显得几分着急，"士贞，这两天我一直想给你打电话，可我……"

"怎么啦？"

"我问你，"周一兰说，"你和玲玲之间发生了什么事？"

贾士贞愣了一下，马上说："什么也没有发生啊！到底怎么回事？"

"你现在在哪儿？"周一兰问，"待会儿我们见面谈。"

"我现在去宾馆报到，明天省委组织部开一天会。"

"那好吧，你先去报到，我看你就别在会上吃晚饭了，到我这里来吧，岚岚在我这里！"

"什么？"贾士贞大声说，"岚岚怎么会在你那儿，玲玲呢？玲玲干什么去了？"

周一兰在电话里没有说更多关于玲玲的事，贾士贞心中的疑问越来越多了。他没有办法，也不愿意去作种种假设，他的心里不安起来，到了宾馆报了到，让小苗把他送到乌城办事处。

见到周一兰，贾士贞发觉她脸上堆满了严肃和疑惑，这是他们相识以来从没有过的。

两人连手也没握，周一兰看看表，说："你坐一下，我马上让驾驶员去把岚岚接过来。"

周一兰转身回到会议室，一边给贾士贞倒水一边说："我看你呀，这个市委组织部长一当，夫妻、家庭……"周一兰没有说下去，放下茶杯，坐到贾士贞的对面。

"一兰，到底怎么回事？"贾士贞心里着急，但他还是忍住了。

"其实，"周一兰说，"士贞，我早就发觉你们夫妻间不怎么协调，但是我没有任何根据，甚至我有点心虚，是不是玲玲在怀疑我！”周一兰看着贾士贞，摇摇头，“可是后来我感觉到，你们之间一定发生了什么事。”

“一兰，你告诉我，玲玲到底怎么了？”

周一兰沉思了一会儿：“她走了已经两天了。至于到哪儿去，干什么去了，她也没告诉我，只是把岚岚托给我。”

“噢！”贾士贞长叹了一声，过了一会儿说，“一兰，我有责任啊，一个领导，连家庭都弄不好，那是后顾之忧啊！我没有想到，我贾士贞无能到这种程度，可是，一兰，我有我的难言之隐啊！”

“士贞，事物有时往往是矛盾的。一个好领导未必就是好丈夫、好父亲、好儿子，中国人有句话，叫做‘忠孝不能两全’。”周一兰说，“我对你的了解也是逐步的，你在省委组织部时只是一般工作人员，表现得不那么突出，可是当你掌握了一定权力，你的头脑里所想的95%以上都是工作，甚至，是一个不考虑家庭利益的领导。可是你有没有想过，她们跟着你是过日子的，是寻找幸福的，如果你给她们的不是幸福，而是……”

贾士贞制止了周一兰的话，说：“玲玲说她什么时候回来？”

周一兰摇摇头，贾士贞取出手机，周一兰说：“我给她打过几次电话都打不通，只有她打过来时，才能和她说说话。”

“那岚岚怎么办？”

“这孩子现在也很乖，跟着我她也习惯了。”周一兰笑笑说，“当然了，一个十来岁的孩子，她又有什么办法呢？她当然希望跟着自己的父母。”

过了一会儿，岚岚回来了，一见到爸爸，立即扑上去，搂着爸爸，却没有发出任何声音，贾士贞将女儿搂在怀里，过了一会儿才说：“岚岚，妈妈呢？”

岚岚睁大眼睛，看着爸爸，贾士贞发觉女儿眼中含着晶莹的泪水。

周一兰走过来，拉着岚岚的手，说：“岚岚，跟阿姨去洗洗手，马上和爸爸一块儿吃饭。”

贾士贞感到周一兰和他的关系也产生了很大的变化，看他的眼神，说话的态度，和过去大不同了。

晚饭就在办事处的餐厅，餐厅主要是对外营业的，办事处就那么几个人，平时吃的都是工作餐，因为贾士贞在，周一兰还是放在包间里，虽然两人都说不喝酒，但是菜还是很丰富的。

吃了晚饭，周一兰为让贾士贞和女儿在房间里说会儿话，暂时离开了。周一兰一走，岚岚就紧紧搂着爸爸，呜呜咽咽地哭了起来，一边哭一边说：“爸爸你就调回来吧！我想你……”

“岚岚，你知道妈妈去哪里了吗？”

岚岚哭着说：“妈妈不肯告诉我，前几天晚上妈妈常常把自己关在屋子里。有一天我推门进去，见到她一边哭一边打电话。”

“妈妈给谁打电话？”

“我不知道。”岚岚说，“爸爸，你不在家我放学回家就感到没意思，妈妈心情不好，也不说话，我怕……”

“岚岚，乖孩子，爸爸哪能说回来就回来。你现在还小，长大了就懂了。”

“我不懂，大人为什么都要当官，当官有什么好？”岚岚抬起头，乞求的目光看着爸爸，“你那时没当官，全家过得多快乐。我每天放学回来看到爸爸妈妈欢天喜地的，那是我最快乐的日子！”

“岚岚，要听周阿姨的话，妈妈回来了就给爸爸打电话。”

“爸爸，你和妈妈到底怎么了？为什么妈妈常常一个人发愣，有时还掉眼泪？”

“岚岚，是爸爸不好，爸爸关心你们不够，可是爸爸也是身不由己啊！”

贾士贞把岚岚搂了搂，又嘱咐了岚岚一会儿，拉着女儿，向周一兰表示感谢，头也没回，心事重重地走了。

贾士贞没有心思去和那些市委组织部长们寒暄，一个人躺在床上，觉得玲玲的行为太有些反常了。虽然现在两人不能进行性生活了，但自己作为一家之主，作为丈夫、父亲，过去十多年的生活还历历在目。想着想着，不知怎么就拨通了玲玲的电话。

电话居然通了，贾士贞既有些惊讶，也有些意外的兴奋：“喂！是玲玲吗？”

“是我。”玲玲的口气很平静，却从此不再说话。不管贾士贞说什么，对方就是不说话，也不挂电话。

最后到底是谁先挂了电话的，已经无法说得清了，但此刻，贾士贞的心境说不出的凄楚，他起身进了卫生间，浴缸里放满了水，他静静地躺在水里，手臂像失去了知觉，半沉半浮地飘着。

省委组织部的会议主要是集中学习中央组织部对干部人事制度改革的一系列法规性文件，统称“5+1”文件。钱部长在讨论时说，中组部原部长张全景指出：一个省有四五十个省级干部，几百个乃至上千个地厅级干部，一个县几十个县级干部，可以说古今中外没有过。更何况一个省、市除省长市长外，还有八九个副职，每个人再配上秘书，个别的还有助理。解放初期，一般就是一个县委书记，一个县长，或加上一个副职，甚至没有副职。

这次会议，贾士贞一直保持沉默，其实，他心里有很多话要说，但不知道什么原因，又总是无法启齿，为家庭的事只是一个方面，更重要的是，他觉得中国现在各项工作缺的不是文件，而是如何贯彻文件精神的问题。就像今天会议上学习的“5+1”关于干部人事制度改革的文件一样，就这六个文件来说，无论是从干部的选拔、交流、调动、回避，以及民主选拔干部等方面都足以能够解决当前干部队伍中存在的问题。然而，为什么文件发了，学了，各级政府仍然我行我素，不像经济体制改革那样，发展迅速、成绩显著呢？

会上，贾士贞没有见到卜言羽，他也就没有打听卜言羽为何没有参加会议。其实他想见到卜言羽，不光是两人之间的关系，而是他的心里还惦记着文化厅的那件事。凭他的分析，固然省里不可能因为那件事对张志云怎么样，但他非常关心玲玲在文化厅的处境。

末臾几个县领导出车祸后，边副书记叫停了一县一区党政一把手的公选工作。市委市政府的检查送了出去，贾士贞也写了一个材料给省委，可从那之后再也没有人问过那件事。会议期间，钱部长一如既往，好像在西臾，在他贾士贞身上根本就没有发生过那件事。

散会之后，贾士贞既无心留在宾馆，也不愿意一个人回到寂寞孤独的家中，心里想念女儿，想去看看岚岚，可又犹豫起来了，最后还是连夜返回西臾。

末臾县选举中选票被调包事件，处理了两个乡的党委书记，但他们不服气，这事汇报到常友连那儿，常书记没有表态，只是有小道消息传到贾士贞那里，说韦旭在常友连办公室哭着喊冤枉。还有更让人难以置信的消息，说省委有人提议把贾士贞调出，甚至说把贾士贞调省里某某厅当副厅长，西臾市委组织部长在现任副部长中挑选，最终没有得到省委书记谭玉明的支持，所以这事只能暂时摆下来了。许多事情都让人摸不着头脑，贾士贞更加提心吊胆了。

西臾的经济在稳定中有所增长，农村也是一片丰收的景象，火热的夏天又来了。今天和昨天，似乎还是日出日落，风平浪静。但是，人人都感觉到，一场暴风骤雨即将来临。西臾又像一年前那样，突然间狂风大作，风雨交加。

上午，一上班，贾士贞和卫炳乾就来到常书记办公室，这是常书记昨天下午下班前的决定，卫生、教育、交通三个局领导的谈话工作让贾士贞共同参加。贾士贞知道，市卫生局长唐玉熙不仅资格老，而且正是年富力强的时候。所谓的资格老，他医学院毕业后只在医院工作半年就调到市卫生局，从一般工作人员到副局长只用了八年时间，三十三岁就当上市卫生局长，如今也只有四十一岁。而且前段时间风言风语传说唐玉熙要调省卫生厅当副厅长。按照过去选拔干部的办法，只要他没有什么错误，任何领导都不会让他离开局长的位置。当然，提拔那另当别论。至于副局长，已经有七位，加上纪检组长，非领导职务，陪客就满满一桌了，连客人的位置也没有。

当然，现在要在卫生系统进行选举产生局长一人，副局长三人，这不仅面临着那么多副局长要从领导岗位上下来的问题。而且，一旦现有的局长、副局长选不上了，他们要去干什么？过去理论上早就宣传干部能上能下，可是现实当中没出问题就能把他们的职务免了吗？

贾士贞和卫炳乾刚坐下，常友连说："十个先期试点的市直机关领导都已经听到风声了，方案即将出台，现有的领导就恐慌起来，担心自己选不上后怎么办。所以，还要稳定他们的情绪。"停了停，常友连接着说，"反应强烈的是群众，群众情绪激昂，为我们的改革拍手称好。同时，那些符合条件的同志，正在跃跃欲试，欢呼西舆大地又吹来了强劲的东风。"贾士贞看看常书记，他没有想到常书记如此兴奋、激动。

对于干部人事制度改革，最近几年来一些地方在进行不同程度的试点，无论是通过考试选拔，还是在一定范围内的推荐，都是局部的，而且只是拿出少量的职位进行公开选拔。至于如何体现群众的参与，一直被选拔机关领导所忽视。现在，西舆市改革的重点是出人意料的，把现有的正副职统统拿出来，也就是说现有的领导面临着很大的危机感，其次是让整个系统的群众来参与选举，这更是前所未有的。在这个问题上，市委常委争论是很大的，但最后大家统一了思想，一个班子、一个领导工作干得怎么样，让群众来检验，那么多群众了解一个领导必然比市委书记、组织部长、常委们了解的情况更多，更全面。在常书记讲话的同时，贾士贞的头脑里进一步对怎样选举、差额选举，作了细致的设计和构思。

常书记讲完之后，贾士贞笑笑。正在这时，市委办公室副主任周崎推开门，没等周崎说话，常友连说："请唐玉熙进来吧！"

周崎刚退出去，又转过身，周崎一手推着门，唐玉熙出现在门口。

贾士贞和卫炳乾同时站起来，握着唐玉熙的手，把唐玉熙让到常书记对面的单人沙发里。

唐玉熙很快把目光从贾士贞、卫炳乾身上移向常友连，或许他在犹豫着是否去和常友连握手时，只见常友连指指对面的单人沙发，说："请坐吧，玉熙同志。"

唐玉熙微微一笑，显出几分尴尬，仍然站着，看看贾士贞和卫炳乾，直到贾士贞说："坐呀，唐局长！"

常友连说："玉熙同志，今天请你来，或许你已经想到了。"

唐玉熙笑笑，目不转睛地看着常友连，心脏有些擂鼓样地跳了起来。

"继去年干部人事制度改革之后，我们将进一步扩大和改进领导干部选拔的办法和渠道，主要核心是围绕着'民主'这两个字，改变过去由少数人选官、官选官的程序，做到真正的为民选官。"常友连说，"过去，我们在选拔县处级领导干部时，主要是某领导推荐，在极小范围内进行考察，最后由市委常委讨论，正职提交市人大通过任命，副职提交政府任命。这种做法沿革了几十年，同时也暴露出选拔领导干部中许多矛盾和弊病，中央关于干部制度改革的决心，已经不是一年两年了。中国要政治文明，民主是政治文明的首要前提。所以市委决定不仅乡镇、县区的领导干部要直接选举，机关领导的产生也要改革，试行选举制。"

唐玉熙一动不动地坐着，贾士贞看看唐玉熙，觉得他有些紧张，额头渗出细细的汗珠。

"当然，你在卫生局干了那么长时间，从一般工作人员到局长，应该说为西臾市的卫生工作做了大量的工作，我们市委对你在工作中取得的成绩还是肯定的。"常友连又说，"这次要把这个局长的职位拿出来，让大家来参与竞争，让卫生系统那么多群众来投票选举，你可能有一定的想法，这很正常，但是，老唐，你这个局长当得怎么样，卫生系统的广大群众是否继续认可你？也是对你的一次检验。如果群众认可你了，应该继续努力做好工作，当然，也有可能群众并不认可你，那说明你在工作中还存在一定的问题……"

唐玉熙觉得脸上一阵阵发热，有点像辣椒水浇了似的。

常友连停住了，唐玉熙红着脸，说："我找遍了过去和现在前后几十年里，有关干部方面的文件，都没有找到这种选举办法的依据。"

看来，唐玉熙还有话想说，但他没有说下去。

贾士贞看看常书记，说："从上世纪九十年代初开始，中组部就先后出台了相关文件，最近又出台了'5+1'文件，都是围绕着干部人事制度改革的。公开选拔党政领导干部，这样一个严肃的问题，中央提出要实现群众对干部选拔的知情权、参与权、监督权。所以，一个领导干部，只有群众自己选出来的人，才能真正为群众办事，群众才会真心实意地拥护他。”

常友连又说：“玉熙同志，其实，你和大家竞争，应该说优势比任何人都多，你刚才的态度有点消极，为什么不以积极的态度，勇敢地参加这场改革呢？”

唐玉熙越发不安起来，其实，他的心里还有更多的话要说，可是他知道，大势已定，岂是他能扭转得了乾坤的。这几年来，特别是他在官场上算是一帆风顺的，从大学毕业后，当上了市卫生局副局长，那时他才三十三岁，难道他就在这个正处级岗位上寿终正寝吗？下一个目标是什么？他自然想到了省卫生厅副厅长，也想到了西臾市副市长。这两年，他也在千方百计地向着下一个目标努力，可是偏偏在这个时候，西臾刮起了改革的狂风。

无论怎么说，唐玉熙觉得，摆在他面前的是凶多吉少，不要说副厅长、副市长了，能保住他这个市卫生局长的位置才是当前头等大事了。

谈话也只能这样了，接下来，又把市卫生局现有的七位副局长、纪检组长请进来，常友连也让唐玉熙参加谈话。

常友连说，中组部原部长张全景曾谈到，中国政治上的一大弊端是官多为患，所以这次市卫生局副局长的职数，由原来的七名减少为三名，纪检组长由其中一名副局长兼任，不再配专职纪检组长。听了常书记的话，大家相互看了看，都没有发表什么意见。

常友连又说：“‘冰冻三尺，非一日之寒’。干部中的许多问题，不是今天才出现的，而是长期的积累，各级领导不去抓落实，领导干部不是‘为官一任造福四方’，而是抱着‘明哲保身’、‘事不关己，高高挂起’的思想，也为‘破冰’改革带来了越来越大的障碍。当前，缺少的不是健全的制度，而是健全的干部；缺少的不是‘破冰’的机器，而是‘破冰’的勇气；缺少的不是说大话、说狠话的官员，而是敢于‘说真话’、‘说实话’的氛围；我们需要的正是像贾士贞部长这样敢于承担责任，敢于从根本上考虑问题的领导干部。”

贾士贞说：“中国的干部制度已经到了非改革不可的地步。在‘官本位’文化浸透至深的国度，由于官员的级别大小跟他享受的特权以及社会声望密切相关，所有的社会成员都去争着充任‘肉食者’，而所有的小吏则竭力去捞更大的‘乌纱帽’，整个社会出现了一种‘当官至上’的风气。”

“在中国，当官比美国容易得多，因为在中国人的习惯里，只要你把决定你命运的人给抓住了，那很容易就当上官了，为什么组织部长这个角色那么多人巴结呢？按照中国官场的潜规则，省委组织部长想提拔一个副厅级干部、市委组织部长要提拔一个副县处级干部、省里的厅长要提一个处级干部，那简直是易如反掌！而美国就不行，他们的对手太多，他们需要巴结的人太多，需要更多的小心和更多的知识。美国的官不是由某个掌权的人决定，而要人民投票的。”

谈话就这样结束了，不知道市卫生局的领导们是否真的理解了常友连和贾士贞一番话的真正含义，还是他们为自己未来官场命运的担忧，也许，他们各自心中有许多话要说，但他们把那些无法言表的东西变成背上渗出的汗珠和忐忑不安的心跳。

最后常友连说：“从现在开始，市卫生局的重大事情必须经过分管文教卫生的殷副市长，尤其是财务和干部问题。这作为一条严格的纪律实行。”

有人提出局长、副局长能不能兼报。贾士贞说：“这个问题方案里已经说得很清楚了，虽然在座的各位既符合报局长的条件，也符合报副局长的条件，但是方案中明确规定不能兼报。”

随后，由常友连、姚雨生、贾士贞三人各带上市委组织部一名副部长，和其余的九个部门领导班子进行谈话，宣布在新的领导班子产生之前的相关规定。

当天晚上，西臾电视台播出了市级机关十个部门公开选拔领导班子的实施办法。

顿时，在西臾大地上，从机关到学校，从城市到农村，这个新闻成为家家户户饭桌上、枕头边的热门话题。且不说跃跃欲试的有之，垂头丧气的有之，甚至有人高呼：“贾××万岁！”

也就在这天晚上，突然间狂风大作，雷电轰鸣，接着一场狂风暴雨下了整整一个晚上。

第二天上午，市级机关就开始把这两件事情联系在一起，传说成了十分神奇的故事。一种说法是，西臾市这次公选领导干部就如同昨天夜里的暴风雨一样，炸开了西臾多年来的权力，洗刷了长期玷污西臾人民心灵的污泥浊水；另一种说法是，这场干部人事制度的改革遭到了天打雷劈。但是对于正在进行的市直机关选举领导干部工作，仍然循序渐进，按照既定的方案进行着。

报名工作开始了，各县区委组织部和市直机关抽用人员经过培训，分成十个小组，每组负责一个部门。照样是报名之后，由各组对报名人员进行资格审查。

贾士贞对每个部门报名的人都仔细地过目，除了税务局和商业局两个局长已经过了年龄的界限，他发现卫生局的唐玉熙居然没有报名。这让贾士贞感到纳闷了。

奇怪的是，就在对报名人员进行资格审查还没有结束时，省委组织部市县干部处副处长江碧玉带着两个年轻人来西臾了。

江碧玉是一个三十多岁的女人，和贾士贞也算是熟人。吃饭之前，她单独和贾士贞交换了意见，明确告诉贾士贞，这次来西臾主要是考察西臾市卫生局长唐玉熙的。贾士贞虽然感到有些突兀，也丝毫没有表现出来。他在省委组织八年，从一般工作人员到副处级、处长，而且也干过三年多市县干部处副处长。虽然知道只要被列入考察对象，就必然是提拔对象，至于被考察对象后面的背景，或者说可能提拔什么职务，往往一无所知，所以他很能理解江碧玉。

西臾市公开选拔局级领导，而且市卫生局是作为首批试点单位，在这特殊时期省委组织部突然专程来考察卫生局长唐玉熙，贾士贞多少感到几分意外。他不得不把唐玉熙没有报名的事和此事联系在一起。或许世间的事真的就那么巧合呢！

当然，江碧玉考察唐玉熙的方法不会因贾士贞而改变的。首先是市委领导个别交谈，接下来是市卫生局机关，此后最多再找来下属单位主要领导进行测评，然后和一部分干部谈话，即可完成任务。

贾士贞想了想，还是把西臾市最近公开选拔县处级领导干部的部署和江碧玉说了一下，随后让卫炳乾陪江碧玉去宾馆，晚上他亲自陪省委组织部同志吃晚饭。江碧玉说不用贾部长陪了，卫炳乾说自从贾部长到西臾之后，省委组织部不管来什么人，他都要亲自陪的。

江碧玉走后，贾士贞给秦副部长打了电话。先汇报了西臾最近公选县处级领导干部的事，最后说到市卫生局长唐玉熙的事。秦副部长说他马上给江碧玉打电话，让江碧玉的考察工作尽可能和市卫生局的这次公选领导工作合起来。

其实，对于那些市直机关和县区领导们在群众中的印象和威信到底是什么样子的，市委组织部和市委领导们并不完全掌握，平时领导们看到的和群众看到的往往并不一样。这次西臾市委决定用群众选举的办法产生各部门的领导。虽然是一次尝试，但却符合广大人民群众的意愿。唐玉熙没有报名，这确实是贾士贞没有想到的。唐玉熙不参加公选，就等于不参加投票竞选，从某种意义上说，这样一来市委和市委组织部就很难知道他在卫生系统群众中是一个什么样的干部。

给秦副部长打完电话，贾士贞静静地坐在椅子上，想着即将在市直机关逐步推开的县处级领导干部的公选。拥护公选的群众当然是绝对多数，那些工作实干、成绩突出、有群众基础的领导干部也由此得到一次机会；但同样也让一些高高在上、说大话空话、不干实事的干部失去了机会。对于正在任职的县处级领导落选人的安排问题，有的常委们认为应该在原部门改任非领导职务。贾士贞一直在思索这件事，现在，他改变了想法，这些人当中，有的人在领导岗位干了那么多年，关系盘根错节，突然间从领导岗位上改任非领导职务了，不仅心中有怨气，而且有可能给现任领导的工作带来障碍。这样一想，他觉得应该把这些同志组织在一起，安排在市政府经济研究中心下面，分成若干组，主要是进行政策调研，为市委、市政府领导的工作提供理论上的参考。工资关系还放在原单位，这样一想，贾士贞的头脑豁然开朗起来。

市级机关十个部门人选报名后，经过资格审查，向社会公布了进入下一轮候选人的名单。

市卫生局局长候选人共十八人，主要是市几个医院的现任领导以及市疾控中心、市卫生学校等直属单位的负责人，市卫生局原副局长有三人报了局长。而副局长的候选人六十五名，大都是卫生局机关和下属单位的中层干部，还有一部分技术人员。

按照方案，候选人将在自己所在的工作单位进行演讲，并接受群众对任职期间主要工作的提问，最后由全体职工投票民主推荐，超过半数票才能进入下一轮竞选。

江碧玉按照秦副部长的电话通知精神，在西臾市卫生系统的各个单位民主推荐局长、副局长候选人时，同时对原局长唐玉熙进行群众测评。测评内容分为四个档次，即：优秀、称职、一般、不称职。

在此之前，唐玉熙到底怎么知道省委组织部派人来西臾考察他的消息的，别人不得而知。当然，唐玉熙知道省委组织部在这个时候对他进行考察意味着什么。市委领导那天和他的谈话，对他的打击压力是从没有过的。从那之后，他是寝食难安，在短短的几天时间里，不仅到处找人，还去了省城两趟。至于他报不报名参加市卫生局长一职的竞选，他当时确实也处于两难境地。最终为什么决定不报名，这其中的奥妙，只有他自己知道。

这天下午两点，唐玉熙怀着一种与往常不同的心情走进市卫生局的会议室，这个会议室是他亲自向市政府机关事务管理局争取来的。当时机关事务管理局盖这栋综合楼时，并不是每个部门都分配这样大的会议室的。那时唐玉熙刚当上卫生局长不久，是全市极少数年轻的正县处级领导干部，虽然身居市卫生局这样业务性较强的局，但在全市也算是重要的大局，人们自然认为他也算是西奥市升起的一颗新星。最后分管副市长发话了，分给卫生局这个能容纳五百人的会议室。这几年来，每次召开重要会议，唐玉熙对着台下那一双双羡慕的目光，他自然是居高临下，不可一世的。

而此刻，主宰这个会议命运的不是他，而是一场将要把他执政多年的市卫生局长的宝座拱手让给别人的风暴！本来，他不想出席这个让他伤心愤懑的会议的，可他又有些不甘心，他要看看这些人是如何表演的，又是如何来抢他的饭碗的。但他同样怀着一种旁观者的心情，这种莫名的心态，是他从没有过的。

唐玉熙走进会议室时，台下已经坐了不少人。这时他才发现，这些人除了市卫生局机关的同志，直属单位的认识不认识的医生护士都出席了，总共有多少人他已经不去想了，在这一瞬间，唐玉熙忘了自己今天不是会议的主人。但，突然间，好像一把手的意识又恢复过来了，正当他昂首挺胸向主席台走去时，突然看到主席台上那一张张陌生的面孔，他的心脏陡然间狂跳起来，赶快停住脚步，慌乱之间瞥一眼台下，似乎那些目光在嘲讽他，一时不知道该怎么办。显然，他完全清楚了，主席台上已经没有他的位置了！可台下他坐哪儿，他真的没有坐台下的习惯。正在这时，一个熟悉的声音在叫他："唐局长……"

唐玉熙一回头，见是纪检组长老汪，唐玉熙尴尬地笑了笑，老汪拍拍身边的座位，笑着说："坐这儿吧！台上今天没你的份。"

唐玉熙就此下了台，非但没计较老汪的话，心中反倒暗暗感谢他，要不然他还不知道该怎么办，于是在老汪身边坐了下来。

唐玉熙感觉到，一双双目光向他投过来，他低着头，心中如同打翻了五味瓶，酸、甜、苦、辣、咸，一齐涌上心头。

主席台上响起了主持人的声音，唐玉熙抬头一看，是市委组织部机关干部科长周达红。一看到这个人，唐玉熙的气就不打一处来。想到贾士贞刚到市委组织部当部长时，就对市委组织部大换血，原来那个机关干部科长汪为民上任两三个月，就考上副县长了，听说这次居然又报考市交通局长，唐玉熙暗暗骂了一句：这个王八蛋简直成了考干专业户了！周达红是在汪为民走了之后，按照当时报考分数的排名顺序录取的。

周达红突然介绍起坐在主席台上的一位三十多岁的女人。唐玉熙觉得这个相貌平平的女人从未见过，现在经周达红一介绍，他差点叫了起来。省委组织部的市县干部处副处长是来考察他的，而今天会议内容是竞争市卫生局领导的候选人演讲、群众民主推荐，与省委组织部应该说没有任何关系！混迹于官场多年的唐玉熙立即敏感起来，本来抱着看热闹的心态而来的他，不觉背上沁出一片汗珠。

这时，这位江副处长站起来了，她突然宣布一项会议内容，这让唐玉熙差点晕了过去。江副处长宣布之后，另外两名男青年就起身到台下，给每人发一张纸，轮到唐玉熙时，他在接过纸的一刹那几乎不敢看纸上的内容。当他瞥一眼“近期提拔地厅级领导干部推荐表”几个字时，下面却是一排空格。

江碧玉接着说，请大家把自己认为能够提拔为副地厅级条件的人员名单写到格子里，对象主要是西臾市卫生系统的领导。

这时，纪检组长老汪指指表格说：“临时加的内容，看来是针对你的，好事啊，喜事，没想到吧，怪不得你不报名呢，原来有人给你吃了定心丸了。”

唐玉熙的心里有点乱，当然，他觉得老汪的话也许有点道理，可这样的程序让他太没有思想准备了，若是事先得到一点风声，他怎么也会发动他的亲信，给一些人打打招呼！可是面对这样一张空白的表格，大家真的会填他的名字吗？唐玉熙想抬头看看旁边的人是不是在往空格里写字，可当他瞥见老汪旁边的劳服中心副主任林晓时，他的心脏像停止跳动似的，只见林晓目不转睛地看着手里的表格，却连笔也没拿。他知道，林晓为了当主任，不仅多次到办公室找他，而且还一次又一次往他家里跑。每次去他家时，从没空过手，不是香烟茅台酒，就是超市购物券，结果他还是从培训中心调了一个主任过去。他当然知道，林晓对他有意见，从那之后林晓看到他就拉下脸来，现在林晓会在这张表格上写他的名字吗？

老汪取出笔，在表格上写上“唐玉熙”三个字，还故意将表格给他看看。唐玉熙心中一热，但他知道老汪对他并非真心实意，只是坐在他身边没办法而已。老汪把填好的表格放在腿上，看看唐玉熙，说：“唐局长，这时不能谦虚，把自己的名字写上吧！”说着把手里的笔给了唐玉熙，唐玉熙接过笔，他希望老汪不要看他，他拿着笔的手开始抖了起来，下笔的时候，瞥一眼老汪，感觉到老汪虽然抬着头，目光远视，但余光在扫着他。这时，已经纷纷有人走到投票箱前，唐玉熙有些慌乱，赶快在空格内写了起来，可不知道为什么，这笔怎么也写不出来。老汪笑笑，目光里似乎有几分歉意，嘴里轻轻地说了句“对不起”，随即又递过一支笔。会场上几乎所有的人都排成队向投票箱走去，老汪站了起来，看看身边的唐玉熙，说：“我替你投了吧！”

在这一瞬间，唐玉熙的心里不是激动，也没有多少兴奋，有的却是沮丧。尽管他在官场算是一帆风顺，春风得意，三十三岁就当上市卫生局副局长，但是对于官场上高深莫测、瞬息万变的形势，他的心里还是提心吊胆，准备不足。

投完了票，江碧玉让省委组织部的两个年轻人打开票箱，整理好表格，离开了会场。

这时，周达红开始主持后面的会议了。

第十五章　从无到有

经过第一轮群众民主推荐，比较顺利地产生了卫生局长候选人八名、副局长候选人二十四名。

与此同时，其他九个部门也同样产生了正副职的候选人。然后将候选人的基本情况、在各推荐单位得票情况向社会公布。

按照实施方案，接着将对候选人进行公共基础知识测试（笔测）和演讲测评，候选人竞职演讲后由专家组提问。按民主测评、演讲回答问题、公共基础知识各占30%，组织考察占10%的分值比例，将综合得分由高到低排序，取前三名，最后由全系统职工无记名投票，按得票最高且过全体投票职工半数以上者当选。若第一轮中三名候选人均不过半数，则将得票较多的前两名，再进行一次差额选举。

这样的程序，从理论上说应该是能想到的都已经表述得很清楚了，简明扼要，可操作起来却是一个相当复杂的过程。虽然已经有了那次全市公开选拔四十四名副县处级、四名正县处级的经验，然而上次能够借鉴照搬的操作并不多。市委书记常友连、副书记姚雨生，以及组织部长贾士贞每天除了到各个部门的现场去亲自指导外，遇到问题还要随时碰头。

这天下午，常友连和姚雨生、贾士贞刚刚研究了正式召开各系统大会投票的问题，常友连和贾士贞几乎同时接到市工商局的电话，原来在群众投票之前，一部分群众因为各自观点不一致发生了争执，现在，在工商局院内已经聚集了很多群众，而且人也越来越多，矛盾在不断升级。接完电话，贾士贞立即返回常书记办公室，于是三个人乘车赶往现场。

市工商局时任局长黄东平是三年前由北山区委副书记调上来的。黄东平当上工商局长后，不断从北山区和他家乡下臾县调来一部分干部，而且工商局本身的中层领导和下属单位的负责人大都是黄东平一手提拔的。

当然黄东平并没有想到，局长会由全系统职工来投票决定。当他明白了如今市委新一轮干部人事制度改革真的以民主为核心时，自然有些胆战心惊起来。从市委公布了市工商局作为第一批公开选拔领导干部的单位时，黄东平不止一次反复研究了那个方案。当他确信他这个工商局长将要由市工商局那三百多名职工来投票产生时，心里开始不踏实起来。除了他亲手从北山区和下舆调来的那几十个人，以及这两三年一手提拔的干部之外，能有多少人投他的票，他的心里还真的没了底。其实，在第一轮民主推荐决定候选人时，黄东平在局机关里的一百二十三人的投票时，他获得52.6%的票，以最高票成为一位正式候选人。但是最终成为局长候选人的对手有十二人。本来，黄东平认为，如果候选人仅限于工商系统的话，他认为寻找能和他抗衡的竞选对手实在是很难的。可是，当他拿着那个方案去市委组织部时，贾士贞解释说，工商局领导不像卫生局和教育局领导专业性强，所以县区符合条件的同志也可以报名，最后还说，黄局长不也是区委副书记当市工商局长的嘛！一句话说得黄东平哑口无言。

在这十二名候选人中，黄东平经过公共基础知识测试、演讲答辩和民主推荐、组织考察，综合分数险些掉到第四名，但只比第四名高出零点四分。第一名是北山区副区长洪正中，此人曾是莫由大学商学院高材生。大学毕业考入市政府办公室，在市政府办公室当了三年综合科科长，调北山区当副区长时才二十八岁，成为全市最年轻的副县处级干部，现在只有三十三岁。第二名则是西舆上次干部人事制度改革中公开选拔的副局长，广州中山大学商业管理专业研究生霍启龙。他在市工商局干了十多年，后来出任市工商局办公室主任，当时的文化考试以最高分遥遥领先，打败了一百多名竞争者，夺得了第一名的桂冠。

对于这样两名竞争对手，黄东平岂能不胆战心惊？固然他有很多优势，但是平日工作中他免不了也得罪了一些人，这实在让黄东平感到几分意外。过去像他这样的局长，那是由市委常委研究好了，提交到市人大常委会通过的。说实话，他知道，那只不过是个形式，而且市人大常委不到二十个人，他又不是不认识，怎么也好摆平的。而如今，要让三百多名群众在这三个人当中划勾，黄东平的心里如同偷了东西样的忐忑不安。

当常书记的车子停在市工商局大门口时，只见院子里到处都是人，人群围得一层又一层，人群里不时地传出吵闹声，听不清吵些什么。

当常友连、姚雨生、贾士贞走进院门时，有人认出了他们，常友连瞪着眼睛说："黄东平呢？黄东平干什么去了！"

贾士贞取出手机，拨了黄东平的电话，可电话没人接。贾士贞一边拨开人群一边大声说："同志们，请大家冷静下来，我是市委组织部贾士贞。市委常书记和姚副书记来了！"

围在外面的人看着贾士贞，开始往旁边退，正在这时一位四十来岁的戴眼镜的男子慌慌张张地进了院子，一眼看到常书记，常友连脸色铁青地看着那么多毫无秩序的群众。

"常书记，这……"男子慌慌张张地说。

"你，霍启龙啊，你们这里怎么搞的，这还像市级机关干部吗？"常友连气愤地说。

"我……"霍启龙说着一边向人群里挤，一边大声喊道，"同志们，大家赶快散了，有话请到办公室里说。"

市工商局的副局长谁不认识，看热闹的群众开始往旁边退出去。当然在这么多的人当中，看热闹的人占多数，工商局的后院就是小区，这里居住的除市工商局的职工之外，还有其他部门的职工和家属。

"贾部长……"霍启龙向贾士贞走过去，挥着手说，"大家快散了吧！"

有人或许听到了"贾士贞"这个特别让他们敏感的名字，目光在四下里寻找着。有人看到了挤在人群里的贾士贞，急忙往旁边退了出去。

人群渐渐地散去，仍有几个人气势汹汹地大声吼叫着，一个中等个子的男子手叉着腰，另一个男子挥着手，只是听不清他们说些什么。

霍启龙到了贾士贞面前，朝贾士贞摆摆手，三步并作两步挤到人群中，大声叫道："老周，你们到底要干什么？还像市级机关的干部吗？"

这时，贾士贞也站在他们中间，说："霍副局长，请他们到办公室去！"

霍启龙说："走，到办公室去！"随后又说，"你们都没有考虑这样做会是什么后果吗？市委领导都来了，你们说怎么办吧！"

贾士贞说："霍副局长，老黄呢？单位都闹成这样了，他到哪里去了？"

"黄局长今天好像没有什么别的事嘛！应该在局里！"霍启龙说，"邵市长叫我去谈事情……"

"在这关键时刻，你们工商局居然闹成这样，要是让记者知道了，无论怎么报道，对你们的选举能有好处？"贾士贞说。

"贾部长，其实今天的事并不是偶然的，也算是市工商系统长期矛盾的积累造成的。"

"群众之间的矛盾根源在领导……"贾士贞的话没说完手里的手机响

了，他忙打开手机，“喂……哪位？”

“哦，卢院长，找我？”贾士贞停住了脚步，“好，我马上回办公室。”

贾士贞和霍启龙来到常友连面前，常友连说：“启龙，你马上去找黄东平，把今天的事调查清楚，今天晚上除口头向市委汇报之外，还要作书面汇报，情节严重的要严肃处理。”

“常书记，我要先走一步了，”贾士贞说，“市中院卢院长在组织部等我，说有急事！”

贾士贞匆匆回到办公室，正要给卢院长打电话，卢志军已经出现在门口。

两人刚坐下来，卢志军说：“贾部长，有一件事我先过来和你通通气，请你千万别对法院有什么看法。”

贾士贞笑笑，说：“卢院长，我这个组织部长不会那么偏见，况且我们一直提倡司法部门独立办案，你说我对法院能有什么看法！”

卢志军笑笑，说：“贾部长，我碰到一件棘手的案子……”

贾士贞看看卢志军，却没有说话，但他心中升起疑惑，卢志军和他没什么交往，至于工作上，也很少打交道，他有什么事要找他这个组织部长呢？

“贾部长，”卢志军说，“有人要告你，告你们……”

“告我？”贾士贞轻松地笑了笑，在这一瞬间，他迅速地在头脑里搜索一遍，自己在什么地方，什么事情上违法了？工作上？不可能，难道是家庭？是妻子？

“贾部长，一个团体，组织所制订的章程……”卢志军想了想，说，“比如说残联的章程……”

贾士贞睁大双眼，看着卢志军，原来是他！

“我明白了。”贾士贞说，“残联的章程我看过，而且认真研究过，为了这事，我还研究了党章，咨询了相关法律人士。”

“是啊！”卢志军说，“残联的章程上说理事长由代表大会产生的主席团推举，副理事由理事长聘任。”

“卢院长，你是怎么理解‘推举’二字的呢？”

卢志军说：“为这事，我们也作了些了解，按照残联过去的做法，由代表大会产生主席团之后，组织部的分管部长在主席团会议上宣布市委提名某某人为理事长，然后主持人宣布举手表决或鼓掌通过。”

贾士贞说："卢院长，你认为这样规定合理吗？组织部凭什么在这样的场合下宣布提名某某为理事长？无论是鼓掌通过，还是举手表决，这样的做法民主吗？或者我们可以问这样的规定依据是什么？恐怕唯一的解释就是'权力'，对吧！"

卢志军看着贾士贞："是啊，现在有人起诉你们没有按照章程办事，而是通过推荐产生候选人，在代表大会上实行差额选举的办法来选举理事长和副理事长，有什么依据？"

"我们的依据？"贾士贞说，"政治文明，民主！《宪法》规定一切权利属于人民！"

卢志军笑笑："贾部长，我们也是这样想的，可是原告代理律师找出许多依据，还找出上级有关部门领导讲话，我们打算还要走访相关部门，必要时去北京，对于这样的案件，我们是非常慎重的。"

贾士贞说："卢院长，社会在发展，改革开放已经二十多年了，当前改革的核心是干部制度，但是现在最大的障碍是既得利益者。你想，如果市委组织部、市委，或者说我贾士贞，不想把干部人事制度改革向前大大推进一步的话，我们可以把选官的权力紧紧抓在手里，哪个部门的官都不是自己祖上留下来的遗产，按照过去选官的方法，市委不想让他干了，找个理由，或者什么理由也不需要，就可以把他免了。但是，我们为什么要这样做？就是为了把选官的权力交给群众，这是政治文明的主要体现。"

卢志军走了，贾士贞立即把卫炳乾找来，让他抽时间找找关于残联章程有关方面的依据，进行相关法律方法的咨询，卫炳乾一听就火了，贾士贞说："炳乾，通过法律渠道是民主的一种形式，我认为这也是一种进步。我想，只要法律能找到依据，说明他的那个理事长的推举是民主的、合理的、文明的，那么我们错了就纠正。"

"贾部长，"卫炳乾说，"工商局现在怎么样了？"

"炳乾，看来群众非常看重自己手中的民主权利。"贾士贞说，"中国历来是小官怕大官，所谓官大一级压死人！但是在中国历史上，明朝首辅张居正讲过大官怕小吏的故事。美国也有这样一个事例，美国副总统戈尔1999年说过这样一件事：布莱德利议员进入参议院的时候，头上有两个光环：不但是普林斯顿最优秀的学生，还曾经是美国职业篮球联赛的著名球星。有一次他被邀请去一个大型宴会上发表演讲。这位自信的立法议员坐在贵宾席上，等待发表演讲。这时，一个侍者过来，将一块黄油放在他的盘子里，布莱德利立刻拦住了他，说：打扰一下，请给我两块黄油好吗？侍者说：对不起，每人只有一块。布莱德利高傲地说：我想你一定不知道我是谁吧！我是罗氏奖学金获得者、职业篮球联赛球员、世界冠军、美国议员比尔·布莱德利。听了这句话，侍者回答道：那么，也许您也不知道我是谁吧！布莱德利说：您是谁呢？侍者不紧不慢地说：我嘛，我就是主管分黄油的人。”讲完了这个故事，贾士贞的脸上尤为严肃，“在这个权力的世界里，总有人是主管分黄油的，如果想多吃黄油，就需要关注他们。但中国和美国不同，中国最重要的黄油分配者向来都是皇帝，其次是上级领导和领导身边的耳目。”

卫炳乾笑笑，说：“这个故事我知道。美国的官员是选民选出来的，他们需要巴结的人很多，因此需要更多的小心和更多的知识。而在中国当官就不用这么难，这恐怕也是中国人的当官热情比美国人高的原因之一吧！”

临下班前，贾士贞接到市委办公室的电话，他匆匆来到常书记办公室，随后，姚雨生也到了，坐在外间的黄东平和霍启龙迎了上来，两人都不是往常汇报工作那样镇静，而是显得垂头丧气的样子。

黄东平和霍启龙反复解释说，工商局发生的矛盾与这次选举没有关系。但是群众之间的冲突毕竟发生在正式选举之前的关键时刻，所以黄、霍俩人也自觉自己的底气不足。况且现在他们俩人又成了这次竞争局长的对手。群众之间的矛盾对他们各自的选票都未必有利。

听完了黄、霍俩人的汇报，常友连半天没有说话，他不发言，自然姚雨生和贾士贞也不好说话。

只见常友连从座位上站起来，来回徘徊着，显然在认真思考着什么，过了一会儿，才说：“我知道，你们俩人现在也是心神不宁的时候，将心比心嘛！可是，群众之间的矛盾根子在哪里？是领导造成的。不是领导处理问题不公平，就是亲疏的问题。过去选拔干部只是由组织部和市委，大都是主观的，根本不考虑群众意见。现在让群众投票，什么问题都暴露出来了！”

常友连看看姚雨生和贾士贞，又说：“我现在真的担心，如果那天在投票选举时，群众发生冲突怎么办？你们以为对你们有好处啊！我看未必。”最后常友连说：“不要只盯着自己的选票，只有精诚团结才会对你们各自有好处。更不要只想到能不能选上的问题，选不上了，只要你们有能力，取得群众的信任了，以后的机会多得很。当不上工商局长了，还可以去竞争其他局长、副局长，领导干部要能上能下，这是一个干部的素质问题，希望通过这次公开选拔领导干部，让大家进一步成熟起来，我不是在讲大道理，将来的社会只会不断加大民主的进程，不会再走回头路。”

常友连看看贾士贞："贾部长，你再说说吧！"

贾士贞看看黄东平和霍启龙，说："二位，刚才常书记的一番话，我想真的是情深意切。希望二位抓紧时间，多和群众沟通，消除以往的一些误会和隔阂，要真心诚意，多听取各方面的意见，尤其是曾经和自己有过不同意见的群众，有一位有见地的同志说过：互相补台，好戏连台；互相拆台，都会垮台。你们想想，这说的对不对？"

黄东平和霍启龙走后，常友连说："士贞啊，群众希望民主，但当民主真正地降临到他们的头上时，他们对如何使用自己手中的权力，还需要不断适应。工商局的矛盾并不奇怪，暴露出了过去机关干部中的问题。所以，组织部在这关键时刻还应该多做思想工作，到群众中去，帮助群众解决一些误会和矛盾，使得选举工作顺利进行。"

市级机关第一批十个部门选举领导的大会将在同一天进行，上下午各五个部门。尽管这些天来，市委和组织部尽可能地作了详细而周密的安排，但贾士贞还是有些寝食不安。过去在省委组织部时，他也曾经参加过两三次省党代会和人代会的大会选举工作，有一定的经验。但是，现在的选举和那种选举有明显的差异。

天刚亮，贾士贞一直处于亢奋的状态，头脑有些发涨，用凉水洗了一把脸，准备出门吸几口新鲜空气，刚一打开门，见卫炳乾站在大门外。贾士贞看看表，说："炳乾，这会儿餐厅还没开门，走，咱们找点小吃去！"

"贾部长，我断定你一夜没休息好。"卫炳乾说，"走，我陪你去吃点酸辣汤。"

刚走了几步，小苗的车子到了，是卫炳乾让小苗过来的。

匆匆吃了早餐，贾士贞和卫炳乾就赶到市人民剧场，今天市工商局的选举大会将在这里进行。

人民剧场的楼顶往下，悬挂着两条大标语："加快干部制度改革的步伐，建设社会主义政治文明"，"扩大民主、规范程序，提倡干部能上能下"。

剧场大门的正上方还有一条横幅："正确使用民主权利，投好庄严的一票。"

贾士贞迈着稳健的步伐，踏着台阶，头脑里浮现出去年那场惊心动魄的干部人事制度改革。转眼间，那些激进的做法已成为往事，却如潮水般地涌上心头。说实话，此刻的贾士贞感到步履的沉重与艰难，心中早已没有了当时那种轻松和意气风发的状态，一往无前的精神。

登完了台阶，贾士贞站在门口，他下意识地看看表，现在还不到七点钟，离大会开始还有一个多小时。剧场的大门全部大开着，大厅里灯光通明，只见周达红带着工作小组的同志忙碌着，看到贾士贞，周达红迎了上来，“贾部长，您来得这么早！”

贾士贞笑笑：“达红辛苦了！”说着，大步向主席台走去，登上主席台，四下里看了一会儿，说：“炳乾，达红，将投票箱增加为四个，两旁的四个大门口各放一个，宣布投票开始后，场内人员分成四路，每个人投完票就从大门出去，到投票结束后，可以从前面的大门进入大厅，等待宣布结果。”

卫炳乾说：“大门外除了工商局的人，我们工作组还要有两个人，投票结束后，还不能离开，除了等待公布结果，还要考虑到，万一第一轮选举没有结果，还得进行第二轮选举。”

周达红说：“贾部长，我们另外准备了两个投票预备箱，分成四个投票箱，这样更快些，估计十多分钟就可以结束投票。卫副部长说的事，我们已经作了安排。此外，关于统计选票问题，我们将原来的四人一组改为两人一组，四台电脑，十五分钟就可以统计结束。”

“好，越快越好。”贾士贞说，“这个时候，每个人的心情都是可以理解的，不光是三个当事人，其实全体参加投票的人都迫切想早些知道结果。还有，记者可以到现场，但是，对于选举问题，一般不要随便发表意见，只让他们看到最真实最直接的一面就可以了。”

卫炳乾说：“达红，选票的发放一定要按照规定程序，在公证人员的监督下进行，每一个人都必须凭证明领取选票，独立完成，多余选票在监督小组的监督下投入碎纸机。”

贾士贞在大厅里转了一圈，又来到外面，绕大楼走了一会儿。

离会议开始时间还有半个小时，贾士贞站在剧场门口，广场上已经有群众聚在一起，马路上来往行人驻足观看。这时，贾士贞的手机响了。

“是常书记吧！我们已经来了一个小时，一切准备就绪。好，有情况我随时向你报告。”

挂了电话，贾士贞分别给其余四个选区打了电话，正准备拨电话时，只见黄东平骑着自行车进了院子。贾士贞心想，如果每一个领导干部都能像今天这样谨慎小心，严格要求自己，那一定是群众真心实意拥护的领导。

只见黄东平放好自行车，大步来到贾士贞面前，笑着伸出手：“贾部长，您来得早啊！”

“东平同志，今天成了驾驶员！”

黄东平似乎有些尴尬，笑笑说：“本来嘛，嘿嘿……”

场内响起音乐声，人们纷纷进入会场内，工作人员指挥大家对号入座。

贾士贞看看表，说：“炳乾，你上去吧！”

卫炳乾大步走上主席台，站在台前对着喇叭，说：“请大家找到自己的座位，我现在向大家宣布几条规定。”

卫炳乾讲完后，看看表，大声说：“西臾市公开选拔市工商行政管理局局长一名，副局长三名，经过报名、资格审查、民主推荐、文化基础知识测试和答辩，从高分到底分依次选出局长候选人三名，他们是洪正中、霍启龙、黄东平；副局长候选人九名……

“现在请十二名候选人到前排就座。”卫炳乾说，“下面请每个候选人到台上来，用一句话向在座的同志们表达自己最想表达的心情。”

前排的十二个候选人相互看看，都感到有些意外，这时高音喇叭里传来，“有请洪正中同志！”

只见洪正中快步走上主席台，深深地向台下鞠了个躬，随后走到演讲台前，稍稍停了一下，大声说：“请大家接受我，我愿意成为市工商局的一名努力学习的学生！”

接着，霍启龙走上主席台，他说：“去年的干部人事制度改革选择了我，我希望这次干部制度改革中，大家还能选择我！”

轮到黄东平了，他一边向主席台走去，心里一边想，他该说什么呢？

自从他当上市工商局局长那天，只要一开会，无论什么样的会，那都是众星捧月的。重要会议的讲话稿那是经过反复推敲的，有的场合即使即席讲话，但因为他是老大，也从没有为难过，可是现在，他一时真的不知道这句话该说什么。

黄东平感到脚下轻飘飘的，似乎有些做不了主，他走到主席台正中，在鞠躬的那一瞬间，目光扫过台下的那一双双既熟悉而又冷漠的眼睛。

“同志们，如果我黄东平在过去的工作中有对不住各位的地方，请再给我一次机会！”

贾士贞坐在第一排旁边的位置上，真的没有想到这三个人每人讲的一句都那么谦虚而又得体，不管怎么说，今天主管“黄油”的人是台下这些群众，而不是局长！

无论怎么说，我们必须赞扬用这样的民主办法来选举领导干部的大胆创新，就说已经进行过的程序吧，能够走到今天，应该说都是有一定群众基础，具备一定素质，而且有相当能力和文化的人。

开始分发选票了，卫炳乾仔细讲解填写选票的注意事项。

贾士贞站了起来，他的心里似乎更加紧张了。其实，自从到西奥之后，他那颗悬着的心从来就没有平静过。

投票很快结束了，主席台上又忙碌起来，两旁的大屏幕上出现了主席台上统计选票的画面。

投完票的群众回到自己的座位上，有的交头接耳，有的一群一群地围在一起。

贾士贞默默地坐在那里，微微闭着眼睛，看上去是那么平静，可是他不时地调整着自己的姿态。

过了一会儿，卫炳乾匆匆走下主席台，来到贾士贞面前，低声说："贾部长！"

贾士贞如同电击一般，睁开疲倦的眼睛，随即振作精神："炳乾，怎么了！"

卫炳乾摇摇头，神情异常紧张，"三个人都没过半数……"

"果然不出我所料！"贾士贞站了起来，大步向主席台走去。刚走了几步，又回过头，"谁的票最少？"

卫炳乾向前迈了一步，低声说："老黄，黄东平。不过，三个人的票悬殊不大。"

这时主席台上的统计结果已经送过来了。卫炳乾接过统计结果，递给贾士贞。贾士贞看了看，三个人得票分别为：洪正中129票，占35.83%；霍启龙117票，占32.5%；黄东平114票，占31.67%。贾士贞问："副局长选举结果如何？"卫炳乾说："这是结果，比较顺利。"贾士贞看了一会儿，说："炳乾，继续开会，向大家宣布每个人的得票结果，按照规定进行下一步，立即打印选票。"

卫炳乾走到演讲台前，大声说："请大家回到自己的座位上，马上宣布投票结果。"

会场上顿时安静下来了，贾士贞走下主席台，默默地坐下来，却不时地看看坐在前排的候选人。

卫炳乾说："请大家不要讲话了，下面继续开会。"停一会儿，接着说，"同志们，下面我向大家宣布刚才选举的结果。市工商局系统应参加投票为381人，实到360人，三名局长候选人得票分别为……"

这时，会场上顿时乱了起来，有的议论，有的惊叹。而坐在前排的三名局长候选人都脸色大变。

卫炳乾接着宣布了九名副局长候选人得票情况，台下骚动起来了，只见卫炳乾大声说："请大家安静，按照方案规定，如果三名候选人均不过半数，则取前两名进行下一轮差额选举。工作人员正在打印选票……"

坐在台下的贾士贞感觉到口袋里的手机在振动，急忙取出手机，一看是常书记的号码，一边打开手机一边大步朝大门走去，到了门口，贾士贞说，"喂，常书记，我是贾士贞……"

"怎么样？"这是常友连的声音。

"常书记，第一次投票三个人均未过半数，马上进行下一步，现在正在打印选票。"贾士贞说，"其他选区情况怎么样？"

贾士贞挂了电话，会场上已经开始发放选票，卫炳乾在台上重复着填写选票的注意事项。这次只有一张选票，而且只有两个人名字。选票很快就填好了，按照刚才的投票方式，大家开始投票。

台上在统计选票时，会场上的群众已经坐好了。室内不像刚才那样骚动，人人都在盯着两旁的屏幕，心情不由地紧张起来。

贾士贞有些坐立不安，匆匆上了主席台，远远地站在那里，目不转睛地看着工作人员，一会儿功夫结果就出来了。卫炳乾慌慌张张地跑过来，没等卫炳乾说话，贾士贞便问："怎么了，慢慢说！"

"贾部长，情况不妙！"卫炳乾摇摇头，"看样子这次两人都难说！"

贾士贞说："结果出来了没有？"

"出现许多弃权票！"

贾士贞走到现场，这时，汇总结果已经出来了，贾士贞一看，有效票数339张。洪正中得164票，占48.38%；霍启龙得114票，占33.63%，弃权31票，另选他人30票。贾士贞看了一会儿，对卫炳乾说："如实向大会宣布结果，不宣布谁当选。下一步怎么办，待常委会讨论后决定。"说完，贾士贞匆匆走下主席台。

出了剧场，拨通了常友连的电话："喂，常书记吗，我是贾士贞。"贾士贞走到剧场的角落里，四下看看，小声说，"常书记，工商局的第二次选举又不成功……"

常友连犹豫了片刻，说："士贞，如实向大家公布结果，晚上召开常委会，再行研究。另外，注意黄东平他们的情绪，中午我们见面再说吧！"

贾士贞关掉手机，转身向会场走去，只见黄东平低着头，踏着台阶往下走来。贾士贞快步走上去，黄东平一抬头，看见贾士贞，满脸尴尬。

“贾部长……”

“东平同志，”贾士贞轻轻地说，“我正准备找你……”贾士贞看看脸色灰暗而苍白的黄东平，心中升起一股怜悯。

“我……没想到……”黄东平低着头，有点像犯了错误的小学生，“现在后悔已经没有用了，哎！”

贾士贞看看黄东平，那种垂头丧气、神情沮丧的样子，完全没了当初工商局长的威风了。

“东平同志，人生啊，不可能永远是阳光灿烂。”贾士贞说，“一个人的一生就像天气一样，不可能永远是晴空万里，有暴风雨，也有冰天雪地，那是大自然的规律，人也一样，所以，我们要正确对待自己。”

“贾部长，这些道理我都懂。”黄东平苦笑了一下，“只是这场改革来得太凶猛了点儿，我一点儿思想准备都没有。”

“人在最艰难的时刻，也要勇敢地面对。俗话说，是金子，一定会闪光的。”贾士贞说，“你在处级领导干部的岗位上干了那么多年，有一定的经验，我想，以后一定会有机会的。”

“贾部长，我手里还有许多工作要交下去。”黄东平慢慢往前走着，“反正我已经是落选的人了。”

“今天晚上召开市委常委会。”贾士贞说，“下午还有五个部门要选举，还会有其他问题的，听候市委的意见吧！”

黄东平走了，他推着那辆旧自行车，贾士贞能够理解黄东平今天为什么没有坐着别克轿车来参加这样的会议。

贾士贞看着黄东平的背影消失在大街上的人流中，心情愈加复杂起来。

过了一会儿，贾士贞踏着台阶，到了大门口，会场里传来卫炳乾的声音。贾士贞快步进了会场，麦克风里正传来卫炳乾那不太标准的普通话，当他宣布洪正中和霍启龙的得票结果时，会场里顿时传来各种惊讶声。

贾士贞沿着座位之间的走道，大步向主席台走去。当他走到前排时，正巧卫炳乾的目光和他相遇了，贾士贞立即向他摆摆手。随后向中间前排走去。就在卫炳乾宣布散会时，贾士贞来到洪正中和霍启龙面前。

“正中、启龙，请二位留一下。”

贾士贞来到西奥宾馆时，已经过了十二点。这时，常友连也下了车。

两人向餐厅走去，常友连正要说话，手机响了，他漫不经心地取出手机，在餐厅门口停住脚步。

“喂……”

“是常书记吗？”

“你是谁？”

“常书记，我是市人事局驾驶员小孙。”

“小孙，干什么？”

“常书记，对不起，打扰您了。我在家里捉住了一个贼……”

“贼？连这点事也找我？小孙你……”

“常书记，他可不是一般的贼，这人是交通局长兰克彪，不是偷东西，而是偷人的贼！”

常友连愣住了，看看身边的贾士贞，而贾士贞故意避开常书记。常友连关掉手机，说：“士贞……”可偏在这个时候贾士贞的手机响了。他一边应着常书记，一边接通了电话。

贾士贞匆匆挂了电话，看着常友连。

“士贞，走……”常友连说着转身往外走去。边走边愤愤地说，“好个兰克彪啊，咱们去看看！”

贾士贞晃了晃手机说：“原来是……”

小孙家住在市政府老宿舍区，大家习惯称作市委东家院。从西舆宾馆开车只要几分钟就到了。常友连坐在轿车里，头脑里反复响着小孙在电话里的那番话。说起小孙，常友连还真的有点印象。三年前，小孙在市委开车，只是没有固定给哪个领导，算是机动驾驶员。通常是哪个领导有急事，或者车子，或者驾驶员碰到特殊情况，自然会调动机动驾驶员。常友连和小孙打过几次交道，他觉得小孙还不错。后来小孙调市人事局给高局长开车，还到办公室看过他，或而碰到常友连时，总要说上几句话。

刚才接了小孙的电话，常友连不知道到底发生了什么事，这会儿想想，一定是兰克彪没干什么好事，可这大白天，怎么会在一个驾驶员家里被捉住了呢？

轿车进了市委东家院，左拐不久，车停了下来。常友连推开车门，贾士贞随后也下了车，只见路上围着一群一群机关家属，见到常友连和贾士贞，人们纷纷向一旁退过去。

这时小孙迎了上来，小孙头发蓬乱，满脸汗水，见到常友连和贾士贞，说：“麻烦常书记、贾部长了！”

常友连问：“到底怎么回事？”

“常书记，兰克彪这人太无耻了，常常乘我出车不在家时跑到我家来和我老婆鬼混……”

没等小孙说完，常友连说：“他人呢？”

“被我堵在房间里。”

“走，进去看看。”常友连脸色陡变，刚走了两步，围观的人群中有人说：“110来了！”

常友连瞪了小孙一眼：“报警干什么？”

小孙说：“不是我报的110。”

不知为什么，常友连没有理会110车上下来的人，跟着小孙来到门口。

突然旁边过来一个人，贾士贞一看，原来是韦旭。韦旭看看贾士贞，又看看常友连，不知道常友连是真的没看到他，还是故意不理他。韦旭犹豫了一下，低声说：“常书记！”

常友连还是当作没听到，贾士贞向他点点头。韦旭的表情有点尴尬。贾士贞心里突然想到，韦旭怎么这么快就赶到了呢？当然不可能是小孙打电话给他的，小孙和他根本不熟悉，那么唯一的可能就是兰克彪给他打的电话。贾士贞没有理会他，跟在常友连后面。

这是一栋三层旧式楼房，一楼是一间不大的客厅，推开后门，旁边是一个窄而陡的楼梯，常友连和贾士贞跟在小孙后面，到了二楼便是一道门，门上挂着一把铜锁，小孙打开锁，一脚踢开门。

听到踢门声，兰克彪惊恐万状地站了起来，一看出现在门口的是市委书记和组织部长，无地自容地到处看了看，一时不知所措。

旁边的女人大约三十来岁，虽然吓得脸色苍白，但仍然让人感到是一个姿色不凡的少妇，不用说，这就是小孙的老婆。

贾士贞的目光在室内扫了一眼，正中一张大床，说明是一间卧室，床上并排两只枕头，一床小被子叠得很是整齐。

“常书记，贾部长，我……”兰克彪如同罪人一样，低着头。

“不怪他。”女人说，“都怪我！”

“你们知道这是什么时候吗？”常友连大声吼着。“兰克彪啊兰克彪，我怎么说你才好呢！”

“我请求组织上处分我！”兰克彪说。

“处分？”贾士贞说，“老兰哪，你知道今天是什么日子吗？下午……下午……”

“你以为那个交通局长非你莫属了！”常友连气急败坏地说，“士贞，打电话让市纪委书记张亚新来把他带走，我没空管这种事。”

常友连走下楼梯，只见两个民警站在客厅里，便说：“好了，没你们的事了，让外面的群众都散去吧！”

过了一会儿张亚新来了，常友连说：“张书记，这事交给你处理吧，我懒得说。士贞，咱们走！”

“常书记、贾部长，下午的事……”兰克彪从楼梯上跟了下来，说，“我放弃了！”

常友连和贾士贞没有理会他，大步出了门。

不知道什么原因，吃中饭时，常友连一句话也没说。贾士贞知道，发生这样的事，而且在这样关键的时候，那些小报的记者又无孔不入，这无疑是给他市委书记的脸上抹黑。

其实，贾士贞还有许多事情想利用中午吃饭时间和常书记说说，可被兰克彪耽误了这么长时间，现在连饭都来不及吃，狼吞虎咽了几口，便站起来，说：“常书记，我先走了，下午我要去两个选举现场，有事打我手机！”

常友连抬起头：“晚七点半钟召开市委常委会，让组织部几位副部长都到席会议。”

常友连刚说完，又说：“士贞，我看你还是先去市交通局，兰克彪是不是不参加竞选，可以宣布他放弃？”

贾士贞犹豫了一下，说：“选票都已经印好了，我看……”贾士贞想了想，“要不还让他参加竞选，恐怕今天中午发生的事早已满城风雨了，我估计他是没戏了！”

“也好，那就随他去吧！”常友连说，“卫生局那里你还是要兼顾一下，我再给老姚打个电话，让他也争取去两个选举点。”

正在这时，常友连的手机响了，他刚接了电话，就捂着手机，大声喊道：“士贞，等一等！”

常友连接完电话，走到贾士贞身边，低声说：“贾振兴一行马上到了，你抓紧时间去接一下，给他作些解释，晚上市委、政府宴请他们。不过，你得尽快赶去交通局。”

“他们怎么在这个时候来了！”贾士贞看看常书记说。

“没关系，也是好事，让他看看我们的改革，他虽然是一个商人，可很关心政治。”

贾士贞快步出了餐厅，随即给卫炳乾拨了电话。

贾士贞赶到市交通宾馆时，已经是一点四十五分了，群众已经纷纷进场，贾士贞一眼看到卫炳乾站在会议室大门口，见到贾士贞，他三步并作两步跑过来。

“贾部长，兰克彪现在怎么样了？”卫炳乾焦急地问。

“交给张亚新书记处理去了。”贾士贞无奈地说，“这个人真干得出来，下午竞选，中午搞女人！”

“那他还参加下午的竞选吗？”

“这事交通系统群众知道吗？”

卫炳乾说：“这种事，好事不出门，坏事传千里！据我所知，不知道的人已经很少了。你看……”卫炳乾指指会议室门外三三两两的围在一起的人群，“不信你去看看，都在议论这事。”

“所以，我的意见是也不要白费功夫了。”贾士贞说，“现在再去重印选票，我觉得没必要，还有多少人会选他？就让他在竞选中落选吧。”

卫炳乾点点头：“这样也好。”

“韦旭来了吗？”

卫炳乾摇摇头：“刚才给我打个电话，说身体不舒服。”

“是吗？”贾士贞说，“中午在小孙家他不是好好的吗？”

“他去现场了？”卫炳乾说，“他怎么知道了？”

会场上悠扬的音乐声停了下来，贾士贞大步跨上台阶，边走边说：“炳乾，还是你主持吧，我还是不讲话为好。”

正在这时，霍启龙喘着粗气跑来了，大口喘着气说：“贾部长，刚才我得到消息，说有人要破坏今天的选举……”

“慢慢说。”

“可能有人在会场放了炸弹！”

“什么？”贾士贞慌了，“这是谁说的？”

“我也不知道。就在刚才，一个男子塞给我一个纸团，随后就不知去向。我一看纸条……”霍启龙赶快把那张纸递给贾士贞。贾士贞打开纸条一看，上面有一行铅笔字：“有人在会场放了定时炸弹！”

贾士贞脸色大变，说：“无论真假，赶快把全场里的人都疏散出来，我马上给鲁局长打电话！”

第十六章　错综复杂的矛盾

人们虽然不断走出会场，但人人都一头雾水，不知道发生了什么事。临时调换的会场就在交通宾馆旁边的物资公司院内。

这时，一辆白色桑塔纳轿车闪着顶灯，响着警报冲进院子，车上下来的第一个人正是鲁晓亮。贾士贞迎了上去，说："鲁局长，你看！"

鲁晓亮接过贾士贞手里的纸条，一边看一边往台阶走去。

鲁晓亮说："防暴队马上到了，不管真假，宁愿视其有，不可视其无。"

另一辆警车到了，鲁晓亮把手一挥，大声说："快，大家跟上来。"

一个年轻警察跑步来到鲁晓亮面前，鲁晓亮把纸条交给他。

"宋队长，先从主席台上查，要快，千万注意安全！"鲁晓亮说。

宋队长一挥手，一群警察跑步进了会议室。

贾士贞边走边说："鲁局长，你怎么看这事？"

"贾部长，这事不稀奇，美国的世贸中心都有人敢撞。"鲁晓亮说，"正说明这些人害怕改革！"

"我在想，"贾士贞说，"从冲我而来的那场车祸，到末臾几位县领导的翻车，以及末臾选票被调包，现在又要炸选举会场，这到底是巧合，还是……"

"贾部长，我知道你和常书记是为什么！"鲁晓亮说，"你们的担心不能说没有道理，可一味地宽容……我不知道这几件事到底有没有联系，不过，假如今天真的发生了爆炸事件，影响就大了，是我这个公安局长失职。"

到了会议室门口，鲁晓亮停住了。对贾士贞："贾部长，你在这里等我。"说着，鲁晓亮大步进了会议室。

贾士贞若无其事地进了会议室，只见台上台下忙碌起来，鲁晓亮飞也似地跳上主席台。

贾士贞焦急地往前走了一会儿，突然取出手机。

“喂，是韦副部长吗？我是老贾，你现在怎么样了？”

挂了电话，贾士贞跑到主席台，说：“鲁局长，时间马上到了，我要去会场，有什么情况立即打我的手机。”

会场上，卫炳乾对着话筒，大声说：“请大家静一静……”

贾士贞进了会场，看看表，时间已经过了半小时，会场上人们还在交头接耳，卫炳乾还在大声维持秩序，台下渐渐安静下来，贾士贞刚走到主席台下，手机响了，一看手机，他一边接电话一边往外走。

“喂，鲁局长吗？”

“贾部长，你在哪里？”

“我在会场上，马上就出来了。你说吧，怎么回事。”

“搜查到了，在会议室左面墙下面角灯的盒子里，发现四个绑在一起的雷管，就是农村用来炸鱼的那种，但体积很小。”

“好，我马上过来！”

贾士贞大步跑出会场，当他一口气跑到交通宾馆时，鲁晓亮和宋队长已经来到院子里，旁边有两个警察蹲在地上。

鲁晓亮迎上来，指指地上的雷管说：“就是那东西，已经除掉引绳，马上送去进一步检查。”

“鲁局长，情况复杂了，你们必须马上破案，我现在就去向常书记汇报。”

夜已经降临了，市委常委会议室灯光通明，忙了一天的西臾市委领导们显得有几分疲惫。

尽管太阳还是公平地照耀在地球的每一个角落，西臾这片八千平方公里的土地上，和任何地方一样分享着太阳的光辉，但是，西臾市六百多万人民又经历了极不平凡的一天——和一年前的那场改革一样，人们又经历着一场前所未有的干部人事制度改革。在这里体现了政治的文明，在这里民主得到了真正的尝试。

市委常委们都已经默默地坐在椭圆形会议桌周围，常友连最后一个走进常委会议室，在正中那个位置上坐了下来。这时卫炳乾从常友连开始，给每个领导分发材料。常友连拿着材料，看了一会儿，目光慢慢地移动着，他说：“今天大家忙了一天，实在是不该再开这样一个会议。但是，大家知道，对于我们西臾市来说，今天是不平常的一天，上下午各有五个部门召开了选举大会，让群众选举了他们心目中最信得过的领导。和过去相比，在干部的选拔上发生了翻天覆地的变化，也是质的飞跃。平心而论，我觉得这样选拔领导干部符合民意，深得人心。”常友连看看常委们，“今天，在这样的关键时刻，却发生了一件让我感到耻辱的事，一场大的事故差点发生在我们身边，我想这已经不仅仅是对改革的态度问题，而是极大的犯罪。”常友连的眉毛拧成疙瘩，停了停继续道，“如果不是公安局的同志及时赶到，及时搜查，那后果是不堪设想的。”

常委们目不转睛地看着常书记，或许有人还不知道发生了什么事，常友连接着说：“我觉得很奇怪，兰克彪居然胆大包天，大白天跑到人家里去干那种事，中午又有人要炸交通局的选举会场！好吧，这事等到公安局查出结果再说。”

“今天晚上本来不准备开常委会的，大家都知道，贾振兴先生一行今天中午来到西臾，将要正式签约在西臾投资的事。可是没有办法，这个兰克彪闹出了这么大事。”

贾士贞看着手里十个部门选举情况，听着常书记刚才的一番话。兰克彪在今天下午的选举当中落选了，这是必然的结果。至于兰克彪这个人，贾士贞到西臾市委组织部不久，就听到了关于他的不少故事。当年是谁把兰克彪提拔起来当凹臾县委副书记的？他没有去研究，但后来兰克彪任县委书记时，居然和县政府招待所一个女服务员半夜开着车到野外去鬼混，被一个乡党委书记跟踪，还拍了照片，这事闹得全县上下沸沸扬扬，市纪委调查最后不了了之。但是显而易见，县委书记不能再干了。市委常委为他的安排问题，引起了一场争论，有人说，县委书记都是安排副市级的，怎么能当交通局长呢，最差也得安排市政府秘书长，日后怎么说人大政协也好有个副职的余地。可最后还是去了市交通局当局长。

在上次那四十八名县处级干部公选时，贾士贞也曾经和常书记议论过，想把交通局长的位置拿出来公选。当时常友连说，如果把交通局长的位置拿出来，那么就要把兰克彪安排到一个合适的位置上，否则，他又没什么问题，又没到年龄，引起连锁反应怎么办？贾士贞只好作罢了。

“看来，兰克彪这个人啊，上次那件事是让他蒙混过关了。”常友连说，“他尽搞这些名堂，轿车里、中午到人家家里去，江山易改本性难移！现在又闹出个炸会场的事……”

常友连愤愤地把材料放到一边，继续说：“新一轮的干部制度改革，先期的十个部门进行得还是比较顺利的，应该说绝大部分单位的选举工作是成功的。大家都希望通过这样选举的办法来产生自己的领导，将来能够真正为群众办事。但是，有两个局的局长最终没有选举成功，工商局的三位候选人中，第一轮淘汰了黄东平，第二轮中，洪正中获得了164票，约占48.4%，仅差1.6%就过半数。水利局两轮选举下来，程中华获得248票，占42.5%，差7.5%。关于下一步的工作问题，常委最近还要专门安排时间讨论，大家还要认真总结经验，现在要讨论的是工商局和农林局已经没有合法的局长了，工作怎么办？”

贾士贞看着手里的资料，说：“我看了一下材料，这次通过选举产生的机关局级领导情况，确实值得我们常委重视：十个部门中，只有两个原局长当选了局长，除了卫生局唐玉熙没报名之外，有七名局长落选。这说明了靠领导权力选干部和群众选干部的差距。而这十个部门原有副局长五十二名，这次下达选举名额为三十名。原五十二名副局长报名参加竞选的有二十一名，最后竞选上的只有八名，占原有副局长人数15.3%，占参加竞选的二十一人的38.09%。而当选的大部分同志都是第一线的实干家，文化层次较高，有实践工作经验，在自己的工作中赢得了群众的信任。可见我们过去的选拔干部的方法不改革不行了。”贾士贞看看常友连，接着说，“关于工商局和农林局的问题，我反复想过，洪正中同志各方面条件都不错，作为一个系统之外的副区长，能够获得339人中的164票，占48.4%，非常不容易。但是毕竟未过半数，所以，我建议让他出任党组副书记，一方面让他熟悉业务工作，一方面让群众进一步了解他，待半年之后，再和霍启龙重新进行一次选举。”

姚雨生点点头，说：“贾部长这个办法好，但我又想到，万一半年后仍出现两人都不过半数票，或者霍启龙当选了，那洪正中怎么办？”

大家顿时冷了场，相互看看。常友连看看贾士贞，欲言又止。

贾士贞说：“真的是那样，只能按照原副区长平职调到其他县区去工作，或者还留在北山区。他毕竟年轻，只有三十三岁，而且在此期间，他还可以去竞选其他岗位，还是有可能竞选上的。”

常友连说：“这个办法好是好，可是一个部门总得有一个一把手，不仅重要工作需要拍板的人，就是平时工作，也必须有一个统揽全局的领导呀！他这个党组副书记能起到一把手的作用吗？”

“是啊！”贾士贞说，“我正要说这个事。”洪正中的情况自然不能代替局长和党组书记，因此，我想，一个权宜的办法，只有请市政府分管副秘书长代行局长职权，也就是半年吧！”

贾士贞的意见获得多数常委的支持。接下来讨论农林局的问题。

贾士贞详细汇报了农林局的情况，农林局的情况较为复杂，不仅三名局长候选人在第一轮选举中都没有超过半数，而且弃权另投他人的选票高达一百一十多张；在第二轮选举中两名候选人也都只获得30%的选票。显然是群众对农林系统这三个候选都不满意。如果说人们对原局长单礼阳不满意的话，那么另外两个都不是农林系统的人。高群山是凹臾县副县长，北京农业大学毕业，在乡里干过农技员、副乡长、乡长、乡党委书记。前几年参选副县长时，领导本意只是让他作为陪衬，落选了再说，可他居然以高票当选，另一位当了多年的副县长却落选了；另一位候选人刘明生，是市农校党委书记兼校长，享受副县处级待遇已经四年，西北农业大学研究生，在前面一轮民主推荐时，获得农校76%的群众的支持。这两个人在公共基础知识测试、答辩累计分数都获得高分，可为什么没有当选呢？这不仅是贾士贞没有想到的，连常委们也感到意外。

最后，常书记说："组织部正派人调查其中的原因。目前的解决办法，可否在三位副局长当中推选一名同志主持工作？"说到这里，常友连一敲桌子，"有办法了，省农林厅不是要派一名处长下来带职吗，可以由他主持全面工作，缓冲一段时间再作研究。"

回到宿舍，贾士贞正准备洗澡，有人敲门了，他没有立即去开门，只是大声问："谁？"

外面没有回答，贾士贞也就没有开门。自从上次出了事之后，也许是他心有余悸吧，一个人在宿舍时总有些胆胆怯怯的。

这时，他的手机响了，贾士贞接通了电话。

"喂，贾部长吗，我是水利局的周森林，请你开开门。"

贾士贞一边抓着手机一边开了门，只见周森林满脸兴奋地进了屋。

"贾部长，非常感谢你，给我这样一次机会！"

"森林同志啊！说实在的，西臾新一轮干部人事制度改革开始前，我就想到你了。"贾士贞说，"我真的希望你在竞争中能够胜出，不然你们，特别是你父亲对我的误会更多了。当我看到你在每次竞争中都取得了好成绩，我真的从心底里祝贺你呀！堂堂正正，凭自己的本领底气足，腰杆也硬。"

"贾部长，我父亲说了，请你对他过去的过激语言多理解。"

"他是老领导，我们年轻容易莽撞，何况我这人头脑简单，还要请他多包涵啊。"

常友连和贾士贞陪着贾振兴一行吃完了早餐，刚出了餐厅，常友连突然走到贾士贞身边，刚说了一句话，只见一个中年女人大大方方地走到贾振兴身边。

贾振兴放慢了脚步，朝中年女人微微一笑，显然不是陌生人，贾士贞向贾振兴点点头，继续和常友连边说边往前走。

吃早饭时，贾振兴说他们这次来西臾带来五千万美元，准备在西臾投资建一个生态农业园和养殖业的有机田园。计划用两天时间商谈合作的具体事项，双方达成共识后，即签订协议。这对于西臾市委、市政府来说，是一个振奋人心的喜讯。

按照常友连的意见，商谈合作协议的具体条款主要由邵明和分管市长以及主管的农业、财政、发改委等部门负责。常友连表示自己也会直接参与的，而贾士贞主要工作还是抓好干部制度改革。两人商定后，贾士贞正准备向贾振兴打个招呼，这时手机响了，一接电话，原来是鲁晓亮，说昨天交通宾馆的案子已经破了，要和宋队长过来汇报。

常友连上前和贾振兴握手时，贾士贞看了一眼那个中年女人，这时贾振兴笑笑说：“这位是我远房叔叔家的女儿，叫贾英月，在你们……英月，叫什么部门？”

“市工商联。”贾英月说。

“哦，说起来你应该知道的，她爱人是你们市交通局局长兰克彪。”贾振兴说。

在这一瞬间，贾士贞愣住了，目光落在贾英月身上半天，贾士贞此刻的头脑里一片茫然，怎么也没有想到，这样一个难题突然间摆到面前来了，他立即调整了自己的情绪。显然，贾英月是来向贾振兴搬救兵，为丈夫求情的。而贾振兴不是张志云，也不是肖志民。他是拥有多少亿美元的美籍华人，他主动找上门来在西臾投资，这样的外商，不仅对西臾发展经济十分重要，就是省委、省政府也是会十分重视的。即使贾先生不主动出面说情，市委、市政府也得考虑相互关系的呀！

贾士贞若无其事地朝贾英月笑笑，又看着贾振兴说：“这么说来我们都是本家啰，一笔写不出两个贾字。”

“是啊，是啊！”贾振兴握着贾士贞的手说。

“贾先生，今天我和常书记有点事，但是我们会尽一切努力来陪你的。”贾士贞握着贾振兴的手说。

在回来的路上，贾士贞感到身上突然间有一种巨大的压力，刚才的细节也许常书记并没有注意，贾士贞不知道，如果常书记知道了这个情况，他会怎么处理。

贾士贞没有回组织部，直接来到常书记办公室，鲁晓亮和宋队长已经等在常书记办公室门口了。

大家进了屋，常友连说：“说说情况吧！”

鲁晓亮向两人递香烟，常友连接了，贾士贞则摆摆手，说：“案子破了？”

鲁晓亮点点头，觉得贾士贞有点心事重重的样子。看看常书记，说：“我先说说情况，有什么不周到的地方，请宋明补充。”

“从搜查到的雷管看，是农村用来炸鱼的，但当我们进一步检查雷管时，才发现雷管里的炸药已经被人换了，换成土和灰，也就是说，完全成了假的，根本不可能炸的。”鲁晓亮说到这里停下来了。

常友连睁大双眼看着鲁晓亮：“这么说来，完全是场虚惊！”

“可是当时谁知道那东西是假的！”鲁晓亮说，“放雷管的是交通局下面运管所的两个青年，其中一个曾经是市交通局办公室工作人员，因为工资问题和兰克彪吵了两回，后来被调到运管所，对兰克彪怀着仇恨。他知道那天上午八点钟要在交通宾馆大会议室召开选举大会，于是叫上一个同伙，头一天夜里混到会议室，一人望风，一人将雷管放在左面墙壁的角灯盒子里，引线连接在电线开关上，只要一关灯，雷管就会爆炸。据那个青年交待，他们并不知道雷管里的炸药被换了。”

“那么雷管是从哪儿弄来的呢？”贾士贞问。

“他们说是从郊区农村买来的，我们按照他们说的地点，立即去调查了，也证明雷管确实是买来的。”

“那么又是谁得到这样的秘密，给霍启龙纸条的人又是谁？”贾士贞问。

“这两个问题还在调查之中，但有一点可以肯定，送纸条的人并不知道雷管里的炸药被换了。”鲁晓亮说。

“老鲁啊！这些问题都要尽快弄清楚。”常友连说，“还有，你想过没有，西臾在这短短的时间里发生这么多事情，是偶然的巧合，还是什么原因？都必须尽快弄情楚。我觉得西臾的治安形势应该高度重视了，否则不仅影响改革，而且影响经济发展。昨天美国华商贾先生已来西臾，这两天正在商谈投资的细节，万一……”

“常书记，你放心，我们已经作了全面部署，你担心的那些问题，我相信会尽快有一个明确的说法的。”

鲁晓亮走了。贾士贞站了起来，却没有走的意思，犹豫了片刻，说：“常书记，有一件事，不知道你知不知道？”

“什么事？”常友连看着贾士贞，“看来这事还蛮重要！怪不得我感觉到你的情绪有些不对头！”

“刚才我们从餐厅出来，就在你和贾先生握手时，你没看到一个中年女人？”

常友连摇摇头，说：“没注意，刚吃完饭，出来进去的人多着呢！怎么啦？”

贾士贞满脸严肃，说：“常书记，你知道那个女人是谁吗？”

“谁？”常友连莫明其妙地看着贾士贞，“管她是谁呢！你是什么意思？”

“常书记，”贾士贞更加严肃起来，“她叫贾英月。”

“噢，原来和你是本家，你怕什么？”

“不，不是和我，而是和贾振兴先生！”

“什么？”常友连突然微微一笑，“你不也姓贾吗？”

贾士贞叹了口气：“她可是兰克彪的老婆，而且……”

“你……你这人……”常友连笑了笑，“士贞啊，你可把我弄糊涂了，他们……”

“刚才你没看到贾先生热情地把她介绍给我吗？”贾士贞说，“贾英月是贾振兴先生的侄女，不过好像并不是亲侄女，而是远房的。”

常友连一愣，半天没说话。

贾士贞说：“不过从贾先生当时的表情看，兰克彪发生的事好像他并不知道。”

常友连脸上的笑容消失得无影无踪了，他拿起桌子上的香烟，慢慢地抽出一支，一边点一边向窗口走过去。

过了一会儿常友连回过头，看着贾士贞，说：“士贞啊，假如贾先生真的帮助兰克彪说情了，或者说，他并不直接出面，而是……”常友连犹豫起来，“士贞，这事可要慎重啊！”

“所以，常书记，刚才鲁局长在汇报案子时，我还一直在想着这事，上次贾先生来西臾时，也没听说他有这样一个关系！”贾士贞说。

“士贞，我想啊，咱们也不能太死心眼了，有些话是不该我这个市委书记说的……”常友连说，“当前，在西臾，在西臾市委、市政府面前，什么是头等大事，我想一是干部人事制度改革，为什么，因为我们的干部人事制度改革给我们创造了经济效益，像贾先生的投资，不仅是来之不易的，还具有相当的号召力和影响力；二是经济建设，当然这个经济建设除了改革经济体制，还需要外资的注入，这一点我们都必须不惜一切代价要保证的。”

贾士贞默默地点点头，他完全理解常书记话中的深刻含义和良苦用心。

“所以，士贞，交通宾馆搜查到雷管的事，我的意见是就到此为止吧！何况又没有造成什么后果，说不定是个别人搞的恶作剧！不要自己给自己的脸上抹黑，你理解我的意思吗？”常友连认真地看着贾士贞。

贾士贞点点头，走到常友连对面，伸手拿起常友连面前的香烟，自己却没抽，递一支给常友连。

“我找时间给省里有关领导通个电话，认真汇报一下西臾最近一段时间的工作。”

贾振兴决定首批在西臾投资八千万美元，建设有机田园。从粮食到蔬菜，再到养殖业，产品除了蔬菜之外，还有粮食、生猪，以及鸡鸭等等，主要出口欧美。经过两天的商谈，协议的细则基本敲定，贾振兴表示，资金他会绝对保证的，而且他不会像有些外商向当地政府提出条件，或者要当地政府提供大部分贷款，他说那还叫什么投资，那是让当地政府和人民用自己的血汗钱供他们发财。

常友连向省委书记谭玉明汇报了这事，谭玉明感到有些吃惊，他甚至怀疑常友连说的话是不是可靠。于是当时在电话里表示，放下手里的所有工作，明天一早就和省里相关部门的领导到西臾来。省长曹靖正在香港参加招商大会，听到谭玉明告诉他的这个好消息，激动得连夜召开会议。谭玉明还让常友连转告贾士贞，他来西臾除了见见贾振兴先生，还要和贾士贞好好谈谈。西臾的干部人事改革遇到了许多困难，省委要加以鼓励和肯定。

常友连接完了谭玉明的电话，兴奋得一夜没睡好。省委书记要到西臾来，而且没有任何准备时间，虽然谭玉明再三强调，他的此行是临时决定的，一切如常，不得作任何准备，更不准搞什么超标准的接待，不要让人家贾先生说中国官员讲排场，弄虚作假。但他还是在十一点时找来了邵明和公安局局长鲁晓亮。布置完了之后，常友连给贾士贞打了电话，告诉他明天谭书记来西臾可能会在适当时候找他谈话。

据说，谭玉明从不搞高规格的接待风，常常带着秘书轻装便行，群众反映省城交通难的问题，于是有一天早上，他七点四十分带着秘书乘公交车，在路上整整堵两个小时；还有几次下乡不用自己的轿车，用一辆县里普通桑塔纳，只带着市委一位秘书长和秘书，却没有通知市委、县委，在农村转了三天。谭书记的这种作风搞得基层干部胆战心惊的，不敢弄虚作假，害怕真的给省委书记碰上了，挨批评是小事，丢了乌纱帽才是大事。

谭玉明上午十点钟到达西舆，且不去细说他如何和贾振兴一行会面的，直到晚上八点钟，才让秘书通知贾士贞到宾馆。贾士贞一进屋，只见会议室内除了谭玉明、省委秘书长，还有常友连、邵明，姚雨生和夏季。

贾士贞进门时，谭玉明居然站了起来，主动伸出手，说："士贞啊！来来来！"

贾士贞握着谭玉明的手说："谭书记，您好啊！"

谭玉明说："士贞啊！咱们这是第几次见面？我想想……哟，还真的数不清了！"

贾士贞笑笑，说："谭书记，单独见面三次，其中包括那次找我谈话，会议上见面有十多次。"贾士贞当然没有把谭书记还没上任时他陪同钱部长去M省见他的那次计算在内，但不知谭书记此刻还记得那件事吗？

"来，士贞，坐！"谭玉明指指身边的椅子，说，"这个位置是留给你的，老常，你没意见吧！"

常友连说："谭书记如此关心我们的组织部长，我高兴！"

"士贞同志不仅为我们西舆的干部人事制度改革做出了贡献，也为我们的经济建设带来效益，应该说是有功之臣啊！"谭玉明兴奋起来了。

"谭书记，您过奖了，那是常书记领导的好，是市委常委、政府各位领导的支持！"

"那当然！所以，友连书记啊，省委不仅要嘉奖士贞，同时要嘉奖你，嘉奖西舆市委全体领导成员。"

贾士贞完全没有想到谭书记会在这样场合接见他，他甚至曾经想过，谭书记单独找他谈话说不定还会指出他工作的缺点，但不管怎么说，他昨天夜里没睡好，不知道谭书记此次到西舆来单独安排见他到底是什么目的。

"今天晚上不是开会。"谭玉明说，"本来我只是准备抽个时间见见士贞同志的，后来考虑还是请西舆市几位领导一起参加，所以我和龚秘书长说了，他也认为这样的形式好。"

谭玉明看看大家，最后把目光落在贾士贞身上："士贞同志到西舆任市委组织部长，还不到两年，而且其间又去美国学习了将近半年，时间虽然不长，可是干了一件大事，不仅给西舆这块土地增添了活力，更主要的是解放了西舆许多干部们的生产力。不仅如此，他的影响力放射到全省、全国，居然飞过太平洋、大西洋，让北美、欧洲人刮目相看了！大家知道，改革开放这些年，全国各地，大大小小的单位、地区、部门，都在挖空心思去招商引资，我们省曹省长带着一批厅局和市领导去香港招商，可是不知能有多大成效。”谭玉明越发兴奋了，“大家知道美国的贾振兴先生为什么不去北京、上海、苏州投资，偏偏到西臾来？那是士贞的灵魂把他勾来的，这是什么力量？是感染力、号召力！”

“当然，改革没有缺点错误、没有困难阻力，那是不可能的，也不符合客观事物的发展规律。”谭玉明喝了口水，继续说，“小平同志为什么伟大，为什么被誉为中国改革开放的总设计师？大家还记得他说过的那句话吗，叫‘不争论，大胆地试，大胆地闯，发展才是硬道理’。没有小平同志对中国的设计，没有这样的英明决策，中国的经济能有今天？有人指责西臾去年的那场干部人事制度改革有问题，那么我要问，你是站在什么立场，什么角度去指责的呢？当然，对一件事，有不同看法，甚至有争论，那都没有关系，只有通过争论，才能分清止确和错误。我实事求是地说，去年士贞的那场改革触犯了一些人的利益，省里就有人积极主张让他到中央党校学习一年。当然，一个领导干部去中央党校学习是好事，可是在那种情况下就不一样了，无非是想让他把市委组织部长的位置让出来，无非是想让干部人事制度的改革走回头路。但是省委在讨论时统一了思想，统一了认识。”

谭玉明越说越严肃，在场的人个个都没有发出半点声音，室内静得几乎连一根针掉到地上都能听到响声，服务员轻轻推开门，秘书向她摆摆手。

“前段时间听说你们准备对一县一区公选党政一把手，后来停了，是否是因为那场车祸？”谭玉明停了下来，过了好一会儿，“几个县级领导干部出了车祸，甚至死了四位领导。这确实是让人痛心的事，可是我们的个别领导违反规定，公车私驾，又酒后开车，难道要把这个问题的罪名加到改革头上？”谭玉明摇摇头。

这次见面最后是怎么结束的，贾士贞已经记不清了。谭书记的到来确实让他感到意外，但贾士贞并没有因为省委书记的肯定和赞扬而飘飘然起来，他甚至觉得下一步的路更加艰难。不过他更加坚定了信心，要沿着自己给自己设定的道路，一步一个脚印地往前走。

在市级机关进一步推进选举领导人工作的同时，贾士贞连连接到一封又一封群众来信，反映在机关选举中拉帮结派、拉选票的现象。其中就有反映水利局周森林利用原地委副书记父亲的后台拉选票，而当选为市水利局副局长。

当然，对于这样的人民来信，贾士贞反复看了又看，这真是一个非常棘手的问题。可在一次汇报工作时，常友连递给贾士贞一封信，贾士贞一看，同样是反映周森林靠父亲的势力，当上水利局副局长。贾士贞没有说话，看完了信，又把信退回给常书记。

贾士贞想，按照周效梁的性格，凭他以前对待儿子提拔问题上的过激表现，他完全相信，周效梁一定能干出那些事来的。然而证据在哪儿？更何况在去年那次公开选拔县处级领导干部时，周森林获得第二名，如果按照那次干部人事制度改革的计划，前三名的同志都将进入县处级领导干部的人才库，作为后备干部来选用。现在，周森林当选为市水利局副局长，他觉得也是顺理成章的。至于拉选票的问题，在美国总统的选举中，谁不是公开四处演讲，为自己拉选票。贾士贞只能暂时把这些问题留待以后慢慢研究。

就在市级机关的选举工作如火如荼深入展开时，市委决定同时在平舆县川坝乡直选乡长试点。

在这关键时刻，贾士贞接到周光的电话，说后天晚上赴美国高级领导干部培训班的同学聚会，还邀请了一位老师参加。周光说这是他们回国后的第一次聚会，任何人都不得缺席。

接完电话，贾士贞的心里真的有一种无法言表的激动。周光回国后不久就提拔为省发改委主任，谁都清楚省发改委主任下一步必定是副省长。想到那些同学，必然想起在美国那不平常的几个月，他不由想到了华祖莹。从时间看，华祖莹毕业应该有几个月了，不知道她现在干什么，也不清楚是什么原因，最近一段时间一直没有给他打电话。

这样想了一会儿，贾士贞还是决定，无论如何回省城一趟。除了特殊的同学友情，也想看看那位老师，贾士贞本想问问这位老师是谁，可周光那样激动，他也随着周光的激动而兴奋不已，最后也没有问。周光的电话勾起了贾士贞对那段特殊经历的许多回忆。

这些日子，贾士贞无论怎么忙，每天回到宿舍，躺到床上总要想起妻子和女儿。上次回到省城，居然不知道妻子去了哪里，周一兰似乎对他的态度也发生了微妙的变化。

其实，贾士贞已经不是当初刚当上市委组织部长的他了，他成熟、冷静得多了。如果回家的话，双休日还是能抽出时间的，可是他觉得他和玲玲之间再也找不回过去那种感觉，那种亲密无间的情感了。至于玲玲那次一拳打了他，而且偏偏伤到他的命根子上，几个月过去了，尽管他的心里还会像过去那样冲动，但他的生殖器再也没有勃起过。难道自己从此就失去了男人的作用了？对于这件事，他从没怪过玲玲。他是男人，是一个有知识、有道德、有修养的男人，玲玲并非主观要置他于死地，用法律的语言来说，最多只能算是一种“过失”而已。

上次，他出了车祸，是玲玲把他从死神那里唤了回来的。如果不是玲玲的坚持，不是玲玲日夜的呼唤，说不定他真的早已被化为灰烬了。当他死而复生之后，夫妻之间本应该更加情深似海，相濡以沫的，然而他们之间不仅沟通越来越少了，两人之间的鸿沟也越来越深了。这样想着想着，贾士贞觉得心里一阵阵发酸，眼角滚动着痛苦的泪水。

贾士贞这次回到省城，距离上次参加省委组织部的会议，算起来已经快两个半月。当时没有见到玲玲，在这段时间里，玲玲从没给他打过电话，他偶尔打了电话，两人也很少沟通。他不知道妻子和女儿现在的生活状况。每每想到家庭、妻子，他总是有一种说不出的伤感。

到省城时，还不到五点，贾士贞决定先回家看看。

回到家里，虽然家里一切依旧，但却显得十分寂寞而冷清。厨房里像好久没有动过，看看水池，也不像早晨刚用过。回到客厅里，茶几上已经积满了灰尘，贾士贞心情有些沉重，犹豫了片刻，拨了玲玲的手机，却没有任何反应。无奈之下，又给周一兰打了电话。

“喂，一兰吗，我是贾士贞！”

“噢，士贞啊，你在哪里？”

“我在家里，晚上有个活动。”贾士贞说，“一兰，你知道玲玲她们去哪儿了吗？”

“这样吧！”周一兰说，“你晚上活动结束后我们见个面再说。”

周一兰挂了电话，贾士贞更加心事重重，怀着依恋的心情在客厅里站了一会儿。

刚出了家门，手机响了，一接电话，是周光，周光告诉他今晚的活动改在宏门大酒店。

一说到宏门大酒店，那些让他刻骨铭心的许许多多往事一起涌上心头。他在那里认识了华祖莹，他们从相识到相知，以至后来发生了那场“鸿门宴”，华祖莹不顾一切地把他救了出来。

他不知道周光为什么把他们聚会的地点改在宏门大酒店，是周光得知他过去的隐私，还是无意中的巧合？不管怎么说，贾士贞现在的心情有些异样。轿车在大街上缓缓而行，他的脑海里自然浮现华祖莹的身影了。

到了宏门大酒店，这里一切都似乎没有多大变化，当轿车停在大门口时，贾士贞推开车门的那一刻，似乎看到华祖莹站在大厅里，正微笑着向他走来。

进了大厅，贾士贞竭力寻找当年的那些点点滴滴的记忆。正在这时，一位身穿制服的年轻女子走上前来，微笑着说："请问您是贾士贞部长吗？"

贾士贞点点头。

"贾部长，请您到四楼第二会议室。"

"是发改委周光主任安排的吗？"

"是，周主任还没到。"

上了四楼，出了电梯左拐，就是第二会议室。一进门，只见几位同学谈笑风生，贾士贞大步走上前，激动地紧紧握着大家的手。

这时，那位穿制服的女子来到贾士贞面前，说："贾部长，请您来一下，有一个人要见您。"

贾士贞奇怪地说："见我，谁？"

"请您随我来！"

贾士贞跟在这个女子后面，到了三楼。眼前的场景似乎都那么熟悉，前面那间就是华祖莹当年的办公室。正当贾士贞的目光停留在这间房子的大门上时，那女子在门口停了下来。这时，贾士贞已经停在她的身后。那女子轻轻敲了两下门，没等里面开门，她就推开门。贾士贞站在门外，往里面看去，只见室内还是当年那样的摆式，一个漂亮的女人坐在椅子上，就在女子转过脸的一刹那，贾士贞的心脏狂跳起来，"啊，是她？！"

那个穿制服的年轻女子朝贾士贞笑笑，迅速地退了出去。

贾士贞一个箭步进了屋，坐在椅子上的女子也大步迎了上来。贾士贞伸出双手，当两双手紧紧地握在一起时，贾士贞有些语无伦次了："祖莹，怎么……怎么是你？你是从天上掉下来的？"

三楼的一间大餐厅里，三张大圆桌却没有一个人坐下来。周光激动地拍拍手，说："请各位入席，大家按照名单入座！"

华祖莹在周光右边坐了下来，本来贾士贞的位置在周光的左面，不知谁把他的位置调到华祖莹右面了。

贾士贞一直在不停地和同学们握着手，按着周光的提示，大家都找到自己的座位。二十八个同学，居然全部到齐了。想到周光在电话里说，还有一位老师，可是到现在这位老师还没有出现，贾士贞有些莫名其妙了。

服务员斟好了酒，周光端着酒杯，走到中间，大声说："各位同学，首先感谢大家能够从百忙中来参加咱们回国后的第一次聚会，我想各位和我一样，心情是无比的激动的。现在让我们以热烈的掌声，欢迎我们在美国的特别老师华祖莹小姐，并为欢迎华小姐而干杯！”

华祖莹站起来，端着酒杯，满脸桃花样的鲜红。

“谢谢，谢谢各位领导！”华祖莹激动地举着酒杯，“周主任，各位领导，大家这样对待我，实在是让我受宠若惊啊！想当年，我不过只是这里的一个打工妹，怎敢担当‘老师’的称谓啊！”

这时，大家纷纷离开座位，来到华祖莹面前，争先恐后地和她碰杯。

在热烈的气氛中，唯有贾士贞没有和华祖莹碰杯。直到学员们相互敬酒的高潮中，贾士贞才得着空隙，右手端着杯子，低声说：“祖莹，我也该敬你一杯了。你还记得咱们第一次在这里相识，你还记得你换给我的那杯矿泉水吗？你还记得那场莫名其妙的‘鸿门宴’吗？还有……”

华祖莹深情地看着贾士贞，激动得热泪盈眶，她打断了贾士贞的话，没有让他继续说下去。

“来，士贞部长，咱们今天高兴，都把这杯酒喝了！”华祖莹说着把杯中的酒一饮而尽。

贾士贞要阻止她，已经来不及了。

贾士贞觉得心中有许许多多的话要对华祖莹说。刚才华祖莹约他单独在她原来的办公室见面，实在太让他意外了，他没有一点思想准备，直到现在还像做梦一般。

周光已经喝得满脸红润，他仍然极度兴奋，这时，他又端着酒杯，离开座位，走到中间，大声说：“请各位静一静……”

大家渐渐地安静下来，目光投向周光。只见周光把华祖莹拉过来，大声说：“各位，我们一行二十八人，能够有机会去美国度过五个月同窗学习的岁月，这是一种特别的缘分，也是人生最值得怀念的日子。我们这批同学都是人到中年的人了，美国的学习生活，对我们今后的人生、工作，将留下深刻的记忆。而我们在那艰难的岁月里，有一位最真诚、最尽责的老师，那就是华祖莹老师。现在，华祖莹老师已经顺利地完成了美国一流大学MBA的学业，今天，我们借这个机会热烈欢迎华祖莹的归来！”

贾士贞目不转睛地看着周光，又看看华祖莹，只见华祖莹不停地向大家挥着手。

“我现在向大家报告一个好消息！”周光看看华祖莹，大声说，“省发改委将录用华祖莹同志为经济发展研究中心副主任。省政府和省有关部门已经批准省发改委的请求。华祖莹同志放弃美国十二万美元年薪的工作，回到莫由来发展家乡的经济建设，为留学生做出了榜样。来，请大家举杯，祝贺华祖莹同志成为我们省级机关一名公务员！”

周光的话音一落，大家纷纷涌上前来向华祖莹敬酒，表示祝贺。

贾士贞默默地坐着，看着大家激动兴奋地向华祖莹敬酒，心中暗暗地为她高兴，现在他忽然明白过来，今天的聚会地点也许是华祖莹的建议。

当年华祖莹在这里奋斗过。那时，她虽然大学毕业，却只不过是餐厅的领班，一个中文系大学毕业生，不是学经济的，只是凭着自己的努力，凭着酒店领班的经历能够被美国一流大学的MBA录取，这实在是一个奇迹！而今天，当她完成了MBA的学业后，居然被录用为省级机关副处级公务员，这又是天翻地覆的变化！

这场聚会一直延续到晚上十点多钟，人人都有了几分醉意，在酒精的刺激下，大家越发兴奋和激动。贾士贞虽然努力控制着自己，但他的心情与在场的所有人都不同，一方面为华祖莹归来而激动，另一方面又为工作的压力、夫妻感情的变化而苦恼。他也说不清为了什么，自从那次王学西的“鸿门宴”之后，本来下决心不再多喝酒，然而，今天，他不自觉地一杯一杯地喝下去了。华祖莹悄悄地提醒他，但不知为何，好像自己也在借酒消愁。大家散去之后，华祖莹看看贾士贞说：“你也回去吧，不早了！”

“你住哪里？”贾士贞说，“我送你。”

“周主任安排我住在莫由宾馆。”

贾士贞说：“走，我送你过去。”说着就要打电话。

华祖莹按住他的手，说：“还是打出租车吧！这么晚了叫驾驶员不妥当。”

两人上了出租车，却一句话也不讲，华祖莹不时地瞥一眼身边的贾士贞。

贾士贞的手机响了，一看号码，便说：“一兰，今天美国班同学聚会，太迟了，改日吧！”

周一兰在电话犹豫着，过了一会儿，说：“士贞啊，你不能再不重视了，难道你……”周一兰没有把话说完，匆匆关了手机。

贾士贞竭力让自己坦然些，甚至希望把那些烦恼和不愉快统统抛到九霄云外去。

进了房间，这是两张单人床的标准间，干净而整洁。莫由宾馆虽然挂牌四星级，但其标准可谓五星级。华祖莹一边给贾士贞倒水，一边说：

“士贞部长，你别见外，我之所以事先没给你打招呼，主要是想给你一个惊喜。再者，听说你现在正在进行新的干部人事制度改革，忙得不可开交！”

“回来好，回来好啊！”贾士贞说。

“每个人心中都有自己的理想，我当初出国就是带着几分偶然。”华祖莹说，“尽管当初我也说过，希望你有机会到国外去看看，但真的没有想到，能在我读书期间遇到你们这批官员！我特别相信命运，也许是我的命中该遇上贵人相助吧！”

贾士贞笑笑：“你还真的相信命运啊！”

华祖莹点点头：“相信，我特相信，能够遇上你，又因为你而遇上周主任，正是因为你们二位，才改变了我一生的命运。所以，您和周主任都是我人生中的贵人！”

“中国需要人才，需要更多关心经济、关心政治的留学生。”贾士贞说，“周光这个人是一名优秀的高级领导干部，你能够有机会在他身边工作，也是难得的，这个人不久的将来就要进入部省级领导干部的行列。”

华祖莹走到窗前，轻轻拉了拉窗帘。天空繁星点点，地上灯火辉煌，这座现代化的大都市，将留下她人生的足迹。

“祖莹，虽然我的改革也逐步被领导接受，群众更是拍手欢迎，但是毕竟冲击了人们传统的观念，也大大地冲击了一些人的既得利益，所以……”贾士贞目不转睛地看着华祖莹，“有些人并不甘心，甚至想置我于死地。”

“我多少听到一点儿，而且从网上对你的争议也可窥见一斑。”华祖莹说，“士贞部长，干脆要求换个岗位……”

贾士贞摇摇头：“那不是我贾某人的性格，如果将来……”

华祖莹睁大眼睛，张了张嘴，却没有说话。

天一亮，贾士贞匆匆来到乌城办事处，见到了周一兰。

“士贞啊！”周一兰语重心长地说，“这段时间玲玲和我接触比较多，可以说，她什么事也没有瞒着我，包括你们两人的私生活。”

贾士贞看看周一兰，显得有些不知所措。

“你知道，我一遍又一遍劝玲玲，嘴皮子都快磨破了。玲玲是个好女人，你千万不要怪她。”周一兰说，“我知道你也是一个好男人，世间没有比你再好的男人了，可是两人之间竟然发展成今天这个局面，哎……”

贾士贞看着周一兰，问：“玲玲到哪里去了？”

“她也觉得对不住你，没有像人家老婆那样，做一个贤妻良母式的妻子，可她是一个职业女性，省级机关一个处级干部！”周一兰说，“她作为一个女人有什么办法？女人都希望自己能够在丈夫的大树下面乘阴凉，可她……”

贾士贞低着头，他不知道该如何面对周一兰的一番话，心里升起许许多多对妻子的愧疚。

“当然，她觉得最对不起你的是把你给伤了……”周一兰的眼睛有些湿润，“士贞，你千万别误解我的话。你如今都这样了，男人嘛，没有那点精神，没了那种要求，还是男人吗？我是尝过这种苦头的女人……”

贾士贞早已忘记了周一兰的身世。谁知在这一刻，让她想起自己那些不堪回首的往事。周一兰的痛苦伴随她到今天，她当初嫁的男人就是一个失去性功能的人。而他第一次知道她的身世时，他从心底同情她的不幸命运。可是现在，这种灾难降临到自己的家庭，降临到自己的头上了！

“不过，士贞，你的情况不一样，玲玲希望你抓紧时间治疗。她说她问过医生了，医生说一定能治好的。”周一兰说，“玲玲还说，无论将来你们两人怎么样，她已经不在乎了，但她觉得这事是她造成了，我看出她内心的痛苦和愧疚……”

贾士贞尴尬地低着头，感到脸上一阵阵发热，像挨了耳光一样，火辣辣的，甚至在心中埋怨玲玲不该把夫妻之间的隐私告诉周一兰。周一兰的话像鞭子一样抽打在他的身上。

在回西臾的路上，贾士贞忽然想到，早上和周一兰讲了那么多的话，却最终还不知道玲玲的近况，是他自己没有主动问，还是周一兰有意回避他？

轿车行驶在莫由大桥上。贾士贞从车窗里望着江水浩浩东去，心情越发沉重起来。无论怎么说，他都惦念着妻子，惦念着女儿。

西臾市市级机关不断深入进行选举产生新的领导班子，不管怎么说，经过十个部门的试点，让市委领导们感到欣慰，他们的试验成功了。尽管在选举过程中还存在着这样那样的问题，但是通过群众自己选举领导人的做法，得到了广大群众的拥护和支持。

谭书记来过西臾之后，加大了贾振兴在西臾投资的信心。特别是谭玉明表态说党的十七大提出生态文明，近几年来中央更加重视食品安全问题，省委、省政府将制订出更多的优惠政策，扶持西臾的有机粮食、蔬菜、养殖业的发展。

令人奇怪的是，贾振兴在西臾的这段时间，一直没有向市委任何领导提起兰克彪和他的亲戚关系。兰克彪的交通局长落选了，而他和小孙老婆的事也摆了下来。市纪委书记张亚新打过两次电话要向常友连汇报对兰克彪的处理意见，常友连只说先摆一摆吧！为这事，小孙不仅经常去市纪委找张亚新，还专门来找过常友连。小孙说他虽然离了婚，可他咽不下这口气。与此同时，机关里传出小道消息，说兰克彪的老婆是贾振兴的亲侄女，贾振兴作为一个条件向西舆市委领导提出来，如果市委要处理兰克彪，贾振兴将撤资走人。所以常友连和贾士贞无奈之下，只好放了兰克彪一马，并且还要提拔兰克彪。

常友连听到这个消息，气得骂娘，他担心这个谣言一旦传到贾振兴那里，贾振兴不知道会怎么想。

这几日，贾士贞为兰克彪的事也感到头痛，他是恨铁不成钢。鲁晓亮私下也找过贾士贞，说交通宾馆那天放雷管的事还有深层次的问题。贾士贞没让鲁晓亮说得太明白，他也同意常书记的意见，这事没有造成恶劣后果，就算没有人报案，也不会发生严重后果。

韦旭渐渐变得沉默起来，有时一天也不见人。这天，贾士贞一个人坐在轿车里，小苗告诉贾士贞一个消息，说韦副部长把轿车还给市交通局了，贾士贞不以为然地“喔”了一声。其实当初他得知韦旭借用了交通局的轿车后，也曾想过，何必去认真呢！而且在兰克彪出事那天，韦旭第一时间出现在事发现场，这也绝不是简单的看热闹。

星期一早上上班后，组织部几位部长召开碰头会，商量近期工作。可一直等到中午，也不见韦旭的影子，接着不知道从哪里传来消息，说韦旭要调走了。

第十七章　一石激起千层浪

尽管在这次干部制度改革中，市委和市委组织部一直保持低调，不接受媒体采访，除了方案、公告、公示等必须在报纸和电视上公布的内容，官方媒体不得刊登任何报道。

但是，网络是阻止不了的。

第二批市级机关二十个委、办、局公开选举领导人的工作又进入了高潮。现在市委决定，由副书记姚雨生和组织部副部长肖云进一步抓好市级机关的选举工作。而贾士贞带着卫炳乾到平臾县川坝乡，开展乡长的选举工作。

一周后，早晨六点钟，平臾县川坝乡有线广播站播出了一条特大新闻：《平臾县川坝乡选民直接选举人民政府乡长的公告》。过去乡广播站的节目都是由老站长用那半土不洋的乡音广播的，而今天这个新闻则是一位女播音员用那圆润而标准的普通话播出的，这不仅给广大村民特别的新鲜感，甚至还预示着川坝乡将要发生一场震撼人心的大事。

“根据中共平臾县委（××××年）××号文件精神，为了扩大基层民主，让广大选民行使人民当家做主的权力，县委决定在川坝乡进行选民直接选举乡长。”

一石激起千层浪，平时，村民们对乡有线广播里的消息几乎是充耳不闻。而今天，这个消息一经传出，犹如在川坝100多平方公里的土地上投下了一枚重磅炸弹，成了全乡五万多口人谈论的热门话题。

自1998年6月22日中国公选第一位乡长以来，全国各地进行了无数次公选探索，但是都没有从根本上离开“推荐”和代表的间直选举的模式。而直选乡长在中国解放以来还是第一次！

贾士贞是极不愿意面对记者的，但是，在川坝乡直选之前，他居然面对记者说，“所谓的‘直选’，就是由全体选民进行投票，直接从若干候选人中选出乡长。直选和公选，两者的差别就在于‘直选’的‘直’字上。从程序上看只迈出了一小步，但从其性质和意义上看，则是迈出一大步。

“扩大基层民主，直选乡长是迟早要走的一步。如果成功了，可以探索出一种可借鉴的模式来，即使失败了，也可以为后来者提供教训。”

贾士贞和卫炳乾一行三人，县委、县委组织部也组织了专门领导小组，乡政府的小招待所还专门腾出三间办公室。

直选乡长的消息首先在川坝乡中学炸开了锅。当天上午，所有老师都集中在办公室，就这个话题议论开了，接着就一个个开始对号入座，分析各人的条件、优势。渐渐地大家把目光集中到年轻的语文老师张德义身上。

张德义师范学院中文系毕业后，分配到川坝中学，所教的年级从高一到高三，已成为川坝中学的一面旗帜。乡里正准备提拔他任中学副校长，今年只有三十二岁。除了教学上在全县出名，在老师和学生中也有很高的威信。

自从听了乡里关于直选乡长的消息和上午老师们的议论之后，不知道为何，年轻教师张德义的心就无法平静了。

大学毕业时，他也曾经有过理想，报考过省级机关公务员，希望自己成为省级机关干部，然而笔试失利，对他不能不说是一次打击，他只好听从命运的安排。现在难道机会真的来了？

张德义一夜未眠。第二天一大早，他便起床了。他知道，他的报名必须最少有五十名选民联合提名，才能获得通过。他走家串户，向群众表示自己的决心。当他走进乡选举办公室时，他成了第一个报名者。

与此同时，一万多封信飞向远在全国各地打工的川坝乡村民们，动员大家回家乡报名参加竞选。这对外出打工的村民们来说，也是史无前例的。他们不仅要行使自己的民主权力，还可以参加乡长的竞选，真是开天辟地头一回！读了这封热情洋溢的特殊信件，远在广州打工的梁必华坐不住了，立即收拾行李，搭上返乡的飞机。当年离家时，他只是一个高中毕业未考取大学的农家子弟，而现在，他已经拥有一个二十多人的小工厂，并且有了一定资产，也积累了不少管理经验。他在动身之前，也反复地思考过，为了一个渺茫的理想，毅然决然地返回家乡，是否过于鲁莽。他把乡选举办的信看了一遍又一遍，才确定自己的条件完全符合竞选乡长的资格。

川坝乡热闹起来了，五万多乡民沸腾起来了。随着外出打工的农民不断返乡，他们中有的人并非要竞选这个乡长，而是怀着一种好奇的心理，要亲眼目睹这场热闹非凡的景象。

对于内心蠢蠢欲动的乡干部来说，谁不羡慕一乡之长这个要职！过去，能够当上乡长的人，要么上面有后台，要么找关系，此外还要等到党委书记调走了，乡长提拔为书记了，乡长的位置空出来了才有可能。即使在现有的乡党委副书记中，也难得有这样的机会，那些副乡长、其他干部只能像排成长队毫无目的地等待，一旦有人插了队，一等就是三五年。然而，一声惊雷，在川坝这块土地上把他们惊醒了。连日来，那些符合初步条件的干部们跃跃欲试，摩拳擦掌。

而对于十五个村的村干部们，突然间好事从天上降下来了，他们同样是馋涎欲滴。他们知道，村官不是官，只有当上乡长了，那才是官。过去他们没想过，因为他们认为祖世上没有积那个德，农民就是农民，他们认命了。而今天，春雷一声震天响，既然上天给了他们机会，他们认为这一定是天命所为。

首先是大部分村支书和村委主任在消息广播后的第二天晚上，聚集到了三村老支书郭广西家的院子里。郭广西文化大革命开始前初中毕业，当时他的父亲是大队书记，没考上高中的他，就在大队当了民兵营长。到了文化大革命后期，郭广西接替父亲大队书记的职务，一干就是三十多年。不仅在村民中，而且在全乡十五个村的村干部中享有很高的威信，村里许多事情都要听听他的意见。

看到来了那么多村干部，郭广西像请客一样，在院子里摆了三张八仙桌，茶杯不够，就用碗，孙媳妇和孙女不停地给客人倒水。郭广西知道大家的来意，像开会一样，站在中间说："各位，中国解放了五十多年，从来没听说过乡长给农民选！我当了一辈子村干部，多少也闻到点政治上的味道，看来，如今真的民主了。大家信任我，我虽然老了，但我头脑清醒，广播里说全乡五万多人口，只要选民半数以上拥护了，就能当乡长，可是，说是说，做是做，不要说那些普通的农民，就是在座的，乡长给你当了，你真的能当？不把全乡五万多农民领上致富的道路，老百姓不把你拉下来才怪呢！"郭广西吧嗒了几口烟，接着说，"所以，大家都要自己称一称自己，知道自己有几斤几两。我知道今天来的各位也并不都是因为自己想当乡长，而是关心川坝乡五万多口人，关心选乡长这件事，或者还有一种好奇的心理。就比如，大家知道我老了，早就不该当这个村支书了，可是还到我家来，想听听我的意见。"

“是啊！老郭书记，您想得远，看得高啊！”

“我们的心里都拿不定主意，您说说该怎么办吧！”

“叫我说？”郭广西的目光在众人中慢慢移动着，“在座的几十人当中，首先年龄不符的一大半，学历不够又去掉一部分，能够参加竞争的就屈指可数了！”

“是啊，是啊！”

而此时坐在人群中的十五村村委会主任耿学成一言未发。其实，自从广播里听到县委要在川坝乡直选乡长的消息时，他的思绪一刻也没消停过。昨天一夜，翻来覆去，通宵未眠。当然，在村干部中，他是最具实力的一个。无论是年龄、学历、经历，他都可以上阵去拼一拼的。可是，他知道，乡长虽然是最基层的政府官员，却也是一名正科级干部，不要说在村干部、在农民眼中是一个很了不起的官，就是在乡干部中，即使在县直机关干部中，也是一个举足轻重的角色，更是晋升县处级、市厅级领导的一个十分重要的台阶。所以，县委真的能把这个权力交给川坝乡五万多农民吗？假如只是演演戏，做做样子的，那岂不白忙活了吗？

老书记家院子里灯光通明，这些村干部们静静地望着墨蓝色的夜空，繁星在不停地眨着眼，是在嘲笑他们，还是在鼓励他们？

郭广西默默地转过身，进了堂屋又出来了，手里拿着三包红双喜香烟，他迅速地撕开两包，将香烟散在桌子上，说：“来，都把手里的旱烟放下来，不管会不会抽烟，都抽上一支，红双喜嘛，图个吉利！”

大家一起莫名其妙地看看老书记，有人发出低低的笑声，更多的人拿过一支烟，却愣愣地仔细盯着香烟看。

“老书记，您真的有灵机妙算啊，知道我们今天来？”

郭广西笑笑，说：“我外孙结婚，给我带来两条红双喜，我还没动过，看来这是上天给大家送喜来了！”

耿学成随波逐流地点了一支红双喜，慢慢地吸了一口。茫茫的思绪把他带入往事的回忆中去。

想当年，他是从川坝乡走出去的为数不多的大学生。十年前，高考时，他也不明白为什么要把志愿填成农业大学。结果被北方农业大学植物保护专业录取了。毕业后他报考省农林厅公务员，失利之后心灰意冷。这时，县农业局需要一批乡镇农技人员，耿学成就回到了家乡。在川坝农村站干了两年之后，他当上了农技站副站长，就在这时，省里号召大学生当村官，他毫不犹豫地报了名，当上了十五村村委主任，不久入了党，成为川坝乡最年轻的大学生村委主任。他在川坝农技站和村里又干了四年，一直挖空心思，要让全村四千多村民富裕起来，早日过上小康生活，成为莫由第一村。可他从没有想过自己去竞争乡长。他知道，不是他的条件不够，而是县里的主要领导人怎么也想不到他耿学成呀！至于选举乡长，他一时还没有真正接受这样的现实。

“学成！”

这声呼喊打破了耿学成许久的茫茫思绪，当他回过神来时，只见郭书记已经站在面前。耿学成像小学生回答老师问题似的，惊恐地站了起来。

“到！”耿学成应了一声，“老书记，您……”

“学成啊！”郭广西把手轻轻地放在耿学成的肩上，“你是我们川坝乡出去又回来的大学生，你是我们川坝乡第一个大学生村干部，你是一个最有出息的娃……”

在场的几十双眼睛一起投向坐在角落里一言未发的耿学成。

这时一位年近六旬的瘦高个子男人站了起来，他就是十五村支书严孝忠，他说：“学成是我们看着成长起来的娃，是吃川坝的小麦、喝川坝的水长大的，大学生回乡当村官，有几个？我们都老了，理当支持他，大伙说对不对？”

“支持，坚决支持！”

“我看了一下，除了学成，在座的还有三五个也可以拼一拼。年轻人要有志气，拼不上乡长，下一步还有副乡长。”郭广西说。

回到家里，耿学成一句话也没说，父母好像看出了儿子的心事，老俩口站在院子里，直到儿子不停地在屋子里打电话，老俩口还在你看看我我看看你。

耿学成想到了自己的大学同学，他第一个电话打给了同窗好友周尚。周尚读了三年研究生，现在成了省农科院技术员。

周尚一听说耿学成要竞选乡长，激动地说：“学成，我这辈子无缘政治，其实当初我鼓励你报考公务员，我就觉得你是块搞政治的料子。也许报考公务员失利后，对你是一个沉重的打击，可是上天又给你一次机会，你一定要努力，我立即给你准备材料。我还要发动咱们的同学，包括在美国、加拿大留学的同学，成立一个竞选班子，我不相信拼不过那些人！”

打完了电话，耿学成平静一下自己的那颗激动的心脏。不知怎么的，他突然间想到，大学时的女友苗晓怡。虽然苗晓怡晚他一届，但在后两年的交往中，两人的情感与日俱增，直到耿学成大学毕业了，在报考公务员时，两人对前途发生了分歧。苗晓怡希望耿学成再读三年研究生，她说如今的本科生到处都是，在社会上已经吃不开了。当时社会上流传一句顺口溜：博士生抖一抖，硕士生满街走，本科生不如狗。可是，耿学成说他家在农村，父母培养他不容易，他坚持要参加工作。

耿学成报考省级机关公务员失利后，居然决定回到农村去，两人的分歧升级，以至两人不欢而散。但是，在耿学成心里，始终丢不下对苗晓怡的那份感情。这几年里，他给她写过信，尽管她没有回信，但似乎仍有一种若隐若现的东西还在紧紧地牵着他。

父母对于儿子回到农村，开始也不理解，特别是儿子回到村里当了村委主任。如今已经三十岁的人了，不找对象不结婚，父母真的为他操透了心。

川坝乡发生了这样一件天翻地覆的大事，同样让那些行走在商场上的生意人坐不住了。

这几年来乡里涌现出一批小有名气的个体经营人员。川坝乡养殖场有一对夫妻，高成之和谭荣花，这几年的产值和利税在川坝乡也算得上大户，不仅在乡里是出了名的，在县里也是排得上号的。让人意想不到的是，高成之和谭荣花夫妻俩双双报了名，成为乡长竞选台上的对手。

报名结束后，全乡共有二十名参选人，在他们当中鲜明地分出了各大“集团”，而且各大“集团”的实力都相当强大。乡干部团有现任乡党委副书记、副乡长尚平，副乡长邵惠，乡团委书记林静平，乡妇联主任胡芳，他们组成了全乡最具备实力的四人团队。村干部团三人。人数最多的是来自乡中小学教师团，有六人之多。民营企业界四人。打工归来三人。

这是发生在川坝乡有始以来最为引人眼球、牵动着五万多人民心的大事件，更是一场悬念迭出，最后结果又让人大跌眼镜的角逐。

按照选举章程，在第一轮角逐当中，参选人员必须进行公共基础知识的文化测试。测试的方法为笔试，占20%，而选区联席会上的得票占80%。这是选举委员会根据市委组织部长贾士贞的建议加进去的。

考试之前，贾士贞单独接触了所有参选人员，几乎每个人都提出同一个问题，那就是，是不是真正按照选举章程所说，凭票取胜？贾士贞说，如果做不到这一点，市委和县委又何必花那么大精力，甚至冒着风险搞这样的选举呢？

公共知识测试结束了，参选者人人都兴高采烈，谁也没有想到，填空题和选择题都很简单，那八百字的个人竞选演讲稿也是人人都早已胸有成竹的了。

选区联席会由乡干部、村干部、村民小组长、每村五名代表共315人组成。

川坝乡中学的操场上搭起了临时主席台，二十名参选者走上主席台，面对315名选区联席会成员，发表竞选演讲。紧张而有秩序地进行了一天的演讲，下午五点半钟，投票结束了，文化知识测试的分数公布了。首先乡干部“集团”爆出了最大的冷门，四人团队“全军覆没”；夫妻搭档的高成之、谭荣花也双双落马，而且给演讲场上留下一段谈资——在被问到一些村民交不起提留该怎么办时，谭荣花被逼急了脱口而出：“实在没钱我自己帮他们交！”

耿学成成了最大的一匹黑马，以165票和公共知识测试71.8分高居榜首。与此同时，张德义捏着一把汗，紧张地从攒集的人头缝里盯着黑板上“正”字一笔一画交替上升，直到他以98票对96票和公共知识测试65分对63分险胜乡中心小学女教师胡凤玉时，才大大松了口气。

耿学成取得“决赛”权后，走进了选举办公室，他说要在每村赠送三十本书。按照章程规定，参选人不得向选民贿赂任何物品，不得在选举之前请任何人吃饭。至于赠书，章程没有明确规定，经请示市县领导，同意耿学成向每村和乡直机关赠送文学书籍。于是耿学成在初试之后向每村赠长篇小说《大学生浮沉记》三十本，乡直机关十本。

然而，没有人知道耿学成在这时赠送长篇小说是什么意思。

秋高气爽，川坝人民又迎来一个紧张而又令人兴奋的日子。上午八点钟，距离乡政府仅一里地的八村村委会前的院坝里坐满了男女老少。从早晨七点钟，村民们就端着小板凳来占位子。有人背着娃娃，有的女人抱着毛线，还有精明的人见缝插针地放个背兜卖起瓜子、香烟、泡泡糖。村上照例给每个参会者发二元钱“劳务费”。除了村民，还有市、县远道而来的领导和扛着摄像机穿梭不停的记者，这又是一次不寻常的大会。

临时搭起的简易主席台上方悬挂着横幅：“川坝乡正式候选人竞职演讲答辩大会”。

竞选的规则是三名候选人共同制定的，其中包括：候选人到各选区进行竞选活动，必须由选举委员会组织，不得自行进行；许诺必须切实可行，不得说大话假话空话、欺骗愚弄群众；不准进行任何形式的人身攻击。

主持人背后的长凳子上三个候选人正襟危坐。十五村村委会主任耿学成、中学教师张德义，另一人则是现任川坝乡乡长乔志明。按照章程规定，政党可以提名一名候选人直接进入“决赛”。因为竞选办法规定，正式候选人的产生有两种方式，一是选区联席会议通过，二是政党、人民团体和群众组织提名。乔志明则是由平舆县委提名，成为参加最后竞选的正式候选人。说实话，对于是否参加乡长竞选，乔志明的心里不是个滋味，他之所以要求主动退出竞选，是因为他知道，这种选举，自己连一点把握都没有。按照过去的方法，县委提名之后由乡人代会选举，候选人只有他一人，而且代表大都是划划勾而已。但这次大不相同了，不仅要让全乡那么几万村民划勾，而且要差额选举，竟然还是三选一。乔志明怎么也想不通，他不仅找了县委组织部长，还找了县委书记，一直找到市委组织部长贾士贞。让他想不通的是，为什么全县那么多乡镇长，就拿他当试验品，别的乡镇长干了一届大都当上了党委书记，或者回县城当局长，可他却要参加竞选。俗话说，胳膊拧不过大腿，乔志明在万般无奈的情况下，在初选“乡干部集团”全军覆没的情况下，他责无旁贷地担负起为乡干部增一把光彩的任务。

开场锣鼓一响，踌躇满志的张德义就挨了当头一棒，当他兴致勃勃地演讲结束后，一位村干部的头一个提问就把他打懵了：“请问张老师，玉米良种有哪些？”

张德义一时不知所措。说实话，他虽然出生在农村，父母都是农民，可他从小一心读书，学习成绩一直出类拔萃，根本就没想到自己会当农民。而且大学读的是中文系，直到大学毕业，对农业知识也是知之甚少，尽管在报名后日夜加班，然而农业的知识是无穷尽的，至于玉米有哪些良种，他实在以为这是太简单的问题，在紧急补课时主要是挖了那些深奥的问题，忽视了这个普通常识性问题。

可是，村民们看他这样简单的问题都回答不出来，便穷追不舍：“那么水稻的良种有哪些？”

“……”张德义更加慌张起来了。

“不懂就是不懂嘛，谁再提问下一个问题。”主持人忙出来打圆场。但张德义很快感觉到这些提问者不打算给他台阶下了。

“假如你当了乡长，应该懂农业生产，请问二十四个节气是哪些？哪个节气该做啥子工作？”

张德义虽然头脑一炸，但他竭力平静一下自己的情绪，至于二十四个节气，他在补课时倒是记了又记，在这关键时刻，他的头脑里跳出：“夏满忙夏暑相连”这样一句，他立即警告自己，千万不要紧张，他记得父亲告诉他记住二十四节气的办法，老百姓把它连成四句顺口溜，可此刻他只记得第二句，第一句一时想不起来了，而后面两句怎么也记不起来了呢？

“张老师，不着急，再想一想！”主持人看着时间，说。

“我……本来记得很清楚，可是……第二句是‘夏满忙夏暑相连’……”

台下传来低低的笑声，还有人发出叫声，主持人立即制止住了。

“张老师，连这些都不懂，你怎么指挥农业生产？说句真心话，你写一手好字，好文章，娃儿交给你也能学到知识，但是当乡长不是写字，做文章……我看你当个校长是块好材料。”

提问步步紧逼，台下上千名观众爆发出一阵阵哄笑。张德义脸上红一阵白一阵地越发紧张起来。

提问者当中有的是川坝乡拥有丰富农业生产经验的村干部，有的人早有准备，小本本上写了一条又一条。由于时间的限制，许多人都没来得及提问。

就在张老师准备离开演讲台时，他说：“二十四节气是不是‘春雨惊春清谷雨，夏满芒夏暑相连，秋暑露秋寒霜降，冬雪雪冬寒又寒’！”

尽管台下发出一阵掌声，但是，主持人却说：“你太紧张了！”

第一天下来，张德义垂头丧气，饭也吃不下，家人劝他也不搭理，只是一个人生闷气。“大学毕业，当了那么多年老师，还从没受过这种窝囊气！”

“二十四节气我背得滚瓜烂熟，一夜紧张没睡好觉，一上台看着那么多人，就想不起来了。”

的确，自从报了名，张老师不仅找来了一大堆农村方面的书籍，没日没夜地“恶补”，还专门和一些老农民仔细交谈过，并且走遍了十多个村搞调查，谁想到头一仗就打得一败涂地！

晚饭后，乡中学的那些同事，支持他竞选的老师们都来到张老师家。大家不断给他鼓劲，打气，都说在将近二十场的竞争中这只不过刚刚开始，万事开头难，只要以后调整好了一定没问题。

是啊！张德义一想，这只是一场马拉松的开始，在未来的十天内，他们将要进行十九次演讲答辩，每次内容还得因地制定，不得雷同。

而对于乔志明来说，他从副乡长到乡长，前后干了七八年，在这样的场合自然是十分老道而且得心应手。第一天的答辩，使他进一步增添了必胜的信心。

第二天，天气晴朗，阳光灿烂。川坝乡政府所在地的街道上热闹非凡，四村八社的乡民们纷纷向十字街口走来。就在街道的十字路口，停了一辆农用车，车厢上搭了一排桌子，铺上床单，四周的电线杆上、树上架起了音箱和喇叭。一看就知道是临时演讲台。

三位未来的乡长又在这全乡最热闹的地方摆起了擂台。

高音喇叭一响，赶集的群众纷纷涌了过来，一排又一排，人山人海，把临时演讲台挤得水泄不通。

经过一夜的休整，张德义重新鼓足了信心，发挥他中文系出身的特长，抑扬顿挫地给乡民们带来了一个富于诗意的开头：

“川坝，这个在中国版图上找不到，一个名不见经传的小地方，同样沐浴着改革开放的春风，近几年来，发生了翻天覆地的变化……你看那，一座座楼房拔地而起，一排排绿树迎风飘扬，一个个企业日新月异，一条条街道平坦而整洁……”

但是，他的激情很快就被农民们的提问给破坏了——

一个老农越众而出，拿起了话筒，大声说：“张老师，你在昨天的会上说，如果乡上的待业青年没有工作，来找你就是了；如果农民们没有钱，跟你到荷花池转一圈就有了。我现在就来找你，你把钱拿给我好吗？”

张德义万万没有想到，这分明是在为难他嘛！一时没了主张，红着脸，当时他的确说过这话，但在自己看来，则是另外一个意思，却没想到还真有人和他较真。

他更加意识到，当个乡长比想象中要难得多。选民们所提问题五花八门、无所不包，农民负担、生猪税收、老人赡养、土地丢荒、学校收费、城镇排污、食品安全、品种改良、水利修缮……

可以说，每一场竞选答题都是一次全面的考试，稍有闪失，当面受窘不说，更重要的是影响到最后的选票。

其实，选民们并不是为难他们，他们所提的问题都是农民们平时的切肤之痛。虽然改革开放以来温饱问题解决了，但是看到城里人的生活，看到周围农村过上更加富裕的日子了，他们能不向往早日过上小康生活吗？

当乔志明走上演讲台时，乡民们太熟悉这位和他们打了多年交道的乡长了！可是今天，他却以竞选乡长三位候选人的身份站在演讲台上。往日这位年轻而且风度不凡的男子，常常西装革履，而今天，他换上了一件夹克衫，一双耐克鞋。

乔志明的演讲显然提高了音符，声音洪亮，底气十足：“今天，我以川坝乡乡长正式候选人的身份站在演讲台上，面对一大早匆匆赶来的千百名父老乡亲，我的热血在沸腾，心脏在狂跳。说句心里话，我今天并不是为了乡长的官帽而来，而是想用自己的热血和青春年华来报答父老乡亲的。如果我能当选，我一定在任期内让川坝乡达到以下目标：粮食稳定在人均400公斤以上；农民人均年收入增加在300元以上；财政增幅在9%以上……在我任期内，全乡村民都将沐浴在小康的阳光下……”

大家发现，这位平时侃侃而谈的乡长，今天只是照本宣科，但农民们很快还是被一些从未听过的话吸引住了：“……我要真诚地向你们承诺，我乔志明决不把政绩建立在你们的负担和抱怨之上，如果我头上的官帽与你们的利益发生冲突的时候，请相信我，我将毫不犹豫地放弃官帽而选择你们！”

乔志明的演讲虽然深深地感动了许多人，但是一位中年人拿着话筒，语重心长地问：“请问乔乡长，你刚才的表态一定是真诚的，但是你已经在川坝乡乡长的位置上干了三年零三个月十五天，也就是一千二百三十天了，可是在这三年多时间里，川坝乡没有什么起色，而老百姓只是靠外出打工来赚点钱，你又作何解释呢？”

乔志明被死死地将了一军，是啊！在场的上千名群众有的交头接耳，有的还发出几声讥讽的嘲笑，只见乔志明的脸色由红变白，他不敢随便乱说，台下不仅有上千名群众，还有市县领导呢！

“我承认……”乔志明显然有些乱了方寸，底气也不那么足了，声音也有几分颤抖，“我的工作有缺点，也有失误，可……”

“乔乡长，假如县委让你去别的乡当乡党委书记，或者去县里当局长，但必须征求你的意见，你是愿意竞选这个乡长还是去升那太平官呢？”

乔志明瞥一眼台下的提问者，此人正是乡政府的财政会计，两人曾经在一件事情上意见不一致，乔志明作为乡长，不仅狠狠地骂了他，还去县财政局要求把他调走。乔志明咬咬牙，暗暗骂道：“狗日的洪必亭，你真狠啊！你在这个时候让我难堪，我……”

“有些问题不好回答，或者不便于回答的也可以不回答。”主持人又给他打了圆场，让他下了台阶。

现在的演讲台上出现一个三十岁的青年，他，就是十五村村委主任耿学成。

耿学成瘦高个子，长方脸，一双睿智的眼睛。他头发蓬松，但不零乱，上身穿一件浅灰色的长袖衬衫，束在米黄色的西裤里。耿学成坦坦然然地走到演讲台前，目光在台下上千人中移动着，随后给大家深深地鞠了一躬。

这时，只见台下响起了口号声："耿学成，加油！"

当人们回头看时，却见几条拉起的横幅。

"美国加州农业大学中国留学生支持耿学成！"

"加拿大拉瓦尔大学农学院同学给耿学成助威！"

"省农业科学院耿学成加油队！"

"北方农业大学的校友助阵团！"

谁也没想到，耿学成的演讲没有那些华丽的辞藻，也没激动人心的誓言，却充满了更多的理性与诚实。只是讲到最后，他说："未来的川坝乡，一定是一个政治祥和、生态文明、环境优美的，令城里人向往的好地方！"

"耿学成，你当了乡长的话，有什么具体措施？"一位村支书问。

"其实，这几年来，我在十五村已经实施了我的三年计划，本来我只是一个村委会主任，只能考虑一个村的建设。我计划三年，虽然不能把我们村建成华夏第一村，但要建成莫由第一村，主要是村民人均收入四千、六千、八千元，家家住别墅，部分家庭有轿车。"耿学成兴奋地大声说，"而且我们着重抓生态文明，粮食无公害，生猪无瘦肉精……"

台下响起热烈的掌声，后面拉着横幅的校友们大声高呼："耿学成，我们支持你！"

"各位领导，乡亲们，在此之前，我请示了选委会，向每个村和乡机关赠送了部分长篇小说《大学生浮沉记》，我不知道有没有人认真看过。"耿学成停了停，"这本长篇小说《大学生浮沉记》，写的是大学生回到家乡建设社会主义新农村的故事。说实话，我不仅很受感动、受教育，而且，我把这本书作为自己的榜样、教材。我正准备按照主人公赵兴华的思路去努力。假如说川坝乡五万多乡亲们信任我，选举我当乡长，那我一定会在我任职期间，把大部分村都建设成一个现代化的社会主义新农村……"

台下又一次爆发出雷鸣般的掌声。

"你们看，我有那么多同学在支持我！"耿学成把手一挥，那些横幅标语在会场上摆动着，"他们比我能干，比我有出息。他们有的在美国、加拿大留学，有的在省农科院、省级机关任职，在我的母校北京农业大学任教，但他们都热忱地关心、支持我，希望我尽快把川坝乡建设成新型的社会主义现代化新农村。在此，我衷心地感谢我的同学，我的校友！

"他们不光是我的粉丝，而且是我成功的基础；他们不光为我提供技术，还会为我提供宝贵的精神和物质资源！"耿学成大声说。接着又抬起头，大声喊道：“同学们，是不是？”

“一二三！——耿学成，我们支持你！”

谁也没有想到，这场竞选演讲居然如此活跃！深深打动了台下上千名群众，也让市、县领导感到意外。

耿学成真的不知道，周尚用什么方法把他的这些同学弄到这里来的。而且在到川坝之前，没给他透露一点信息。这些同学如今一别那么多年了，却还像当年那样情同手足，不仅给他这次竞选乡长增添了一道靓丽光彩，也让川坝乡的老百姓看到了外面世界的精彩，增添了奔小康的信心。包括在座的市县领导，都十分清楚，虽然耿学成的这些同学都还年轻，但却是一笔不可多得的宝贵财富。

“耿学成，你能不能用文艺表演的方式，来表达一下你这次竞选的心情！”一位女教师提出一个很有意思的问题。

耿学成笑笑，看看主持人，意思清楚，是在征求主持人的意见。

主持人朝台下看了看，说：“我认为可以，三位候选人一直处于紧张状态，大家也不轻松，那就放松一下吧！”

耿学成稍加思索，说：“感谢大家对我的信任，我现学一段雅俗共赏的黄梅戏，先唱几句原来的词，然后再改为我这次竞选乡长的词，唱得不好，请大家原谅！”

“好！”

台下传来热烈的掌声。

耿学成拿着话筒，走到台中间，说：“我为大家唱的是黄梅戏《女驸马》中的几句，原词是：‘我考状元不为把名显，我考状元不为做高官，为了多情李公子，夫妻恩爱花好月儿圆！’”

只见耿学成清了一声喉咙，抬起头。

“我考状元不为把名显，我考状元不为做高官……”

乡亲们怎么也没有想到，这个耿学成还有这样的才能，黄梅戏唱得还真的像那么回事。耿学成的同学在后面发出热烈的喝彩声，台下更是响起震天的掌声。

“为了多情李公子，夫妻恩爱花好月儿圆哪……”

“大家说，好不好啊！”主持人大声说。

“好！好，好！”

“再来一段要不要？”

“要……”

“感谢大家的鼓励。”耿学成说，“我再把这段唱词和这次竞选乡长的内容联系起来唱一下。”

耿学成想了想，手握话筒：

“我考乡长不为把名显，我考乡长不为来当官……”

“妙！”

“绝！”

台下有人大声叫了起来。

“为了川坝乡亲们，建设社会主义新农村哪……”

台下再次响起长时间热烈的掌声，群众中还有人在不断大声喊着，“再来一个！”

主持人说：“今天这场竞选演讲太有意义了，刚才那位女老师的题出得好，我们的竞选者表演得更精彩！”

就在主持人话音落下时，台下传来一声：“请等一等！”

大家的目光一起投过去，只见一位年轻的男子拉着一个容貌出众的姑娘，已经来到台前。

年轻人回过头，对着台下说：“我们来到川坝的同学推选出一位代表。”说着拉过身边的姑娘，“这位是耿学成当年的同学，也是曾经的好友，她叫苗晓怡，现正在北京农业大学读研究生，请她和耿学成共同表演一段，好不好？”

“好，好，好！”

耿学成一看，心脏顿时擂鼓样的跳了起来，往事如潮水般地涌上心头。两人一别已经有七八年，可耿学成的心里一直割不断那份情。他不知道周尚怎么把她找来了。然而，情况紧迫，容不得耿学成多想，只好硬着头皮，迎了上去，主动伸出手低声说：“你……你怎么来了？”

“不好吗？”苗晓怡笑了笑，“来为你助阵，祝你成功！”

“让我们以热烈的掌声欢迎耿学成和他当年的女同学、好友苗晓怡同学共同表演一个节目！”主持人大声说。

耿学成看看苗晓怡，只见苗晓怡低着头。

“哎，还唱黄梅戏，唱夫妻双双把家还！”那位提问题的女教师站起来，大声说。

“好，就唱夫妻双双把家还！”人们在附和着。

耿学成笑笑，看看苗晓怡，说：“怎么样？”

苗晓怡点点头：“我跟你学吧！”

可耿学成心里担心的不是两个人唱这段合不合适的问题，而是他们从未配合过，也没排练过，唱得不好，不是出了洋相吗？

此时，台下爆发出一阵阵掌声，耿学成看看苗晓怡说：“好，咱们争取成功，成功就是缘分！”

苗晓怡甜甜一笑，红着脸点点头。

台下又响起热烈的掌声。

耿学成把手中的话筒交给苗晓怡，自己拿过主持人的话筒，两人走到台中间。

苗晓怡：树上的鸟儿成双对。

耿学成：绿水青山带笑颜。

苗晓怡：随手摘下花一朵。

耿学成：我与娘子戴发间。

苗晓怡将头低下来，耿学成右手在苗晓怡头上做着戴花的动作。

苗晓怡：从今再不受那奴役苦。

耿学成：夫妻双双把家还。

苗晓怡：你耕田来我织布。

耿学成：我挑水来你浇园。

苗晓怡：寒窑虽破能避风雨。

耿学成：夫妻恩爱苦也甜。

合：你我好比鸳鸯鸟。

合：比翼双飞在人间。

两人的余音还在空中回荡，群众中响起了暴风雨般的掌声，同时传来了阵阵喝彩声。谁也没有想到，来自北京农业大学的苗晓怡黄梅戏唱得那么地道，更没有想到她和耿学成的第一次配合，居然如此珠联璧合。

台下不断传来喝彩声！有人发出口哨声，台上台下顿时欢呼起来，主持人接过话筒：“感谢耿学成！感谢苗晓怡！感谢二位的精彩演唱，感谢苗同学从北京来到川坝的助演！”

这时，只见贾士贞、沙义廉、黄孝清走上主席台，握着苗晓怡的手！

谁也没有想到，一场严肃而紧张的竞选演讲变成了轻松愉快的文娱演出。散场之后，人们还恋恋不舍地看着那个临时舞台，还望着在阳光下随风摆动的横幅。

周尚和同学们一下子把耿学成和苗晓怡围了起来，耿学成激动地握着多年不见的同学的手，热泪在眼眶里滚动。

周尚说：“走，今天由我来做东，中午吃便饭，因为下午学成还有一场战斗！晚上咱们老同学喝酒，久别重逢！大家好好庆祝一下！”

“周尚，你差矣，你们不远千里万里，来到川坝这个穷乡僻壤，理当我做东，请你们啊！”耿学成说。

周尚摇摇头：“不行，现在你不能请，你们选委会没有规定？竞选期间不准请客？”

“这是另一回事！”

第十八章　大胆实践

耿学成来了这样一个强大的助阵竞选团队，不仅给川坝乡竞选乡长工作增添了光彩和活力，也让另外两名竞选对手惊恐万状。

下午的一场演讲刚开始，贾士贞的手机响了，他迅速离开现场，一接电话，原来是乌城市委书记周一桂。

“喂，是贾部长吗？”周一桂的声音显得那么亲切，“我是周一桂呀！”

“哦，是周书记啊，你好……”

“贾部长，一直说要去看你，总是口头上的承诺，你最近可好啊？”

“还好吧，我这个人，叫江山易改，本性难移！”

“你在忙什么呢？”

“我们在搞一个乡的乡长直选试点！我已经在乡里住了二十多天了！”

“乡长直选？”周一桂吃惊了，“那可是一件大事啊，贾部长，这事可要慎重呀！”

“是啊，不仅有风险，也有压力。”

“噢，”周一桂停了停，“贾部长，有一件事，我还得给你通通气……”

“怎么啦？”

“你夫人不让我给你知道。”周一桂显得十分为难，“她把许多心里话都对我说了。说句心里话，你我之间的关系，何止是非同一般？玲玲是个好同志，好妻子，好母亲，好女人，而你呢，也是一个好干部，好领导，好同志，好人；也算是好丈夫，好父亲，可是……”

“周书记，到底是怎么回事，你这一大堆的‘好’字，把我给搞昏头了！”

“士贞部长！”周一桂长长叹了口气，“你知道我听了玲玲诉说她的情况、你的情况，以及你们夫妻之间，家庭目前的处境，我的心里有多难受吗？我恨不得尽我的一切能力来帮助你们！可是，有些事情又不是我能解决得了的！”

“周书记，”贾士贞更加摸不着头脑了，“你把我搞得更加糊涂了，有话你就说嘛！”

“玲玲就在乌城，在我这里。”周一桂说，“我把她安排在宾馆，又把一兰找来陪她。巧的是省发改委调研组里有一位女同志，和你很熟悉，就是从美国归来的华祖莹，她和一兰都在做她的工作。”

“她到你那里去干什么？”贾士贞更加奇怪了，来不及去想华祖莹怎么和玲玲遇上的。

“贾部长，你千万不要怪她，她现在也是迫于无奈呀！”

“我能理解她，可是……”贾士贞犹豫着，“可是她为什么不告诉我呢？周书记，你不知道，我已经很长一段时间找不到她人了，回去找不到她，打她电话也不接！”

“她有她的苦衷，她有她的难处。”周一桂说，“她来找我……”

“我看她是……”

“贾部长，你别急，更不要怪她，”周一桂说，“你们之间发生了太多的事情，又没有及时沟通，所以……”

“周书记，你让她先回家去，我这里的直选乡长工作很快就结束了，这里先告一段落后，我立即回去。你告诉一兰，务必请一兰好好和玲玲谈谈。”

“贾部长。玲玲要求离开省文化厅。”周一桂压低声音说，“玲玲不让我告诉你，可我不忍心拒绝她，贾部长，要不就让她换换环境吧！”

“……”贾士贞沉默了许久，“那我们的家怎么办，女儿怎么办？”

“这些她都作了妥善的安排！”周一桂显然已经接受了玲玲的要求。

“能不能等我这里工作脱开身了，我们再认真商量商量？”

“可是我已经答应她了，我把她安排在市委组织部当副部长，她不愿意，市文化局当党组副书记、副局长，她也不接受，她本人要求到县里去当县委常委、县委组织部长。”

“周书记，我求求你了，这不是让群众说闲话吗？她怎么能……”

“贾部长，这你就是多虑了。”周一桂提高了声音说，我是乌城市委书记，又不是在西舆市，与你有什么关系，再说了，省级机关的一个副处长，到县里当县委常委、县委组织部长，不仅没有过格，还委屈了人家呢！”

贾士贞手里抓着手机，他不知道该对周一桂说些什么。他难道是对周一桂为玲玲安排的职务不满意吗？完全不是。当然，作为贾士贞，在省委组织部一干就是八年，到西臾当市委组织部长也快两年，其实对于一个干部的安排，仅凭一个上级领导的好恶，没有什么合理和不合理的，领导认为合理的就合理，领导认为不合理的就不合理。领导往往并非看中下级的才能和水平，“说你行，你就行，不行也行；说你不行，你就不行，行也不行。”这句充满哲理的至高名言，说得太精到了，这句名言至今还深深扎在群众的心里，没有人能够否定这句千真万确的名言。就说省委组织部副部长这个十分重要的位置，是上至市委书记、市长都愿意干的差事。当然，市委组织部长能当上省委组织部副部长，那更是相当好的提拔了。然而，县委书记，照样有人一步登上省委组织部副部长的宝座；同样，省委组织部的处长跃上副部长的更是大有人在。可见从正地市厅级到副地市厅，正处县级的干部都求之不得的岗位，那么省级机关的一名副处长安排到县委常委、组织部长，确实也真的有些委屈了人家。

贾士贞苦恼的是玲玲的这一举动，标志着他们夫妻之间的关系亮起了红灯的信号，或者说夫妻情感的危机，家庭未来的悲剧！这段时间以来，贾士贞常常想到他和妻子之间的感情危机，但他绝没有料到玲玲心中的痛苦，更没有想到他们之间已经到了不可沟通的地步。可眼前，到底该怎么办？贾士贞真的一时手足无措。

“贾部长……”周一桂说，“贾部长……你千万不要责怪玲玲，所以，我把一兰给叫来了，再加上华祖莹同志，她们正在做玲玲的思想工作，希望她能……”

“周书记，我了解她。”贾士贞说，“冰冻三尺非一日之寒，而融冰三尺，也非一日之功，你就按照她的意愿去处理吧！”贾士贞刚要挂电话，又说，“周书记，请你转告玲玲，我贾士贞欠她的太多了，这辈子也还不清，来世再还……”

贾士贞握着手机，眼眶里滚出几滴心酸的泪水。

一个小时之后，贾士贞的手机再次响了起来，他一看，心脏一下子就狂跳起来，这个熟悉得不能再熟悉的号码！

“喂，士贞吗……”

啊！多么熟悉，多么亲切的声音，这声音曾经余音袅袅，不绝如缕地嵌入他的心灵；这声音曾经唤醒他逝去的灵魂……

“玲玲……是我……”

“士贞，实在对不起，我别无选择，你好自为之吧！孩子你放心吧！我会尽一切力量带好她，让她成才的！”玲玲的声音在颤抖，甚至有些哽咽。

“玲玲，你听我说！”贾士贞慌了，“希望你再给我一次机会，我……”

“不，士贞，你没有错，中国需要你这样的人，老百姓需要你这样的领导，干部制度建设需要你这样的干部。”玲玲说，“我不是不通情理的女人，只是我也需要人呵护，我也需要安宁，我也必须生存下去，有些事恕我不能对你明说，我也不忍心再给你增加过多的思想压力，你的权力，你的能力也是有限的……”

“玲玲，我们能不能再沟通沟通……”

“让我们都留给各自多一些空间吧！双方都冷静一段时间，也许……时间是唯一能够医治伤口的良药！”

阔别七八年的同学，如今有的天南海北，有的已经远渡重洋，现在却在这川坝农村相聚了！

这是乡村满桌野味的土菜，没有笙歌鼎沸，没有流苏锦幔，更没有玉箸金盘和琥珀银壶，也不是玉液琼浆和麋脯熊蹯。他们举杯对酒，慷慨激昂，谈理想，话未来，诉衷肠，畅友谊。

苗晓怡再次举着杯子说：“说实在的，我开了一夜的夜车，一口气读完了学成推荐的长篇小说《大学生浮沉记》，我的思想产生了一个飞跃，让我看到了新一代的大学生的志气和雄心，让我感受到当代年轻人的勇气和魄力，让我坚定了对中国未来腾飞的希望，也给我树立了对建设新农村的信心。到那时，中国也和西方先进国家一样，城乡一体化，没有农村和城市的差别，没有贫穷和富裕的界限。真没想到，这次到川坝来给了我一次深刻的教育，给了我一次灵魂的洗礼！”

周尚说：“晓怡，我瞒着学成，给你打了电话，我也不知道我的做法是正确还是错误的。当我听到你说一定如期赴约的决定后，我真的感到意外！”

苗晓怡的脸上飞过一片红霞：“你不要以为我是一个情淡意薄的女子，我可是一个重友情，有着侠义肝胆的女人唷！”

“各位同窗好友，你们知道，当我看到那几条横幅时，我的心脏都要跳出来了！”耿学成站起来，举着酒杯，“周尚从省城而来，晓怡从北京直抵西臾，我母校北方农业大学的各位同学辗转路途，可谓情真意切，而伟达和凌云则飞越千山万水，不远万里，助我一臂之力；你们的友情像大江之水流不尽，你们的真情海枯石烂永不移！我相信，我一定会成功的。”耿学成干了杯中的酒，“你们千万不要看不起乡长这个官，它有无限的潜力，能锻炼考验一个人，更何况这次的直选，是开中国干部制度改革的先河，将在历史上留下浓墨重彩的一笔。这个角色也将成为实践许多理论的第一线，我甘愿成为你们那些伟大理论的奠基石，实践者！”

“学成啊，说得太好了！”周尚说，“未来的中国是属于年轻一代的，未来的政治是属于民主的。”

伟达说：“学成，你如果成功了，将成为中国民主的代表，成为载入史册的直选乡长第一人！”

“我坚决相信，在中国，政治文明、民主化进程的步伐将会不断加快的。”耿学成兴奋起来了，“假如我这次能竞选上乡长的话，我会在我任职期间尽快把川坝乡建设成为一个社会主义现代化的新农村。到那时，我还要走上县长的竞选舞台。据有关领导透露，这一天也一定会到来的！”

“好，到那时，我们给你组织一个更加庞大的县长竞选班子，帮助你策划，让你竞选成功！”

周尚举着酒杯，“来，同学们，为学成的成功而干杯！”

苗晓怡说：“各位学长，咱们还是留点精神吧，明天还会是更加紧张而繁忙的一天，大家各自休息吧！”

在乡村的小旅社里，耿学成握着同学们的手：“再见！明天早上，咱们再见！”

出了院子，耿学成没有回头，可他却说：“晓怡，谢谢你，谢谢！”

“学成，这些年来，你不怨我吗？”

耿学成摇摇头，望着满天繁星的夜空，回过头：“晓怡，你为什么而来？”

“为了未来，为了未了却的夙愿，为了心目中的理想，为一种莫名其妙的好奇！”

“谢谢你，没有把我忘了……”

“那你忘了我了吗？”

“不可能，刻骨铭心的东西是永远忘不掉的。”

“学成，你没有……”苗晓怡把说了半句的话吞了回去。

“没有什么？”

“你不会还是一个人吧！”

“当然不是。”耿学成回过头，停住了脚步，看着苗晓怡，在黑暗中他感觉到她的惊恐与失望。

“我和父母住在一起，姐姐出嫁了，但离得很近，所以……”

“那你还没有……”苗晓怡愣住了，“女朋友？”

“有啊！”

苗晓怡的脸色陡然大变，心脏顿时慌了起来。

“能不能让我见一见？”

“可以。”耿学成说，“你若真的想见，现在就可以。”

“现在？”

“是啊！”耿学成把苗晓怡拉到面前，“你把眼睛闭起来，我来一个高级魔术，大变活人！”

“别开玩笑了，我现在就要见她！”

“那你一定要把眼睛闭起来。”

“好！”苗晓怡睁大双眼看着耿学成。

耿学成一只手捂着她的眼睛，突然把手一松，大声说：“来了！”说着紧紧搂着苗晓怡，“这就是我的女朋友！”

苗晓怡顿时陶醉在耿学成的怀里，过了一会儿又说：“你为什么不找人，为什么不结婚？”

“我在等，等一个人！”

苗晓怡一阵沉默。

突然，耿学成松开手，惊恐地看着苗晓怡：“你……你现在有没有……”

“有什么啊！”苗晓怡撅着嘴说，“有个鬼，你害死我了！”

耿学成紧紧地把苗晓怡搂在怀里。

乡村的夜晚和城市截然不同，在深不可测的高空里，夜，张开它那被魅惑的眼睛，呈现出伟大的奇观。黑暗展开了墨色的天鹅绒，掩盖着地平线。无数星星正散发着点点亮光，闪着磷色的光辉，织成艳丽的图案。在大地与苍穹衔接的模糊不分的地方，散布着稀疏而微弱的灯光。

苗晓怡从耿学成的胸前抬起头，无限柔情地看着耿学成：“学成，你回去休息吧，明天还有更加紧张的任务在等着你呢！”

“走，晓怡，到我家去，我的房间虽然不能和城里比，但，还算过得去！”

“这样有点太唐突了吧！”苗晓怡羞涩地低下头，“你父母会产生误会的！”

耿学成笑笑："怎么会呢！我父母既不像城里人那么精明古怪，也不像农村不识字的农民那么愚昧，他们朴实、真诚、善良，而且待人接物也不会让你尴尬的。"

"那么他们问我是谁呢？"

"不等他们问，我会主动介绍的。"耿学成说，"我告诉他们，这位是我大学的同学，特地来为我竞选乡长加油、鼓劲的。他们一定会把家里最好的东西都拿出来给你用，给你吃，在他们眼里，你可比他儿子有出息，而且宝贵呀！"

"去你的……"

耿学成拉着苗晓怡的手："走，咱们走回去，农村的空气多新鲜，我家不远，七八分钟就到了。"

"学成，你说这深更半夜的，你突然领回一个陌生女子，你父母不奇怪那才怪呢！"

"他们天天盼着我成家……"耿学成说了一半，觉得自己说溜嘴了。

苗晓怡只当没听到，两人手牵着手，在黑夜里匆匆往前走。到了家门口，只见窗子里还透着微弱的灯光。

耿学成说："我家的房子要是在北京、省城，那就是了不起的院落。"

在昏暗的夜色里，苗晓怡感觉到一个偌大的院子，西面是院墙，东、南、北均为整齐的平房。

耿学成站在院子里，指着周围说："房子住不完，院子里的花草到春天非常漂亮。"

这时，堂屋的门开了，随之传出男人的声音："是学成吗？"

"爹，是我，你们还没睡啊！"

"你娘正惦着你呢，都这么晚了，还不回来，明天还要早起呢！"

耿学成拉着苗晓怡往前走去。

"还有谁呀？"这是父亲的声音。

"爹，我的客人！"耿学成和苗晓怡已经来到堂屋门口，只见娘已经到了面前，耿学成拉着苗晓怡，"爹，娘，这位是我大学时的同学，苗晓怡，她是从北京专程赶来为我竞选乡长助阵的！"

"哎呀！快进屋！"母亲上前一步说，"咋不早点说，给姑娘做点好吃的！"

"大爷、大妈，学成陪我们吃过了，我们还有好多同学呢！"苗晓怡说，"大爷、大妈，这么晚了，打搅你们了！"

“这是哪里的话啊！”父亲说，“你们这么远来到农村，为了我家学成，我们得好好感谢你们呢！”

母亲拉着苗晓怡，来到屋里，心里一阵狂喜：“姑娘，难为你了，真是个好孩子……”

“爹、娘，太晚了，大家休息吧，有时间慢慢说。我们明天一早就要到各个村去！”耿学成说，“晓怡就在我的房里休息，我住你们的外间。”

一觉醒来，耿学成一看时间，天刚亮，六点钟刚过，便翻身起床。

昨天晚上安顿好苗晓怡，已经是十二点多钟，他只觉得刚睡下，天就亮了，按照乡选委会的安排，今天是竞选的最后一天，每个候选人可在选委会人员的陪同下进行自由活动。他们必须在七点半钟之前赶到乡里。

耿学成急急忙忙地出了屋，只见父母已经在厨房里忙了起来。过来一看，餐桌上已经摆好豆浆、奶粉，花卷切成片，粘上鸡蛋，在锅里煎得黄而亮，三盘小菜是煮花生米、咸鸭蛋、凉拌萝卜丝。

母亲低声说：“学成，早餐这样行吗？”

“行！妈，你们起得那么早！”

“这可不是为你的。”

耿学成悄悄来到他的房间外面，正好苗晓怡开了门。

“怎么样，睡得好吗？”

“很好，只觉得刚躺下，天已经亮了。”

苗晓怡看着桌上的早餐，说：“大妈，您太客气了，我在学校也吃不到这么好的早餐。”

“中饭大妈给你烧农村土菜。”母亲又转身对儿子说，“学成，中午等你们回来吃饭！”

“妈，中午来不及，老支书已经准备了，我们就在他那儿吃，晚上回来吃饭，准备十个人的饭菜，啤酒我准备。”

匆匆吃了早餐，耿学成骑上摩托车，带上苗晓怡，赶到街上时，方才七点，租用了三辆摩托车和三辆电动车，带着助阵的同学一齐来到乡选委会。

出了乡政府，除了耿学成之外，同学们的摩托车和电动车上都插上彩旗，车头上还飘起两条横幅：“支持耿学成的竞选团！”，“北方农业大学的同学为耿学成加油！”

自从那天晚上在老支书郭广西家碰头之后，郭广西和严孝忠不仅场场参加了演讲答辩会，也在到处帮助耿学成竞选。说实话，通过十几场竞选，郭广西和严孝忠的心里已经摸着六七分底，他们认为川坝乡的乡长非耿学成莫属！

尽管选委会特别强调，在最后一天，各候选人可以到各个村去自由活动，但不能强行组织选民参加。可是各个候选人每到一个村，村委会都已经人山人海，候选人不免要讲几句话，希望大家为自己投一票。

乔志明不知从哪里找来一辆客货两用车，在车上架起了无线电扩音器，车两边拉起标语："机械化远远强过半机械化。"耿学成几乎每到一处都碰上刚刚离开的乔志明，但乔志明万万没有想到，平时不善言谈的耿学成居然表现得那么出色，更出乎意外的是有那么一个强大而抢人眼球的竞选班子！虽然那个家伙不仅死死将他一军，让他尴尬不说，他心里更清楚，他将会因此失去很多选票。不过，他还是充满信心的，因为毕竟他和耿学成、张德义不一样，他是县委派来的，曾经是乡人民代表选举的乡长，而且在这个乡长的位置上干了三年多，这次又是以上级党组织的名义直接提名的正式候选人。

准备投票的时间只有一天，贾士贞在县委书记沙义廉和县委组织部长黄孝忠的陪同下，检查了十七个投票点。为了保证投票的绝对公正，在每一个投票点都特别设置了三个秘密写票房间，并摆放有三名候选人的姓名和照片。投票现场的广场上也摆放着三名候选人的巨型照片。

吃晚饭时，沙义廉看看大家，说；"贾部长，明天就要进入最后的决战时刻，今天晚上预祝一下，喝点酒，怎么样？"

贾士贞抬起头，笑笑说："可以嘛，大家喝点酒，放松一下，晚上好好睡一觉。"

"好！"沙义廉回过头，走到门口，正要叫乡党委书记桂玉清，一看老杨过来了，说："杨副书记，我的车子后备箱里有两瓶四川好郎酒，让驾驶员拿来！"

老杨说："好！"又回头说，"那家伙可是烈性酒啊，53度！"

贾士贞笑着说："你们没听说过，'蜀中尽道多佳酿，更数朗酒回味长'的绝句吗？"

"哟，贾部长对四川的酒文化很有研究嘛！"沙义廉说，"贾部长今天多喝几杯。"

贾士贞摇摇头，说："你们喝吧，我今天不行，只能以茶代酒。"

"那不行，"沙义廉说，"贾部长，你不喝，大家怎么喝啊！"

卫炳乾犹豫一下，说："算了，贾部长随他的便吧，我了解他。"

这时，老杨来了，手里拿着两瓶郎酒，桂玉清跟在后面进了餐厅。

沙义廉说："来来来，玉清同志，今天我出酒，这菜还差了点，不行搞点卤菜也行！"

"好。"桂玉清说着转身跑了出去。

过了一会儿，一个年轻人提着卤菜来了。桂玉清接过卤菜说，"这是我们川坝乡最有名的卤菜，现在已经打到省城了。虽然也是平常的鸡、鸭、牛肉等，但味道独特，请各位领导品尝。"

大家坐了下来，沙义廉亲手打开酒瓶，对贾士贞说："贾部长，尝一杯吧！"

贾士贞摆摆手，说："你们喝吧，我以茶代酒。"

六七个人，两瓶酒很快就喝光了，桂玉清要去拿酒，沙义廉说："算了，改日吧。"

晚饭后，贾士贞又和沙义廉、卫炳乾商量了第二天的投票问题。

在此之前，贾士贞对一惯按姓氏笔画排名问题提出了个人见解，在农村直选乡长，这是头一回。所以农民的投票办法怎样才能真正做到公正、公平、合理，基于农村以往的现实情况，由于文化水平和对候选人还不全面了解，往往习惯在排序第一号的候选人名字下划票投选。贾士贞建议把三名候选人的名字分别在三分一选票中，轮流排第一号、第二号和第三号，用同样办法错开排列。然后再把三个三分一选票混在一起。

时间已经过了夜里十二点。回到宿舍，贾士贞觉得腹中有些饥渴，试试热水瓶里还有点水，但是水已经不热了，他只好喝了几口。

卫炳乾说："贾部长，晚上你说不喝酒，我也不好劝你，其实，少喝点酒也无妨。"

"炳乾，也不是不能喝一点，可我真的没那个兴致。"

"贾部长，川坝乡的选举结束后你一定得回去看看葛处长，好好和她沟通沟通。"卫炳乾想到贾部长最近半夜里总是叹气，那天见他接完了周一桂书记的电话后的神情，便多少知道部长家里出了些问题。

"我也是这样想的。"贾士贞说，"炳乾，自从我调来西臾之后，玲玲吃了不少苦，又受了不少窝囊气。可有些事，我也是出于无奈呀！"停了一会儿，又接着说，"她这个人啊，如果犟起来，八头牛也拉不回来！"

"贾部长，我说句话你别见外。"卫炳乾坐了起来，"女人嘛，要多哄哄，多体贴，我就给老婆下过跪！"

"真的？"贾士贞说，"男儿膝下有黄金呀！"

“哎，贾部长，那是对外面人而言。”卫炳乾说，“对于老婆，什么男儿膝下有黄金，挨不上，你没听说过？男人谁没向老婆跪过？不给老婆下跪，那孩子从哪儿来的？”

“好你个卫炳乾啊！”贾士贞愣了一会儿，“唉，炳乾，你别说，还真的有点道理！”

“贾部长，在老婆面前没有什么道理可讲，没有什么男子汉大丈夫，有时装装孙子又何妨？”

贾士贞不再吭声了，他在默默地琢磨着卫炳乾的一番话，觉得自己远不如卫炳乾。这两年来，他整天都在想着如何去改革现有的干部人事制度，根本没有想过妻子是如何生活的，甚至很少给妻子一点温柔，连性生活也变得单调、枯燥。家庭生活之所以会变成今天这样的局面，责任全在自己！

天还没亮，贾士贞就悄悄地起床了。

卫炳乾一边穿衣服一边说：“贾部长，还早呢！”

“炳乾，你再睡一会儿，我要上厕所了，觉得要拉肚子！”

“怎么啦？有什么不舒服吗？”

“没什么，你睡吧！”贾士贞一边穿衣服一边说，“怎么突然要拉肚！肚子有点痛。”

“没吃什么东西吧！”

天下起淅淅沥沥的小雨，贾士贞一边向公共厕所走去一边想，真是天公不作美，有些农民离投票地点还有十几里地，这样的天气能来多少人呢？

大家匆匆吃了早饭，贾士贞、卫炳乾和平臾县委的领导，分别陪同选委会的工作人员到达各自分工的投票地点。

在迷蒙的雨雾中，只见乡民们撑着一顶顶雨伞，从弯曲的乡间踏着泥泞的小路一溜一滑向村委会移动着。

眼前，见到一个年轻小伙子背着一位老人，旁边还有一个姑娘打着伞。贾士贞忙上前一问，原来这位老人是全乡闻名的百岁老人，年轻时曾经是县里有名的铁姑娘。老人耳聪目明，说她活了一百零一岁，头一次经历这样的大事，她一定要亲眼看一看，自己亲自投上一票。

贾士贞一颗悬着的心被这感人的场景深深地打动了。改革开放以来，广大农村不仅解决了温饱问题，而且农民们的民主意识也有了新的提高。谁又能想到，一个市委组织部长会冒着极大的风险，勇敢地进行一场干部制度改革的尝试！

五万多村民在同一时间进行直接投票选举产生乡长，当然是一番从没有过的热烈场面，而更大的悬念是，这三位候选人将会有一个什么样的结果。不光是三名候选人在期待着，全乡人民也在心急如焚地盼望着，而平臾县委和市委组织部长贾士贞的心又何曾平静过？

上午十点多钟，投票进入了高潮，贾士贞的手机响了，他看看号码，接通了电话。

“喂，是贾部长吗……”

“请问哪位？”

“贾部长，我是夏季。”

贾士贞一愣，在这个时候市委夏秘书长打电话来，一定有什么重要的事情，因为昨天晚上他把川坝乡今天的正式选举工作详细地向常书记作了汇报，常书记除提了几点要求，还千叮咛万嘱咐，让贾士贞一定要把选举工作做好，保证选举圆满成功！贾士贞来不及多想，忙问：“夏秘书长，有什么事吗？”

“贾部长，省人大一位副主任和省人大法制委员会两位主任上午到达西臾，要你汇报川坝乡直选乡长的事，常书记向他们作了解释，他们说……”

夏季为什么没有说下去，他不得而知，但贾士贞从夏秘书长的态度上，感觉到似乎发生了什么意外。于是说：“秘书长，到底怎么回事？”

“省人大三位领导要叫停川坝乡的直选乡长，而且要你和平臾县委书记沙义廉一起赶来市里汇报。”

“什么？”

贾士贞的担心终于得到了证实，只是没有想到来得那么快。尽管在电话里夏季没有说明省人大三位领导为什么要干预川坝乡的直选乡长一事，但他已经敏锐地感到，这将是有关法律的一场争议，一场有关法与权的不同意见。

关掉手机，贾士贞正准备给沙义廉打电话，他的手机响了。一接电话，正是沙义廉，沙义廉说他马上过来见贾部长。

过了一会儿，沙义廉来了。

两人一见面，沙义廉说：“贾部长，怎么办？省人大副主任关迪新兴师问罪来了，要我和你同时去市里汇报，他们在市里坐等！”

贾士贞看看沙义廉，冷静了一会儿，说：“我刚刚接了夏秘书长的电话，这事我想过了，但我没想到来得那么快，而且一点弯子都不拐！这样，沙书记，你还是留下来，我一个人去面见关副主任。”

“那怎么行呢？”沙义廉说，“即使要承担责任的话，也应该由平舆县委、我这个县委书记来承担。因为关于直选乡长的工作，全部是以平舆县委的名义发文的。”

“沙书记，这里离不开你，无论发生什么情况，选举要顺利进行，我们要给川坝乡五万多人民有一个交代，不能虎头蛇尾，半途而废。”贾士贞说，“况且，这件事很可能是冲着我贾士贞而来的，你何必去蹚这个浑水呢！”

“贾部长，这样对你不公平，要承担责任，我沙义廉必须承担，而且是主要责任，大不了撤了我这个县委书记罢了！”

“义廉同志！”贾士贞抓住沙义廉的手，苦笑着说，“你这是何必呢！即使是你站出来了，顶多你陪着我受苦，我该受到什么处置还是什么处置。谁都知道西舆市的这场改革是我贾士贞所为！去年的那场改革就差点把我给……”贾士说，“义廉同志，说实话，我的心里一直在矛盾着，我甚至在想，我到底在什么时候提出辞去西舆市委常委、市委组织部长的职务比较合适？但我又想，那样做的话，省委里岂不是会认为我撂挑子！所以我的心里也很矛盾。但是我是做好充分思想准备的，即使我不干了，中国干部制度改革的门也算是被打开了，要想强行地关闭，恐怕也是关不住的！”

“什么？”沙义廉吃惊地看着贾士贞，“到底是怎么回事？贾部长，你把我给搞糊涂了！”

“以后你会知道的。”贾士贞说，“你一定要留下来，今天是最关键的一天。我们忙了这么长时间，到底是一个什么样的结果？很快就要揭晓了，你一定要留下来掌握局面，无论发生什么情况，都要处理好。记住我的话，充分做好一切法律程序的准备，千万不要拖。”贾士贞想了想，“这样，让你们县委的副书记老杨陪我去市里，我尽量赶回来参加直选乡长的就职仪式，要做好准备，选举结果一出来，就召开乡人民代表大会，进行确认，从法定程序上让选举乡长合法化。”

沙义廉刚要说话，贾士贞摆摆手：“义廉同志，万一发生什么事，所有人都必须意见一致：这是按照我贾士贞的意图办的。此外，只要能顶住，都不能失信于川坝乡五万多群众，这可是中国直选乡长的典型！即使我个人犯了错误，但是直选的乡长没有错，老百姓的民主权利没有错。”

“贾部长，没那么严重吧！”

“但愿吧！”贾士贞说，“我必须马上赶回市里去，让老杨带着车子，我在这儿等他，我还要给卫副部长交代一下。”

“那好吧，让老杨带上我的车子。”沙义廉说，“贾部长，我等着你，有什么情况我们随时通电话。”

“唷，我要上厕所了！”贾士贞捂着肚子，刚一转身，又呕吐起来，他急忙蹲在地上。

“贾部长，你……你怎么了？”沙义廉急忙扶着贾士贞说。

“没事，一会儿就好了。”贾士贞说，“你赶快通知老杨，我……”贾士贞双手捂着肚子，一边往厕所跑一边说，“我等他，叫他快一点儿。”

贾士贞蹲在厕所里，觉得左下腹疼痛难忍。他挣扎着给卫炳乾打了电话。

卫炳乾一听说发生了这样情况，坚持要陪贾士贞一起去市里，但贾士贞说他必须留下，有什么情况及时和沙书记商量。

不一会儿卫炳乾就赶来了，一看贾士贞脸色苍白，便问：“贾部长，你病了？”

“没事，拉点稀，一会儿就好了！”

“拉肚子？”

“炳乾，”贾士贞说，“省人大的关副主任很可能是冲着我来的，记住我昨天晚上对你说的话。”

老杨带着那辆奥迪轿车来了，贾士贞握着沙义廉和卫炳乾的手，上了车。

贾士贞看看表，时间已经十点半，便问：“一个小时能到市里吗？”

驾驶员说：“争取吧，上了大路，我开快一些，没有什么特殊情况，十一点半能赶到。”

这时贾士贞给夏季打了电话，说他们争取十一点半赶到市里。

随后，贾士贞就接到夏季的电话，说关副主任在二楼小会议室等他们。

贾士贞坐在轿车里，肚子一阵阵地疼痛，他咬着牙，感到自己的体温越来越高，难忍的还不是这些，他几次想让车子停下来，找厕所，但是还是竭力忍着，他不时地看着表，身子已不能靠在后座上了。

十一点二十分时，轿车终于进了市委大门，当轿车停在市委大楼前时，贾士贞匆匆开了车门，捂着腹部冲进了厕所。

当贾士贞和老杨走进二楼的小会议室时，夏秘书长迎了上来。

正在这时，常友连陪着省人大关副主任和法制委员会高、吴两位主任走了进来。关副主任的脸上犹如暴风雨前的乌云。贾士贞看了关副主任一眼，不明白这位曾经的省政府常务副省长今天怎么了！

大家匆匆地握了手，进了会议室，常友连看看贾士贞，说："贾部长，你是不是病了，怎么成这个样子？"

"没事，有点腹痛，过一会儿就好了。"

关副主任坐在正中的位置上，高、吴分别坐在他的两边。贾士贞和老杨坐在常书记旁边。

出人意料的是，关副主任并没有发作，而是很有涵养地说："贾士贞同志，最近省人大分别得到消息，说你们在平臾县的川坝乡搞乡长直选的试点。我们一了解，果然不错。而就在这个时候，全国人大法制委员又打来电话，批评这是违反宪法的。贾士贞同志，请你把情况简要地汇报一下。"

贾士贞只觉得自己腹部疼痛难忍，又急着要上厕所，脸色蜡一样的黄。

常友连忙接过话题说："关副主任，平臾县直选乡长的事，是市委常委讨论做出的决定，如果有什么责任的话，由我承担，让贾部长汇报过程是可以的。"常友连看看贾士贞。

贾士贞点点头，马上站起来说："对不起，请你们稍等片刻。"又匆匆地去了厕所。

贾士贞又回到会议室，连着喝了几大口水，忍着高烧和腹痛，把川坝乡直选乡长的事扼要地作了汇报。

关副主任翻开笔记本，说："我代表省人大常委会宣布：一、平臾县川坝乡直选乡长一事实属违反宪法的行为；二、责令平臾县委立即停止直选乡长工作，并宣布这次选举无效；三、相关领导人，主要是市委组织部长贾士贞做出深刻检查，省人大视其检查情况给予相应的处分。"

贾士贞忍着腹痛，说："关副主任，我记得中华人民共和国宪法第一章第二条明确规定，中华人民共和国的一切权利属于人民；而第三章第五节规定：县乡镇的人大代表由选民直接选举，但宪法并未规定不能由选民直接选举乡镇长；而相关法律却规定，县乡镇长由县乡镇的人大代表选举产生。我认为，选民直接选举乡长，不但没有违反宪法，而且是真实地体现了宪法的精神——宪法规定一切权利属于人民，人民可以选举县乡的人大代表，人民可以委托人大代表选举乡镇长，也可以自己直接选举，这更加真实地体现了人民自己的意图，体现了一切权利属于人民的宪法精神。

另外，立法机关应该与时俱进，根据人民的意愿，及时修改法律，使法律更加符合宪法精神，权利本来是属于人民的，不能说被代表借了，自己想要回来却不行。再者，人民如果要亲自选举他们的乡镇长，说明他们不是很相信那些代表了，那些代表的意见可能只代表少数人的意见，这里面可能隐藏了大量而深刻的矛盾。如果人民直接选举乡镇长，可以从根本上解决矛盾，创造和谐社会。”

关副主任早就有些不耐烦了，脸上刚褪去的乌云又笼罩下来。他合上笔记本，说：“贾士贞同志，我们现在不是在召开学术讨论会，我也没时间和你讨论这些不属于人大工作范围的理论。”

常友连说：“关副主任，这项工作不是贾士贞个人做出的决定，有责任的话，也应该由市委常委承担，不是贾士贞个人行为！”

贾士贞只觉得两眼冒着金星，觉得自己已经昏昏沉沉，烧得眼都睁不开。他强忍着腹痛，挣扎着说：“关副主任，我这个市委常委、市委组织部长不应该属于省人大管的吧！”

“贾士贞，人大是最高国家权力机关，你只不过是一个小小的市委常委、市委组织部长，也太狂妄了吧！”关副主任有些怒不可遏了，大声说。

常友连急忙解释说：“关副主任，贾部长不是那个意思，他的意思是党内干部，而我们国家又是党管干部。人大是权力机关！”

贾士贞怎么也没想到会是这样的结果，而关副主任今天怎么就那么大的火？当然，他也意识自己刚才的话确实不妥当，正要解释，老杨说：“关副主任，我是代表平臾县委书记沙义廉同志来的，川坝乡的直选乡长工作，如果有什么问题的话，还是应该由县委来承担，毕竟所有的文件都是县委发的。”老杨停了一下，又说，“关副主任，贾部长是带着病来的，他现在正在发高烧，又拉又呕……”

“你是谁？”关副主任看着老杨。

“平臾县委副书记老杨。”常友连说。

“这里还轮不到你说话。”关副主任极不高兴地看着老杨。

贾士贞看看关副主任，又看常书记，双手按着腹部，他真想和关副主任再辩下去。

“好了，贾士贞同志的病还要看。”关副主任说，“病归病，检查归检查，这完全是两回事。好，就这样吧！”

出了会议室，常友连让贾士贞去宾馆吃饭，贾士贞摇摇头，他只觉得全身烧得很厉害，头脑已经不做主了。老杨赶忙把他扶上车。

贾士贞说：“快，回川坝！”

贾士贞半躺在轿车里，迷迷糊糊地闭着双眼。半路上，老杨的手机响了。

“杨副书记，怎么样？”沙义廉低声问。

“沙书记，我们已经回来了，再过一会儿就回到川坝了。”老杨说，“怎么样？结果出来了吗？”

“很成功，非常顺利。”沙义廉说，“你们直接回乡政府吧，我们正在准备召开乡人代会，以便确认这次直选乡长的合法有效性，同时宣布乡长正式就任。”

贾士贞毫无力气地半躺在轿车的后背上，只觉得头昏得抬不起来，但他仿佛感觉到是沙义廉在和老杨通电话，挣扎着说：“选举还好吗？”

“非常成功，也很顺利！”

“给沙书记回电话，我们马上就到。马上召开大会，让新当选的乡长宣誓就任！”贾士贞想坐起来，可是他已经没有力气了。

“贾部长，别硬撑着了！”老杨大声对驾驶员说：“快去乡医院！”

“不，老杨，直接去会场！”贾士贞大声说，“再迟了，我怕赶……不……上……了！”

在贾士贞离开川坝后，全乡十七个投票点进行了轰轰烈烈的投票活动，中午十二点钟，十七个投票点的投票箱已经全部集中到乡政府的会议室，与此同时，在乡选委会和沙义廉、卫炳乾等领导的亲自监督下，开始计票。

全乡53861口人，共有十八周岁以上具有资格的选民36625人，外出打工和缺席6021人，共30604人参加投票，有效票30451张，参选率为83.56%。

耿学成最后得票17842票，得票率58.3%，当选为川坝乡第十二届人民政府乡长。

第二名乔志明获得7651票，占25%；张德义获得5111票，占16.7%。

川坝乡院内的礼堂上方悬挂着“川坝乡第十二届人大第一次全体会议”的横幅。主席台两旁贴着两幅大标语，右边是“重温《宪法》，一切权利属于人民”；左边是“社会文明，打开政改紧闭大门”。

全乡二百四十七名乡人民代表已经就座，麦克风里响着轻松愉快的乐曲。沙义廉、张建生、黄孝清和县乡的领导们站在礼堂大门口，不停地看着表，当贾士贞乘坐的奥迪轿车缓缓驶进乡政府的大门时，大家一齐迎了上来。老杨慌慌张张地下了车，一边拉开车门一边说："快，贾部长已经很危险了！"沙义廉大惊失色地问："到底怎么了？"

卫炳乾低头一看，只见贾士贞已经不省人事，连忙叫了两声，贾士贞用尽全身力气，说："赶快召开人代会，让当选乡长宣布就任，不然……"

"快，把贾部长送医院！"卫炳乾说，"不，快给医院打电话，组织医生抢救！"

这时耿学成过来了，一把抱着贾士贞，泣不成声。贾士贞从车子里被耿学成抱了出来，贾士贞睁开眼，微微一笑："学成，祝贺你，人民信任你，你一定不要辜负川坝全乡五万多人民对你的期望！"

耿学成点点头，泪水如同决了堤的洪水！

"把我放到会场上。"贾士贞看一眼卫炳乾，"炳乾，赶快开会，我一定要亲眼看着直选乡长的合法有效，任何人都不得随意推翻全乡人民和那么多代表的意见。这是历史的选择，是伟大的壮举！"

耿学成抱着贾士贞朝礼堂走去，卫炳乾、沙义廉跑步进了礼堂。

礼堂里音乐声戛然而止，乡人大主席宣读了川坝乡第十二届人大第一次全体会议关于确认川坝乡选民直接选举乡人民政府乡长耿学成，其结果合法有效。随后，耿学成举着右手拳头，向全体代表宣誓。

礼堂里鼓乐齐鸣，礼堂外鞭炮连天！

一辆白色的救护车吼叫着驶进乡政府，三名身穿白大褂的医务人员大步进了礼堂。贾士贞躺在椅子上，紧闭眼睛，嘴角含着微微笑意，是那样的安详，那样的坦然。

一个男医生用手撑开贾士贞的眼皮，突然惊叫起来："啊……"

男医生惊恐万状地说："快！把贾部长抬到床上去！"随即从护士手中拿过氧气袋，"赶快给氧气！"

"快，把贾部长抬到宿舍去！"沙义廉大声说。

只见耿学成奔上前，抱起贾部长，箭一样地向乡政府后院跑去。

贾士贞被放到床上，医生开始抢救，护士迅速打上吊针。

贾士贞睁开沉重的眼皮："不……不用……了，感谢大家，感谢川坝人民……"

"快，给卫生局长老徐打电话，让他们组织最好的医生，带上最好的药，用最快的速度赶过来！"沙义廉大声说。

"沙书记！"贾士贞用力摇摇头，"我自己清楚，已经来不及了！"随后轻轻地抬了抬头，"记住，如果任何人追究起来，责任都是我的！不要担心，直选乡长已经全乡选民投票，已经有乡人代会确认，符合有关程序，任何人想推翻，都不那么容易了！”

“贾部长，”沙义廉含着泪说，“我知道该怎么办！你安心治疗吧！”

贾士贞的呼吸越来越微弱，心跳越来越缓慢，像是一条丝线般的细流，在沙漠中艰难地流淌，马上就要干涸了！

男医生失望地抬起头，无奈地看着沙义廉，悲伤万分地说：“根据卫副部长介绍的情况，贾部长一定是昨天晚上吃了什么不干净的东西了，贾部长可能是中毒性菌痢！”

沙义廉再次拨通了电话：“喂，卫生局徐局长吗？我是沙义廉，市委组织部贾部长可能得了急性中毒性菌痢，已经很危险，请你们立即组织最好的医生，带上最好的药，用最快的速度赶到川坝乡政府来！还有，让县防疫站同时派人来，立即取样化验！”

挂了电话，沙义廉对男医生说：“你们赶快想办法呀，不能只坐等县医院医生啊！”

男医生说：“我们已经给贾部长输液，加上大量抗菌素，马上还准备用抗菌素给他灌肠。”

“快，抗菌素灌肠有效果吗？”沙义廉问。

“应该有效果。”

“炳乾，”贾士贞突然吃力地将眼睛睁开一条缝，艰难地说，“万一我不行了，请你……不……要……”他像是用尽所有力气说，“不要……告诉……玲玲……”贾士贞没有继续说下去，眼角流出一滴浓浊的泪水。

二〇〇八年八月八日完稿于南京
二〇〇八年十二月十五日修定于南京

图书在版编目（CIP）数据

组织部长. 第3部 / 大木著. —北京：群言出版社，2009.9

ISBN 978-7-80256-078-9

I.组… II.大… III.长篇小说－中国－当代 IV.I247.5

中国版本图书馆CIP数据核字（2009）第163587号

组织部长

责任编辑　樊　伟　陈丹丹

出版发行　群言出版社（Qunyan Press）

地　　址　北京市东城区东厂胡同北巷1号

邮政编码　100006

网　　站　www.qypublish.com

电子信箱　qunyancbs@126.com

总 编 办　010-65265404　65138815

编 辑 部　010-65276609　65262436

发 行 部　010-65263345　65220236

经　　销　全国新华书店

读者服务　010-65220236　65265404　65263345

法律顾问　中济律师事务所

封面设计　王　鑫

印　　刷　北京中印联印务有限公司

版　　次　2009年11月第1版　2009年11月第1次印刷

开　　本　787×1092　1/16

印　　张　19

字　　数　321千字

书　　号　ISBN 978-7-80256-078-9

定　　价　25.00元